竹林七賢集輯校

衛紹生 著

本書把竹林七賢的詩文和雜著匯為一集，為研究竹林七賢生平思想、文學創作、社會活動、人物交遊提供了完備的一手資料。本書進一步深化竹林七賢研究提供了參考和借鑑，為竹林七賢文化資源的開發利用提供了可靠的文獻依據，因而具有重要的理論意義、學術價值和實踐價值。

前言

以阮籍、嵇康爲代表的竹林七賢，是魏晋之際最富影響力的文士群體。他們把臂竹林，放情山水，縱酒昏酣，談玄清議，興之所至則指點江山，激揚文字，給後人留下了許多蘊含著思想、閃爍著智慧、洋溢著激情、張揚著個性、銘刻著心路的錦綉華章。他們的作品，後人輯爲文集，世代流傳。以現今能够見到的文獻而論，竹林七賢除王戎無作品留存外，其他諸賢皆見有文集行世的記載。但由於閲讀需要及兵燹戰亂等原因，竹林七賢文集在流傳過程中又在不斷地發生著變化，以至於不同的時代出現了不同的版本，版本系統呈現出由簡及繁的趨勢。尤其是阮籍和嵇康的文集，宋代以後的版本日漸增多。而與此同時，山濤等人的文集，宋代以後則逐漸失傳。這一方面表明阮籍、嵇康其人其作在宋代以後越來越受到重視，另一方面也表明後人對竹林七賢的認知與評價發生了重要變化。有鑒於此，後人對阮籍、嵇康的文集從思想内容方面給予了較多關注，而對以阮籍、嵇康爲代表的竹林七賢等人的文集存佚情況則關注不够，缺少系統的梳理與辨證。這裏則著重從竹林七賢文集存佚及流傳等方面，對竹林七賢文集進行系統的梳理，以期爲人們全面瞭解竹林七賢文集的存佚和流傳提供系統而全面的參考。

一、阮籍文集版本流變

《阮籍集》南北朝時期已經廣爲流傳，但文獻著録則最早見載於《隋書・經籍志》：『魏步兵校尉《阮籍集》十卷。』其下小注云：『梁十三卷，録一卷。』[1]由此可推知，《阮籍集》在隋代之前已經流傳。梁代流傳的十三卷本，卷數比《隋書》著録的《阮籍集》多了三卷。在出自日本學者藤原佐世之手、成書時間介於《隋書》與兩《唐書》之間的《日本國見在書目》中[2]，《阮籍集》兩見著録，是書三十九『別集家』分別著録《阮嗣宗集》五卷和《阮步兵集》十卷[3]。此書著録的都是當時存世的著作，由此可推知，早在唐代，阮籍的集子已經有了兩個系統，一是五卷本的《阮嗣宗集》，一是十卷本的《阮步兵集》。

迄於宋代，阮籍文集的版本情況開始複雜起來。其一，隋唐時期兩個系統的《阮籍集》繼續並行於世。兩《唐書》著録的阮籍文集皆屬於五卷本[4]。與此同時，十卷本《阮步兵集》也在流傳。如王堯臣等奉敕編纂的《崇文總目》即著録有『《阮步兵集》十卷』[5]，而晁公武《郡齋讀書志》著録的也是十卷本[6]，陳振孫《直齋書録解題》則著録了兩個系統的《阮籍集》，其中之一就是十卷本《阮步兵集》[7]。其二，兩宋時期，阮籍文集除唐代已有的五卷本和十卷本外，還出現了另外兩種版本：一是鄭樵《通志》所載十三卷本，二是《直齋書録解題》著録的四卷本。十三卷本，唐代已不見流傳，數百年之後，鄭樵《通志》卻有『步兵校尉《阮籍集》十三卷』的記載[8]。出現這一情況的可能性只有兩種，即鄭樵或是據《隋書・經籍志》的小注轉録，或是確實是據宋代流傳的十三卷本《阮籍集》著録。若是前者，其版本早已不存；倘是後者，則可能屬於家傳，僅有很少一部分人見到過這種版本。因爲除鄭樵外，不見同時代有其他人述及《阮籍集》十三卷本的情況。由此來看，鄭樵所記很可能屬於第一種情況，即是據《隋書·經籍志》的小注轉録。四卷本《阮步兵集》，首見於陳振孫《直齋書録解題》，其文云：『《阮步兵集》四卷，魏步兵校尉陳留阮籍嗣宗撰。其題皆曰《咏懷》。首卷四言十三篇，餘皆五言八十篇，通爲九十三篇。《文選》所收，十七篇而已。』⑨從其叙述來看，四卷本《阮步兵集》收録的全是阮籍詩歌。據此可以判斷，陳振孫著録的《阮步兵集》屬於兩個版本系統，十卷本《阮步兵集》是阮籍詩文合集，四卷本《阮步兵集》則是阮籍的詩歌總集。由此不難得出結論：宋代之前《阮籍集》十卷本與五卷本系統，應是阮籍詩文合集與單純詩歌集之分而形成的，十卷本系統屬於詩文合集的性質，五卷本系統應是單純的詩歌集。迄於宋代，在五卷本阮籍詩歌集之外，又出現了四卷本詩歌集《阮步兵集》。這與明代以來的《阮步兵集》爲詩文合集的情況有很大不同。

另據北宋阮閱《詩話總龜》記載，宋代尚存有唐人寫本《阮步兵詩》一卷，其文云：『京師曹氏家藏《阮步兵詩》一卷，唐人所書，與世所傳多異。有數十首，集中所無。』⑩此本雖不見於宋代諸書目家記載，但確實流傳於民間。明馮惟訥《古詩紀》記述《阮步兵詩》，雖是轉述阮閱語，卻也可以看出阮籍詩歌在宋代的流傳情況：

> 京師曹氏家藏《阮步兵詩》一卷，唐人所書，與世所傳多異，有數十首，集中所無。其一篇云：『放心懷寸陰，羲和將欲冥。揮袂撫長劍，仰觀浮雲行。雲間有立鵠，抗首揚哀聲。一飛沖青天，强世不再鳴。安與鶉鷃徒，翩翩戲中庭。』又云：『嘉木下成蹊，東園損桃李。秋風吹飛藿，零落從此始。繁華有憔悴，堂上生荆杞。驅馬舍之去，去上西山趾。身不自保，況復戀妻子。凝霜被野草，

歲莫亦云已。』詩語皆類此，非後人作明矣。孔宗翰亦有本，與此多同[11]。

文中説到的孔宗翰是北宋時期人，字周翰，孔道輔次子，進士及第，知虔州。元祐中官刑部侍郎，以寶文閣待制知滁州，未拜而卒，《宋史》有傳。撰有《闕里世系》一卷。唐人寫本《阮步兵詩》一卷，曹氏家有藏，孔宗翰收藏本亦『與此多同』，因此可知，宋代民間尚藏有唐人寫本《阮步兵詩》一卷本。

宋代以後，十卷本《阮籍集》尚存於世，元代脱脱等撰《宋史·藝文志》著録『《阮籍集》十卷』可證[12]。此外，馬端臨《文獻通考》載有十卷本《阮籍集》[13]，另著録有《阮步兵集》，不言卷數，且其全引陳振孫《直齋書録解題》『《阮步兵集》四卷』下的説明文字，可見四卷本《阮步兵集》元代尚在流行。

迄於明代，阮籍文集已散佚不全，其版本也比較複雜，較爲流行的主要有四個版本，即一卷本、二卷本、三卷本和六卷本。依時代先後論之，明嘉靖間陳德文、范欽刻《阮嗣宗集》二卷本在前。此本上卷收録阮籍文二十篇（包括殘篇），下卷收録阮籍四言和五言《咏懷詩》；著名藏書家薛應旂刻《阮步兵集》爲三卷本，時間約略與陳、范所刻二卷本同時。明萬曆間，新安汪士賢輯刻《漢魏諸名家集》所收《阮嗣宗集》亦是二卷本，其祖本當是陳、范本。成書於明天啓崇禎間的張燮《七十二家集》所收《阮步兵集》，則是六卷本。明末張溥輯刻《漢魏六朝百三名家集》所收《阮籍集》則是一卷本。此外，據明萬曆間陳第編《世善堂書目》，陳第當時收藏有十卷本《阮籍集》，後竟亡佚。《『中央圖書館』典藏國立北平圖書館善本書目》（臺北，一九六九）載有明刻《阮籍集》二種，一爲嘉靖刊本《阮嗣宗集》二卷，當是陳德文、范欽輯刻本；一爲《阮嗣宗詩》一卷，不知是否即宋代民間所藏唐抄本《阮步兵詩》一卷本。惜未見此本，未敢妄論。

明代以後，較爲流行的是陳德文、范欽輯刻二卷本《阮嗣宗集》、新安汪士賢輯刻的二卷本《阮步兵集》和張溥輯刻的一卷本《阮籍集》。清代嚴可均《全三國文》所收阮籍文二十篇，係據陳、范輯刻本《阮嗣宗集》所收阮籍文過録，唯編排次序不同而已。此外，尚有近人丁福保輯《漢魏六朝名家集初刻》所收四卷本《阮嗣宗集》。至於後來出版的《阮籍集》或《阮嗣宗集》，則多是今人據前述版本整理。

二、嵇康文集版本流變

《嵇康集》南北朝時期已見流傳，而文獻著録最早亦見載於《隋書·經籍志》：『魏中散大夫《嵇康集》十三卷。』其下注云：『梁十五卷，録一卷。』⑭兩《唐書》和鄭樵《通志·藝文略》亦皆著録《嵇康集》十五卷⑮。是則宋代之前，流行的《嵇康集》多爲十五卷本。宋代以後，尤其是南宋以後，比較流行的則是十卷本《嵇康集》。北宋王堯臣等編纂的《崇文總目》著録《嵇康集》十卷⑯，南宋晁公武《郡齋讀書志》從之，作《嵇康集》十卷⑰。陳振孫《直齋書録解題》作《嵇中散集》十卷，並云『康所作文論六七萬言，其存於世者僅如此。』⑱同時期的尤袤《遂初堂書目》著録的《嵇康集》則不題卷次。王楙《野客叢書》不僅著録《嵇康集》十卷，對集中所收嵇康詩文還作了概括介紹，且云『《崇文總目》謂《嵇康集》十卷，正此本耳』⑲。由此可知，隋唐時期流傳的嵇康文集爲十五卷本《嵇康集》，宋代比較流行的則是十卷本《嵇康集》。至於《嵇康集》卷數的變化，究竟是嵇康詩文散佚造成的，還是刊刻者展延或壓縮卷數形成的，則不得而知。

元代以後，流傳的《嵇康集》多爲十卷本。元代，馬端臨《文獻通考》、脱脱等《宋史》著録的《嵇康集》皆是十卷。明代吴寬叢書堂抄本《嵇康集》、嘉靖年間黄省曾輯校本《嵇康集》、萬曆至天啓間汪士賢輯

《嵇中散集》，以及國家圖書館藏明抄本《嵇中散集》，亦皆是十卷本。而明薛應旂《六朝詩集》、張燮《七十二家集》和張溥《漢魏六朝百三家集》收録的《嵇中散集》，則爲一卷本。是則明中期以後，《嵇康集》的版本已有十卷本與一卷本之别。清代，較爲流行的仍是十卷本，如文淵閣　四庫全書　收録的《嵇中散集》、上海圖書館藏清抄本《嵇中散集》等。清代的書目文獻著作，如徐乾學《傳是樓書目》、錢曾《述古堂藏書目》、陸心源《皕宋樓藏書志》等，著録的皆是十卷本。

魯迅對《嵇康集》有很精到的研究，他校閲的《嵇康集》附有《〈嵇康集〉著録考》和《〈嵇康集〉考》等文，對《嵇康集》的版本和著録情況考訂甚詳。其中《〈嵇康集〉著録考》中的一段按語尤其值得注意：

按，魏中散大夫《嵇康集》，《隋志》十三卷，注云：　梁有十五卷，録一卷。新舊《唐志》並作十五卷，疑非其實。《宋志》及晁、陳兩家並十卷，則所佚又多矣。今世所通行者，惟明刻二本，一爲黄省曾校刊本，一爲張溥《百三家集》本。張本增多《懷香賦》一首，及原憲等贊六首，而不附贈答、論難諸原作。其餘大略相同。然脱誤並甚，幾不可讀。昔年曾互勘一過，而稍以《文選》、《類聚》諸書參校之，終未盡善。此本從明吴匏庵叢書堂鈔宋本過録。其傳鈔之誤，吴君志忠已據鈔宋原本校正。今朱筆改者，是也。余以明刊本校之，知明本脱落甚多。《答難養生論》『不殊于榆柳也』下，脱『然松柏之生，各以良殖遂性，若養松于灰壤』三句。《聲無哀樂論》『人情以躁静』下，脱『專散爲應，譬猶游觀于都肆，則目濫而情放。留察于曲度，則思静』二十五字。《明膽論》『夫惟至』下，脱『明能無所惑至膽』七字。《答釋難宅無吉凶攝生論》『爲卜無所益也』下，脱『若得無恙，爲相敗于卜，何云成相邪』二句。『未若所不知』下，脱『者衆，此較通世之常滯。然智所不知』十四字。及『不可以妄求也』

脱『以』字，誤『求』爲『論』，遂至不成文義。其餘單辭隻句，足以校補誤字缺文者，不可條舉。書貴舊鈔，良有以也。

按語簡要介紹了《嵇康集》的著録情況，並對現今仍在流行的兩個主要版本（黄省曾本和張溥本）的内容作了比勘，對讀者瞭解《嵇康集》版本流變很有幫助。此外，嵇康還有《聖賢高士傳》和《春秋左氏傳音》，今僅存部分佚文，有清人輯本。今人戴明揚整理的《嵇康集》對嵇康著述存世情況有詳細介紹，且對嵇康著述佚文已經作了較爲完備的輯佚，對瞭解《嵇康集》的存佚和流傳情況多有裨益。

三、山濤文集存佚考論

《山濤集》也是在南北朝時期就已經流傳，且已有人爲之作注。《隋書·經籍志》載：『晉少傅《山濤集》九卷，梁五卷，録一卷。又一本十卷，齊奉朝請裴津注。』[20]據此可知，《山濤集》在隋唐之前曾經有三種版本流傳，一爲南朝齊的十卷本《山濤集》，一爲南朝梁的五卷本（録一卷）《山濤集》，一爲九卷本《山濤集》。值得注意的是，南朝齊已經有人爲《山濤集》作注。南北朝時期，能够享受這種待遇的，竹林七賢中只有山濤一人，大名鼎鼎的阮籍和嵇康也不能望其項背。

唐代流行的《山濤集》已經成爲五卷本，這從《舊唐書·經籍志》和《新唐書·藝文志》皆著録『《山濤集》五卷』，可以得到證明[21]。在宋代其他文獻中，《山濤集》還有一些不同的記載。如鄭樵《通志》採用《隋書·經籍志》：『少傅《山濤集》十卷，齊奉朝請裴聿注。』[22]而王應麟《玉海》則全取《隋志》：『《山濤集》九卷，梁五卷。又一本十卷，齊裴聿注。』[23]從兩《唐書》著録的《山濤集》皆爲五卷本來看，鄭樵和王應麟關於《山濤集》的記載，顯然僅僅是對《隋書·經籍志》有關内容的過録或轉抄，不能證明宋代《山濤集》九卷本或十卷本仍在流傳。

宋代以後，《山濤集》不僅在正史《藝文志》或《經籍志》中難覓踪影，而且諸多書目文獻著作中也不見有關《山濤集》的著録或記載。這一現象表明，宋代以後，《山濤集》已經失傳。

《山濤集》雖然早已失傳，但山濤的《山公啓事》却廣爲人知。《隋書·經籍志》總集類著録《山公啓事》三卷，《舊唐書》作『《山濤啓事》三卷』[24]。至歐陽修等《新唐書·藝文志》，則著録《山濤啓事》十卷。從《山濤啓事》由三卷本演變爲十卷本的歷程來看，《隋書》著録的《山公啓事》三卷，很可能不是全本。而《新唐書》著録的十卷本《山濤啓事》，應是宋代史臣搜集各種文獻之後形成的較爲完備的本子。約略與《隋書》同時成書的《晋書》，在《山濤傳》中兩次言及《山公啓事》，皆不言卷帙多少，或許可以從一個側面説明，唐代初年的三卷本《山公啓事》還是一個不够完備的本子。也許是因爲這個原因，南宋王應麟《玉海》著録《山濤啓事》，採信《新唐書》的説法，記載爲『唐志《山濤啓事》十卷』[25]。今見《山公啓事》多爲明清人的輯本，如明人梅鼎祚的《西晋文紀》和清人嚴可均《全晋文》，據史書和類書輯録有山濤的《山公啓事》，惜皆有遺漏，亦未爲完備。

四、向秀文集存佚考論

《向秀集》在隋唐之前已行於世。《隋書·經籍志》於『晋少傅《山濤集》九卷』下注云：『梁有《向秀集》二卷，録一卷；平原太守《阮种集》二卷，録一卷；《阮侃集》五卷，録一卷。亡。』[26]據此可知，在長孫無忌等撰寫《隋書》時，《向秀集》二卷與《阮种集》、《阮侃集》一樣已經散佚。但是，據兩《唐書》記載，唐代《向秀集》仍在流傳，後晋劉昫《舊唐書·經籍志》著録『《向秀集》二卷』，《新唐書·藝文志》所載與《舊唐書》相同。鄭樵《通志·藝文略》的記載與兩《唐書》一致。因此可以推定，唐朝安定以後，《向秀集》又重現於世。胡旭『疑唐開元間廣徵天下典籍時復得梁本』，可備一説。[27]然而，宋代以後，《向秀集》復又散佚，故亦未見書目文獻類著作著録。

向秀另有《莊子注》二十卷、《莊子音》三卷和《周易義》。《莊子注》見載於《隋書·經籍志》：『《莊子》二十卷，梁漆園吏莊周撰，晋散騎常侍向秀注，本二十卷，今闕。』[28]《隋志》言及向秀《莊子注》，言『闕』而不言『亡』，則可理解爲長孫無忌等撰寫《隋書》時知道向秀《莊子注》尚存於世，但未見到原本，故著一個『闕』字。唐初陸德明《經典釋文·序録》著録有向秀《莊子注》：『向秀注二十卷，二十六篇。一作二十七篇，一作二十八篇，亦無《雜篇》。爲《音》三卷。』很顯然，陸德明作《序録》時見過向秀《莊子注》的原本，否則他不可能叙述得那麽詳細。由此可見，向秀《莊子注》在唐代是流行的，只是《隋書》作者長孫無忌等人當時没有看到而已。唐代以後，有關向秀《莊子注》的記載，多依《隋書·經籍志》，如《舊唐書·經籍志》『道家類』著録『《莊子》二十卷，向秀注』[29]，《新唐書·藝文志》亦著録『向秀注二十卷』[30]。南宋鄭樵撰《通志》時，向秀《莊子注》尚存於世，故《通志》從《隋書》作『《莊子》二十卷，梁漆園吏莊周撰，晋散騎常侍向秀注』[31]。約略與鄭樵同時的晁公武在《郡齋讀書志》中僅言及郭象注《莊子》，而没有提及向秀注：『右莊周撰，晋郭象注。周爲蒙漆園吏。按《漢書·志》，書本五十二篇，晋向秀、郭象合爲三十三篇，内篇八，外篇十五，雜篇十一。唐世號《南華真經》。』[32]其不言向秀注，則向秀《莊子注》當時或已不傳。陳振孫《直齋書録解題》，則明言向秀《莊子注》不傳於世：『《莊子注》十卷，晋太傅主簿河南郭象子元撰。案本傳，向秀解義未竟而卒，頗有别本遷流。象竊以爲己注，乃自注《秋水》、《至樂》二篇，又易《馬蹄》一篇，其餘點定文句而已。其後秀義别出，故今有向、郭二《莊》，其義一也。然向義今不傳，但時見陸氏《釋文》。』[33]陳振孫既已明言『向義今不傳』，則南宋時向秀《莊子注》不見流傳，應是事實。至於高似孫《子略》徑稱『《莊子注》，向秀，二十卷』[34]，應是上承《唐志》而來，並非親見其書存世。由此可以判定，南宋以後，向秀《莊子注》已不見流傳，而流傳的《莊子注》十卷本則是郭象在向秀注基礎上作的新注本。

向秀《莊子音》，《隋書・經籍志》載：『梁有向秀《莊子音》一卷。』[35]是知唐初長孫無忌等撰《隋書》時，梁向秀《莊子音》一卷，已然不存。陸德明《經典釋文》則言向秀『爲《音》三卷』：『向秀注二十卷，二十六篇。一作二十七篇，一作二十八篇，亦無《雜篇》。爲《音》三卷。』[36]這是迄今僅見的向秀有《莊子音》三卷的記載。此外，《經典釋文・莊子音義》引用了向秀《莊子音》中的許多材料，可以證明向秀《莊子音》至少在唐初仍在流行。但唐代以後已不見著録。

向秀《周易義》又作《易義》，不詳卷數。《世説新語・文學》『初注《莊子》者數十家』條劉孝標注引《秀别傳》云，向秀『後注《周易》，大義可觀，而與漢世諸儒互有彼此，未若隱《莊》之絶倫也』。《秀别傳》雖然説向秀爲《周易》作注，却未言其書名。至於唐初，陸德明《經典釋文》在『張璠《集解》十二卷』條下有注云：『向秀，字子期，河内人，晋散騎常侍，爲《易義》。』[37]這裏所説的《易義》，應是《秀别傳》説的向秀所注《周易》。中唐時期，蜀人李鼎祚撰《周易集解》，使用了三條向秀解説《周易》的材料。由此可知，向秀《易義》唐代尚流行。然而，《舊唐書・經籍志》和《新唐書・藝文志》皆未見著録，不知向秀《易義》

是否在晚唐戰亂中已散佚。迄於宋代，僅《册府元龜》和《玉海》等類書記載向秀有《易義》。《册府元龜》云：『向秀字子期，河内懷人，爲散騎常侍，清悟有遠識。少爲山濤所知。雅好老莊之學。莊周著内外數十篇，曆世才士雖有觀者，莫適論其旨統也。秀爲之隱解，發明其趣，振起玄風，讀之者超然心悟，莫不自足一時也。又爲《易義》。』[38]王應麟《玉海》有關向秀作《易義》的記載，則是據《經典釋文》而來[39]，此處不贅。

五、阮咸文集存佚考論

阮咸亦曾有文集行世，但《隋書·經籍志》、《舊唐書·經籍志》和《新唐書·藝文志》均未見著録。迄於宋代，卻出現了有關《阮咸集》的記載。晁補之詩曾經提到《阮咸集》：『報國身無用，還山計欲成。烟霞異塵世，江海慰高情。幸繼《阮咸集》，恐慚疏受聲。清詩逢絶景，未覺負平生。』[40]但最早著録《阮咸集》的，卻是《宋史·藝文志》：『《阮咸集》一卷。』[41]可見，在元人脱脱等人撰寫《宋史》時，《阮咸集》一卷尚存。阮咸與阮渾合著有《難答論》二卷，且其難答内容是關於《周易》的，所以，《宋史·藝文志》著録的《阮咸集》一卷，是不是把阮咸的著述從《難答論》中析出自爲一卷，不得而知，姑且存疑。元代以後，已不見阮咸有集存世的記載。

阮咸還著有《易義》，最早見于東晋張璠《集解》著録。後世有關記載，大多轉述張璠之語。如陸德明《經典釋文·序録》於張璠《集解》下注云：『阮咸字仲容，陳留人，籍之兄子，晋散騎常侍，始平太守，爲《易義》。』[42]此書早已失傳，宋代以後不見著録。此外，明何鏜輯《漢魏叢書》收録有《古三墳》，題晋阮咸注。但《古三墳注》是否出自阮咸之手，學界多有争議，一時尚難論定。

六、劉伶文集存佚考論

劉伶有無文集，是一個尚待確認的問題。由於東晉戴逵《竹林七賢論》有劉伶『未嘗措意文章，終其世，凡著《酒德頌》一篇而已』的説法[43]，而《晉書》本傳又襲其説，稱劉伶『未嘗厝意文翰，惟著《酒德頌》一篇』，後人遂習焉不察，信以爲真，認爲劉伶除《酒德頌》外，再無詩文行世。但此説殊可商榷。《藝文類聚》載有劉伶《北邙客舍詩》一首，足證此説不足爲信。此外，南宋初年朱弁《風月堂詩話》有『劉伶有文集三卷』的記載：『東坡云：「詩文豈在多，一頌了伯倫。」是伯倫他文字不見於世矣。予嘗閲唐史《藝文志》，劉伶有文集三卷，則伯倫非無他文章也，但《酒德頌》幸而傳耳。東坡之論，豈偶然得於落筆之時乎？抑别有所聞乎？』[44]翻檢兩《唐書》之《經籍志》和《藝文志》，卻不見任何有關《劉伶集》的記載，不知朱弁言之何據。由於缺少旁證，劉伶有文集之説尚待進一步考證。

王戎是竹林七賢中年齡最小的一個，他雖然曾經官高位顯，卻很少有文字留下，也不見有文集行世的記載。今所見者，僅史籍所載王戎的一些雜言而已，故姑置不論。

竹林七賢的存世作品多寡不等，對後世的影響也不盡相同。即以曾經有文集行世的阮籍、嵇康、山濤、向秀、阮咸五人而論，由於宋代以後，有文集傳世者僅有阮籍和嵇康二人，所以，有關中國文學史、思想史、藝術史的著作，在論及竹林七賢時，往往僅僅涉及阮籍和嵇康。至於其他人，由於作品大多失傳，知其名識其人者不多，故而在各種著作中很少看到有關他們的論述，他們的影響自然也就無法與阮籍、嵇康相提並論了。但是，竹林七賢不論是作爲一個整體，還是作爲個體的人，他們的思想觀念、行爲方式和處世態度都體現出鮮明的個性，他們都在以各自不同的方式對當時和後世發揮著影響。尤其是作爲一個名士群體，他們對中國傳統文人的影響更是溶入血液，深入骨髓。研究竹林七賢固然要看他們的作品，但也要顧及全人，看他們對魏晋社會文化發展的貢獻和作用，不能僅以作品多寡論高低、定優劣。正如魯迅所説：『倘要論文，最好是顧及全篇，并且顧及作者的全人，以及他所處的社會狀態，這才較爲確鑿。要不然，是很容易近乎説夢的。』[45]而對竹林七賢的著述作輯佚和校勘，可以爲讀者瞭解和認識竹林七賢提供可靠而全面的文獻依據，同時也爲文學研究者研究竹林七賢提供必要的文獻資料，以期讀者對竹林七賢有一個更爲全面的認識和把握。

【注釋】

①《隋書》卷三十五《經籍志》。

②《日本國見在書目》的作者藤原佐世（八二八—八九八）是日本平安中期學者。是書成書年代，學界有不同看法。一般以爲是藤原佐世於寬平年間（八八九—八九七）奉敕編纂的。

③參見日本室生寺本《日本國見在書目》『三十九別集家』。

④分別見《舊唐書》卷四十七《經籍下》和《新唐書》卷六十《藝文志》。

⑤《崇文總目》卷十一。

⑥《郡齋讀書志》卷四。

⑦《直齋書録解題》卷十六。

⑧《通志》卷六十九。

⑨《直齋書録解題》卷十九。
⑩《詩話總龜》卷十。
⑪《古詩紀》卷一百五十五『阮籍』。
⑫《宋史》卷二百八《藝文志》。
⑬《文獻通考》卷二百三十。
⑭《隋書》卷三十五《經籍志》。
⑮分別見《舊唐書》卷四十七《經籍下》、《新唐書》卷六十《藝文志》和《通志》卷六十九《藝文略七》。
⑯《崇文總目》卷十一。
⑰《郡齋讀書志》卷四。
⑱《直齋書録解題》卷十六。
⑲《野客叢書》卷八。
⑳《隋書》卷三十五《經籍志》。按，原文『裴津』當爲『裴聿』之誤。裴聿，北齊人，曾任著作郎。
㉑參見《舊唐書》卷四十七《經籍下》和《新唐書》卷六十《藝文志》。
㉒《通志》卷六十九《藝文略七》。
㉓《玉海》卷一百十七《晉山公啓事》。
㉔《舊唐書》卷四十七《經籍下》。
㉕《玉海》卷一百十七。
㉖《隋書》卷三十五『經籍四』。

㉗《先唐别集叙録》卷十《向秀集》，中國社會科學出版社二〇一一年，第一五七頁。
㉘《隋書》卷三十四《經籍志》。
㉙《舊唐書》卷四十七《經籍志》。
㉚《新唐書》卷六十《藝文志》。
㉛《通志》卷三十七。
㉜《郡齋讀書志》卷三。
㉝《直齋書録解題》卷九。
㉞《子略》卷二。
㉟《隋書》卷三十四《經籍志二》。
㊱《經典釋文》卷一《序録》。
㊲《經典釋文》卷一《序録》。
㊳《册府元龜》卷六百五『學校部·注釋第一』。
㊴《玉海》卷三十六『藝文』有『《經典·序録》：張璠《集解》十二卷，東晋秘書郎、參著作。集二十二家解，《序》云：「依向秀本。」』其下又有『向秀、庾運爲《易義》』之語。
㊵《雞肋集》卷十五《陪發運右司叔父集金山次韻》。
㊶《宋史》卷二百八《藝文七》。
㊷《經典釋文》卷一《序録》。
㊸《世説新語·文學》劉孝標注引《竹林七賢傳》。

㊹《風月堂詩話》卷上。
㊺《『題未定』草七》,《且介亭雜文二集》,人民文學出版社一九七三年,第一八〇頁。

輯校説明

一、本書所收作品爲竹林七賢詩文和雜著。曾經有文集行世的阮籍、嵇康、山濤、向秀、劉伶、阮咸等人，不論現存作品多少，每人一卷。因王戎無文集流傳，僅有雜言，故其雜言歸入第七卷《竹林七賢雜著輯佚》。

二、竹林七賢詩文的卷次順序，依東晋袁宏《名士傳》所言竹林七賢的順序而定，即阮嗣宗、嵇叔夜、山巨源、向子期、劉伯倫、阮仲容和王濬沖。

三、一人之作品，大抵按照詩歌、辭賦、文章的順序加以分類。各體文章皆有者，首詩歌，次辭賦，再次文章； 無詩歌者，首辭賦，次文章； 詩歌和辭賦俱無者，徑列其文章。

四、一類之作品，其先後順序大抵依通行本而定。具體詳見每一作者之下有關該作者文集版本的簡要説明。

五、一卷之下，先列作者現存詩文，而後是輯佚作品。輯佚作品大抵亦按照詩歌、辭賦和文章的順序排列。一類之中，大抵依時間先後爲序。時間無法確定者，則由輯校者參考文獻記載斟酌而定。

六、竹林七賢之中，除阮籍和嵇康有文集流傳至今外，其餘諸賢的文集早已失傳。而現存《阮籍集》和《嵇康集》，多是明清學人的輯本，各版本不僅所收篇目不同，而且所收詩文内容也出入較大，異文頗多。同時，由於阮籍和嵇康皆是竹林七賢的代表人物，在中國文學史、思想史和文化史上有廣泛影響，他們的作品在總集、選集、類書和史志中多有轉録或引用。若全出校記，則甚爲繁雜，且無必要。故僅以明清學人的輯本爲依據，擇其善者作爲底本，同時參校其他刻本以及《文選》、《玉臺新咏》、《初學記》、《北堂書鈔》、《藝文類聚》、《太平御覽》、《古文苑》、《樂府詩集》和《晋書》等。出入較大、異文較多或雖爲小異卻影響文章的理解和閲讀者，悉出校記。原缺而不可補者，以『□』代之。

七、竹林七賢的雜著總爲一卷。認定爲雜著的標準，就是在文集之外，書目文獻著作單獨列出的書目，或曾經單獨成書並流傳。依此標準，嵇康《聖賢高士傳》和《春秋左氏傳音》，山濤《山公啓事》，向秀《莊子注》、《莊子音》和《周易義》，阮咸《周易義》等，皆屬雜著一類。

八、竹林七賢雜著的編排順序，依照《竹林七賢集》之序。一人有雜著多種者，依書目文獻記載的先後順序排列，即先《隋書·經籍志》，次《舊唐書·經籍志》，次《新唐書·藝文志》，次《宋史·藝文志》，次書目文獻著作。竹林七賢的雜言散見於古代文獻，經彙集辨證，附於雜著之後。

九、本書所輯竹林七賢雜著，皆在首次出現時列明出處。一種雜著輯自兩種以上文獻者，在第一次（或第一條）佚文出現時列明出處。

十、竹林七賢雜著頗多，但流傳至今者，多者什之二三，少者不及什一。其中有可參校者，有無可參校者。可參校者出校記，無可參校者，徑列其佚文。

目録

卷一　阮籍集

詩歌……三
詠懷詩十三首……三
詠懷詩八十二首……八
歌三首……四三
賦……四五
東平賦……四五
亢父賦……五〇
首陽山賦……五一
清思賦……五二
獼猴賦……五六
鳩賦……五八
文……五九
爲鄭沖勸晋王牋……五九
詣蔣公奏記辭辟命……六一
辭曹大將軍辟命奏記……六三
與晋文王書薦盧播……六四
答伏義書……六五
附　伏義《與阮步兵書》……六六
樂論……七〇
通易論……七八
達莊論……八三
通老論……九〇
大人先生傳……九〇
老子贊……一〇一
孔子誄……一〇二

搏赤猿帖……一〇二
佚文……一〇三
弔某公文……一〇三
宜陽記……一〇三

卷二 嵇康集

詩歌……一〇七
五言古意一首……一〇七
贈兄秀才入軍十八首……一〇八
附 嵇喜《秀才答》四首……一一六
幽憤詩一首……一一九
述志詩二首……一二二
游仙詩一首……一二四
六言詩十首……一二五
秋胡行七首……一二九
思親詩一首……一三二
答二郭詩三首……一三四
附 郭遐周《贈嵇康詩》三首……一三六
附 郭遐叔《贈嵇康詩》五首……一三八
與阮德如詩一首……一四〇
附 阮德如《答嵇康詩》二首……一四二
酒會詩一首……一四四
四言詩十一首……一四五
五言詩三首……一五〇
琴歌……一五一
賦……一五二
琴賦有序……一五二
文……一五八
與山巨源絶交書……一五八
與呂長悌絶交書……一六七
卜疑……一六八
養生論……一七一
答向子期難養生論……一七六
聲無哀樂論……一九〇
釋私論……二〇七
管蔡論……二一四

明膽論……二一六
難自然好學論……二二〇
附　張叔遼《自然好學論》……二二二
難宅無吉凶攝生論……二二四
附　阮德如《宅無吉凶攝生論》……二二九
答釋難宅無吉凶攝生論……二三四
附　阮德如《釋難宅無吉凶攝生論》……二四五
太師箴……二五〇
家誡……二五二
白首賦（佚）……二五八
言不盡意論（佚）……二五八
嵇荀録（佚）……二五八
佚文……二五九
遊仙詩……二五九
懷香賦序……二六〇
酒賦……二六一
蠶賦……二六二
琴贊……二六二
孫登……二六三

卷三　山濤集

文……二六七
謝久不攝職表……二六七
爲子淳、允辭召見表……二六七
乞骸骨表……二六八
告退疏……二六八
答詔問郤詵事……二六九
再答詔問郤詵事……二七〇
附　魏舒《與山濤書》……二七〇

卷四　向秀集

賦……二七二
思舊賦并序……二七二
文……二七四
難養生論……二七四

嵇康……二九八
聖賢高士傳……二九八
春秋左氏傳音……三三〇
雜言……三三三
山濤……三三五
山公啓事……三三五
雜言……三六四
向秀……三六八
莊子注……三六八
莊子音……三七六
周易義……三七九
雜言……三八一
劉伶……三八三
雜言……三八三
阮咸……三八六
難答論……三八六
易義……三八七
古三墳注……三八七

卷五　劉伶集

詩……二八〇
北邙客舍詩……二八〇
文……二八一
酒德頌……二八一
酒祝……二八三
問樂……二八四

卷六　阮咸集

文……二八六
律議……二八六
與姑書……二八七

卷七　竹林七賢雜著輯佚

阮籍……二九一
道德論……二九一
通易論……二九二
雜言……二九三

附 何鏜《漢魏叢書・後序》……四〇〇
三峽流泉……四〇〇
雜言……四〇一
王戎……四〇四
雜言……四〇四
附録……四一六
竹林七賢年譜簡編……四一六
《晉書》竹林七賢傳……五〇二
《世說新語》及劉孝標注引竹林七賢資料……五二三
主要參考文獻……五四七

卷一　阮籍集

阮籍（二一〇—二六三），字嗣宗，陳留尉氏（今屬河南省）人。父阮瑀，爲建安七子之一。以阮籍曾爲步兵校尉，故世稱阮步兵。初爲尚書郎，歷官散騎常侍、從事中郎、東平相、步兵校尉，高貴鄉公曹髦正元初（二五四）封關内侯，景元四年（二六三）卒。原有集十三卷，已佚。唐宋時期尚有十卷本和五卷本流傳。迄於明代，《阮籍集》已散佚不全，僅有明人輯本。從《阮籍集》在明代的流行情況來看，其版本比較複雜，較爲流行的主要有三個版本，即一卷本、二卷本和三卷本。依時代先後論之，明嘉靖間陳德文、范欽刻《阮嗣宗集》二卷本在前。此本上卷收録阮籍文二十篇（包括殘篇），下卷收録阮籍四言和五言《詠懷詩》。薛應旂刻《阮步兵集》三卷本，約略與陳、范所刻二卷本同時。明萬曆間，新安汪士賢輯刻《漢魏諸名家集》所收《阮嗣宗集》亦是二卷本。明末張溥輯刻《漢魏六朝百三家集》所收《阮籍集》則是一卷本。此外，尚有張燮《七十二家集》所收《阮步兵集》六卷本。另據明萬曆間陳第編《世善堂書目》，陳第當時收藏有十卷本《阮籍集》，後竟亡佚。《『中央圖書館』典藏國立北平圖書館善本書目》（臺北，一九六九年）載有明刻《阮籍集》二種，一爲《阮嗣宗集》二卷，爲嘉靖刊本，當是陳德文、范欽輯刻本；一爲《阮嗣宗詩》一卷，不知是否即宋代民間所藏唐抄本《阮步兵詩》一卷本。明代以後，較爲流行的是陳德文、范欽輯刻二卷本《阮嗣宗集》、新安汪士賢輯刻的二卷本《阮步兵集》和張溥輯刻的一卷本《阮籍集》。清代嚴可均《全三國文》所收阮籍文二十篇，係據陳、范輯刻本《阮嗣宗集》所收阮籍文過録，唯編排次序不同而已。此外，尚有近人丁福保輯《漢魏六朝名家集初刻》所收四卷本《阮嗣宗集》。至於後來各家出版社出版的《阮籍集》，則多是今人據前述三種版本整理。如李志鈞、季昌華等校點的《阮籍集》，即以陳德文、范欽輯刻二卷本《阮嗣宗集》爲底本，以新安汪士賢輯刻的二卷本《阮步兵集》等爲參校本；中華書局出版的陳伯君《阮籍集校注》，則是參校諸本，擇善而從，自成特色。但因未有底本，一些文字差異以何爲本，緣何而成，何以取捨，等等，則語焉不詳，令人茫然。茲以張溥《漢魏六朝百三家集》（以下簡稱張溥本）爲底本，以范陳本、汪士賢本、及朴本、黃節《阮步兵咏懷詩注》等爲參校本，斟酌文義，辨析源流，以定取捨，並以校記說明之。

詩歌

詠懷詩十三首〔一〕

其一

天地絪蘊〔二〕，元精代序。清陽曜靈，和風容與〔三〕。明月映天〔四〕，甘露被宇。蓊鬱高松，猗那長楚。草蟲哀鳴，鶬鶊振羽。感時興思，企首延佇。於赫帝朝〔五〕，伊衡作輔。才非允文，器非經武。適彼沅湘，托分漁父〔六〕。優哉游哉，爰居爰處。

【校記】

〔一〕阮籍四言《詠懷詩》十三首，范欽、陳德文刻本，薛應旂刻本，汪士賢刻本皆不載，張溥本僅有前三首。《阮步兵咏懷詩注·詠懷十三首》注云：『據近人丁福保所編《全三國詩》云：按《讀書敏求記》謂阮嗣宗詠懷詩行世本惟五言詩八十首。朱子儋取家藏舊本刊於存餘堂，多四言《詠懷》十三首云云。余歷訪海上藏書家，都無朱子儋本。今所存四言詩僅三首耳。據丁氏之言，則僅存天地、月明、清風三首。余亦未見朱子儋本。惟舊藏潘璁本，乃明崇禎間翻嘉靖刻者，有嘉靖癸卯陳德文序，有崇禎丁丑潘璁序。分上下兩卷，録四言詩十三首。其一至三與丁氏刻同，其四至十三則丁氏所未見者。意與朱子儋本必無大異，或且潘本在朱本之前也。』黄節所謂朱本、潘本，不知現藏於何處，殊不易見。兹據黄節《阮步兵咏懷詩注》增補。

〔二〕絪藴，《藝文類聚》卷二十六阮籍《詠懷詩》作『煙藴』。

〔三〕和風，《藝文類聚》卷二十六阮籍《詠懷詩》作『和氣』。

〔四〕月，《古詩紀》卷二十九阮籍《詠懷詩》作『日』。

〔五〕赫，《藝文類聚》卷二十六阮籍《詠懷詩》作『赤』。當以『赫』爲是。

〔六〕分，《藝文類聚》卷二十六阮籍《詠懷詩》作『介』。

其二

月明星稀，天高氣寒〔一〕。桂旗翠旌，珮玉鳴鸞。濯纓醴泉，被服蕙蘭。思從二女，適彼湘沅。靈幽聽微〔二〕，誰觀玉顔〔三〕？灼灼春華，緑葉含丹。日月逝矣，惜爾華繁。

【校記】

〔一〕氣，《藝文類聚》卷二十六阮籍《詠懷詩》作『地』，亦通。

〔二〕聽，《古詩紀》卷二十九阮籍《詠懷詩》注『一作遠』。按，陳伯君《阮籍集校注》（以下僅稱書名）云：『《詩紀》、《漢魏詩紀》、范陳本、及朴本、張燮本注：一作遠。』

〔三〕觀，《古詩評選》本作『睹』。

其三

清風肅肅，修夜漫漫。嘯歌傷懷，獨寐寤言。臨觴拊膺，對食忘餐。世無萱草，令我哀歎。鳴鳥求友，谷風刺愆。重華登庸，帝命凱元。鮑子傾蓋，仲父佐桓。回濱嗟虞〔一〕，敢不希顏？志存明規，匪慕彈冠。我心伊何？其芳若蘭。

【校記】

〔一〕回，《阮步兵咏懷詩注》作『河』。《古詩紀》及張溥本皆作『回』，當以『回』爲是。

其四

陽精炎赫，卉木蕭森。谷風扇暑，密雲重陰。激電震光，迅雷遺音。零雨降集，飄溢北林。汎汎輕舟，載浮載沉。感往悼來，懷古傷今。生年有命，時過慮深。何用寫思，嘯歌長吟。誰能秉志，如玉如金。處哀不傷，在樂不淫。恭承明訓，以慰我心。

其五

立象昭回，陰陽攸經。秋風夙厲，白露宵零。修林雕殞，茂草收榮。良時忽邁，朝日西傾。有始有終，誰能久盈？太微開塗，三辰垂精。峨峨群龍，躍奮紫庭。鱗分委瘁，時高路清。爰潛爰默，韜影隱形。願保今日，永符修齡。

其六

璣衡運速，四節佚宣。冬日凄悕，玄雲蔽天。素冰彌澤，白雪依山。□□逝往，譬彼流川。人誰不設〔一〕？貴使名全。大道夷敞，蹊徑争先。玄黄塵垢，紅紫光鮮。嗟我孔父，聖懿通玄〔二〕。非義之榮，忽若塵煙。雖無靈德，願潛於淵。

【校記】

〔一〕設，《阮步兵咏懷詩注》案『疑「没」之誤』。聯繫上下文之意，當以『没』爲是。

〔二〕《阮步兵咏懷詩注》『懿』字下有注云：『一作「意」。』

其七

朝雲四集，日夕布散。素景垂光，明星有爛。肅肅翔鸞，雍雍鳴雁。今我不樂，歲月其晏。姜叟毗周，子房翼漢。應期佐命，庸動静亂。身用功顯，德以名贊。世無曩事，器非時幹。委命有□，承天無怨〔一〕。嗟爾君子，胡爲永嘆？

【校記】

〔一〕『委命有□，承天無怨』句下，《阮步兵咏懷詩注》有注云：『一作「委命承天，無尤無怨」。』

其八

日月隆光，克鑒天聰。三后臨朝〔一〕，二八登庸。升我俊髦，黜彼頑凶。太上立德，其次立功。仁風廣被，玄化潛通。幸遭盛明，睹此時雍。棲遲衡門，唯志所從。出處殊塗，俯仰異容。瞻歎古烈，思邁高蹤。嘉此箕山，忽彼虞龍。

【校記】

〔一〕《阮步兵咏懷詩注》「朝」字下有注云：「一作『軒』。」

其九

登高望遠，周覽八隅。山川悠邈，長路乖殊。感彼墨子，懷此楊朱。抱影鵠立，企首踟躕。仰瞻翔鳥，俯視游魚。丹林雲霏，緑葉風舒。造化絪蘊，萬物紛敷。大則不足，約則有餘。何用養志，守以沖虚。猶願異世，萬載同符。

其十

微微我徒，秩秩大猷。研精典素，思心淹留。乃命僕夫，興言出游。浩浩洪川，泛泛楊舟。仰瞻景曜，俯視波流。日月東遷，景曜西幽。寒往暑來，四節代周。繁華茂春，密葉殞秋。盛年衰邁，忽焉若浮。逍遥逸豫，與世無尤。

其十一

我徂北林，遊彼河濱。仰攀瑶幹，俯視素綸。隱鳳棲翼，潛龍躍鱗。幽光韜影，體化應神。君子邁德，處約思純。貨殖招譏，簞瓢稱仁。夷叔采薇，清高遠震。齊景千駟，爲此埃塵。嗟爾後進，茂兹人倫。蓽門圭竇，謂之道真。

其十二

華容豔色，曠世特彰。妖冶殊麗，婉若清揚。鬒髮娥眉，綿邈流光。藻采綺靡，從風遺芳。回首悟精，魂射飛揚。君子克己，心絜冰霜。泯泯亂昏，在昔二王。瑶臺璇室，長夜金梁。殷氏放夏，周剪紂商。於戲後昆，可爲悲傷。

其十三

晨風掃塵，朝雨灑路。飛駟龍騰，哀鳴外顧。攬轡按策，進退有度〔一〕。樂往哀來，悵然心悟。念彼恭人，眷眷懷顧。日月運往，歲聿雲暮。嗟余幼人，既頑且固。豈不志遠，才難企慕。命非金石，身輕朝露。焉知松喬，頤神太素。逍遥區外，登我年祚。

【校記】

〔一〕「進退有度」句之「退有」，《阮步兵咏懷詩注》有注云：「一作『止應』。」

詠懷詩八十二首〔一〕

其一

夜中不能寐，起坐彈鳴琴。薄帷鑒明月，清風吹我襟〔二〕。孤鴻號外野，翔鳥鳴北林〔三〕。徘徊將何見，憂思獨傷心。

【校記】

〔一〕張溥本有注云：『顔延年云：「阮公身事亂朝，常恐遇禍，因兹詠懷，雖志在譏刺，而文多隱避，百代之下，難以情測，故粗明大意，略其幽旨也。」《詩紀》云：「阮集傳之既久，頗存訛闕。校録者往往肆爲補綴，作者之旨淆亂甚焉。」今以諸本參校，其義稍優。』

〔二〕襟，李善注《文選》卷二十三阮嗣宗《詠懷詩》作『衿』。

〔三〕翔，李善注《文選》卷二十三阮嗣宗《詠懷詩》作『朔』，《藝文類聚》卷二十六同。

其二

二妃游江濱，逍遥順風翔〔一〕。交甫懷佩環〔二〕，婉孌有芬芳〔三〕。猗靡情歡愛〔四〕，千載不相忘〔五〕。傾城迷下蔡，容好結中腸〔六〕。感激生憂思，萱草樹蘭房〔七〕。膏沐爲誰施〔八〕，其雨怨朝陽。如何金石交，一旦更離傷。

【校記】

〔一〕順，《玉臺新詠》卷二『阮籍詠懷詩二首』和《藝文類聚》卷十八引阮籍詩皆作『從』。

〔二〕懷，《玉臺新詠》卷二『阮籍詠懷詩二首』作『解』。《續後漢書》卷七十三引作『遺』。『佩環』，《初學記》卷十九、《太平御覽》卷三百八十一引作『玉佩』，《續後漢書》卷七十三引作『珮環』。

〔三〕孌，《藝文類聚》卷十八引作『娩』。

〔四〕猗，《藝文類聚》卷十八引作『綺』。

〔五〕載，《藝文類聚》卷十八引作『歲』。
〔六〕好，《藝文類聚》卷十八引作『華』。
〔七〕萱草，李善注《文選》卷二十三阮嗣宗《詠懷詩》作『諼草』。
〔八〕青，《玉臺新詠考異》卷二作『蘭』。丁福保輯《阮籍集》從之。

其三

嘉樹下成蹊，東園桃與李〔一〕。秋風吹飛藿，零落從此始。繁華有憔悴，堂上生荆杞。驅馬舍之去，去上西山趾。一身不自保，何況戀妻子〔二〕？凝霜被野草，歲暮亦云已。

【校記】

〔一〕開篇二句，《古詩紀》卷一百五十六『阮籍』條引作『嘉木下成蹊，東園損桃李』。
〔二〕何況，《古詩紀》卷一百五十六『阮籍』條引作『況復』。

其四

天馬出西北，由來從東道。春秋非有托〔一〕，富貴焉常保？清露被皋蘭，凝霜沾野草。朝爲美少年〔二〕，夕暮成醜老。自非王子晋，誰能常美好？

【校記】

〔一〕托，五臣注《文選》作『訖』，亦通。

〔二〕美，李善注《文選》卷二十三阮嗣宗《詠懷詩》作『媚』，五臣注《文選》同。

其五

平生少年時，輕薄好弦歌。西游咸陽中，趙李相經過。娛樂未終極，白日忽蹉跎〔一〕。驅馬復來歸，反顧望三河。黃金百鎰盡〔二〕，資用常苦多。北臨太行道，失路將如何！

【校記】

〔一〕蹉跎，李善注《文選》卷二十三阮嗣宗《詠懷詩》作『蹉跎』。

〔二〕鎰，李善注《文選》卷二十三阮嗣宗《詠懷詩》作『溢』，六臣注《文選》作『鎰』。當以六臣注爲是。

其六

昔聞東陵瓜，近在青門外。連畛距阡陌〔一〕，子母相鉤帶〔二〕。五色曜朝日，嘉賓四面會。膏火自煎熬，多財爲患害。布衣可終身，寵禄豈足賴？

【校記】

〔一〕畛，《續後漢書》卷七十三引作『軫』。

〔二〕鉤，《文選》卷二十三阮嗣宗《詠懷詩》作『拘』。

其七

炎暑惟兹夏，三旬將欲移。芳樹垂緑葉，青雲自逶迤〔一〕。四時更代謝，日月遞參差〔二〕。徘徊空堂上，忉怛莫我知。願睹卒歡好，不見悲别離。

【校記】

〔一〕青，李善注《文選》卷二十三阮嗣宗《詠懷詩》作『清』，六臣注《文選》同。

〔二〕參差，李善注《文選》卷二十三阮嗣宗《詠懷詩》作『差馳』，六臣注《文選》同。《古詩紀》注云：『一作差馳。』

其八

灼灼西隤日〔一〕，餘光照我衣。回風吹四壁，寒鳥相因依。周周尚銜羽，蛩蛩亦念飢。如何當路子，磬折忘所歸。豈爲誇譽名〔二〕，憔悴使心悲〔三〕。寧與燕雀翔，不隨黄鵠飛。黄鵠遊四海，中路將安歸？

【校記】

〔一〕隤，六臣注《文選》卷二十三作『頽』，亦通。

〔二〕譽，六臣注《文選》卷二十三作注云：『五臣作「與」。』《石倉歷代詩選》卷二作『虛』。

〔三〕悲，《阮步兵咏懷詩注》『悲』下注云：『一作「非」。』

其九

步出上東門〔一〕，北望首陽岑〔二〕。下有采薇士，上有嘉樹林。良辰在何許？凝霜沾衣襟〔三〕。寒風振山岡，玄雲起重陰。鳴雁飛南徵，鶗鴂發哀音。素質遊商聲〔四〕，悽愴傷我心〔五〕。

【校記】

〔一〕步，《水經注》卷十六『穀水』注引作『朝』。

〔二〕北，《水經注》卷十六『穀水』注引作『遥』。《藝文類聚》卷七引亦作『遥』。

〔三〕襟，李善注和五臣注《文選》皆作『衿』。

〔四〕遊，六臣注《文選》卷二十三作『由』。《阮步兵咏懷詩注》『遊』下注云：『一作「繇」。』

〔五〕悽愴，張溥本作『淒凄』。

其十

北里多奇舞，濮上有微音。輕薄閒遊子〔一〕，俯仰乍浮沉〔二〕。捷徑從狹路，黽勉趨荒淫〔三〕。焉見王子喬，乘雲翔鄧林。獨有延年術，可以慰我心〔四〕。

【校記】

〔一〕閒遊，六臣注《文選》卷二十三『閒遊』下注云：『五臣汀作「遊閑」。』

〔二〕乍，六臣注《文選》卷二十三『乍』下注云：『五臣作「作」。』

〔三〕趨，李善注《文選》卷二十三作『趣』。
〔四〕以，六臣注《文選》卷二十三『以』下注云：『五臣作「用」。』我，《風雅翼》卷三作『吾』。

其十一

湛湛長江水，上有楓樹林。皋蘭被徑路，青驪逝駸駸。遠望令人悲，春氣感我心〔一〕。三楚多秀士，朝雲進荒淫。朱華振芬芳，高蔡相追尋。一爲黄雀哀，涕下誰能禁〔二〕？

【校記】
〔一〕《阮步兵咏懷詩注》『氣』下注云：『潘本作「風」。』
〔二〕涕，《古詩紀》卷二十九作『淚』。《古今詩删》、《古詩鏡》、《石倉歷代詩選》及張溥本同。

其十二

昔日繁華子，安陵與龍陽。夭夭桃李花，灼灼有輝光。悦懌若九春〔一〕，磬折似秋霜。流盼發姿媚〔二〕，言笑吐芬芳。攜手等歡愛，宿昔同衣裳〔三〕。願爲雙飛鳥，比翼共翱翔。丹青著明誓，永世不相忘〔四〕。

【校記】
〔一〕懌，《藝文類聚》卷三十三引阮籍詩作『澤』。當以『懌』爲是。
〔二〕盼，《玉臺新詠》卷二阮籍《詠懷詩》二首作『眄』。姿媚，《玉臺新詠》作『媚姿』。
〔三〕衣裳，《玉臺新詠》卷二阮籍《詠懷詩》二首作『衾裳』。《藝文類聚》卷三十三引同。

〔四〕永世，六臣注《文選》卷二十三『永世』下注云：『五臣作「千載」。』

其十三

登高臨四野，北望青山阿。松柏翳岡岑，飛鳥鳴相過。感慨懷辛酸，怨毒常苦多。李公悲東門，蘇子狹三河。求仁自得仁，豈復歎咨嗟！

其十四

開秋兆涼氣〔一〕，蟋蟀鳴牀帷。感物懷殷憂，悄悄令心悲〔二〕。多言焉所告，繁辭將訴誰？微風吹羅袂，明月耀清輝〔三〕。晨雞鳴高樹，命駕起旋歸。

【校記】

〔一〕兆，《太平御覽》卷九百四十九引作『肇』。

〔二〕悄悄，《太平御覽》卷九百四十九引作『悄然』。

〔三〕六臣注《文選》卷二十三『耀』下注云：『五臣作「曜」。』

其十五

昔年十四五，志尚好詩書〔一〕。被褐懷珠玉，顏閔相與期。開軒臨四野〔二〕，登高望所思〔三〕。丘墓蔽山岡，萬代同一時〔四〕。千秋萬歲後〔五〕，榮名安所之。乃悟羨門子〔六〕，噭噭令自嗤〔七〕。

【校記】

〔一〕詩書，六臣注《文選》卷二十三作『書詩』。其注云：『五臣作詩書。』《石倉歷代詩選》卷二亦作『書詩』。

〔二〕六臣注《文選》卷二十三『軒』下注云：『五臣作「都」。』

〔三〕望，六臣注《文選》卷二十三作『有』。

〔四〕《古詩紀》卷二十九本詩『代』下有注云：『集一作「世」。』

〔五〕萬，六臣注《文選》卷二十三句下注云：『五臣作「百」。』

〔六〕悟，六臣注《文選》卷二十三『悟』下注云：『善作悮。』

〔七〕令，六臣注《文選》卷二十三作『今』，《古詩紀》卷二十九從之。嗤，李善注《文選》卷二十三作『蚩』。

其十六

徘徊蓬池上〔一〕，還顧望大梁。緑水揚洪波〔二〕，曠野莽茫茫〔三〕。走獸交横馳，飛鳥相隨翔〔四〕。是時鶉火中，日月正相望。朔風厲嚴寒，陰氣下微霜。羈旅無儔匹〔五〕，俯仰懷哀傷。小人計其功，君子道其常。豈惜終憔悴，詠言著斯章。

【校記】

〔一〕蓬，《藝文類聚》卷二十六引作『逢』。

〔二〕緑，《藝文類聚》卷二十六引作『渌』。

〔三〕莽，《藝文類聚》卷二十六引作『漭』。

〔四〕六臣注《文選》卷二十三『相』下注云：『五臣作「自」字。』

〔五〕儔，李善注和六臣注《文選》卷二十三皆作『疇』。

其十七

獨坐空堂上，誰可與歡者？出門臨永路〔一〕，不見行車馬。登高望九州，悠悠分曠野。孤鳥西北飛，離獸東南下。日暮思親友，晤言用自寫。

【校記】

〔一〕六臣注《文選》卷二十三『出』下注云：『五臣作「山」。』

其十八

懸車在西南，羲和將欲傾。流光耀四海，忽忽至夕冥。朝爲咸池輝，濛汜受其榮〔一〕。豈知窮達士〔二〕，一死不再生。視彼桃李花，誰能久熒熒？君子在何許，歎息未合并〔三〕。瞻仰景山松，可以慰吾情。

【校記】

〔一〕濛，《古詩紀》卷二十九作『蒙』。

〔二〕《古詩紀》卷二十九『知』下注云：『集作「放」。』《阮步兵咏懷詩注》云：『豈知當作豈如，字之誤也。』

〔三〕《古詩紀》卷二十九『歎息』下注云：『集作「曠世」。』張溥本亦作『曠世』。據《古詩紀》改。

其十九

西方有佳人，皎若白日光〔一〕。被服纖羅衣，左右佩雙璜〔二〕。修容耀姿美，順風振微芳。登高眺所思，舉袂當朝陽〔三〕。寄顏雲霄間，揮袖淩虛翔。飄飖恍惚中，流眄顧我傍〔四〕。悅懌未交接，晤言用感傷。

【校記】

〔一〕此句《太平御覽》兩次引用皆不同，卷三百八十一作『皎若白素光』，卷八百十六作『皎皎如日光』。

〔二〕佩，《古詩紀》卷二十九作『珮』，張溥本從之。雙璜，《藝文類聚》卷十八『阮籍詩』作『雙璫』，《太平御覽》卷八百十六『阮籍詩』亦作『雙璫』。

〔三〕《古詩紀》卷二十九『當』下注云：『集作「向」。』

〔四〕流眄，《風雅翼》卷三阮籍《詠懷詩》十三首作『流盼』。

其二十

楊朱泣歧路，墨子悲染絲。揖讓長離別，飄遥難與期〔一〕。豈徒燕婉情，存亡誠有之。蕭索人所悲，禍釁不可辭。趙女媚中山，謙柔愈見欺。嗟嗟塗上士，何用自保持！

【校記】

〔一〕期，《風雅翼》卷十阮籍《詠懷詩》三首作『斯』。

其二十一〔一〕

于心懷寸陰，羲陽將欲冥。揮袂撫長劍〔二〕，仰觀浮雲徵。雲間有玄鶴，抗志揚哀聲。一飛沖青天，曠世不再鳴。豈與鶉鷃遊〔三〕，連翩戲中庭。

【校記】

〔一〕據《詩話總龜》記載，京師曹氏家藏唐人寫本《阮步兵詩》一卷，所載此詩與各本《阮籍集》出入較大。其文云：『京師曹氏家藏《阮步兵詩》一卷，唐人所書，與世所傳多異。有數十首，集中所無。其一篇云：「放心懷寸陰，羲和將欲冥。揮袂撫長劍，仰觀浮雲行。雲間有立鵠，抗首揚哀聲。一飛沖青天，強世不再鳴。安與鶉鷃徒，翩翩戲中庭。」』《清河書畫舫》卷一所載此詩，係轉録《詩話總龜》文字。《古詩紀》卷二十九此詩後有注，係自《詩話總龜》轉録。

〔二〕撫，《風雅翼》卷十阮籍《詠懷詩》三首作『抗』，當是刻寫之誤。

〔三〕鶉鷃，《風雅翼》卷十阮籍《詠懷詩》三首作『鶉鶮』。

其二十二

夏后乘靈輿，夸父爲鄧林。存亡從變化，日月有浮沈。鳳凰鳴參差〔一〕，伶倫發其音。王子好簫管，世世相追尋。誰言不可見，青鳥明我心。

【校記】

〔一〕鳳凰，《古詩紀》卷二十九作『鳳皇』。

其二十三

東南有射山，汾水出其陽。六龍服氣輿，雲蓋切天綱〔一〕。仙者四五人，逍遥晏蘭房〔二〕。寢息一純和，呼噏成露霜。沐浴丹淵中，炤耀日月光〔三〕。豈安通靈臺〔四〕，游瀁去高翔。

【校記】

〔一〕切，《古詩紀》卷二十九『切』下注云：『一作覆。』張溥本詩後注同。

〔二〕晏，《阮步兵咏懷詩注》作『宴』，其下注云：『一作「晏」。』

〔三〕炤，《采菽堂古詩選》本作『照』。《阮籍集校注》從之。

〔四〕《古詩紀》卷二十九『通』下注云：『集作「邇」。』張溥本詩後校記云：『通，集作「邇」。』

其二十四

殷憂令志結，怵惕常若驚。逍遥未終晏〔一〕，朱華忽西傾〔二〕。蟋蟀在户牖，蟪蛄號中庭〔三〕。心腸未相好，誰云亮我情？願爲雲間鳥，千里一哀鳴。三芝延瀛洲，遠遊可長生。

【校記】

〔一〕晏，張溥本作『宴』。

〔二〕《四庫全書考證》卷九十五《漢魏六朝百三名家集中·阮步兵集》校記云：『其二十四「逍遥未終宴，朱華忽西傾」，刊本「華忽」訛「一二」……並據《古詩紀》改。』朱華，《阮步兵咏懷詩注》作

『朱陽』，其下注云：『《詩紀》作「華」。一作「明」。』

〔三〕號，《古詩紀》卷二十九作『鳴』。《古詩鏡》卷七從之。

其二十五

拔劍臨白刃，安能相中傷？但畏工言子，稱我三江旁。飛泉流玉山，懸車棲扶桑。日月徑千里，素風發微霜。勢路有窮達〔一〕，諮嗟安可長！

【校記】

〔一〕《古詩紀》卷二十九『勢』下注云：『外編作「世」。』張溥本從之。

其二十六

朝登洪坡顛〔一〕，日夕望西山〔二〕。荆棘被原野，群鳥飛翩翩。鸞鷖時棲宿〔三〕，性命有自然。建木誰能近〔四〕，射干復嬋娟。不見林中葛，延蔓相勾連。

【校記】

〔一〕洪坡，《太平寰宇記》卷五十六『洪波臺』引阮籍詩：『朝登洪波顛，日夕望西山。』是知在宋代阮籍詩中所言『洪坡』乃被稱爲『洪波臺』之『洪波』。

〔二〕夕，張溥本作『久』，當是刊刻之誤。

〔三〕《古詩紀》卷二十九『時』下注云：『集作「特」。』

〔四〕《阮步兵咏懷詩注》『建』下注云：『一作「庭」。』誰，張溥本作『譙』，當是形誤。

其二十七

周鄭天下交〔一〕，街術當三河〔二〕。妖冶閑都子，焕耀何芬葩〔三〕。玄髮發朱顔〔四〕，睇眄有光華〔五〕。傾城思一顧，遺視來相誇〔六〕。願爲三春遊，朝陽忽蹉跎。盛衰在須臾，離别將如何？

【校記】

〔一〕交，《藝文類聚》卷十八引作『郊』。

〔二〕街術，《藝文類聚》卷十八引作『衛衢』。按，各本《阮籍集》作『街術』。

〔三〕焕耀，《藝文類聚》卷十八引作『英耀』，《初學記》卷十九引同。《太平御覽》卷三百八十一引阮籍詩作『英曜』。

〔四〕髮，《藝文類聚》卷十八引作『鬟』。發，《古詩紀》卷二十九『發』下注云：『一作照。』

〔五〕眄，《藝文類聚》卷十八引作『盼』。《太平御覽》卷三百八十一引阮籍詩亦作『盼』。

〔六〕誇，《藝文類聚》卷十八引作『過』。《古詩紀》『誇』下注云：『《初學》作過。』張溥本詩後注云：『誇，《初學》作周。』檢文淵閣四庫全書本《初學記》，『誇』作『過』。按，當以《古詩紀》注爲是。

其二十八

若花曜四海〔一〕，扶桑翳瀛洲。日月經天途，明暗不相仇〔二〕。窮達自有常，得失又何求？豈效路上童，攜手共遨遊。陰陽有變化，誰云沉不浮？朱鱉躍飛泉，夜飛過吴洲。俛仰運天地，再撫四海流。繫累名利場，駑駿同一輈。豈若遺耳目，升遐去殷憂。

【校記】

〔一〕花，《古詩紀》卷二十九『花』下注云：『一作木。』《古詩鏡》卷七作『木』。四，《古詩紀》卷二十九『四』下注云：『一作西。』

〔二〕仇，《古詩紀》卷二十九『仇』下注云：『集作侔。』《阮步兵咏懷詩注》『侔』下注云：『一作仇，一作投。』

其二十九

昔余游大梁，登于黄華顛。共工宅玄冥，高臺造青天。幽荒邈悠悠，悽愴懷所憐。所憐者誰子？明察自照妍〔一〕。應龍沈冀州，妖女不得眠。肆侈陵世俗〔二〕，豈云永厥年。

【校記】

〔一〕《古詩紀》卷二十九『自照妍』下注云：『一作應自然。』張溥本從之。

〔二〕《古詩紀》卷二十九『侈』下注云：『一作佞。』張溥本從之。

其三十

驅車出門去，意欲遠徵行。徵行安所如？背棄誇與名。誇名不在己，但願適中情。單帷蔽皎日，高榭隔微聲。讒邪使交疏〔一〕，浮雲令晝冥。嬿婉同衣裳，一顧傾人城。從容在一時，繁華不再榮。晨朝奄復暮，不見所歡形。黄鳥東南飛，寄言謝友生。

【校記】

〔一〕《阮步兵咏懷詩注》『疏』下注云：『一作流。』

其三十一

駕言發魏都，南向望吹臺。簫管有遺音，梁王安在哉？戰士食糟糠，賢者處蒿萊。歌舞曲未終，秦兵已復來〔一〕。夾林非吾有，朱宫生塵埃。軍敗華陽下，身竟爲土灰。

【校記】

〔一〕已復，《藝文類聚》卷二十六引作『復已』。

其三十二

朝陽不再盛，白日忽西幽。去此若俯仰，如何似九秋？人生若塵露，天道邈悠悠〔一〕。齊景升丘山，涕泗紛交流。孔聖臨長川，惜逝忽若浮。去者余不及，來者吾不留。願登太華山，上與松子遊。漁父知世患，乘流泛輕舟。

【校記】

〔一〕邈，《阮步兵咏懷詩注》作『竟』，注云：『一作邈。』

其三十三

一日復一夕，一夕復一朝。顔色改平常，精神自損消〔一〕。胸中懷湯火，變化故相招。萬事無窮極〔二〕，知謀苦不饒。但恐須臾間，魂氣隨風飄。終身履薄冰，誰知我心焦？

【校記】

〔一〕《阮步兵咏懷詩注》『損』下注云：『一作捐。』

〔二〕《古詩紀》卷二十九『極』下注云：『一作理。』

其三十四

一日復一朝〔一〕，一昏復一晨〔二〕。容色改平常，精神自飄淪〔三〕。臨觴多哀楚，思我故時人〔四〕。對酒不能言，凄愴懷酸辛。願耕東皋陽，誰與守其真？愁苦在一時，高行傷微身。曲直何所爲，龍蛇爲我鄰。

【校記】

〔一〕朝，《藝文類聚》卷二十六作『日』。《淵鑒類函》卷三百四引阮籍詩從之。

〔二〕昏，《藝文類聚》卷二十六作『夕』。《淵鑒類函》卷三百四引阮籍詩從之。

〔三〕神，《藝文類聚》卷二十六作『魂』。《淵鑒類函》卷三百四引阮籍詩從之。

〔四〕時，《藝文類聚》卷二十六作『情』。《淵鑒類函》卷三百四引阮籍詩從之。

其三十五

世務何繽紛，人道苦不遑。壯年以時逝，朝露待太陽。願攬羲和轡〔一〕，白日不移光。天階路殊絶，雲漢邈無梁。濯髮暘谷濱，遠遊崑嶽傍。登彼列仙岨，採此秋蘭芳。時路烏足爭，太極可翱翔。

【校記】

〔一〕《四庫全書考證》卷九十五《漢魏六朝百三名家集中・阮步兵集》校記云：『又其三十五「願攬羲和轡」，刊本「攬」訛「擥」。並據《古詩紀》改。』

其三十六

誰言萬事艱，逍遥可終生。臨堂翳華樹，悠悠念無形。彷徨思親友，倐忽復至冥。寄言東飛鳥，可用慰我情。

其三十七

嘉時在今辰，零雨灑塵埃。臨路望所思，日夕復不來。人情有感慨，蕩漾焉能排？揮涕懷哀傷，辛酸誰語哉〔一〕！

【校記】

〔一〕《阮步兵咏懷詩注》卷二十九『語』下注云：『一作與。』

其三十八

炎光延萬里，洪川蕩湍瀨。彎弓掛扶桑，長劍倚天外。泰山成砥礪，黄河爲裳帶。視彼莊周子，榮枯何足賴！捐身棄中野，烏鳶作患害。豈若雄傑士，功名從此大。

其三十九

壯士何慷慨，志欲威八荒。驅車遠行役，受命念自忘。良弓挾烏號，明甲有精光。臨難不顧生，身死魂飛揚。豈爲全軀士，效命爭戰場。忠爲百世榮，義使令名彰。垂聲謝後世，氣節故有常。

其四十

混元生兩儀，四象運衡璣。曒日布炎精，素月垂景輝〔一〕。晷度有昭回，哀哉人命微！飄若風塵逝，忽若慶雲晞。修齡適余願，光寵非己威。安期步天路，松子與世違。焉得凌霄翼〔二〕，飄颻登雲湄〔三〕。嗟哉尼父志，何爲居九夷？

【校記】

〔一〕輝，張溥本作『暉』。

〔二〕凌，《古詩紀》卷二十九作『淩』。

〔三〕湄，《阮步兵咏懷詩注》作『巍』。

其四十一

天網彌四野，六翮掩不舒。隨波紛綸客〔一〕，泛泛若浮鳧〔二〕。生命無期度，朝夕有不虞。列仙停修齡，養志在沖虛。飄颻雲日間，邈與世路殊。榮名非己寶，聲色焉足娛。采藥無旋返，神仙志不符。逼此良可惑，令我久躊躇。

【校記】

〔一〕客，《古詩紀》卷二十九『客』下注云：『集作落。』

〔二〕浮梟，《古詩紀》卷二十九『浮梟』下注云：『一作梟鷺。』

其四十二

王業須良輔，建功俟英雄。元凱康哉美，多士頌聲隆。陰陽有舛錯，日月不常融。天時有否泰，人事多盈沖。園綺遁南嶽，伯陽隱西戎。保身念道真，寵耀焉足崇？人誰不善始，鮮能克厥終。休哉上世士，萬載垂清風。

其四十三

鴻鵠相隨飛〔一〕，飛飛適荒裔〔二〕。雙翮臨長風〔三〕，須臾萬里逝。朝餐琅玕實，夕宿丹山際〔四〕。抗身青雲中，網羅孰能制〔五〕？豈與鄉曲士，攜手共言誓。

【校記】

〔一〕飛，《藝文類聚》卷九十引阮籍詩作『去』。

〔二〕飛飛，《藝文類聚》卷二十六作『隨飛』，卷九十引則作『飛飛』。飛飛適，《喻林》卷八十三據《廣文選》作『浩渺運』。

〔三〕雙，《喻林》卷八十三據《廣文選》作『揮』。臨，《藝文類聚》卷九十作『淩』。

〔四〕宿，《喻林》卷八十三據《廣文選》作『棲』。丹，《藝文類聚》卷九十作『西』。
〔五〕孰，《藝文類聚》卷二十六作『不』。

其四十四

儔物終始殊，修短各異方。琅玕生高山，芝英耀朱堂。熒熒桃李花，成蹊將夭傷。焉敢希千術，三春表微光。自非凌風樹，憔悴烏有常〔一〕。

【校記】

〔一〕烏，《古詩鏡》卷七作『要』。《古詩紀》卷二十九『烏』下注云：『一作要。』

其四十五

幽蘭不可佩，朱草爲誰榮？修竹隱山陰，射干臨增城。葛藟延幽谷，綿綿瓜瓞生。樂極消靈神，哀深傷人情。竟知憂無益，豈若歸太清！

其四十六

鷽鳩飛桑榆〔一〕，海鳥運天池。豈不識宏大，羽翼不相宜。招摇安可翔，不若棲樹枝。下集蓬艾間〔二〕，上游園圃籬〔三〕。但爾亦自足，用子爲追隨〔四〕。

【校記】

〔一〕鷽，《古詩鏡》和張溥本皆作『鸒』。

〔二〕艾，《藝文類聚》卷二十六作『蒿』。

〔三〕圃，《藝文類聚》卷二十六作『囿』。

〔四〕《古詩紀》卷二十九詩後注云：『此首《藝文類聚》所載與今本不同，而義意近優。觀李善《文選注》江文通《擬詠懷詩》所引，與《藝文》同，亦一證也。今從《藝文》定正。』

其四十七〔一〕

生命辰安在，憂戚涕沾襟。高鳥翔山岡，燕雀棲下林。青雲蔽前庭，素琴淒我心。崇山有鳴鶴，豈可相追尋？

【校記】

〔一〕《阮步兵咏懷詩注》云：『《漢魏詩集》合下篇爲一首。惟《詩所》別爲二首，今從之。』

其四十八

鳴鳩嬉庭樹，焦明遊浮雲。焉見孤翔鳥，翩翩無匹群。死生自然理，消散何繽紛〔一〕。

【校記】

〔一〕《古詩紀》卷二十九詩後注云：『《漢魏詩集》合前爲一首。』

其四十九

步遊三衢旁，惆悵念所思。豈爲今朝見，恍惚誠有之。澤中生喬松，萬世未可期〔一〕。高鳥摩天飛，淩雲共遊嬉。豈有孤行士，垂涕悲故時。

【校記】

〔一〕《古詩紀》卷二十九『未』字下注云：『一作安。』

其五十

清露爲凝霜，華草成蒿萊。誰云君子賢，明達安可能〔一〕。乘雲招松喬，呼噏永矣哉。

【校記】

〔一〕《古詩紀》卷二十九『達』字下注云：『集作自。』

其五十一

丹心失恩澤，重德喪所宜。善言焉可長，慈惠未易施。不見南飛燕，羽翼正差池。高子怨新詩，三閭悼乖離。保爲混沌氏，倏忽體貌隳。

其五十二

十日出暘谷〔一〕，弭節馳萬里。經天耀四海〔二〕，倏忽潛濛汜。誰言焱炎久？遊没何行俟〔三〕。逝者豈長生，亦去荆與杞。千歲猶崇朝，一餐聊自已〔四〕。是非得失間，焉足相譏理〔五〕？計利知術窮，哀情遽能止〔六〕？

【校記】

〔一〕按《藝文類聚》卷一引此詩前四句，作張載詩。暘，《藝文類聚》卷一引作『湯』。

〔二〕耀，《藝文類聚》卷一引作『曜』。
〔三〕何，《毛詩古音考》卷一『俟』下釋文引阮籍《詠懷詩》作『可』：『誰言焱炎久？遊没可行俟。』
〔四〕《古詩紀》卷二十九『聊自已』下注云：『一作百金子。』
〔五〕《四庫全書考證》卷九十五《漢魏六朝百三名家集中·阮步兵集》校記云：『其五十二「是非得失間，焉足相譏理」，刊本「間」訛「問」。據《古詩紀》改。』
〔六〕《古詩紀》卷二十九『遽』下注云：『一作克。』

其五十三

自然有成理，生死道無常。智巧萬端出，大要不易方。如何誇毗子，作色懷驕腸。乘軒驅良馬，憑几向膏粱。被服纖羅衣，深榭設閒房。不見日夕華，翩翩飛路傍。

其五十四

誇談快憤懣，情慵發煩心〔一〕。西北登不周，東南望鄧林。曠野彌九州，崇山抗高岑。一餐度萬世，千歲再浮沉。誰云玉石同？淚下不可禁。

【校記】

〔一〕《古詩紀》卷二十九『情』下注云：『一作惰。』

其五十五

人言願延年，延年欲焉之？黄鵠呼子安，千秋未可期。獨坐山巖中〔一〕，惻愴懷所思。王子一何好，猗靡相攜持。悦懌猶今辰，計校在一時。置此明朝事，日夕將見欺〔二〕。

【校記】

〔一〕《阮籍集校注》此句下注云：『自此句起范陳本、陳德文本作「簮冕安能處，山巖在一時。置此明朝事，日夕將見欺。」』汗云：「一本五句云：簮冕安能處，山巖在一時。置此遊明朝，日夕將見欺。」』按，陳伯君注『范陳本、陳德文本』當有誤，『范陳本』即范欽、陳德文本。其『陳德文本』不知何指。

〔二〕《古詩紀》卷二十九詩後注云：『今本作「潛見安能處，山巖在一時。置此明朝事，日夕將見欺。」』據此可知，『悦懌猶今辰，計校在一時』二句，在《古詩紀》所謂『今本』中則作『潛見安能處，山巖在一時』。

其五十六

貴賤在天命，窮達自有時。婉孌佞邪子，隨利來相欺。孤恩損惠施〔一〕，但爲讒夫嗤〔二〕。鶺鴒鳴雲中，載飛靡所期。焉知傾側士，一旦不可持！

【校記】

〔一〕《阮步兵咏懷詩注》『恩』下注云：『諸本皆作思，惟曾國藩《三十家詩鈔》作恩。』

〔二〕《阮步兵咏懷詩注》『嗤』下注云：『一作蚩。』

其五十七

驚風振四野，回雲蔭堂隅〔一〕。牀帷爲誰設，几杖爲誰扶？雖非明君子，豈暗桑與榆。世有此聾聵，芒芒將焉如？翩翩從風飛〔二〕，悠悠去故居。離麾玉山下，遺棄毀與譽。

【校記】

〔一〕蔭堂隅，《阮籍集校注》云：『此三字范陳本作「集一隅」。』

〔二〕《阮步兵咏懷詩注》『風』下注云：『或作此。』

其五十八

危冠切浮雲，長劍出天外。細故何足慮，高度跨一世。非子爲我御，逍遥遊荒裔。顧謝西王母，吾將從此逝。豈與蓬户士，彈琴誦言誓？

其五十九

河上有丈人，緯蕭棄明珠。甘彼藜藿食，樂是蓬蒿廬。豈效繽紛子，良馬騁輕輿〔一〕。朝生衢路旁，夕瘞横術隅。歡笑不終宴〔二〕，俯仰復欷歔。鑒兹二三者，憤懣從此舒。

【校記】

〔一〕《阮步兵咏懷詩注》『輕』下注云：『或作龍。』

〔二〕宴，《藝文類聚》卷二十六引作『晏』。《古詩紀》卷二十九亦作『晏』。

其六十

儒者通六藝〔一〕，立志不可干。違禮不爲動，非法不肯言。渴飲清泉流，飢食並一簞〔二〕。歲時無以祀，衣服常苦寒。屣履詠南風，緼袍笑華軒。通道守詩書，義不受一餐。烈烈褒貶辭，老氏用長歎。

【校記】

〔一〕《古詩紀》卷二十九『藝』下注云：『一作義。』

〔二〕《古詩紀》卷二十九『並』下注云：『一作甘。』

其六十一

少年學擊刺〔一〕，妙伎過曲城。英風截雲霓，超世發奇聲。揮劍臨沙漠，飲馬九野坰。旗幟何翩翩，但聞金鼓鳴。軍旅令人悲，烈烈有哀情。念我平常時，悔恨從此生。

【校記】

〔一〕《古詩紀》卷二十九『刺』下注云：『集作劍。』

其六十二

平晝整衣冠，思見客與賓。賓客者誰子？倏忽若飛塵。裳衣佩雲氣，言語究靈神。須臾相背棄，何時見斯人？

其六十三

多慮令志散，寂寞使心憂。翱翔觀陂澤〔一〕，撫劍登輕舟。但願長閒暇，後歲復來遊。

【校記】

〔一〕觀，《阮籍集校注》作『歡』，不知何據。從其校記來看，似是《古詩紀》等作『歡』。但檢《古詩紀》等亦作『觀』。陂，《古詩紀》卷二十九『陂』下注云：『一作彼。』

其六十四

朝出上東門，遥望首陽基〔一〕。松柏鬱森沈，鸝黄相與嬉〔二〕。逍遥九曲間〔三〕，徘徊欲何之？念我平居時，鬱然思妖姬。

【校記】

〔一〕基，《水經注》卷十六引阮籍《咏懷詩》作『岑』。

〔二〕《阮步兵咏懷詩注》『鸝黄』下注云：『一作黄鸝。』

〔三〕逍遥，《水經注》卷十六引阮籍詩作『遥遥』。

其六十五

王子十五年，遊衍伊洛濱。朱顔茂春華，辯慧懷清真〔一〕。焉見浮丘公，舉手謝時人。輕蕩易恍惚，飄颻棄其身。飛飛鳴且翔，揮翼且酸辛。

【校記】

〔一〕辯，《義門讀書記》卷三十引作「辨」。

其六十六

寒門不可出〔一〕，海水焉可浮？朱明不相見，奄昧獨無侯〔二〕。持瓜思東陵，黄雀誠獨羞。失勢在須臾，帶劍上吾丘。悼彼桑林子，涕下自交流。假乘汧渭間，鞍馬去行遊。

【校記】

〔一〕寒，《古詩紀》卷二十九作「塞」，注云：「一作寒。」按，當以「寒」字爲是。王逸《楚辭章句·遠游》注：「寒門，北極之門也。」

〔二〕《四庫全書考證》卷九十五《漢魏六朝百三名家集中·阮步兵集》校記云：「其六十六『朱明不可見，奄昧獨無侯』，刊本訛作『朱明奄昧獨，無不相見侯』……並據《古詩紀》改。」

其六十七

洪生資制度，被服正有常〔一〕。尊卑設次序，事物齊紀綱。容飾整顏色，磬折執圭璋。堂上置玄酒，室中盛稻粱。外厲貞素談，户内滅芬芳。放口從衷出，復説道義方。委曲周旋儀，姿態愁我腸。

【校記】

〔一〕正，張溥本作「止」。據《古詩紀》改。

其六十八

北臨乾昧谿，西行遊少任。遥顧望天津，駘蕩樂我心。綺靡存亡門，一遊不再尋。儻遇晨風鳥，飛駕出南林〔一〕。漭瀁瑶光中，忽忽肆荒淫。休息晏清都，超世又誰禁〔二〕？

【校記】

〔一〕《古詩紀》卷二十九『南』下注云：『一作東。』

〔二〕最後一句，《古詩紀》卷二十九注云：『一作「起坐復誰禁」。』

其六十九

人知結交易，交友誠獨難。險路多疑惑，明珠未可干。彼求饗太牢，我欲並一餐〔一〕。損益生怨毒，咄咄復何言！

【校記】

〔一〕並，《阮籍集校注》云：『范陳本、劉成德本作足。』

其七十

有悲則有情，無悲亦無思〔一〕。苟非嬰網罟，何必萬里畿？翔風拂重霄，慶雲招所晞。灰心寄枯宅，曷顧人間姿？始得忘我難〔二〕，焉知嘿自遺。

【校記】

〔一〕《古詩紀》卷二十九此句下注云：『集作「無情亦無悲」。』

〔二〕《古詩紀》卷二十九『始』下注云：『集作曲。』

其七十一

木槿榮丘墓，煌煌有光色。白日頹林中，翩翩零路側。蟋蟀吟户牖，蟪蛄鳴荆棘。蜉蝣玩三朝，采采修羽翼〔一〕。衣裳爲誰施，俯仰自收拭。生命幾何時，慷慨各努力。

【校記】

〔一〕修，《藝文類聚》卷二十六引阮籍詩作『循』。《淵鑒類函》卷三百四引阮籍詩從之。

其七十二

修途馳軒車，長川載輕舟。性命豈自然？勢路有所繇。高名令志惑，重利使心憂。親昵懷反側，骨肉還相仇。更希毁珠玉，可用登遨遊。

其七十三

横術有奇士，黄駿服其箱。朝起瀛洲野，日夕宿明光。再撫四海外，羽翼自飛揚。去置世上事，豈足愁我腸。一去長離絶，千歲復相望。

其七十四

猗歟上世士，恬淡志安貧。季葉道陵遲，馳騖紛垢塵。寧子豈不類？楊歌誰肯殉〔一〕。棲棲非我偶，徨徨非己倫〔二〕。咄嗟榮辱事，去來味道真〔三〕。道真信可娱，清潔存精神。巢由抗高節，從此適河濱。

【校記】

〔一〕《古詩紀》卷二十九『殉』下注云：『一作詢。』

〔二〕《阮步兵咏懷詩注》『味』下注云：『一作未。』

其七十五

梁東有芳草，一朝再三榮。色容豔姿美，光花耀傾城。豈爲明哲士，妖蠱諂媚生。輕薄在一時，安知百世名。路端便娟子，但恐日月傾。焉見冥靈木，悠悠竟無形。

其七十六

秋駕安可學〔一〕，東野窮路旁。綸深魚淵潛，矰設鳥高翔。泛泛乘輕舟，演漾靡所望。吹噓誰以益？江湖相捐忘。都治難爲顔，修容是我常。兹年在松喬，恍惚誠未央。

【校記】

〔一〕《古詩紀》卷二十九『秋駕』下注云：『作「税駕」者誤。』詩後注云：『《莊子》逸篇：尹儒學御，三年而無所得，夜夢受秋駕。明日往朝師，師曰：「今將教子以秋駕。」注曰：「秋駕，法駕也。」』

其七十七

咄嗟行至老，僶俛常苦憂。臨川羨洪波，同始異支流。百年何足言，但苦怨與仇。仇怨者誰子？耳目還相羞。聲色爲胡越，人情自逼遒。招彼玄通士，去來歸羨遊。

其七十八

昔有神仙士，乃處射山阿。乘雲御飛龍，噓噏嘰瓊華。可聞不可見，慷慨歎諮嗟。自傷非儔類，愁苦來相加。下學而上達，忽忽將如何？

其七十九

林中有奇鳥，自言是鳳凰。清朝飲醴泉，日夕棲山岡。高鳴徹九州，延頸望八荒。適逢商風起，羽翼自摧藏。一去崑崙西，何時復回翔？但恨處非位〔一〕，愴悢使心傷〔二〕。

【校記】

〔一〕位，張溥本作『立』。《阮步兵咏懷詩注》云：『「處非立」當作「處非位」字之誤也。』

〔二〕悢，《古詩紀》卷二十九作『恨』。

其八十

出門望佳人，佳人豈在兹？三山招松喬，萬世誰與期？存亡有長短〔一〕，慷慨將焉知？忽忽朝日隤，行行將何之？不見季秋草〔二〕，摧折在今時！

【校記】

〔一〕《古詩紀》卷二十九「亡」下注云：「一作日。」

〔二〕季，《古詩紀》和張溥本皆作「入」，《古詩鏡》和《石倉歷代詩選》則作「季」。《禮記·月令》有「季秋，草木黄落，乃伐薪爲炭」的記載，故從之。

其八十一

昔有神仙者，羨門及松喬。噏習九陽間，升遐嘰雲霄〔一〕。人生樂長久，百年自言遼。白日隕隅谷，一夕不再朝。豈若遺世物，登明遂飄颻。

【校記】

〔一〕遐，張溥本作「近」，當是刊刻之誤。《阮步兵咏懷詩注》「遐」下注云：「一作選。」此據《古詩紀》改。

其八十二

墓前熒熒者〔一〕，木槿耀朱華。榮好未終朝，連飆隕其葩〔二〕。豈若西山草〔三〕，琅玕與丹禾。垂影臨增城，餘光照九阿。甯微少年子，日夕難諮嗟〔四〕。

【校記】

〔一〕《阮步兵咏懷詩注》『前』下注云：『一作在。』

〔二〕《四庫全書考證》卷九十五《漢魏六朝百三名家集中·阮步兵集》云：『《咏懷》其八十二「榮好未終朝，連飈隕其葩」，刊本「連」訛「車」，並據《古詩紀》改。』

〔三〕《阮步兵咏懷詩注》『西』下注云：『一作棲。』

〔四〕夕，《阮籍集校注》校記云：『劉成德本、《漢魏詩紀》、《詩所》、《六朝詩集》、《古詩類苑》，及朴本、張燮本作久。』難，《阮步兵咏懷詩注》云：『難，疑嘆之訛。「嘆諮嗟」見七十八詩注。』

歌三首

采薪者歌〔一〕

日没不周西〔二〕，月出丹淵中。陽精蔽不見，陰光代爲雄〔三〕。亭亭在須臾，厭厭將復隆〔四〕。離合雲霧兮，往來如飄風。富貴俯仰間，貧賤何必終。留侯起亡虜，威武赫荒夷〔五〕。邵平封東陵〔六〕，一日爲布衣。枝葉托根柢，死生同盛衰。得志從命升，失勢與時隤。寒暑代徵邁〔七〕，變化更相推。禍福無常主，何憂身無歸。推兹由斯理，負薪又何哀〔八〕。

【校記】

〔一〕《世説新語·棲逸第十八》『阮步兵嘯聞數百步』條劉孝標注引《魏氏春秋》云：『阮籍常率意獨

駕，不由徑路，車跡所窮，輒慟哭而反。嘗遊蘇門山，有隱者，莫知姓名，有竹實數斛，杵臼而已。籍聞而從之，談太古無爲之道，論五帝三王之義。蘇門先生翛然曾不眄之。籍乃嘐然長嘯，韻響寥亮。蘇門先生乃逌爾而笑。籍既降，先生喟然高嘯，有如鳳音。籍素知音，乃假蘇門先生之論，以寄所懷。其歌曰：「日没不周西，月出丹淵中。陽精晦不見，陰光代爲雄。亭亭在須臾，厭厭將復隆。富貴俯仰間，貧賤何必終。」』宋無名氏《三國志文類》卷五十八引此詩作《寄懷歌》。依《魏氏春秋》所載，此詩作《寄懷歌》爲是。但此歌實出阮籍《大人先生傳》，爲采薪者所歌，故《古詩紀》、《古樂苑》等作《采薪者歌》，張溥本從之。

〔二〕《文章辨體彙選》卷五百四十二作『日没不周兮西方』，其『兮』與『方』二字當係衍文。

〔三〕代，《文章辨體彙選》卷五百四十二作『大』。

〔四〕隆，《文章辨體彙選》卷五百四十二作『東』。

〔五〕荒夷，《文章辨體彙選》卷五百四十二作『夷荒』。

〔六〕《古樂苑》卷三十四『陵』下有『兮』字。

〔七〕《古樂苑》卷三十四『邁』下有『兮』字。

〔八〕《四庫全書考證》卷九十五《漢魏六朝百三名家集中·阮步兵集》云：『《采薪者歌》「推兹繇斯理，負薪又何哀」，刊本缺「理」字，「哀」訛「衰」。據《古詩紀》改。』

大人先生歌〔一〕

天地解兮六合開，星辰隕兮日月頽〔二〕，我騰而上將何懷？

【校記】

〔一〕《大人先生歌》及下首歌，皆出自阮籍《大人先生傳》。但後人把它們獨立出來，作爲詩歌來看。如《古今事文類聚》、《古詩紀》、《古樂苑》及張溥本等皆作《大人先生歌》。

〔二〕隕，《文章辨體彙選》卷五百四十二作『霣』；頽，《文章辨體彙選》卷五百四十二作『隤』。

又大人先生歌〔一〕

陽和微弱陰氣竭，海凍不流綿絮折，呼吸不通寒冽冽。

【校記】

〔一〕《苕溪漁隱叢話後集》卷三十二作阮籍《大人先生歌》，《説郛》卷十一『折綿冰酒』條則以之爲阮籍詩。

賦

東平賦〔一〕

夫九州有方圓，九野有形勢，區域高下，物有其制。開之則通，塞之則否；流之則行，壅之則止；崇之則成丘陵〔二〕，污之則爲藪澤。逶迤漫衍，繞以大壑。及至分之國邑，樹之表物，四時儀其象，陰陽暢其氣。傍通回蕩，有刑有德〔三〕，雲升雷動，一叫一默。或由之安，乃用斯惑。若觀夫隅隈之缺，幽荒之塗，沕漠之域〔四〕，窮野之都，奇偉譎詭，不可勝圖〔五〕。

乃有偏遊之士，浩養之雅，淩驚飈，躡浮霄，清濁俱逝，吉凶相招。是以伶倫遊鳳於崑崙之陽，鄒子噏温於黍谷之陰，伯高登降於尚季之上，羨門逍遥於三山之岑。上遨玄圃，下遊鄧林。鳳鳥自歌，翔鸞自舞，嘉穀蕃殖，匪我稷黍。其阨陋則有横術之場，鹿豕之墟，匪修潔之攸麗，於穢累之所如。西則首仰阿甄，傍通戚蒲，桑間濮上，淫荒所廬。三晋縱横，鄭衛紛敷。豪俊淩厲〔六〕，徒屬留居。是以强禦横於户牖，怨毒奮於牀隅，仍渺欲而作慝〔七〕，豈待久而發諸？

厥土惟中〔八〕，劉王是聚。高危臨城，窮川帶宇。叔氏婚族，實在其湄。背險向水，垢污多私。是以其州閭鄙邑，莫言或非。殪情戾慮，以殖厥資。其土田則原壤蕪荒，樹藝失時，疇畝不辟，荆棘不治。流潢餘溏，洋溢靡之。東當三齊，西接鄒魯。長途千里，受兹商旅。力間爲率，師使以輔。驕僕纖邑，於焉斯處。川澤捷徑，洞庭荆楚。遺風過焉，是徑是宇。由而紹俗，靡則靡觀。非夷罔式〔九〕，導斯作殘。是以其唱和矜勢，背理向奸。向氣逐利，罔畏惟愆〔一〇〕。其居處壅翳蔽塞，窕邃弗章。倚以陵墓，帶以曲房。是故居之則心昏，言之則志喪〔一一〕。悸罔徙易，靡所寤懷。其外有濁河縈其溏，清濟盪其樊。其北有連岡，迤靡崎嶇〔一二〕，山陵崔巍。雲雹相干〔一三〕，長風振厲，蕭條太原。其南則浮汶湛湛，行潦成池，深林茂樹，蓊鬱參差。群鳥翔天，百獸交馳。雖黔首之不淑兮，儻山澤之足彌〔一四〕。古哲人之攸貴兮〔一五〕，好政教之有儀。彼玄真之所寶兮，樂寂寞之無知。諮閭閻之散感兮〔一六〕，因回風以揚聲。瞻荒榛之蕪穢兮，顧東山之葱青。甘丘里之舊言兮，發新詩以慰情。信嚴霜之未滋兮，豈丹木之再榮？《北門》悲於殷憂兮，《小弁》哀於獨誠。鷗端一而慕仁兮，何淳朴之靡逞？彼羽儀之感志兮，矧伊人之匪靈。時憋悃以遥思兮，飈飄飄以欲歸。欽丕遊於陵顛兮，舉斯群而競飛。物修化而神樂兮[一七]，寧遐觀之可追。乘松舟以載險兮，雖無維而自縶。騁驊騮於狹路兮，顧蹇驢而弗及。資章甫以遊越兮，見犀光而先入。被文綉而賈戎兮，識旃裘之必襲。奉淳德之平和兮[一八]，孰斯邦之可集？將言歸於美俗兮，請王子與俱遊。漱玉液之滋怡兮，飲白水之清流。遂虚心而後已兮，又何懷乎患憂[一九]？

重曰：嘉年時之淑清兮，美春陽以肇夏。托思飈而載行兮，因形骸以成駕。遵閭維而辰驅兮，問迷罔於菀風。玄雲興而四周兮，寒雨淪而下降。忽一寤而喪軌兮，蹈空虚而遂徵。扶摇蔽於合墟兮，咸池照乎增城。欣煌熠之朝顯兮，喜太陽之炎精。測虚舟以逞思兮[二〇]，聊逍遥於清溟。謹玄真之諶訓兮，想至人之有形。綉靡靚其紛錯兮，慮彌遠而度逼。並旋軫於畎澮兮，若空桑之可即。言淫衍而莫止兮，心綿綿而未息。集舒詰以鑒戒兮[二一]，賜衆誨之難測。神遥遥以抒歸兮，畏雙環之在側。諮禽鳥之不群兮，悼悠悠之無極。感藜藿之易修兮，攝左右之相譽。懼從風而永去兮，托顯項於鮒隅。雖琴瑟之畢存兮，豈聲曲之復舒？慮遨遊以覿奇兮，彼上騰其焉如？紛晻曖以亂錯兮，漫浩漾而未静。理都繆而改據兮，竦端委而自整[二二]。制規矩以儀衡兮，占我龜以觀省。眺兹輿之所徹兮[二三]，實斯近而匪遠。豈三年之無問兮[二四]，將一往而九反。顧杲日之初開兮，馳曲陵而飾容。時零落之飄颻兮，試枯菀之必從。釋遼遥之闊度兮，習約結之常契。巡襄城之閒收兮[二五]，誦純一之遺誓。被風雨之沾濡兮，安敢軒翥而遊署。竊悄悄之眷貞兮，泰恬淡而永世。豈淹留以爲感兮，將易貌乎殊方[二六]。乃擇高以登棲兮[二七]，永欣欣而樂康！

【校記】

[一]《世説新語·任誕第二十三》『步兵校尉缺』條劉孝標注引《文士傳》云：『籍放誕有傲世情，不

樂仕宦。晉文帝親愛籍，恒與談戲，任其所欲，不迫以職事。籍常從容曰：「平生曾遊東平，樂其土風，願得爲東平太守。」文帝説，從其意。籍便騎驢徑到郡，皆壞府舍諸壁障，使內外相望，然後教令清寧。十餘日，便復騎驢去。』此賦當是阮籍爲東平相時或辭官回洛陽後所作。

〔二〕丘陵，《御定歷代賦彙》卷三十八作『邱陵』。

〔三〕刑，張溥本和《御定歷代賦彙》皆作『形』，《山東通志》卷三十五作『刑』。『刑』、『德』對應前之『陰陽』，故據以改。

〔四〕沕，《山東通志》卷三十五作『忽』。

〔五〕不可，張溥本和《山東通志》皆作『可以』，《御定歷代賦彙》卷三十八作『不可』。聯繫上下文來看，作『不可』更爲恰當，故從之。

〔六〕屬，張溥本作『厲』。兹從《御定歷代賦彙》本。

〔七〕渺欲，《阮籍集校注》作『鄉飲』，其校記云：『從范陳本、及本。薛本作「鄉渺」，「鄉」字下注：一作飲；「渺」字下注：一作欲。』而張溥本、《御定歷代賦彙》本則皆作『渺欲』。兹從之。

〔八〕《四庫全書考證》卷九十五《漢魏六朝百三名家集中・阮步兵集・東平賦》『厥土惟中』下校記云：『刊本脱「厥」字，「土」訛「士」。據《賦彙》增改。』

〔九〕式，《山東通志》卷三十五作『失』。

〔一〇〕罔，張溥本和《御定歷代賦彙》作『因』。

〔一一〕喪，從《御定歷代賦彙》本。張溥本作『哀』，《山東通志》卷三十五作『衰』。

〔一二〕嶇，《山東通志》卷三十五作『噓』。

〔一三〕干，《御定歷代賦彙》卷三十八作『竿』。

〔一四〕儻，《山東通志》卷三十五作『實』。

〔一五〕攸，《山東通志》卷三十五作『微』。

〔一六〕感，《山東通志》卷三十五作『惑』。

〔一七〕修，《山東通志》卷三十五作『循』。

〔一八〕此句《山東通志》卷三十五作『泰淳和之平德兮』。其『泰』字當係『夲』字之形誤。

〔一九〕又，《山東通志》卷三十五作『人』。

〔二〇〕測，《御定歷代賦彙》和《山東通志》作『馮』。逞，《山東通志》卷三十五作『遑』。

〔二一〕舒詰，《阮籍集校注》作『訓詁』。其校記云：『從及本注。范陳本「訓」作「舒」，注：「一作書。」薛本「詰」作「詁」，注：「一作詰。」及本「訓」作「誨」，「詰」字缺，注：「當作訓詁。」』茲從張溥本和《御定歷代賦彙》本。

〔二二〕竦，《山東通志》卷三十五作『疏』。

〔二三〕輿，《山東通志》卷三十五作『與』。

〔二四〕問，《山東通志》卷三十五作『間』。

〔二五〕閒，《山東通志》卷三十五作『間』。收，《御定歷代賦彙》作『牧』。

〔二六〕『將易貌乎殊方』句，《山東通志》卷三十五作『將易乎殊萬』，既有缺字，又於理不通。張溥本和《御定歷代賦彙》作『將易貌乎殊方』，茲從之。

〔二七〕擇，《山東通志》卷三十五作『懌』。

亢父賦〔一〕

吾嘗游亢父，登其城，使人愁思。作賦以記之〔二〕，言不足樂也。

亢父者，九州之窮地，先代之幽墟者也。故其城郭卑小局促，危隘不遐；其土田則污除漸淤〔三〕，泥槃污。方池邊屬兮，客水滂沱〔四〕；穢菜惟産兮，不食實多。地下沈陰兮，受氣匪和；太陽不周兮，殖物靡嘉。故其人民頑嚚檮杌，下愚難化。其區域壅絶斷塞，分迫旋淵，終始同貫，本末相牽。疇昔訖今，曠世歷年。鉅野瀦其後，窮濟盡其前，畎澮不暢，垢濁實臻。不肖群聚，屋空無賢。故其民放散肴亂，藪竄澤居，比迹麋鹿，齊志豪樞。是以其原壤不辟，樹藝希疏，莧葦彌皋，蚊虻慘膚也〔五〕。於其遠險，則右金鄉而左高平，崇陵崔巍，深溪崢嶸；美類不處，熊虎是生。故人民被害嚼嚙，禽性獸情。爾之近阻，則鳴鳩陰其前，曲城發其後，鴟梟群翔〔六〕，狐狸萬口〔七〕。故其人民狼風豺氣，盭電無厚。南望春申，東瞻孟嘗，袞界薛邑，境邊山陽；逆旅行舍，奸盜所藏。北臨平陸，齊之西封，捷徑燕趙，逃遁逍遥。故其人民側匿頗僻，隱蔽不公，懷私抱詐，爽慝是從，禮義不設，淳化匪同。

【校記】

〔一〕亢，從及朴本。范陳本、汪士賢本、張溥本皆作『元』，《御定歷代賦彙》亦作『元』，下注：『一作亢。』按，亢父，故縣名，東漢時屬兗州任城郡。故縣治在今山東濟寧南二十五公里。《史記》卷七《項羽本紀》張守節正義引《括地志》云：『亢父，故城在兗州任城縣南五十一里。』

〔二〕記，《阮籍集校注》作『詆』。其校記云：『從及本。范陳本、梅本作詃。他本作記。』

〔三〕除，及本作『塗』。

〔四〕客，張溥本及《御定歷代賦彙》作『容』。按，當以『客』爲是。客水，即本地區之外的來水。

〔五〕慘，《御定歷代賦彙》卷三十九作『噆』。

〔六〕《全上古三代秦漢三國六朝文·全三國文·魏四十四·阮籍》『鴟梟群翔』下有『之可悼，豈有志于須臾』九字，文後括號內注云：『上九字一作「狐狸萬口」。』

〔七〕狐狸萬口，《全上古三代秦漢三國六朝文·全三國文》無此四字。

首陽山賦

正元元年秋，余尚爲中郎，在大將軍府，獨往南墻下，北望首陽山〔一〕，賦曰〔二〕：

在茲年之末歲兮，端旬首而重陰。風飄回以曲至兮，雨旋轉而纖襟〔三〕。蟋蟀鳴乎東房兮，鶗鴂號乎西林。時將暮而無儔兮，慮淒愴而感心。振沙衣而出門兮，纓綏絕而靡尋。步徙倚以遥思兮，喟嘆息而微吟。將修飭而欲往兮〔四〕，衆齷齪而笑人。靜寂寞而獨立兮，亮孤植而靡因。懷分索之情一兮，穢群訛之射真。信可實而弗離兮，寧高舉而自儐。聊仰首以廣頫兮，瞻首陽之岡岑。樹叢茂以傾倚兮，紛蕭爽而揚音。

下崎嶇而無薄兮，上洞徹而無依。鳳翔過而不集兮，鳴梟群而並棲。揚遥逝而遠去兮，二老窮而來歸。實囚軋而處斯兮，焉暇豫而敢誹？嘉粟屏而不存兮，故甘死而採薇。彼背殷而從昌兮，投危敗而弗遲。此進而不合兮，又何稱乎仁義？肆壽夭而弗豫兮，競毀譽以爲度。察前載之是云兮，何美論之足慕。

苟道求之在細兮，焉子誕而多辭？且清虛以守神兮，豈慷慨而言之？

【校記】

〔一〕望，張溥本和《御定歷代賦彙》本皆無『望』字。茲據及朴本補。

〔二〕及朴本『賦』前有『作』字。

〔三〕纖，及朴本作『瀸』。

〔四〕《御定歷代賦彙》作『飾』。

清思賦

余以爲形之可見，非色之美；音之可聞，非聲之善。昔黄帝登仙於荆山之上，振咸池於南嶽之岡〔一〕，鬼神其幽，而夔牙不聞其章。女娃耀榮於東海之濱，而翩翻於洪西之旁〔二〕，林石之隕從，而瑶臺不照其光。是以微妙無形，寂寞無聽，然後乃可以睹窈窕而淑清。故白日麗光，則季后不步其容；鐘鼓閶鈴〔三〕，則延子不揚其聲。

夫清虛寥廓，則神物來集；飄颻恍惚，則洞幽貫冥；冰心玉質，則皎潔思存；恬淡無欲，則泰志適情。伊衷慮之遒好兮，又焉處而靡逞？寒風邁於黍穀兮，父誨子而游鵲〔四〕。申孺悲而毋歸兮，吴鴻哀而象生。茲感激以達神，豈浩漾而弗營？志不覬而神正，心不蕩而自誠。固秉一而内脩，堪奥止之匪傾。惟清朝而夕晏兮，指濛汜以永寧。

是時羲和既頽，玄夜始扃。望舒整轡，素風來徵。輕帷連揚，華裀肅清〔五〕。彭蚌微吟，螻蛄徐鳴。望南山之崔巍兮，顧北林之葱菁。大陰潛乎後房兮，明月耀乎前庭。乃申展而缺寐兮，忽一悟而自驚。駕長靈以遂寂兮〔六〕，將有歙乎所之。意流蕩而改慮兮，心震動而有思。若有來而可接兮，若有去而不辭。心恍忽而失度〔七〕，情散越而靡治。豈覺察而明真兮，誠雲夢其如兹。驚奇聲之異造兮，鑒殊色之在斯。聞丹山之琴瑟兮，聆崇陵之參差。始徐唱而微響兮，情悄慧以蟃迤〔八〕。遂招雲以致氣兮，乃振動而人駭。聲飂飂以洋洋，若登崑崙而臨西海。超遥茫渺，不能究其所在。

心漾漾而無所終薄兮，思悠悠而未半。鄧林殪於大澤兮，欽邳悲於瑶岸。徘徊夷由兮〔九〕，猗靡廣衍；遊平圃以長望兮，乘修水之華旂。長思肅以永至兮〔一〇〕，滌平衢之大夷。循路曠以徑通兮，辟閶闔而洞闈。羨要眇之飄遊兮，倚東風以揚輝。沐洧淵以淑密兮，體清潔而靡譏。厭白玉以爲面兮，披丹霞以爲衣〔一一〕。襲九英之曜精兮，佩瑶光以發微〔一二〕。服儵煜以繽紛兮，綷衆采以相綏。色熠熠以流爛兮，紛雜錯以葳蕤。象朝雲之一合兮，似變化之相依。麾常儀使先好兮，命河女以胥歸。步容與而特進兮，盻兩楹而升墀〔一三〕。振瑶谿而鳴玉兮，播陵陽之斐斐。蹈消漻之危迹兮，躡離散之輕微。釋安朝之朱履兮〔一四〕，踐席假而集帷。敷斯來之在室兮，乃飄忽之所晞。馨香發而外揚兮，媚顔灼以顯姿。清言竊其如蘭兮，辭婉娩而靡違〔一五〕。托精靈之運會兮，浮日月之餘輝。假淳氣之精微兮，幸備嫵以自私。願申愛於今夕兮，尚有訪乎是非。

被芬芳之夕暢兮〔一六〕，將暫往而永歸。觀悦懌而未静兮，言未究而心悲。嗟雲霓之可憑兮，翻揮翼而俱飛。棄中堂之局促兮，遺戶牖之不處。帷幕張而靡御兮，几筵設而莫拊。載雲輿之奄靄兮，乘夏后之兩龍。折丹木以蔽陽兮〔一七〕，竦芝蓋之三重。翩翼翼以左右兮，紛悠悠以容容。瞻朝霞之相承兮，似美人之懷憂。采色雜以成文兮，忽離散而不留。若將言之未發兮，又氣變而飄浮。若垂髦而失鬌兮，飾未集而形消。目流盼而自別兮，心欲來而貌遼。紛綺靡而未盡兮〔一八〕，先列宿之規矩〔一九〕。時儻莽而陰曀兮，忽不識乎舊宇。

邁黃妖之崇臺兮，雷師奮而下雨。內英哲與長年兮，笞離倫與膺賈。摧魍魎而折鬼神兮，直徑登乎所期。歷四方而縱懷兮〔二〇〕，誰云顧乎或疑？超高躍而疾鶩兮，至北極而放之。援間維以相示兮，臨寒門而長辭。既不以萬物累心兮，豈一女子之足思！

【校記】

〔一〕《四庫全書考證》卷九十五《漢魏六朝百三名家集中・阮步兵集・清思賦》校記云：『「振咸池於南嶽之岡」，刊本缺「嶽」字，據《賦彙》改。』

〔二〕李善注《文選》卷三十一江淹《雜體詩三十首》之《阮步兵》引阮籍《清思賦》，此二句作『女娃棨於東海之濱，而翩飄於西山之傍』，與諸本稍異。

〔三〕閶鉿，張溥本作『闛鞈』。

〔四〕張溥本此句句首無『父』字，茲據《御定歷代賦彙》增定。

〔五〕裀，《御定歷代賦彙》作『茵』。《阮籍集校注》校記云：『范陳本、張燮本、及本、《賦彙》作茵。薛本作茵，注：「一作茴。」』

〔六〕駕，張溥本作『焉』。

〔七〕《阮籍集校注》校記云：『此句范陳本作「嗟慱（原注：一作博）賤而失庚」，注：「一作『心恍忽而失度』。」』

〔八〕迤，張溥本作『蛇』。

〔九〕由，《御定歷代賦彙》作『猶』。

〔一〇〕思，薛本、及朴本作『颸』。

〔一一〕『披丹霞以爲衣』句，《編珠》卷三引阮籍《清思賦》作『覆丹霞以爲裳』，《北堂書鈔》卷一百二十九引阮籍《清思賦》同。《太平御覽》卷八引阮籍《清思賦》作『霏丹霞以爲裳』。

〔一二〕佩，張溥本作『珮』。微，《太平御覽》卷三百八十一引作『輝』。《淵鑒類函》卷二百五十五引阮籍《清思賦》從之。

〔一三〕盼，范陳本、張燮本作『眄』。

〔一四〕朝，《阮籍集校注》夾注云：『疑當作期。』

〔一五〕娩，《御定歷代賦彙》作『嫕』。

〔一六〕此句《阮籍集校注》作『被芳菲之夕陽兮』，與張溥本、《御定歷代賦彙》有出入，不知何據。

〔一七〕《太平御覽》卷七百二引阮籍《清思賦》此句句尾無『兮』字。

〔一八〕盡，薛本、及朴本作『静』。

〔一九〕先，《御定歷代賦彙》作『光』。

〔二〇〕方，薛本、及朴本與《御定歷代賦彙》作『荒』。

獼猴賦〔一〕

昔禹平水土，而使益驅禽。滌蕩川谷兮，櫛梳山林。是以神姦形於九鼎，而異物來臻。故豐狐文豹釋其表，間尾騶虞獻其珍；夸父獨鹿祓其豪，青馬三騅棄其群。此以其壯而殘其生者也。

若夫熊狚之遊臨江兮，見厥功以乘危。夔負淵以肆志兮，揚震聲而衣皮〔二〕。處閑曠而或昭兮，何幽隱之罔隨？鼷畏逼以潛身兮，穴神丘之重深。終或餌以求食兮，烏鑿之而能禁〔三〕？誠有利而可欲兮，雖希覿而爲禽。故近者不稱歲，遠者不歷年；大則有稱於萬年，細者則爲笑於目前。

夫獼猴直其微者也，猶繫累於下陳〔四〕。體多似而匪類，形乖殊而不純〔五〕。外察慧而內無度兮〔六〕，故人面而獸心；性褊淺而干進兮〔七〕，似韓非之囚秦。揚眉額而驟呻兮〔八〕，似巧言而爲真。藩從後之繁衆兮，猶伐樹而喪鄰。整衣冠而偉服兮，懷項王之思歸。耽嗜欲而眄視兮〔九〕，有長卿之妍姿。舉頭吻而作態兮，動可增而自新。沐蘭湯而滋穢兮，匪宋朝之媚人。終蚩弄而處紲兮〔一〇〕，雖近習而不親。多才伎其何爲兮〔一一〕？固受垢而貌侵。姿便捷而好技兮，超超騰躍乎岑巖。既投林以東避兮〔一二〕，遂中岡而被尋。嬰徽纏以拘制兮，顧西山而長吟。緣榱桷以容與兮，志豈忘乎鄧林？

庶君子之嘉惠，設奇視以盡心。且須臾以永日，焉逸豫而自矜？斯伏死于堂下，長滅没乎形神。

【校記】

〔一〕《四庫全書考證》卷九十五《漢魏六朝百三名家集中·阮步兵集·獼猴賦》校記云：『刊本「獼」訛「獮」。』

〔二〕《四庫全書考證》卷九十五《漢魏六朝百三名家集中・阮步兵集・獼猴賦》校記云：『「揚震聲而衣皮」，刊本缺「衣」字。』

〔三〕烏鑿，《淵鑒類函》卷二十六引阮籍《獼猴賦》作『焉薰鑿』。嚴可均本作『焉鑿』。

〔四〕《藝文類聚》卷九十五引阮籍《獼猴賦》此句無『鑿』字。

〔五〕形，《藝文類聚》卷九十五引阮籍《獼猴賦》作『貌』。

〔六〕《藝文類聚》卷九十五引阮籍《獼猴賦》，自此以下至『雖近習而不親』，上句結尾處皆無『兮』字。《淵鑒類函》卷四百二十二引阮籍《獼猴賦》從之。

〔七〕淺，《藝文類聚》卷九十五引阮籍《獼猴賦》作『淩』。

〔八〕呻，《藝文類聚》卷九十五引阮籍《獼猴賦》作『眒』。

〔九〕盼，《藝文類聚》卷九十五引阮籍《獼猴賦》作『眄』。

〔一〇〕紲，各本作『泄』。茲從《藝文類聚》卷九十五引。

〔一一〕兮，各本無，據《御定歷代賦彙》補。

〔一二〕《四庫全書考證》卷九十五《漢魏六朝百三名家集中・阮步兵集・獼猴賦》校記云：『「既投林以東避兮」，刊本缺「投林以」三字，並據《賦彙》補。』

鳩賦

嘉平中得兩鳩子，常食以黍稷〔一〕，後卒爲狗所殺〔二〕，故爲作賦〔三〕。

伊嘉年之茂惠，洪肇恍惚以發蒙。有期緣之奇鳥，以鳴鳩之攸同。翔彫木以胎隅〔四〕，寄增巢於裔松〔五〕；噏雲霧以消息，遊朝陽以相從〔六〕。曠逾旬而育類，嘉七子之修容。始戢翼而樹羽，遭金風之蕭瑟〔七〕。既顛覆而靡救，又振落而莫弼。陵桓山以徘徊，臨舊鄉而思入；揚哀鳴以相送，悲一往而不集。終飄搖以流離，傷弱子之悼栗。何依恃以育養？賴兄弟之親戚〔八〕。背草萊以求仁，托君子之静室。甘黍稷之芳饎，安户牖之無疾。潔文襟以交頸，抗華麗之艷溢〔九〕。端妍姿以鑒飾，好威儀之如一。聊俯仰以逍遥，求愛媚於今日。何飛翔之羡慕，願投報而忘畢〔一〇〕。值狂犬之暴怒，加楚害於微躬。欲殘没以麋滅，遂捐棄而淪失〔一一〕。嗟薄賤之可悼，豈有望于須臾〔一二〕？

【校記】

〔一〕薛本、及朴本『黍稷』下有『之旨』二字。

〔二〕《四庫全書考證》卷九十五《漢魏六朝百三名家集中・阮步兵集・鳩賦》校記云：『「後卒爲狗所殺」，刊本「狗」訛「狥」。』

〔三〕『故爲作賦』句，《藝文類聚》卷九十二『鳩』條引阮籍《鳩賦》作『故作賦』，無『爲』字。

〔四〕隅，《御定歷代賦彙》卷一百三十一作『偶』。《四庫全書考證》卷九十五《漢魏六朝百三名家集中・阮步兵集・鳩賦》校記云：『「翔雕木以胎偶，寄增巢於裔松」，刊本「偶」訛「隅」。並據

《賦彙》改。』按，作『偶』亦通。

〔五〕喬松，《御定歷代賦彙》卷一百三十一作『喬松』。

〔六〕以，薛本、及朴本作『兩』。

〔七〕金，薛本、及朴本作『驚』。

〔八〕戚，薛本、及朴本作『昵』。

〔九〕抗，范陳本作『坑』，薛本、及朴本作『玩』。

〔一〇〕忘，薛本、及朴本作『志』。

〔一一〕失，《御定歷代賦彙》卷一百三十一作『胥』。

〔一二〕『嗟薄賤之可悼，豈有忘于須臾』二句，張溥本無，兹據《御定歷代賦彙》卷一百三十一補。

文

爲鄭沖勸晋王牋

沖等死罪〔一〕。伏見嘉命顯至，竊聞明公固讓，沖等眷眷，實有愚心，以爲聖土作制，百代同風，褒德賞功，有自來矣。

昔伊尹，有莘氏之媵臣耳，一佐成湯，遂荷『阿衡』之號；周公藉已成之勢，據既安之業，光宅曲阜，奄有龜蒙；吕尚，磻溪之漁者耳〔二〕，一朝指麾，乃封營丘。自是以來，功薄而賞厚者不可勝數。然賢哲之士，猶以爲美談。况今自先相國以來〔三〕，世有明德，翼輔魏室，以綏天下，朝無闕政〔四〕，人無謗言〔五〕。前者明公西徵靈州，北臨沙漠，榆中以西，望風震服，羌戎東馳，回首内向；東誅叛逆，全軍獨克，禽闔閭之將，斬輕鋭之卒以萬萬計。威加南海，名懾三越〔六〕，宇内康寧，苛慝不作。是以殊俗畏威，東夷獻舞。故聖上覽乃昔以來禮典舊章〔七〕，開國光宅，顯兹太原。

明公宜承聖旨〔八〕，受兹介福〔九〕，允當天人。元功盛勛，光光如彼；國士嘉祚，巍巍如此。内外協同，靡愆靡違。由斯徵伐，則可朝服濟江〔一〇〕，掃除吴會；西塞江源，望祀岷山，回戈弭節，以麾天下。遠無不服，邇無不肅。今大魏之德〔一一〕，光于唐虞；明公盛勛，超于桓文。然後臨滄州而謝支伯〔一二〕，登箕山以揖許由〔一三〕，豈不盛乎！至公至平，誰與爲鄰！何必勤勤小讓也哉？

沖等不通大體，敢以陳聞。

【校記】

〔一〕此句《晋書》卷二《文帝紀》引阮籍文無。

〔二〕耳，范陳本、薛本、及朴本無。按，參前『有莘氏之媵臣耳』句，此句當有『耳』字。故從張溥本。

〔三〕李善注《文選》、六臣注《文選》和《文章辨體彙選》所收阮籍文，此句皆無『今』字。張溥本所收《阮步兵集》有『今』字。兹從之。

〔四〕闕，《晋書》卷二《文帝紀》引阮籍此文作『秕』。

〔五〕人，諸本同，李善注《文選》作『民』。

〔六〕懾，張溥本作『攝』，當是形誤。據《晋書》改。

〔七〕六臣注《文選》「章」下注云：「五臣本作制。」

〔八〕承，《世説新語·文學第四》「魏朝封晋文王爲公」條劉孝標注引阮籍《爲鄭沖勸晋王箋》作「奉」，《晋書》卷二引阮籍此文作「承奉」，各本《阮籍集》皆作「承」。

〔九〕《世説新語·文學第四》「魏朝封晋文王爲公」條劉孝標注引阮籍《爲鄭沖勸晋王箋》此句後有「也」字，各本《阮籍集》則無。

〔一〇〕六臣注《文選》「朝」下注云：「五臣本無朝。」

〔一一〕今，《晋書》卷二引阮籍此文作「令」，李善注《文選》作「今」。其他各本則無。

〔一二〕州，《晋書》卷二《文帝紀》引作「海」。

〔一三〕以，《晋書》卷二引阮籍此文作「而」。《四庫全書考證》卷九十五《漢魏六朝百三名家集中·阮步兵集》校記云：「《爲鄭沖勸晋王牋》「登箕山以揖許由」，刊本「揖」訛「楫」，據《文選》改。」

詣蔣公奏記辭辟命〔一〕

籍死罪死罪〔二〕。伏惟明公以含一之德，據上台之位，群英翹首〔三〕，俊賢抗足。開府之日，人人自以爲掾屬；辟書始下，下走爲首。昔子夏處西河之上〔四〕，而文侯擁彗；鄒子居黍谷之陰〔五〕，而昭王陪乘。夫布衣窮居韋帶之士〔六〕，孤居特立〔七〕，王公大人所以屈體而下之者〔八〕，爲道存也。今籍無鄒卜之德〔九〕，而有其陋，猥煩大禮〔一〇〕，何以當之〔一一〕？方將耕于東皋之陽，輸黍稷之餘稅〔一二〕，以避當塗者之路。負薪疲病，足力不强，補吏之召〔一三〕，非所克堪。乞回謬恩，以光清舉。

【校記】

〔一〕此爲阮籍辭太尉蔣濟辟命奏記。《晉書》卷四十九《阮籍傳》云：『太尉蔣濟聞其有儁才而辟之。籍詣都亭奏記。』此文題目，各本不一。李善注《文選》作《詣蔣公一首》，六臣注《文選》和《文章辨體彙選》皆作《奏記詣蔣公》，張溥本作《辭蔣太尉辟命奏記》。按，據本傳，阮籍赴都亭面見蔣濟而辭辟命，有此奏記，故當以《詣蔣公奏記辭辟命》爲是。

〔二〕此句《晉書》本傳無，范陳本、及朴本亦無。

〔三〕群英，《晉書》本傳作『英豪』，范陳本、及朴本同。

〔四〕句首『昔』字，諸本皆無，兹據《晉書》卷四十九《阮籍傳》引文增補。

〔五〕六臣注《文選》『居』下注云：『五臣本有於。』

〔六〕《晉書》卷四十九《阮籍傳》引文無『窮居』二字，《文選》等諸本所載此文，『布衣』下皆有『窮居』二字，兹據以增補。

〔七〕《晉書》卷四十九《阮籍傳》、《通志》卷一百二十三和《册府元龜》卷七百二十六所引阮籍此文，皆有『孤居特立』之句，而李善注和六臣注《文選》、《文章辨體彙編》和張溥本等則無此句。兹據《晉書》本傳增補。

〔八〕『屈體而』三字，《晉書》本傳、范陳本、及朴本作『禮』。

〔九〕今，張溥本無，據《晉書》本傳補；德，《晉書》本傳作『道』，范陳本、及朴本從之。

〔一〇〕『猥煩大禮』句，《晉書》本傳作『猥見採擇』，李善注《文選》作『猥見採擢』，《通志》和《册府元龜》從之。

〔一一〕『何以當之』句，《晉書》本傳和《通志》、《册府元龜》皆作『無以稱當』。

〔一二〕餘，諸本無。據《晉書》本傳補。

〔一三〕召，六臣注《文選》作『日』。《文章辨體彙選》從之。

辭曹大將軍辟命奏記〔一〕

違由鄙鈍，學行固野，進無和俗崇譽之高，退無静默恬沖之操。猥見顯飾，非所被荷。舊素尫瘵，守病委劣，拜謁之命，未敢堪任。昔榮期帶索，仲尼不易其三樂；仲子守志，楚王不奪其灌園。貪榮塞賢，昧進負譏，憂望交集，五情相愧。明公侔踪魯衛，勛隆桓文，廣延俊杰，恢崇大業。乞降期會，以避清路，畢願家巷，惟蒙於許〔二〕。

【校記】

〔一〕此文張溥本作爲《辭蔣太尉辟命奏記》的又一篇，《阮籍集校注》從之。據《晉書》本傳，蔣濟『得記欣然，遣卒迎之，而籍已去。濟大怒。於是鄉親共喻之，籍乃就吏』。據此，阮籍辭蔣濟奏記當僅有一篇。另，文中有『明公侔踪魯衛，勛隆桓文』之句，蔣濟似難當之。其文以『舊素尫瘵，守病委劣』爲辭，與史載阮籍以疾辭大將軍曹爽參軍事正相合，故題之爲《辭曹大將軍辟命奏記》。

〔二〕於，《阮籍集校注》作『放』，其校記云：『從梅本、張燮本。他本作於。吴汝綸本注：「於當爲矜。」按，矜字義長，惜無一刻本可據。』

與晉文王書薦盧播

蓋聞興化濟治，在於得人；收奇拔異，聖賢高致。是以八士歸周，周道以隆；虞舜登庸，元凱咸事。伏惟明公公侯，皇靈誕秀，九德光被，應期作輔。論道敷化，開闢四門，延納羽翼賢士，以贊雍熙。是以英俊之士，願排皇闥，策名委質，真薦之徒，輻輳大府。誠以鄧林昆吾，翔鳳所棲；懸黎和肆，垂棘所集。

伏見鄙州別駕，同郡盧播〔一〕，年三十二〔二〕，字景宣，少有才秀之異，長懷淑茂之量。躭道悦禮，仗義依仁。研精墳典，升堂睹奧。聰鑒物理，心通玄妙〔三〕。貞固足以幹事，忠敬足以肅朝，明斷足以質疑，機密足以應權。臨煩不惑，在急彌明。若得佐時理物，則政事之器；銜命聘享，則專對之才；潛心圖籍，文學之宗；敷藻載述，良史之表。然而學不爲人，行不求達，故久沉淪，未階太清。誠後門之秀偉，當時之利器，宜蒙旌命，和味鼎鉉。

孔子曰：『如有所譽，必有所試。』播之所能，著在已效。不敢虛飾，取謗大府。

【校記】

〔一〕同郡，《藝文類聚》卷五十三引無此二字。

〔二〕此句《藝文類聚》卷五十三引無。

〔三〕心，張溥本闕，據及朴本補。

答伏義書

籍白：承音覽旨，有心翰迹。夫九蒼之高，迅羽不能尋其巔；四溟之深〔一〕，幽鱗不能測其底；矧無毛分所能論哉！且玄雲無定體，應龍不常儀；或朝濟夕卷，翕忽代興；或泥潛天飛，晨降宵升。舒體則八維不足以暢迹〔二〕，促節則無間足以從容。是又瞽夫所不能瞻，壤蟲所不能解也〔三〕。然則弘修淵邈者，非近力所能究矣；靈變神化者，非局器所能察矣。何吾子之區區，而吾真之務求乎？

人力勢不能齊，好尚舛異。鸞鳳淩雲漢以舞翼，鳩鷃悦蓬林以翱翔；螭浮八濱以濯鱗，鱉娛行潦而群逝；斯用情各從其好，以取樂焉。據此非彼，胡可齊乎？夫人之立節也，將舒網以籠世，豈樽樽以入罔？方開模以範俗，何暇毀質以通檢〔四〕？若良運未協，神機無準，則騰精抗志，邈世高超，蕩精舉於玄區之表，攄妙節於九垓之外。而翱翔之乘景躍踸，踔陵忽慌，從容與道化同逌，逍遥與日月並流。交名虛以齊變，及英祇以等化。上乎無上，下乎無下，居乎無室，出乎無門。齊萬物之去留，隨六氣之虛盈。總玄網於太極〔五〕，撫天一於寥廓。飄埃不能揚其波，飛塵不能垢其潔。徒寄形軀于斯域，何精神之可齊？雖業無不聞，略無不稱，而明有所逮，未可怪也。

觀吾子之趨〔六〕，欲衒傾城之金，求百錢之售；制造天之禮，擬膚寸之檢；勞玉躬以役物，守臊穢以自畢；沈牛迹之浥薄，慍河漢之無根。其陋可愧，其事可悲！亮規略之懸逾，信大道之弘幽。且局步于常衢，無爲思遠以自愁。

比連疹憒，力喻不多。阮籍白。

【校記】

〔一〕溟，刊本作『冥』。《四庫全書考證》卷九十五《漢魏六朝百三名家集中·阮步兵集》校記云：『《答伏義書》「夫九蒼之高，迅羽不能尋其巔；四溟之深，幽鱗不能測其底」，刊本「溟」訛「冥」。據汪士賢校本改。』

〔二〕以，張溥本無。據《經濟類編》補。

〔三〕璅，張溥本、《經濟類編》和《四六法海》同。

〔四〕通，《經濟類編》卷五十一和《文章辨體彙選》卷二百五十三所收阮籍《答伏義書》作『通』，《四六法海》卷七和張溥本作『適』。

〔五〕總，《經濟類編》卷五十一作『摠』。

〔六〕吾，《文章辨體彙選》作『君』。

附　伏義《與阮步兵書》〔一〕

義白：蓋聞建功立勛者，必以聖賢爲本；樂真養性者，必以榮名爲主。若棄聖背賢，則不離乎狂狷；淩榮起名，則不免乎窮辱。故自生民以來，同此圖例，雖歷百代，業不易綱。譬如大道，徒以奔趨遲疾定其駑良，舉足向路，總趨一也。

然流名震響，非實不著；而抱實之奇，非人不寶；貴德保身，非禮不成；伏禮之矩，非勤不辨。是使薄于實而争名者，或因飾虚以自矜；慎于禮而莫持者，或因倨怠以自外。其自矜也，必闕闔晻曖，以示之不測之量；其自外也，必排摧禮俗，以見其不羈之達。又有滑稽之士糅于其間，浮沈不一，隙畔相亂，或使時人莫能早分。推其大歸，綜之行事，徒可力極一噱，觀盡崇朝。遭清世邪，則將吹其噓以露其實；值其暗邪，則將矜其貌以疑其樸。從此觀之，治大而見遺，不如資小而必集；出俗而見削，不如入檢而必令。

驟聽論者洋溢之聲，雖未傾蓋，其情如舊。然重墻難極，管短幽密，觀容相額，所執各畢。或謂吾子英才秀發，邈與世玄，而經緯之氣有蹇缺矣；或謂吾子智不出凡〔二〕，器無限奥，而陶變以眩流俗。善子者，欲斤斫以拒樸；惡子者，欲抽鍵以鶩空虛。每承此聲，未嘗不開精斥運，放思天淵，欲爲吾子廣推奥異，端求所安也。

蓋自生民之性，受氣之源，好惡大歸，不得相遠。君子徇名而不顧，亦有慕名以爲顯。大名利者，總人之網〔三〕，集衢之門也。出此有爲，於義未聞。吾子若欲逆取順守，及時行志，則當矜而莫疑，以速民望；若欲娱情養神，不厚於俗，則當浩然恣意，惟樂是治。今觀其規時，則行己無立德之身，報門無慕業之客；察其樂，則食無方丈之肴，室無傾城之色。徒泄泄以疑世爲奇，縱體爲逸，執此不回，既以怪矣。且人非金石，不可剖練。設使至寶咸在子身，疑於國寶，爲不得行。天官雖博，無偏駁之任；王道雖寬，無縱逸之流。苟無其分，則爲身害教賊，怨布天下。以此備之，殆恐攻害，其卒無日，安坐難保。而聞吾子乃長嘯慷慨，悲涕潺湲，又或拊腹大笑，騰目高視，形性侜張，動與世乖，抗風立候，蔑若無人。儻獨奇變逸運，漸在於此，將以神接虛交，異物所亂，使之然也？夫智之清者，貴其知運而不憂；德之懿者，善其持沖以守滿。就其懷憂，必發於見孤，孤不自孤，而怨時也；就其持滿，必起於見崇，崇不自崇，而驕世也。

行來之議，又傳吾子雅性博古，篤意文學。積書盈房，無不燭覽。目厭義藻，口飽道潤。俯咏仰嘆，術若純儒。然開闔之節不制於禮，動静之度不羈於俗。凡諮咏，善之則教慈於父兄，惡之則言醜若讎敵；未有慈其教而不修其事，醜其言而樂其業者也。故人稱竊簡寫律，踞厠讀書，誦之可悼。深怪達者之行，其象若莊周、淮南、東方之徒，皆投迹教外，放思太玄。其大言異旨，殆自謂能回天維，舉地絡[四]，觀持世之極，總得物之宗[五]。仰天獨唱，與世争黨。乃謂生爲勞役，而不能煞身以當論；謂財爲穢累，而不能割賄以見譏。由是觀之，其郁怨於不得，故假無欲以自通；怠惰於人檢，故殊聖人以自大。凡此數者，尚皆奇才異略，命世崛起，徒以時昏俗亂，寶沈幽夜，而性放蕩不一，萎致國寶之責，庶其不然。而况吾子志非遁世，世無所適，麟驥苟修，天雲可據。動則不能龍攄虎超，同機伊霍；静則不能珠潛璧匿，連迹巢光。言無定端，行不純軌，虚盡年時，以自疑外。豈異乎韓子所謂無施之馬，骨體雖美懿，牽縮不隨者哉？

且桀士之志也，遇世險巇，則憂在將命；值世太清，則憤於匿潁。欲其世平而有騁足之場，時安而有役智之局。方今大魏興隆，皇衢清敞，台府之門，割石索寶。以吴蜀二虜巢窟未破，長籌之士所當奮力，可謂器與運會，不卜而行，今其時矣。向使吾子才足蓋世，思能横出，何能不因大師韜敵之變，陳孫子廟勝之策，使烽燧不起於四垂，羽檄不施於中夏，定勛立事，撫國寧民？而飽食安臥，囊懸室罄，力牽於役，財雕於賦，養生之具，亂於細民。爲壯士者，豈能然乎？若居其勞而不知病其事，則經緯之氣乏矣；若病其事而不能爲其醫，則針石之巧淺矣！

今吾子擢才達德。則無毛遂穎脱之勢；剪迹滅光，則無四皓岳立之高；豐家富屋，則無陶朱貨殖之利；延年益壽，則無松喬蟬蜕之變；總論吾子所歸，義無所出。然衆論雲擾，僉稱大異，疑夫鬱氣之下必有秘伏，重奥之内必有積寶。雖無顔氏之妙，思睹恍惚之迹；雖無鍾子之達，樂聞山林之音。想亦不隱才穎於肝膈，而不揚之於清觀；任賢智於骨氣，而不播之於高聽。且明智之爲物，猶泉流之吐潤，固不於挹酌而爲損，含佇而增益也。

張儀之志，激於見劫；季路晚悟，滯在持滿。是以不嫌盡言，究其良若，想必勃然承聲響發。若乃群能獨踴，無以應唱，懸機待時，不能觸物，則不達於談者，所謂挾祖奕以守要際，閉虛門以示不測者也。

昔輪扁不能言微於其弟，伯樂不能語妙於其子，此蓋智術之曲撓，非道理之正例。自古有不可及之人，未有不可聞之業；有不可料之微，未有不可稱之略；幸以竭示所志。若變通卓逸，行得天符，言發恍然，邈在世表，則將爲吾子謝物輪力。

因風自釋，染筆附紳。諮所未悟，庶足存弟子之一隅。伏義白。

【校記】

〔一〕伏義《與阮嗣宗書》，見載於《經濟類編》卷五十一和《文章辨體彙選》卷二百五十二。此據《經濟類編》卷五十一録之。

〔二〕智，《經濟類編》和《文章辨體彙選》作『知』。

〔三〕網，《文章辨體彙選》作『綱』。

〔四〕《經濟類編》卷五十一所收伏義《與阮嗣宗書》，『舉地絡』以下至下文『義無所出』，中間恐缺。此據《文章辨體彙選》卷二百五十三補。

〔五〕總，《文章辨體彙選》卷二百五十三作『揔』。

樂論

劉子問曰：『孔子云：「安上治民莫善于禮，移風易俗莫善于樂。」夫禮者，男女之所以別，父子之所以成，君臣之所以立，百姓之所以平也。爲政之具，靡先于此。故安上治民莫善于禮也。夫金、石、絲、竹、鐘、鼓、管、弦之音，干、戚、羽、旄、進、退、俯、仰之容，有之何益于政，無之何損于化，而曰「移風易俗莫善于樂」乎？』

阮先生曰：『善哉！子之問也。昔者孔子著其都乎，且未舉其略也。今將爲子論其凡，而子自備詳焉。

『夫樂者，天地之體，萬物之性也。合其體、得其性則和，離其體、失其性則乖。昔者聖人之作樂也，將以順天地之體〔一〕，成萬物之性也〔二〕。故定天地八方之音〔三〕，以迎陰陽八風之聲，均黃鐘中和之律，開群生萬物之情氣〔四〕。故律呂協則陰陽和，音聲適而萬物類，男女不易其所，君臣不犯其位，四海同其觀，九州一其節。奏之圜丘〔五〕，而天神下降〔六〕；奏之方岳〔七〕，而地祇上應〔八〕。天地合其德，則萬物合其生。刑賞不用〔九〕，而民自安矣〔一〇〕。

『乾坤易簡，故雅樂不煩；道德平淡，故五聲無味〔一一〕。不煩則陰陽自通，無味則百物自樂。日遷善成化而不自知，風俗移易而同于是樂，此自然之道，樂之所始也。

『其後聖人不作，道德荒壞，政法不立，智慧擾物，化廢欲行，各有風俗。故造始之教謂之風〔一二〕，習而行之謂之俗。楚越之風好勇〔一三〕，故其俗輕死；鄭衛之風好淫，故其俗輕蕩。輕死，故有蹈火赴水之歌〔一四〕；輕蕩，故有桑間濮上之曲〔一五〕。各歌其所好，各咏其所爲，歌之者流涕〔一六〕，聞之者嘆息。背而去之，無不慷慨。懷永日之娱，抱長夜之嘆〔一七〕，相聚而合之，群而習之，靡靡無已。棄父子之親，弛君臣之制，匱室家之禮〔一八〕，廢耕農之業，忘終身之樂〔一九〕，崇淫縱之俗〔二〇〕。故江淮之南〔二一〕，其民好殘〔二二〕；漳汝之間，其民好奔。吴有雙劍之節，趙有扶琴之客〔二三〕。氣發于中，聲入于耳，手足飛揚，不覺其駭〔二四〕。

「好勇則犯上，淫放則棄親。犯上則君臣逆，棄親則父子乖；乖逆交争，則患生禍起。禍起而意愈異，患生而慮不同。故八方殊風，九州異俗，乖離分背，莫能相通。音異氣别，曲節不齊。故聖人立調適之音，建平和之聲，制便事之節，定順從之容，使天下之爲樂者莫不儀焉。自上以下，降殺有等，至于庶人，咸皆聞之。歌謡者咏先王之德，頫仰者習先王之容，器具者象先王之式，度數者應先王之制。入于心，淪于氣，心氣和洽，則風俗齊一。

「聖人之爲進退頫仰之容也，將以屈形體，服心意，便所修，安所事也。歌咏詩曲，將以宣平和，著不逮也。鐘鼓所以節耳，羽旄所以制目，聽之者不傾，視之者不衰；耳目不傾不衰，則風俗移易，故移風易俗莫善于樂也。故八音有本體，五聲有自然。其同物者，以大小相君。有自然，故不可亂；大小相君，故可得而平也。若夫空桑之琴，雲和之瑟，孤竹之管，泗濱之磬，其物皆調和淳均者，聲相宜也，故必有常處。以大小相君，應黄鐘之氣，故必有常數。有常處，故其器貴重〔二五〕；有常數，故其制不妄。貴重，故可得以事神；不妄，故可得以化人。其物係天地之象，故不可妄造；其凡似遠物之音，故不可妄易。《雅》、《頌》有分，故人神不雜；節會有數，故曲折不亂；周旋有度，故頫仰不惑；歌咏有主，故言語不悖。導之以善，綏之以和，守之以衷，持之以久；散其群，比其文，扶其夭，助其壽，使去風俗之偏習，歸聖王之大化。

『先王之爲樂也，將以定萬物之情，一天下之意也。故使其聲平，其容和。下不思上之聲，君不欲臣之色，上下不争而忠義成。夫正樂者，所以屏淫聲也，故樂廢則淫聲作。漢哀帝不好音，罷省樂府，而不知制正禮，樂法不修，淫聲遂起。張放、淳于長驕縱過度，丙疆、景武富溢于世〔二六〕。罷樂之後，下移逾肆。身不是好，而淫亂愈甚者，禮不設也。

『刑教一體，禮樂外内也。刑弛則教不獨行，禮廢則樂無所立。尊卑有分，上下有等，謂之禮；人安其生，情意無哀，謂之樂。車服旌旗，宫室飲食，禮之具也；鐘磬鞞鼓，琴瑟歌舞〔二七〕，樂之器也。禮逾其制則尊卑乖，樂失其序則親疏亂。禮定其象，樂平其心；禮治其外，樂化其内。禮樂正而天下平。

『昔衛人求繁纓曲縣，而孔子嘆息，蓋惜禮壞而樂崩也〔二八〕。夫鐘者聲之主也，縣者鐘之制也。鐘失其制，則聲失其主。主制無常，則怪聲并出。盛衰之代相及，古今之變若一，故聖教廢毁，則聰慧之人并造奇音。景王喜大鐘之律，平公好師延之曲，公卿大夫拊手嗟嘆，庶人群生踴躍思聞，正樂遂廢，鄭聲大興，《雅》、《頌》之詩不講，而妖淫之曲是尋。延年造「傾城」之歌，而孝武思嬺嫚之色；雍門作松柏之音，愍王念未寒之服。故猗靡哀思之音發，愁怨偷薄之辭興，則人後有縱欲奢侈之意，人後有内顧自奉之心。是以君子惡大淩之歌，憎北里之舞也。

『昔先王制樂，非以縱耳目之觀，崇曲房之嬿也。必通天地之氣，静萬物之神也；固上下之位，定性命之真也。故清廟之歌，咏成功之績；賓饗之詩，稱禮讓之則。百姓化其善，異俗服其德〔二九〕。此淫聲之所以薄，正樂之所以貴也。然禮與變俱，樂與時化，故五帝不同制，三王各異造，非其相反，應時變也。夫百姓安服淫亂之聲，殘壞先王之正〔三〇〕，故後王必更作樂，各宣其功德于天下。通其變，使民不倦。然但改其名目，變造歌咏，至于樂聲，平和自若。故黃帝咏雲門之神，少昊歌鳳鳥之迹，《咸池》、《六英》之名既變，而黃鐘之宮不改易。故達道之化者可與審樂，好音之聲者不足與論律也。

『舜命夔與典樂〔三一〕，教冑子以中和之德也：「詩言志，歌咏言，聲依咏，律和聲。八音克諧，無相奪倫，神人以和。」又曰：「予欲聞六律、五聲、八音，在治曶〔三二〕，以出納五言。女聽！」夫煩手淫聲，汩湮心耳，乃忘平和，君子弗聽。言正樂通平易簡，心澄氣清，以聞音律，出納五言也。夔曰：「戛擊鳴球、搏拊、琴瑟以咏，祖考來格；虞賓在位，群后德讓，下管鼗鼓，合止柷敔〔三三〕，笙鏞以間，鳥獸蹌蹌；簫韶九成，鳳凰來儀。」夔曰：「於！予擊石拊石，百獸率舞，庶尹允諧。」詩言志，歌咏言，操磬鳴琴，以聲依律，述先王之德，故祖考之神來格也；笙鏞以間，正樂聲希〔三四〕，治脩無害，故繁毓蹌蹌然也；樂有節適，九成而已，陰陽調達，和氣均通，故遠鳥來儀也；質而不文，四海合同，故擊石拊石，百獸率舞也。言天下治平，萬物得所，音聲不嘩，漠然未兆，故衆官皆和也。故孔子在齊聞《韶》，三月不知肉味，言至樂使人無欲，心平氣定，不以肉爲滋味也。以此觀之，知聖人之樂和而已矣。

『自西陵青陽之樂，皆取之竹。聽鳳凰之鳴，尊長風之象，采大林之□〔三五〕，當時之所不見，百姓之所希聞，故天下懷其德而化其神也。夫雅樂周通則萬物和，質静則聽不淫，易簡則節制令神〔三六〕，静重則服人心，此先王造樂之意也。自後衰末之爲樂也，其物不真，其器不固，其制不信。取於近物，同於人間，各求其好，恣意所存。閭里之聲競高，永巷之音争先。童兒相聚，以咏富貴；芻牧負載，以歌賤貧。君臣之職未廢，而一人懷萬心也。

『當夏后之末，興女萬人〔三七〕，衣以文綉，食以糧肉，端噪晨歌，聞之者憂戚。天下苦其殃，百姓傷其毒。殷之季君，亦奏斯樂，酒池肉林，夜以繼日。然咨嗟之音未絶，而敵國已收其琴瑟矣。滿堂而飮酒，樂奏而流涕，此非皆有憂者也，則此樂非樂也。當王居臣之時，奏新樂於廟中，聞之者皆爲之悲咽。桓帝聞楚琴〔三八〕，凄愴傷心，倚房而悲〔三九〕，慷慨長息曰：「善哉乎！爲琴若此，一而已足矣。」〔四〇〕順帝上恭陵，過樊衢〔四一〕，聞鳥鳴而悲，泣下橫流，曰：「善哉，鳥鳴！」使左右吟之，曰〔四二〕：「使絲聲若是〔四三〕，豈不樂哉〔四四〕！」夫是謂以悲爲樂者也〔四五〕。誠以悲爲樂，則天下何樂之有？天下無樂，而有陰陽調和，災害不生，亦已難矣。

『樂者，使人精神平和，衰氣不入，天地交泰，遠物來集，故謂之樂也。今則流涕感動，嘘唏傷氣，寒暑不適，庶物不遂，雖出絲竹，宜謂之哀，奈何俯仰嘆息，以此稱樂乎？昔季流子向風而鼓琴〔四六〕，聽之者泣下〔四七〕。弟子曰：「善哉鼓琴〔四八〕！亦已妙矣。」季流子曰：「樂謂之善，哀謂之傷；吾謂哀傷〔四九〕，非爲善樂也。」以此言之，絲竹不必爲樂，歌咏不必爲善也。故墨子之非樂也。悲夫！以哀爲樂者，胡亥耽哀不變，故願爲黔首；李斯隨哀不返，故思逐狡兔。嗚呼！君子可不鑒之哉？』

【校記】

〔一〕體，《藝文類聚》卷四十二引阮籍《樂論》作『性』。

〔二〕成，《藝文類聚》卷四十二引阮籍《樂論》作『體』。

〔三〕八，《太平御覽》卷五百六十五引阮籍《樂論》作『四』。

〔四〕《太平御覽》卷五百六十五引阮籍《樂論》，此句作『開群生萬物之氣』。

〔五〕圜丘，《藝文類聚》卷四十二和《太平御覽》卷五百六十五引阮籍《樂論》皆作『圜丘』，《經濟類編》卷九十六、《文章辨體彙選》和張溥本皆作『圜山』。兹從《藝文類聚》。

〔六〕諸本此句皆無『降』字，兹據《藝文類聚》卷四十二引阮籍《樂論》補。

〔七〕奏，《藝文類聚》卷四十二引阮籍《樂論》作『肆』。方丘，《太平御覽》卷五百六十五引阮籍《樂論》作『方丘』。

〔八〕諸本此句皆無『應』字，據《藝文類聚》卷四十二引阮籍《樂論》補。

〔九〕《文章辨體彙選》卷四百三『賞』下注云：『一作罰。』

〔一〇〕《藝文類聚》卷四十二此句句尾無『矣』字，《御定淵鑒類函》卷一百八十四引阮籍《樂論》從之。《經濟類編》、《文章辨體彙選》和張溥本等諸本句尾有『矣』字。兹從諸本。

〔一一〕五，范陳本作『無』。

〔一二〕始，《文章辨體彙選》作『子』，其下注云：『一作始。』

〔一三〕《太平御覽》卷五百六十五引阮籍《樂論》此句無『越』字。

〔一四〕蹈火赴水，《太平御覽》卷五百六十五引阮籍《樂論》作『蹈水赴火』，《經濟類編》、《文章辨體彙選》和張溥本皆作『火焰赴水』。按，從詞性結構來看，作『蹈水赴火』或『蹈火赴水』則更爲合理。

〔一五〕曲，《文章辨體彙選》和張溥本皆作『典』，《太平御覽》和《經濟類編》則皆作『曲』。按，與上句『之歌』相對應，下句作『之曲』更爲合理。

〔一六〕歌，《經濟類編》及范陳本、及朴本作『欲』。

〔一七〕嘆，《太平御覽》卷五百六十五引作『欣』。

〔一八〕匱，范陳本、及朴本注云：『一作遺。』

〔一九〕忘，《太平御覽》卷五百六十五引作『亡』。

〔二〇〕崇，《太平御覽》卷五百六十五引作『成』。

〔二一〕之，《太平御覽》卷五百六十五引作『以』。

〔二二〕殘，《太平御覽》卷五百六十五引作『殺』。

〔二三〕『趙有扶琴之客』句，《太平御覽》卷五百六十五作『趙有挾琴之容』。

〔二四〕《太平御覽》卷五百六十五引『駭』下有『也』字。

〔二五〕《文章辨體彙選》卷四百三『器』下注云：『一作氣。』

〔二六〕富溢，《文章辨體彙選》卷四百三作『當益』，其下注云：『或作富溢。』

〔二七〕《藝文類聚》卷四十二引阮籍《樂論》『琴瑟』下無『歌舞』二字。

〔二八〕樂，張溥本作『器』。據范陳本改。

〔二九〕《藝文類聚》卷四十二引阮籍《樂論》『德』下有『也』字。

〔三〇〕壞，范陳本作『害』。

〔三一〕《文章辨體彙選》卷四百三『與』下注云：『一作龍。』

〔三二〕曶，范陳本作『忽』。

〔三三〕柷，《文章辨體彙選》卷四百三作『祝』。

〔三四〕《文章辨體彙選》卷四百三『正』下注云：『一作無。』

〔三五〕此處各本皆缺一字。

〔三六〕《文章辨體彙選》卷四百三『令』下注云：『一作全。』

〔三七〕輿，《文章辨體彙選》卷四百三作『興』，並注云：『或作輿。』

〔三八〕此句句首之『桓』字,各本所載不一。《經濟類編》卷四十六無『桓』字,《文章辨體彙選》卷四百三『咽』下注云:『一作桓。』張溥本此句句首有『桓』字。而《太平御覽》兩次徵引亦各不同,卷四十四和五百七十七作『漢桓帝』,卷五百七十九作『漢帝』。辯説詳見下注。

〔三九〕房,各本皆作『房』,惟《太平御覽》兩次徵引各不同,一作『扆』,一作『户』。辯説詳見下注。

〔四〇〕自『桓帝』以下至『一而已足矣』一段文字,現存各本出入不大,但《太平御覽》兩次徵引該段文字,不僅相互間有較大出入,而且與現存各本迥異。《太平御覽》卷五百七十七引阮籍《樂論》云:『漢桓帝聞楚琴,凄愴傷心,倚户而悲,慷慨長息曰:「善哉!爲琴若此而足矣!」』《太平御覽》卷五百七十九引阮籍《樂論》云:『漢帝聞楚琴,倚扆而悲,慷慨長息曰:「善哉!爲聲若此而足矣!」』兩相比較,出入甚大。另,《藝文類聚》卷四十四引阮籍《樂論》同一段文字,與《太平御覽》及現存各本亦不同:『漢桓帝聞楚琴,扆而悲,慷慨長息曰:「善哉!爲聲如此而足矣!」』阮籍之文,在流傳過程中變化之大,由此可知矣。

〔四一〕衢,《太平御覽》卷三百九十二引阮籍《樂論》作『濯』。

〔四二〕曰,《太平御覽》卷三百九十二引阮籍《樂論》無『曰』字。

〔四三〕絲,《太平御覽》卷三百九十二引阮籍《樂論》無『絲』字。

〔四四〕樂哉,《太平御覽》卷三百九十二引阮籍《樂論》作『佳乎』。

〔四五〕『夫是謂以悲爲樂者也』句,《太平御覽》卷三百九十二引阮籍《樂論》作『此謂以悲爲樂也』。

〔四六〕鼓,《經濟類編》、《文章辨體彙選》和張溥本皆無,茲據《藝文類聚》卷四十四引阮籍《樂論》補。

〔四七〕泣，《藝文類聚》卷四十四和《太平御覽》卷五百七十九引作『泪』。《經濟類編》卷四十六此句句尾另有『沾襟』二字。

〔四八〕善哉鼓琴，《經濟類編》卷四十六和《文章辨體彙選》卷四百三作『善哉乎鼓琴』。

〔四九〕謂，《經濟類編》卷四十六和《文章辨體彙選》卷四百三作『爲』。

通易論

阮子曰〔一〕：《易》者何也？乃昔之玄真，往古之變經也。庖犧氏當天地一終，值人物憔悴，利用不存，法制夷昧，神明之德不通，萬物之情不類，于是始作八卦。引而伸之，觸類而長之，分陰陽，序剛柔，積山澤，連水火，雜而一之，變而通之，終于未濟。六十四卦，盡而不窮。是以天地象而萬物形，吉凶著而悔吝生，事用有取，變化有成。南面聽斷，向明而治，結繩而爲網罟，致日中之貨，修耒耜之利，以教天下，皆得其所。

黄帝堯舜，應時當務，各有攸取，窮神知化，述則天序。庖犧氏布演六十四卦之變，後世聖人觀而因之，象而用之。禹湯之經皆在，而上古之文不存。至乎文王，故係其辭，于是歸藏氏逝而周典經興。上下無常，剛柔相易，不可爲典要，惟變所適，故謂之易。

《易》之爲書也，本天地，因陰陽，推盛衰，出自幽微，以致明著。故乾元初『潛龍勿用』，言大人之德隱而未彰，潛而未達，待時而興，循變而發。天地既設，屯蒙始生，需以待時，訟以立義，師以聚衆，比以安民，是以『先王以建萬國，親諸侯』，收其心也。原而積之，畜而制之，是以上下和洽，『裁成天地之道，輔相天地之宜，以左右民』，順其理也。先王既没〔二〕，德法乖易，上陵下替，君臣不制，剛柔不和，天地不交，是以君子一類求同，遏惡揚善，以致其大。謙而光之，裒多益寡。崇聖善以命，雷出于地，于是人人得位，明聖又興，故先王作樂薦上帝，昭明其道，以答天貺。於是萬物服從，隨而事之，子遵其父，臣承其君，臨馭統一，大觀天下。是以『先王以省方觀民設教』，儀之以度也。包而有之，合而含之，故先王用之以明罰敕法。自上乃下，貴復其賤〔三〕，美成亨盡〔四〕，時極日致，『先王閉關，商旅不行，后不省方』，以静民也。季葉既衰，非謀之獲，應運順天，不妄其作，故先王『茂對時育萬物』，施仁布澤，以樹其德也。萬物歸隨，如法流承，養善反惡，利積生害，剛過失柄，習坎以位，上失其道，下喪其群，於是人人『繼明照于四方』，顯其德也。自乾元以來，施平而明，盛衰有時，剛柔無常；或得或失，一陰一陽；出入吉凶，由暗察彰；文明以止，有翼不飛；隨之乃存，取之者歸；施之以若，用之在微。貴變慎小，與物相追。非知來藏往者，莫之能審也。

《易》之爲書也，覆燾天地之道，囊括萬物之情，道至而反，事極而改。反用應時，改用當務。應時，故天下仰其澤；當務，故萬物恃其利。澤施而天下服，此天下之所以順自然、惠生類也。富貴侔天地，功名充六合，莫之能傾，莫之能害者，道不逆也。天地，易之主也。萬物，易之心也；故虚以受之，感以和之。男下女上，通其氣也；柔以承剛，久其類也；順而持之，遁而退之。上隆下積〔五〕，剛動大壯。正大必用，力盛則望；明升惟進，光大則傷；聚以處身，異以成類。乖離既解，緩以爲失。損益有時，察以土使。『揚于王庭，乘五馬敗』。剛既決柔，上索下合。令臣遭明君，以柔遇剛，品物咸亨。剛據中正，天下大行。是以『后用施命誥四國』，貴離教也。於是天地萃聚，百姓合同。升而不已，届極及下。井養不窮，卑不能通。不可弗革，改以成器。尊卑有分，長幼有序。主之以震，守之以威。動不可終，敵應而行。漸以進之，爲人求位。君子之欲進者也，臣之求君，陰之從陽，委之歸誠，乃得其所。歸而應之，專而一之，陽德受歸，道豐位大也。賢人君子，有衆以成其大也。窮侈喪大夫之位，群而靡容，容而無所。卑身下意，利見大人。巽以申命，柔順乎剛。入而説之，説而教之。順天應人，渙然成章。風行水上，有文有光。男行不窮，女位乎外。衆陰承五，上同在中，從初更始，乘木有功。故『先王以享于帝，立廟』，奉天建國也。剛柔分適得中，節之以制，其道不窮。信愛結内，剛得中位，誠發于心，庶物唯類。大得則虧，甚往則過，既應於遠，默則不利。故君子是以行重乎恭，喪重乎哀，篤誂薄也。小過下泰，不宜于上，下止上動，『有飛鳥之象焉』。初六坎下，上六離體，『飛鳥以凶』，是以災眚也。柔處中，剛失位，利與時行，過而欲遂。小亨正象，陰皆乘陽，陽剛淩替，君臣易位，亂而不已，非中之謂，故『君子思患而豫防之』，慮其敗也。通變無窮，周敗又始，剛未出，陰在中，柔濟不遺，遂度不窮，則象河洛，神物設教，而天下服。慎辨居方，陰陽相求，初與之道，遠作之由也。

卦體開闔，乾以一爲開，坤以二爲闔。乾坤成體，而剛柔有位。故木老於未，水生於申，而坤在西南；火老於戌，木生於亥，而乾在西北。剛柔之際也，故謂之父母。陽承震動，發而相承，專制遂行，萬物以興，故謂之長男；水老於辰，金生於巳，一氣存之，終而復起，故巽爲長女；震發於風，陰德有紀，火中鶉鳴，母道將始，故離爲中女；又在西北，健戰將升，季陰幼昧，衰而不勝，故兑爲少女；倉中拔留，肇幽爲陽，在中未達，含而未章，故坎爲中男；周流接合，萬物既終，造微更始，明而未融，故艮爲少男。乾圓坤方，女柔男剛，健柔時推，而福禍是將〔六〕。循化知生，從變見亡。故吉凶成敗，不可亂也。

大過何也？棟橈莫輔，大者過也。先王之馭世也，刑設而不犯，罰著而不施，習坎剛中，惟以心亨，王正其德，公守厥職，上下不疑，臣主無惑。納約自牖，非户何咎？車騎中門，劍戟在閫，雖寘叢棘，凶已三歲，上六失道，刑決也。故『高宗伐鬼方』，柔道中也；『三年有賞』，德乃豐也。『同人先號』〔七〕，思其終也；旅上之美，樂其窮也。是以失刑者嚴而不檢，喪德者高而不尊，故君子正義以守位，固法以威民。『何衢』則亨，『滅耳』而凶也。

小過何也？逾位淩上，害正危身，小者過也。既濟『初吉終亂』〔八〕，何也？水加日上，三陰乘陽，以力求濟，不止必亡，故初吉終亂也。未濟上九〔九〕，『飲酒無咎』，何也？過而莫改，危而弗間，誰咎之也？無妄何也？無望而至，非會合陰陽之違行也。六三『無妄之災，或繫之牛，行人得之，邑人災』，何也？有國而不收其民，有衆而不脩其器，行人得之，不亦災乎？九五之疾『勿藥』，何也？非常之厚，離以爲同，無妄之疾，災以除凶，天時成敗，何疾之功？『勿藥有喜』，不成何試也？

龍者何也？陽健之類，盛德尊貴之喻也。配天之厚，盛德莫高之謂尊貴。大人受命，處中當陽，德之至也。『亢龍有悔』，何也？繼守承貴，有因而德不充者也〔一〇〕。欲大而不顧其小，甘侈而不思其匱，居正上位，而無卑有貴，勞而無據，喪志危身，是以悔也。

先王何也？大人之功也。故『建萬國，親諸侯』，樹其義也。作樂薦上帝，正其命也；省方觀民，施其令也；明罰敕法，督其政也；閉關不行，靜亂民也；茂時育德，顯其福也；享帝立廟，昭其祿也。稱聖王所造，非承平之謂也。

后者何也？成君定位，據業脩制，保教守法，畜履治安者也。故自然成功濟用，已至大通，后『成天地之道』，『以左右民也』。成化理決，施令誥方，因統紹衰，中處將正之務，非應初受命之事也。

上者何也？日月相易，盛衰相及，致飾則利之未捷受，故王后不稱，君子不錯，上以厚下，道自然也。

君子者何也？佐聖扶命，翼教明法，觀時而行，有道而臣人者也。因正德以理其義，察危廢以守其身。故經綸以正盈，果行以遂義，飲食以須時，辯義以作事，皆所以章先王之建國，輔聖人之神志也。見險慮難，思患豫防〔一一〕，別物居方，慎初敬始，皆人臣之行，非大君之道也。

大人者何也？龍德潛達，貴賤通明，有位無稱，大以行之，故大過滅示，天下幽明；大人發輝重光，繼明照于四方，萬物仰生，合德天地，不爲而成，故大人虎變，天德興也。

君子曰：《易》順天地，序萬物，方圓有正體，四時有常位，事業有所麗，鳥獸有所萃，故萬物莫不一也。陰陽性生〔一二〕，性故有剛柔；剛柔情生，情故有愛惡。愛惡生得失，得失生悔吝，悔吝著而吉凶見。八卦居方以正性，蓍龜圓通以索情。情性交而利害出，故立仁義以定性，取蓍龜以制情。仁義有偶而禍福分，是故聖人以建天下之位，守尊卑之制，序陰陽之適，別剛柔之節。順之者存，逆之者亡，得之者身安，失之者身危。故犯之以別求者，雖吉必凶；知之以守篤者，雖窮必通。故寂寞者德之主，恣睢者賊之原，進往者反之初，終盡者始之根也。是以未至不可坼也，已用不可越也。紂有天下之號，而比匹夫之類鄰；周處小侯之細，而享于西山之賓。外内之德已施〔一三〕，而貴賤之名未分，何也？天道未究，善惡未淳也。是以明夫天之道者不欲，審乎人之德者不憂。在上而不淩乎下，處卑而不犯乎貴。故道不可逆，德不可拂也。是以聖人獨立無悶，大群不益，釋之而道存，用之而不可既。由此觀之，《易》以通矣。

【校記】

〔一〕《經濟類編》卷四十七載阮籍《通易論》無「阮子曰」三字。
〔二〕没，《經濟類編》卷五十一作「殁」。
〔三〕賤，及朴本作「盛」。
〔四〕成，《經濟類編》卷五十一引作「盛」。

〔五〕『上隆下積』句，各本不一。《經濟類編》卷五十一作『下隆上積』，《文章辨體彙選》卷四百三作『上隆不積』，張溥本作『上隆下積』。茲從張溥本。《四庫全書考證》卷九十五《漢魏六朝百三名家集中・阮步兵集》校記云：『《通易論》「上隆下積」，刊本「下」訛「不」。據汪士賢校本改。』

〔六〕福禍，范陳本、及朴本作『禍福』。

〔七〕先，范陳本、及朴本作『五』。《經濟類編》卷五十一亦作『五』。按，『同人先號』乃《周易》同人卦九五爻辭。范陳本等作『五』，係誤。

〔八〕吉，各本作『六』，係誤。按，《周易》既濟卦繫辭作『亨小利貞，初吉終亂』。《經濟類編》卷五十一作『吉』。茲據以改。

〔九〕九，各本作『六』，係誤。陽爻爲九，陰爻爲六。未濟卦上爻爲陽爻，應爲『上九』。徑改。

〔一〇〕充，范陳本作『哀』，《經濟類編》作『克』。

〔一一〕豫，《經濟類編》卷五十一和《文章辨體彙選》卷四百三作『預』。

〔一二〕性，《文章辨體彙選》作『牲』，當係形誤。

〔一三〕德，范陳本、及朴本作『應』。《經濟類編》卷五十一亦作『應』。

達莊論〔一〕

伊單閼之辰，執徐之歲，萬物權輿之時，季秋遥夜之月，先生徘徊翱翔，迎風而游，往遵乎赤水之上，來登乎隱坌之丘，臨乎曲轅之道，顧乎泱漭之州，恍然而止，忽然而休，不識曩之所以行，今之所以留，悵然而無樂，愀然而歸。白素焉，平晝閑居，隱几而彈琴。

於是縉紳好事之徒相與聞之，共議撰辭合句，啓所當疑〔二〕。乃窺鑒整飾，嚼齒先引，推年躡踵，相隨俱進。奕奕然步，膈膈然視，投迹蹈階，趨而翔至。差肩而坐〔三〕，恭袖而檢，猶豫相臨〔四〕，莫肯先占。有一人，是其中雄桀也，乃怒目擊勢而大言曰：『吾生乎唐虞之後，長乎文武之裔，游乎成康之隆，盛乎今者之世，誦乎六經之教，習乎吾儒之迹，被袞衣〔五〕，冠飛翮，垂曲裙，揚雙鶂有日矣，而未聞乎至道之要，有以異之于斯乎！且大人稱之，細人承之，願聞至教，以發其疑。』

先生曰：『何哉，子之所疑者？』

客曰：『天道貴順，地道貴貞，聖人脩之，以建其名。吉凶有分，是非有經，務利高勢，惡死重生，故天下安而大功成也。今莊周乃齊禍福而一死生〔六〕，以天地爲一物，以萬類爲一指，無乃激惑以失真〔七〕，而自以爲誠是也〔八〕？』

于是先生乃撫琴容與，慨然而嘆，俯而微笑，仰而流盼，噓噏精神，言其所見曰〔九〕：『昔人有欲觀于閬峰之上者，資端冕，服驊騮，至乎崑崙之下，没而不反。端冕者，常服之飾；驊騮者，凡乘之馬〔一〇〕；非所以矯騰增城之上，游玄圃之中也。且燭龍之光，不照一堂之上；鐘山之口，不談曲室之内。今吾將墮崔巍之高，杜衍謾之流，言子之所由，幾其寤而獲及乎！

『天地生于自然，萬物生于天地。自然者無外，故天地名焉〔一一〕；天地者有内，故萬物生焉。當其無外，誰謂異乎？當其有内，誰謂殊乎？地流其燥，天抗其濕。月東出，日西入，隨以相從，解而後合。升謂之陽，降謂之陰。在地謂之理，在天謂之文。蒸謂之雨，散謂之風；炎謂之火，凝謂之冰；形謂之石，象謂之星；朔謂之朝，晦謂之冥；通謂之川，回謂之淵；平謂之土，積謂之山。男女同位，山澤通氣，雷風不相射，水火不相薄。天地合其德，日月順其光，自然一體，則萬物經其常。入謂之幽，出謂之章，一氣盛衰，變化而不傷。是以重陰雷電，非異出也；天地日月，非殊物也。故曰：自其異者視之，則肝膽楚越也；自其同者視之，則萬物一體也。

『人生天地之中，體自然之形。身者，陰陽之精氣也〔一二〕；性者，五行之正性也；情者，游魂之變欲也；神者，天地之所以馭者也。以生言之，則物無不壽；推之以死〔一三〕，則物無不夭。自小視之，則萬物莫不小；由大觀之，則萬物莫不大。殤子爲壽，彭祖爲夭；秋豪爲大，泰山爲小；故以死生爲一貫，是非爲一條也。別而言之，則鬚眉異名；合而說之，則體之一毛也。彼六經之言，分處之教也；莊周之云，致意之辭也。大而臨之，則至極無外；小而理之，則物有其制。夫守什五之數，審左右之名，一曲之說也。循自然性天地者〔一四〕，寥廓之談也。

『凡耳目之官〔一五〕，名分之施處，官不易司，舉奉其身，非以絶手足、裂肢體也。然後世之好異者不顧其本，各言我而已矣。何待於彼，殘生害性，還爲讎敵，斷割肢體，不以爲痛；目視色而不顧耳之所聞，耳所聽而不待心之所思，心奔欲而不適性之所安，故疾疢萌則生意盡〔一六〕，禍亂作則萬物殘矣。夫至人者〔一七〕，恬于生而靜于死。生恬則情不惑，死靜則神不離，故能與陰陽化而不易，從天地變而不移。生究其壽，死循其宜〔一八〕，心氣平治，消息不虧〔一九〕。是以廣成子處崆峒之山〔二〇〕，以入無窮之門；軒轅登昆崙之阜，而遺玄珠之根。此則潛身者易以爲活，而離本者難與永存也〔二一〕。

『馮夷不遇海若，則不以己爲小；雲將不失問於鴻濛〔二二〕，則無以知其少。由斯言之，自是者不章，自建者不立，守其有者有據，持其無者無執。月弦則滿，日朝則襲。咸池不留陽谷之上，而縣車之後將入也。故求得者喪，爭明者失，無欲者自足，空虛者受實。夫山靜而谷深者，自然之道也；得之道而正者，君子之實也。是以作智造巧者害於物，明是考非者危其身[二三]，脩飾以顯潔者惑於生，畏死而崇生者失其貞[二四]。故自然之理不得作，天地不泰而日月爭隨，朝夕失期而晝夜無分。競逐趨利，舛倚橫馳，父子不合，君臣乖離。故復言以求信者，梁下之誠也；克己爲人者[二五]，郭外之仁也；竊其雉經者，亡家之子也；刳腹割肌者，亂國之臣也；曜菁華被沆瀣者，昏世之士也；履霜露蒙塵埃者，貪冒之民也。潔己以尤世，修身以明污者，誹謗之屬也；繁稱是非，背質追文者，迷罔之倫也；誠非媚悅[二六]，以容求乎，故被珠玉以赴水火者，桀紂之終也；含菽采薇，交餓而死，顏夷之窮也。是以名利之途開，則忠信之誠薄；是非之辭著，則醇厚之情爍也。

『故至道之極，混一不分，同爲一體，得失無聞。伏羲氏結繩，神農教耕，逆之者死，順之者生。又安知貪污之爲罰，而貞白之爲名乎？使至德之要，無外而已。大均淳固，不貳其紀。清靜寂寞，空豁以俟，善惡莫之分，是非無所爭，故萬物反其所而得其情也。

『儒墨之後，堅白并起，吉凶連物，得失在心，結徒聚黨，辯説相侵。昔大齊之雄，三晉之士，嘗相與瞋目張膽[二七]，分別此矣。咸以爲百年之生難致，而日月之蹉無常。皆盛僕馬，脩衣裳，美珠玉，飾帷墻，出媚君上，入欺父兄，矯厲才智，競逐縱橫，家以慧子殘，國以才臣亡。故不終其天年，而大自割繫其於世俗也[二八]。是以山中之木，本大而莫傷[二九]。復萬數竅相和[三〇]，忽焉自已。夫雁之不存，無其質而濁其文。死生無變，而龜之見寶[三一]，知吉凶也。故至人清其質而濁其文，死生無變而未始有云。

『夫別言者，壞道之談也[三二]；折辯者，毀德之端也。氣分者，一身之疾也；二心者，萬物之患也。故夫裝束馮軾者，行以離支[三三]。慮在成敗者，坐而求敵；踰阻攻險者，趙氏之人也；舉山填海者，燕楚之人也。莊周見其若此，故述道德之妙，叙無爲之本，寓言以廣之，假物以延之，聊以娛無爲之心，而逍遥于一世。豈將以希咸陽之門，而與稷下争辯也哉？

『夫善接人者，導焉而已，無所逆之。故公孟季子衣綉而見，墨子弗攻；中山子牟心在魏闕，而詹子不距。因其所以來，用其所以至，循而泰之，使自居之；發而開之，使自舒之。且莊周之書，何足道哉！猶未聞夫太始之論、玄古之微言乎？直能不害于物而形以生，物無所毀而神以清，形神在我而道德成，忠信不離而上下平。兹容今談而同古，齊説而意殊，是心能守其本，而口發不相須也。』

於是二三子者，風摇波蕩，相視臆脉，亂次而退，蹗跌失迹，隨而望之。其後[三四]，頽亦以是知其無實喪氣，而慚愧於衰僻也。

【校記】

〔一〕本文題目，范陳本作《莊論》，《經濟類編》卷九十六、《莊子翼・附録》亦作《莊論》。而《晋書》、《藝文類聚》、《通志》、《玉海》及張溥本等皆作《達莊論》。據《晋書》和《藝文類聚》，作《達莊論》。

〔二〕常，《經濟類編》卷九十六和《莊子翼》附録作『常』。

〔三〕差，范陳本作『羞』，《經濟類編》卷九十六亦作『羞』，當是形誤。

〔四〕臨，范陳本作『林』，《莊子翼・附録》亦作『林』，並注云：『或作臨。』

〔五〕哀，范陳本、及朴本作『沙』，《經濟類編》卷九十六亦作『沙』。

〔六〕《藝文類聚》卷三十七引阮籍《達莊論》，『莊』下有『子』字。

〔七〕激，《藝文類聚》卷三十七引作『僥』。

〔八〕是，《藝文類聚》卷三十七引作『者』。

〔九〕曰，《藝文類聚》卷三十七引無『曰』字。

〔一〇〕馬，諸本作『耳』。及朴本作『馬』，玆從之。

〔一一〕故，《藝文類聚》卷三十七引無此字。

〔一二〕《四庫全書考證》卷九十五《漢魏六朝百三名家集中·阮步兵集》校記云：『《達莊論》「身者，陰陽之精氣也」，刊本「精」訛「積」。據汪士賢校本改。』

〔一三〕『推之以死』句，及朴本作『以死推之』。

〔一四〕性，《經濟類編》卷九十六作『佳』。《莊子翼·附録》『性』下注云：『一作佳。』

〔一五〕官，范陳本作『者』，《經濟類編》則無之。

〔一六〕疢，《經濟類編》卷九十六作『⿸疒爾』，《莊子翼·附録》作『疹』。《四庫全書考證》卷九十五《漢魏六朝百三名家集中·阮步兵集》校記云：『《達莊論》……又「故疾疢萌則生意盡」，刊本「疢」訛「⿸疒爾」（俗疹字）。今改。』

〔一七〕句首『夫』字，各本皆無。玆據《藝文類聚》卷三十七引阮籍《達莊論》補。

〔一八〕循，《藝文類聚》卷三十七引作『終』。

〔一九〕『消息不虧』句，范陳本作『不消不虧』，《經濟類編》卷九十六亦作『不消不虧』。

〔二〇〕崆峒，《莊子翼》作『空同』。

〔二一〕與，范陳本作『以』，張溥本亦作『以』。玆從《莊子翼》。

〔二二〕此句各本有異。《莊子翼·附録》作『雲將不失問于鴻濛』，《經濟類編》卷九十六作『雲將不失于其鴻濛』，張溥本作『雲將不失于鴻濛』。兹從《莊子翼・附録》。

〔二三〕明是考非，《藝文類聚》卷三十七和《遵生八牋》卷一引阮籍《達莊論》作『明是考非』，《經濟類編》卷九十六、《莊子翼・附録》和張溥本皆作『明著是非』。兹從《藝文類聚》。

〔二四〕崇，《藝文類聚》卷三十七和《遵生八牋》卷一引阮籍《達莊論》作『崇』，《經濟類編》卷九十六、《莊子翼・附録》和張溥本作『榮』。兹從《藝文類聚》。貞，《經濟類編》卷九十六和張溥本作『真』。另，此句『失』字下，《莊子翼・附録》有注云：『一作亂。』

〔二五〕者，《經濟類編》卷九十六無。

〔二六〕《莊子翼・附録》『誠』下注云：『或作成。』

〔二七〕瞋，《莊子翼・附録》作『明』。

〔二八〕割繫，《莊子・人間世》原作『掊擊』。繫，《莊子翼・附録》作『繁』。

〔二九〕傷，《莊子翼・附録》和《經濟類編》卷九十六作『傷』，張溥本作『相』。按，當以『傷』爲是。兹從《莊子翼・附録》和《經濟類編》。

〔三〇〕復，張溥本作『吹』。《莊子翼・附録》『復』下注云：『或作吹。』『竅』下注云：『一作物。』范陳本作『復』。兹從范陳本。

〔三一〕之，范陳本作『是』。

〔三二〕壞，范陳本作『懐』。按，聯繫下文『毁德』，互文見義，當以『壞』爲是。

〔三三〕《莊子翼・附録》『支』下注云：『一作交。』

〔三四〕其，各本作『耳』，《莊子翼・附録》『耳』下注云：『或作其。』按，『耳』或是『其』字之形誤，故從《莊子翼》注改。

通老論〔一〕

聖人明於天人之理，達於自然之分，通於治化之體，審於大慎之訓。故君臣垂拱，完太素之樸；百姓熙怡，保性命之和。〔二〕

道者，法自然而爲化，侯王能守之，萬物將自化。《易》謂之『太極』，《春秋》謂之『元』，《老子》謂之『道』。

三皇依道，五帝仗德，三王施仁，五霸行義，强國任智。蓋優劣之異，薄厚之降也。〔三〕

【校記】

〔一〕阮籍《通老論》已無全篇，各本所載三則，分别見於《太平御覽》卷一和卷七十七。

〔二〕此則與下則俱見載於《太平御覽》卷一。

〔三〕此則見載於《太平御覽》卷七十七。

大人先生傳〔一〕

大人先生，蓋老人也，不知姓字。陳天地之始，言神農、黄帝之事，昭然也。莫知其生年之數。嘗居蘇門之山，故世咸謂之閒〔二〕。養性延壽，與自然齊光。其視堯舜之所事，若手中耳。以萬里爲一步，以千歲爲一朝。行不赴而居不處，求乎大道而無所寓。先生以應變順和，天地爲家，運去勢隤，魁然獨存。自以爲能，足與造化推移，故默探道德，不與世同〔三〕。自好者非之，無識者怪之，不知其變化神微也。而先生不以世之非怪而易其務也。先生以爲中區之在天下，曾不若蠅蚊之著帷，故終不以爲事，而極意乎異方奇域，遊覽觀樂〔四〕，非世所見，徘徊無所終極。遺其書於蘇門之山而去，天下莫知其所如往也。

或遺大人先生書曰：『天下之貴，莫貴於君子。服有常色，貌有常則，言有常度，行有常式。立則磬折，拱若抱鼓，動靜有節，趨步商羽。進退周旋，咸有規矩。心若懷冰，戰戰慄慄，束身修行，日慎一日。擇地而行，唯恐遺失。誦周孔之遺訓，嘆唐虞之道德，唯法是修，唯禮是克，手執圭璧，足履繩墨，行欲爲目前檢，言欲爲無窮則。少稱鄉閭〔五〕，長聞邦國〔六〕，上欲圖三公，下不失九州牧〔七〕。故挾金玉，垂文組，享尊位，取茅土，揚聲名於後世，齊功德於往古。奉事君王〔八〕，牧養百姓，退營私家，育長妻子。卜吉而宅，慮乃億祉，遠禍近福，永堅固已。此誠士君子之高致，古今不易之美行也。今先生乃被髮而居巨海之中，與若君子者遠，吾恐世之嘆先生而非之也。行爲世所笑，身無由自達，則可謂恥辱矣。身處困苦之地，而行爲世俗之所笑，吾爲先生不取也。』

於是大人先生乃逌然而嘆，假雲霓而應之曰：『若之云尚何通哉！夫大人者，乃與造物同體，天地並生，逍遥浮世，與道俱成，變化散聚，不常其形。天地制域於內，而浮明開達於外，天地之永固，非世俗之所及也。吾將爲汝言之。

『往者，天嘗在下，地嘗在上，反覆顛倒，未之安固，焉得不失度式而常之？天因地動，山陷川起，雲散震壞，六合失理，汝又焉得擇地而行，趨步商羽？往者群氣爭存，萬物死慮，支體不從，身爲泥土，根拔枝殊，咸失其所，汝又焉得束身修行，磬折抱鼓？李牧功而身死，伯宗忠而世絕，進求利以喪身，營爵賞而家滅，汝又焉得挾金玉萬億，祗奉君上，而全妻子乎？且汝獨不見夫虱之處於褌之中〔九〕？逃乎深縫，匿乎壞絮，自以爲吉宅也〔一〇〕。行不敢離縫際，動不敢出褌襠，自以爲得繩墨也。飢則嚙人，自以爲無窮食也〔一一〕。然炎丘火流，焦邑滅都，群虱死於褌中而不能出〔一二〕。汝君子之處區内〔一三〕，亦何異夫虱之處褌中乎〔一四〕？悲夫！而乃自以爲遠禍近福，堅無窮也〔一五〕；亦觀夫陽烏遊於塵外，而鷦鷯戲於蓬艾〔一六〕，小大固不相及，汝又何以爲若君子聞於予乎〔一七〕？且近者夏喪於商，周播之劉，耿薄爲墟，豐鎬成丘，至人未一顧〔一八〕，而世代相酬，厥居未定，他人已有〔一九〕，汝之茅土，將誰與久？是以至人不處而居〔二〇〕，不修而治，日月爲正，陰陽爲期，豈吝情乎世，繫累於一時？來東雲，駕西風，與陰守雌，據陽爲雄，志得欲從，物莫之窮，又何不能自達，而畏夫世笑哉？

『昔者天地開闢，萬物并生；大者恬其性，細者静其形；陰藏其氣，陽發其精；害無所避，利無所争；放之不失，收之不盈；亡不爲夭，存不爲壽；福無所得，禍無所咎；各從其命，以度相守。明者不以智勝，闇者不以愚敗；弱者不以迫畏，强者不以力盡。蓋無君而庶物定，無臣而萬事理。保身修性，不違其紀。惟兹若然，故能長久。今汝造音以亂聲，作色以詭形。外易其貌，内隱其情，懷欲以求多，詐譌以要名。君立而虐興，臣設而賊生。坐制禮法，束縛下民。欺愚誑拙，藏智自神。强者睽眠而淩暴〔二一〕，弱者憔悴而事人。假廉以成貪，内險而外仁。罪至不悔過，幸遇則自矜。馳此以奏除，故循滯而不振。

『夫無貴則賤者不怨，無富則貧者不争，各足於身而無所求也。恩澤無所歸〔二二〕，則死敗無所仇。奇聲不作，則耳不易聽；淫色不顯，則目不改視。耳目不相易改，則無以亂其神矣。此先世之所至止也。今汝尊賢以相高，競能以相尚，争勢以相君，寵貴以相加，驅天下以趣之，此所以上下相殘也。竭天地萬物之至，以奉聲色無窮之欲，此非所以養百姓也。於是懼民之知其然，故重賞以喜之，嚴刑以威之，財匱而賞不供，刑盡而罰不行，乃始有亡國戮君潰敗之禍〔二三〕。此非汝君子之爲乎？汝君子之禮法，誠天下殘賊、亂危、死亡之術耳，而乃目以爲美行不易之道，不亦過乎？今吾乃飄飄於天地之外，與造化爲友，朝飡湯谷〔二四〕，夕飲西海，將變化遷易，與道周始，此之於萬物，豈不厚哉？故不通於自然者，不足以言道；闇於昭昭者，不足與達明。子之謂也。』

先生既申若言，天下之喜奇者異之，慷慨者高之。其不知其體，不見其情，猜耳其道，虛誆之名，莫識其真，弗達其情，雖異而高之，與向之非怪者，蔑如也。至人者，不知乃貴，不見乃神，神貴之道存乎內，而萬物運于外矣，故天下終而不知其用也，逌乎有宗〔二五〕。

扶搖之野有隱士焉，見之而喜，自以爲均志同行也，曰：『善哉！吾得之見而舒憤也。上古質樸淳厚之道已廢，而末枝遺華并興〔二六〕。豺虎貪虐，群物無辜，以害爲利，殞性亡軀。吾不忍見也，故去而處兹，人不可與爲儔，不若與木石爲鄰。安期逃乎蓬山，甪里潛乎丹水〔二七〕，鮑焦立以枯槁，萊維去而逌死，亦由兹夫！吾將抗志顯高，遂終于斯，禽生而獸死，埋形而遺骨，不復反余之生乎！夫志均者相求，好合者齊顔〔二八〕，與夫子同之。』

於是，先生乃舒虹霓以蕃塵，傾雪蓋以蔽明，倚瑶廂而徘徊，總衆轡而安行，顧而謂之曰：『太初真人〔二九〕，惟大之根〔三〇〕。專氣一志〔三一〕，萬物以存。退不見後，進不睹先。發西北而造制，啓東南以爲門。微道而以德久娱，樂跨天地而處尊，夫然成吾體也。是以不避物而處，所睹則寧；不以物爲累，所逌則成。彷徉足以舒其意〔三二〕，浮騰足以逞其情。故至人無宅，天地爲客；至人無主，天地爲所；至人無事，天地爲故。無是非之別，無善惡之異，故天下被其澤，而萬物所以熾也。若夫惡彼而好我，自是而非人，忿激以争求，貴志而賤身，伊禽生而獸死，尚何顯而獲榮？悲夫！子之用心也，薄安利以安生，要求名以喪體，誠與彼其無詭，何枯槁而逌死？子之所好，何足言哉？吾將去子矣。』乃揚眉而蕩目，振袖而撫裳，今緩轡而縱筴〔三三〕，遂風起而雲翔。彼人者，瞻之而垂泣，自痛其志。衣草木之皮，伏於巖石之下，懼不終夕而死。

先生過神宮而息，漱吴泉而行〔三四〕，回乎逌而遊覽焉。見薪於阜者，嘆曰：『汝將焉以是終乎哉？』薪者曰：『是終我乎？不以是終我乎？且聖人無懷，何其哀？夫盛衰變化，常不于兹，藏器於身，伏以俟時。孫刖足以擒龐，睢折脅而乃休；百里困而相嬴，牙既老而弼周。既顛倒而更來兮，固先窮而後收。秦破六國，并兼其地，夷滅諸侯，南面稱帝。姱盛色，崇靡麗，鑿南山以爲闕，表東海以爲門。門萬室而不絶，圖無窮而永存。美宫室而盛帷⿱䜌巾，擊鐘鼓而揚其章。廣苑囿而深池沼，興渭北而建咸陽。欚木曾未及成林，而荆棘已蘩乎阿房。時代存而迭處，故先得而後亡。山東之徒虜，遂起而王天下。由此視之，窮達詎可知邪？且聖人以道德爲心，不以富貴爲志；以無爲爲用〔三五〕，不以人物爲事。尊顯不加重，貧賤不自輕；失不自以爲辱，得不自以爲榮。木根挺而枝遠，葉繁茂而華零。無窮之死，猶一朝之生。身之多少，又何足營？』

因嘆而歌曰：『日没不周西〔三六〕，月出丹淵中。陽精蔽不見，陰光代爲雄〔三七〕。亭亭在須臾，厭厭將復東。離合雲霧兮，往來如飄風。富貴俯仰間，貧賤何必終。留侯起亡虜，威武赫荒夷〔三八〕。召平封東陵，一旦爲布衣。枝葉托根柢，死生同盛衰。得志從命升，失勢與時隤。寒暑代徵邁，變化更相推。禍福無常主，何憂身無歸？推兹由斯理，負薪又何哀！』

先生聞之，笑曰：『雖不及大，庶免小矣。』乃歌曰：『天地解兮六合開，星辰霣兮日月隤，我騰而上將何懷？衣弗襲而服美，佩弗飾而自章，上下徘徊兮誰識吾常？』

遂去而遐浮，肆雲輿，興氣蓋，徜徉回翔兮漭漾之外。建長旱以爲旗兮，擊雷霆之磕磕。開不周而出車兮〔三九〕，步九野之夷泰〔四〇〕。坐中州而一顧兮，望崇山而迴邁。端余節而飛旍兮，縱心慮乎荒裔。釋前者而弗修兮〔四一〕，馳蒙間而遠逌〔四二〕。棄世務之衆爲兮，何細事之足賴？虚形體而輕舉兮，精微妙而神豐。命夷羿使寬日兮，召忻來使緩風〔四三〕。攀扶桑之長枝兮，登扶摇之隆崇。躍潸飄之冥昧兮，洗光曜之昭明。遺衣裳而弗服兮，服雲氣而遂行。朝造駕乎湯谷兮〔四四〕，夕息馬乎長泉。時崦嵫而易氣兮，輝若華以照冥。左朱陽以舉麾兮，右玄陰以建旗。變容飾而改度〔四五〕，遂騰竊以修徵。

陰陽更而代邁，四時奔而相逌〔四六〕。惟仙化之倏忽兮，心不樂乎久留。驚風奮而遺樂兮，雖雲起而忘憂。忽電消而神逌兮，歷寥廓而遐遊〔四七〕。佩日月以舒光兮，登徜徉而上浮。歷前進於彼逌兮〔四八〕，將步足乎虚州。掃紫宫而陳席兮，坐帝室而忽會酬。萃衆音而奏樂兮，聲驚渺而悠悠。五帝舞而再屬兮，六神歌而代周。樂啾啾肅肅，洞心而達神〔四九〕；超遥遥茫茫，心往而忘反，慮大而志矜。粤大人微而弗復兮〔五〇〕，揚雲氣而上陳。召大幽之玉女兮，接上王之美人。體雲氣之逌暢兮〔五一〕，服太清之淑真。合歡情而微授兮，先艷溢其若神。華姿燁以俱發兮，采色煥其并振。傾幺髦而垂鬢兮，曜紅顔而自新。時曖曃而將逝兮，風飄飄而振衣。雲氣解而霧離兮，靄奔散而永歸〔五二〕。心惝惘而遥思兮，眇迴目而弗晞。揚清風以爲旟兮，翼旋軫而反衍。騰炎陽而出疆兮〔五三〕，命祝融而使遣。驅玄冥以攝堅兮，蓐收秉而先戈。句芒奉轂，浮驚朝霞。寥廓茫茫而靡都兮，邈無儔而獨立。倚瑶廂而一顧兮，哀下土之憔悴。分是非以爲行兮，又何足與比類？霓旌飄兮雲旗靄〔五四〕，樂遊兮出天外。

大人先生被髮飛鬢，衣方離之衣，繞紱陽之帶，含奇芝，嚼甘華，噏浮霧，飡霄霞，興朝雲，颺春風，奮乎太極之東，遊乎崑崙之西，遺轡隤策，流眄乎唐虞之都，惘然而思，悵爾若忘，慨然而嘆曰：『嗚呼！時不若歲，歲不若天，天不若道，道不若神。神者，自然之根也。彼勾勾者自以爲貴夫世矣，而惡知夫世之賤乎兹哉？故與世爭貴，貴不足尊；與世爭富，富不足先。必超世而絶群，遺俗而獨往。登乎太始之前，覽乎沕漠之初〔五五〕。慮周流於無外，志浩蕩而遂舒〔五六〕。飄颻於四運，翻翱翔乎八隅。欲從肆而仿佛，渺沇瀁而靡拘〔五七〕。細行不足以爲毁，聖賢不足以爲譽。變化移易，與神明扶。廓無外以爲宅，周宇宙以爲廬。强八維而處安，據制物以永居。夫如是，則可謂富貴矣。是故不與堯舜齊德，不與湯武并功。王許不足以爲匹，陽丘豈能與比踪〔五八〕？天地且不能越其壽，廣成子曾何足與并容！激八風以揚聲，躡元吉之高踪。被九天以開除兮，來雲氣以馭飛龍。專上下以制統兮，殊古今而靡同。夫世之名利，胡足以累之哉？故提齊而蹴楚，挈趙而蹈秦，不滿一朝而天下無人，東西南北，莫之與鄰。悲夫！子之修飾，以余觀之，將焉存乎？』

於兹，先生乃去之，紛泱莽，軌沕洋，泝衍溢歷，度重淵，跨青天。顧而逌覽焉，則有逍遥以永年。無存忽合，散而上臻。霍分離蕩，漾漾洋洋。飃涌雲浮，達於摇光。直馳騖乎太初之中，而休息乎無爲之宮。太初何如？無後無先，莫究其極，誰識其根？邈渺綿綿，乃反復乎大道之所存，莫暢其究，誰曉其根？辟九靈而九索，曾何足以自隆？登其萬天而通觀，浴大始之和風〔五九〕。瀏逌遥以遠逌，遵大路之無窮。遺太乙而弗使，陵天地而徑行。超濛鴻而遠迹，左蕩莽而無涯，右幽悠而無方。上遥聽而無聲，下脩視而無章。施無有而宅神，永太清乎敖翔。崔巍高山勃玄雲，朔風横厲白雪紛，積水若陵寒傷人。陰陽失位日月隤，地坼石裂林木摧，火冷陽凝寒傷懷〔六〇〕。陽和微弱隆陰竭，海凍不流綿絮折，呼噏不通寒傷裂。氣并代動變如神，寒倡熱隨害傷人。熙與真人懷大清，精神專一用意平。寒暑勿傷莫不驚，憂患靡由素氣寧。浮霧淩天恣所經，往來微妙路無傾。好樂非世又何爭，人且皆死我獨生。

真人遊，駕八龍，曜日月，載雲旗，徘徊逌，樂所之。真人遊太階，夷原辟，天門開。雨濛濛，風□□〔六一〕。登黃山，出棲遲。江河清，洛無埃〔六二〕。雲氣消，真人來。真人來，惟樂哉！時世易，好樂隤。真人去，與天回。反未央，延年壽，獨敖世。望我何時反？超漫漫，路日遠。

先生從此去矣，天下莫知其所終極。蓋陵天地而與浮，明遨遊無始終，自然之至真也。鴝鵒不逾濟，貉不渡汶。世之常人，亦由此矣。曾不通區域，又況四海之表，天地之外哉？若先生者，以天地爲卵耳。如小物細人，欲論其長短，議其是非，豈不哀也哉！

【校記】

〔一〕《晉書》卷四十九《阮籍傳》云：『籍嘗於蘇門山遇孫登，與商略終古及棲神道氣之術，登皆不應。籍因長嘯而退。至半嶺，聞有聲若鸞鳳之音，響乎巖谷，乃登之嘯也。遂歸，著《大人先生傳》。』另，《四庫全書考證》卷六十八云：『阮籍《大人先生傳》，刊本「傳」訛「論」。』

〔二〕閒，張溥本作『間』，係誤。

〔三〕范陳本、及朴本『同』下有『之』字，《文章辨體彙選》卷五百四十二同。

〔四〕覽，張溥本作『鑒』。

〔五〕閭，《晉書》本傳和《古今事文類聚·後集》卷四十九皆作『黨』。

〔六〕邦，《晉書》本傳和《古今事文類聚·後集》卷四十九皆作『鄰』。

〔七〕牧，《古今事文類聚·後集》卷四十九引無此字。

〔八〕王，張溥本作『上』。

〔九〕《晉書》本傳引《大人先生傳》，此句句首無『且汝』二字。夫，《晉書》本傳和《太平御覽》卷六百九十六引阮籍《大人先生傳》作『群』。另，《古今事文類聚·後集》卷四十九引阮籍《大人先生傳》，該句句尾有『乎』字。

〔一〇〕也，《太平御覽》卷六百九十六引無此字。

〔一一〕『飢則嚙人，自以爲無窮食也』二句，《晉書》本傳、《通志》卷一百二十三和《古今事文類聚·後集》卷四十九引阮籍《大人先生傳》，皆無此二句。

〔一二〕死，《晉書》本傳、《通志》卷一百二十三和《古今事文類聚·後集》卷四十九引阮籍《大人先生傳》皆作『處』。

〔一三〕區，《晉書》本傳、《通志》卷一百二十三和《古今事文類聚·後集》卷四十九引阮籍《大人先生傳》皆作『域』，《太平御覽》卷六百九十六引作『城』。

〔一四〕句首『亦』字，《晉書》本傳、《通志》卷一百二十三和《古今事文類聚·後集》卷四十九引阮籍《大人先生傳》皆無。此句，《太平御覽》卷六百九十六引作『何異虱處褌中乎』，與諸本差異較大。

〔一五〕也，張溥本作『已』。

〔一六〕芟，《文章辨體彙選》卷五百四十二作『芟』。

〔一七〕予，《文章辨體彙選》卷五百四十二作『余』。

〔一八〕未，《文章辨體彙選》卷五百四十二作『來』。

〔一九〕已，范陳本作『也』，《文章辨體彙選》卷五百四十二亦作『也』。

〔二〇〕至，《文章辨體彙選》卷五百四十二作『主』。

〔二一〕眠，從《文章辨體彙選》本和張溥本。《阮籍集校注》作『視』，其校記云：『從梅本、張燮本、及本、李本。范陳本此字缺。他本皆作眠。』

〔二二〕《四庫全書考證》卷九十五《大人先生傳》校記云：「又「恩澤無所歸，則死敗無所仇」，刊本「澤」訛「深」，並據汪士賢校本改。」

〔二三〕敗，《文章辨體彙選》卷五百四十二作『散』。《阮籍集校注》校記云：『程刻本、張采本、李本及汪本作散。』

〔二四〕湯，《文章辨體彙選》作『暘』。《阮籍集校注》校記云：『范陳本、張采本作暘。』

〔二五〕有，《文章辨體彙選》卷五百四十二作『而』。

〔二六〕末枝，《文章辨體彙選》卷五百四十二作『末技』，張溥本作『未枝』。按，張溥本『木』作『未』，當係形誤。

〔二七〕角里，張溥本作「角李」，係誤。據《文章辨體彙選》改。

〔二八〕句尾之『顔』字，《文章辨體彙選》卷五百四十二無，作『好合者齊』。《阮籍集校汁》校記云：『及本缺。范陳本、梅本、張采本、李本無顔字。』

〔二九〕太，他本皆作『泰』字。從《太平御覽》卷一改。

〔三〇〕大，《太平御覽》卷一作『太』，《全上古三代秦漢三國六朝文·全三國文》作『天』。

〔三一〕一，《文章辨體彙選》卷五百四十二作『壹』。

〔三二〕徉，《文章辨體彙選》卷五百四十二作『佛』。

〔三三〕今，《文章辨體彙選》卷五百四十二作『令』。

〔三四〕吴，《阮籍集校注》校記云：『范陳本作吾。』

〔三五〕後一『爲』字，各本皆無，據及朴本補。

〔三六〕西，張溥本作『方』。據《文章辨體彙選》改。

〔三七〕代，《文章辨體彙選》卷五百四十二作『大』。《四庫全書考證》卷九十五《大人先生傳》校記云：『「陰光代爲雄」刊本「代」訛「大」，據《魏氏春秋》改。』

〔三八〕荒夷，各本皆作『夷荒』。兹據《古樂苑》和《古詩紀》收録阮籍《采薪者歌》改。

〔三九〕出，《文章辨體彙選》卷五百四十二作『自』。

〔四〇〕步，《文章辨體彙選》卷五百四十二作『出』。

〔四一〕釋，《文章辨體彙選》卷五百四十二作『擇』。《阮籍集校注》校記云：『范陳本、梅本、及本作擇。及本注：「或作釋。」』

〔四二〕逌，《阮籍集校注》校記云：『諸本皆作逌，及本注：「疑邁誤。」』因而從之。按，『逌』與『遊』通，當以『逌』爲是。

〔四三〕忻，《文章辨體彙選》卷五百四十二作『欣』。

〔四四〕湯，《文章辨體彙選》卷五百四十二作『暘』。

〔四五〕容，張溥本作『客』。據《文章辨體彙選》改。

〔四六〕逌，及朴本作『遒』。

〔四七〕遊，《文章辨體彙選》卷五百四十二作『逌』。

〔四八〕歷，張溥本作『壓』。據《文章辨體彙選》改。

〔四九〕而，各本無。據范陳本補。

〔五〇〕粵，《文章辨體彙選》卷五百四十二作「局」。

〔五一〕暢，《文章辨體彙選》卷五百四十二作「鴨」，係誤。

〔五二〕靄，《文章辨體彙選》卷五百四十二缺「靄」字，作「奔散而永歸」。

〔五三〕兮，張溥本作「分」，係誤。據《文章辨體彙選》改。

〔五四〕旗，張溥本卷三十四作「旂」。

〔五五〕沕，《文章辨體彙選》卷五百四十二作「忽」。

〔五六〕遂，《文章辨體彙選》和張溥本皆作「自」。《太平御覽》卷一引作「遂」。據《太平御覽》改。

〔五七〕渺沆瀁，張溥本作「滉瀁」。據《文章辨體彙選》改。

〔五八〕踪，張溥本作「縱」。據《文章辨體彙選》改。

〔五九〕大，《文章辨體彙選》卷五百四十二作「太」。

〔六〇〕火，《文章辨體彙選》卷五百四十二作「大」。

〔六一〕各本闕二字。

〔六二〕洛，《文章辨體彙選》卷五百四十二作「路」。

老子贊〔一〕

陰陽不測，變化無倫。飄颻太素，歸虛反真。〔二〕

【校記】

〔一〕《太平御覽》卷一作阮籍《老子贊》。

〔二〕《雲笈七籤》卷一百二《混元皇帝紀》中有一段話，與阮籍《老子贊》略同，其文云：『陰陽不測，變化無倫。飄颻太素，師虚友真。』

孔子誄〔一〕

養徒三千，升堂七十。潛神演思，因使作書。考混元於無形，本造化於太初。

【校記】

〔一〕《太平御覽》卷一作阮籍《孔子誄》。從《太平御覽》引文習慣來看，此篇誄文恐非全篇。

搏赤猿帖〔一〕

僕不想欻爾夢搏赤猿，其力甚于貔虎，良久反覆。余乃觀天、背地、睹穹，亦當不爽。但僕之不達，安得不憂？吉乎報我，凶乎詳告。三月，阮籍白繇君。

【校記】

〔一〕按，《書史》載有此文，並有説明：『此帖比今刻石字多，乃懷琳所撰語也。』而《法書要録》所載七賢帖，太宗知其詐，愛之，以貞觀字印之，入御府。』《法書要録》，張彦遠撰。後人多以《七賢帖》乃李懷琳訛作，但對所書阮籍《搏赤猿帖》之文，卻很少有人懷疑。

佚文

弔某公文〔一〕

沈漸荼酷，仁義同違。如何不弔，玉碎冰摧。

【校記】

〔一〕此爲阮籍現存惟一的弔文，見載於《北堂書鈔》卷一百二。從引文内容來看，顯係佚文。

宜陽記〔一〕

金山之竹堪笙管。

【校記】

〔一〕《太平御覽》卷四十二『金門山』條云：『阮籍《宜陽記》曰：金山之竹堪笙管。』《太平御覽》「經史圖書綱目』載有阮籍《宜陽記》，是知籍原有《宜陽記》，已散佚。

卷一 嵇康集

嵇康(二二三—二六二),字叔夜,譙郡銍(今安徽省濉溪縣西南)人。父嵇昭,曾任督軍糧治書侍御史,早卒。由母親和兄長撫養成人。嵇康服膺老莊,土木形骸,龍章鳳姿,希心世外,頗有高蹈之志。娶沛穆王曹林女長樂亭主爲妻。除郎中,拜中散大夫。正始間,移居河内之山陽。與向秀、吕安善,嘗一同鍛鐵灌園。正始末嘉平初,與阮籍、山濤、向秀、劉伶、阮咸、王戎等共爲竹林之遊,時號『竹林名士』。景元二年(二六一),以《與山巨源絶交書》忤大將軍司馬昭。後坐吕安事,被司馬昭殺害。有《嵇康集》,南朝梁存十五卷,録一卷,隋有十三卷,兩《唐書》則皆著録爲十五卷,迄於宋僅有十卷。宋代以後,散佚頗多。今存《嵇康集》或《嵇中散集》,多爲明人輯本,其中較爲主要者,有明嘉靖乙酉吴縣黄省曾輯本,括蒼何鏜輯目、新安程榮刊行《漢魏叢書》本,新安汪士賢刊《漢魏六朝二十一家集》本,長洲吴寬叢書堂鈔本,張溥《漢魏六朝百三家集》本和張燮《七十二家集》本等。清代嚴可均《全三國文》輯有嵇康文五卷(卷四十七至五十二),丁福保《全三國詩》收有嵇康詩一卷。今則以魯迅據吴寬叢書堂鈔本校訂的《嵇康集》和戴明揚據黄省曾本整理的《嵇康集校注》較爲完善。兹以魯迅校訂本爲底本,以黄省曾本、汪士賢本、張溥本等爲參校本,參考《初學記》、《藝文類聚》、《北堂書鈔》、《太平御覽》等類書和《樂府詩集》、《古詩紀》、《古樂苑》等總集中收録的嵇康詩文,對《嵇康集》進行輯校。

詩歌

五言古意一首〔一〕

雙鸞匿景曜，戢翼太山崖〔二〕。抗首漱朝露〔三〕，晞陽振羽儀。長鳴戲雲中〔四〕，時下息蘭池。自謂絶塵埃，終始永不虧。何意世多艱，虞人來我維〔五〕。雲網塞四區〔六〕，高羅正參差。奮迅勢不便，六翮無所施。隱姿就長纓，卒爲時所羈。單雄翩獨逝〔七〕，哀吟傷生離。徘徊戀儔侶，慷慨高山陂。鳥盡良弓藏，謀極身必危〔八〕。吉凶雖在己，世路多險巇。安得反初服，抱玉寶六奇。逍遥遊太清，携手長相隨〔九〕。

【校記】

〔一〕此詩題目，《藝文類聚》卷九十作嵇叔夜《贈秀才詩》，且僅有前六句。《初學記》卷十八作《贈秀才入軍詩》。明嘉靖乙酉黄省曾輯本《嵇康集》以之爲《兄秀才公穆入軍贈詩十九首》的第一首，《古詩紀》卷二十八以之爲《贈秀才入軍十九首》的最後一首。魯迅校本以之爲《五言古意》。黄本和《古詩紀》所載嵇康《贈兄秀才公穆入軍》詩，雖皆爲十九首，但十八首爲四言，僅此一首爲五言，殊不相類。戴明揚《嵇康集校注》云：「此十九首，吴鈔本分作兩題，第一首於集前總目中題作《五言古風一首》，於此處題作《五言》，下有注云：『一本作《古意》。』墨校改作《五言古意一首》，欄外上方有朱書校語云：『此首亦在《贈秀才入軍》内，共十九首。』戴明揚並引《文選》李善注等，證此詩爲十九首之一。此從魯迅吳寬鈔本墨校，作《五言古意一首》。

〔二〕崖，《初學記》卷十八《離別第七》『雙鸞』條引嵇康《贈秀才入軍詩》作『西』。

〔三〕漱，《藝文類聚》卷九十作『嗽』。

〔四〕中，《藝文類聚》卷九十作『里』。

〔五〕吳寬鈔本『維』下注云：『一作儀。』黃省曾本和《古詩紀》皆作『疑』。《喻林》兩次引此詩皆作『疑』。張溥本亦作『疑』。

〔六〕網，魯迅《嵇康集》校記云：『各本作網，《詩紀》同。』

〔七〕翩，魯迅《嵇康集》校記云：『各本作翻，《詩紀》同。』獨，黃本、《古詩紀》和張溥本皆作『孤』。

〔八〕極，吳寬鈔本『極』下注云：『一作損。』必，魯迅校記云：『各本作心。《詩紀》同。』

〔九〕長相隨，吳寬鈔本作『相追隨』，其下注云：『一作長相隨。』魯迅校記云：『五字舊注，各本及《詩紀》同。一作無注。』

贈兄秀才入軍十八首〔一〕

其一

鴛鴦于飛，肅肅其羽。朝遊高原，夕宿蘭渚。邕邕和鳴〔二〕，顧眄儔侶〔三〕。俛仰慷慨，優遊容與。

【校記】

〔一〕《嵇康集》題下注云：『《兄秀才公穆入軍贈詩》，劉義慶曰：「嵇喜，字公穆，舉秀才。」』魯迅校記云：『以上舊江各本並前一首爲《贈兄秀才公穆入軍十九首》，無注。』

〔二〕《藝文類聚》卷九十二『鴛鴦』條引嵇康詩作『嗈嗈』。

〔三〕眄，魯迅《嵇康集》校記云：『《類聚》作眄，黄本譌眄，《詩紀》同。』按，各本皆作『眄』字，惟《石倉歷代詩選》卷二作『盼』字。

其二

鴛鴦于飛，嘯侶命儔。朝遊高原，夕宿中洲。交頸振翼，容與清流。咀嚼蘭蕙，俛仰優遊。

其三

泳彼長川，言息其滸。陟彼高岡，言刈其楚。嗟我徵邁，獨行踽踽。仰彼凱風，泣涕如雨。

其四

泳彼長川〔一〕，言息其沚。陟彼高岡〔二〕，言刈其杞。嗟我獨征，靡瞻靡恃。仰彼凱風，載坐載起。

【校記】

〔一〕泳，魯迅《嵇康集》校記云：『原鈔沐，據各本改。』

〔二〕彼，魯迅《嵇康集》校記云：『黄本誤陂。』按，嘉靖乙酉黄省曾輯本《嵇康集》作彼，與魯迅校記所言有異。

其五

穆穆惠風，扇彼輕塵〔一〕。奕奕素波，轉此游鱗。伊我之勞，有懷佳人〔二〕。寤言永思，實鍾所親。

【校記】

〔一〕扇，黄本、《古詩紀》和《石倉歷代詩選》皆作『扇』。張溥本作『塵』，係誤。

〔二〕佳，吴寬鈔本作『遐』，魯迅校記云：『各本作佳，《詩紀》同。』

其六

所親安在？舍我遠邁。棄此蓀芷，襲彼蕭艾。雖曰幽深，豈無顛沛。言念君子，不遐有害。

其七

人生壽促，天地長久。百年之期，孰云其壽？思欲登仙，以濟不朽〔一〕。纜轡踟躕，仰顧我友。

【校記】

〔一〕濟，魯迅《嵇康集》校記云：『程本、汪本作躋。』按，黄本亦作『躋』。《古詩紀》和張溥本作『濟』。

其八

我友焉之？隔兹山岡〔一〕。誰謂河廣？一葦可航。徒恨永離，逝彼路長。瞻仰弗及，徙倚彷徨。

【校記】

〔一〕岡，吴寬鈔本作『粱』，魯迅校記云：『各本作岡，《詩紀》同。』

其九

良馬既閑，麗服有暉。左攬繁弱〔一〕，右接忘歸。風馳電逝〔二〕，躡景追飛〔三〕。淩厲中原，顧盼生姿〔四〕。

【校記】

〔一〕弱，吴寬鈔本作『若』。按，各本皆作『弱』，惟魯迅《嵇康集》所據吴寬鈔本作『若』。

〔二〕電，《文選》五臣注本作『雷』。

〔三〕景，《文選》五臣注本作『影』。

〔四〕盼，魯迅《嵇康集》校記云：『各本作眄，《太平御覽》三百二十八引作盼。』李善注《文選》卷二十四《贈秀才入軍五首》亦作『盼』，且將本詩與下一首『攜我好仇』合爲一首。按，《文選》將此詩與下首合而爲一，而諸本則析之爲二。從二詩用韻來看，當以分作二首爲是。

其十

攜我好仇，載我輕車。南淩長阜〔一〕，北厲清渠。仰落驚鴻，俯引淵魚。盤于遊田〔二〕，其樂只且。

【校記】

〔一〕淩，《風雅翼》卷三作『陵』。

〔二〕『盤于遊田』句，吴寬鈔本作『槃遊于田』，魯迅校記云：『《文選》作「盤于遊田」，各本及《詩紀》同，黄本田爲畋。』按，當以《文選》本爲是。張衡《西京賦》云：『盤于遊畋，其樂只且。』此詩結尾二句係從《西京賦》而來，故當以《文選》爲是。

其十一

淩高遠眄，俯仰諮嗟。怨彼幽縶〔一〕，邈爾路遐〔二〕。雖有好音，誰與清歌？雖有姝顔〔三〕，誰與發華？仰訊高雲〔四〕，俯託輕波。乘流遠遁，抱恨山阿。

【校記】

〔一〕怨，吴寬鈔本作『宛』，魯迅校記云：『各本作怨，《詩紀》同。』

〔二〕邈爾，吴寬鈔本作『室爾』，魯迅校記云：『各本作邈爾，《詩紀》同。』

〔三〕姝，吴寬鈔本作『朱』，魯迅校記云：『各本作姝，《詩紀》同。』

〔四〕訊，吴寬鈔本作『訴』，魯迅校記云：『各本作訊，《詩紀》同。』

其十二

輕車迅邁，息彼長林。春木載榮，布葉垂陰。習習谷風，吹我素琴。交交黄鳥〔一〕，顧儔弄音〔二〕。感悟馳情〔三〕，思我所欽。心之憂矣，永嘯長吟。

【校記】

〔一〕交交，李善注《文選》、六臣注《文選》皆作『咬咬』，吴寬鈔本亦作『咬咬』。魯迅校記云：『各本作交交，《詩紀》同。』按，當以『交交』爲是。《詩經・秦風》有《黄鳥》三章，每章首句皆作『交交黄鳥』。

〔二〕儔，吴寬鈔本作『疇』，魯迅校記云：『各本作儔，《詩紀》同。』按，儔，李善注《文選》亦作『疇』。

〔三〕悟，吴寬鈔本作『寤』，魯迅校記云：『《文選》作悟，《詩紀》同，注云：「集作寤。」』按，李善注《文選》和黄本皆作『寤』。

其十三

浩浩洪流，帶我邦畿。萋萋緑林，奮榮揚暉〔一〕。魚龍瀺灂，山鳥群飛。駕言出遊〔二〕，日夕忘歸。思我良朋，如渴如飢。願言不獲，愴矣其悲！

【校記】

〔一〕暉，李善注《文選》作『揮』，《風雅翼》卷三作『輝』。

〔二〕出遊，五臣注《文選》作『遊之』，吴寬鈔本亦作『遊之』。魯迅校記云：『各本作出遊，《文選》、《詩紀》同。』

其十四

息徒蘭圃〔一〕，秣馬華山。流磻平皋〔二〕，垂綸長川。目送歸鴻，手揮五弦〔三〕。俯仰自得，遊心太玄〔四〕。嘉彼釣叟，得魚忘筌。郢人逝矣，誰與盡言〔五〕？

【校記】

〔一〕《初學記》卷十八『離别第七』『蘭圃』條引嵇康此詩，僅開篇二句和最後兩句，作『息徒蘭圃，秣馬華山。郢人逝矣，誰與盡言』。

〔二〕磻，魯迅《嵇康集》校記云：『《文選》作磻。』按，檢李善注《文選》和六臣注《文選》，皆作『磻』。魯迅此注，不知何據。

〔三〕弦，魯迅《嵇康集》校記云：『《文選》作絃。』

〔四〕太，李善注《文選》卷二十四作『泰』，吴寬鈔本從之。

〔五〕與，黄本作『可』，吴寬鈔本從之。魯迅校記云：『張燮本作與，《文選》、《詩紀》、《初學記》十八引同。』

其十五

閒夜肅清〔一〕，朗月照軒。微風動袿，組帳高褰。旨酒盈樽，莫與交歡。鳴琴在御〔二〕，誰與鼓彈？仰慕同趣，其馨若蘭。佳人不存〔三〕，能不永嘆？

【校記】

〔一〕閒夜，《北堂書鈔》卷一百五十『朗月照軒』條下引嵇康詩作『開户』。

〔二〕鳴琴，吴寬鈔本作『琴瑟』，魯迅校記云：『張溥本作鳴琴，《文選》同。他本作琴瑟。』按，李善注和六臣注《文選》、《古詩紀》和張溥本皆作『鳴琴』，黄本則作『琴瑟』。

〔三〕存，李善注《文選》卷二十四作『在』，黄本同。

其十六

乘風高逝〔一〕，遠登靈丘。託好松喬〔二〕，携手俱遊。朝發太華〔三〕，夕宿神州〔四〕。彈琴咏詩，聊以忘憂。

【校記】

〔一〕逝，黄本、張溥本皆作『遊』。魯迅《嵇康集》校記云：『各本作遊，《詩紀》同。』

〔二〕託，吴寬鈔本作『結』，魯迅《嵇康集》校記云：『各本作託，《詩紀》同。』

〔三〕太，吴寬鈔本作『泰』。

〔四〕宿，張溥本作『留』。

其十七

琴詩自樂〔一〕，遠遊可珍。含道獨往〔二〕，棄智遺身。寂乎無累，何求於人？長寄靈岳，怡志養神。

【校記】

〔一〕自，吴寬鈔本作『可』，魯迅校記云：『各本作自，《詩紀》同。』

〔二〕含，吴寬鈔本作『舍』，魯迅校記云：『黄、汪、程本及《詩紀》皆作含，二張本作舍。』按，魯迅所謂二張本，當指張燮和張溥本。張溥本亦作『含』。

其十八

流俗難悟〔一〕，逐物不還。至人遠鑒，歸之自然。萬物爲一，四海同宅〔二〕。與彼共之，予何所惜！生若浮寄，暫見忽終。世故紛紜，棄之無成〔三〕。澤雉雖飢，不顧園林。安能服御，勞形苦心？身貴名賤，榮辱何在？貴得肆志，縱心無悔。

【校記】

〔一〕俗，吴寬鈔本作『代』，魯迅《嵇康集》校記云：『各本作俗，《詩紀》同。』悟，吴寬鈔本作『寤』，魯迅校記云：『各本作悟。』

〔二〕同，黄本、張溥本及《古詩紀》皆作『同』，吴寬鈔本作『爲』。

〔三〕無成，《古詩紀》卷二十八作『八成』，吴寬鈔本作『八戎』。魯迅《嵇康集》校記云：『黄本、二張本作八成，《詩紀》同。程本、汪本作無成。』按，黄本和張溥本皆作『無成』，非魯迅所説『八成』。

附　嵇喜《秀才答》四首〔一〕

其一

華堂臨浚沼，靈芝茂清泉。仰瞻青禽翔〔二〕，俯察緑水濱。逍遥步蘭渚，感物懷古人。李叟寄周朝，莊生遊漆園。時至忽蟬蜕，變化無常端。

【校記】

〔一〕《古詩紀》卷二十八作『答嵇康四首』，題下注云：『一作答弟叔夜。』

〔二〕青，吴寬鈔本作『春』，魯迅《嵇康集》校記云：『各本作青，《詩紀》同。』

其二

君子體變通〔一〕，否泰無常理。當流則蟻行〔二〕，時遊則鵲起〔三〕。達者鑒通塞〔四〕，盛衰爲表裏。列仙徇生命，松喬安足齒？縱軀任世度，至人不私己。

【校記】

〔一〕變通，吴寬鈔本作『通變』。此據黄本改。

〔二〕蟻，魯迅《嵇康集》校記云：『各本作義，《詩紀》同。惟汪本作蟻。』按，黄本作『蟻』，當是汪本所本。

〔三〕遊，吴寬鈔本作『逝』，魯迅《嵇康集》校記云：『各本作遊，《詩紀》同。』

〔四〕塞，吴寬鈔本作『機』，魯迅《嵇康集》校記云：『各本作塞，《詩紀》同。』

其三

達人與物化，世俗安可論〔一〕？都邑可優遊，何必棲山原？孔父策良駟，不云世路難。出處因時資，潛躍無常端。保心守道居，視變安能遷〔二〕？

【校記】

〔一〕『世俗安可論』句，吴寬鈔本作『無俗不可安』，魯迅《嵇康集》校記云：『各本作「世俗安可論」，《詩紀》同。』

〔二〕視，吴寬鈔本作『睹』，魯迅《嵇康集》校記云：『各本作視，《詩紀》同。』

其四〔一〕

飾車駐駟〔二〕，駕言出遊。南厲伊渚，北登邛丘。青林華茂，青鳥群嬉。感悟長懷，能不永思？永思伊何？思齊大儀。淩雲輕邁，託身靈螭。遥集芝圃〔三〕，釋轡華池。華木夜光，沙棠離離。俯漱神泉，仰嘰瓊枝〔四〕。結心浩素〔五〕，終始不虧。

【校記】

〔一〕黄本《嵇康集》以此詩爲最後一首，《古詩紀》卷二十八所録嵇喜《答嵇康四首》，則以此詩爲第一首。魯迅《嵇康集》校記云：『案，秀才詩止此，已下當是中散詩也。原本蓋每葉二十行，行二十字，而闕第四葉。鈔者不察，遂聯寫爲一篇。此詩衆家刻本遂並承其誤，《詩紀》移此爲第一首，尤謬。』

〔二〕飾，吴寬鈔本作『飭』。此據黄本改。

〔三〕芝，吴寬鈔本作『玄』，魯迅《嵇康集》校記云：『各本作芝，《詩紀》同。』

〔四〕嘰，魯迅《嵇康集》校記云：『程本作采。』瓊，魯迅《嵇康集》校記云：『各本作璚，《詩紀》同。』按，黄本《嵇康集》作『瓊』。

〔五〕結，吴寬鈔本作『棲』，魯迅《嵇康集》校記云：『各本作結，《詩紀》同。』浩，《古詩紀》卷二十八作『皎』。

幽憤詩一首〔一〕

嗟余薄祜〔二〕，少遭不造。哀煢靡識，越在繈褓〔三〕。母兄鞠育，有慈無威。恃愛肆姐〔四〕，不訓不師。爰及冠帶，憑寵自放〔五〕。抗心希古，任其所尚。託好老莊〔六〕，賤物貴身。志在守樸，養素全真。曰余不敏，好善闇人。子玉之敗，屢增惟塵。大人含弘，藏垢懷恥。民之多僻，政不由己。惟此褊心，顯明臧否。感悟思愆，怛若創痏〔七〕。欲寡其過，謗議沸騰。性不傷物，頻致怨憎。昔慚柳惠〔八〕，今愧孫登。内負宿心〔九〕，外恧良朋〔一〇〕。仰慕嚴鄭，樂道閑居。與世無營，神氣晏如。咨余不淑，嬰累多虞〔一一〕。匪降自天，實由頑疏。理弊患結〔一二〕，卒致囹圄〔一三〕。對答鄙訊，縶此幽阻。實恥訟冤〔一四〕，時不我與。雖曰義直，神辱志沮。澡身滄浪，豈云能補〔一五〕？嗈嗈鳴雁〔一六〕，奮翼北遊〔一七〕。順時而動，得意忘憂〔一八〕。嗟我憤嘆，曾莫能儔〔一九〕。事與願違，遘兹淹留。窮達有命，亦又何求？古人有言，善莫近名。奉時恭默，咎悔不生。萬石周慎，安親保榮。世務紛紜，祇攪予情〔二〇〕。安樂必誡，乃終利貞。煌煌靈芝，一年三秀。予獨何爲〔二一〕？有志不就。懲難思復，心焉内疚。庶勖將來，無馨無臭。采薇山阿，散髮巖岫。永嘯長吟，頤性養壽〔二二〕。

【校記】

〔一〕幽，吴寬鈔本作『憂』，其他各本皆作『幽』。宋刊無名氏《三國志文類》卷五十八引嵇康此詩僅數句，題作《自責詩》。按，《晉書》卷四十九《嵇康傳》載有此詩，稱此詩乃嵇康因吕安一事繫獄而作。

〔二〕祐，魯迅《嵇康集》校記云：『《晋書》本傳作祐，六臣本《文選》同。』按，六臣注《文選》『祐』下注云：『五臣作祐。』李善注和六臣注《文選》皆作『祐』。各本亦作『祐』。

〔三〕祼，魯迅《嵇康集》校記云：『《晋書》作祼，六臣本《文選》同。』按，李善注和六臣注《文選》作『祼』，《古詩紀》和張溥本從之。

〔四〕姐，李善注和六臣注《文選》皆作『姐』，注云：『子豫切。』《晋書》本傳作『好』，《通志》卷一百二十三引作『狙』。按，魯迅《嵇康集》校記云：『《晋書》作好，尤袤刻本《文選》李善注作姐，唐寫本《文選集注》殘本江文通《雜體詩》注引李善仍作妲。』

〔五〕憑，《晋書》本傳及各本皆作『憑』。《續後漢書》和黄本《嵇康集》作『馮』。

〔六〕老莊，《晋書》本傳作『莊老』，《通志》卷一百二十三引嵇康《幽憤詩》從之。李善注和六臣注《文選》及黄本等，皆作『老莊』。

〔七〕恒，《晋書》本傳和黄本作『恒』。

〔八〕柳惠，吴寬鈔本作『柳下』，魯迅《嵇康集》校記云：『各本作柳惠，《晋書》本傳、《文選》、《詩紀》同。《世説新語·棲逸篇》注引《文士傳》作下惠，惟《三國·魏志·王粲傳》注引《魏氏春秋》及《晋書·孫登傳》引，皆作柳下，與此同。』按，宋刊無名氏《三國志文類》卷五十八引嵇康《自責詩》亦作『柳下』。

〔九〕宿，各本同，惟黄本作『夙』。

〔一〇〕恧，各本皆同。魯迅《嵇康集》校記云：『《魏志·王粲傳》注引作赧。』按，宋刊無名氏《三國志文類》卷五十八引嵇康《自責詩》亦作『赧』。

〔一一〕嬰，吴寬鈔本作「纓」，魯迅校記云：「各本作嬰，《文選》、《詩紀》同。」

〔一二〕弊，六臣注《文選》作「蔽」。

〔一三〕圄，五臣注《文選》作「圉」，當係形誤。

〔一四〕冤，各本及《晋書》本傳、《通志》、《古詩紀》皆同，惟李善注《文選》作「免」。魯迅校記云：「二張本皆作冤，《晋書》同。他本及《文選》皆作免。李善注云：『免，或爲冤，非也。』」

〔一五〕豈，《晋書》本傳和《通志》卷一百二十三所引皆作「曷」。

〔一六〕嗈嗈，《晋書》本傳和《通志》卷一百二十三所引皆作「雍雍」。魯迅《嵇康集》校記云：「各本作嗈嗈，《文選》、《詩紀》同。」

〔一七〕奮，《晋書》本傳和《通志》卷一百二十三所引皆作「厲」，吴寬鈔本亦作「厲」。六臣注《文選》「奮」下注云：「五臣作勵。」

〔一八〕忘，吴寬鈔本作「無」，魯迅校記云：「各本作忘，《晋書》、《文選》、《詩紀》同。」

〔一九〕儔，《晋書》本傳和《通志》卷一百二十三所引皆作「疇」。六臣注《文選》「儔」下注云：「五臣作疇。」

〔二〇〕祇，黄本作「秖」。予，《晋書》本傳和《通志》卷一百一十三所引皆作「余」。六臣注《文選》「予」下注云：「五臣作子字。」

〔二一〕予，五臣注《文選》作「子」。爲，吴寬鈔本作「人」，魯迅《嵇康集》校記云：「各本作爲，《晋書》、《文選》、《詩紀》同。」

〔二二〕性，《晋書》本傳和《通志》卷一百二十三所引皆作「神」，《古詩紀》同。魯迅《嵇康集》校記云：『《晉書》作神。《匡謬正俗》八引同，蘇軾《藥歌行》引同。』

述志詩二首

其一

潛龍育神軀，濯鱗戲蘭池〔一〕。延頸慕大庭，寢足俟皇羲。慶雲未垂景〔二〕，盤桓朝陽陂〔三〕。悠悠非吾匹〔四〕，疇肯應俗宜〔五〕。殊類難遍周，鄙議紛流離。憾軻丁悔吝，雅志不得施。耕耨感寧越，馬席激張儀。逝將離群侶，杖策追洪崖。焦鵬振六翮〔六〕，羅者安所羈？浮遊太清中〔七〕，更求新相知。比翼翔雲漢，飲露餐瓊枝〔八〕。多念世間人〔九〕，夙駕咸驅馳〔一〇〕。沖静得自然，榮華安足爲〔一一〕？

【校記】

〔一〕濯，吴寬鈔本作『躍』，魯迅《嵇康集》校記云：『各本作濯，《詩紀》同。』按，《石倉歷代詩選》卷二亦作『濯』。

〔二〕景，吴寬鈔本作『降』。此據黄本改。

〔三〕盤，吴寬鈔本作『槃』。此據黄本改。

〔四〕吾，吴寬鈔本作『我』；匹，吴寬鈔本作『儔』。此據黄本改。

〔五〕疇肯，各本同。吴寬鈔本作『□步』，魯迅《嵇康集》校記云：『各本作疇肯，《詩紀》同。』

〔六〕鵬，吴寬鈔本作『朋』，魯迅《嵇康集》校記云：『各本作鵬。案，當作明。程本並改焦爲鷦，尤謬。』

〔七〕太，吴寬鈔本作『泰』。此據黄本改。

〔八〕餐，吴寬鈔本作『食』，魯迅《嵇康集》校記云：『各本作餐，《詩紀》同。』按，黄本作『飡』。

〔九〕念，吴寬鈔本作『謝』，魯迅《嵇康集》校記云：『各本作念，《詩紀》同。』

〔一〇〕夙，吴寬鈔本作『息』，魯迅《嵇康集》校記云：『各本作夙，《詩紀》同。』咸，魯迅《嵇康集》作『惑』，其校記云：『各本作咸，《詩紀》同。』

〔一一〕安，吴寬鈔本作『何』。此據黄本改。

其二

斥鷃擅蒿林，仰笑神鳳飛〔一〕。坎井蝤蛭宅〔二〕，神龜安所歸？恨自用身拙，任意多永思。遠實與世殊，義譽非所希。往事既已謬〔三〕，來者猶可追。何爲人事間，自令心不夷。慷慨思古人，夢想見容煇〔四〕。願與知己遇〔五〕，舒憤啓其微〔六〕。巖穴多隱逸，輕舉求吾師。晨登箕山巔〔七〕，日夕不知飢。玄居養營魄，千載長自綏。

【校記】

〔一〕神，吴寬鈔本作『鸞』，魯迅《嵇康集》校記云：『各本作神，《詩紀》同。』飛，《古詩紀》卷二十八『飛』下注云：『一作姿。』魯迅《嵇康集》校記云：『張燮本此下有注云：「一作姿。」《詩紀》同。』

〔二〕蛭，吴寬鈔本作『蛙』，魯迅《嵇康集》校記云：『各本作蛭，《詩紀》同。』

〔三〕謬，吴寬鈔本作『繆』，魯迅《嵇康集》校記云：『各本作謬，《詩紀》同。』

〔四〕輝，吴寬鈔本作『暉』。此據黄本改。
〔五〕遇，吴寬鈔本作『過』，魯迅《嵇康集》校記云：『各本作遇，《詩紀》同。』
〔六〕其，吴寬鈔本作『幽』，魯迅《嵇康集》校記云：『各本作其，《詩紀》同。』
〔七〕《古詩紀》卷二十八『箕』下注云：『《拾遺》作西。』張溥本有相同的注釋。嶺，吴寬鈔本作『嶺』。魯迅《嵇康集》校記云：『各本作巔。』

遊仙詩一首

遥望山上松，隆谷鬱青葱〔一〕。自遇一何高，獨立迥無雙〔二〕。願想遊其下，蹊路絶不通。王喬棄我去〔三〕，乘雲駕六龍。飄颻戲玄圃，黄老路相逢。授我自然道，曠若發童蒙。採藥鍾山隅〔四〕，服食改姿容。蟬蜕棄穢累，結友家板桐〔五〕。臨觴奏九韶，雅歌何邕邕。長與俗人别，誰能睹其蹤？

【校記】

〔一〕谷，各本同，《佩文齋廣群芳譜》卷七十引作『冬』。
〔二〕『獨立迥無雙』句，吴寬鈔本作『獨立邊無叢』，魯迅《嵇康集》校記云：『各本作「獨立迥無雙」，《詩紀》同。』
〔三〕棄，魯迅《嵇康集》校記云：『各本作棄，《詩紀》同。案，當作異。《説文》云：「舉也。」』
〔四〕隅，吴寬鈔本作『嵎』，魯迅《嵇康集》校記云：『各本作隅，《詩紀》同。』
〔五〕友，吴寬鈔本作『交』，魯迅《嵇康集》校記云：『各本作友。』板，吴寬鈔本作『梧』，魯迅《嵇康集》校記云：『各本作板，《詩紀》同。』

六言詩十首〔一〕

惟上古堯舜

二人功德齊均，不以天下私親。高尚簡樸慈順〔二〕，寧濟四海蒸民。

【校記】

〔一〕此詩各本題目不一，黃本無總題目，以每首詩的第一句爲題目。張溥本從之。《古詩紀》作《六言十首》，且每首詩亦皆以第一句作題目。魯迅所據吴寬鈔本作《六言詩十首》，其題下注云：『各本分每首之第一句別置一行，立爲題目。《詩紀》亦同。』吴寬鈔本每首之前亦無題目。此從《古詩紀》。

〔二〕慈，魯迅《嵇康集》校記云：『各本作兹。』按，黃本、張溥本皆作『兹』，《古詩紀》同。

唐虞世道治

萬國穆親無事，賢愚各自得志。晏然逸豫內忘，佳哉爾時可喜〔一〕。

【校記】

〔一〕喜，吴寬鈔本作『憙』，魯迅《嵇康集》於其詩下注云：『即喜字。三字舊注。各本及《詩紀》徑作喜。今無注。』

智慧用有爲〔一〕

爲法滋章寇生〔二〕，紛然相召不停〔三〕。大人玄寂無聲，鎮之以静自正。

【校記】

〔一〕此詩題目，各本作《智慧用》。吴寬鈔本作《智慧用有爲》，魯迅《嵇康集》『有』字校記云：『各本字奪，《詩紀》同。案，蓋何字之訛。』

〔二〕『爲法滋章寇生』句，吴寬鈔本作『法令滋章寇生』，魯迅《嵇康集》『令』字校記云：『各本字奪，《詩紀》同。』

〔三〕紛，吴寬鈔本作『自』，魯迅《嵇康集》校記云：『各本作紛。』

名與身孰親

哀哉世俗徇榮〔一〕，馳騖竭力喪精。得失相紛憂驚，自是勤苦不寧〔二〕。

【校記】

〔一〕徇，黄本、吴寬鈔本作『殉』，《古詩紀》卷二十八引作『徇』。兹從《古詩紀》。

〔二〕是，吴寬鈔本作『貪』，魯迅《嵇康集》校記云：『黄本、二張本作是，《詩紀》同。』

生生厚招咎

金玉滿堂莫守，古人安此粗醜。獨以道德爲友，故能延期不朽。

名行顯患滋

位高勢重禍基，美色伐性不疑。厚味臘毒難治，如何貪人不思？

東方朔至清

外以貪污内貞〔一〕，穢身滑稽隱名。不爲世累所攖〔二〕，所欲不足無營〔三〕。

【校記】

〔一〕以，吴寬鈔本作『似』，魯迅《嵇康集》校記云：『各本作以，惟程本作似，《詩紀》同。』

〔二〕攖，吴寬鈔本作『纓』，魯迅《嵇康集》校記云：『各本作攖，《詩紀》同。』

〔三〕『所欲不足無營』句，吴寬鈔本作『所以知足無營』，魯迅《嵇康集》校記云：『各本作欲不，《詩紀》同。』

楚子文善仕〔一〕

三爲令尹不喜，柳下降身蒙耻〔二〕。不以爵禄爲己，靖恭古惟二子〔三〕。

【校記】

〔一〕仕，吴寬鈔本作『士』，魯迅《嵇康集》校記云：『各本作仕，《詩紀》同。』

〔二〕蒙，張溥本作『辱』。

老萊妻賢名〔一〕

不願夫子相荆，相將避禄隱耕〔二〕。樂道閒居採萍，終厲高節不傾。

【校記】

〔一〕名，吴寬鈔本作『明』，魯迅《嵇康集》校記云：『各本作名。』

〔二〕相將，吴寬鈔本作『將身』，魯迅《嵇康集》校記云：『各本作相將。』

嗟古賢原憲

棄背膏粱朱顔〔一〕，樂此屢空飢寒。形陋體逸心寬，得志一世無患。

【校記】

〔一〕粱，魯迅《嵇康集》校記云：『各本作粱。』按，黄本作『粱』，今从之。

秋胡行七首〔一〕

其一

富貴尊榮，憂患諒獨多〔二〕。富貴尊榮，憂患諒獨多。古人所懼，豐屋蔀家。人害其上，獸惡網羅。惟有貧賤，可以無他。歌以言之，富貴憂患多。

【校記】

〔一〕此詩題目各異。《樂府詩集》卷三十六作《秋胡行七首》，《文章正宗》卷二十二作《秋胡行》，《古詩紀》、《古樂苑》亦皆作《秋胡行七首》，其題下注云：『本集作《重作四言詩七首》。』黄本作《重作四言詩七首》，吴寬鈔本作《重作六言詩十首代秋胡歌詩七首》。魯迅《嵇康集》題下注云：『舊校改爲《重作四言詩七首》，注云：「一作《秋胡行》。」黄本、程本、汪本、張溥本并同。案，六言詩十首，蓋已逸，僅存其題，後所存者《代秋胡行》也。舊校本及衆本皆妄改。惟張燮本徑作《秋胡行七首》，較爲得之。』按，魯迅所言《重作六言詩十首》『蓋已逸，僅存其題』，雖屬推測之辭，卻比較接近實際。倘如此，《重作六言詩十首》當另題，不當與《代秋胡歌詩七首》連綴。茲據《樂府詩集》作《秋胡行七首》。

〔二〕魯迅《嵇康集》校記云：『此二句，各本及《樂府詩集》引皆作重言。下六首同。』

其二

貧賤易居，貴盛難爲工。貧賤易居，貴盛難爲工。恥佞直言〔一〕，與禍相逢。變故萬端，俾吉作凶。思牽黄犬，其計莫從〔二〕。歌以言之，貴盛難爲工。

【校記】

〔一〕佞，吴寬鈔本作『接』，魯迅《嵇康集》校記云：『各本作佞，《樂府詩集》、《詩紀》同。』

〔二〕『其計莫從』句，《樂府詩集》卷三十六和《文選補遺》卷三十四皆作『其莫之從』。《古樂苑》卷十八注云：『其計莫從，《樂府》作其莫之從。』吴寬鈔本作『其志莫從』。兹從黄本。

其三

勞謙寡悔〔一〕，忠信可久安。勞謙寡悔，忠信可久安。天道害盈〔二〕，好勝者殘。强梁致災，多事招患〔三〕。欲得安樂，獨有無愆。歌以言之，忠信可久安。

【校記】

〔一〕寡，《樂府詩集》卷三十六和《文選補遺》卷三十四皆作『有』。《文章正宗》卷二十二亦作『有』，其下注云：『有字恐當作寡。』《古詩紀》、黄本、張溥本皆作『寡』。吴寬鈔本作『無』。魯迅《嵇康集》校記云：『各本作寡，《詩紀》同。《樂府詩集》作無。』

〔二〕《古詩紀》卷二十八『害』下注云：『一作惡。』《古樂苑》卷十八注同。

〔三〕『多事招患』句，《文選補遺》卷三十四作『多招禍患』。《古詩紀》卷二十八作『多事招禍患』，其『事』下注云：『一無事字。』《古樂苑》卷十八注云：『多下一有事字。』兹從黄本，作『多事招患』。

其四

役神者弊，極欲疾枯〔一〕。役神者弊，極欲疾枯。顔回短折，不及童烏〔二〕。縱體淫恣，莫不早徂。酒色何物？今自不辜〔三〕。歌以言之，酒色令人枯。

【校記】

〔一〕疾，各本同，吴寬鈔本作『令人』。

〔二〕不，吴寬鈔本作『下』。魯迅《嵇康集》校記云：『各本作不，《詩紀》同。』

〔三〕今自，各本同，吴寬鈔本作『自令』。

其五

絶智棄學，遊心於玄默。絶智棄學，遊心於玄默。遇過而悔〔一〕，當不自得。垂釣一壑，所樂一國〔二〕。被髮行歌，和者四塞〔三〕。歌以言之，遊心於玄默。

【校記】

〔一〕『遇過而悔』句，各本多異。《樂府詩集》卷三十六作『過而悔』，黄本、張溥本作『遇過而悔』，馮惟訥《古詩紀》和《古樂苑》同，吴寬鈔本作『過而復悔』。

〔二〕所，吴寬鈔本作『好』，《樂府詩集》卷三十六此句無『所』字。

〔三〕者，吴寬鈔本作『氣』。兹從黄本。

其六

思與王喬，乘雲遊八極。思與王喬，乘雲遊八極。淩厲五岳，忽行萬億。授我神藥，自生羽翼。呼吸太和，煉形易色。歌以言之，思行遊八極〔一〕。

【校記】

〔一〕思，《樂府詩集》卷三十六此句無『思』字。《古樂苑》卷十八注云：『之下一無思字。』兹從黄本。

其七

徘徊鍾山，息駕於層城。徘徊鍾山，息駕於層城。上蔭華蓋，下采若英。受道王母，遂升紫庭。逍遥天衢，千載長生。歌以言之，徘徊於層城。

思親詩一首

奈何愁兮愁無聊，恒惻惻兮心若抽。愁奈何兮悲思多，情鬱結兮不可化。奄失恃兮孤煢煢〔一〕，内自悼兮啼失聲〔二〕。思報德兮邈已絶，感鞠育兮情剥裂。嗟母兄兮永潛藏，想形容兮内摧傷。感陽春兮思慈親，欲一見兮路無因。望南山兮發哀嘆，感几杖兮涕汍瀾〔三〕。念疇昔兮母兄在，心逸豫兮壽四海。忽已逝兮不可追，心窮約兮但有悲。上空堂兮廓無依，睹遺物兮心崩摧。中夜悲兮當告誰〔四〕，獨抆泪兮抱哀戚〔五〕。日遠邁兮思予心〔六〕，戀所生兮泪不禁〔七〕。慈母没兮誰與驕〔八〕，顧自憐兮心忉忉。訴蒼天兮天不聞〔九〕，泪如雨兮嘆青雲〔一〇〕。欲棄憂兮尋復來，痛殷殷兮不可裁。

【校記】

〔一〕失，吴寬鈔本作『無』。魯迅《嵇康集》校記云：『各本作失，《詩紀》同。』

〔二〕啼，吴寬鈔本作『欷』。魯迅《嵇康集》校記云：『各本作啼，《詩紀》同。』

〔三〕几，吴寬鈔本作『機』。兹從黄本。

〔四〕告誰，黄本和吴寬鈔本皆作『誰告』。《古詩紀》作『告誰』，張溥本同。兹從張溥本。

〔五〕抆，張溥本作『收』，《古詩紀》同。抱哀戚，魯迅《嵇康集》校記云：『舊校作傷懷抱，未詳所本。』

〔六〕『日遠邁兮思予心』句，黄本、張溥本同。吴寬鈔本作『親日遠兮思日深』。

〔七〕戀，魯迅《嵇康集》校記云：『舊校作念。』不禁，吴寬鈔本作『流襟』。

〔八〕與，黄本和吴寬鈔本皆作『予』。魯迅《嵇康集》校記云：『二張本作與。』

〔九〕天，吴寬鈔本作『遠』。魯迅《嵇康集》校記云：『各本作天，《詩紀》同。』

〔一〇〕青，吴寬鈔本作『成』。魯迅《嵇康集》校記云：『各本成作青，《詩紀》同。舊校作凝成冰，未詳所據。』

答二郭詩三首

其一

天下悠悠者，下京趨上京〔一〕。二郭懷不群，超然來北征。樂道託萊廬〔二〕，雅志無所營。良時遘其願，遂結歡愛情。君子義是親，恩好篤平生。寡智自生災，屢使衆釁成。豫子匿梁側〔三〕，聶政變其形。顧此懷怛惕，慮在苟自寧。今當寄他域，嚴駕不得停。本圖終宴婉，今更不克并。二子贈嘉詩，馥如幽蘭馨。戀土思所親，能不氣憤盈〔四〕？

【校記】

〔一〕下京，吴寬鈔本作『不能』。兹從黄本。

〔二〕萊，吴寬鈔本作『蓬』。兹從黄本。

〔三〕《古詩紀》卷二十八『子』下注云：『一作讓。』

〔四〕能不，黄本、張溥本作『不知』，《古詩紀》同。按，黄本此句後尚有『昔蒙父兄祚』至『當年值紛華』八句，顯係抄寫錯誤所致。除黄本外，各本皆把這八句詩歸於第二首。

其二

昔蒙父兄祚，少得離負荷。因疏遂成懶，寢迹北山阿。但願養性命，終已靡有他。良辰不我期，當年值紛華。坎凜趣世教〔一〕，常恐嬰網羅〔二〕。羲農邈已遠〔三〕，拊膺獨咨嗟。朔戒貴尚容〔四〕，漁父好揚波。雖逸亦已難〔五〕，非余心所嘉。豈若翔區外，餐瓊漱朝霞。遺物棄鄙累，逍遥遊太和。結友集靈岳，彈琴登清歌。有能從我者〔六〕，古人何足多〔七〕。

【校記】

〔一〕凜，吴寬鈔本作『懍』。魯迅《嵇康集》校記云：『程本作凜，他本并作壈，《詩紀》同。』按，《古詩紀》和張溥本皆作『壈』。教，黄本、吴寬鈔本作『教』，張溥本作『務』。魯迅《嵇康集》校記云：『各本作務，《詩紀》同。』

〔二〕嬰，吴寬鈔本作『纓』。兹從黄本。

〔三〕農，黄本作『皇』。魯迅《嵇康集》校記云：『黄、汪、程本作皇。』已，吴寬鈔本作『以』。

〔四〕翊，吴寬鈔本作『明』。容，吴寬鈔本作『用』。兹從黄本。

〔五〕已，吴寬鈔本作『以』。《古詩紀》卷二十八作『巳』，係刊刻之誤。

〔六〕我，黄本、張溥本皆作『此』，《古詩紀》同。魯迅《嵇康集》校記云：『各本作此，《詩紀》同。』

〔七〕何，《古詩紀》和張溥本作『豈』。魯迅《嵇康集》校記云：『二張本作豈。』

其三

詳觀淩世務，屯險多憂虞。施報更相市，大道匿不舒。夷路值枳棘〔一〕，安步將焉如〔二〕？權智相傾奪，名位不可居。鸞鳳避罻羅，遠託崑崙墟。莊周悼靈龜，越稷嗟王輿〔三〕。至人存諸己，隱璞樂玄虚〔四〕。功名何足殉？乃欲列簡書。所好亮若兹，楊氏嘆交衢。去去從所志，敢謝道不俱〔五〕。

【校記】

〔一〕值，吴寬鈔本作『殖』。兹從黄本。

〔二〕安步，吴寬鈔本作『心安』。兹從黄本。

〔三〕稷，《古詩紀》卷二十八作『穆』，其下注云：『一作稷。』張溥本從之。嗟，吴寬鈔本作『畏』。魯迅《嵇康集》校記云：『各本作嗟，《詩紀》同。』

〔四〕璞，吴寬鈔本作『樸』。兹從黄本。

〔五〕敢，張溥本作『致』。

附　郭遐周《贈嵇康詩》三首

其一

吾無佐世才〔一〕，時俗不可量〔二〕。歸我北山阿，逍遥以倡佯〔三〕。同氣自相求，虎嘯谷風涼。惟予與嵇生〔四〕，未面分好章〔五〕。古人美傾蓋，方此何不臧？援筝執鳴琴，携手遊空房。棲遲衡門下，何願于姬姜。予心好永年〔六〕，年永懷樂康。我友不期卒〔七〕，改計適他方。嚴車感發日〔八〕，翻然將高翔。離别在旦夕，惆悵以增傷。

【校記】

〔一〕吾，吴寬鈔本作『亮』。兹從黄本。

〔二〕不可，吴寬鈔本作『所不』。兹從黄本。

〔三〕倡，吴寬鈔本作『相』。魯迅《嵇康集》校記云：『各本作倡，《詩紀》同。舊校爲倘。』

〔四〕予，吴寬鈔本作『余』。

〔五〕『未面分好章』句，吴寬鈔本作『面分好文章』。魯迅《嵇康集》據各本校改，其校記云：『原作面分好文章，據各本及《詩紀》改。』

〔六〕予，吴寬鈔本作『甘』。兹從黄本。

〔七〕期，吴寬鈔本作『斯』。兹從黄本。

〔八〕『嚴車感發日』句，黄本、張溥本和《古詩紀》皆作『巖東咸發日』。

其二

風人重離别，行道猶遲遲。宋玉哀登山，臨水送將歸。伊此往昔事，言之以增悲。嘆我與嵇生，倏忽將永違〔一〕。俯察淵魚遊，仰觀雙鳥飛。厲翼太清中，徘徊于丹池。欽哉得其所，令我心獨違。言别在斯須，惄焉如朝飢〔二〕。

【校記】

〔一〕倏忽，吴寬鈔本作「忽然」，魯迅《嵇康集》校記云：『黄本、汪本作倏忽，《詩紀》同。』違，吴寬鈔本作『離』。魯迅《嵇康集》校記云：『各本作違，《詩紀》同。』

〔二〕朝，各本作『調』，《詩紀》同。

其三

離别自古有，人非比目魚。君子不懷土，豈得更安居？四海皆兄弟，何患無彼姝。巖穴隱傳説，寒谷納白駒〔一〕。方各以類聚，物亦以群殊。所在有智賢，何憂此不如〔二〕。所貴身名存，功烈在簡書。歲時易過歷〔三〕，日月忽其除。勖哉乎嵇生，敬德在慎軀〔四〕。

【校記】

〔一〕寒，吴寬鈔本作『空』。兹從黄本。

〔二〕此不，吴寬鈔本作『不此』。兹從黄本。

〔三〕歲，吴寬鈔本作『年』。兹從黄本。

〔四〕在，吴寬鈔本作『以』。兹從黄本。

附　郭遐叔《贈嵇康詩》五首〔一〕

其一

每念遘會，惟曰不足〔二〕。昕往宵歸，常苦其速。歡接無厭，如川赴谷。如何忽爾，將適他俗？言駕有日，巾車命僕。思言君子〔三〕，温其如玉。心之憂矣，視丹如緑〔四〕。

【校記】

〔一〕郭遐叔，《古詩紀》卷二十八『郭遐叔』名下注云：『《拾遺》作郭遐卿。』

〔二〕曰，各本作『日』。
〔三〕言，各本作『念』。
〔四〕録，黄本作『録』，係刊刻之誤。

其二

如何忽爾〔一〕，超將遠遊？情以怵惕，惟思惟憂。展轉反側，寤寐追求。馳情運想，神往形留。心之憂矣，增其勞愁。

【校記】

〔一〕魯迅《嵇康集》校記云：『案，如何上當有奪文。』

其三

不見可欲，使心不亂。譬彼造化，抗無崖畔。封疆畫界，事利任難。唯予與子，本不同貫〔一〕。交重情親，欲面無算〔二〕。如何忽爾，時適他館。明發不寐，耿耿極旦。心之憂矣，增其憤嘆〔三〕！

【校記】

〔一〕本，黄本作『蔑』，《古詩紀》卷二十八作『鮮』。其下注云：『一作藉。』
〔二〕無算，黄本缺。
〔三〕嘆，《古詩紀》卷二十八作『怨』。魯迅《嵇康集》句後注云：『程本同。他本及《詩紀》皆作怨。』

其四

天地悠長，人生若忽。苟非知命，安保旦夕？思與君子，窮年卒歲。優哉逍遥，幸無隕越。如何君子，超將遠邁？我情願關，我言願結〔一〕。心之憂矣，良以忉怛。

【校記】

〔一〕言，魯迅《嵇康集》校記云：『程本、黄本同。他本及《詩紀》皆作心。』

其五

君子交有義，不必常相從。天地有明理，遠近無異同。三仁不齊迹，貴在等賢蹤。衆鳥群相追，鷙鳥獨無雙。何必相呴濡，江海自從容〔一〕。願各保遐年〔二〕，有緣復來東。

【校記】

〔一〕從，《古詩紀》卷二十八作『可』，吴寬鈔本作『兼』，魯迅《嵇康集》改作『從』，其校記云：『各本作可，《詩紀》同。舊校以爲兼字。』

〔二〕年，《古詩紀》卷二十八作『心』。魯迅《嵇康集》校記云：『各本作心，《詩紀》同。』

與阮德如詩一首

含哀還舊廬，感切傷心肝。良時邁數子〔一〕，談慰臭如蘭。疇昔恨不早，既面侔舊歡。不悟卒永離，念隔悵憂嘆〔二〕。事故無不有，別易會良難〔三〕。郢人忽已逝〔四〕，匠石寢不言。澤雉窮野草，靈龜樂泥蟠。榮名穢人身，高位多災患。未若捐外累〔五〕，肆志養浩然。顏氏希有虞，隰子慕黄軒。涓彭獨何人？唯志在所安〔六〕。漸漬殉近欲，一往不可攀。生生在豫積，勿以怵自寬〔七〕。南土旱不涼〔八〕，衿計宜早完〔九〕。召其愛德素，行路慎風寒。自力致所懷，臨文情辛酸。

【校記】

〔一〕數，吴寬鈔本作『吾』。兹從黄本。

〔二〕悵憂嘆，黄本、汪本、程本皆作『悵憂嘆』，吴寬鈔本作『悵增嘆』，二張本作『增憂嘆』。按，《古詩紀》卷二十八、《古今詩删》卷六所引，亦作『增憂嘆』。

〔三〕會良，各本同，吴寬鈔本作『良會』。

〔四〕已，吴寬鈔本作『以』。兹從黄本。

〔五〕累，《古詩紀》卷二十八『累』下注云：『《拾遺》作慮。』

〔六〕志在，吴寬鈔本作『在志』。兹從黄本。

〔七〕怵，吴寬鈔本作『休』。兹從黄本。

〔八〕旱，吴寬鈔本作『垾』。兹從黄本。

〔九〕完，吴寬鈔本作『看』。兹從黄本。

附　阮德如《答嵇康詩》二首〔一〕

其一

旦發溫泉廬〔二〕，夕宿宣陽城。顧盼懷惆悵〔三〕，言思我友生。會遇一何幸，及子遘歡情。交際雖未久，恩愛發中誠〔四〕。良玉須切磋，璵璠就其形。隋珠豈不曜〔五〕？雕瑩啓光榮。與子猶蘭石，堅芳互相成。庶幾弘古道〔六〕，伐檀俟河清。不謂中離別，飄飄然遠征。臨輿執手訣〔七〕，良誨一何精。佳言盈我耳〔八〕，援帶以自銘。唐虞曠千載，三代不可并〔九〕。洙泗久已往〔一〇〕，微言誰爲聽〔一一〕？曾參易簀斃，仲由結其纓。晉楚安足慕？屢空守以貞〔一二〕。潛龍尚泥蟠，神龜隱其靈。庶保吾子言，養真以全生。東野多所患，暫往不久停。幸子無損思，逍遥以自寧。

【校記】

〔一〕阮德如，張燮本作『阮侃』。按，《古詩紀》卷二十八『阮德如』下注云：『《陳留志》名曰阮侃，字德如，尉氏人。魏衛尉卿阮共之子，有俊才，而飭以名理，風儀雅潤，與嵇康爲友。仕至河南太守。』

〔二〕旦，各本作『早』，《古詩紀》同。

〔三〕盼，《古詩記》作『盻』。

〔四〕『恩愛發中誠』句，吴寬鈔本作『思我愛發誠』。恩，《古詩紀》作『思』。中，黄本作『忠』。

〔五〕隋，吴寬鈔本作『隨』。茲從黄本。

〔六〕弘，各本作『行』，《古詩紀》同。
〔七〕訣，黄本作『决』，當是刊刻之誤。
〔八〕耳，吴寬鈔本作『身』，或是刊刻之誤。
〔九〕可，吴寬鈔本作『我』。茲從黄本。
〔一〇〕已，吴寬鈔本作『以』。茲從黄本。
〔一一〕爲，各本作『共』，《古詩紀》同。
〔一二〕守以，吴寬鈔本作『以守』。茲從黄本。

其二

雙美不易居，嘉會故難常。爰自憩斯土〔一〕，與子遘蘭芳。常願永遊集，拊翼同廻翔。不悟卒永離，一别爲異鄉。四牡一何速，征人告路長〔二〕。顧步懷想像〔三〕，遊目屢太行〔四〕。撫軫增嘆息〔五〕，念子安能忘？恬和爲道基，老氏惡强粱。患至有身災，榮子知所康。蟠龜實可樂〔六〕，明戒在刳腸。新詩何篤穆，中咏增愷忼〔七〕。舒檢詔良訊〔八〕，終然永厭藏〔九〕。還誓必不食，復得同故房〔一〇〕。願子盪憂慮，無以情自傷。俟路忘所以〔一一〕，聊以酬來章。

【校記】

〔一〕自，各本作『處』。
〔二〕告，吴寬鈔本作『去』。茲從黄本。
〔三〕顧步，吴寬鈔本作『步顧』。像，各本作『象』。

〔四〕太，吴寬鈔本作『大』。兹從黄本。
〔五〕軫，各本作『軨』。
〔六〕蟠，黄本作『神』，《古詩紀》卷二十八同。
〔七〕愷，黄本、《古詩紀》作『慨』；忼，魯迅《嵇康集》校記云：『張燮本作慷。』愷忼，《古詩紀》作『慨慷』。
〔八〕檢，魯迅《嵇康集》校記云：『舊校爲衿。原字滅畫，今依刻本。』詔，各本作『話』。
〔九〕永，黄本作『未』。魯迅《嵇康集》校記云：『舊校爲未，原字滅畫，今依刻本。』
〔一〇〕得，各本作『與』。故，吴寬鈔本作『林』。
〔一一〕俟，吴寬鈔本作『候』。以，吴寬鈔本作『次』。兹從黄本。

酒會詩一首〔一〕

樂哉苑中遊〔二〕，周覽無窮已。百卉吐芳華，崇臺邈高跱〔三〕。林木紛交錯，玄池戲魴鯉。輕丸斃翔禽〔四〕，纖綸出鱣鮪。坐中發美贊〔五〕，異氣同音軌。臨川獻清酤，微歌發皓齒。素琴揮雅操，清聲隨風起。斯會豈不樂？恨無東野子。酒中念幽人，守故彌終始。但當體七弦，寄心在知己。

【校記】

〔一〕此詩題目各本不一，吴寬鈔本作《酒會詩》一首，魯迅《嵇康集》此詩題下注云：『二字原鈔本無，今補。各本合後四言詩之第一至第六篇，爲《酒會詩七首》。舊校同。』按，此詩詩題，《古今詩删》作《酒會詩》，黄本、張溥本和《古詩紀》皆作《酒會詩七首》，除此詩外，尚有『淡淡流水』、『婉彼鴛鴦』、『流咏蘭沚』、『斂弦散思』、『肅肅笭風』、『猗猗蘭靄』等六首。黄本將此詩作爲第一首，《古詩紀》則將此詩作爲最後一首。吴寬鈔本把《酒會詩七首》中的五言析出，名之爲《酒會詩》，顯然是因爲把一首長達二十句的五言詩，與僅有八句或十句的四言詩放在一起不甚合適。兹從魯迅校正的吴寬鈔本，作《酒會詩一首》。

〔二〕苑，吴寬鈔本作『菀』，或係刊刻之誤。

〔三〕臺，各本作『基』。

〔四〕翔，吴寬鈔本作『飛』。兹從黄本。

〔五〕坐，魯迅《嵇康集》校記云：『原作研，依各本及舊校改。』

四言詩十一首〔一〕

其一

淡淡流水〔二〕，淪胥而逝。泛泛柏舟，載浮載滯。微嘯清風，鼓楫容裔。放棹投竿〔三〕，優遊卒歲。

【校記】

〔一〕此詩各本題目不一。魯迅《嵇康集》題下注云：『下四字，原鈔本無，今補。各本及舊校均以前六篇爲《酒會詩》，而削其第七至第十篇，又與第十一篇之前題云《雜詩一首》。』按，『泆泆白雲』以下四首，各本皆佚，惟吴寬鈔本有之。兹據魯迅校正吴寬鈔本，作《四言詩十一首》。

〔二〕淡淡，《太平御覽》卷七百七十引嵇康此詩云：『淵淵緑水，淪滑而逝。泛泛虚舟，載停載滯。鼓柑投竿，優遊卒歲。』不僅首句『淡淡』作『淵淵』，而且其他各句亦多有差異，如『胥』作『滑』，『柏』作『虚』，『浮』作『停』，『鼓楫容裔』和『放棹投竿』二句作『鼓柑投竿』，等等，皆與《嵇康集》各本不同。

〔三〕棹，《石倉歷代詩選》卷二作『掉』，係刊刻之誤。

其二

婉彼鴛鴦，戢翼而遊。俯唼緑藻〔一〕，託身洪流。朝翔素瀨，夕棲靈洲。摇蕩清波，與之沈浮。

【校記】

〔一〕唼，《藝文類聚》卷九十二引嵇康詩作『吮』。

其三

流詠蘭沚〔一〕，和聲激朗。操縵清商，遊心大象。傾昧修身〔二〕，惠音遺響。鍾期不存，我志誰賞？

【校記】

〔一〕流詠，吴寬鈔本作『藻氾』。魯迅《嵇康集》校記云：『二字黄本空。他本作流詠。舊校同。』沚，黄本、張溥本和《石倉歷代詩選》皆作『池』。

〔二〕傾，黄本作『頃』。

其四

斂絃散思，遊釣九淵。重流千仞，或餌者懸〔一〕。猗與莊老，棲遲永年。實惟龍化，蕩志浩然。

【校記】

〔一〕或，《古詩紀》卷二十八作『惑』，張燮本從之。

其五

肅肅苓風〔一〕，分生江湄。卻背華林，俯泝丹坻〔二〕。含陽吐英，履霜不衰。嗟我殊觀，百卉具腓。心之憂矣，孰識玄機？

【校記】

〔一〕苓，魯迅《嵇康集》校記云：『原鈔作冷，今依《詩紀》及張溥本改。他本作笭。』

〔二〕坻，吴寬鈔本作『坘』。《古詩紀》卷二十八『坻』下注云：『一作㴵。』

其六

猗猗蘭藹〔一〕，殖彼中原。緑葉幽茂，麗藻豐繁〔二〕。馥馥蕙芳，順風而宣。將御椒房，吐熏龍軒。瞻彼秋草，悵矣惟騫。

【校記】

〔一〕藹，吴寬鈔本作『靄』，魯迅《嵇康集》校記云：『黄、汪、二張本作藹。』

〔二〕『麗藻豐繁』句，黄本作『麗藻濃繁』，《古詩紀》和張溥本同。

其七〔一〕

泆泆白雲，順風而回。淵淵緑水，盈坎而頽。乘流遥邁，自躬蘭隈〔二〕。杖策答諸，納之素懷。長嘯清原，惟以告哀。

【校記】

〔一〕此下四首，各本不載，惟見諸於吴寬鈔本。

〔二〕自，魯迅《嵇康集》校記云：『案，或息之訛。』

其八

眇眇翔鸞〔一〕，舒翼太清。俯眺紫辰，仰看素庭。凌躡玄虚，浮沈無形。將遊區外，嘯侶長鳴。神□不存，誰與獨征？

【校記】

〔一〕眇眇，魯迅《嵇康集》校記云：『原作抄抄，今正。』

其九

有舟浮覆，紼纚是維。栝楫松棹，有若龍微。□津經險，越濟不歸。思友長林，抱樸山嵋。守器殉業，不能奮飛。

其十

羽化華岳，超遊清霄。雲蓋習習，六龍飄飄。左配椒桂，右綴蘭苕。淩陽贊路，王子奉軺。婉孌名山，真人是要。齊物養生，與道逍遥。

其十一〔一〕

微風清扇〔二〕，雲氣四除。皎皎亮月〔三〕，麗于高隅。興命公子，攜手同車。龍驥翼翼，揚鑣踟躕。肅肅宵征，造我友廬。光燈吐輝〔四〕，華幔長舒。鸞觴酌醴，神鼎烹魚。絃超子野〔五〕，嘆過綿駒。流咏太素，俯贊玄虛。孰克英賢〔六〕，與爾剖符？

【校記】

〔一〕此詩李善注和六臣注《文選》皆作《雜詩一首》。吴寬鈔本作四言詩第十一首，注云：『四言。』黄本、張溥本等皆題作《雜詩》。兹從吴寬抄本。

〔二〕清，吴寬鈔本作『輕』。兹從黄本。

〔三〕皎皎，《古詩紀》卷二十八作『皓皓』。亮，吴寬鈔本作『朗』。

〔四〕輝，六臣注《文選》卷二十九『輝』下注云：『五臣作曜。』吴寬鈔本從之。

〔五〕絃，黄本作『玄』。

〔六〕孰，吴寬鈔本作『疇』。魯迅《嵇康集》校記云：『各本作孰，《文選》、《詩紀》同。』

五言詩三首〔一〕

其一

人生譬朝露，世變多百羅。苟必有終極，彭聃不足多。仁義澆淳樸，前識喪道華。留弱喪自然，天真難可和。郢人審匠石，鍾子識伯牙。真人不屢存，高唱誰當和？

【校記】

〔一〕三首，魯迅《嵇康集》題下注云：『二字原無，今補。刻本無此三篇，舊校亦删去。』按，吴寬鈔本所録《五言詩三首》，各本皆無。兹據吴寬鈔本補。

其二

修夜家無爲〔一〕，獨步光庭側。仰首看天衢，流光曜八極。撫心悼季世，遥念大道逼。飄飄當路士，悠悠進自棘。得失自己來，榮辱相蠶食。朱紫雖玄黄〔二〕，太素貴無色。淵淡體至道，色化同消息〔三〕。

【校記】

〔一〕吴寬鈔本『家』字，乃『寂』字塗改。魯迅《嵇康集》校記云：『疑當作寂，因家而誤。』

〔二〕雖，魯迅《嵇康集》校記云：『疑當作雜。』

〔三〕色，魯迅《嵇康集》校記云：『案，當誤。』

其三

俗人不可親，松喬是可鄰。何爲穢濁間，動摇增垢塵？慷慨之遠遊，整駕俟良辰。輕舉翔區外，濯翼扶桑津。徘徊戲靈岳，彈琴咏泰真。滄水澡五藏，變化忽若神。姮娥進妙藥，毛羽翕光新。一縱發開陽，俯視當路人。哀哉世間人〔一〕，何足久託身！

【校記】

〔一〕世間人，魯迅《嵇康集》校記云：『疑當作人間世。』

琴歌〔一〕

淩扶摇兮憩瀛洲〔二〕，要列子兮爲好仇。餐沆瀣兮帶朝霞，眇翩翩兮薄天遊。齊萬物兮超自得，委性命兮任去留。激清響以赴會，何弦歌之綢繆！

【校記】

〔一〕此乃嵇康《琴賦》中的一段，諸本無之。張溥本作《琴歌》，其題下注云：『《琴賦》云：「撫弦安歌，新聲代起，歌曰。」』

〔二〕淩，《稗編》卷八十六收録嵇康《琴賦》作『陵』。

賦

琴賦有序〔一〕

余少好音聲，長而翫之。以爲物有盛衰，而此無變；滋味有厭，而此不倦。可以導養神氣，宣和情志，處窮獨而不悶者，莫近于音聲也！是故復之而不足，則吟咏以肆志；吟咏之不足，則寄言以廣意。然八音之器，歌舞之象，歷世才士並爲之賦頌，其體制風流，莫不相襲。稱其材幹，則以危苦爲上；賦其聲音，則以悲哀爲主；美其感化，則以垂涕爲貴。麗則麗矣，然未盡其理也。推其所由，似元不解音聲〔二〕；覽其旨趣，亦未達禮樂之情也。衆器之中，琴德最優，故輟叙所懷，以爲之賦。其辭曰：

惟椅梧之所生兮，託峻嶽之崇岡。披重壤以誕載兮，參辰極而高驤。含天地之醇和兮〔三〕，吸日月之休光。鬱紛紜以獨茂兮，飛英蕤於昊蒼。夕納景於虞淵兮，旦晞幹於九陽。經千載以待價兮，寂神跱而永康。且其山川形勢，則盤紆隱深，確嵬岑巖，互嶺巉巖，岝崿嶇崯〔四〕。丹崖嶮巇，青壁萬尋。若乃重巘增起，偃蹇雲覆，邈隆崇以極壯，崛巍巍而特秀〔五〕。蒸靈液以播雲，據神淵而吐溜〔六〕。爾乃顛波奔突，狂赴爭流，觸巖觝隈，鬱怒彪休。洶涌騰薄〔七〕，奮沫揚濤，瀄汩澎湃，蜿蟺相糾。放肆大川，濟乎中州。安回徐邁，寂爾長浮，淡乎洋洋，縈抱山丘。詳觀其區土之所産毓，奥宇之所寶殖，珍怪琅玕，瑶瑾翕赩，叢集累積，奂衍於其側〔八〕。若乃春蘭被其東，沙棠殖其西〔九〕，涓子宅其陽，玉醴涌其前，玄雲蔭其上，翔鸞集其巔，清露潤其膚〔一〇〕，惠風流其問，竦肅肅以静謐，密微微其清閒。夫所以經營其左右者，固以自然神麗，而足思願愛樂矣。

於是遯世之士〔一一〕，榮期綺季之疇〔一二〕，乃相與登飛梁，越幽壑，援瓊枝，陟峻崿，以遊乎其下。周旋永望，邈若淩飛〔一三〕。邪睨崑崙，俯闞海湄，指蒼梧之迢遞，臨迴江之威夷。悟時俗之多累，仰箕山之餘輝，羨斯岳之弘敞，心慷慨以忘歸〔一四〕！情舒放而遠覽，接軒轅之遺音。慕老童于騩隅〔一五〕，欽泰容之高吟。顧兹梧而興慮，思假物以託心。乃斫孫枝，準量所任。至人攄思，制爲雅琴。乃使離子督墨，匠石奮斤。夔襄薦法，般倕騁神。鎪會裛厠，朗密調均。華繪彫琢〔一六〕，布藻垂文。錯以犀象，籍以翠緑。絃以園客之絲，徽以鍾山之玉。爰有龍鳳之象，古人之形。伯牙揮手，鍾期聽聲，華容灼爚〔一七〕，發采揚明，何其麗也！伶倫比律，田連操張，進御君子，新聲嘹亮〔一八〕，何其偉也！

及其初調，則角羽俱起，宫徵相證。參發並趣〔一九〕，上下累應。踸踔磥硌〔二〇〕，美聲將興，固以和昶而足耽矣。爾乃理正聲，奏妙曲，揚《白雪》，發《清角》，紛淋浪以流離，奂淫衍而優渥〔二一〕。粲奕奕而高逝，馳岌岌以相屬。沛騰遌而競趣，翕韡曄而繁縟。狀若崇山，又象流波。浩兮湯湯，鬱兮峨峨。怫惘煩冤，紆餘婆娑。陵縱播逸〔二二〕，霍濩紛葩。檢容授節，應變合度。競名擅業，安軌徐步。洋洋習習，聲烈遐布。含顯媚以送終〔二三〕，飄餘響於泰素〔二四〕。若乃高軒飛觀，廣夏閒房，冬夜肅清，朗月垂光。新衣翠粲，纓徽流芳。於是器冷弦調〔二五〕，心閑手敏。觸批如志，唯意所擬。初涉《渌水》〔二六〕，中奏《清徵》。雅昶唐堯，終咏微子。寬明弘潤，優遊躇跱〔二七〕。拊弦安歌，新聲代起。歌曰：『淩扶摇兮憩瀛洲，要列子兮爲好仇。餐沆瀣兮帶朝霞，眇翩翩兮薄天遊。齊萬物兮超自得，委性命兮任去留。激清響以赴會，何弦歌之綢繆！』

於是曲引向闌，衆音將歇。改韻易調，奇弄乃發〔二八〕。揚和顏，攘皓腕。飛纖指以馳騖，紛儸譶以流漫。或徘徊顧慕，擁鬱抑案。盤桓毓養，從容秘翫。闥爾奮逸，風駭雲亂。牢落淩厲，布濩半散。豐融披離，斐韡奐爛〔二九〕。英聲發越，采采粲粲；或間聲錯糅，狀若詭赴。雙美並進，駢馳翼驅。初若將乖，後卒同趣；或曲而不屈，或直而不倨〔三〇〕；或相淩而不亂，或相離而不殊。時劫掎以慷慨，或怨媠而躊躇〔三一〕。忽飄颻以輕邁，乍留聯而扶疏〔三二〕。或參譚繁促，複疊攢仄。從橫駱驛，奔遯相逼。拊嗟累贊，間不容息。瑰艷奇偉，殫不可識。

若乃閑舒都雅，洪纖有宜，清和條昶，案衍陸離。穆溫柔以怡懌，婉順叙而委蛇。或乘險投會，邀隙趨危〔三三〕。嚶若離鵾鳴清池，翼若遊鴻翔曾崖〔三四〕。紛文斐尾，慊縿離纚〔三五〕。微風餘音，靡靡猗猗。或摟批擽捋，縹繚潎冽。輕行浮彈，明嫿瞭慧〔三六〕。疾而不速，留而不滯。翩綿飄邈，微音迅逝。遠而聽之，若鸞鳳和鳴戲雲中；迫而察之，若衆葩敷榮曜春風。既豐贍以多姿，又善始而令終。嗟姣妙以弘麗，何變態之無窮！若夫三春之初，麗服以時，乃攜友生，以遨以嬉。涉蘭圃，登重基，背長林，翳華芝，臨清流，賦新詩。嘉魚龍之逸豫，樂百卉之榮滋。理重華之遺操，慨遠慕而長思〔三七〕。

若乃華堂曲宴，密友近賓。蘭肴兼御，旨酒清醇。進南荆，發西秦，紹陵陽，度巴人。變用雜而並起，竦衆聽而駭神。料殊功而比操，豈笙竽之能倫？若次其曲引所宜，則《廣陵》、《止息》、《東武》、《太山》、《飛龍》、《鹿鳴》、《鵾雞》、《遊弦》。更唱迭奏，聲若自然。流楚窈窕，懲躁雪煩。下逮謡俗，蔡氏五曲，《王昭》、《楚妃》、《千里》、《别鶴》。猶有一切，承間簉乏，亦有可觀者焉。然非夫曠遠者，不能與之嬉遊；非夫淵静者，不能與之閑止；非夫放達者，不能與之無吝；非夫至精者，不能與之析理也。

若論其體勢，詳其風聲，器和故響逸，張急故聲清，間遼故音庳〔三八〕，弦長故徽鳴。性潔静以端理，含至德之和平。誠可以感蕩心志，而發泄幽情矣〔三九〕。是故懷戚者聞之〔四〇〕，則莫不憯懍慘悽〔四一〕，愀愴傷心，含哀懊咿，不能自禁；其康樂者聞之，則欨愉歡釋，抃舞踴溢，留連瀾漫，嗢噱終日；若和平者聽之，則怡養悅愉〔四二〕，淑穆玄真，恬虛樂古，棄事遺身。是以伯夷以之廉，顏回以之仁，比干以之忠，尾生以之信，惠施以之辯給，萬石以之訥慎。其餘觸類而長〔四三〕，所致非一。同歸殊塗，或文或質。總中和以統物，咸日用而不失。其感人動物，蓋亦弘矣。于時也，金石寢聲，匏竹屏氣，王豹輟謳，狄牙喪味。天吴踴躍於重淵，王喬披雲而下墜。舞鸑鷟於庭階，遊女飄焉而來萃。感天地以致和，況蚑行之衆類。嘉斯器之懿茂，咏茲文以自慰。永服御而不厭，信古今之所貴。

亂曰：愔愔琴德，不可測兮。體清心遠，邈難極兮。良質美手，遇今世兮。紛綸翕響，冠衆藝兮。識音者希，孰能珍兮〔四四〕？能盡雅琴，唯至人兮！

【校記】

〔一〕黄本作《琴賦一首並序》，李善注和六臣注《文選》皆作《琴賦並序》。吴寬鈔本作《琴賦有序》，茲從吴寬鈔本。

〔二〕音聲，李善注《文選》作『聲音』。六臣注《文選》注云：『善本作聲音者。』

〔三〕含，六臣注《文選》注云：『五臣作合。』

〔四〕崿，六臣注《文選》作『峈』，其下注云：『善本作崿。』

〔五〕巍巍，六臣注《文選》其下注云：『五臣本作嵬嵬。』

〔六〕淵，六臣注《文選》其下注云：『五臣作泉。』

〔七〕騰，吴寬鈔本作『滕』。茲從黄本。

〔八〕奐，六臣注《文選》其下注云：『五臣本作涣。』

〔九〕殖，六臣注《文選》其下注云：『五臣作植。』《藝文類聚》卷四十四引嵇康《琴賦》亦作『植』。

〔一〇〕露，六臣注《文選》其下注云：『善本作霧。』按，清毛晋刻本李善注《文選》，亦作露，而非六臣所説『霧』。魯迅《嵇康集》校記云：『《文選考異》云：「袁本、茶陵本云露，善作霧。」』

〔一一〕世，六臣注《文選》其下注云：『五臣作俗。』

〔一二〕疇，李善注和六臣注《文選》、張溥本作『疇』，黄本和吴寬鈔本作『儔』。魯迅《嵇康集》校記云：『黄本、二張本作疇，《文選》、虞世南《北堂書鈔》二百九引同。』按，《北堂書鈔》僅有一百六十卷，魯迅云『二百九』，或係『一百九』之誤。

〔一三〕淩，六臣注《文選》作『凌』，其下注云：『五臣作淩。』

〔一四〕慷慨，魯迅《嵇康集》校記云：『《文選考異》云：「當作愷慷。善引《爾雅》：愷慷，樂也。」慷即康字，是其本作愷慷，甚明。』

〔一五〕鬼，六臣注《文選》其下注云：『五臣作隗。』

〔一六〕瑑，六臣注《文選》作『瑑』，其下注云：『善本作瑑。』

〔一七〕爚，《藝文類聚》卷四十四引嵇康《琴賦》作『爍』，六臣注《文選》作『爍』，其下注云：『善本作爚。』黄本亦作『爍』。

〔一八〕嘹，《藝文類聚》卷四十四作『嘹』，李善注和六臣注《文選》作『憀』，黄本作『熮』。

〔一九〕趣，《藝文類聚》卷四十四、李善注和六臣注《文選》等皆作『趣』，而吴寬鈔本則作『起』，係誤。前句『角羽俱起』已用『起』字，則此不應再用『起』字。

〔二〇〕硌，吴寬鈔本作「磥」，張溥本從之。茲從黄本。

〔二一〕奂，六臣注《文選》其下注云：「五臣本作涣。」

〔二二〕陵，六臣注《文選》其下注云：「五臣作淩。」

〔二三〕含，六臣注《文選》其下注云：「五臣作合。」

〔二四〕於，李善注《文選》作「乎」。

〔二五〕冷，魯迅《嵇康集》校記云：「《文選考異》云：「冷，當作泠。」今案，《書鈔》引正作泠。」案，今見《北堂書鈔》各本有異，文淵閣四庫全書本《北堂書鈔》作「冷」，而非「泠」。

〔二六〕淥，六臣注《文選》其下注云：「五臣作緑。」

〔二七〕跱，六臣注《文選》其下注云：「五臣作峙。」

〔二八〕弄，《藝文類聚》卷四十四引嵇康《琴賦》作「巧」。

〔二九〕韡奂，六臣注《文選》其下注云：「五臣作暐涣。」

〔三〇〕或，李善注《文選》、黄本和吴寬鈔本皆無。六臣注《文選》其下注云：「善本無或字。」

〔三一〕爐，六臣注《文選》其下注云：「五臣作沮。」

〔三二〕聯，諸本同。李善注《文選》卷十八作「連」。

〔三三〕隙，六臣注《文選》其下注云：「五臣作隟」。黄本從之。

〔三四〕遊，吴寬鈔本作「浮」。曾，六臣注《文選》其下注云：「五臣作增。」吴寬鈔本作「層」。

〔三五〕慊，六臣注《文選》作「綝」，二張本從之。

〔三六〕慧，李善注、六臣注《文選》和張溥本皆作「惠」。茲從黄本。

〔三七〕長，吴寬鈔本作『常』。

〔三八〕庫，魯迅《嵇康集》校記云：『各本作痹，《類聚》作埤。』按，文淵閣四庫全書本《藝文類聚》卷四十四引嵇康《琴賦》作『痹』。作『埤』者，僅見於《古今事文類聚·續集》卷二十二引。

〔三九〕泄，《藝文類聚》卷四十四引作『泄』。六臣注《文選》作『洩』，其下注云：『五臣作泲。』

〔四〇〕戚，六臣注《文選》其下注云：『五臣作慼。』

〔四一〕則，各本無，吴寬鈔本此句句首有『則』字。魯迅《嵇康集》校記云：『黄、汪、二張本無則字。』

〔四二〕愉，李善注和六臣注《文選》皆作『悆』。

〔四三〕六臣注《文選》句末注云：『五臣有之字。』

〔四四〕孰，李善注《文選》、黄本作『孰』。六臣注《文選》作『誰』，其下注云：『善作孰。』《稗編》卷八十六引嵇康《琴賦》同。張溥本從之。

文

與山巨源絶交書〔一〕

康白〔二〕：足下昔稱吾於潁川，吾常謂之知言〔三〕。然經怪此意，尚未熟悉於足下，何從便得之也？

前年從河東還，顯宗阿都説足下議以吾自代，事雖未行，知足下故不知之〔四〕！足下傍通，多可而少怪。吾直性狹中，多所不堪，偶與足下相知耳。間聞足下遷，惕然不喜，恐足下羞庖人之獨割，引尸祝以自助，手薦鸞刀〔五〕，漫之羶腥〔六〕，故具爲足下陳其可否。

吾昔讀書，得並介之人，或謂無之，今乃信其真有耳。性有所不堪，真不可强。今空語同知，有達人而無所不堪〔七〕，外不殊俗而内不失正，與一世同其波流，而悔吝不生耳。老子、莊周，吾之師也，親居賤職；柳下惠、東方朔，達人也，安乎卑位。吾豈敢短之哉？又仲尼兼愛，不羞執鞭；子文無欲卿相，而三登令尹〔八〕。是乃君子思濟物之意也。所謂達能兼善而不渝〔九〕，窮則自得而無悶。以此觀之，故堯舜之君世〔一〇〕，許由之巖棲，子房之佐漢，接輿之行歌，其揆一也。仰瞻數君，可謂能遂其志者也。故君子百行，殊塗而同致。循性而動，各附所安。故有『處朝廷而不出，入山林而不反』之論。且延陵高子臧之風，長卿慕相如之節，志氣所託〔一一〕，不可奪也〔一二〕。

吾每讀《尚子平》〔一三〕、《台孝威》傳，慨然慕之，想其爲人。少加孤露〔一四〕，母兄見驕〔一五〕，不涉經學，性復疏懶。筋駑肉緩，頭面常一月十五日不洗，不大悶癢〔一六〕，不能沐也〔一七〕。每常小便而忍不起〔一八〕，令胞中略轉乃起耳。又縱逸來久，情意傲散〔一九〕。簡與禮相背，懶與慢相成，而爲儕類見寬，不攻其過。又讀《莊》、《老》〔二〇〕，重增其放，故使榮進之心日頽，任實之情轉篤〔二一〕。此由禽鹿少見馴育〔二二〕，則服從教制；長而見羈，則狂顧頓纓，赴蹈湯火，雖飾以金鑣，饗以嘉肴，愈思長林而志在豐草也〔二三〕。阮嗣宗口不論人過，吾每師之而未能及，至性過人，與物無傷，唯飲酒過差耳。至爲禮法之士所繩，疾之如仇〔二四〕，幸賴大將軍保持之耳〔二五〕。吾不如嗣宗之資〔二六〕，而有慢馳之闕。又不識人情〔二七〕，闇於機宜〔二八〕，無萬石之慎，而有好盡之累。久與事接，疵釁日興，雖欲無患，其可得乎？

又人倫有禮〔二九〕，朝廷有法。自惟至熟〔三〇〕，有必不堪者七，甚不可者二：臥喜晚起，而當關呼之不置，一不堪也；抱琴行吟，弋釣草野，而吏卒守之，不得妄動，二不堪也；危坐一時，痺不得搖，性復多蝨，把搔無已，而當裹以章服，揖拜上官，三不堪也；素不便書，又不喜作書〔三一〕，而人間多事，堆案盈几，不相酬答，則犯教傷義，欲自勉强，則不能久〔三二〕，四不堪也；不喜弔喪，而人道以此爲重，已爲未見恕者所怨，至欲見中傷者，雖瞿然自責〔三三〕，然性不可化，欲降心順俗，則詭故不情，亦終不能獲無咎無譽。如此，五不堪也；不喜俗人，而當與之共事〔三四〕，或賓客盈坐，鳴聲聒耳〔三五〕，囂塵臭處，千變百伎〔三六〕，在人目前，六不堪也；心不耐煩，而官事鞅掌，機務纏其心〔三七〕，世故繁其慮，七不堪也。又每非湯、武而薄周、孔，在人間不止此事，會顯世教所不容，此甚不可一也；剛腸疾惡，輕肆直言，遇事便發，此甚不可二也。以促中小心之性，統此九患，不有外難，當有内病，寧可久處人間邪？又聞道士遺言，餌术黄精，令人久壽，意甚信之。遊山澤，觀魚鳥，心甚樂之。一行作吏，此事便廢。安能舍其所樂，而從其所懼哉？

夫人之相知，貴識其天性，因而濟之。禹不逼伯成子高〔三八〕，全其節也；仲尼不假蓋于子夏，護其短也；近諸葛孔明不迫元直以入蜀〔三九〕，華子魚不强幼安以卿相：此可謂能相終始，真相知者也〔四〇〕。足下見直木，必不可以爲輪〔四一〕；曲者〔四二〕，必不可以爲桷〔四三〕。蓋不欲以枉其天才〔四四〕，令得其所也。故四民有業，各以得志爲樂〔四五〕，唯達者爲能通之，此足下度内耳〔四六〕。不可自見好章甫，强越人以文冕也；已嗜臭腐〔四七〕，養鴛雛以死鼠也。吾頃學養生之術，方外榮華，去滋味，遊心于寂寞〔四八〕，以無爲爲貴。縱無九患，尚不顧足下所好者。又有心悶疾，頃轉增篤，私意自試，不能堪其所不樂〔四九〕，自卜已審，若道盡塗窮則已耳〔五〇〕。足下無事冤之，令轉於溝壑也〔五一〕！

吾新失母兄之歡，意常悽切〔五二〕。女年十三，男年八歲〔五三〕，未及成人，况復多疾〔五四〕，顧此悢悢，如何可言！今但願守陋巷〔五五〕，教養子孫〔五六〕，時與親舊叙離闊〔五七〕，陳説平生。濁酒一杯，彈琴一曲，志願畢矣〔五八〕！

足下若嬲之，不置不過，欲爲官得人，以益時用耳。足下舊知吾潦倒粗疏，不切事情，自惟亦皆不如今日之賢能也。若以俗人皆喜榮華，獨能離之〔五九〕，以此爲快〔六〇〕，此最近之可得言耳〔六一〕。然使長才廣度，無所不淹而能不營，乃可貴耳。若吾多病困〔六二〕，欲離事自全，以保餘年，此真所乏耳，豈可見黄門而稱貞哉？若趣欲共登王塗，期于相致，時爲歡益〔六三〕，一旦迫之，必發其狂疾〔六四〕，自非重怨，不至於此也〔六五〕。野人有快炙背而美芹子者〔六六〕，欲獻之至尊，雖有區區之意，亦已疏矣。願足下勿似之。其意如此，既以解足下，並以爲别。嵇康白。

【校記】

〔一〕本文題目，各本有異。李善注《文選》、《經濟類編》、吴寬鈔本和張溥本皆題曰《與山巨源絶交書》，六臣注《文選》和黄本皆作《與山巨源絶交書一首》，《古今事文類聚·前集》卷三十二所引則作《與山濤絶交書》。

〔二〕『康白』二字，各本皆有，《經濟類編》卷八十三引嵇康《與山巨源絶交書》無此二字，二張本亦無。

〔三〕常，六臣注《文選》其下注云：『五臣本作嘗。』

〔四〕故，六臣注《文選》其下注云：『五臣本作無故。』另，《晉書》本傳所引嵇康此文，句末有『也』字。各本無。

〔五〕鸞，六臣注《文選》其下注云：『五臣作鑾。』

〔六〕漫，吴寬鈔本作『謾』。兹從黄本。

〔七〕而，各本無，兹據吴寬鈔本補。

〔八〕登，《晉書》本傳和《通志》卷一百二十三引皆作『爲』，《藝文類聚》卷二十一引作『登』。

〔九〕達，六臣注《文選》字下注云：『五臣本有人字。』吴寬鈔本『能』作『則』字。

〔一〇〕《晉書》本傳『故』下有『知』字，『君』作『居』。《通志》卷一百二十三引同。

〔一一〕『志氣所托』句，《晉書》本傳作『意氣所先』。

〔一二〕此句句首《晉書》本傳和《藝文類聚》卷二十一引有『亦』字，《通志》卷一百二十三引同。各本無。

〔一三〕吾每，六臣注《文選》其下注云：『五臣本無吾字。』

〔一四〕少加，各本同，《晉書》本傳、《太平御覽》卷四百九十和《通志》所引皆作『加少』，吴寬鈔本從之。

〔一五〕見驕，《晉書》本傳和《通志》卷一百二十三引皆作『驕恣』。

〔一六〕不，《太平御覽》卷四百九十引作『非』。

〔一七〕沐，《太平御覽》卷四百九十引作『梳』。

〔一八〕常，《太平御覽》卷四百九十引作『當』。

〔一九〕情意，《太平御覽》卷四百九十引作『情志』。

〔二〇〕莊老，《晉書》本傳和《太平御覽》作『老莊』。

〔二一〕實，《晉書》本傳作『逸』。

〔二二〕此由，《太平御覽》卷三百五十八引作『譬猶』，吴寬鈔本作『此猶』。兹從黄本。

〔二三〕愈，李善注《文選》、《藝文類聚》卷二十一、《太平御覽》卷三百五十八引皆作『愈』。六臣注《文選》作『逾』，其下注云：『善本作愈字。』各本則皆作『逾』。魯迅《嵇康集》校記云：『各本作逾，《文選》同。案，唐寫本《文選集注》殘本中存此篇作愈，《類聚》引亦作愈。』

〔二四〕仇，《晋書》本傳、《通志》卷一百二十三引『仇』下皆有『讎』字。

〔二五〕魯迅《嵇康集》此句校記云：『唐本《文選》注云：「案《鈔》、陸善經本無賴字，又無耳字。」』

〔二六〕吾，《晋書》本傳和《通志》所引『吾』字下有『以』字，吴寬鈔本從之。六臣注《文選》作『以』，其下注云：『五臣作吾字。』各本則無『以』字。資，各本作『賢』，《晋書》本傳和《通志》所引作『資』，六臣注《文選》亦作『資』，李善注《文選》作『賢』。魯迅《嵇康集》校記云：『《晋書》作資，唐本《文選》同。今本亦誤賢。』

〔二七〕人，《晋書》本傳作『物』。

〔二八〕闇，六臣注《文選》其下注云：『五臣本作闇字。』

〔二九〕禮，魯迅《嵇康集》校記云：『《選》注云：「案《鈔》、陸善經本禮爲體。」』

〔三〇〕惟，魯迅《嵇康集》校記云：『《選》注云：「案，《鈔》惟爲省。」』

〔三一〕又，《藝文類聚》、李善注、六臣注《文選》皆無，黄本亦無。吴寬鈔本和張溥本句首有『又』字。按，魯迅《嵇康集》校記云：『五字原奪，舊校所加。《文選考異》云：「袁本、茶陵本無又字。」案舊校蓋即據尤袤本加也，五臣本今唐本同。又，喜作憙，《類聚》並同。』

〔三二〕久，《藝文類聚》卷二十一引作『久』，卷五十八引作『久堪』，吴寬鈔本作『久之』。

〔三三〕瞿，《藝文類聚》卷二十一作『懼』。六臣注《文選》其下注云：『五臣本作懼字。』吴寬鈔本從之。

〔三四〕而，魯迅《嵇康集》校記云：『唐本《文選》注云：「案，《鈔》而爲所。」』

〔三五〕聲，魯迅《嵇康集》校記云：『原作琴，據《文選》及《類聚》改。』

〔三六〕伎，六臣注《文選》其下注云：『五臣作技。』百伎，魯迅《嵇康集》校記云：『原作萬數，據《文選》及《類聚》改。唐本伎爲妓。』按，文淵閣四庫全書本《藝文類聚》卷二十一引作『百技』，與魯迅所説不同。

〔三七〕機務，吴寬鈔本作『萬機』。魯迅《嵇康集》校記云：『尤袤本《文選》作機務，《類聚》同。唐本《文選》與此合，注云：「五家本爲機務。」』繁，各本作繁，吴寬鈔本作『煩』。魯迅《嵇康集》校記云：『尤袤本《文選》作繁，《類聚》同。唐本與此合。』

〔三八〕逼，吴寬鈔本作『迫』。兹從黄本。

〔三九〕迫，各本作『迫』，吴寬鈔本作『逼』。魯迅《嵇康集》校記云：『二張本作迫，《晋書》同。他本皆作逼，《文選》同。唐本與此合。』

〔四〇〕者，六臣注《文選》其下注云：『五臣無者字。』吴寬鈔本同。魯迅校記云：『舊校於知下著者字，蓋據刻本加也。五臣本《文選》無有。』

〔四一〕必，李善注《文選》及《藝文類聚》卷二十一引句首有『必』字，六臣注《文選》句首無，其『木』下注云：『五臣本有必字。』各本從之。

〔四二〕者，吴寬鈔本作『木』。魯迅校記云：『各本作者，《類聚》及五臣本《文選》同，者下無有必字。』兹從黄本。

〔四三〕必，各本無，據李善注《文選》和《藝文類聚》補。

〔四四〕以，各本同，吴寬鈔本無『以』字。

〔四五〕得，六臣注《文選》其下注云：『五臣本作其字。』

〔四六〕此，六臣注《文選》其下注云：『五臣本有似字。』《經濟類編》卷八十三引和吴寬鈔本從之。

〔四七〕已，六臣注《文選》其下注云：『五臣作自以。』吴寬鈔本從之。

〔四八〕寂寞，六臣注《文選》作『寂漠』，《文章辨體彙選》卷二百十二引文同。

〔四九〕此句句首，各本無『必』字。六臣注《文選》注云：『五臣本有必字。』魯迅《嵇康集》校記云：『各本字無，尤本《文選》同，唐本有。』此句『其』字，魯迅《嵇康集》校記云：『唐本《文選》字無。注云：「五家本堪下有其字。」』

〔五〇〕窮，《晋書》本傳作『殫』，《通志》卷一百二十三引同。

〔五一〕也，魯迅《嵇康集》校記云：『唐本《文選》字無，注云：「案《鈔》，轉下有死字。」』

〔五二〕悽，各本同，吴寬鈔本作『寃』。兹從黄本。

〔五三〕年，吴寬鈔本作『兒』。魯迅《嵇康集》校記云：『各本作年，《晋書》及《文選》同，唐本與此合。』

〔五四〕疾，各本作『病』，《晋書》本傳和《通志》所引皆作『疾』。兹從《晋書》。

〔五五〕願，《晋書》本傳作『欲』。

〔五六〕養，《晋書》本傳、《藝文類聚》卷二十一、《太平御覽》卷四百十引皆無此字。

〔五七〕時，《晉書》本傳、《藝文類聚》卷二十一、《太平御覽》卷四百十引皆作『時時』。六臣注《文選》字下注云：『五臣本作時時。』另，離闊，《晉書》本傳作『離闊』，六臣注《文選》『離闊』下注云：『善本無離字。』《藝文類聚》卷二十一、李善注《文選》和《太平御覽》卷四百十引皆無『離』字，各本從之。

〔五八〕願，《晉書》本傳作『意』。

〔五九〕之，李善注《文選》作『此』。

〔六〇〕各本作『以此』，吴寬鈔本無『此』字。

〔六一〕六臣注《文選》『得』下注云：『五臣有而字。』耳，魯迅《嵇康集》校記云：『唐本《文選》注云：「案，《鈔》耳爲爾。」』

〔六二〕困，各本同，吴寬鈔本作『因』，當係抄寫之誤。

〔六三〕歡，六臣注《文選》作『懽』，其下注云：『五臣本作歡。』

〔六四〕其，《文選》及各本同。《晉書》本傳和《通志》卷一百二十三所引則無，吴寬鈔本從之。

〔六五〕於，《文選》及各本同。《晉書》本傳和《通志》卷一百二十三所引則無，吴寬鈔本從之。

〔六六〕而，各本同，吴寬鈔本無。魯迅《嵇康集》校記云：『各本背下有而字，舊校亦加。唐本《文選》無。』

與呂長悌絶交書〔一〕

康白：　昔與足下年時相比，以故數面相親〔二〕，足下篤意，遂成大好，由是許足下以至交〔三〕，雖出處殊途，而歡愛不衰也。及中間少知阿都，志力開悟，每喜足下家復有此弟。而阿都去年向吾有言〔四〕：誠忿足下，意欲發舉。吾深抑之，亦自恃每謂足下，不足迫之〔五〕，故從吾言。間令足下因其順吾，與之順親〔六〕，蓋惜足下門户，欲令彼此無恙也。又足下許吾終不擊都〔七〕，以子父六人誓〔八〕。吾乃慨然感足下，重言慰解都，都遂釋然，不復興意。足下陰自阻疑，密表擊都〔九〕，先首服誣都。此爲都故信吾，又無言〔一〇〕。何意足下苞藏禍心邪？都之含忍足下，實由吾言。今都獲罪，吾爲負之。吾之負都，由足下之負吾也。悵然失圖，復何言哉？若此，無心復與足下交矣。古之君子〔一一〕，絶交不出醜言。從此别矣！臨書恨恨〔一二〕。嵇康白。

【校記】

〔一〕黄本作《與呂長悌絶交書一首》。

〔二〕以故，魯迅校正吴寬鈔本圈去『故』字，其校記云：『各本以下有故字，舊校亦加。案，即因下數字而衍也。加者非是。』

〔三〕由，魯迅校記云：『原作猶，據各本及舊校改。』按，《存研樓文集》卷十引作『繇』。

〔四〕阿都，魯迅校正吴寬鈔本圈去『阿』字，其校記云：『各本都上有阿字。』吾，黄本和吴寬鈔本作『吾』，張溥本和《存研樓文集》卷十皆作『我』。

〔五〕不足，吴寬鈔本作『不得』。兹從黄本。

〔六〕『因其順吾，與之順親』句，各本皆作『因其順親』。吴寬鈔本作『因其順吾，與之順親』。魯迅《嵇康集》校記云：『各本奪此四字，舊校亦删，甚謬。』按，魯迅所言四字，係指上句『順吾』和下句『與之』。

〔七〕吴寬鈔本『又』字下衍『閣』字。擊，黄本作『繫』，吴寬鈔本和張溥本皆作『擊』。魯迅《嵇康集》校記云：『各本訛繫，舊校據改，非。』

〔八〕六人，黄本、張溥本同。《野客叢書》『嵇康《幽憤詩》』條所引同，《存研樓文集》亦作『六人』。唯吴寬鈔本作『交』。按，當以『六人』爲是。吴寬抄本作『交』字，或係抄寫之形誤。

〔九〕擊，各本作『繫』，吴寬鈔本作『擊』。魯迅《嵇康集》校記云：『各本訛繫，舊校據改，非。《野客叢書》引亦作擊。』

〔一〇〕吴寬鈔本『又』下有『手』字，魯迅《嵇康集》校記云：『疑當作非。各本無，舊校亦删。』

〔一一〕古之君子，吴寬鈔本作『古人』。兹從黄本。

〔一二〕書，黄本、張溥本作『別』。兹從吴寬鈔本。

卜疑〔一〕

有弘達先生者，恢廓其度，寂寥疏闊。方而不制，廉而不割。超世獨步，懷玉被褐。交不苟合，仕不期達。常以爲忠信篤敬，直道而行之，可以居九夷，遊八蠻，浮滄海，踐河源。甲兵不足忌，猛獸不爲患。

是以機心不存，泊然純素，從容縱肆，遺忘好惡，以天道爲一指，不識品物之細故也。然而大道既隱，智巧滋繁，世俗膠加，人情萬端。利之所在，若鳥之追鸞〔二〕。富爲積蠹，貴爲聚怨。動者多累，靜者鮮患。爾乃思丘中之德士，樂川上之執竿也。於是遠念長想，超然自失。郢人既没，誰爲吾質？聖人吾不得見，冀聞之於數術。乃適太史貞父之廬而訪之，曰：『吾有所疑，願子卜之。』

貞父乃危坐揲蓍〔三〕，拂几陳龜〔四〕，曰：『君何以命之？』

先生曰：『吾寧發憤陳誠，讜言帝庭〔五〕，不屈王公乎？將卑懦委隨，承旨倚靡，爲面從乎？寧愷悌弘覆，施而不德乎？將進趣世利，苟容偷合乎？寧隱居行義，推至誠乎？將崇飾矯誣，養虛名乎？寧斥逐凶佞，守正不傾，明臧否乎？將傲睨滑稽〔六〕，挾智任術〔七〕，爲智囊乎？寧與王喬、赤松爲侶乎？將追伊摯而友尚父乎〔八〕？寧隱鱗藏彩，若淵中之龍乎？將舒翼揚聲〔九〕，若雲間之鴻乎？寧外化其形，内隱其情，屈身隨時，陸沈無名，雖在人間，實處冥冥乎？將激昂爲清，鋭思爲精，行與世異，心與俗並，所在必聞，恒營營乎〔一〇〕？寧寥落閒放，無所矜尚，彼我爲一，不爭不讓，遊心皓素，忽然坐忘，追羲農而不及，行中路而惆悵乎〔一一〕？將慷慨以爲壯〔一二〕，感慨以爲亮，上干萬乘，下凌將相，尊嚴其容，高自矯抗〔一三〕，常如失職，懷恨怏怏乎？寧聚貨千億，擊鐘鼎食，枕藉芬芳，婉孌美色乎？將苦身竭力，剪除荆棘，山居谷飲，倚巖而息乎？寧如伯奮、仲堪，二八爲偶，排擯共鯀〔一四〕，令失所乎？將如箕山之夫，潁水之父〔一五〕，輕賤唐、虞而笑大禹乎？寧如泰伯之隱德潛讓而不揚乎〔一六〕？將如季札之顯節義，慕爲子臧乎？寧如老聃之清淨微妙，守玄抱一乎？將如莊周之齊物，變化洞達而放逸乎？寧如夷吾之不吝束縛，而終立霸功乎〔一七〕？將如魯連之輕世肆志，高談從容乎？寧如市南子之神勇内固，山淵其志乎〔一八〕？將如毛公、藺生之龍驤虎步，慕爲壯士乎？此誰得誰失？何凶何吉？時移俗易，好貴慕名，臧文不讓位於柳季，公孫不歸美於董生，賈誼一當於明主，絳灌作色而揚聲。况今千龍並馳，萬驥俱征〔一九〕。紛紜交競，逝若流星。敢不惟思，謀於老成哉？』

太史貞父曰：『吾聞至人不相〔二〇〕，達人不卜。若先生者，文明在中，見素抱璞。內不愧心，外不負俗；交不爲利，仕不謀禄。鑒乎古今，滌情蕩欲。夫如是，呂梁可以遊，湯谷可以浴〔二一〕。方將觀大鵬於南溟，又何憂於人間之委曲！』

【校記】

〔一〕此文題目，各本有異，黄本作《卜疑集一首》，吴寬鈔本作《卜疑》，張溥本作《卜疑集》，《經濟類編》卷五十三引亦作《卜疑集》。魯迅校記云：『各本下有集字。』

〔二〕追，吴寬鈔本作『逐』。兹從黄本。

〔三〕揲，黄本、張溥本作『操』。

〔四〕几，吴寬鈔本作『占』。兹從黄本。

〔五〕庭，吴寬鈔本作『廷』。兹從黄本。

〔六〕睨，《經濟類編》卷五十三引和張溥本作『睨』，吴寬鈔本作『詣』，黄本作『倪』。兹從張溥本。

〔七〕任術，吴寬鈔本作『佯迷』。兹從黄本。

〔八〕追，黄本和張溥本作『進』，吴寬鈔本和《經濟類編》作『追』。兹從吴寬鈔本。

〔九〕將，《經濟類編》卷五十三引作『寧』。魯迅《嵇康集》校記云：『原鈔字奪。依二張本補。他本作寧，舊校同。』

〔一〇〕營營，吴寬鈔本作『熒熒』。兹從黄本。

〔一一〕悵，《經濟類編》卷五十三引作『愴』。
〔一二〕以爲，吴寬鈔本無『以』字，下句同。兹從黄本。
〔一三〕矯，吴寬鈔本作『度』。兹從黄本。
〔一四〕縣，吴寬鈔本作『骸』。兹從黄本。
〔一五〕潁水之父，吴寬鈔本作『□水之女。』魯迅《嵇康集》校記云：『各本作潁水之父，舊校從之。水上一字爲所滅，不可辨。案，蓋白字也。兩神女浣白水之上，禹遇之而趨云云。見《文選》司馬長卿《難蜀父老》李善注，及《御覽》六十三引《莊子》。舊校甚非。』
〔一六〕伯，各本作『山』。兹從吴寬鈔本。魯迅《嵇康集》校記云：『各本訛山。』
〔一七〕立，黄本、張溥本作『成』，《經濟類編》卷五十三引作『在』。兹從吴寬鈔本。
〔一八〕淵，吴寬鈔本作『泉』。兹從黄本。
〔一九〕俱，各本作『徂』。兹從吴寬鈔本。
〔二〇〕至，吴寬鈔本作『志』。兹從黄本。
〔二一〕湯，吴寬鈔本作『陽』。兹從黄本。

養生論〔一〕

世或有謂神仙可以學得，不死可以力致者；或云上壽百二十〔二〕，古今所同，過此以往，莫非妖妄者〔三〕。此皆兩失其情。請試粗論之〔四〕。

夫神仙雖不目見〔五〕，然記籍所載〔六〕，前史所傳，較而論之，其有必矣。似特受異氣，禀之自然，非積學所能致也。至于導養得理，以盡性命，上獲千餘歲，下可數百年，可有之耳。而世皆不精，故莫能得之。何以言之？夫服藥求汗，或有弗獲，而愧情一集，渙然流離；終朝未餐，則囂然思食。而曾子銜哀，七日不飢；夜分而坐，則低迷思寢，内懷殷憂，則達旦不瞑；勁刷理鬢，醇醴發顔，僅乃得之。壯士之怒，赫然殊觀，植髮衝冠。由此言之，精神之於形骸，猶國之有君也。神躁於中，而形喪於外，猶君昏於上，國亂於下也〔七〕。夫爲稼於湯之世〔八〕，偏有一溉之功者，雖終歸於焦爛〔九〕，必一溉者後枯，然則一溉之益，固不可誣也。而世常謂一怒不足以侵性，一哀不足以傷身，輕而肆之〔一〇〕，是猶不識一溉之益，而望嘉穀於旱苗者也。是以君子知形恃神以立，神須形以存。悟生理之易失，知一過之害生。故修性以保神，安心以全身〔一一〕。愛憎不棲於情，憂喜不留於意〔一二〕。泊然無感，而體氣和平。又呼吸吐納，服食養身，使形神相親，表裏俱濟也。

夫田種者，一畝十斛〔一三〕，謂之良田，此天下之通稱也〔一四〕。不知區種可百餘斛〔一五〕，田種一也〔一六〕。至于樹養不同，則功收相懸。謂商無十倍之價〔一七〕，農無百斛之望，此守常而不變者也。且豆令人重，榆令人瞑，合歡蠲忿，萱草忘憂，愚智所共知也〔一八〕；熏辛害目，豚魚不養，常世所識也〔一九〕；虱處頭而黑，麝食柏而香，頸處險而癭，齒居晋而黄〔二〇〕。推此而言，凡所食之氣，蒸性染身，莫不相應。豈惟蒸之使重而無使輕〔二一〕，害之使暗而無使明，熏之使黄而無使堅，芬之使香而無使延哉？故神農曰『上藥養命，中藥養性』者，誠知性命之理，因輔養以通也。

而世人不察，惟五穀是見〔二二〕，聲色是耽，目惑玄黄，耳務淫哇。滋味煎其府藏，醴醪鬻其腸胃〔二三〕，香芳腐其骨髓，喜怒悖其正氣，思慮銷其精神〔二四〕，哀樂殃其平粹。夫以蕞爾之軀，攻之者非一途，易竭之身，而外內受敵〔二五〕，身非木石，其能久乎？其自用甚者，飲食不節以生百病，好色不倦以致乏絶。風寒所災，百毒所傷，中道夭於衆難。世皆知笑悼，謂之不善持生也！至於措身失理，亡之於微，積微成損，積損成衰，從衰得白，從白得老，從老得終，悶若無端。中智以下，謂之自然。縱少覺悟，咸歎恨於所遇之初，而不知慎衆險於未兆。是由桓侯抱將死之疾〔二六〕，而怒扁鵲之先見，以覺痛之日爲受病之始也〔二七〕。害成於微，而救之於著，故有無功之治〔二八〕。馳騁常人之域，故有一切之壽。仰觀俯察，莫不皆然。以多自證，以同自慰，謂天地之理，盡此而已矣。

縱聞養生之事〔二九〕，則斷以所見，謂之不然；其次狐疑，雖少庶幾，莫知所由；其次自力服藥，半年一年，勞而未驗，志以厭衰，中路復廢。或益之以畎澮〔三〇〕，而泄之以尾閭，欲坐望顯報者〔三一〕；或抑情忍欲，割棄榮願，而嗜好常在耳目之前，所希在數十年之後，又恐兩失，內懷猶豫，心戰於內，物誘於外，交賒相傾，如此復敗者。夫至物微妙，可以理知，難以目識〔三二〕，譬猶豫章〔三三〕，生七年然後可覺耳。今以躁競之心，涉希靜之塗，意速而事遲，望近而應遠，故莫能相終。夫悠悠者既以未效不求，而求者以不專喪業；偏恃者以不兼無功，追術者以小道自溺。凡若此類，故欲之者，萬無一能成也！

善養生者則不然矣，清虛靜泰，少私寡欲。知名位之傷德，故忽而不營，非欲而強禁也；識厚味之害性，故棄而弗顧，非貪而後抑也。外物以累心不存，神氣以醇白獨著〔三四〕。曠然無憂患，寂然無思慮。又守之以一，養之以和，和理日濟，同乎大順。然後蒸以靈芝，潤以醴泉，晞以朝陽，綏以五弦，無爲自得，體妙心玄，忘歡而後樂足，遺生而後身存。若此以往，庶可與羨門比壽〔三五〕、王喬爭年，何爲其無有哉！

【校記】

〔一〕此文各本皆作《養生論》，黃本題目作《養生論一首》。

〔二〕百二十，各本同。《藝文類聚》卷七十五引作『一百二十』，《淵鑒類函》卷三百十九同。

〔三〕妖，李善注《文選》作『夭』，張溥本同。六臣注《文選》其下注云：『五臣本作夭。』者，《藝文類聚》卷七十五引無，《淵鑒類函》卷三百十九同。

〔四〕請，《藝文類聚》卷七十五引無『請』字，且『試粗』作『粗試』。六臣注《文選》其下注云：『五臣本無請字。』按，魯迅《嵇康集》校記云：『六臣本《文選》字無。』此校記有誤。六臣注《文選》有『請』字，五臣本則無。

〔五〕不目，六臣注《文選》其下注云：『五臣本作目不。』按，魯迅《嵇康集》校記云：『六臣本《文選》二字倒。』此則有誤。據六臣注，二字倒者乃五臣本，非六臣本。

〔六〕然，六臣注《文選》其下注云：『五臣本作則。』

〔七〕國，黄本注云：『一作臣。』

〔八〕之，黄本注云：『一無之字。』張溥本無。兹從黄本。

〔九〕於，黄本無，其注云：『歸下有於字。』按，李善注、六臣注《文選》，吴寬鈔本和張溥本皆有『於』字。

〔一〇〕肆，魯迅《嵇康集》校記云：『原作試，據各本及《文選》、《御覽》七百二十引改。』

〔一一〕全身，吴寬鈔本作『全生身』。按，各本皆作『全身』，吴寬鈔本『生』字係衍文。

〔一二〕意，《太平御覽》卷七百二十引作『心』。

〔一三〕十，黄本注云：『十下一有二字。』

〔一四〕之，六臣注《文選》其下注云：『五臣無之字。』

〔一五〕《喻林》卷四十五引此句句尾有『也』字。魯迅校記云：『《文選考異》云：茶陵本此下有也字，云五臣無，袁本云善有。今案，《御覽》引亦無。』

〔一六〕李善注《文選》此句『種』下有『本』字，作『田種本一也。』

〔一七〕價，吴寬鈔本作『利』。兹從黄本。

〔一八〕共，《太平御覽》卷七百二十引無。六臣注《文選》其下注云：『五臣本無共字。』

〔一九〕常，《太平御覽》卷七百二十引無。

〔二〇〕晋，魯迅《嵇康集》校記云：『原訛昏，程本同。今依他本正。』

〔二一〕無使，魯迅《嵇康集》校記云：『兩無使，《類聚》均作無所，《御覽》與此同。』按，文淵閣四庫全書本《藝文類聚》卷七十五引作『無使』，而非魯迅所説『無所』。

〔二二〕惟，張溥本無。兹從黄本。見，《太平御覽》卷七百二十引作『嗜』。

〔二三〕鬻，六臣注《文選》其下注云：『五臣本作煮。』黄本注云：『一作煮。』吴寬鈔本從之。魯迅《嵇康集》校記云：『《文選》、《御覽》作鬻，黄、汪、程本訛鬻，注云：一作煮。』按，文淵閣四庫全書本《太平御覽》卷七百二十作『煮』，而非『鬻』。

〔二四〕銷，《太平御覽》卷七百二十作『消』。六臣注《文選》其下注云：『五臣作消。』

〔二五〕外内，《太平御覽》卷七百二十、李善注和六臣注《文選》皆作『内外』，六臣注其下注云：『五臣本作外内。』黄本、吴寬鈔本和張溥本亦作『外内』。魯迅《嵇康集》校記云：『《文選考異》云：「袁本云善作内外。」茶陵本云：「五臣作外内。」今案，《御覽》作内外。』

〔二六〕由，六臣注《文選》其下注云：『五臣本作猶。』

〔二七〕六臣注《文選》『日』下注云：『五臣本有而字。』且『爲』下無『受』字，且注云：『五臣本有受字。』

〔二八〕治，張溥本作『理』。兹從黄本。

〔二九〕生，各本同，六臣注《文選》作『性』，其下注云：『五臣本作生。』

〔三〇〕昳，吴寬鈔本作『溝』。魯迅《嵇康集》校記云：『各本作昳，《文選》同。《御覽》七十五引作眒。』

〔三一〕六臣注《文選》此句句首有注云：『五臣有而。』張溥本從之。

〔三二〕目，六臣注《文選》其下注云：『五臣本作自。』

〔三三〕猶，吴寬鈔本作『之』。兹從黄本。

〔三四〕白，六臣注《文選》其下注云：『五臣本作泊。』黄本、張溥本和《經濟類編》卷九十四引亦作『泊』。兹從李善注。醇，《遵生八牋》卷一作『獨』。

〔三五〕庶，李善注、六臣注《文選》和《文章辨體彙選》卷四百七引作『恕』。

答向子期難養生論〔一〕

答曰：所以貴智而尚動者，以其能益生而厚身也。然欲動則悔吝生，知行則前識立；前識立則志開而物遂〔二〕，悔吝生則患積而身危。二者不藏之於内，而接於外，祇足以災身〔三〕，非所以厚生也。夫嗜欲雖出於人，而非道之正〔四〕，猶木之有蝎，雖木之所生，而非木之宜也〔五〕。故蝎盛則木朽，欲勝則身枯。

然則欲與生不並立〔六〕，名與身不俱存，略可知矣。而世未之悟，以順欲爲得生，雖有厚生之情〔七〕，而不識生生之理，故動之死地也。是以古之人知酒肉爲甘鴆〔八〕，棄之如遺；識名位爲香餌，逝而不顧。使動足資生，不濫於物；知正其身，不營於外；背其所害〔九〕，向其所利〔一〇〕。此所以用智遂生之道也〔一一〕。故智之爲美，美其益生而不羨〔一二〕；生之爲貴，貴其樂和而不交。豈可疾智而輕身〔一三〕，勤欲而賤生哉〔一四〕？

且聖人寶位，以富貴爲崇高者，蓋謂人君貴爲天子，富有四海〔一五〕。民不可無主而存〔一六〕，主不能無尊而立〔一七〕；故爲天下而尊君位，不爲一人而重富貴也。又曰：『富與貴是人之所欲者，蓋爲季世惡貧賤而好富貴也。未能外榮華而安貪賤，且抑使由其道而不爭〔一八〕，不可令其力爭〔一九〕，故許其心競；中庸不可得，故與其狂狷。』此俗談耳〔二〇〕。不言至人當今貪富貴也。聖人不得已而臨天下〔二一〕，以萬物爲心，在宥群生，由身以道，與天下同於自得；穆然以無事爲業，坦爾以天下爲公，雖居君位，饗萬國，恬若素士接賓客也。雖建龍旗，服華衮，忽若布衣之在身〔二二〕。故君臣相忘於上，蒸民家足於下。豈勸百姓之尊己，割天下以自私，以富貴爲崇高，心欲之而不已哉？且子文三顯，色不加悅；柳惠三黜，容不加戚。何者？令尹之尊，不若德義之貴；三黜之賤，不傷沖粹之美。二子嘗得富貴於其身〔二三〕，終不以人爵嬰心〔二四〕，故視榮辱如一。由此言之，豈云欲富貴之情哉？請問錦衣綉裳，不陳於暗室者〔二五〕，何必顧衆而動以毁譽爲歡戚也？夫然則欲之患其得，得之懼其失，苟患失之，無所不至矣。在上何得不驕？持滿何得不溢？求之何得不苟？得之何得不失邪？且君子出其言，善則千里之外應之，豈在于多欲以貴得哉〔二六〕？奉法循理，不絓世網，以無罪自尊，以不仕爲逸〔二七〕；遊心乎道義，偃息乎卑室，恬愉無遻〔二八〕，而神氣條達，豈須榮華然後乃貴哉？耕而爲食，蠶而爲衣，衣食周身，則餘天下之財，猶渴者飲河，快然以足，不羨洪流，豈待積斂然後乃富哉？君子之用心若此，蓋將以名位爲贅瘤〔二九〕，資財爲塵垢也，安用富貴乎？故世之難得者，非財也，非榮也，患意之不足耳！意足者，雖耦耕甽畝，被褐啜菽，莫不自得〔三〇〕？不足者，雖養以天下，委以萬物，猶未愜。然則足者不須外，不足者無外之不須也。無不須，故無往而不乏；無所須，故無適而不足。不以榮華肆志，不以隱約趨俗，混乎與萬物並行，不可寵辱，此真有富貴也。故遺貴欲貴者，賤及之；故忘富欲富者，貧得之。理之然也。今居榮華而憂，雖與榮華偕老，亦所以終身長愁耳。故老子曰：『樂莫大於無憂，富莫大於知足。』此之謂也。

難曰：『感而思室，飢而求食，自然之理也。』誠哉是言！今不使不室不食，但欲令室食得理耳。夫不慮而欲，性之動也；識而後感，智之用也。性動者遇物而當，足則無餘；智用者從感而求，倦而不已。故世之所患，禍之所由，常在於智用，不在於性動。今使瞽者遇室，則西施與嫫母同情；聵者忘味，則糟糠與精稗等甘。豈識賢愚好醜，以愛憎亂心哉？君子識智以無恒傷生，欲以逐物害性。故智用則收之以恬，性動則糾之以和。使智止于恬〔三一〕，性足於和，然後神以默醇，體以和成，去累除害，與彼更生，所謂不見可欲，使心不亂者也。縱令滋味常染於口，聲色已開於心，則可以至理遣之，多算勝之。何以言之也？夫欲官不識君位，思室不擬親戚〔三二〕，何者？知其所不得〔三三〕，則不當生心也〔三四〕。故嗜酒者自抑於鴆醴，貪食者忍飢於漏脯，知吉凶之理，故背之不惑，棄之不疑也，豈恨向不得酣飲與大嚼哉〔三五〕？且逆旅之妾，惡者以自惡爲貴，美者以自美得賤。美惡之形在目，而貴賤不同；是非之情先著，故美惡不能移也〔三六〕。苟云理足於內，乘一以御外，何物之能默哉？由此言之，性氣自和，則無所困於防閑；情志自平，則無鬱而不通。世之多累，由見之不明耳〔三七〕。又常人之情〔三八〕，遠雖大，莫不忽之；近雖小，莫不存之。夫何故哉？誠以交賒相奪，識見異情也〔三九〕。三年喪不內御，禮之禁也，莫有犯者。酒色乃身之讎也，莫能棄之。由此言之，禮禁雖小不犯〔四〇〕，身讎雖大不棄〔四一〕；然使左手據天下之圖，右手旋害其身，雖愚夫不爲。明天下之輕於其身，酒色之輕於天下，又可知矣。而世人以身殉之，斃而不悔，此以所重而要所輕，豈非背賒而趣交邪？智者則不然矣，審輕重然後動，量得失以居身。交賒之理同，故備遠如近，慎微如著，獨行衆妙之門，故終始無虞〔四二〕。此與夫耽欲而快意者，何殊間哉？

難曰：『聖人窮理盡性，宜享遐期，而堯、孔上獲百年，下者七十，豈復疏於導養乎？』案論堯、孔，雖稟命有限，故導養以盡其壽。此則窮理之致，不爲不養生得百年也。且仲尼窮理盡性，以至七十；田父以六弊蠢愚，有百二十者。若以仲尼之至妙，資田父之至拙，則千歲之論，奚所怪哉？且凡聖人，有損己爲世表行，顯功使天下慕之，三徙成都者；或菲飲勤躬，經營四方，心勞形困，趣步失節者〔四三〕；或奇謀潛稱〔四四〕，爰及干戈，威武殺伐，功利爭奪者〔四五〕；或修身以明汙〔四六〕，顯智以驚愚，藉名高於一世，取準的於天下。又勤誨善誘，聚徒三千，口倦談議，身疲磬折，形若救孺子，視若營四海，神馳於利害之端，心鶩於榮辱之途，俯仰之間，已再撫宇宙之外者。若比之於內視反聽，愛氣嗇精，明白四達，而無執無爲，遺世坐忘，以寶性全真，吾所不能同也。今不言松柏不殊於榆柳也，然松柏之生，各以良殖遂性。若養松於灰壤〔四七〕，則中年枯隕；樹之於重崖，則榮茂日新。此亦毓形之一觀也。竇公無所服御，而致百八十，豈非鼓琴和其心哉〔四八〕？此亦養神之一徵也。火蠶十八日，寒蠶三十日餘〔四九〕，以不得逾時之命，而將養有過倍之隆。溫肥者早終，涼瘦者遲竭，斷可識矣。圉馬養而不乘用〔五〇〕，皆六十歲。體疲者速雕，形全者難斃〔五一〕，又可知矣。富貴多殘，伐之者衆也；野人多壽，傷之者寡也，亦可見矣。今能使目與瞽者同功，口與聵者等味，遠害生之具，御益性之物，則始可與言養性命矣。

難曰：『神農唱粒食之始，鳥獸以之飛走，生民以之視息。』今不言五穀，非神農所唱也。既言上藥，又唱五穀者，以上藥希寡，艱而難致，五穀易殖，農而可久，所以濟百姓而繼夭閼也〔五二〕。並而存之，唯賢者志其大〔五三〕，不肖者志其小耳，此同出一人。至當歸止痛，用之不已；耒耜墾辟，從之不輟。何至養命〔五四〕，蔑而不議？此殆玩所先習，怪於所未知〔五五〕。且平原則有棗栗之屬，池沼則有菱芡之類，雖非上藥，猶比於黍稷之篤恭也〔五六〕。豈云視息之具〔五七〕，唯立五穀哉〔五八〕？又云：『黍稷惟馨，實降神祇。』蘋蘩蘊藻〔五九〕，非豐肴之匹；潢汙行潦，非重酎之對。薦之宗廟，感靈降祉。是知神饗德之與信，不以所養爲生。猶九土述職，各貢方物，以效誠耳。又曰：『肴糧入體，益不逾旬，以明宜生之驗。』此所以困其體也。今不言肴糧無充體之益，但謂延生非上藥之偶耳。請藉以爲難：夫所知麥之善於菽，稻之勝於稷，由有效而識之；假無稻稷之域，必以菽麥爲珍養，謂不可尚矣。然則世人不知上藥良於稻稷，猶守菽麥之賢於蓬蒿，而必天下之無稻稷也。若能仗藥以自永〔六〇〕，則稻稷之賤，居然可知。君子知其若此〔六一〕，故準性理之所宜，資妙物以養身，植玄根於初九〔六二〕，吸朝露以濟神〔六三〕。今若以春酒爲壽〔六四〕，則未聞高陽有黃髮之叟也〔六五〕；若以充性爲賢〔六六〕，則未聞鼎食有百年之賓也。且冉生嬰疾，顏子短折，穰歲多病，飢年少疾。故狄食米而生癩瘡〔六七〕，得穀而血浮。馬秣粟而足重，雁食粒而身留。從此言之，鳥獸不足報功於五穀，生民不足受德於田疇也。而人竭力以營之，殺身以爭之。養親獻尊，則惟菊芬粱稻〔六八〕；聘享嘉會，則惟肴饌旨酒。而不知皆淖溺筋腋，易糜速腐。初雖甘香，入身臭腐〔六九〕，竭辱精神〔七〇〕，染污六府，鬱穢氣蒸，自生災蠹。饕淫所階，百疾所附。味之者口爽，服之者短祚。豈若流泉甘醴，瓊蕊玉英，金丹石菌〔七一〕，紫芝黃精？皆衆靈含英，獨發奇生〔七二〕，貞香難歇，和氣充盈，澡雪五臟，疏徹開明，吮之者體輕。又練骸易氣，染骨柔筋，滌垢澤穢，志凌青雲。若此以往，何五穀之養哉？且螟蛉有子，果蠃負之，性之變也。橘渡江爲枳，易土而變，形之異也。納所食之氣，還質易性，豈不然哉〔七三〕？故赤斧以練丹赬髮，涓子以术精久延，渥佺以松實方目〔七四〕，赤松以水玉乘烟，務光以蒲韭長耳，邛疏以石髓駐年，方回以雲母變化，昌容以蓬蔂易顏。若此之類，不可詳載也。孰云五穀爲最，而上藥無益哉？

又責千歲以來，目未之見，謂無其人。即問談者，見千歲人，何以別之？欲校之以形，則與人不異；欲驗之以年，則朝菌無以知晦朔，蜉蝣無以識靈龜。然則千歲雖在市朝，固非小年之所辨矣。彭祖七百，安期千年，則狹見者謂書籍妄記。劉根遐寢不食〔七五〕，或謂偶能忍飢；仲都冬裸而體温，夏衣而身凉，桓譚謂偶耐寒暑；李少君識桓公玉碗，則阮生謂之逢占而知；堯以天下禪許由，而揚雄謂好大爲之。凡若此類，上以周、孔爲關鍵，畢志一誠，下以嗜欲爲鞭策，欲罷不能。馳驟於世教之内，争巧於榮辱之間，以多同自減，思不出位，使奇事絶於所見，妙理斷於常論，以言變通達微〔七六〕，未之聞也。久愠閒居，謂之無歡；深恨無肴，謂之自愁。以酒色爲供養，謂長生爲無聊〔七七〕。然則子之所以爲歡者，必結駟連騎，食方丈於前也。夫俟此而後爲足，謂之天理自然者，皆役身以物，喪志於欲，原性命之情，有累於所論矣。

夫渴者唯水之是見，酗者唯酒之是求，人皆知乎生於有疾也。今若以從欲爲得性，則渴酗者非病，淫湎者非過，桀、跖之徒皆得自然，非本論所以明至理之意也。夫至理誠微，善溺於世，然或可求諸身而後悟，校外物以知之者〔七八〕。人從少至長，降殺好惡有盛衰〔七九〕。或稚年所樂，壯而棄之；始之所薄，終而重之。當其所悦，謂不可奪；值其所醜，謂不可歡；然還城易地〔八〇〕，則情變於初也〔八一〕。苟嗜欲有變〔八二〕，安知今之所耽不爲臭腐〔八三〕，曩之所賤不爲奇美耶〔八四〕？假令厮養暴登卿尹，則監門之類蔑而遺之。由此言之，凡所區區，一域之情耳，豈必不易哉？又飢飡者，於將獲所欲，則悦情注心〔八五〕。飽滿之後，釋然疏之，或有厭惡。然則榮華酒色，有可疏之時。蚺蛇珍於越土，中國遇而惡之；黼黻貴於華夏，裸國得而棄之。當其無用，皆中國之蚺蛇，裸國之黼黻也。以大和爲至樂〔八六〕，則榮華不足顧也；以恬淡爲至味，則酒色不足欽也。苟得意有地，俗之所樂，皆糞土耳，何足戀哉？今談者不睹至樂之情，甘減年殘生，以從所願，此則李斯背儒以殉一朝之欲，主父發憤思調五鼎之味耳。且鮑肆自玩而賤蘭茝，猶海鳥對太牢而長愁，文侯聞雅樂而塞耳。故以榮華爲生具，謂濟萬世不足以喜耳。此皆無主於内，借外物以樂之。外物雖豐，哀亦備矣。有主於中，以内樂外，雖無鐘鼓，樂已具矣。故得志者，非軒冕也；有至樂者，非充屈也，得失無以累之耳。且父母有疾，在困而瘳，則憂喜並用矣。由此言之，不若無喜可知也。然則樂豈非至樂耶？故順天和以自然〔八七〕，以道德爲師友，翫陰陽之變化，得長生之永久〔八八〕，任自然以託身〔八九〕，並天地而不朽者，孰享之哉？

養生有五難，名利不滅，此一難也；喜怒不除，此二難也；聲色不去，此三難也；滋味不絶，此四難也；神虛精散〔九〇〕，此五難也。五者必存，雖心希難老，口誦至言，咀嚼英華，呼吸太陽，不能不回其操，不夭其年也〔九一〕。五者無於胸中，則信順日濟〔九二〕，玄德日全，不祈喜而有福〔九三〕，不求壽而自延，此養生大理之所效也〔九四〕。然或有行逾曾閔，服膺仁義，動由中和，無甚大之累，便謂人理已畢〔九五〕，以此自臧，而不蕩喜怒、平神氣，而欲卻老延年者〔九六〕，未之聞也。或抗志希古，不榮名位，因自高於馳騖；或運智御世，不嬰禍故，以此自貴〔九七〕。此於用身，甫與鄉黨齔齒者同耳〔九八〕。以言存生，蓋闕如也。或棄世不群，志氣和粹，不絶穀茹芝，無益於短期矣。或瓊糇既儲，六氣並御，而能含光内觀〔九九〕，凝神復樸，棲心於玄冥之崖，含氣於莫大之涘者，則有老可卻〔一〇〇〕，有年可延也〔一〇一〕。凡此數者，合而爲用，不可相無，猶轅軸輪轄，不可一乏於輿也。然人若偏見〔一〇二〕，各備所患，單豹以營内致斃〔一〇三〕，張毅以趣外失中，齊以戒濟西取敗，秦以備戎狄自窮，此皆不兼之禍也。積善履信，世屢聞之。慎言語，節飲食，學者識之。過此以往，莫之或知。請以先覺，語將來之覺者。

【校記】

〔一〕黃本作《答難養生論一首》，吳寬鈔本和張溥本皆作《答難養生論》。魯迅《嵇康集》校記云：『原鈔無此五字，據各本及舊校加。』按，無者是也。《文選》江文通《雜體詩》李善注引《養生》有五難云云，十一句爲康答文，而稱向秀《難嵇康養生論》，即爲唐時舊本，亦二篇連寫之證。

〔二〕志，吳寬鈔本作『心』。

〔三〕祇，黃本作『秖』。

〔四〕道，吳寬鈔本及張溥本字下有『德』字。魯迅《嵇康集》校記云：『各本字奪。程本及《醫心方》有。』

〔五〕吳寬鈔本『之』下有『所』字。

〔六〕立，吳寬鈔本作『久』，其下夾注云：『一云木與蝎不並生。』魯迅《嵇康集》校記云：『原是正文，今定爲注。各本無。又，久作立，《醫心方》同。』

〔七〕厚，黃本和張溥本並作『後』。魯迅《嵇康集》校記云：『各本訛後。』

〔八〕肉，吳寬鈔本作『色』。兹從黃本。

〔九〕害，吳寬鈔本作『凶』。兹從黃本。

〔一〇〕利，吳寬鈔本作『吉』。兹從黃本。

〔一一〕吳寬鈔本『遂生』之下有『養一示蓋』四字，連讀則語意不通。故魯迅《嵇康集》校記云：『疑當作不盡。各本無上四字，舊校亦删。』

〔一二〕益，吳寬鈔本作『養』。兹從黃本。

〔一三〕吴寬鈔本『智』下有『静』字。

〔一四〕吴寬鈔本『欲』下有缺字。魯迅《嵇康集》校記云：『各本字奪。案，當是動字。原鈔爲舊校所滅，不可辨。』按，黄本、張溥本上句作『疾智而輕身』，下句作『勤欲而賤生』，對仗甚工，故下句不應有缺字。吴寬鈔本上句多出一『静』字，故魯迅疑下句所缺爲『動』字。非是。此從黄本。

〔一五〕四海，吴寬鈔本作『天下也』。兹從黄本。

〔一六〕民，吴寬鈔本作『富』。兹從黄本。

〔一七〕尊，吴寬鈔本作『遵』。兹從黄本。

〔一八〕而，吴寬鈔本作『猶』。兹從黄本。

〔一九〕魯迅校正吴寬鈔本塗去『令』下『其力争』三字。其校記云：『各本令下有其力争三字，舊校亦加。案，不争不可令，與下中庸不可得爲對文，無者爲是。』按，依魯迅所云，則此段應爲：『且抑使由其道，而不争不可令，故許其心競；中庸不可得，故與其狂狷。』此解亦通。

〔二〇〕吴寬鈔本『俗』下有之字，各本無。

〔二一〕聖人，吴寬鈔本作『至人』。兹從黄本。

〔二二〕吴寬鈔本『衣』後無『之』字，而『身』後有『也』字。

〔二三〕子，吴寬鈔本作『人』。兹從黄本。

〔二四〕終，吴寬鈔本作『中』，『心』後有『也』字。

〔二五〕者，吴寬鈔本無。兹從黄本。

〔二六〕在，吳寬鈔本作『患』。又，吳寬鈔本『多』下有『犯』字，黄本和張溥本無。
〔二七〕仕，吳寬鈔本作『任』。兹從黄本。
〔二八〕遌，魯迅《嵇康集》校記云：『原作「選」，程本作「逆」。今依他本及舊校改。』
〔二九〕瘤，魯迅《嵇康集》校記云：『舊校作疏。』
〔三〇〕莫，黄本、張溥本作『豈』。魯迅《嵇康集》校記云：『各本訛豈。』按，各本作『豈』，語意亦通。
〔三一〕止，黄本和張溥本作『上』。魯迅《嵇康集》校記云：『各本訛上。』
〔三二〕室，《喻林》卷十五引作『食』，係誤。
〔三三〕知，《喻林》卷十五引作『止』。
〔三四〕不，吳寬鈔本作『未』。兹從黄本。
〔三五〕向，吳寬鈔本無。據黄本補。
〔三六〕能，吳寬鈔本作『得』。兹從黄本。
〔三七〕耳，吳寬鈔本作『也』。兹從黄本。
〔三八〕又，吳寬鈔本作『及』。兹從黄本。
〔三九〕吳寬鈔本『情』下有『故』字。
〔四〇〕吳寬鈔本『禁』下有『交』字，作『禮禁交，雖小不犯。』魯迅《嵇康集》校記云：『原訛文，今正。各本奪，舊校亦删。』
〔四一〕吳寬鈔本『讎』下有『賒』字，作『身讎賒，雖大不棄。』魯迅《嵇康集》校記云：『各本字奪，舊校亦删。』兹從黄本。

〔四二〕張溥本無句首之『故』字。吴寬鈔本『終』下有『故』字，當係衍文。

〔四三〕黄本、張溥本『節』下無『者』字。兹從吴寬鈔本。

〔四四〕稱，吴寬鈔本作『溝』。魯迅《嵇康集》校記云：『當作構，各本訛稱。』按，作『稱』亦通。兹從黄本和張溥本。

〔四五〕奪，黄本、張溥本皆作『奮』。魯迅《嵇康集》校記云：『各本訛奮。』按，『奮』與『奪』雖然形近，有形訛之可能，但黄本和張溥本作『奮』字，亦可通。

〔四六〕身，吴寬鈔本作『行』。兹從黄本。

〔四七〕『然』下『松柏之生，各以良殖遂性。若養松於灰壤』十六字，黄本和張溥本皆無。無此十六字，則上下語意不連貫。兹據吴寬鈔本補。

〔四八〕吴寬鈔本『鼓』下有『其内』二字，作『豈非鼓其内琴和其心哉』，語意不通，『其内』二字當係衍文。

〔四九〕《太平御覽》卷八百二十五引，『十』下有『餘』字，而無句尾之『餘』字，作『寒蠶三十餘日』。

〔五〇〕吴寬鈔本句首有『思』字，當係衍文。

〔五一〕斃，吴寬鈔本作『弊』。魯迅《嵇康集》校記云：『各本作斃，舊校同。案，當作敝。』按，前爲『雕』，後當爲『敝』。從前後互文的角度看，魯迅所言甚是。然作『斃』亦通，故從張溥本。

〔五二〕夭閼，吴寬鈔本作『天故』，且其下無『也』字。

〔五三〕者，黄本和張溥本皆無，據吴寬鈔本補。

〔五四〕至，黄本和張溥本皆無，據吴寬鈔本補。

〔五五〕所，吴寬鈔本無。據黄本補。
〔五六〕比，黄本空一格，作闕字。吴寬鈔本無空格，與下文相連接。張溥本作『比』字。魯迅《嵇康集》『猶』下校記云：『各本猶下空一格。』又，魯迅《嵇康集》『篤』下校記云：『原作篤，從各本及舊校改。』
〔五七〕豈云，吴寬鈔本無。據黄本補。
〔五八〕吴寬鈔本句首有『豈』字。
〔五九〕藴，吴寬鈔本作『荇』。兹從黄本。
〔六〇〕仗，吴寬鈔本作『杖』。永，吴寬鈔本作『掖』。兹從黄本。
〔六一〕若，吴寬鈔本作『如』。兹從黄本。
〔六二〕玄，吴寬鈔本作『賢』。兹從黄本。
〔六三〕露，黄本作『霞』，當係形誤。
〔六四〕春，黄本、張溥本作『肴』。吴寬鈔本作『春』。魯迅《嵇康集》校記云：『各本訛肴。』聯繫下文，當以『春』字爲是，兹從吴寬鈔本。
〔六五〕有，魯迅《嵇康集》校記云：『案，當作皆。』聯繫下文『未聞鼎食有白年之賓』句，當以『有』爲是。
〔六六〕性，吴寬鈔本作『悦』。兹從黄本。
〔六七〕瘡，吴寬鈔本作『創』。兹從黄本。
〔六八〕此句黄本『則』下有闕字，『芬』作『芃』，『粱』作『梁』，且無『稻』字。兹據吴寬鈔本作『則rv菊芬粱稻。』

〔六九〕腐，吴寬鈔本作『處』。兹從黄本。

〔七〇〕竭，吴寬鈔本作『獨』。魯迅《嵇康集》校記云：『原作獨，或濁之訛。今依各本及舊校改。』

〔七一〕金，吴寬鈔本作『留』。兹從黄本。

〔七二〕奇，吴寬鈔本作『其』。兹從黄本。

〔七三〕然，黄本和《喻林》卷一百二十引皆作『能』。

〔七四〕松，李善注《文選》卷二十一郭璞《遊仙詩》『翡翠戲蘭苕』一詩『駕鴻乘紫烟』句下注引作『柏』，其詩云：『偓佺以柏實方目，赤松以水玉乘烟。』

〔七五〕遐，張溥本作『霞』。兹從黄本。

〔七六〕變通，吴寬鈔本作『通變』。

〔七七〕無聊，吴寬鈔本作『聊聊』。

〔七八〕者，吴寬鈔本無。據黄本補。

〔七九〕降，張溥本作『隆』。兹從黄本。

〔八〇〕城，黄本和張溥本皆作『成』。

〔八一〕也，黄本和張溥本無。兹據吴寬鈔本補。

〔八二〕欲，吴寬鈔本作『願』。兹從黄本。

〔八三〕臭，吴寬鈔本作『敗』，非是。此接上文『入身臭腐』而來，故應爲『臭』。

〔八四〕耶，黄本、張溥本同。吴寬鈔本作『邪』。下同，不再出校。

〔八五〕悦，吴寬鈔本作「説」。兹從黄本。
〔八六〕吴寬鈔本句首有「若」字，黄本和張溥本無。
〔八七〕順，吴寬鈔本作「被」。然，吴寬鈔本作「言」，係誤。
〔八八〕得，吴寬鈔本作「樂」。兹從黄本。
〔八九〕任，吴寬鈔本作「因」。兹從黄本。
〔九〇〕神虚精散，黄本和張溥本皆作「神慮轉發」，吴寬鈔本作「神虚精散」。按，此四字文獻所引迥異，《太平御覽》卷七百二十引作「神虚精散」，《雲笈七籤》卷三十五引作「神慮精散」，宋葉廷珪《海録碎事》卷九下引作「神浮精散」，明高濂《遵生八牋》卷一引作「神蕩精散」。魯迅校記云：「各本作神慮轉發，舊校同。尤袤本《文選》注引作神慮消散。唐本選注及《御覽》七百二十引皆與唐鈔合。尤本《文選》及各本蓋並誤。」
〔九一〕「不能不回其操，不夭其年也」二句，各本同，文獻徵引則迥異，《太平御覽》卷七百二十引作「不能不夭其年也」，無「不回其操」四字；《雲笈七籤》卷三十五引作「不能回其操，不免大其年」；《遵生八牋》卷一引作「不能挽其夭且病也」。
〔九二〕濟，《太平御覽》卷七百二十引作「深」，《遵生八牋》卷一引作「躋」。
〔九三〕喜，《遵生八牋》卷一引作「生」。有，《太平御覽》卷七百二十引作「自」。福，《雲笈七籤》卷三十五引作「神」，《遵生八牋》卷一引同。
〔九四〕「所效」二字，吴寬鈔本作「都所」。按，此句《太平御覽》卷七百二十引作「此養生大理所歸也」，《雲笈七籤》卷三十五引作「此亦養生之大經也」，與各本不同。

〔九五〕人，黃本作『仁』。

〔九六〕者，吳寬鈔本作『哉』。兹從黃本。

〔九七〕自，吳寬鈔本作『言』。兹從黃本。

〔九八〕齯，吳寬鈔本作『不』，或誤。者，黃本和張溥本皆作『耆年』。

〔九九〕吳寬鈔本『而』下有『不』字。魯迅《嵇康集》校記云：『原鈔而下有不字，各本無，舊校亦删。案，不或非衍，則其下當有奪文。』

〔一〇〇〕有老可郤，吳寬鈔本作『有生可郤』。兹從黃本。

〔一〇一〕有年可延，吳寬鈔本作『可存可延』。兹從黃本。

〔一〇二〕若，黃本作『苦』，張溥本作『皆』。兹從吳寬鈔本。

〔一〇三〕致斃，吳寬鈔本作『忘外』。兹從黃本。

聲無哀樂論

有秦客問于東野主人曰：『聞之前論曰：「治世之音安以樂，亡國之音哀以思。」夫治亂在政，而音聲應之；故哀思之情，表於金石；安樂之象，形於管弦也。又仲尼聞《韶》，識虞舜之德；季札聽弦，知衆國之風〔一〕。斯已然之事，先賢所不疑也。今子獨以爲聲無哀樂，其理何居？若有嘉訊，今請聞其説〔二〕。』

主人應之曰：『斯義久滯，莫肯拯救，故令歷世濫於名實〔三〕。今蒙啓導，將言其一隅焉。夫天地合德，萬物資生〔四〕，寒暑代往，五行以成。故章爲五色〔五〕，發爲五音；音聲之作，其猶臭味在于天地之間。

其善與不善，雖遭遇濁亂〔六〕，其體自若而不變也〔七〕。豈以愛憎易操、哀樂改度哉？及宮商集比〔八〕，聲音克諧，此人心至願，情欲之所鍾。故人知情不可恣，欲不可極，故因其所用，每爲之節，使哀不至傷，樂不至淫。因事與名物有其號，哭謂之哀，歌謂之樂〔九〕，斯其大較也。然樂云樂云，鐘鼓云乎哉？哀云哀云，哭泣云乎哉？因兹而言，玉帛非禮敬之實，歌舞非悲哀之主也〔一〇〕。何以明之？夫殊方異俗，歌哭不同。使錯而用之，或聞哭而歡，或聽歌而戚〔一一〕，然而哀樂之情均也〔一二〕。今用均同之情，而發萬殊之聲，斯非音聲之無常哉？然聲音和比，感人之最深者也。勞者歌其事，樂者舞其功。夫内有悲痛之心，則激切哀言〔一三〕。言比成詩，聲比成音。雜而咏之，聚而聽之，心動於和聲，情感於苦言。嗟歎未絶，而泣涕流漣矣。夫哀心藏於内〔一四〕，遇和聲而後發。和聲無象，而哀心有主。夫以有主之哀心，因乎無象之和聲〔一五〕，其所覺悟，唯哀而已。豈復知「吹萬不同，而使其自已」哉？風俗之流，遂成其政，是故國史明政教之得失。審國風之盛衰，吟咏情性以諷其上，故曰「亡國之音哀以思」也。夫喜、怒、哀、樂、愛、憎、慚、懼，凡此八者，生民所以接物傳情，區别有屬，而不可溢者也。夫味以甘苦爲稱，今以甲賢而心愛，以乙愚而情憎，則愛憎宜屬我，而賢愚宜屬彼也。可以我愛而謂之愛人，我憎而謂之憎人〔一六〕，所喜則謂之喜味，所怒而謂之怒味哉？由此言之，則外内殊用〔一七〕，彼我異名。聲音自當以善惡爲主〔一八〕，則無關於哀樂；哀樂自當以情感〔一九〕，則無係於聲音。名實俱去，則盡然可見矣。且季子在魯，采《詩》觀禮，以别風雅，豈徒任聲以決臧否哉？又仲尼聞《韶》，歎其一致，是以諮嗟，何必因聲以知虞舜之德，然後歎美耶？今粗明其一端，亦可思過半矣。』

秦客難曰：『八方異俗，歌哭萬殊，然其哀樂之情，不得不見也。夫心動於中，而聲出於心。雖託之於他音，寄之於餘聲，善聽察者，要自覺之，不使得過也。昔伯牙理琴，而鍾子知其所志〔二〇〕；隸人擊磬，而子産識其心哀；魯人晨哭，而顔淵審其生離〔二一〕。夫數子者，豈復假智於常音，借驗於曲度哉？心戚者則形爲之動，情悲者則聲爲之哀。此自然相應，不可得逃，唯神明者能精之耳。夫能者不以聲衆爲難，不能者不以聲寡爲易。今不可以未遇善聽，而謂之聲無可察之理；見方俗之多變，而謂聲音無哀樂也。』

又云：『賢不宜言愛，愚不宜言憎。然則有賢然後愛生，有愚然後憎成〔二二〕，但不當共其名耳〔二三〕。哀樂之作，亦有由而然。此爲聲使我哀，音使我樂也。苟哀樂由聲，更爲有實，何得名實俱去耶？』

又云：『「季子採《詩》觀禮〔二四〕，以别風雅；仲尼嘆《韶》音之一致，是以諮嗟。」是何言歟？且師襄奏操〔二五〕，而仲尼睹文王之容；師涓進曲，而子野識亡國之音。寧復講《詩》而後下言，習禮然後立評哉？斯皆神妙獨見，不待留聞積日，而已綜其吉凶矣〔二六〕。是以前史以爲美談。今子以區區之近知，齊所見而爲限，無乃誣前賢之識微，負夫子之妙察耶？』

主人答曰：『難云「雖歌哭萬殊，善聽察者，要自覺之，不假智於常音，不借驗於曲度，鍾子之徒云云是也」。此爲心哀者雖談笑鼓舞〔二七〕，情歡者雖拊膺諮嗟，猶不能御外形以自匿，誑察者於疑似也。以爲就令聲音之無常〔二八〕，猶謂當有哀樂耳。又曰：「季子聽聲，以知衆國之風；師襄奏操〔二九〕，而仲尼睹文王之容。」案如所云，此爲文王之功德，與風俗之盛衰，皆可象之於聲音。聲之輕重，可移於後世；襄涓之巧，能得之於將來〔三〇〕。若然者，三皇五帝可不絶於今日，何獨數事哉？若此果然也，則文王之操有常度，《韶》、《武》之音有定數，不可雜以他變，操以餘聲也。則向所謂聲音之無常，鍾子之觸類，於是乎躓矣。若音聲無常，鍾子觸類〔三一〕，其果然耶？則仲尼之識微，季札之善聽，固亦誣矣。此皆俗儒妄記，欲神其事而追爲耳，欲令天下惑聲音之道，不言理自盡此。而惟使神妙難知〔三二〕，恨不遇奇聽於當時，慕古人而自嘆〔三三〕，斯所以大罔後生也〔三四〕。夫推類辨物，當先求之自然之理；理已定〔三五〕，然後借古義以明之耳。

今未得之於心，而多恃前言以爲談證，自此以往，恐巧歷不能紀耳〔三六〕。又難云：「哀樂之作，猶愛憎之由賢愚。此爲聲使我哀，而音使我樂；苟哀樂由聲，更爲有實矣。」夫五色有好醜，五聲有善惡，此物之自然也。至於愛與不愛，喜與不喜〔三七〕，人情之變，統物之理，唯止於此；然皆無豫於内，待物而成耳。至夫哀樂自以事會，先遘於心，但因和聲以自顯發。故前論已明其無常，今復假此談以正名號耳。不謂哀樂發於聲音，如愛憎之生於賢愚也。然和聲之感人心，亦猶酒醴之發人情也〔三八〕。酒以甘苦爲主，而醉者以喜怒爲用。其見歡戚爲聲發，而謂聲有哀樂，猶不可見喜怒爲酒使〔三九〕，而謂酒有喜怒之理也。』

秦客難曰：『夫觀氣採色，天下之通用也。心變於内，而色應於外，較然可見，故吾子不疑。夫聲音，氣之激者也。心應感而動，聲從變而發。心有盛衰，聲亦降殺〔四〇〕。同見役於一身，何獨於聲使當疑耶！夫喜怒章於色診〔四一〕，哀樂亦宜形於聲音。聲音自當有哀樂，但闇者不能識之。至鍾子之徒，雖遭無常之聲，則穎然獨見矣。今矇瞽面墻而不悟，離婁照秋毫於百尋。以此言之，則明闇殊能矣。不可守咫尺之度，而疑離婁之察；執中庸之聽，而猜鍾子之聰。皆謂古人爲妄記也。』

主人答曰：『難云：「心應感而動，聲從變而發，心有盛衰，聲亦降殺〔四二〕。哀樂之情，必形于聲音，鍾子之徒，雖遭無常之聲，則穎然獨見矣。」必若所言，則濁質之飽，首陽之飢，卞和之寃〔四三〕，伯奇之悲，相如之含怒，不瞻之怖祇〔四四〕，千變百態，使各發一咏之歌，同啓數彈之微，則鍾子之徒，各審其情矣。爾爲聽聲者，不以寡衆易思；察情者，不以大小爲異。同出一身者，期於識之也〔四五〕。設使從下出〔四六〕，則子野之徒，亦當復操律鳴管，以考其音，知南風之盛衰，別雅、鄭之淫正也！大食辛之與甚噱，熏目之與哀泣，同用出泪，使狄牙嘗之，必不言樂泪甜而哀泪苦，斯可知矣。何者？肌液肉汗，蹴笮便出，無主于哀樂。猶簁酒之囊漉，雖笮具不同，而酒味不變也。聲俱一體之所出，何獨當含哀樂之理耶？且夫《咸池》、

《六莖》、《大章》、《韶夏》，此先王之至樂，所以動天地、感鬼神者也〔四七〕。今必云聲音莫不象其體而傳其心，此必爲至樂不可托之於瞽史，必須聖人理其弦管，爾乃雅音得全也。舜命夔擊石拊石，八音克諧，神人以和。以此言之，至樂雖待聖人而作，不必聖人自執也。何者？音聲有自然之和，而無係於人情。克諧之音，成於金石；至和之聲，得於管弦也。夫纖毫自有形可察，故離瞽以明闇異功耳。若以水濟水，孰異之哉？』

秦客難曰：『雖衆喻有隱，足招攻難，然其大理當有所就。若葛盧聞牛鳴，知其三子爲犧〔四八〕；師曠吹律，知南風不競，楚師必敗；羊舌母聽聞兒啼，而審其喪家〔四九〕。凡此數事，皆效於上世，是以咸見録載。推此而言，則盛衰吉凶，莫不存乎聲音矣。今若復謂之誣罔，則前言往記，皆爲棄物，無用之也。以言通論，未之或安。若能明斯所以〔五〇〕，顯其所由，設二論俱濟，願重聞之。』

主人答曰：『吾謂能反三隅者，得意而忘言〔五一〕，是以前論略而未詳。今復煩循環之難〔五二〕，敢不自一竭邪？夫魯牛能知犧歷之喪生，哀三子之不存〔五三〕，含悲經年，訴怨葛盧。此爲心與人同，異于獸形耳。此又吾之所疑也。且牛非人類，無道相通，若謂鳥獸皆能有言〔五四〕，葛盧受性獨曉之，此爲稱其語而論其事〔五五〕，猶傳譯異言耳〔五六〕，不爲考聲音而知其情，則非所以爲難也。若謂知者爲當，觸物而達〔五七〕，無所不知，今且先議其所易者。請問：聖人卒入胡域，當知其所言否乎〔五八〕？難者必曰知之。知之之理何以明之？願借子之難，以立鑒識之域〔五九〕。或當與關接識其言耶？將吹律鳴管校其音耶？觀氣採色和其心耶？此爲知心自由氣色，雖自不言，猶將知之，知之之道，可不待言也。若吹律校音以知其心，假令心志於馬而誤言鹿，察者固當由鹿以知馬也〔六〇〕。此爲心不係於所言，言或不足以證心也。若當關接而知言，此爲孺子學言於所師，然後知之，則何貴於聰明哉？夫言，非自然一定之物，五方殊俗，同事異號，舉一名以爲標識耳〔六一〕。夫聖人窮理，謂自然可尋，無微不照。苟無微不照〔六二〕，理蔽則雖近不見〔六三〕，故異域之言，不得强通。推此以往，葛盧之不知牛鳴，得不全乎〔六四〕？又難云：「師曠吹律，知南風不競，楚多死聲。」此又吾之所疑也。請問：師曠吹律之時，楚國之風耶則相去千里，聲不足達，若正識楚風來入律中耶〔六五〕？則楚南有吴、越，北有梁、宋，苟不見其原，奚以識之哉？凡陰陽憤激，然後成風。氣之相感，觸地而發。何得發楚庭，來入晋乎？且又律吕分四時之氣耳，時至而氣動，律應而灰移，皆自然相待，不假人以爲用也。上生下生，所以均五聲之和，叙剛柔之分也。然律有一定之聲，雖冬吹中吕，其音自滿而無損也。今以晋人之氣，吹無韻之律〔六六〕，楚風安得來入其中，與爲盈縮耶？風無形，聲與律不通，則校理之地，無取于風，律不其然乎？豈獨師曠多識博物〔六七〕，自有以知勝敗之形，欲固衆心，而託以神微，若伯常騫之許景公壽哉？又難云：「羊舌母聽聞兒啼，而審其喪家。」復請問：何由知之？爲神心獨悟闇語而當耶？嘗聞兒啼若此，其大而惡。今之啼聲似昔之啼聲也〔六八〕，故知其喪家耶？若神心獨悟闇語之當，非理之所得也。雖曰聽啼，無取驗於兒聲矣。若以嘗聞之聲爲惡，故知今啼當惡，此爲以甲聲爲度，以校乙之啼也。夫聲之於音，猶形之於心也。有形同而情乖，貌殊而心均者。何以明之？聖人齊心等德，而形狀不同也。苟心同而形異，則何言乎觀形而知心哉？且口之激氣爲聲，何異於籟籥納氣而鳴耶？啼聲之善惡，不由兒口吉凶，猶琴瑟之清濁，不在操者之工拙也。心能辨理善談〔六九〕，而不能令籟籥調利，猶瞽者能善其曲度，而不能令器必清和也。器不假妙瞽而良，籥不因慧心而調〔七〇〕。然則心之與聲，明爲二物。二物之誠然〔七一〕，則求情者不留觀於形貌，揆心者不借聽於聲音也。察者欲因聲以知心，不亦外乎？今晋母未得之於考試〔七二〕，而專信昨日之聲，以證今日之啼，豈不誤中於前世，好奇者從而稱之哉？』

秦客難曰：『吾聞敗者不羞走，所以全也。吾心未厭〔七三〕，而言於難〔七四〕，復更從其餘。今平和之人，聽箏笛琵琶〔七五〕，則形躁而志越；聞琴瑟之音，則聽静而心閑。同一器之中，曲用每殊，則情隨之變：奏秦聲則嘆羡而慷慨，理齊楚則情一而思專，肆姣弄則歡放而欲愜。心爲聲變，若此其衆。苟躁静由聲，則何爲限其哀樂，而但云至和之聲，無所不感，託大同於聲音，歸衆變於人情？得無知彼不明此哉？』

主人答曰：『難云：「琵琶箏笛，令人躁越。」又云：「曲用每殊，而情隨之變。」此誠所以使人常感也〔七六〕。琵琶箏笛，間促而聲高，變衆而節數，以高聲御數節，故使形躁而志越〔七七〕。猶鈴鐸警耳，而鐘鼓駭心〔七八〕，故「聞鼓鼙之音，則思將帥之臣〔七九〕」。蓋以聲音有大小，故動人有猛静也。琴瑟之體，間遼而音埤〔八〇〕，變希而聲清，以埤音御希變，不虚心静聽，則不盡清和之極，是以聽静而心閑也。夫曲用不同〔八一〕，亦猶殊器之音耳。齊楚之曲，多重故情一，變妙故思專。姣弄之音，挹衆聲之美，會五音之和，其體贍而用博，故心役于衆理；五音會，故歡放而欲愜。然皆以單、復、高、埤、善、惡爲體，而人情以躁、静、專、散爲應。譬猶遊觀于都肆，則目濫而情放；留察于曲度，則思静而容端〔八二〕。此爲聲音之體，盡於舒疾。情之應聲，亦止於躁静耳〔八三〕。夫曲用每殊，而情之處變，猶滋味異美，而口輒識之也。五味萬殊，而大同於美；曲變雖衆，亦大同於和。美有甘，和有樂。然隨曲之情盡於和域，應美之口絶於甘境，安得哀樂於其間哉？然人情不同，自師所解〔八四〕，則發其所懷。若言平和，哀樂正等，則無所先發，故終得躁静。若有所發，則是有主於内，不爲平和也。以此言之，躁静者聲之功也，哀樂者情之主也。不可見聲有躁静之應，因謂哀樂者皆由聲音也。且聲音雖有猛静，猛静各有一和〔八五〕，和之所感，莫不自發。何以明之？夫會賓盈堂，酒酣奏琴，或忻然而歡，或慘爾而泣，非進哀於彼，導樂於此也。其音無變於昔，而歡戚並用，斯非「吹萬不同」耶？夫唯無主於喜怒，亦應無主於哀樂〔八六〕，故歡戚俱見。若資偏固之音〔八七〕，含一致之聲，其所發明，各當其分，則焉能兼御群理，總發衆情耶？由是言之，聲音以平和爲體，而感物無常；

心志以所俟爲主，應感而發。然則聲之與心，殊塗異軌，不相經緯，焉得染太和於歡戚，綴虚名於哀樂哉？』

秦客難曰：『論云：「猛静之音，各有一和。和之所感，莫不自發，是以酒酣奏琴，而歡戚並用。」此言偏並之情先積於内[八八]，故懷歡者值哀音而發，内戚者遇樂聲而感也。夫音聲自當有一定之哀樂，但聲化遲緩，不可倉卒，不能對易。偏重之情，觸物而作，故令哀樂同時而應耳。雖二情俱見，則何損於聲音有定理耶？』

主人答曰：『難云：「哀樂自有定聲，但偏重之情，不可卒移，故懷戚者遇樂聲而哀耳。」即如所言，聲有定分。假使《鹿鳴》重奏，是樂聲也。而令戚者遇之，雖聲化遲緩，但當不能使變令歡耳[八九]，何得更以哀耶？猶一爝之火，雖未能温一室，不宜復增其寒矣。夫火非隆寒之物，樂非增哀之具也。理弦高堂而歡戚並用者，直至和之發滯導情[九〇]，故令外物所感得自盡耳。難云：「偏重之情，觸物而作，故令哀樂同時而應耳。」夫言哀者，或見几杖而泣，或睹輿服而悲，徒以感人亡而物存，痛事顯而形潛，其所以會之，皆自有由，不爲觸地而生哀，當席而泪出也。今見几杖以致感[九一]，聽和聲而流涕者，斯非和之所感，莫不自發也。』

秦客難曰：『論云：「酒酣奏琴，而歡戚並用。」欲通此言，故答以偏情感物而發耳。今日隱心而言，明之以成效。夫人心不歡則戚，不戚則歡，此情志之大域也。然泣是戚之傷，笑是歡之用[九二]。蓋聞齊楚之曲者，唯睹其哀涕之容，而未曾見笑噱之貌。此必齊楚之曲，以哀爲體。故其所感，皆應其度量[九三]。豈徒以多重而少變，則致情一而思專耶[九四]？若誠能致泣，則聲音之有哀樂，斷可知矣。』

主人答曰：『雖人情感於哀樂，哀樂各有多少[九五]。又哀樂之極，不必同致也。夫小哀容壞，甚悲而泣，哀之方也；小歡顏悅，至樂心愉〔九六〕，樂之理也。何以言之〔九七〕？夫至親安豫，則恬若自然所自得也〔九八〕。及在危急，僅然後濟，則抃不及舞。由此言之，舞之不若向之自得，豈不然哉？至夫笑噱雖出於歡情，然自以理成，又非自然應聲之具也〔九九〕。此爲樂之應聲，以自得爲主；哀之應感，以垂涕爲故。垂涕則形動而可覺，自得則神合而無憂〔一〇〇〕，是以觀其異而不識其同，別其外而未察其內耳。然笑噱之不顯於聲音，豈獨齊楚之曲耶？今不求樂於自得之域，而以無笑噱謂齊楚體哀，豈不知哀而不識樂乎？』

秦客問曰：『仲尼有言：「移風易俗，莫善于樂。」即如所論，凡百哀樂，皆不在聲，則移風易俗，果以何物耶？又古人慎靡靡之風，抑慆耳之聲〔一〇一〕，故曰：「放鄭聲，遠佞人。」然則鄭衛之音擊鳴球以協神人，敢問鄭雅之體，隆弊所極，風俗稱易，奚由而濟？願重聞之〔一〇二〕，以悟所疑。』

主人應之曰：『夫言移風易俗者，必承衰弊之後也〔一〇三〕。古之王者，承天理物，必崇簡易之教，御無爲之治。君靜於上，臣順於下，玄化潛通，天人交泰。枯槁之類，浸育靈液〔一〇四〕。六合之內，沐浴鴻流。蕩滌塵垢，群生安逸。自求多福，默然從道，懷忠抱義，而不覺其所以然也。和心足於內，和氣見於外，故歌以叙志，舞以宣情。然後文之以采章，照之以風雅，播之以八音，感之以太和，導其神氣，養而就之。迎其情性〔一〇五〕，致而明之，使心與理相順，氣與聲相應〔一〇六〕，合乎會通，以濟其美。故凱樂之情，見於金石，含弘光大，顯於音聲也。若以往則萬國同風，芳榮濟茂，馥如秋蘭，不期而信，不謀而成〔一〇七〕，穆然相愛，猶舒錦彩〔一〇八〕，而粲炳可觀也。大道之隆，莫盛於兹，太平之業，莫顯於此。故曰「移風易俗，莫善於樂」。樂之爲體〔一〇九〕，以心爲主。故無聲之樂，民之父母也。至八音會諧，人之所悅，亦總謂之樂。然風俗移易，本不在此也〔一一〇〕。夫音聲和比，人情所不能已者也。是以古人知情之不可放〔一一一〕，故抑其所遁；知欲之不可絶〔一一二〕，故因其所自〔一一三〕，爲可奉之禮〔一一四〕，制可導之樂。口不盡味，樂不極音。揆終始之宜，度賢愚之中。爲之檢則，使遠近同風，用而不竭，亦所以結忠信，著不遷也。故鄉校庠塾亦隨之變〔一一五〕，絲竹與俎豆並存，羽毛與揖讓俱用，正言與和聲同發。使將聽是聲也，必聞此言；將觀是容也，必崇此禮。禮猶賓主升降，然後酬酢行焉。於是言語之節，聲音之度，揖讓之儀，動止之數，進退相須，共爲一體。君臣用之於朝，庶士用之於家。少而習之，長而不怠，心安志固，從善日遷。然後臨之以敬，持之以久而不變〔一一六〕，然後化成。此又先王用樂之意也。故朝宴聘享，嘉樂必存。是以國史採風俗之盛衰，寄之樂工，宣之管弦，使言之者無罪，聞之者足以自誡〔一一七〕。此又先王用樂之意也。若大鄭聲，是音聲之至妙。妙音感人，猶美色惑志。耽槃荒酒，易以喪業，自非至人，孰能御之？先王恐天下流而不反，故具其八音，不瀆其聲；絶其大和，不窮其變。捐窈窕之聲，使樂而不淫。猶大羹不和，不極芍藥之味也。若流俗淺近，則聲不足悅，又非所歡也。若上失其道，國喪其紀，男女奔隨，淫荒無度，則風以此變，俗以好成。尚其所志，則群能肆之，樂其所習，則何以誅之？託於和聲，配而長之，誠動於言，心感於和，風俗一成〔一一八〕，因而名之。然所名之聲，無中於淫邪也〔一一九〕。淫之與正同乎心，雅鄭之體，亦足以觀矣！』

【校記】

〔一〕知，吴寬鈔本作『識』。兹從黄本。

〔二〕今，吴寬鈔本無。據黄本補。

〔三〕令，各本作『念』。張溥本和《文章辨體彙選》卷四百七其下有注云：『或作令。』當以『令』爲是。

〔四〕資，各本作『貴』，吴寬鈔本作『資』。魯迅《嵇康集》校記云：『各本訛貴。』按，當以『資』爲是。

〔五〕故，吴寬鈔本無。魯迅《嵇康集》校記云：『各本成下有故字，舊校亦加。案，無者爲長。』

〔六〕遇，吴寬鈔本無。據黄本補。

〔七〕不，吴寬鈔本作『無』。兹從黄本。

〔八〕比，各本作『化』。魯迅《嵇康集》校記云：『各本訛化。』按，作『化』亦通，故仍之。

〔九〕按，『因事與名物……歌謂之樂』十六字各本無，兹據吴寬鈔本補。

〔一〇〕舞，魯迅《嵇康集》校記云：『字從舊校。案，當作哭。』按，魯迅所言是矣，下文『殊方異俗，歌哭不同』可證。

〔一一〕戚，各本作『感』。兹從吴寬鈔本。

〔一二〕而，吴寬鈔本作『其』。情，吴寬鈔本作『懷』，係誤，下文『今用均一之情』可證。

〔一三〕『則激切哀言』句，吴寬鈔本作『則激哀切之言』。

〔一四〕黄本『於』下有『苦心』二字。張溥本『於』下有『苦心之』三字，《經濟類編》卷四十六和《文章辨體彙選》卷四百七引同。兹從吴寬鈔本。

〔一五〕魯迅校正吴寬鈔本『聲』下有『而後發』三字，其校記云：『各本三字無，舊校亦删。案，而上當奪一字，删之甚非。』

〔一六〕而，吴寬鈔本作『則』。兹從黄本。

〔一七〕外内，張溥本作『内外』。兹從吴寬鈔本。

〔一八〕聲音，張溥本作『聲容』。兹從吴寬鈔本。

〔一九〕吴寬鈔本『情感』下有『而後發』三字。魯迅《嵇康集》校記云：『各本無此三字，舊校亦删。』

〔二〇〕志，吴寬鈔本作『至』。兹從黄本。
〔二一〕審，吴寬鈔本作『察』。兹從黄本。
〔二二〕成，吴寬鈔本作『起』。兹從黄本。
〔二三〕共其，吴寬鈔本作『其共』。魯迅《嵇康集》校記云：『各本二字倒。』
〔二四〕子，魯迅《嵇康集》作『札』，其校記云：『原作禮，因札訛礼，礼又爲禮而訛也。今正。各本作子。』按，吴寬鈔本『禮』皆作『禮』，而『礼』字則屬簡寫，以『札』爲『禮』之誤，缺少根據。魯迅校記有誤，當以『子』爲是。
〔二五〕奏，各本作『奉』。
〔二六〕綜，吴寬鈔本作『終』。魯迅《嵇康集》校記云：『原鈔作終，據各本及舊校改。』
〔二七〕哀，各本作『悲』。
〔二八〕『以爲就令』四字，吴寬鈔本作『爾爲已就』。
〔二九〕奏，各本作『奉』。
〔三〇〕此句句首吴寬鈔本有『又』字。魯迅《嵇康集》校記云：『各本字奪。』
〔三一〕『若音聲無常，鍾子觸類』二句，黄本作『若音聲無，鍾子觸類』，張溥本同，惟『音聲』作『聲音』。吴寬鈔本作『若音聲無常，鍾子觸類』，《經濟類編》卷四百十引同。魯迅《嵇康集》作『若音聲之無常，鍾子之觸類』，其校記云：『原鈔奪之字、常字，黄汪本同。據程、二張本加。』
〔三二〕惟，吴寬鈔本作『推』。兹從黄本。
〔三三〕自嘆，吴寬鈔本作『嘆息』。兹從黄本。

〔三四〕斯，各本無，據吴寬鈔本補。

〔三五〕定，吴寬鈔本作『足』。兹從黄本。

〔三六〕耳，各本無，據吴寬鈔本補。

〔三七〕此句各本無，兹據魯迅校正吴寬鈔本補。其『喜』下校記云：『原鈔下散字誤入下文物字下，今迻正。各本奪，舊校亦删。』

〔三八〕酒醴，吴寬鈔本作『醴酒』。兹從黄本。

〔三九〕猶，各本無，據吴寬鈔本補。

〔四〇〕降，張溥本作『隆』。兹從黄本。

〔四一〕色診，黄本作『顔色』。

〔四二〕聲，吴寬鈔本作『樂』。降，黄本和張溥本作『隆』。兹從吴寬鈔本。

〔四三〕卞，吴寬鈔本作『下』，或係魯迅抄寫之誤。

〔四四〕瞻，各本作『占』。

〔四五〕期，吴寬鈔本作『斯』。魯迅《嵇康集》校記云：『各本訛期。』

〔四六〕出，黄本和張溥本皆無。魯迅《嵇康集》校記云：『黄、汪、二張本奪，舊校亦删，程本有。』

〔四七〕者也，各本無，據吴寬鈔本補。

〔四八〕子，吴寬鈔本作『生』。兹從黄本。

〔四九〕審，吴寬鈔本作『知』。兹從黄本。

〔五〇〕斯，張溥本作『其』。

〔五一〕忘，黄本無，《經濟類編》卷四十六和《文章辨體彙選》卷四百七所引同。
〔五二〕循，吴寬鈔本作「尋」，係誤。
〔五三〕子，吴寬鈔本作「生」。兹從黄本。
〔五四〕烏，各本作『鳴』。言，黄本作『知』，吴寬鈔本闕，魯迅《嵇康集》校記云：『舊校滅其原字，改作禍。程本作知，他本闕。』
〔五五〕稱，吴寬鈔本作『解』。兹從黄本。
〔五六〕傳譯，各本作『譯傳』。
〔五七〕謂，吴寬鈔本作『爲』。兹從黄本。
〔五八〕否，吴寬鈔本作『不』。兹從黄本。
〔五九〕吴寬鈔本『域』下有『焉』字。
〔六〇〕知，各本作『弘』，係誤。
〔六一〕吴寬鈔本句首有『趣』字。標，黄本和張溥本作『摽』，《經濟類編》卷四十六和《文章辨體彙選》卷四百七所引則作『摽』。
〔六二〕此句各本無，據魯迅校正吴寬鈔本補。其校記云：『各本五字無，舊校亦删。』
〔六三〕蔽，魯迅《嵇康集》校記云：『原作數，據各本及舊校改。』
〔六四〕全，黄本和張溥本作『信』。《文章辨體彙選》卷四百七其下注云：『或作信。』
〔六五〕風，黄本和張溥本作『國』。
〔六六〕韻，魯迅《嵇康集》校記云：『案，當作損。』

〔六七〕獨，各本無。魯迅《嵇康集》校記云：『獨字當衍。』『多識博物』，吴寬鈔本作『博物多識』。
〔六八〕也，各本無，據吴寬鈔本補。
〔六九〕談，吴寬鈔本作『譚』。
〔七〇〕慧，《文章辨體彙選》卷四百七引作『惠』。
〔七一〕之，吴寬鈔本無。據黄本補。
〔七二〕考試，各本作『老成』。於，《經濟類編》卷四十六引作『未』。
〔七三〕吴寬鈔本句首有『今』字。
〔七四〕於，各本無，據吴寬鈔本補。按，此前兩句，各本缺二字，故可爲一句，即『吾心未厭而言難』。
〔七五〕琵琶，吴寬鈔本作『批把』，下同。
〔七六〕誠，各本作『情』。據吴寬鈔本改。
〔七七〕使，各本作『更』。魯迅《嵇康集》校記云：『各本訛更。』
〔七八〕而，各本無，據吴寬鈔本補。
〔七九〕則，各本無，據吴寬鈔本補。
〔八〇〕間，黄本和張溥本作『聞』，訛。《四庫全書考證》卷九十五《嵇中散集·聲無哀樂論》校記云：『「琴瑟之體，間遼而音埤」，刊本「間」訛「聞」。』
〔八一〕用，各本同，吴寬鈔本作『度』。
〔八二〕『專、散爲應……則思静』二十五字，各本無，兹據吴寬鈔本補。
〔八三〕於，張溥本作『以』。

〔八四〕『人情不同，自師所解』二句，吴寬鈔本作『人情不自同，各師所解』。
〔八五〕猛静，吴寬鈔本無。魯迅《嵇康集》校記云：『黄、汪、二張本重有猛静字，舊校亦加。程本無。』
〔八六〕亦應，吴寬鈔本原作『未應』，各本無。兹從魯迅校正本。
〔八七〕偏，各本同，吴寬鈔本作『不』。
〔八八〕並，魯迅《嵇康集》校記云：『案，當作重。』按，下文復言『偏重之情』，故魯迅校記甚是。
〔八九〕使，各本同，吴寬鈔本作『便』，或係抄寫之誤。
〔九〇〕直至，各本作『真主』，係誤。據吴寬鈔本改。
〔九一〕見，各本同，吴寬鈔本作『無』。
〔九二〕此句吴寬鈔本句尾有『也』字。
〔九三〕吴寬鈔本無『量』字。據黄本補。
〔九四〕情，各本同，吴寬鈔本作『精』。一，各本同，吴寬鈔本作『壹』。
〔九五〕少，張溥本作『人』。《四庫全書考證》卷九十六嵇康《聲無哀樂論》校記云：『哀樂各有多少，刊本「少」訛「人」。』
〔九六〕心愉，各本同，吴寬鈔本作『而笑』。
〔九七〕言，各本作『明』。據吴寬鈔本改。
〔九八〕『則恬若自然所自得也』句，吴寬鈔本作『則恬然自若所猖狂也』。
〔九九〕『然自以理成，又非』七字，各本無，據吴寬鈔本補。

〔一〇〇〕憂，各本同，吴寬鈔本作『變』。
〔一〇一〕慆，各本同，吴寬鈔本作『滔』。
〔一〇二〕願，各本作『幸』。據吴寬鈔本改。
〔一〇三〕衰，張溥本作『哀』，以形近而訛。《四庫全書考證》卷九十六嵇康《聲無哀樂論》校記云：『「夫言移風易俗者，必承衰弊之後也」，刊本「衰」訛「哀」，並據汪士賢校本改。』
〔一〇四〕浸，黄本作『没』。
〔一〇五〕情性，張溥本作『性情』。
〔一〇六〕氣，各本作『和』。據吴寬鈔本改。
〔一〇七〕成，黄本作『誠』，《經濟類編》卷四十六、《文章辨體彙選》卷四百七引同。
〔一〇八〕魯迅校正吴寬鈔本『彩』前有『布』字，各本無。其《嵇康集》校記云：『各本彩上奪布字，布下衍而字。舊校依改，非。』
〔一〇九〕吴寬鈔本句首有『然』字，各本無。兹據黄本改。
〔一一〇〕本，各本無。兹據吴寬鈔本補。
〔一一一〕之，吴寬鈔本無。兹據黄本補。
〔一一二〕之，吴寬鈔本無。兹據黄本補。
〔一一三〕因其所自，吴寬鈔本作『以自爲致』。
〔一一四〕吴寬鈔本句首有『故』字。
〔一一五〕變，魯迅校正吴寬鈔本作『使』。

〔一一六〕魯迅校正吴寬鈔本『以』下校記云：『以下當奪一字。』按，魯迅所言甚是，或奪『恒』字。前句作『臨之以敬』，下句則應是『持之以□』，接下才是『久而不變』。由於有闕，故各本作『持之以久而不變』。

〔一一七〕自，吴寬鈔本無。兹據黄本補。

〔一一八〕一，吴寬鈔本作『壹』。兹從黄本。

〔一一九〕中，張溥本作『甚』，《經濟類編》卷四十六和《文章辨體彙選》卷四百七引同。

釋私論〔一〕

夫稱君子者，心無措乎是非〔二〕，而行不違乎道者也。何以言之？夫氣静神虚者，心不存於矜尚〔三〕；體亮心達者，情不繫於所欲。矜尚不存乎心，故能越名教而任自然；情不繫於所欲，故能審貴賤而通物情。物情順通，故大道無違。越名任心，故是非無措也。是故，言君子則以無措爲主〔四〕，以通物爲美；言小人則以匿情爲非，以違道爲闕。何者？匿情矜吝，小人之至惡；虚心無措，君子之篤行也。是以大道言「及吾無身，吾又何患〔五〕？」無以生爲貴者〔六〕，是賢於貴生也〔七〕。由斯而言，夫至人之用心，固不存有措矣〔八〕。是故伊尹不惜賢於殷湯〔九〕，故世濟而名顯；周旦不顧嫌而隱行〔一〇〕，故假攝而化隆；夷吾不匿情於齊桓〔一一〕，故國霸而主尊。其用心豈爲身而繫乎私哉！故《管子》曰〔一二〕：『君子行道〔一三〕，忘其爲身。』斯言是矣！君子之行賢也，不察於有度而後行也〔一四〕；任心無邪〔一五〕，不議於善而後正也〔一六〕；顯情無措，不論於是而後爲也。

是故傲然忘賢，而賢與度會；忽然任心，而心與善遇；儻然無措，而事與是俱也。故論公私者，雖云志道存善〔一七〕，心無凶邪〔一八〕，無所懷而不匿者，不可謂無私。雖欲之伐善，情之違道，無所抱而不顯者，不可謂不公。今執必公之理，以繩必公之情，使夫雖爲善者〔一九〕，不離於有私；雖欲之伐善，不陷於不公。重其名而貴其心，則是非之情不得不顯矣。是非必顯〔二〇〕，有善者無匿情之不是，有非者不加不公之大非。無不是則善莫不得，無大非則莫過其非，乃所以救其非也。非徒盡善，亦所以厲不善也。夫善以盡善，非以救非，而況乎以是非之至者？故善之與不善，物之至者也。若處二物之間，所往者必以公成而私敗。同用一器，而有成有敗。

夫公私者，成敗之途，而吉凶之門也〔二一〕。故物至而不移者寡，不至而在用者衆。若質乎中人之性〔二二〕，運乎在用之質，而棲心古烈，擬足公塗，值心而言，則言無不是；觸情而行，則事無不吉。于是乎同之所措者，乃非所措也；俗之所私者，乃非所私也。言不計乎得失而遇善，行不準乎是非而遇吉，豈公成私敗之數乎？夫如是也，又何措之有哉？故里鳧顯盜，晋文愷悌；勃鞮號罪，忠立身存；繆賢吐釁，言納名稱；漸離告誠，一堂流涕。然數子皆以投命之禍，臨不測之機，表露心識，獨以安全〔二三〕。況乎君子無彼人之罪，而有其善乎？措善之情，亦甚其所病也〔二四〕。唯病病，是以不病，病而能療，亦賢於療矣〔二五〕。

然事亦有似非而非非，類是而非是者，不可不察也。故變通之機，或有矜以至讓，貪以致廉，愚以成智，忍以濟仁。然矜吝之時，不可謂無廉。情忍之形〔二六〕，不可謂無仁；此似非而非非者也。或讒言似信，不可謂有誠；激盜似忠，不可謂無私。此類是而非是也。故乃論其用心，定其所趣，執其辭而準其理〔二七〕，察其情以尋其變。肆乎所始，名其所終。則夫行私之情，不得因乎似非而容其非；淑亮之心，不得蹈乎似是而負其是。故實是以暫非而後顯，實非以暫是而後明。公私交顯，則行私者無所冀，而淑亮者無所負矣。行私者無所冀，則思改其非；立公者無所忌〔二八〕，則行之無疑。此大治之道也。故主妾覆醴，以罪受戮；王陵庭争，而陳平順旨。於是觀之，非是非非者乎〔二九〕？明君子之篤行，顯公私之所在。闔堂盈階，莫不寓目而曰：『善人也！』然背顏退議而含私者〔三〇〕，不復同耳！抱隱而匿情不改者〔三一〕，誠神以喪於所惑〔三二〕，而體以溺於常名，心以制於所慴〔三三〕，而情有繫於所欲〔三四〕，咸自以爲有是而莫賢乎己。未有功期之慘〔三五〕，駭心之禍，遂莫能收情以自反，棄名以任實。乃心有是焉，匿之以私；志有善焉，措之爲惡。不措所措，而措所不措，不求所以不措之理，而求所以爲措之道。故時爲措而暗于措〔三六〕，是以不措爲拙，以致措爲工〔三七〕。唯懼隱之不微，唯患匿之不密。故有矜忤之容，以觀常人；矯飾之言，以要俗譽。謂永年良規，莫盛於兹；終日馳思，莫窺其外。故能成其私之體，而喪其自然之質也。

於是隱匿之情，必存乎心；訛怠之機，必形乎事。若是，則是非之議既明，賞罰之實又篤。不知冒陰之可以無景，而患景之不匿；不知無措之可以無患〔三八〕，而患措之不巧，豈不哀哉！是以申侯苟順，取棄楚恭〔三九〕；宰嚭耽私，卒享其禍。由是言之，未有抱隱顧私而身立清世，匿非藏情而信著明君者也〔四〇〕。是以君子既有其質〔四一〕，又睹其鑒〔四二〕。貴夫亮達，布而存之〔四三〕；惡夫矜吝，棄而遠之〔四四〕。所措一非，而内愧乎神；賤隱一闕，而外慚其形。言無苟諱，而行無苟隱〔四五〕。不以愛之而苟善，不以惡之而苟非。心無所矜，而情無所繫；體清神正〔四六〕，而是非允當。忠感明天子〔四七〕，而信篤乎萬民；寄胸懷于八荒，垂坦蕩以永日。斯非賢人君子高行之美異者乎〔四八〕！

或問曰：『第五倫有私乎哉？曰：「昔吾兄子有疾，吾一夕十往省，而反寐自安〔四九〕；吾子有疾，終朝不往視，而通夜不得眠。」若是，可謂私乎？非私也？』答曰：『是非也，非私也。夫私以不言爲名，公以盡言爲稱；善以無名爲體〔五〇〕，非以有措爲負。今第五倫顯情〔五一〕，是非無私也；矜往不眠，是有非也。無私而有非者，無措之志也。夫言無措者，不齊於必盡也；言多吝者，不具於不言而已也〔五二〕。故多吝有非，無措有是。然無措之所以有是，以志無所尚，心無所欲，達乎大道之情，動以自然，則無道以至非也。抱一而無措，而無私無非，兼有二義，乃爲絶美耳。若非而能言者，是賢於不言之私。非無情，以非之大者也。今第五倫有非而能顯，不可謂不公也；所顯是非，不可謂有措也；有非而謂私，不可謂不惑公私之理也。』

【校記】

〔一〕《晉書》本傳稱嵇康『又以爲君子無私，其論曰』云云，據此，此文題目當爲《無私論》，諸本則皆作《釋私論》，黄本作《釋私論一首》。

〔二〕無，《晉書》本傳、《通志》皆作『不』。

〔三〕於，吴寬鈔本作『乎』。兹從黄本。

〔四〕主，張溥本作『衷』。

〔五〕又，魯迅《嵇康集》作『有』，其校記云：『各本作又。』按，當以『又』爲是。

〔六〕無以，各本同。魯迅《嵇康集》校記云：『當作以無。』按，魯迅校記非是，詳下注。

〔七〕生，各本同。魯迅《嵇康集》校記云：『各本訛生，舊校亦改。』按，『無以生爲貴者，是賢於貴生也』二句，意爲不把生命看得很寶貴，比把生命看得很寶貴要好一些。言外之意是有比生命更寶貴的東西在。若按魯迅校改，二句的意思就完全變了，與嵇康的原意不符。

〔八〕吴寬鈔本『存』下有『於』字。各本無。兹從黄本改。

〔九〕惜，各本作『借』。魯迅《嵇康集》校記云：『各本訛借，雋校亦改。』按，各本作『借』，亦可通。
〔一〇〕嫌，各本作『賢』。魯迅《嵇康集》校記云：『各本訛賢。』按，當以『嫌』爲是。
〔一一〕情，各本同，吴寬鈔本作『善』。
〔一二〕《晉書》本傳所引作『故曰』，『曰』上無『管子』二字。
〔一三〕吴寬鈔本『君子』下有「其」字。
〔一四〕度，吴寬鈔本作『慶』。其下各句，吴寬鈔本亦皆作『慶』。
〔一五〕邪，吴寬鈔本作『窮』。兹從黄本。
〔一六〕議，吴寬鈔本作『識』。兹從黄本。
〔一七〕各本『雖云』下有『一作終于事與是俱而已』十字。魯迅《嵇康集》校記云：『各本云下有「一作終于事與是俱而已」十字。案，當是注文在前「而事與是俱也」句下。』按，魯迅所言甚是。兹從吴寬鈔本。
〔一八〕心，各本不一，黄本作『而』，張溥本和《文章辨體彙選》卷四百七皆作『思』。
〔一九〕爲，各本同。吴寬鈔本作『性』，亦通。
〔二〇〕吴寬鈔本句首有『夫』字。
〔二一〕也，各本作『乎』。兹從吴寬鈔本改。
〔二二〕性，吴寬鈔本作『體』。兹從黄本。
〔二三〕獨，各本同。吴寬鈔本作『猶』。兹從黄本。
〔二四〕亦甚，各本無，兹據魯迅校正吴寬鈔本補。魯迅《嵇康集》校記云：『各本亦甚一字奪，雋校亦甚字於所字下，非。』

〔二五〕瘵，吴寬鈔本作『病』。兹從黄本。

〔二六〕情，黄本、張溥本其下注云：『情，一作猜。』吴寬鈔本作『猜』。

〔二七〕而，吴寬鈔本作『以』。理，各本作『禮』。魯迅《嵇康集》校記云：『各本訛禮。』

〔二八〕公，各本作『功』，兹據魯迅校正本改。魯迅《嵇康集》校記云：『原鈔訛功，各本同。依舊校改。』

〔二九〕是，吴寬鈔本作『似』。兹從黄本。

〔三〇〕吴寬鈔本『退』下有『譏』字，各本無。舍，吴寬鈔本作『舍』。

〔三一〕隱，黄本闕，《文章辨體彙選》卷四百七作『隱』。吴寬鈔本作『至』，魯迅校記云：『程本作怨，張溥本作隱，他本俱空闕。』按，文淵閣四庫全書所收張溥本《嵇中散集》作『暫』，與魯迅所言不同。下文有『抱隱顧私』句，作『隱』爲是，吴寬鈔本作『至』、張溥本作『暫』，係誤。又，者，吴寬鈔本作『也』。

〔三二〕惑，魯迅校正吴寬鈔本作『感』，其《嵇康集》校記云：『各本作惑。』

〔三三〕以，魯迅校正吴寬鈔本作『已』。

〔三四〕此句吴寬鈔本作『而情有所繫』，與各本異。魯迅《嵇康集》校記云：『疑當作「情有□□於所繫」，有下奪二字也。各本作「情有繫於所欲」，舊校從之。』按，吴寬鈔本此句下尚有『容管顛纘』四字，當係衍文。

〔三五〕期，吴寬鈔本作『肌』。兹從黄本。

〔三六〕時，吴寬鈔本作『明』。魯迅校記云：『各本訛時。』按，各本作『時』亦可通。

〔三七〕以致，各本無，據魯迅校正吴寬鈔本補。

〔三八〕措，《藝文類聚》卷二十二引嵇康《釋私論》作『惜』，下句『措』亦作『惜』，《喻林》卷一百十三引同；《太平御覽》卷四百二十九引作『情』，下句『措』亦作『情』，黄本、張溥本同。

〔三九〕恭，各本作『泰』。

〔四〇〕匿非，《太平御覽》卷四百二十九引無此二字。君，黄本作『名』，《文章辨體彙選》卷四百七引同。

〔四一〕是以，各本無，據魯迅校正吴寬鈔本補。

〔四二〕睹，《藝文類聚》卷二十二和《太平御覽》卷四百二十九引作『觀』。

〔四三〕布，《藝文類聚》卷二十二和《太平御覽》卷四百二十九引作『希』。

〔四四〕遠，《太平御覽》卷四百二十九引作『達』。

〔四五〕無，《太平御覽》卷四百二十九引作『不』；隱，《藝文類聚》卷二十二引作『德』。

〔四六〕清，《太平御覽》卷四百二十九引作『精』。

〔四七〕《藝文類聚》卷二十二引『感』下有『于』字，張溥本同。

〔四八〕異，黄本作『冀』，當係形誤。魯迅《嵇康集》校記云：『黄、汪、程、張溥本訛冀，《御覽》字無。』

〔四九〕反寐自安，吴寬鈔本作『反必寐自』，語意不通，『必』字或係衍文，『自』下或奪『安』字。

〔五〇〕名，各本同。吴寬鈔本作『吝』。

〔五一〕倫，吴寬鈔本無。據黄本補。

〔五二〕也，各本無。兹據魯迅校正吳寬鈔本補。

管蔡論〔一〕

或問曰：『案《記》，管蔡流言，叛戾東都。周公征討，誅以凶逆。頑惡顯著，流名千里〔二〕。且明父聖兄，曾不鑒凶愚於幼稚〔三〕，覺無良之子弟；而乃使理亂殷之弊民，顯榮爵於藩國，使惡積罪成，終遇禍害。於理不通，心無所安〔四〕。願聞其説。』

答曰：『善哉！子之問也。昔文武之用管蔡以實〔五〕，周公之誅管蔡以權〔六〕。權事顯，實理沉〔七〕，故令時人全謂管蔡爲頑凶。方爲吾子論之。夫管蔡皆服教殉義，忠誠自然。是以文王列而顯之〔八〕，發旦二聖舉而任之。非以情親而相私也，乃所以崇德禮賢。濟殷弊民，綏輔武庚，以興頑俗，功業有績，故曠世不廢，名冠當時，列爲藩臣。逮至武卒，嗣誦幼沖。周公踐政，率朝諸侯，思光前載，以隆王業。而管蔡服教，不達聖權，卒遇大變，不能自通。忠疑乃心〔九〕，思在王室，遂乃抗言率衆，欲除國患，翼存天子〔一〇〕，甘心毁旦。斯乃愚誠憤發，所以徼福也〔一一〕。成王大悟〔一二〕，周公顯復，一化齊俗，義以斷恩。雖内信如心，外體不立。稱兵叛亂，所惑者廣。是以隱忍授刑，流涕行誅。示以賞罰，不避親戚。榮爵所顯，必鍾盛德；戮撻所施，必加有罪，斯乃爲教之正體〔一三〕，今之明議也〔一四〕。管蔡雖懷忠抱誠，要爲罪誅。罪誅已顯，不得復理。内必幽伏〔一五〕，罪惡遂章。幽章之路大殊，故令奕世未蒙發起耳〔一六〕。然論者誠名信行〔一七〕，便以管蔡爲惡，不知管蔡之惡，乃所以令三聖爲不明也。若三聖未爲不明，則聖不祐惡，而任頑凶也〔一八〕。頑凶不容於時世〔一九〕，則管蔡無取私於父兄，而見任必以忠良，則二叔故爲淑善矣。今若本三聖之用明，思顯授之實理，推忠賢之闇權，論爲國之大紀，則二叔之良，乃顯三聖之用也。以流言之故有，緣周公之誅是矣。且周公居攝，召公不悦〔一〇〕。推此言之〔一一〕，則管蔡懷疑，未爲不賢。而忠賢可不達權，三聖未爲用惡，而周公不得不誅。若此，三聖所用信良，周公之誅得宜，管蔡之心見理，爾乃大義得通，内外兼叙，無相伐負者，則時論亦得釋然而大解也。」

【校記】

〔一〕黄本題作《管蔡論一首》。

〔二〕里，吴寬鈔本作『載』。魯迅《嵇康集》校記云：『各本訛里。』按，『千里』是就空間區域而言，『千載』是就時間概念而論，皆可通。魯迅以爲『各本訛里』，非是。

〔三〕吴寬鈔本『不』下有『能』字。愚，吴寬鈔本作『惡』。

〔四〕心無所安，吴寬鈔本作『心所未安』，亦通。兹從黄本。

〔五〕文武，各本同，吴寬鈔本作『文王』。

〔六〕管蔡，吴寬鈔本無。據黄本補。

〔七〕理，張溥本作『事』。沉，黄本、張溥本皆作『沈』，並注云：『一作沉。』魯迅校記云：『各本訛沈，注云：「一作沉。」』

〔八〕王，各本同，吴寬鈔本作『父』。

〔九〕疑，各本同，吴寬鈔本作『於』。

〔一〇〕天，魯迅《嵇康集》校記云：『程本訛夫。』

〔一一〕福，各本同，吴寬鈔本作『禍』。

〔一二〕悟，各本同，吴寬鈔本作『寤』。
〔一三〕體，各本無，據魯迅校正吴寬鈔本補。
〔一四〕明議也，各本作『朝議』，且與下文『管蔡』二字連，作『今之朝議管蔡』。
〔一五〕必，魯迅《嵇康集》校記云：『案，當作心。』按，作『必』或『心』解，皆通。
〔一六〕耳，各本無，據魯迅校正吴寬鈔本補。
〔一七〕誠，吴寬鈔本作『承』。兹從黄本。
〔一八〕也，各本無，據魯迅校正吴寬鈔本補。
〔一九〕頑凶，各本無，據魯迅校正吴寬鈔本補。時，吴寬鈔本作『明』。
〔二〇〕公，吴寬鈔本作『奭』。兹從黄本。
〔二一〕之，各本無，據魯迅校正吴寬鈔本補。

明膽論〔一〕

有吕子者〔二〕，精義味道，研核是非。以爲人有膽可無明，有明便有膽矣。嵇先生以爲明膽殊用，不能相生。論曰：夫元氣陶鑠，衆生禀焉。賦受有多少，故才性有昏明。唯至人特鍾純美，兼周外内，無不畢備〔三〕。降此已往，蓋闕如也。或明于見物，或勇于決斷。人情貪廉，各有所止。譬諸草木，區以别矣。兼之者博於物，偏受者守其分。故吾謂明膽異氣，不能相生。明以見物〔四〕，膽以決斷；專明無膽，則雖見不斷；專膽無明，則違理失機〔五〕。故了家軟弱，陷於弑君；左師不斷，見逼華臣，皆智及之而決不行也。此理坦然，非所宜滯〔六〕。故略舉一隅，想不重疑。

呂子曰：『敬覽來論，可謂誨亦不加者矣〔七〕。夫析理貴約而盡情〔八〕，何尚浮穢而迂誕哉？今子之論，乃引渾元以爲喻，何遼遼而坦謾也？故直答以人事之切要焉。漢之賈生，陳切直之策，奮危言之至。行之無疑，明所察也；忌鵩作賦，暗所惑也。一人之膽，豈有盈縮乎？蓋見與不見，故行之有果否也。子家、左師，皆愚惑淺弊，明不徹達，故惑於曖昧，終丁禍害。豈明見照察，而膽不斷乎？故霍光懷沈勇之氣，履上將之任，戰乎王賀之事；延年文生，夙無武稱，陳義奮辭，膽氣淩雲，斯其驗歟〔九〕？及於期授首，陵母伏劍，明果之儔〔一〇〕。若此萬端，欲詳而載之，不可勝言也。況有睹夷塗而無敢投足〔一一〕，階雲路而疑於迄泰清者乎？若思弊之倫，爲能自託幽昧之中，棄身陷井之間，如盜跖竄軀於虎吻，穿窬先首於溝瀆，而暴虎馮河，愚敢之類〔一二〕，則能有之。是以余謂明無膽，無膽能偏守。易了之理，不在多喻，故不遠引繁言〔一三〕。若未反三隅，猶復有疑，思承後誨，得一騁辭。』

夫論理性情〔一四〕，折引異同，固當尋所受之終始〔一五〕，推氣分之所由。順端極末，乃不悖耳。今子欲棄置渾元，捃摭所見，此爲好理綱日〔一六〕，而惡持綱領也。本論二氣不同，明不生膽，欲極論之，當令一人播無刺諷之膽，而有見事之明。故當有不果之害，非中人血氣無之，而復資之以明。二氣存一體，則明能運膽，賈誼是也。賈誼明膽，自足相經，故能濟事。誰言殊無膽，獨任明以行事者乎？子獨自作此言，以合其論也。忌鵩闇惑，明所不周，何害於膽乎？明既以見物〔一七〕，膽能行之耳。明所不見，膽當何斷？進退相扶，可謂盈縮〔一八〕？就如此言，賈生陳策，明所見也；忌鵩作賦，闇所惑也。爾爲明徹於前，而闇惑於後，明有盈縮也〔一九〕。苟明有進退，膽亦何爲不可偏乎？子然霍光有沈勇而戰於廢王，此勇有所撓也〔二〇〕。而子言一人膽豈有盈縮，此則是也。賈生闇鵩，明有所塞也。光懼廢立，勇有所撓也。夫唯至明能無所惑，至膽能無所虧耳〔二一〕。自非若此，誰無弊損乎？但當總有無之大略，而致論之耳。

夫物以實見爲主。延年奮發，勇義淩雲，此則膽也。而云夙無武稱，此爲信宿稱而疑成事也。延年處議，明所見也。壯氣騰厲，勇之决也。此足以觀矣。又子言明無膽〔二二〕，無膽能偏守〔二三〕。案子之言，此則有專膽之人，亦爲膽特自一氣明矣〔二四〕。夫五才存體〔二五〕，各有所生。明以陽曜，膽以陰凝。豈可爲有陽而生〔二六〕，陰可無陽耶？雖相須以合德，要自異氣也。凡餘雜説，於期、陵母、暴虎云云，萬言一致〔二七〕，欲以何明耶？幸更詳思，不爲辭費而已矣〔二八〕。

【校記】

〔一〕黄本題作《明膽論一首》。

〔二〕吕子，《藝文類聚》卷十七引作『吕子春』。魯迅《嵇康集》校記云：『案，即因下者字訛衍。』

〔三〕畢，各本同，吴寬鈔本作『必』。

〔四〕物，《藝文類聚》卷十七引作『事』。

〔五〕黄本無『則』字。違，黄本作『達』，當係形誤。

〔六〕非所宜滯，各本作『無所疑滯』，據吴寬鈔本改。

〔七〕誨，各本作『海』，當係形誤。據吴寬鈔本改。

〔八〕夫，各本無，據吴寬鈔本補。析，吴寬鈔本作『折』，當係形誤。

〔九〕歟，各本同。吴寬鈔本作『於與』，『於』字當係衍文。

〔一〇〕儔，各本作『疇』。據吴寬鈔本改。

〔一一〕無，各本同，吴寬鈔本作『不』。

〔一二〕愚，張溥本作『果』。

〔一三〕繁，各本同，吴寬鈔本作『煩』。

〔一四〕性情，各本同。吴寬鈔本作『情性』，亦通。

〔一五〕當，各本無，據吴寬鈔本補。

〔一六〕綱，黄本作『網』，《文章辨體彙選》卷四百七引同。下句『綱』同，不再出校。

〔一七〕明，各本同，吴寬鈔本無。以，吴寬鈔本作『已』。

〔一八〕可，各本同，吴寬鈔本作『何』。

〔一九〕明，各本無，據吴寬鈔本補。

〔二〇〕此勇，各本無，據吴寬鈔本補。

〔二一〕『至明能無所惑，至膽』七字，各本無，兹據吴寬鈔本補。耳，吴寬鈔本作『爾』。

〔二二〕又子言，各本作『子又曰』，亦通。

〔二三〕吴寬鈔本無『無膽』二字。魯迅《嵇康集》校記云：『各本重有無膽二字。』

〔二四〕明，各本無，據吴寬鈔本補。

〔二五〕夫，各本無。據吴寬鈔本補。

〔二六〕爲，各本同。吴寬鈔本作『謂』。

〔二七〕一致，各本作『致一』。兹從吴寬鈔本。

〔二八〕矣，吴寬鈔本無。據黄本補。

難自然好學論〔一〕

夫民之性，好安而惡危，好逸而惡勞，故不擾則其願得，不逼則其志從。昔洪荒之世〔二〕，大樸未虧。君無文於上，民無競於下。物全理順，莫不自得。飽則安寢，飢則求食。怡然鼓腹，不知爲至德之世也。若此，則知仁義之端，禮律之文。及至人不存，大道陵遲，乃始作文墨以傳其意，區別群物使有類族，造立仁義以嬰其心，制爲名分以檢其外〔三〕，勸學講文以神其教。故六經紛錯，百家繁熾，開榮利之途，故奔鶩而不覺。是以貪生之禽，食園池之粱菽；求安之士，乃詭志以從俗。操筆執觚，足容蘇息；積學明經，以代稼穡。是以困而後學，學以致榮；計而後習，好而習成〔四〕。有似自然，故令吾子謂之自然耳。推其原也，六經以抑引爲主，人性以從欲爲歡。抑引則違其願，從欲則得自然。然則自然之得，不由抑引之六經；全性之本，不須犯情之禮律。故知仁義務於理訛〔五〕，非養真之要術；廉讓生於争奪，非自然之所出也。由是言之，則鳥不毁以求馴〔六〕，獸不群而求畜。則人之真性無爲，正當自然耽此禮學矣〔七〕。

論又云：『嘉肴珍膳，雖所未嘗，嘗必美之，適於口也。處在闇室，睹烝燭之光，不教而悦得于心，况以長夜之冥，得照太陽，情變郁陶，而發其蒙。雖事以末來，情以本應，則無損於自然好學。』

難曰：『夫口之於甘苦，身之於痛癢，感物而動，應事而作，不須學而後能，不待借而後有，此必然之理，吾所不易也。今子以必然之理，喻未必然之好學，則恐似是而非之議。學如一粟之論〔八〕，於是乎在也。今子立六經以爲準，仰仁義以爲主，以規矩爲軒駕〔九〕，以講誨爲哺乳〔一〇〕。由其途則通，乖其路則滯；遊心極視，不睹其外；終年馳騁，思不出位。聚族獻議，唯學爲貴。執書摘句〔一一〕，俛仰諮嗟；使服膺其言，以爲榮華。故吾子謂六經爲太陽，不學爲長夜耳。今若以明堂爲丙舍〔一二〕，以誦諷爲鬼語〔一三〕，以六經爲蕪穢，以仁義爲臭腐，睹文籍則目瞧，修揖讓則變傴，襲章服則轉筋，譚禮典則齒齲。於是兼而棄之，與萬物爲更始，則吾子雖好學不倦，猶將闕焉。則向之不學，未必爲長夜，六經未必爲太陽也。俗語云：「乞兒不辱馬醫。」若遇上古無文之治〔一四〕，可不學而獲安，不勤而得志，則何求於六經，何欲於仁義哉？以此言之，則今之學者，豈不先計而後學耶？苟計而後動，則非自然之應也。子之云云，恐故得菖蒲菹耳〔一五〕！」

【校記】

〔一〕本文題目，各本作《難自然好學論》，黄本作《難自然好學論一首》。

〔二〕吴寬鈔本句首有『昔』字。其他各本無。洪，吴寬鈔本作『鴻』。

〔三〕爲，各本作『其』。

〔四〕而，黄本、張溥本同，吴寬鈔本作『以』。

〔五〕知，各本無，據吴寬鈔本補。

〔六〕毁，魯迅《嵇康集》校記云：『疑聚字之訛。舊校于下加類字，甚非。』按，魯迅所疑甚是。依互文見義法，下文爲『獸不群』，則上文當以『鳥不聚』爲是。

〔七〕正，魯迅《嵇康集》校記云：『當作不。』按，依文意而論，魯迅所言甚是。

〔八〕學，黄本無。據吴寬鈔本和張溥本補。

〔九〕駕，吴寬鈔本作『乘』，張溥本作『冕』。兹從黄本。

〔一〇〕誨，各本同，張溥本作『論』。

〔一一〕執，張溥本作『孰』，係誤。擿，張溥本作『摘』。

〔一二〕明，黄本作『虚』，張溥本作『講』。兹從吴寬鈔本。

〔一三〕誦諷，吴寬鈔本作『諷誦』。兹從黄本。

〔一四〕上古，黄本作『上有』。治，黄本作『始』。張溥本同。魯迅《嵇康集》校記云：『各本訛始。』按，作『始』亦可通。

〔一五〕菖，各本同，吴寬鈔本作『昌』。

附　張叔遼《自然好學論》〔一〕

夫喜怒哀樂愛惡欲懼，人之有也〔二〕。得意則喜，見犯則怒，乖離則哀，聽和則樂，生育則愛，違好則惡，飢則欲食，逼則欲懼〔三〕。凡此八者，不教而能。若論所云，即自然也。腥臊未化，飲血茹毛，以充其虚食之始也；加之火齊〔四〕，糝以蘭橘，雖所未嘗，嘗必美之，適於口也。蕢桴土鼓，撫腹而吟，足之蹈之，以娱其喜，樂之質也。加之管弦，雜以羽毛，雖所未聽，察之必樂，當其心也。民生也直，聚而勿教，肆心觸意，八情必發，喜必欲與，怒必欲罰，無爪牙以奮其威，無爵賞以稱其惠，愛無以奉，惡不能去。有言之曰〔五〕：『苴竹菅蒯所以表哀，溝池嶮岨所以寬懼〔六〕，弦木剡金所以解憤，豐財殖貨所以施與。』苟有肺腸，誰不欣然貌悦心釋哉？尚何暇於食膽蜚而嗜菖蒲葅也。

且晝坐夜寢，明作闇息，天道之常，人所服習。在於幽室之中，睹烝燭之光，雖不教告，亦皎然喜於所見也。不以向有白日與比朱門〔七〕，旦則復曉，不揭此明，而減其歡也。況以長夜之冥，得照太陽，情變鬱陶，而發其蒙也？故以爲難，事以末來，而情以本應。即使六藝紛華，名利雜詭，計而復學〔八〕，亦無損於有自然之好也。

【校記】

〔一〕黄本作《張遼叔自然好學論一首》，吴寬鈔本作《自然好學論張叔遼作》。魯迅校記云：『此四字（指張叔遼作）原鈔滅盡。今從舊校。各本張叔遼在自字上，無作字。』按，當作張叔遼。張叔遼，名邈，西晋人。《三國志·魏志》卷十一《邴原傳》裴松之注引荀綽《冀州記》，載有其事，其文云：『巨鹿張貔，字邵虎。祖父泰，字伯陽，有名於魏。父邈，字叔遼，遼東太守，著名《自然好學論》，在《嵇康集》。爲人弘深有遠識，恢恢然使求之者，莫之能測也。官歷二宫，元康初爲城陽太守，未行而卒。』張叔遼之名，文獻所載不同，黄本作『張遼叔』，黄本《嵇中散集》四庫提要作『張遼』，皆誤。

〔二〕吴寬鈔本『人』後有『情』字。

〔三〕欲，各本同，吴寬鈔本作『恐』。

〔四〕加，黄本作『茹』。

〔五〕魯迅《嵇康集》校記云：『四字疑當爲「古言云」三字，且即下「苴」之壞字。舊校及各本作「曰」，非。』按，依各本所載，作『有言之曰』，語意可通。魯迅所疑，是强爲之解。

〔六〕嶮岨，吴寬鈔本作『岨嶮』。兹從黄本。

〔七〕向，各本同，吴寬鈔本作『尚』。

〔八〕復，各本同，吴寬鈔本作『後』。

難宅無吉凶攝生論〔一〕

夫神祇遐遠，吉凶難明，雖中人自竭，莫得其端，而易以惑道。故夫子寢答於來問，終慎神怪而不言。是以古人顯仁於物〔二〕，藏用於身，知其不可，衆所共非，故隱之，彼非所明也。吾無意於庶幾，而足下師心陋見，斷然不疑，繫決如此，足以獨斷。思省來論，旨多不通，謹因來言，以生此難。

方推金木，未知所在，莫有食治。世無自理之道，法無獨善之術。『苟非其人，道不虚行』。禮樂政刑，經常外事，猶有所疏，况乎幽微者耶？縱欲辨明神微，袪惑起滯，立端以明所由，獨斷以檢其要〔三〕，乃爲有微〔四〕。若但撮提群愚，乃舉蠶種〔五〕，忿而棄之，因謂無陰陽吉凶之理，得無似噎而怨粒稼，溺而責舟楫者耶？

論曰：『百年之宫，不能令殤子壽；孤逆魁岡〔六〕，不能令彭祖夭。』又曰：『許負之相條侯，英布之黥而後王，皆性命也。』應曰：此爲命有所定，壽有所在，禍不可以智逃〔七〕，福不可以力致。英布畏痛，卒罹刀鋸；亞夫忌餒，終有餓患。萬事萬物，凡所遭遇，無非相命也。然唐虞之世，命何同延？長平之卒，命何同短？此吾之所疑也。即如所論，雖慎若曾顏，不得免禍；惡若桀跖，故當昌熾。吉凶素定，不可推移，而古人何言『積善之家，必有餘慶』，『履信思順，自天祐之』？必積善而後福應，信著而後祐來，猶罪之招罰，功之致賞也。苟先積而後受報，事理所得，不爲暗自遇之也。若皆謂之是相，此爲決相命於行事、定吉凶於智力，恐非本論之意，此又吾之所疑也。又云：『多食不消，必須黄丸。』苟命自當生，多食何畏，而服良藥？若謂服藥是相之所一宅，豈非是一耶？若謂雖命猶當須藥自濟，何知相不須宅以自輔乎？若謂藥可論而宅不可說，恐天下或有說之者矣。既曰壽夭不可求，甚於貴賤，而復曰『善求壽强者，必先知災疾之所自來〔八〕，然後可防也』。然則壽夭果可求耶？不可求也？既曰『彭祖七百，殤子之夭，皆性命自然』，而復曰不知防疾致壽去夭，『求實於虛，故性命不遂』，此爲壽夭之來，生於用身；性命之遂，得於善求。然則夭短者，何得不謂之愚？壽延者，何得不謂之智？苟壽夭成於愚智，則自然之命不可求之論，奚所措之？凡此數者〔九〕，亦雅論之矛盾矣〔一〇〕。

論曰：『專氣致柔，少私寡欲，直行情性之所宜，而合養生之正度，求之於懷抱之内而得之矣。』又曰：『善養生者，和爲盡矣。』誠哉斯言！匪謂不然，但謂全生不盡此耳。夫危邦不入，所以避亂政之害；重門擊柝，所以避狂暴之災〔一一〕；居必爽塏，所以遠風毒之患〔一二〕。凡事之在外能爲害者，此未足以盡其數也。安在守一和而可以爲盡乎？夫專静寡欲，莫若單豹〔一三〕，行年七十而有童孺之色，可謂柔和之用矣！而一旦爲虎所食，豈非恃内而忽外耶？若謂豹相正當給廚〔一四〕，雖智不免，則寡欲何益？而云養生可得？若單豹以未盡善而致災，則輔生之道不止於一和。苟和未足保生，則外物之爲患者，吾未知其所齊矣〔一五〕。

論曰：『師占成居則有驗，使造新則無徵。』請問：占成居而有驗者，爲但占墻屋耶？占居者之吉凶也。若占居者而知盛衰，此自占人，非占成居也。占成居而知吉凶，此爲宅自有善惡，而居者從之，故占者觀表而得内也。苟宅能制人使從之〔一六〕，則當吉之人受災於凶宅，妖逆無道獲福於吉居。爾爲吉凶之致，唯宅而已，更令由人也，新便無徵耶？若吉凶故當由人，則雖成居，何得而云有驗耶〔一七〕？若此，果可占耶？不可占也。果有宅耶？其無宅也。

論曰：『宅猶卜筮，可以知吉凶，而不能爲吉凶也。』應曰：此相似而不同。卜者，吉凶無豫待物，而應將來之兆也[一八]；相宅不問居者之賢愚，唯觀已然有傳者[一九]、已成之形也。猶睹龍顔而知當貴，見縱理而知餓死[二〇]。然各有由，不爲闇中也。今見其同於得吉凶，因謂相宅與卜不異，此猶見琴而謂之箜篌，非但不知琴也。縱如論，宅與卜同，但能知而不能爲，則吉凶已成，雖知何益？卜與不卜，了無所在。而吉人將有爲，必曰問之龜筮，吉以定所由差，此豈徒也哉？此復吾之所疑也。武王營周，則云：『考卜惟王，宅是鎬京。』周公遷邑，乃卜澗瀍，終惟洛食。又曰：『卜其宅兆，而安厝之。』古人修之於昔如彼，足下非之於今如此，不知誰定可從？

論曰：『爲三公宅，而愚民必不爲三公，可知也！』『或曰：「愚民必不得久居公侯宅，然則果無宅也。」』應曰：不謂吉宅能獨成福，但謂君子既有賢才，又卜其居，復順積德[二一]，乃享元吉。猶夫良農，既懷善藝，又擇沃土，復加耘耔，乃有盈倉之報耳。今見愚民不能得福於吉居，便謂宅無善惡，何異睹種田之無十千[二二]，而謂田無壤墝耶？良田雖美，而稼不獨茂；卜宅雖吉，而功不獨成。相須之理誠然，則宅之吉凶未可惑也。今信徵祥則棄人理之所宜，守卜相則絶陰陽之吉凶，持知力則忘天道之所存[二三]，此何異識時雨之生物，因垂拱而望嘉穀乎？是故疑怪之論生，偏是之議興，所託不一，烏能相通？若夫兼而善之者，得無半非家宅耶？

論曰：『時日譴祟，古盛王無之，季王之所好聽。』此言善矣，顧其不盡然。湯禱桑林，周公秉圭，不知是譴祟非也？『吉日惟戊，既伯既禱』，不知是時日非也？此皆足下家事，先師所立，而一朝背之，必若湯周未爲盛王，幸更詳之[二四]。又當知二賢何如足下耶[二五]？

論曰：『賊方至以疾走爲務，食不消以黄丸爲先。』子徒知此爲賢於安須臾與求乞胡，而不知制賊病於無形，事功幽而無跌也。夫救火以水，雖自多於抱薪，而不知曲突之先物矣。况乎天下微事，言所不能及，數所不能分，是以古人存而不論。神而明之，遂知來物，故能獨觀於萬化之前，收功於大順之後。百姓謂之自然，而不知所以然。若此豈常理之所逮耶？今形象著明有數者，猶尚滯之。天地廣遠，品物多方，智之所知，未若所不知者衆也。今執辟穀之術〔二六〕，謂養生已備，至理已盡，馳心極觀，齊此而還；意所不及，皆謂無之。欲據所見，以定古人之所難言，得無似蟪蛄之議冰雪耶〔二七〕？欲以所識，而決古人之所棄〔二八〕，得無似戎人問布於中國〔二九〕，觀麻種而不事耶？吾怯於專斷，進不敢定禍福於卜相，退不敢謂家無吉凶也。

【校記】

〔一〕黃本作《難宅無吉凶攝生論一首》。魯迅《嵇康集》校記云：『原作《難攝生中》，依各本及舊校改。』

〔二〕古人，吴寬鈔本作『吉人』。魯迅《嵇康集》校記云：『各本作古人。下諸吉人放此。』按，各本作『古人』，乃指古時不信鬼神之人。魯迅《嵇康集》作『吉人』，非是。

〔三〕獨，吴寬鈔本無，張溥本作『而』。兹從黃本。其，吴寬鈔本無，據黃本補。

〔四〕有，黃本字闕，張溥本作『明』。兹從吴寬鈔本。

〔五〕各本『蠶種』前空兩字，黃本作『乃舉』，張溥本注以『闕』字，吴寬鈔本則連寫，既無空字，又未注明闕字。魯迅校記云：『黃、汪、二張本愚下空二字，程本作不察，亦意加。』

〔六〕罔，吴寬鈔本作『罡』。兹從黃本。

〔七〕吴寬鈔本句首有『其』字，各本無。

〔八〕災，各本同，吴寬鈔本作『夭』。來，張溥本作『求』，係誤。

〔九〕者，各本同，吴寬鈔本作『事』。

〔一〇〕盾，吴寬鈔本作『戟』。魯迅《嵇康集》校記云：『惟程榮本與此合，他本俱作盾。』

〔一一〕避，各本同，吴寬鈔本作『備』。

〔一二〕風，各本同，吴寬鈔本作『氣』。

〔一三〕若，各本同，吴寬鈔本作『過』。

〔一四〕廚，張溥本作『虎』，亦通。

〔一五〕齊，各本同，吴寬鈔本作『濟』。

〔一六〕『故占者……從之』十七字，各本無，兹據魯迅校正吴寬鈔本補。

〔一七〕云，各本同，吴寬鈔本作『後』。

〔一八〕兆，各本作『地』。魯迅《嵇康集》校記云：『各本訛地。』按，卜有兆有應，當下之兆，爲未來之應，故當作『兆』，吴寬鈔本作『兆』，甚是。

〔一九〕觀，各本同，吴寬鈔本作『睹』。

〔二〇〕吴寬鈔本『知』下有『當』字，『餓』下無『死』字。

〔二一〕復，各本同，吴寬鈔本作『履』。

〔二二〕田，各本同，吴寬鈔本作『者』。

〔二三〕知，各本作同，吴寬鈔本作『智』。

〔二四〕詳，各本同，吴寬鈔本作『思』。

〔二五〕知，各本同，吴寬鈔本作『校』。
〔二六〕辟穀，各本同，魯迅校正吴寬鈔本作『辟賊消穀』。
〔二七〕雪，各本無，據吴寬鈔本補。
〔二八〕吴寬鈔本奪『而决古人之所』六字，據黄本補。
〔二九〕戎，吴寬鈔本原作『終』。魯迅《嵇康集》校記云：『原作終，據各本改。』

附　阮德如《宅無吉凶攝生論》〔一〕

夫善求壽强者，必先知災疾之所自來〔二〕，然後其至可防也。禍起于此，爲防于彼，則禍無自瘳矣。世有安宅葬埋，陰陽度數，刑德之忌，是何所生乎？不見性命，不知禍福也。不見故妄求，不知故干幸。是以善執生者，見性命之所宜，知禍福之所來，故求之實而防之信。夫多飲而走，則爲痰支〔三〕；數行而風，則爲養毒〔四〕。久居於濕，則要疾偏枯；好內不怠，則昏喪文房〔五〕。若此之類，災之所以來，壽之所以去也。而掘基築宅〔六〕，費日苦身以求之，疾生於形，而治加於土木，是疾無瘳矣〔七〕。《詩》曰〔八〕『愷悌君子，求福不回』者，匪避誹謗〔九〕，而爲義然也。蓋知回匪所求福也。故壽强專氣致柔，少私寡欲直行，情性之所宜，而合於養生之正度，求之於懷抱之內而得之矣。

嘗有不知蠶者，出口動手皆爲忌祟，不得蠶絲滋甚〔一〇〕，爲忌祟滋多，猶自以犯之也。有教之知蠶者，其頡於桑火、寒暑、燥濕也，於是百忌自息，而利十倍〔一一〕。何者？先不知所以然，故忌祟之情繁；後知所以然〔一二〕，故求之之術正。故忌祟生於不知〔一三〕。使知性猶如蠶〔一四〕，則忌祟無所立矣！多食不消，含黄丸而筮祝譴祟，或從乞胡求福者，凡人皆所笑之〔一五〕。何者？以智能達其無禍也。故忌祟舉生於不知。由知者言之，皆乞胡也。

設爲三公之宅，而令愚民居之，必不爲三公，可知也。夫壽夭之不可求，甚於貴賤。然則擇百年之宫〔一六〕，而望殤子之壽，孤逆魁罡〔一七〕，以速彭祖之夭，必不幾矣〔一八〕。或曰：愚民必不得久居公侯宅。然則果無宅也？是性命自然，不可求矣。有賊方至，不疾逃獨安，須臾遂爲所虜。然則避禍趣福，無過緣理；避賊之理，莫如速逃，則斯善矣。養生之道莫如先知，則爲盡矣。夫避賊宜速章章然，故中人不難睹；避禍之理冥冥然，故明者不易見。其於理動，不可要求一也〔一九〕。孔子有疾，醫曰〔二〇〕：『子居處適也，飲食藥也，有疾天也，醫焉能事？』是以知命不憂，原始反終〔二一〕，遂知死生之説。

夫時日譴祟，古之盛王無之，而季王之所好聽也。制壽宫而得夭短，求百男而無立嗣，必占不啓之陵，而陵不宿草，何者？高臺深宫以隔寒暑，靡色厚味以毒其精，亡之於實，而求之於虚，故性命不遂也。或曰『所問之師不工』，則天下無工師矣。夫一棲之鷄，一欄之羊〔二二〕，賓至而有死者，豈居異哉？故命有制也。知命者則不滯於俗矣。若許負之相條侯，英布之黥而後王。彭祖七百〔二三〕，殤子之夭，是皆性命也。若相宅質居，自東徂西，而得反此，是滅性命之宜。孔子登東山而小魯，登泰山而小天下。立高丘而觀居民〔二四〕，則知曰東西非禍福矣〔二五〕。若乃忘地道之爽塏〔二六〕，而立制於帷墻〔二七〕，則所見滋偏。從達者觀之，則夫乾確然示人易矣，夫坤隤然示人簡矣。天地易簡，而懼以細苛，是更所以爲逆也。是以君子奉天明而事地察。

世之工師，占成居則驗，使造新則無徵。世人多其占舊，因其造新〔二八〕，是見舟之行于水，而欲推之陸，是不明數也。夫舊斷之理〔二九〕，猶卜筮也。夫鑿龜數筴，可以知吉凶，然不能爲吉凶。何者？吉凶可知而不可爲也。夫先筮吉卦，而後名之無福。猶先築利宅，而後居之無報也。占舊居以譴祟則可，安新居以求福則不可，則猶卜筮之説耳〔三〇〕。俗有裁衣種穀皆擇日，衣者傷寒，種者失澤。凡火流寒卒則授衣〔三一〕，時雨既降則當下種，賊方至則當疾走。今舍實趣虛，故三患隨至。凡以忌祟治家者，求福而其極皆貧〔三二〕。故有『知星宿，衣不覆』之諺。古言無虛，不可不察也。

【校記】

〔一〕黄本題目作《宅無吉凶攝生論一首》，題作『嵇康撰』。吴寬鈔本題作《宅無吉凶攝生論》，其下有『難上』二字。魯迅於題下注云：『各本無此二字，舊校亦删。』按，《野客叢書》卷八『嵇康集』，載其有『《宅無吉凶攝生論》難上中下三篇』。今存黄本《嵇中散集》僅存《難宅無吉凶攝生論》和《釋難宅無吉凶攝生論》二篇，而把本文歸於嵇康名下，或是爲存上、中、下三篇之數。但從文中來看，其中一些文字，屬於嵇康《難宅無吉凶攝生論》辯難的對象，可確定非嵇康作。魯迅校正吴寬鈔本《嵇康集》目録卷八本文題目作《阮德如宅無吉凶攝生論》，作爲附録收入。阮德如，名侃，阮共之子，陳留尉氏（今屬河南省）人。《世説新語·賢媛篇》劉孝標注引《陳留志名》稱阮侃『有俊才，而飭以名理，風儀雅潤，與嵇康爲友，仕至河内太守』。參以《隋書·經籍志》阮侃有《攝生論》二卷的記載，則吴寬鈔本將此文的著作權歸屬阮德如，大抵是可信的。

〔二〕災，各本同，吴寬鈔本作『夭』。

〔三〕痰，各本同，吴寬鈔本作『淡』。

〔四〕養，各本同，吴寬鈔本作『癢』。

〔五〕文房，各本同，吴寬鈔本作『女疾』，或是形誤。

〔六〕基，各本同，吴寬鈔本作『墓』；宅，各本同，吴寬鈔本作『室』。

〔七〕吴寬鈔本『無』下有『道』字，各本無。

〔八〕曰，各本同，吴寬鈔本作『云』。

〔九〕誹謗，各本同，吴寬鈔本作『謗議』。

〔一〇〕不，張燮本作『既』。絲，吴寬鈔本無。魯迅《嵇康集》校記云：『原作絲，今正。各本絲下有滋字，非。』

〔一一〕吴寬鈔本『而』下有『爲』字。

〔一二〕吴寬鈔本『然』下有『者』字。

〔一三〕吴寬鈔本『祟』下有『常』字。

〔一四〕吴寬鈔本『性』下有『命』字。知，吴寬鈔本作『如』。兹從黄本。

〔一五〕黄本『人』下有『皆』字。

〔一六〕擇，《太平御覽》卷一百八十引作『宅』。

〔一七〕岡，《太平御覽》卷一百八十引作『忌』，吴寬鈔本作『罡』。

〔一八〕必不幾矣，《太平御覽》卷一百八十一引作『必誣矣』。

〔一九〕要求，各本同，吴寬鈔本作『妄求』。

〔二〇〕魯迅《嵇康集》校記云：『醫下原有監字，舊校作者。按，即因醫字訛衍也。今除去。各本亦無。』

〔二一〕反，各本同，吴寬鈔本作『要』。
〔二二〕欄，各本同，吴寬鈔本作『闌』。
〔二三〕七，吴寬鈔本作『三』。下同。
〔二四〕魯迅校正吴寬鈔本，圈去『高』和『民』二字，作『立丘而觀居』。其《嵇康集》校記云：『各本立下有高字，觀下有民字，舊校亦加。』居民，各本同，吴寬鈔本作『民居』。
〔二五〕曰，吴寬鈔本作『伯』。魯迅《嵇康集》校記云：『疑徂字之訛。各本作曰。』
〔二六〕爽塏，吴寬鈔本作『博豈』。按，爽塏，爲高爽乾燥之意。吴寬鈔本作『博豈』，語意不通，係誤。
〔二七〕立，各本同，吴寬鈔本作『心』。
〔二八〕因，各本同，吴寬鈔本作『思求』。
〔二九〕斷，吴寬鈔本作『新』。魯迅《嵇康集》『新』字校記云：『各本訛斷。』按，魯迅校記有誤。即言『猶卜筮也』，當是下斷語。所謂『舊斷』，是指前人用龜策卜筮下的斷語。
〔三〇〕則，各本同，吴寬鈔本作『即』。
〔三一〕吴寬鈔本『則』下有『當』字。
〔三二〕福，各本同，吴寬鈔本作『富』。

答釋難宅無吉凶攝生論〔一〕

夫先王垂訓，開端中人〔二〕，言之所樹，賢愚不違，事之所由，古今不忒，所以致教也。若玄機神妙〔三〕，不言之化，自非至精，孰能與之？故善求者，觀物於微，觸類而長，不以己爲度也。案如所論，甚有則愚，甚無則誕。今使小有，便得不愚耶？了無乃得離之也？若小有則不愚，吾未知小有其限所止也。若了無乃得離之，則甚無者無爲謂之誕也。

又曰：『私神立則公神廢。』然則惡夫私之害公〔四〕，邪之傷正，不爲無神也。向墨子立公神之情〔五〕，狀不甚有之説，使董生托正忌之途，執不甚無之言，二賢雅趣，可得合而一，兩無不失耶？今之所辨，欲求實有實，無以明自然不詭，持論有工拙，議教有精粗也。尋雅論之指，謂河洛不誠〔六〕，借助鬼神，故爲之宗廟，以神其本。不答子貢，以求其然〔七〕，則足下得不爲託心無鬼神〔八〕，齊契于董生耶〔九〕？而復顯古人之言〔一〇〕，懼無鬼之弊〔一一〕，貌與情乖，立從公廢私之論，欲彌縫兩端，使不愚不誕，兩譏董墨，謂其中央可得而居。恐辭辨雖巧，難可俱通，又非所望於核論也。故吾謂古人合德天地，動應自然，經世所立，莫不有徵。豈匿設宗廟以期後嗣〔一二〕，空借鬼神以罔將來耶〔一三〕？足下將謂吾與墨不殊，今不辭同有鬼，但不偏守一區，明所當然，使人鬼同謀，幽明並濟，亦所以求衷，所以爲異耳。

論曰：『聖人鈞疾而禱不同〔一四〕，故於臣弟則周公請命，親其身則尼父不禱，所謂禮爲情貌者也。』難曰：若於臣子則宜修情貌，未聞舜禹有請君父也；若於身則否，未聞武王闕禱之命也。湯禱桑林，復爲君父耶？推此而言，宜以禱爲益，則湯周用之；禱無所行，則孔子不請〔一五〕。此其殊途同歸，隨時之義也。

又曰：『時日，先王所以誡不怠而勸從事。』足下前論云：『時日非盛王所有。』故吾問『惟戊』之事。今不答『惟戊』果是非，而曰所誡勸〔一六〕，此復兩許之言也。縱令『惟戊』盡於誡勸，尋論按名〔一七〕，當言有日耶？無日耶？又曰：『俗之時日，順妖忌而逆事理。』按此言以惡夫妖逆故去之〔一八〕，未爲盛王了無日也。夫時日用於盛世，而來代襲以妖惑，猶先王制雅樂，而季世繼以淫哇也。今憤妖忌〔一九〕，因欲去日，何異惡鄭、衛而滅《韶》、《武》耶？不思其本，見其所弊，輒疾而欲除，得不爲遇噎溺而遷怒耶？足下既已善卜矣，乾坤有六子，支幹有剛柔，統以陰陽，錯以五行，故吉凶可得，而時日是其所由，故古人順之。焉有善其流而惡其源者？吾未知其可也。至於河洛宗廟，則謂匿而不信；類禡祈禱，則謂詭而無實；時日剛柔，則謂假以爲勸，此聖人專造虛詐以欺天下？匹夫之諒，且猶恥之。今議古人，得無不可乃爾也！凡此數事，猶陷於誣妄。冢宅之見伐〔二〇〕，不亦宜乎！

前論曰：『若許負之相條侯，英布之黥而後王。一欄之羊〔二一〕，賓至而有死者，皆性命之自然也〔二二〕。』今論曰：『隆準龍顏，公侯之相，不可假求。』此爲相命，自有一定，相所當成，人不能壞；相所當敗，智不能救。陷當生於衆險〔二三〕，雖可懼而無患。抑當貴於廝養，雖辱賤而必貴〔二四〕。薄姬之困而後昌，皆不可爲，不可求，而闇自遇之。全相之論，必當若此，乃一途得通，本論不滯耳。吾適以信順爲難，則便曰：『信順者，成命之理。』必若所言，命以信順成，亦以不信順敗矣。若命之成敗，取足於信順，故是吾前難『壽夭成於愚智』耳，安得有性命自然也？若信順果成相命，請問：亞夫由幾惡而得餓〔二五〕？英布修何德以致王？生羊積幾善以獲存〔二六〕？死者負何罪以逢災邪？既持相命，復惜信順，欲飾二論，使得並通，恐似矛楯無俱立之勢，非辯言所能兩濟也。

論曰：『論相命當辨有無，無疑衆寡。苟一人有命，則長平皆一矣。』又曰：『知命者不立巖墻之下。』

吾謂知命者〔二七〕，當無所不順〔二八〕，乃畏巖墻？知命有在，立之何懼？若巖墻果能爲害，不擇命之長短，則知與不知，立之有禍，避之無患也。則何知白起非長平之巖墻，而云千萬皆命，無疑衆寡耶？若謂長平雖同於巖墻，故是相命宜值之，則命所當至，期於必然。不立之誠，何所施耶？若此果有相耶〔二九〕？無相耶〔三〇〕？此復吾之所疑也。又曰：『長平不得係於命，將係宅耶？則唐虞之世，宅何同吉？』本疑前論無非相命〔三一〕，故借長平之異同〔三二〕，以難相命之必然〔三三〕；廣求異端，以明事理，豈必吉宅以質之耶？又前論已明吉宅之不獨行，今空抑此言，欲以誰難？又曰：『長平之卒，宅何同凶？』苟大同〔三四〕，足嫌足下愚於吾也〔三五〕。適至守相，便言『千萬皆一』，校以至理〔三六〕，負情之對，於是乎見。既虛立吉宅〔三七〕，冀而無獲〔三八〕。欲救相命，而情以難顯，故云如此〔三九〕，可謂善戰矣！

論曰：『卜之盡，蓋理所以成相命者也〔四〇〕。』此復吾所疑矣。前論既以相命爲主〔四一〕，而尋益以信順，此一離妻也；今復以卜成之，成命之具三，而猶不知相命竟須幾個爲足也！若唯信順，於理尚少，何以謂『成命之理』耶〔四二〕？若是相濟，則卜何所補，於卜復曰成命耶？請問卜之成命，使單豹行卜，知將有虎災〔四三〕，則隱居深宮，嚴備自衛，若虎猶及之，爲卜無所益也；若得無恙，爲相敗於卜〔四四〕，何云成相耶？若謂豹卜而得脱，本無厄虎相也〔四五〕，卜爲妄語矣〔四六〕。若謂凡有命〔四七〕，皆當由卜乃成，則世有終身不卜者，皆失相夭命耶？若謂卜亦相也，然則卜是相中一物也，安得云以成相耶？若此，不知卜筮故當與相命通，相成爲一〔四八〕，不當各自行也。

論曰：『無故而居可占，猶龍顔可相也；設爲吉宅而後居，以幸福報〔四九〕，無異假顔準而望公侯也。』然則『人實徵宅，非宅制人』也。案如所言『無故而居可占』者，必謂當吉人之瞑目而前，推遇任命，以闇營宅，自然遇吉也。然則豈獨古人，凡有命者皆可以闇動而自得正，是前論命有自然不可增減者也〔五〇〕。驟以可爲之信順、卜筮，成不可增減之命矣，奚獨禁可爲之宅〔五一〕？不盡相命〔五二〕，唯有闇作，乃是真宅耶？若瞑目可以得相，開目亦無所加也〔五三〕。智者愈當識之〔五四〕。周公營居，何故躊躇於澗瀍，問龜筮而食洛耶？若龜筮果有助於爲宅，則知暗作可有不盡善之理矣。苟暗作有不盡，則不暗豈非求之術耶？若必謂龜筮不能盡相於闇往〔五五〕，想亦不失相於考卜也。則卜與不卜，爲與不爲，皆期於自得。自得苟全，則善卜者所遇當識，何得無故則能知，有故則不知也？然貞宅之異假顔〔五六〕，貴夫無故識之〔五七〕。貞宅之與『設爲』〔五八〕，其形不異〔五九〕，同以功成，俱是吉宅也。但無故爲貞宅〔六〇〕，有故爲設宅，貞宅授吉於闇遇〔六一〕，『設爲』減福於用知耳〔六二〕。然則吉凶之形，果自有理，可以爲故而得〔六三〕，故前論有占成之驗也。然則占成之形，何以言之？必遠近得宜〔六四〕，堂廉有制，坦然殊觀，可得而別。利人以福，故謂之吉；害人以禍，故謂之凶。但公侯之相，闇與吉會耳〔六五〕。然則宅與性命，雖各一物，猶農夫良田，合而成功也。設公侯遷後方樂其吉，而往居之吉宅，豈選賢而後納〔六六〕，擇善而後福哉？苟宅無情於擇賢，不惜吉於『設爲』，則屋不辭人，田不讓耕，其所以爲吉凶薄厚，何得不均〔六七〕？前吉者不求而遇，後聞吉而往，同於居吉宅，而有求與不求矣！何言誕而不可爲耶〔六八〕？由是言之〔六九〕，非從人而徵宅，宅亦成人明矣〔七〇〕。若挾顔狀，則英布黥相不減其貴，隆準見劓不減公侯之標〔七一〕，是知顔準是公侯之標識，非所以爲公侯質也〔七二〕。夫標識者，非公侯質也。吉名宅宇與吉者〔七三〕，宅實也。無吉徵而自宅以徵〔七四〕，假見難可也。若以非質之標識，難有徵之吉宅，此吾所不敢許也。子陽無質而鏤其掌，既知當字長耳；巨君篡宅而運其魁，即偏恃之禍〔七五〕，非所以爲難也。至公侯之命，稟之自然，不可陶易；宅是外物，方圓山人，有可爲之理。猶西施之潔不可爲，而西施之服可爲也。黼黻芳華，所以助體〔七六〕；吉宅宜家〔七七〕，所以成相。故世無人方而有卜宅〔七八〕，是以知人宅不可相喻也。安得以不可作之人，絶可作之宅耶？至刑德皆同此一家〔七九〕，非本論占成居而得吉凶者也。且先了此，乃議其餘。

論曰：『獵夫從林，所遇或禽或虎，虎凶禽吉，卜者筮而知之，非能爲。安知所言地之善惡，猶禽吉虎凶。獵夫先筮，故擇而從禽；如擇居，故避凶而從吉。吉地雖不爲〔八〇〕，而可擇處；猶禽虎雖不可變，而可擇從。苟卜筮所以成相，虎可卜而地可擇，何爲半信而半不信耶？』又云：『地之吉凶有若禽虎，不得宮姓則無害，商則爲災也。』案此爲怪所不解，而以爲難，似未察宮商之理也。雖此地之吉〔八一〕，而或長於養宮，短於毓商，猶良田雖美，而稼有所宜。何以言之？人姓有五音，五行有相生，故同姓不昏，惡不殖也。人誠有之，地亦宜然，故古人仰準陰陽，俯協剛柔，中識性理，使三才相善，同會於大通，所以窮理而盡物宜也。夫『同聲相應，同氣相求』，自然之分也。音不和則比弦不動，聲同則雖遠相應。此事雖著，而猶莫或識。苟有五音各有宜，五氣有相生〔八二〕，則人宅猶禽虎之類，豈可見宮商之不同，而謂之地無吉凶也？

論曰：『天下或有能説之者，子而不言，誰與能之？』難曰：足下前論已云有能占成居者〔八三〕，此即能説之矣！故吾曰『天下當有能者』。今不求之於前論，而復責吾難之於能言，亦當知冢宅有吉凶也。又曰：『藥之已病爲一也實，而宅之吉凶爲一也誣。』既曰成居可占，又復曰誣耶？藥之已病，其驗又見，故君子信之；宅之吉凶，其報賒遥，故君子疑之。今若以交賒爲虚實〔八四〕，則恐所以求物之地鮮矣〔八五〕。吾見溝澮，不疑江海之大；覩丘陵，則知有泰山之高也。若守藥則棄宅，見交則非賒，是海人所以終身無山，山客白首無大魚也〔八六〕。

論曰：『智之所知，未若所不知者衆。此較通世之常滯，然智所不知〔八七〕，不可妄論也〔八八〕。』難曰：智所不知，相必亦未知也。今闇許便多于所知者，何耶？必生于本，謂之無，而强以驗有也。强有之驗，將不盈於數矣，而並所成驗者，謂之多於所知耳〔八九〕。苟知然果有未還之理，不因見求隱，尋端究緒〔九〇〕，由子午而得卯未〔九一〕。失尋端之理，猶獵師以得禽也。縱使尋迹，時有無獲，然得禽，曷嘗不由之哉？今吉凶不先定，則謂不可求，何異禽獸不期〔九二〕，則不敢舉足〔九三〕，坐守無根也。由此而言，探賾索隱，何謂爲妄〔九四〕？

【校記】

〔一〕魯迅《嵇康集》題目下有注云：『原作答釋難曰，依各本及舊校改。』

〔二〕端，各本同。魯迅《嵇康集》校記云：『各本訛端。』且改『端』爲『制』，不知何據。

〔三〕玄機神妙，吴寬鈔本作『機神玄妙』，且『若』下有『夫』字。

〔四〕吴寬鈔本『則』下有『唯』字。

〔五〕情，各本同，吴寬鈔本作『城』。

〔六〕誠，各本同，吴寬鈔本作『神』。

〔七〕求，各本同，吴寬鈔本作『救』。

〔八〕鬼神，黄本『鬼』下闕一字，張溥本無，吴寬鈔本作『神鬼』。

〔九〕張溥本句首有『而』字。

〔一〇〕顯，各本同，吴寬鈔本作『顧』，或係形誤。

〔一一〕吴寬鈔本『鬼』下有『神』字。

〔一二〕期，魯迅《嵇康集》校記云：『當作欺。』按，將此句『以期後嗣』與下文『以罔將來』聯繫起來看，魯迅所疑甚是。

〔一三〕罔，各本作『誷』，據吴寬鈔本改。

〔一四〕聖人，各本無，據吴寬鈔本補。

〔一五〕孔子，各本同，吴寬鈔本作『堯孔』。

〔一六〕吴寬鈔本『所』下有『以』字。

〔一七〕按，各本同，吴寬鈔本作『案』。

〔一八〕按，各本同，吴寬鈔本作『案』。以，吴寬鈔本作『爲』。

〔一九〕憒，各本同，魯迅校正吴寬鈔本改爲『忿』。其《嵇康集》校記云：『各本作憒。』

〔二〇〕家，吴寬鈔本原作『家』。魯迅據各本校改。

〔二一〕欄，各本同，吴寬鈔本作『闌』。

〔二二〕皆，黄本、張溥本無。兹據吴寬鈔本補。

〔二三〕當，黄本、張溥本作『常』。

〔二四〕貴，各本同，吴寬鈔本作『尊』。按，當以黄本、張溥本等爲是。

〔二五〕而，各本同，吴寬鈔本作『以』。兹從黄本。

〔二六〕以，各本同，吴寬鈔本作『而』。兹從黄本。

〔二七〕吴寬鈔本『謂』後有『不』字。

〔二八〕此句吴寬鈔本與各本異，作『偏當無不順』。

〔二九〕相，張溥本作『信』。耶，黄本、張溥本作『也』。

〔三〇〕吴寬鈔本此句後有『無相耶』三字，各本無。

〔三一〕吴寬鈔本此句句首有『吾』字，各本無。
〔三二〕吴寬鈔本『長平』下有『卒』字，各本無。
〔三三〕吴寬鈔本『命』下有『其』字，或係衍文。
〔三四〕大，各本同，吴寬鈔本作『泰』。
〔三五〕此句各本同，吴寬鈔本作『苟泰同足以致，則足下嫌多，不愚于吾也』。
〔三六〕『校以至理』句，各本同，吴寬鈔本則作『校之以理』。
〔三七〕宅，各本同，吴寬鈔本作『字』，當是形誤。
〔三八〕冀，黄本缺，據吴寬鈔本補。張溥本作『求』。
〔三九〕云，各本同，吴寬鈔本無。
〔四〇〕吴寬鈔本無『蓋』字。其上下句相連，作『卜之盡理，所以成相命者也』。
〔四一〕既，黄本、張溥本皆無，據吴寬鈔本補。
〔四二〕吴寬鈔本此句下有『目冒一諸錯』五字，各本無。魯迅《嵇康集》校記云：『五字疑衍。各本無。』按，魯迅所言甚是。此五字語意與上下文不相銜接，當屬衍文。
〔四三〕吴寬鈔本『將』下有『命』字。
〔四四〕『若得無恙爲相敗於卜』九字，各本無。據吴寬鈔本補。
〔四五〕吴寬鈔本『本』下有『自』字。
〔四六〕吴寬鈔本『語』下有『急在蠲除』四字，無『矣』字。
〔四七〕吴寬鈔本『有』下有『所』字。

〔四八〕一，各本無，據吴寬鈔本補。
〔四九〕『以幸福報』句，各本同，吴寬鈔本作『而望福報』。
〔五〇〕有，各本無，據吴寬鈔本補。
〔五一〕禁，各本同，吴寬鈔本作『居』。
〔五二〕『不盡相命』句，吴寬鈔本作『今不善相』。
〔五三〕所，各本同，吴寬鈔本作『以』。
〔五四〕識，各本作『職』，或係形誤。兹據吴寬鈔本改。
〔五五〕盡，各本同，吴寬鈔本作『善』。
〔五六〕『然貞宅之異假顔』句，吴寬鈔本作『今疾夫設爲比之假顔』。兹從黄本。
〔五七〕『貴夫無故識之』句，吴寬鈔本作『貴夫無故，謂之貞宅』。兹從黄本。
〔五八〕此句句首，吴寬鈔本有『然』字。
〔五九〕各本無『異』字，據吴寬鈔本補。
〔六〇〕貞宅，各本同，吴寬鈔本作『設貞』。
〔六一〕『有故爲設宅貞宅』七字，各本無，據吴寬鈔本補。
〔六二〕耳，各本作『爾』，據吴寬鈔本改。
〔六三〕爲，各本同，吴寬鈔本作『以』。
〔六四〕各本『必』下有『遂』字，吴寬鈔本無。魯迅《嵇康集》校記云：『各本有遂字，疑衍。』按，『遠近得宜』與『堂廉有制』相對應，且語意完整，不當有『遂』字。魯迅所疑甚是，兹從吴寬鈔本改。

〔六五〕耳，各本作『爾』，據吴寬鈔本改。

〔六六〕賢，各本作『能』，吴寬鈔本作『賢』。按，接下復有「擇賢」一詞，當以『賢』爲是，據吴寬鈔本改。

〔六七〕均，各本同，吴寬鈔本作『鈞』。

〔六八〕耶，各本作『也』。兹從吴寬鈔本改。

〔六九〕是，各本同，吴寬鈔本作『此』。

〔七〇〕各本無『宅』字。依其語意，此句當有『宅』字，故魯迅《嵇康集》校記云：『當重有宅字。』

〔七一〕『之標』二字，吴寬鈔本無。据黄本補

〔七二〕質，各本同，吴寬鈔本無。魯迅《嵇康集》校記云：『各本侯下有質字，舊校本加。案，有者蓋衍。』按，接下文有『故標識者非公侯質也』之句，故次句『質』字不可缺，非衍文。魯迅校記有誤。

〔七三〕『吉名宅字』四字，吴寬鈔本作『吉宅字』。魯迅《嵇康集》『字』字校記云：『原訛宇，各本同。今正。』按，此句意在説明宅之名與宅之吉，才是吉宅的實質性内容。

〔七四〕吴寬鈔本此句句首有『善宅』二字；自，吴寬鈔本作『字』，且其下有『吉』字，作『善宅無吉徵，而字吉宅以徵』。

〔七五〕即，各本同，吴寬鈔本作『既』。

〔七六〕體，吴寬鈔本作『則』，張溥本作『夫』，皆誤。黄本作「體」，當以黄本爲是。

〔七七〕宜，吴寬鈔本無，張溥本作『而』。

〔七八〕吴寬鈔本『無』下有『作』字，『宅』下有『説』字。

〔七九〕吴寬鈔本『此』下有『自』字。

〔八〇〕魯迅校定吴寬鈔本『不』下有『可』字。其《嵇康集》校記云：『案，當有一可字。原鈔各本俱奪。』

〔八一〕地，各本作『理』，非是。兹據吴寬鈔本改。魯迅《嵇康集》校記云：『各本訛理。』按，此乃言宅之吉凶，故當爲『地』。

〔八二〕五，各本同。吴寬鈔本作『土』，非是。『五氣』與前『五音』相對應，故有『五氣有相生』之説。

〔八三〕已，各本作『以』，誤。兹從吴寬鈔本改。

〔八四〕實，各本無，據吴寬鈔本補。

〔八五〕則，張溥本作『財』，當是形誤。

〔八六〕白首，各本作『曰』，兹據吴寬鈔本改。魯迅《嵇康集》校記云：『各本白誤曰，奪首字。』按，魯迅所言甚是。上句言『終身』，此處當作『白首』。各本作『曰』，語意雖可通，但與上句不相照應。

〔八七〕『所不知者……不知』十七字，各本無，兹據吴寬鈔本補。

〔八八〕論，各本同，吴寬鈔本作『求』。

〔八九〕耳，各本作『爾』。據吴寬鈔本改。

〔九〇〕端，各本作『論』，誤。兹據吴寬鈔本改。

〔九一〕『由子午而得卯未』句，吴寬鈔本作『係申而得卯未』。兹從黄本。

〔九二〕禽，吴寬鈔本空一字，程本作『獵』，張溥本作『鳥』。按，『異』下各本原空一字，各本《嵇康集》在流傳過程中，傳抄者對空字作了增補。由於對文意理解不同，增補的字也就各異，故而出現了這樣一種情況。此處作『禽』，是據黄本《嵇中散集》補。

〔九三〕『不敢舉足』四字，黄本作『不敢訊舉氣乃足』，兹從吴寬鈔本。魯迅《嵇康集》校記云：『各本舉上有訊字，下有氣口二字，程本作氣頓。皆衍文。』

〔九四〕謂，各本同，吴寬鈔本作『爲』。

附　阮德如《釋難宅無吉凶攝生論》〔一〕

《易》曰：『河出圖，洛出書，聖人則之。』《孝經》曰：『爲之宗廟，以鬼享之。』其立本有如此者。子貢稱性與天道不可得聞，仲由問神而夫子不答，其抑末有如彼者〔二〕，是何也？兹所謂明有禮樂，幽有鬼神，人謀鬼謀，以成天下之亹亹也。是以墨翟著《明鬼》之篇，董無心設難墨之説，二賢之言俱不免于殊途而兩惑。是何也？夫甚有之則愚，甚無之則誕。故二子者皆偏辭也。子之言神，將爲彼耶？唯吾亦不敢明也。夫私神立則公神廢，邪忌設則正忌喪，宅墓占則家道苦，背向繁則妖心興。子之言神，其爲此乎？則唯吾之所疾争也。夫苟大獲其類〔三〕，不患微細，是以見瓶水而知天下之寒〔四〕，察旋機而得日月之動。足下細蠶種之説，因忽而不察，是噎溺未知所在，亦莫辨有舟稼也〔五〕。

夫命者，所禀之分也；信順者，成命之理也。故曰『君子修身以俟命』。知命者不立于巖墻之下，何者？是夭遂之實也〔六〕。猶食非命，而命必胥食〔七〕，是故然矣〔八〕。若吾論曰居息行逆，不能令彭祖夭，則足下舉信順之難是也。論之所説信順既修，則宅葬無貴，故辟之壽宮無益殤子耳。足下不云殤子以宅延，彭祖亦以宅壽，壽夭之説，使之灼然。若信順之遂期，怠逆之夭性，而徒曰天下或有能説之者，子而不言，誰與能之？夫多食傷性，良藥已病，相之所一也；誣彼實此，非所以相證也。故壽夭不可求之宅而得之利〔九〕，故論有不知之者〔一〇〕，足下忘於意而責於文〔一一〕，抑不本矣〔一二〕。難曰：『唐虞之世，命何同延？長平之卒，命何同短？』今誰命者當辨有無，無疑衆寡也。苟一人有命，千萬皆一也〔一三〕。若使此不行係命〔一四〕，將係宅耶？則唐虞之世，宅何同吉？長平之卒，居何同凶？亦復吾之所疑也。難曰『事之在外而能爲害者，不以數盡』，『單豹恃内而有虎』〔一五〕。按足下之言，是豹忘所宜懼，與懼所宜忘。故張毅修表，亦有内熱之禍。雖内外不同，鈞其非和。一曙失之〔一六〕，終身弗復，是亦虎隨其後矣。夫謹於邪者慢於正，詳於宅者略於和。欲以爲先〔一七〕，亦非齊於所稱也。今足下廣之，望之久矣。

元亨利貞，卜之吉繇；隆準龍顔，公侯之相者。以其數所遇，而形自然，不可爲也。使顔準可假則無相，繇吉可爲則無卜矣。今設爲吉宅而幸福報，譬之無以異假顔準而望公侯也。是以子陽鏤掌，巨君運魁，咸無益於敗亡。故吾以無故而居者可占，何惑象數之理也？設吉而後居者不可，則何假爲之説也？然則非宅制人，人實徵宅耶？其無宅也，似未思其本耳。獵夫從林，其所遇者或禽或虎，遇禽所吉，遇虎所凶。而虎也善卜，可以知之耳。是故知吉凶，非爲吉凶也。故其稱曰『無遠近幽深，遂知來物』，不曰『遂爲來物』矣。然亦卜之盡，蓋理所以成相命者也〔一八〕。至乎卜世與年，則無益于周録矣。若地之吉凶，有虎禽之類，然此地苟惡〔一九〕，則當所往皆凶，不得以西東有異，背向不同，宮姓無害，商則爲災，福德則吉至，刑禍則凶來也。故《詩》云『築室百堵，西南其户』。古之營居，宗廟爲先，廄庫次之，居室爲後，緣人理以從事。以此議之〔二〇〕，即知無太歲刑德也。若修古無違，亦宜吾論，如無所□〔二一〕，不知誰從？難曰『不謂吉宅，能獨成福，猶夫良農既懷善藝，又擇沃土，復加耘耔，乃有盈倉之報』。此言當哉！誠三者能修，則農事畢矣。若或盡以邪用〔二二〕，求之於虛，則宋人所謂予助苗長，敗農之道也。今以冢宅喻此，宜何比耶？爲樹藝乎？爲耘耔也？若三者有比，則請事後説；若其無徵，則愈見其誣矣！今卜相有徵如彼，冢宅無驗如此，非所以相半也。

按書，周公有請命之事，仲尼非子路之禱。今鈞聖而鈞疾，何是非不同也〔二三〕？故知臣子之情〔二四〕，盡斯心而已，所謂禮爲情貌者耳〔二五〕。故於臣弟，則周公請命；親其身，則尼父不禱。足下圖宅〔二六〕，將爲禮耶〔二七〕？其爲實也〔二八〕。爲禮則事異於古，爲實則未聞。顯理如是，未得吾所以爲遺〔二九〕，而足下失所願矣。至於時日〔三〇〕，先王所以誡不怠而勸從事耳。俗之時日，順妖忌而逆事理。時名雖同，其用適反。以三賢較君，愈見其合，未知所異也。

難曰：『智之所知，未若所不知者衆』。此較通世之常滯也。然智所不知，不可以妄求；智所能知，惡其以學哉？故古之君子修身擇術，成性存存，自盡焉而已矣〔三一〕。今據足下所言〔三二〕，在所知耶？則可辨也。所不知耶？則妄求也。二者宜有一於此矣。夫小知不及大知，故常乃反於有〔三三〕，無爲有者，亦蟪蛄矣。子尤吾之驗於所齊，吾亦懼子遊非其域，儻有忘歸之累也。

【校記】

〔一〕黄本本文題目作《釋難宅無吉凶攝生論一首》，題署『魏嵇康撰』；吴寬鈔本題目下有『難中』二字，魯迅《嵇康集》校記云：『各本無此二字，舊校亦删。』吴寬鈔本不題撰者，但目録卷九作『阮德如《釋難宅無吉凶攝生論》附』，故知其作者當是阮德如。

〔二〕抑，吴寬鈔本作『飭』。魯迅《嵇康集》校記云：『各本訛抑，舊校同。』按，魯迅所言非是。此句意爲孔子及其弟子排斥鬼神之説，故而稱『抑』。

〔三〕大，吴寬鈔本無。據黄本補。

〔四〕見，各本同，吴寬鈔本作『面』；瓶，各本同，吴寬鈔本作『邊』。

〔五〕辨，吴寬鈔本作『便』。魯迅《嵇康集》校記云：『各本作辨，非。』按，魯迅所言非是。不辨舟稼，與上文『噎溺』相對應。

〔六〕吴寬鈔本『實』下有『寶』字，當係衍文。魯迅《嵇康集》校記云：『各本無實字。案，有者是也。寶即實之訛，衍，當删。』

〔七〕胥，各本同，吴寬鈔本作『肯』。

〔八〕是，各本無，兹據吴寬鈔本補。

〔九〕利，各本同，吴寬鈔本作『和』。

〔一〇〕『故論有不知之者』句，吴寬鈔本作『故論有可不知』。

〔一一〕吴寬鈔本『足』前有『是』字。

〔一二〕矣，各本同，吴寬鈔本作『也』。

〔一三〕此句句首，吴寬鈔本有『則』字。

〔一四〕行，各本同，吴寬鈔本作『得』。

〔一五〕而，吴寬鈔本無。吴寬鈔本『虎』下有『害』字。

〔一六〕曙，各本同，吴寬鈔本作『睹』。

〔一七〕欲，吴寬鈔本作『走』。魯迅《嵇康集》校記云：『程本作卜，他本闕。』

〔一八〕吴寬鈔本無句首之『蓋』字，魯迅《嵇康集》校記云：『各本于此有蓋字。案，即囚下盡訛衍。舊校亦加，非。』按，有無『蓋』字，句讀則不同。若無『蓋』字，則其句讀應爲『然亦卜之盡理，所以成相命者也』。

〔一九〕吴寬鈔本『然』下有『則』字。

〔二〇〕『以此議之』句，吴寬鈔本作『如此之著』。

〔二一〕如，吴寬鈔本無。魯迅《嵇康集》校記云：『各本所下空一字。』

〔二二〕或盡，各本同，吴寬鈔本作『盛』。

〔二三〕是非，各本同，吴寬鈔本作『事』。

〔二四〕情，各本作『心』。兹據吴寬鈔本改。按，下文言『盡斯心而已』，則此處不當爲『心』字。

〔二五〕耳，各本無。兹據吴寬鈔本補。

〔二六〕吴寬鈔本『下』字下有『是』字。魯迅《嵇康集》校記云：『各本字奪。』按，依文意而論，不當有『是』字。吴寬鈔本『是』字或衍。

〔二七〕耶，各本作『也』。兹據吴寬鈔本改。

〔二八〕也，各本同，吴寬鈔本作『矣』。

〔二九〕以，各本同，吴寬鈔本無。據黄本補。

〔三〇〕於，各本同，吴寬鈔本無。據黄本補。

〔三一〕而已矣，各本作『耳』。兹從吴寬鈔本改。

〔三二〕據，各本同，吴寬鈔本作『處』。

〔三三〕常，各本無，兹據吴寬鈔本補。

太師箴

浩浩太素，陽曜陰凝。二儀陶化，人倫肇興。厥初冥昧〔一〕，不慮不營。欲以物開，患以事成。犯機觸害，智不救生。宗長歸仁，自然之情。故君道自然〔二〕，必託賢明。茫茫在昔，罔或不寧。

赫胥既往〔三〕，紹以皇羲。默静無文，大樸未虧。萬物熙熙，不夭不離。爰及唐虞〔四〕，猶篤其緒。體資易簡，應天順矩。絺褐其裳，土木其宇。物或失性，懼若在予。疇諮熙載，終禪舜禹。夫統之者勞，仰之者逸。至人重身，棄而不恤。故子州稱疚〔五〕，石户乘桴。許由鞠躬，辭長九州。先王仁愛，愍世憂時。哀萬物之將頹，然後莅之。

下逮德衰，大道沈淪。智惠日用，漸私其親。懼物乖離，攘臂立仁〔六〕。利巧愈競〔七〕，繁禮屢陳。刑教争施〔八〕，夭性喪真。

季世陵遲，繼體承資。憑尊恃勢，不友不師。宰割天下，以奉其私。故君位益侈，臣路生心。竭智謀國，不吝灰沈。賞罰雖存，莫勸莫禁。若乃驕盈肆志，阻兵擅權。矜威縱虐，禍蒙丘山〔九〕。刑本懲暴，今以脅賢。昔爲天下，今爲一身。下疾其上，君猜其臣。喪亂弘多，國乃隕顛。故殷辛不道，首綴素旗；周朝敗度，彘人是謀；楚靈極暴，乾溪潰叛；晋厲殘虐，欒書作難；主父棄禮，鷇胎不宰；秦皇荼毒，禍流四海。是以亡國繼踵，古今相承。醜彼摧滅〔一〇〕，而襲其亡徵。初安若山，後敗如崩。臨刃振鋒，悔何所增！

故居帝王者，無曰我尊，慢爾德音；無曰我强，肆于驕淫。棄彼佞幸，納此遌顔。諛言順耳，染德生患。悠悠庶類，我控我告。唯賢是授，何必親戚？順乃造好，民實胥效〔一一〕。治亂之原〔一二〕，豈無昌教？穆穆天子，思聞其愆〔一三〕。虚心導人，允求讜言。師臣司訓，敢告在前〔一四〕。

【校記】

〔一〕厥，各本同，吴寬鈔本作『氒』。

〔二〕自，各本同，吴寬鈔本作『因』。

〔三〕赫，各本同，吴寬鈔本作『華』。

〔四〕爰，各本同，吴寬鈔本作『降』。

〔五〕疚，各本同，吴寬鈔本作『疾』。

〔六〕『攘臂立仁』句，各本不同。黄本作『擘畫違仁』，《文章辨體彙選》卷四百四十五作『擘義畫仁』，張溥本作『參錯擘仁』。兹從吴寬鈔本。

〔七〕利巧，各本同，吴寬鈔本作『名利』。

〔八〕施，各本同，吴寬鈔本作『馳』。

〔九〕蒙，各本同，吴寬鈔本作『崇』。

〔一〇〕摧，張溥本作『推』，或係形誤。

〔一一〕胥，各本同，吴寬鈔本作『肯』。

〔一二〕原，各本同，吴寬鈔本作『源』。

〔一三〕聞，各本作『問』。兹據吴寬鈔本改。

〔一四〕告，各本同，吴寬鈔本作『獻』。

家誡〔一〕

人無志，非人也。但君子用心，所欲準行〔二〕，自當量其善者〔三〕，必擬議而後動。若志之所之〔四〕，則口與心誓，守死無二〔五〕，恥躬不逮，期於必濟。若心疲體懈〔六〕，或牽於外物，或累於内欲，不堪近患，不忍小情，則議於去就。議於去就，則二心交爭。二心交爭，則向所以見役之情勝矣〔七〕！或有中道而廢，或有不成一匱而敗之〔八〕。以之守則不固，以之攻則怯弱；與之誓則多違，與之謀則善泄；臨樂則肆情，處逸則極意。故雖繁華熠耀〔九〕，無結秀之勛；終年之勤，無一旦之功。斯君子所以嘆息也。若夫申胥之長吟，夷齊之全潔〔一〇〕，展季之執信，蘇武之守節，可謂固矣！故以無心守之，安而體之，若自然也，乃是守志之盛者耳〔一一〕。

所居長吏，但宜敬之而已矣。不當極親密，不宜數往，往當有時。其有衆人〔一二〕，又不當獨在後〔一三〕，又不當宿〔一四〕。所以然者，長吏喜問外事，或時發舉，則怨者謂人所説〔一五〕，無以自免也。若行寡言〔一六〕，慎備自守，則怨責之路解矣。

其立身當清遠。若有煩辱，欲人之盡命，託人之請求，當謙言辭謝〔一七〕：其素不豫此輩事，當相亮耳。若有怨急，心所不忍，可外違拒，密爲濟之。所以然者，上遠宜適之幾，中絶常人淫輩之求，下全束脩無玷之稱〔一八〕，此又秉志之一隅也。

凡行事，先自審其可，不差於宜，宜行此事。而人欲易之，當説宜易之理。若使彼語殊佳者，勿羞折遂非也。若其理不足，而更以情求來守。人雖復云云，當堅執所守。此又秉志之一隅也。

不須行小小束脩之意氣，若見窮乏，而有可以賑濟者，便見義而作。若人從我，欲有所求〔一九〕，先自思省。若有所損廢，多于今日，所濟之義少，則當權其輕重而拒之〔二〇〕。雖復守辱不已，猶當絶之。然大率人之告求，皆彼無我有，故來求我，此爲與之多也。自不如此，而爲輕竭，不忍面言，强副小情，未爲有志也。

夫言語，君子之機。機動物應，則是非之形著矣，故不可不慎。若于意不善了，而本意欲言，則當懼有不了之失，且權忍之。後視向不言此事〔二一〕，無他不可，則向言或有不可。然則能不言，全得其可矣。且俗人傳吉遲、傳凶疾，又好議人之過闕，此常人之議也。坐中所言〔二二〕，自非高議。但是動静消息，小小異同，但當高視，不足和答也。非義不言，詳静敬道，豈非寡悔之謂？人有相與變爭，未知得失所在，慎勿豫也〔二三〕。且默以觀之，其非行自可見〔二四〕。或有小是不足是，小非不足非，至竟可不言以待之。就有人問者，猶當辭以不解，近論議亦然。

若會酒坐，見人爭語，其形勢似欲轉盛，便當亟舍去之〔二五〕，此將鬥之兆也〔二六〕。坐視必見曲直，儻不能不有言〔二七〕，有言必是在一人；其不是者方自謂爲直，則謂曲我者有私於彼，便怨惡之情生矣，或便獲悖辱之言。正坐視之，大見是非而爭不了〔二八〕，則仁而無武，於義無可〔二九〕，當遠之也〔三〇〕。然大都爭訟者，小人耳，正復有是非，共濟汗漫，雖勝，可足稱哉〔三一〕？就不得遠，取醉爲佳。若意中偶有所諱，而彼必欲知者，若守大不已〔三二〕，或劫以鄙情，不可憚此小輩而爲所攙引，以盡其言。今正堅語，不知不識，方爲有志耳。

自非知舊鄰比，庶幾已下，欲請呼者，當辭以他故，勿往也。外榮華則少欲，自非至急，終無求欲，上美也。不須作小小卑恭，當大謙裕；不須作小小廉恥，當全大讓。若臨朝讓官，臨義讓生，若孔文舉求代兄死，此忠臣烈士之節。

凡人自有公私，慎勿强知。人知彼知，我知之，則有忌於我。今知而不言，則便是不知矣。若見竊語私議，便舍起，勿使忌人也。或時逼迫，强與我共説，若其言邪險，則當正色以道義正之。何者？君子不容訛薄之言故也。一旦事敗〔三三〕，便言某甲昔知吾事，是以宜備之深也〔三四〕。凡人私語，無所不有，宜預以爲意，見之而走者〔三五〕，何哉〔三六〕？或偶知其私事，與同則可〔三七〕，不同則彼恐事泄，思害人以滅迹也。非意所欽重者，而來戲調蚩笑友人之闕者，但莫應從；小共轉至於不共，而勿大冰矜趨〔三八〕。以不言答之，勢不得久，行自止也。

自非所監臨〔三九〕，相與無他宜，適有壺榼之意，束脩之好，此人道所通，不須逆也。過此以往，自非通穆，匹帛之饋，車服之贈，當深絶之。何者？常人皆薄義而重利〔四〇〕，今以自竭者，必有爲而作。鬻貨徼歡〔四一〕，施而求報，其俗人之所甘願，而君子之所大惡也。凡此數端其識之〔四二〕。

又慎不須離摟〔四三〕，强勸人酒，不飲自已〔四四〕；若人來勸己，輒當爲持之，勿請勿逆也〔四五〕。見醉熏熏便止，慎不當至困醉，不能自裁也。

【校記】

〔一〕本文題目，各本及《藝文類聚》皆作《家誡》，《文章辨體彙選》則作《戒子》。

〔二〕『所欲』二字，《藝文類聚》卷二十三引嵇康《家誡》作『有所』。《戒子通録》卷一引嵇康《家誡》則無『所欲準行』之句。

〔三〕《戒子通録》卷一引嵇康《家誡》無『自當』二字，《淵辨鑒類》卷二百九十四引則無『自』字。

〔四〕志，各本同。《藝文類聚》卷二十三引嵇康《家誡》作『心』，《淵鑒類函》卷二百九十四引亦作『心』。
〔五〕二，各本同，吴寬鈔本作『貳』。
〔六〕懈，各本同，吴寬鈔本作『解』，《文章辨體彙選》亦作『解』。
〔七〕以，《戒子通録》卷一引嵇康《家誡》和各本皆無。據《藝文類聚》卷二十三引嵇康《家誡》和吴寬鈔本補。
〔八〕『或有不成一匱而敗之』句，《藝文類聚》卷二十三和《戒子通録》卷一引嵇康《家誡》皆作『或有未成而敗』。匱，張溥本和《文章辨體彙選》皆作『簣』。
〔九〕『繁華熠耀』四字，各本多異。《藝文類聚》卷二十三作『榮華熠熠』；《戒子通録》卷一引嵇康《家誡》作『繁華熠耀』，吴寬鈔本從之；黄本作『繁華熠熠』，張溥本和《文章辨體彙選》卷四百五十引嵇康《家誡》從之。兹從《戒子通録》。
〔一〇〕夷齊，《藝文類聚》卷二十三和吴寬鈔本作『夷叔』。
〔一一〕黄本和張溥本『者』下有『可』字。耳，《藝文類聚》卷二十三作『也』。
〔一二〕有，各本無，兹據《戒子通録》和吴寬鈔本補。
〔一三〕此六字各本無，兹據《戒子通録》和吴寬鈔本補。
〔一四〕各本『宿』下有『留』字。《戒子通録》『宿』作『前』。
〔一五〕『則怨者謂人所説』句，《戒子通録》卷一引作『則恐爲人所説』，各本則作『則怨或者謂人所説』。按，各本『或』字當爲衍文。兹從吴寬鈔本删。

〔一六〕若，《戒子通録》卷一引作『宏』。按，從語義來看，作『宏』字更爲恰當。但諸本皆作『若』，故仍之。

〔一七〕『謙言辭謝』四字，各本作『謙辭遜謝』，兹從《戒子通録》和吴寬鈔本改。

〔一八〕玷，各本同，吴寬鈔本作『累』。『無玷之稱』四字，《戒子通録》卷一引作『無誨之文』，其注云：『案本集作「下全束脩無玷之稱」。』

〔一九〕『欲有所求』句，各本同，吴寬鈔本作『有所求欲者』。

〔二〇〕拒，各本同，吴寬鈔本作『距』。

〔二一〕吴寬鈔本『後』前有『已』字。

〔二二〕中，各本作『言』。兹據吴寬鈔本改。

〔二三〕豫也，各本作『預之』。兹據吴寬鈔本改。

〔二四〕吴寬鈔本『其』後有『是』字。

〔二五〕『便當亟舍去之』句，《太平御覽》卷四百九十六引作『便當舍去』，吴寬鈔本作『便當無何舍去』。

〔二六〕將，《太平御覽》卷四百九十六引無。

〔二七〕儻，各本作『黨』。兹據吴寬鈔本改。

〔二八〕大，各本同。魯迅《嵇康集》校記云：『疑當作失。』按，各本作『大』字，語意亦通。

〔二九〕於，各本同，吴寬鈔本作『二』，係誤。

〔三〇〕吴寬鈔本『當』前有『故』字，各本無。

〔三一〕可，各本同，吴寬鈔本作『何』。
〔三二〕大，各本同，吴寬鈔本無。據黄本補。
〔三三〕吴寬鈔本『一』前有『及』字，各本無。
〔三四〕是，各本無。兹據吴寬鈔本補。
〔三五〕者，各本同，吴寬鈔本無。據黄本補。
〔三六〕何哉，各本同，吴寬鈔本無。
〔三七〕吴寬鈔本『則』下有『不』字。
〔三八〕冰，各本同，吴寬鈔本作『求』，《文章辨體彙選》作『用』。
〔三九〕所，各本同，吴寬鈔本無。據黄本補。
〔四〇〕常，各本同，吴寬鈔本無。據黄本補。
〔四一〕鬻，各本同，吴寬鈔本作『損』。
〔四二〕此七字，吴寬鈔本無，張溥本闕。據黄本補。
〔四三〕慎，各本作『憒』，據吴寬鈔本改。魯迅《嵇康集》校記云：『各本訛憒。』按，魯迅所言甚是。憒乃昏亂糊塗之意，於此則語意不通；摟，吴寬鈔本作『樓』。
〔四四〕已，各本同，吴寬鈔本作『己』。
〔四五〕『勿請勿逆也』句，各本同，吴寬鈔本作『勿誚逆也』。

白首賦(佚)〔一〕

【校記】

〔一〕李善《文選》卷二十三謝惠連《秋懷詩》注云:『嵇康有《白首賦》。』六臣注《文選》亦取李善之說。《藝文類聚》卷十七載有嵇含《白首賦序》,《西晉文紀》卷十八嵇含文録之。

言不盡意論(佚)〔一〕

【校記】

〔一〕嵇康《言不盡意論》,《玉海》卷三十六有載,其文云:『嵇康作《言不盡意論》,殷融作《象不盡意論》,何襄城爲六象之論。』《景迂生集》卷十一亦載:『昔嵇康作《言不盡意論》,殷融作《象不盡意論》,卓哉!吾意夫二子者,可謂言易也,其深得聖人之言者歟?』《經義考》卷十亦有『嵇氏康《周易言不盡意論》一篇,佚』的記載。

嵇荀録(佚)〔一〕

【校記】

〔一〕嵇康《嵇荀録》,文集不載。《野客叢書》卷八言其得賀方回家所藏繕寫《嵇康集》十卷,其雜著中有《嵇荀録》一篇。《四庫全書總目提要》引《野客叢書》之語,等於間接承認了嵇康對《嵇荀録》一篇的著作權。然今存《嵇康集》皆未見此文。黄本僅存《嵇荀録一首》之目。吴寬鈔本原無，魯迅墨校本補。張溥本亦無。

佚文

遊仙詩〔一〕

翩翩鳳轄，逢此網羅〔二〕。

【校記】

〔一〕此詩見載於《太平廣記》卷四百『霍光』條引《續齊諧記》，作嵇康《遊仙詩》。按，《續齊諧記》，南朝梁吴均撰。嵇康《遊仙詩》乃《續齊諧記》開卷之作『漢宣帝以皂蓋車一乘賜大將軍霍光』一文的結束語。

〔二〕《古詩紀》卷一百五十三『鳳轄』條亦引有此二句，作嵇康詩，不著詩題，云出《嘉話録》。董斯張《廣博物志》引，亦不題詩名。按，《古詩紀》云出《嘉話録》，係誤。《天中記》引此二句，云出《齊諧記》，亦誤。

懷香賦序〔一〕

余以太簇之月，登于歷山之陽。仰眺崇岡〔二〕，俯察幽阪〔三〕，及睹懷香生蒙楚之間。曾見斯草植于廣厦之庭〔四〕，或被帝王之囿〔五〕。怪其遐棄，遂遷而樹于中堂。華麗則殊采婀娜〔六〕，芳實則可以藏之書。又感其棄本高崖，委身階庭，似傳説顯殷，四叟歸漢，故因事義賦之〔七〕。

【校記】

〔一〕《藝文類聚》卷八十一『草』類引作嵇康《懷香賦序》。張溥本《嵇康集》收録有此序。清康熙年間編纂的《御定佩文齋廣群芳譜》和《淵鑒類函》，亦將此序歸於嵇康名下。《太平御覽》卷九百八十三引作嵇含《懷香賦序》，《西晉文紀》因之，注云：『一作嵇康《懷香賦序》。』魯迅《嵇康集》校記云：『案，《太平御覽》九百八十三引嵇含《槐香賦》，文與此同。《類聚》以爲康作，非也。嚴可均輯《全三國文》據《類聚》録之，張溥本亦存其目，並誤。』按，《槐香賦序》最早見載於《藝文類聚》，歸於嵇康名下。《太平御覽》則歸於嵇含名下。而張溥本《嵇康集》和《淵鑒類函》等，亦將其歸於嵇康名下。魯迅之説，未可遽爲定論。

〔二〕岡，《太平御覽》卷九百八十三引作『巒』。

〔三〕察，《太平御覽》卷九百八十三引作『視』，《西晉文紀》同。

〔四〕植，《西晉文紀》卷十八引作『葅』，其校記云：『葅，一作植。』

〔五〕囿，《太平御覽》卷九百八十三引作『圖』，《西晉文紀》卷十八因之，係誤。

〔六〕殊采婀娜，《藝文類聚》、《淵鑒類函》所引同；《太平御覽》作『殊彩阿那』，《西晋文紀》同；張溥本則作『珠彩婀娜』，其『珠』字或誤；之，《太平御覽》卷九百八十三引和魯迅《嵇康集》所輯《嵇康集逸文》皆無。

〔七〕序文最後一句，《太平御覽》卷九百八十三引作『故因實制名』，並有賦文二句：『蒙蒙緑葉，摇摇弱莖。』《西晋文紀》卷十八雖從《藝文類聚》作『故因事義賦之』，但其校記云：『末句故因名制實。』

酒賦〔一〕

重酎至清，淵凝冰潔。滋液兼備，芬芳澄澈。

【校記】

〔一〕嵇康《酒賦》，僅《北堂書鈔》卷一百四十八『酒六十』『淵凝冰潔』條引四句，各本《嵇康集》皆不載。《分類字錦》卷二十一引嵇康《酒賦》僅前二句。魯迅《嵇康集》所輯《嵇康集逸文》疑此乃嵇含《酒賦》之文。按，《北堂書鈔》卷一百四十八『浮蟻萍連，醪華鱗設』二句，引自嵇含《酒賦》。而此卷所引《酒賦》，計有揚雄、王粲、曹植、傅玄、袁山松等人，倘以此疑嵇康，則證據不足。故仍當從《北堂書鈔》，繫於嵇康名下。

蠶賦〔一〕

食桑而吐絲，前亂而後治。

【校記】

〔一〕嵇康《蠶賦》佚文，見載於《太平御覽》卷八百十四，僅有二句。《淵鑒類函》卷三百六十六引此二句，亦作嵇康《蠶賦》。按，此二句原出荀子《蠶賦》，其文略云：『冬伏而夏遊，食桑而吐絲，前亂而後治，夏生而惡暑，喜濕而惡雨。』

琴贊〔一〕

惟彼雅器〔二〕，載璞靈山。體其德真，清和自然。澡以春雪〔三〕，澹若洞泉。温乎其仁，玉潤外鮮。昔在黄農，神物以臻。穆穆重華，五弦始興〔四〕。閑邪納正，感物悟靈〔五〕。宣和養氣〔六〕，介乃遐齡〔七〕。

【校記】

〔一〕《北堂書鈔》卷一百九『琴十』兩次徵引嵇康《琴贊》。其『神物以臻』條下引嵇康《琴贊》八句，『載靈山』條亦引嵇康《琴贊》八句。《淵鑒類函》卷一百八十八引嵇康《琴贊》與《北堂書鈔》『神物以臻』條所引有出入，其文云：『昔在黄農，神物以臻，重華五弦，感物悟靈。』張溥本《嵇康集》收録有《琴贊》，係據《北堂書鈔》卷一百九『載靈山』條過録，而『神物以臻』條下八句，則未能收録。魯迅《嵇康集逸文》將『載靈山』條和『神物以臻』條所載嵇康《琴贊》合而爲一。按，張溥本載有蔡邕《琴贊》，其文與嵇康《琴贊》『惟彼雅器』一段同。

〔二〕惟彼，魯迅《嵇康集逸文》作『懿吾』。按，魯迅所據《北堂書鈔》或另有所本。

〔三〕雪，《淵鑒類函》卷一百八十八『載靈山』條下引作『云』，或係形誤。

〔四〕『五弦始興』句，《初學記》卷十六『琴第一·養氣』引嵇康《琴賦》作『託心五弦』。按，《初學記》引嵇康《琴賦》當作《琴贊》。

〔五〕『感物悟靈』句，魯迅《嵇康集逸文》作『亹亹其仙』。

〔六〕氣，《初學記》卷十六『琴第一·納正』引嵇康《琴贊》作『素』。

〔七〕齡，《初學記》卷十六『琴第一·納正』引嵇康《琴贊》作『年』。魯迅《嵇康集逸文》從之。

孫登〔一〕

登字公和，不知何許人，無家屬。於汲縣北山土窟中得之。夏則編草爲裳，冬則被髮自覆。好讀《易》、鼓琴，見者皆親樂之。每所止家，輒給其衣服食飲，得無辭讓。

【校記】

〔一〕嵇康《孫登》佚文，最早見載於陳壽《三國志·魏志·王粲傳》裴松之注引《嵇康集目録》。《世説新語》劉孝標注引《嵇康集序》，與其文略異：『孫登者，不知何許人，無家。於汲郡北山土窟住，夏則編草爲裳，冬則被髮自覆。好讀《易》，鼓一弦琴。見者皆親樂之。』《太平御覽》卷二十七引《嵇康集序》較爲簡略，其文云：『孫登於汲郡北山土窟中住，夏則編草爲裳，冬則披髮自覆。』卷六百九十六又引《嵇康集目録》，其文與卷二十七所引《嵇康集序》略同：『孫登字公和，於汲郡北山中爲土窟，夏則編草爲裳，冬則以髮自覆。』《天中記》卷四十七『編草爲裳』下引文與《太平御覽》卷六百九十六引相同，注云『《嵇康集自録》』。按，《天中記》云出自《嵇康集自録》，『自』當爲『目』，係傳抄之誤。魯迅《嵇康集逸文》係據《魏志·王粲傳》裴松之注引《嵇康集目録》輯録。

卷三　山濤集

山濤，字巨源，河内懷縣（治今河南省武陟縣西南）人。魏正始中爲郡主簿、功曹上計掾，舉孝廉，州辟部河南從事。齊王曹芳正始八年（二四七），辭官歸里。高貴鄉公曹髦正元初，司隸舉秀才，除郎中，轉王昶驃騎從事中郎。景元初拜趙相，遷尚書吏部郎，歷大將軍從事中郎行軍司馬。魏元帝曹奂咸熙初，封新沓子，轉相國左長史。晋武帝即位，授大鴻臚，加奉車都尉，進爵新沓伯。出爲冀州刺史，加寧遠將軍，轉北中郎將，督鄴城守事，入爲侍中，除議郎，拜吏部尚書。咸寧初轉太子少傅，加散騎常侍，除尚書僕射，加侍中，領吏部。太康初遷右僕射，加光禄大夫、代李胤爲司徒。年七十九卒，謚曰康。原有集九卷，宋以後散佚。明梅鼎祚《西晋文紀》録有其文四篇，以及答晋武帝問郤詵詔二則。另《隋書·經籍志》總集類著録《山公啓事》三卷，《舊唐書》作『《山濤啓事》三卷』，歐陽修等《新唐書·藝文志》則著録《山濤啓事》十卷。從《山濤啓事》由三卷本演變爲十卷本的歷程來看，《隋書》著録的《山公啓事》三卷，很可能不是全本。而《新唐書》著録的十卷本《山濤啓事》，可能是宋代史臣搜集各種文獻之後形成的較爲完備的本子。約略與《隋書》同時成書的《晋書》，在《山濤傳》中兩次言及《山公啓事》，皆不言卷帙多少，或許可以從一個側面説明，唐代初年的三卷本《山公啓事》還是一個不够完備的本子。宋代以後，《山公啓事》完本已不存，僅散見於《藝文類聚》、《太平御覽》、《説郛》等類書和《西晋文紀》等文章總集。清人嚴可均《全晋文》所録《山濤文》，係據《三國志》、《晋書》等史書和《藝文類聚》、《太平御覽》等類書輯佚而成。但嚴可均所輯《山濤文》既有屬於《山濤集》的内容，也有屬於《山公啓事》的内容，所以實際上是《山濤集》與《山公啓事》的輯佚。兹將屬於《山公啓事》者剔出，把出自《晋書》和杜佑《通典》的山濤章表奏疏作爲《山濤集》的内容，進行必要的校勘。

文

謝久不攝職表〔一〕

古之王道，正直而已。陛下不可以一老臣爲加曲私，臣亦何心屢塵日月。乞如所表〔二〕，以章典刑。

【校記】

〔一〕山濤謝表見載於《晉書》本傳。山濤年老多病，多次上表陳情，請求辭官，且很久不問政事。左丞白裒將此事上奏晉武帝。山濤因此而不自安，遂上《謝久不攝職表》請罪。

〔二〕如，《經濟類編》卷八十八作『加』，當係形誤。

爲子淳、允辭召見表〔一〕

臣二子尫病，宜絶人事，不敢受詔。

【校記】

〔一〕山濤爲二子辭召見表，見載於《晉書》本傳。山濤有五子，次子淳，字子元，不仕；三子允，字叔真，曾任奉車都尉。二人體弱多病，形貌短小，但都很聰明。晉武帝想見他們，打算讓他們出來做官。山濤徵求三子允的意見，山允不同意會見。山濤以爲二子無意仕進，比他的境界高，就上表請辭召見。按，山濤次子、三子名，《太平御覽》卷三百七十八引臧榮緒、《晉書》作淳、元，《册府元龜》卷九百六作玄、允，皆有誤。當以《晉書》爲是。

乞骸骨表〔一〕

臣事天朝三十餘年，卒無毫厘以崇大化〔二〕。陛下私臣無已，猥授三司〔三〕。臣聞德薄位高，力少任重，上有折足之凶，下有廟門之咎〔四〕。願陛下垂累世之恩，乞臣骸骨。

【校記】

〔一〕山濤《乞骸骨表》見載於《晉書》卷四十三《山濤傳》。

〔二〕毫，《西晉文紀》卷八作「豪」，當係形誤；厘，各本作「釐」。

〔三〕授，《西晉文紀》卷八作「受」。

〔四〕廟，《册府元龜》卷三百三十「宰輔部·退讓」引作「滅」。

告退疏〔一〕

臣年垂八十，救命旦夕，若有毫末之益，豈遺力於聖時？迫以老耄，不復任事。今四海休息，天下思化，從而静之，百姓自正，但當崇風尚教以敦之耳，陛下亦復何事？臣耳目聾瞑，不能自勵。君臣父子，其間無文，是以直陳愚情，乞聽所請。

【校記】

〔一〕山濤《告退疏》見載於《晉書》卷四十三《山濤傳》。

答詔問郤詵事〔一〕

詵前喪母，得疾，不得葬，遂於壁後假葬〔二〕。服終，爲平輿長史。論者以爲不正合禮，是以臣前疑之。詵文義可稱，又甚貧儉。訪其邑黨，亦無有他。

【校記】

〔一〕《通典》卷一百三『假葬墻壁間三年除服議』引山濤答晉武帝詔問郤詵事，和再答晉武帝詔問郤詵事，並載有兖州大中正魏舒《與山濤書》。按，據《山公啓事》，山濤曾兩次舉薦郤詵，一次爲温令，一次爲黄散。山濤答晉武帝詔問郤詵事，發生在郤詵假葬母親於衛國講堂北壁下，三年期滿之後，晉武帝任命郤詵爲徵東將軍參軍時，與山濤兩次舉薦郤詵無涉，故以《山濤集》中的文章論之。

〔二〕遂，《西晉文紀》卷八所録山濤文作『送』，《讀禮通考》卷八十七引從《通典》作『遂』。按，《西晉文紀》作『送』字，語意雖通，但恐是形誤所致。

再答詔問郤詵事〔一〕

自爲不與常同，便令人非，恐負其孝穆之心，宜詳極盡同異之論。

【校記】

〔一〕據《通典》卷一百三所載，山濤答晋武帝詔後，晋武帝又問郤詵『應清議與否』，山濤於是又作答。

附　魏舒《與山濤書》〔一〕

郤詵至孝，中間去郎，正爲母耳。居喪毀瘁，殆不自全。其父喪在緱氏，欲改葬，不能自致，故過時不葬。後于家堂北，假葬埏道通堂中，不時閉服，欲闋乃閉葬。後經年，乃見用作平輿監軍長史，任意傷俗，以葬不時閉，常爲作口語。其事灼然，無所爲疑。

【校記】

〔一〕魏舒與山濤書，見載於《通典》卷一百三『假葬墻壁間三年除服議』。

卷四　向秀集

向秀字子期，河内懷縣(治今河南省武陟縣西南)人。早年與嵇康、吕安友善，曾一起談玄論文，灌園打鐵。正始末嘉平初，與嵇康、阮籍等共爲竹林之遊。嵇康遇害後，向秀應郡舉入洛，初爲散騎侍郎，轉黄門侍郎、散騎常侍。性好老莊之學，『在朝不任職，容迹而已』。曾經有文集行世。據《隋書·經籍志》記載，南朝梁時，有《向秀集》二卷，録一卷。兩《唐書》所載《向秀集》，亦作兩卷。宋代以後，《向秀集》已不存。向秀的作品，今僅存《思舊賦》和《難嵇叔夜養生論》。向秀雜著頗多，今知有《莊子注》二十卷、《莊子音》三卷和《周易義》一卷。其《莊子注》『發明奇趣，振起玄風』，深得嵇康贊賞。該書問世以後，對魏晉玄學的興盛起到了推波助瀾的作用。向秀《莊子注》南朝梁時尚存二十卷本，長孫無忌等撰《隋書》時有著録，但其本已缺。兩《唐書》已不見著録，可知唐代以後，向秀《莊子注》已不存。其佚文僅見於西晉張湛《列子注》和唐陸德明《經典釋文》等文獻。《莊子音》和《周易義》久佚，僅有佚文若干，散見於古代文獻典籍。

賦

思舊賦并序〔一〕

余與嵇康、吕安居止接近〔二〕，其人並有不羈之才。然嵇志遠而疏〔三〕，吕心曠而放〔四〕，其後各以事見法〔五〕。嵇博綜技藝，於絲竹特妙，臨當就命，顧視日影，索琴而彈之。余逝將西邁〔六〕，經其舊廬，于時日薄虞淵〔七〕，寒冰淒然〔八〕。鄰人有吹笛者，發聲寥亮。追思曩昔遊宴之好〔九〕，感音而歎，故作賦云：

將命適于遠京兮〔一〇〕，遂旋反而北徂。濟黄河以泛舟兮，經山陽之舊居。瞻曠野之蕭條兮，息余駕乎城隅。踐二子之遺迹兮，歷窮巷之空廬。嘆《黍離》之愍周兮，悲《麥秀》於殷墟。惟古昔以懷今兮〔一一〕，心徘徊以躊躇。棟宇存而弗毁兮，形神逝其焉如〔一二〕。昔李斯之受罪兮〔一三〕，嘆黄犬而長吟。悼嵇生之永辭兮，顧日影而彈琴。托運遇于領會兮〔一四〕，寄餘命於寸陰。聽鳴笛之慷慨兮，妙聲絶而復尋。停駕言其將邁兮，遂援翰而寫心。

【校記】

〔一〕向秀《思舊賦》見載於《文選》卷十六，《晉書》本傳和《藝文類聚》卷三十四亦載有此賦。

〔二〕六臣注《文選》卷十六『余』下注云：『五臣有少字。』

〔三〕此句《藝文類聚》卷三十八引向秀《思舊賦》作『嵇康意遠而疏』，與各本不同；六臣注《文選》『志』下注云：『五臣作意。』

〔四〕《藝文類聚》卷三十八引『吕』下有『安』字。

〔五〕見，《藝文類聚》卷三十八作『犯』。

〔六〕余，《藝文類聚》無。六臣注《文選》『余』下注云：『五臣無余字。』

〔七〕淵，《晉書》本傳作『泉』，當是作者爲避李淵諱而改。

〔八〕『于時日薄虞淵，寒冰淒然』二句，《藝文類聚》卷三十八引缺。

〔九〕六臣注《文選》『思』下注云：『五臣作想。』《藝文類聚》亦作『想』；六臣注《文選》『宴』下注云：『五臣作讌。』

〔一〇〕兮，《藝文類聚》無。以下各句「兮」字，《藝文類聚》皆無。

〔一一〕惟，《晉書》本傳無；古，《晉書》本傳作「追」；今，六臣注《文選》和《藝文類聚》皆作「人」。

〔一二〕六臣注《文選》「逝」下注云：「五臣作遊。」

〔一三〕六臣注《文選》「罪」下注云：「五臣作戮。」

〔一四〕六臣注《文選》「遇」下注云：「五臣作命。」領，《藝文類聚》作「際」。

文

難養生論〔一〕

難曰〔二〕：若夫節哀樂，和喜怒，適飲食，調寒暑，亦古人之所修也。至於絶五穀，去滋味，寡情欲，抑富貴，則未之敢許也。何以言之？夫人受形於造化，與萬物並存，有生之最靈者也。異於草木，草木不能避風雨〔三〕，辭斤斧〔四〕；殊於鳥獸，鳥獸不能遠網羅〔五〕，而逃寒暑。有動以接物，有智以自輔〔六〕，此有心之益，有智之功也。若閉而默之，則與無智同，何貴於有智哉？有生則有情，稱情則自然。若絶而外之〔七〕，則與無生同，何貴於有生哉？

且夫嗜欲，好榮惡辱，好逸惡勞，皆生於自然。夫天地之大德曰生，聖人之大寶曰位。崇高莫大於富貴，然富貴天地之情也〔八〕。貴則人順己以行義於下〔九〕，富則所欲得以有財聚人〔一〇〕。此皆先王所重，關之自然〔一一〕，不得相外也。

又曰：富與貴是人之所欲也，但當求之以道義〔一二〕。在上以不驕無患，持滿以損儉不溢〔一三〕。若此何爲？其傷德耶？或睹富貴之過，因懼而背之，是猶見食之有噎，因終身不飡耳。神農唱粒食之始〔一四〕，后稷纂播植之業〔一五〕，鳥獸以之飛走，生民以之視息，周孔以之窮神，顔冉以之樹德。賢聖珍其業，歷百代而不廢。今一旦云五穀非養生之宜，肴醴非便性之物，則亦有和羹，黄耇無疆，爲此春酒，以介眉壽，皆虚言也！

博碩肥腯，上帝是饗；黍稷惟馨，實降神祇。神祇且猶重之，而況於人乎？肴糧入體，不逾旬而允，此自然之符，宜生之驗也。夫人含五行而生，口思五味，目思五色，感而思室，飢而求食，自然之理也，但當節之以禮耳。今五色雖陳〔一六〕，目不敢視；五味雖存，口不得嘗。以言争而獲，勝則可焉。有芍藥爲荼蓼，西施爲嫫母，忽而不欲哉？苟心識可欲而不得從，性氣困於防閑，情志鬱而不通，而言養之以和，未之聞也。

又云『導養得理，以盡性命，上獲千餘歲，下可數百年』，未盡善也〔一七〕。若信可然，當有得者。此人何在？目未之見〔一八〕。此殆影響之論〔一九〕，可言而不可得〔二〇〕。縱時有耆壽耇老〔二一〕，此自特受一氣，猶木之有松柏，非導養之所致。若性命以巧拙爲長短，則聖人窮理盡性，宜享遐期。而堯舜禹湯文武周孔，上獲百年，下者七十，豈復疏於導養耶〔二二〕？顧天命有限，非物所加耳。

且生之爲樂，以恩愛相接，天理人倫，燕婉娱心，榮華悦志，服饗滋味，以宣五情，納御聲色，以達性氣。此天理自然，人之所宜，三王所不易也。今若舍聖軌而恃區種，離親棄歡，約己苦心，欲積塵露以望山海，恐此功在身後，實不可冀也。縱令勤求，少有所獲。則顧影尸居〔二三〕，與木石爲鄰，所謂不病而自灸，無憂而自默，無喪而疏食〔二四〕，無罪而自幽〔二五〕，追虚徼幸，功不答勞。以此養生〔二六〕，未聞其宜。故相如曰：『必若長生而不死，雖濟萬世猶不足以喜。』言背情失性，而不本天理也。長生且猶無歡，況以短生守之耶？若有顯驗，且更論之。

【校記】

〔一〕黄本作《黄門郎向子期難養生論一首》，作爲《嵇中散集》的附録收入。《喻林》卷六引作《向子期難養生論》。魯迅校訂吴寬鈔本題下注云：『原鈔奪向子期難四字，據舊校及黄本加。張燮本作《向秀難養生論》。』

〔二〕吴寬鈔本『難曰』之前有『黄門郎向子期』六字。魯迅《嵇康集》校記云：『各本無此六字。』

〔三〕草木，吴寬鈔本無此二字。據黄本補。

〔四〕斤斧，吴寬鈔本作『斧斤』。

〔五〕鳥獸，吴寬鈔本無此二字。據黄本補。

〔六〕輔，黄本作『轉』，或係形誤。

〔七〕吴寬鈔本此句句首有『得』字，係衍文。魯迅《嵇康集》校記云：『各本字無，舊校亦删。』

〔八〕吴寬鈔本『然』下有『則』字。魯迅《嵇康集》校記云：『各本字奪。』

〔九〕以，吴寬鈔本無。魯迅《嵇康集》校記云：『各本已下有以字。』

〔一〇〕有，吴寬鈔本無。魯迅《嵇康集》校記云：『各本以下有有字。』

〔一一〕闕，吴寬鈔本作『開』。

〔一二〕吴寬鈔本『義』前有『不苟非』三字，作『但當求之以道，不苟非義』。魯迅《嵇康集》校記云：『各本三字奪，舊校亦删。』
〔一三〕儉，吴寬鈔本作「斂」，當係形誤。
〔一四〕唱，魯迅《嵇康集》校記云：『程本作倡。』
〔一五〕植，吴寬鈔本作「殖」。
〔一六〕今，吴寬鈔本作『令』。
〔一七〕魯迅吴寬鈔本『盡』下校記云：『已上二十字，原鈔本奪，依各本及舊校加。』
〔一八〕未之，吴寬鈔本作『之未』。
〔一九〕影，吴寬鈔本作『景』。
〔二〇〕前一『可』字，吴寬鈔本作『何』；後一『可』字，吴寬鈔本無。
〔二一〕者壽，魯迅《嵇康集》校記云：『原鈔二字無。依各本及舊校加。』
〔二二〕耶，吴寬鈔本作『邪』。下同，不再出校記。
〔二三〕影，吴寬鈔本作『景』。
〔二四〕疏，吴寬鈔本作『蔬』。
〔二五〕自，魯迅《嵇康集》校記云：『汪本訛目。』
〔二六〕此，吴寬鈔本作『以』。

卷五　劉伶集

劉伶字伯倫，沛國（治今安徽省濉溪縣西北）人。身長六尺，容貌醜陋。其爲人也，放情肆志，淡泊少言，不妄交遊，嗜酒如命。正始末嘉平初，與阮籍、嵇康等爲竹林之遊。晉武帝泰始初對策，盛言『無爲之化』，以無用罷。後爲建威參軍，不久即去職。由於《晉書》本傳沿襲東晉戴逵《竹林七賢論》之説，稱劉伶『未嘗厝意文翰，惟著《酒德頌》一篇』，後人遂習焉不察，多以爲劉伶除《酒德頌》外别無文章。然而，《藝文類聚》卷七卻載有劉伶《北邙客舍詩》一首。雖然僅此一首，但已可證戴逵所言有誤。另外，南宋初年朱弁《曲洧舊聞》言『唐史《藝文志》，劉伶有文集三卷』。是則劉伶當曾經有文集行世。不過，翻檢兩《唐書》，卻未見有《劉伶集》的記載。除此而外，亦未發現其他文獻或書目類著作著録《劉伶集》。故劉伶是否有文集行世，尚且存疑。今所見劉伶作品，除《北邙客舍詩》外，尚有文《酒德頌》、《酒祝》、《問樂》三篇。

詩

北邙客舍詩〔一〕

泱漭望舒隱，黮黤玄夜陰。寒鷄思天曙，擁翅吹長音。蚊蚋歸豐草，枯葉散蕭林。陳醴發悴顔，色覼暢真心〔二〕。縕被終不曉，斯嘆信難任。何以除斯嘆，付之與瑟琴。長笛響中夕，聞此消胸衿。〔三〕

【校記】

〔一〕此詩最早見載於《藝文類聚》卷七『北邙山』條引，題屬魏劉伶《北邙客舍詩》。《古詩紀》、《石倉歷代詩選》和《淵鑒類函》皆據《藝文類聚》收録。

〔二〕覩，《淵鑒類函》卷二十八引作『愉』。

〔三〕衿，《古詩紀》、《石倉歷代詩選》和《淵鑒類函》作『襟』。

文

酒德頌〔一〕

有大人先生者〔二〕，以天地爲一朝，萬期爲須臾，日月爲扃牖〔三〕，八荒爲庭衢。行無轍迹，居無室廬〔四〕，幕天席地〔五〕，縱意所如。止則操巵執斛〔六〕，動則挈榼提壺，唯酒是務，焉知其餘。

有貴介公子，縉紳處士，聞吾風聲，議其所以，乃奮袂攘襟，怒目切齒，陳説禮法，是非鋒起〔七〕。先生於是方奉甖承槽〔八〕，銜杯漱醪。奮髯箕踞，枕麴藉糟。無思無慮，其樂陶陶。兀然而醉，豁爾而醒〔九〕。静聽不聞雷霆之聲，熟視不見泰山之形〔一〇〕。不覺寒暑之切肌，利欲之感情〔一一〕。俯觀萬物之擾擾，如江漢之載浮萍〔一二〕。二豪侍側焉，如蜾蠃之與螟蛉。

【校記】

〔一〕劉伶《酒德頌》最早見載於《世説新語・文學第四》『劉伶著酒德頌』條劉孝標注引《竹林七賢論》。《文選》卷四十七、《晉書》本傳、《藝文類聚》卷七十二和《西晉文紀》卷八亦載此文。

〔二〕者，《文選》、《晉書》本傳、《藝文類聚》等皆無，兹據《世説新語・文學第四》『劉伶著酒德頌』條劉孝標注引《竹林七賢論》補。

〔三〕扃牖，《藝文類聚》作『牖户』，《太平御覽》卷七百七十六引作『户牖』。

〔四〕『行無轍迹，居無室廬』二句，《古今事文類聚・續集》卷十五引作『居無轍迹，行無室廬』，係誤。

〔五〕幕，《經濟類編》卷九十八引作『暮』，當係形誤。

〔六〕止，《世説新語・文學第四》劉孝標注引《竹林七賢論》作『行』，從《文選》改。按，下句言『動』，則上句當爲『止』，如此則動静相對。斛，《竹林七賢論》作『瓢』，鄭樵《通志》卷一百二十三引從之。

〔七〕鋒，《西晉文紀》卷八作『蜂』。

〔八〕方，《藝文類聚》卷二十七引無。

〔九〕豁，《竹林七賢論》作『慌』。《晉書》本傳作『怳』。六臣注《文選》『豁』下注云：『五臣作怳。』《西晉文紀》從之。

〔一〇〕見，《晉書》本傳作『睹』。六臣注《文選》『見』下注云：『五臣作睹。』《西晉文紀》從之。泰，《通志》卷一百二十三引作『太』，《經濟類編》卷九十八引從之。

〔一一〕利，六臣注《文選》『利』下注云：『五臣作嗜。』

〔一二〕『俯觀萬物之擾擾，如江漢之載浮萍』二句，李善注和六臣注《文選》皆作『俯觀萬物，擾擾焉如江漢之載浮萍』，《晉書》作『俯觀萬物，擾擾焉若江漢之載浮萍』，《通志》和《西晉文紀》從之。另，六臣注《文選》『浮』下注云：『五臣無浮。』

酒祝〔一〕

天生劉伶，以酒爲名。一飲一斛〔二〕，五斗解酲〔三〕。婦人之言〔四〕，慎不可聽〔五〕！

【校記】

〔一〕劉伶《酒祝》最早見載於《世説新語·任誕第二十三》『劉伶縱酒渴甚』條。劉孝標注云：『見《竹林七賢論》。』《太平御覽》卷七百八十引亦云出自《竹林七賢論》。《藝文類聚》卷七十二引則云出自《語林》。《西晉文紀》作《酒咒》，注云：『《晉書》咒作祝。』

〔二〕斛，《藝文類聚》卷七十二引作『石』，《太平廣記》卷二百二十三引亦作『石』。《古今事文類聚·續集》卷十五和《西晉文紀》從之；另，斛，《太平御覽》卷八百四十六引作『醉』，或係抄寫之誤。

〔三〕酲，《西晉文紀》卷八作『醒』，當係形誤。

〔四〕婦人，《世説新語》和《藝文類聚》引同。《晉書》本傳作『婦兒』，《册府元龜》、《通志》和《風雅翼》卷七引從之。

〔五〕不，《藝文類聚》卷七十二引《語林》作『莫』，《西晉文紀》從之。

問樂〔一〕

孔子云：『安上治民莫善於禮，移風易俗莫善於樂。』夫禮者，男女之所以别，父子之所以成，君臣之所以立，百姓之所以平也。爲政之具靡先於此，故安上治民莫善於禮也。夫金石絲竹、鐘鼓管弦之音，干戚羽旄、進退俯仰之容，有之何益於政，無之何損於化，而曰移風易俗莫善於樂乎？

【校記】

〔一〕劉伶《問樂》，原爲阮籍《樂論》開篇的一段話，是阮籍寫作《樂論》一文的緣由。劉伶《問樂》乃是從阮籍《樂論》摘出。

卷六　阮咸集

阮咸字仲容，陳留尉氏（今河南省尉氏縣）人。祖父阮瑀爲建安七子之一。父阮熙乃阮籍之兄，曾任武都太守。阮咸任達不拘，尚道棄事，不務儒業，性喜飲酒。與叔父阮籍同預竹林之遊，時稱『大小阮』。西晋咸寧中，爲散騎侍郎。精通音律，因批評權臣荀勖新律不合古律，而左遷始平太守。善彈琵琶，後人把經阮咸改制的琵琶稱爲『阮』。《宋史·藝文志》載有《阮咸集》一卷，但《隋書·經籍志》和《舊唐書·經籍志》、《新唐書·藝文志》均未見有阮咸文集行世的記載。阮咸還著有《易義》，與阮渾合著有《難答論》一卷。除此之外，相傳阮咸還著有《古三墳注》和《三峽流泉》，但學界對其著作權存有爭議。

文

律議〔一〕

勖所造聲高，高則悲。夫亡國之音哀以思，其民困。今聲不合雅，懼非德政中和之音，必是古今尺有長短所致。然今鐘磬是魏時杜夔所造，不與勖律相應，音聲舒雅，而久不知夔所造。時人爲之，不足改易。

【校記】

〔一〕阮咸《律議》最早見載於《世説新語·術解第二十》『荀勖善解音聲』條劉孝標注引《晋諸公贊》。《晋書》卷十六『律曆志上』所引阮咸《律議》，僅有『勖所造聲高』至『必是古今尺有長短所致』一段文字，以下數句則無，且字句亦有出入，其文云：『其聲高，聲高則悲，非興國之音，亡國之音也。亡國之音哀以思，其人困。今聲不合雅，懼非德正至和之音，必古今尺有長短所致也。』《晉書》卷二十二『樂志上』所載與《律曆志》所載又有不同，其文云：『荀勖又作新律笛十二枚，以調律呂，正雅樂。正會殿庭作之，自謂宮商克諧。然論者猶謂勖暗解。時阮咸妙達八音，論者謂之神解。咸常心譏勖新律聲高，以爲高近哀思，不合中和。每公會樂作，勖意咸謂之不調，以爲異己，乃出咸爲始平相。後有田父耕於野，得周時玉尺，勖以校己所治鐘鼓金石絲竹，皆短校一米，於此伏咸之妙，復徵咸歸。』

與姑書〔一〕

胡婢遂生胡兒。

【校記】

〔一〕阮咸《與姑書》最早見載於《世説新語・任誕第二十三》『阮仲容先幸姑家鮮卑婢』條劉孝標注引《阮孚别傳》。《西晉文紀》收録阮咸文僅此一篇《與姑書》，且僅有此一句。

卷七　竹林七賢雜著輯佚

竹林七賢雜著，是指詩歌、辭賦和散文之外的各類著述。由於時代久遠，竹林七賢雜著在流傳過程中大多散佚，即使是僥倖保存下來的，也頗爲零星和散亂，搜集整理起來十分費力且又成效甚微。雖然如此，作者在多年的研究中，遇到有關竹林七賢著述的文獻就集之書篋，日積月累，漸成卷帙。然而，當着手開始整理時，卻發現問題相當複雜。由於記載者或轉述者各有自己的立場和取捨，這就不可避免地造成了文獻記載不一致的現象，有時甚至是相互矛盾的現象。這種情況不僅表現在竹林七賢的雜著中，而且表現在他們的雜言中，給竹林七賢雜著著作權的確定帶來了很大難度。爲了理清脈絡，確定歸屬，需要對有關情況作簡要交代，對相互矛盾的現象進行考辨。尤其是對竹林七賢的雜言，進行必要的考辨，以恢復其原貌，確定其最終歸屬，既是不可或缺的，也是尊重歷史，對讀者負責。當然，其結果則會出現考辨文字多於竹林七賢雜言的情況。這是必須加以説明的。竹林七賢雜著輯佚，主要包括三個部分的内容。一是竹林七賢文集之外的其他著述存佚情況的考述，二是竹林七賢雜著的輯佚，三是竹林七賢雜言的輯佚。竹林七賢雜著的存佚情況，主要依據《隋書・經籍志》、《舊唐書・經籍志》、《新唐書・藝文志》、《宋史・藝文志》以及明代之前的書目文獻著作，結合文人别集或筆記的有關記載，相互印證，以確定歸屬和存佚；至於輯佚工作，雖然繁瑣細微，且費時費力，但爲了能够把竹林七賢現存雜著搜集完備，則是不憚煩勞，盡力搜羅比勘，確定真訛和歸屬。這項工作，主要體現在嵇康《聖賢高士傳》、山濤《山公啓事》和向秀《莊子注》、《莊子音》四部雜著上。竹林七賢的雜言，是費時費力較多的一部分。其所以費時費力，主要是太過零散，且同一内容，相關文獻的記載出入較大，甚至相互矛盾，頗多抵牾，需要參考文獻記載的先後及語言背景，通過詳細的分析比勘，來復原其話語的真實面貌。而這些内容，既不可能也没有必要在輯佚中全部體現出來。所以，僅擇其要而録之，並加必要的考辯。

阮籍

道德論

阮籍《道德論》最早見載於晋秘書監傅暢《晋諸公贊》。魏晋時期，玄學盛行，有關玄學的許多命題，常常成爲人們争論的話題，相互攻訐更成爲家常便飯。《世説新語・文學第四》載：『裴成公作《崇有論》，時人攻難之，莫能折。唯王夷甫來，如小屈。時人即以王理難，裴理還復申。』該條下劉孝標注引《晋諸公贊》記載阮籍有《道德論》：

自魏太常夏侯玄、步兵校尉阮籍等皆著《道德論》，於時，侍中樂廣、吏部郎劉漢亦體道而言約，尚書令王夷甫講理而才虚，散騎常侍戴奥以學道爲業，後進庾敳之徒皆希慕簡曠。頠疾世俗，尚虚無之理，故著《崇有二論》以折之。才博喻廣，學者不能究。後樂廣與頠清閑欲説理，而頠辭喻豐博，廣自以體虚，無笑而不復言。

據《晋諸公贊》記載，阮籍和正始名士中的夏侯玄等，皆著有《道德論》。而現存《阮籍集》論説類文章，只有《通易論》、《通老論》、《達莊論》和《樂論》四篇，並無《道德論》。因此可以斷定，該文久佚。

通易論

《通易論》（一作《易通論》），今存一篇，收入《阮籍集》中。然而，據南宋馮椅《厚齋易學》記載，《中興書目》載有《易通論》一卷，共有五篇。南宋流行的《易通論》，題署晉阮嗣宗撰①。元胡一桂《周易啓蒙翼傳》則明言『阮嗣宗《易通論》一卷，凡五篇』，自注云載於《宋志》。②清代學者朱彝尊對阮籍《通易論》有考論：『阮氏《通易論》，《宋志》一卷，存。《魏志》：籍才藻艷逸，而倜儻放蕩，行己寡欲，以莊周爲模則。官至步兵校尉。胡一桂曰：阮嗣宗《易通論》一卷，凡五篇。』③據此可知，阮籍《通易論》一卷，原爲五篇，但今僅存一篇，其餘四篇久佚。阮籍作品散佚之多，由此可見一斑。

【注釋】

①《厚齋易學》附録二『先儒著述下』云：『《易通論》，《中興書目》「《易通論》一卷，凡五篇。」《唐志》「宋處宗撰。」而今本題晉阮嗣宗撰。《書目》云：「似非晉人之文。」王堯臣等編纂《崇文總目》亦無之。』

②見《周易啓蒙翼傳》中篇。

③《經義考》卷十。

雜言

『時無英雄，使豎子成名！』

此爲阮籍登廣武山、觀楚漢之戰遺址時語。見載於《晉書》本傳，其文云：『（阮籍）嘗登廣武，觀楚漢戰處，嘆曰：『時無英雄，使豎子成名！』

按，《太平御覽》所引《晉書》阮籍語與此略異，其文云：『阮籍嘗登廣武山，見劉、項戰處，嘆曰：「時無英主，使豎子成名！」』①

【注釋】

①見《太平御覽》卷一百五十九。

『偶有二斗美酒，當與君共飲，彼公榮者無預焉。』

『勝公榮者，不得不與飲酒。不如公榮者，不可不與飲酒。惟公榮，可不與飲酒。』

前者爲阮籍對王戎語，後者爲阮籍答問者語。語見《世説新語·簡傲第二十四》『王戎弱冠詣阮籍』條，其文云：『王戎弱冠詣阮籍，時劉公榮在坐。阮謂王曰：「偶有二斗美酒，當與君共飲，彼公榮者無預焉。」二人交觴酬酢，公榮遂不得一杯，而言語談戲，三人無異。或有問之者，阮答曰：「勝公榮者，不得不與飲酒。不如公榮者，不可不與飲酒。惟公榮，可不與飲酒。」』①

按，《晉書》本傳所載與《世説新語》略異：『戎異之，他日問籍曰：「彼何如人也？」答曰：「勝公榮，不可不與飲。若減公榮，則不敢不共飲。惟公榮，可不與飲。」』在《世説新語·任誕第二十三》中，這段話則是劉昶（公榮）自語，其『劉公榮與人飲酒』條云：『劉公榮與人飲酒，雜穢非類。人或譏之。答曰：「勝公榮者，不可不與飲；不如公榮者，亦不可不與飲。是公榮輩者，又不可不與飲。」故終日共飲而醉。』南宋洪邁《容齋隨筆》卷十二『劉公榮』條對此事有辨析，附之於後，可參見：

王戎詣阮籍，時兗州刺史劉昶字公榮在坐。阮謂王曰：『偶有二斗美酒，當與君共飲，彼公榮者無預焉。』二人交觴酬酢，公榮遂不得一杯，而言語談戲，三人無異。或有問之者，阮曰：『勝公榮者，不得不與飲酒；不如公榮者，不可不與飲酒；唯公榮，可不與飲酒。』此事見戎傳，而《世説》爲詳。又一事云：公榮與人飲酒，雜穢非類，人或譏之，答曰：『勝公榮者，不可不與飲；不如公榮者，亦不可不與飲；是公榮輩者，又不可不與飲。』故終日共飲而醉。二者稍不同。公榮待客如是，費酒多矣，顧不蒙一杯於人乎？東坡詩云：『未許低頭拜東野，徒言共飲勝公榮。』蓋用前事也。

【注釋】

①見《世説新語·簡傲第二十四》。以下引《世説新語》隨文注明篇目者，不再出注。

『俗物已復來敗人意！』

此爲阮籍對王戎語。見載於《世説新語·排調第二十四》，其文云：『嵇、阮、山、劉在竹林酣飲，王戎後至。步兵曰：「俗物已復來敗人意！」王笑曰：「卿輩意，亦復可敗邪？」』

按，《世説新語》所載此事，亦爲《晉書》本傳所取，唯王戎答語略異：『戎每與籍爲竹林之游，戎嘗後至，籍曰：「俗物已復來敗人意！」戎笑曰：「卿輩意，亦復易敗耳？」』

『仲容已預之，卿不得復爾。』

此爲阮籍對子阮渾語。語見《世説新語・任誕第二十三》，其文云：『阮渾長成，風氣韻度似父，亦欲作達。步兵曰：「仲容已預之，卿不得復爾。」』

按，《世説新語》此條下劉孝標注引《竹林七賢論》曰：『籍之抑渾，蓋以渾未識己之所以爲達也。後，咸兄子簡，亦以曠達自居。父喪，行遇大雪寒凍，遂詣浚儀令。令爲他賓設黍臛，簡食之，以致清議，廢頓幾三十年。是時，竹林諸賢之風雖高，而禮教尚峻。迨元康中，遂至放蕩越禮。樂廣譏之曰：「名教中自有樂地，何至于此！」樂令之言有旨哉！謂彼非玄心，徒利其縱恣而已。』

『平生曾游東平，樂其土風，願得爲東平太守。』

此爲阮籍對司馬昭語。語見《世説新語・任誕第二十三》『步兵校尉缺廚中有貯酒數百斛』條劉孝標注引《文士傳》，其文云：『籍放誕有傲世情，不樂仕宦。晋文帝親愛籍，恒與談戲，任其所欲，不迫以職事。籍常從容曰：「平生曾游東平，樂其土風，願得爲東平太守。」文帝説，從其意。籍便騎驢徑到郡，皆壞府舍諸壁障，使内外相望，然後教令清寧。十餘日，便復騎驢去。』

按，《晋書》本傳亦載此事，但語甚簡略，阮籍對司馬昭語亦稍有異：『文帝輔政。籍嘗從容言於帝曰：「籍平生曾游東平，樂其風土。」帝大悦，即拜東平相。籍乘驢到郡，壞府舍屏障，使内外相望，法令清簡。旬日而還。』此記阮籍求爲東平太守事少了《文士傳》『晋文帝親愛籍，恒與談戲，任其所欲，不迫以職事』數語，致使阮籍求職一事原因不明，顯得很突兀。

『嘻！殺父乃可，至殺母乎？』

『禽獸知母而不知父。殺父，禽獸之類也。殺母，禽獸之不若。』

此爲阮籍評殺母者語。語見《晉書》本傳：『帝引爲大將軍從事中郎。有司言有子殺母者。籍曰：「嘻！殺父乃可，至殺母乎？」坐者怪其失言。帝曰：「殺父，天下之極惡，而以爲可乎？」籍曰：「禽獸知母而不知父。殺父，禽獸之類也。殺母，禽獸之不若。」衆乃悦服。』

『禮豈爲我輩設也！』

此爲阮籍對譏者語。語見《世説新語·任誕第二十三》，其文云：『阮籍嫂嘗還家，籍見與别。或譏之，籍曰：「禮豈爲我輩設也！」』

按，《晉書》本傳亦載此語，與《世説新語》稍異：『籍嫂嘗歸寧。籍相見與别，或譏之。籍曰：「禮豈爲我設邪！」』

『窮矣！』

此爲阮籍臨母喪時語，見《世説新語·任誕第二十三》，其文云：『阮籍當葬母，蒸一肥豚，飲酒二斗，然後臨訣，直言「窮矣」。都得一號，因吐血，廢頓良久。』

按，《晉書》本傳述此事甚詳，其文云：『(阮籍)性至孝。母終，正與人圍棊，對者求止，籍留與決賭，既而飲酒二斗，舉聲一號，吐血數升。及將葬，食一蒸肫，飲二斗酒，然後臨訣，直言「窮矣」。舉聲一號，因又吐血數升，毁瘠骨立，殆致滅性。』本傳爲阮籍設定了與人賭棋而遭逢母喪這樣一種規定情景，如此一來，阮籍種種異乎常人之舉就比較容易解釋了。

『濬沖清尚，非卿倫也。與卿語，不如共阿戎語。』

此爲阮籍對王渾語，見《世説新語·簡傲第二十四》『王戎弱冠詣阮籍』劉孝標注引《晉陽秋》，其文云：『戎年十五，隨父渾在郎舍，阮籍見而説焉。每適渾，俄頃輒（去），在戎室久之。乃謂渾：「濬沖清尚，非卿倫也。」』劉孝標注引《竹林七賢論》阮籍對王渾語，與此則有較大出入，其文云：『初，籍與戎父渾俱爲尚書郎，每造渾，坐未安，輒曰：「與卿語，不如與阿戎語。」就戎，必日夕而返。』

按，《晉書》卷四十三《王戎傳》述及此事，則全取《晉陽秋》語：『阮籍與王渾爲友。戎年十五，隨渾在郎舍。戎少籍二十歲，而籍與之交。籍每適渾，俄頃輒去，過視戎，良久然後出。謂渾曰：「濬沖清賞，非卿倫也。共卿言，不如共阿戎談。」』

嵇康

聖賢高士傳

嵇康《聖賢高士傳》，最早見載於《三國志·魏志》卷二十一《王粲傳》裴松之注引《嵇氏譜》：『（嵇康）撰録上古以來聖賢、隱逸、遁心、遺名者，集爲傳贊。自混沌至於管寧，凡百一十有九人。蓋求之於宇宙之内，而發之乎千載之外者矣，故世人莫得而名焉。』《嵇氏譜》出自嵇康之兄嵇喜之手，然此書但言嵇康集上古聖賢、隱逸、遁心和遺名者爲傳贊，而没有説明書名。南朝梁沈約《宋書》最早記載了嵇康此書，並名之爲《高士傳》；《隋書·經籍志》著録嵇康《聖賢高士傳贊》三卷。唐代以後，則又有《高士傳》、《聖賢高士傳》、《聖賢高士傳贊》等名稱。此書的卷數，則有三卷和八卷之分，但除《新唐書·藝文志》著録『嵇康《聖賢高士傳》八卷』外，其餘多從《隋書·經籍志》作三卷。結合嵇康《高士傳》收録人物僅一百一十九人，且每個人物的傳記都很簡略這一情況，大抵可以斷定，《隋書·經籍志》作三卷是可信的。《新唐書·藝文志》作八卷，或是唐代流行的嵇康《高士傳》對隋唐之前流傳的本子進行重新分卷而成。由於原書不存，故而僅作此推斷而已。以下所録嵇康《聖賢高士傳》五十六則六十三人，係據《世説新語》、《初學記》、《藝文類聚》、《太平御覽》、《册府元龜》、《説郛》等文獻輯出，並依人物時代先後爲序重新排列。

廣成子〔一〕

廣成子在崆峒之上。黄帝問曰：『吾欲取天地之精，以養萬物，爲之奈何？』廣成子蹶然而起曰：『至道之精，窈窈冥冥，無視無聽，抱神以静。我守其一，以處其和。故千二百歲，而形未嘗衰。得吾道者，上爲皇，下爲王；失吾道者，上見光而下爲土。吾將去汝，入無窮之間，遊無極之野，與日月參光，與天地爲常。』

【校記】

〔一〕見《藝文類聚》卷三十六。按，《莊子·駢拇》載黄帝與廣成子語，内容與此大相徑庭：『黄帝立爲天子十九年，令行天下。聞廣成子在崆峒之上，故往見之，曰：「吾欲取天地之精，以佐五穀，以養民人；又欲官陰陽，以遂群生，爲之奈何？」廣成子曰：「而所欲聞者，物之質也。而所官者，物之殘也。自而治天下，雲氣不待族而雨，草木不待黄而落，日月之光，益以荒矣。而佞人之心翦翦焉，又奚足以語至道哉！」』《太平御覽》卷六百二十四引《孫卿子》語與此同。

襄城小童〔一〕

黄帝將見大隗於具茨之山，方明爲御，昌寓參乘。黄帝曰：「異哉！請問天下？』小童曰：『子少遊六合之外，適有瞀病，有長者教予乘□車遊於襄城之野，今病少損。將復六合之外，爲天下者，子奚事焉？夫爲天下，亦奚異牧馬哉？去其害馬而已。』黃帝再拜，稱天師而還。

贊曰：　奇矣難測，襄城小童。倦遊六合，來憩茲邦。

【校記】

〔一〕見《藝文類聚》卷三十六。按，《藝文類聚》卷六、卷二十七亦載有黃帝見大隗於具茨之山事，其原始出處卻是《莊子雜篇·徐無鬼》。《太平御覽》卷七十九、四百九十和六百二十四所載黃帝見大隗於具茨之山事略同，亦出自《莊子》。《水經注》卷二十一『汝水』有『黃帝嘗遇牧童於其野，故嵇叔夜贊曰：「奇矣難測，襄城小童。倦遊六合，來憩茲邦」』的記載，據此可知『襄城小童』條後當有贊語。

巢父〔一〕

巢父，堯時隱人，年老，以樹爲巢，而寢其上，故人號爲巢父。堯之讓許由也，由以告巢父，巢父曰：『汝何不隱汝形，藏汝光？非吾友也。』乃擊其膺而下之。許由悵然不自得，乃遇清泠之水，洗其耳，拭其目，曰：『向者聞言，負吾友。』遂去，終身不相見。

【校記】

〔一〕見《藝文類聚》三十六。《古今事文類聚·前集》卷三十三『堯遜許由』條引《逸士傳》，與此略同。《太平御覽》卷五百六引與此同，惟其出處是皇甫謐《高士傳》。

許由〔一〕

許由字武仲，堯、舜皆師之，與齧缺論堯而去，隱乎沛澤之中。堯舜乃致天下而讓焉，曰：『十日并出，而爝火不息。其光也，不亦難乎？夫子爲天子，則天下治，我出尸之，吾自視缺然。』許由曰：『吾將爲名乎？名者實之賓，吾將爲賓乎？』乃去，宿于逆旅之家，旦而遺其皮冠。巢父聞由爲堯所讓，以爲汚，乃臨池水而洗其耳。池主怒曰：『何以汚我水？』由乃退而遁耕於中岳潁水之陽、箕山之下。許由養神，宅于箕阿；德真體全，擇日登遐〔二〕。

【校記】

〔一〕見《藝文類聚》三十六。按，《莊子内篇·逍遥遊》亦載巢父和許由事，内容與此略異。

〔二〕見《太平御覽》卷五十六引嵇康《聖賢高士傳贊》。此當爲《許由傳贊》。

壤父〔一〕

壤父者，堯時人，年八十，而擊壤於道中。觀者曰：『大哉，帝之德也。』壤父曰：『吾日出而作，日入而息；鑿井而飲，耕地而食。帝何德於我哉？』

【校記】

〔一〕見《藝文類聚》卷三十六。按，皇甫謐《高士傳》卷上亦載有壤父擊壤事，文辭與此略異。《太平御覽》卷五百六引壤父事，係據皇甫謐《高士傳》轉録。

子州支父〔一〕

子州支父者，堯、舜各以天下讓支父。支父曰：『予適有幽憂之病〔二〕，方且治之〔三〕，未暇治天下也。』〔四〕遂不知所之〔五〕。

【校記】

〔一〕見《藝文類聚》卷三十六，原作『子支伯』。《莊子·讓王》作『子州支父』，《吕氏春秋》卷二作『子州友父』。皇甫謐《高士傳》從《莊子》作『子州支父』。《太平御覽》卷五百九引嵇康《高士傳》從《吕氏春秋》作『子州友父』。茲從《莊子》。

〔二〕予，《太平御覽》作『我』；幽，《太平御覽》作『勞』。

〔三〕方，《太平御覽》無。

〔四〕治，《太平御覽》作『在』。

〔五〕此句《太平御覽》無。

善卷〔一〕

善卷者，古之賢人也〔二〕。舜以天下讓之，善卷曰：『予立宇宙之中，冬則衣皮毛，夏則衣絺葛。日出而作，日入而息，消遥天地之間，〔三〕何以天下爲哉？』遂入深山，莫知其所終〔四〕。

【校記】

〔一〕見《藝文類聚》卷三十六引嵇康《高士傳》。故事原出《莊子·讓王》，惟其字句稍異。

〔二〕此句《藝文類聚》無，據《太平御覽》卷二十六引嵇康《高士傳》補。

〔三〕『日出而作，日入而息，消遥天地之間』三句，《太平御覽》卷二十六引嵇康《高士傳》無。

〔四〕『遂入深山，莫知其所終』二句，《太平御覽》卷二十六引嵇康《高士傳》無。

石户之農〔一〕

石户之農，不知何許人，與舜爲友。舜以天下讓之，石户夫負妻戴〔二〕，携子以入海，終身不返〔三〕。

【校記】

〔一〕見《藝文類聚》卷三十六引嵇康《高士傳》。故事原出《莊子·讓王》，其文云：『舜以天下讓其友石户之農。石户之農曰：「卷卷乎後之爲人，葆力之士也。」以舜之德爲未至也，于是夫負妻戴，携子以入于海，終身不反也。』其文較嵇康《高士傳》爲詳。

〔二〕戴，《藝文類聚》卷三十六引嵇康《高士傳》無，據《太平御覽》卷五百九引補。

〔三〕返，《太平御覽》卷五百九引嵇康《高士傳》作『反』。

伯成子高〔一〕

伯成子高者〔二〕，不知何許人也〔三〕。唐虞之時爲諸侯；至禹，去而耕。禹往趨而問之〔四〕，曰：『昔堯、舜治天下，吾子立爲諸侯，堯授舜，舜授子，吾子去而耕，敢問其故何邪？』〔五〕子高曰：『昔堯治天下，至公無私，不賞而民勸，不罰而民畏。今子賞而不勸，罰而不畏，德自此衰，刑自此作。夫子盍行乎〔六〕？無落吾事〔七〕！』俋俋乎遂耕而不顧〔八〕。

【校記】

〔一〕見《藝文類聚》卷三十六和《太平御覽》五百九引嵇康《高士傳》。故事原出《莊子·天地》，其文略同。

〔二〕者，《太平御覽》卷五百九引無。

〔三〕此句《藝文類聚》卷三十六無，據《太平御覽》卷五百九引嵇康《高士傳》補。

〔四〕之，《太平御覽》卷五百九無。

〔五〕大禹問伯成子高的話，《藝文類聚》卷三十六無，據《太平御覽》卷五百九引嵇康《高士傳》補。

〔六〕乎，《太平御覽》卷三十六無。

〔七〕落，《太平御覽》卷五百九作『留』。

〔八〕俋俋，《太平御覽》卷五百九作『佀佀』；遂，《藝文類聚》卷三十六引無，據《太平御覽》卷五百九引補。

卞隨務光〔一〕

卞隨、務光者，不知何許人。湯將伐桀，因卞隨而謀，曰：『非吾事也。』湯遂伐桀，以天下讓隨。隨曰：『后之伐桀謀於我，必以我爲賊也；而又讓我，必以我爲貪也。吾不忍聞。』乃自投椆水〔二〕。又讓務光。光曰：『廢上非義，殺民非仁；無道之世，不踐其土，況於尊我哉？』乃抱石而沈廬水。

【校記】

〔一〕見《太平御覽》卷五百九引嵇康《高士傳》。故事原出《莊子・讓王》。

〔二〕椆水，原文無，兹據《莊子・讓王》補。

康市子〔一〕

康市子者，聖人之無欲者也，見人争財而訟，推千金之璧於其旁，而訟者息。

【校記】

〔一〕見《太平御覽》卷五百九引嵇康《高士傳》。

小臣稷〔一〕

小臣稷者，齊人，抗厲希古，桓公三往而不得見。公曰：『吾聞士不輕爵禄，無以易萬乘之主；萬乘之主不好仁義，無以下布衣之士。』於是，五往乃得見焉〔二〕。

【校記】

〔一〕見《太平御覽》卷五百九引嵇康《高士傳》。

〔二〕皇甫謐《高士傳》亦載有小臣稷事，文辭與嵇康《高士傳》略同，僅最後多出『桓公以此能致士，爲五霸之長』二句。

涓子〔一〕

涓子，齊人，不接賓客，服食甚精，至三百年。後釣於河澤，得鯉魚中符。後隱於宕石山，能致風雨，告伯陽九仙法。淮南王少得其文，不能解其旨。

【校記】

〔一〕見《太平御覽》卷五百九引嵇康《高士傳》。同書卷九百三十六引《列仙傳》亦載涓子事，文辭與此略同，其文云：『涓子，齊人也。好餌芝术，食其精者，三百年乃見于齊。著《天地人經》四十八篇。後釣于河澤，得鯉魚賜中符，隱于巖山，能致風雨。』《列仙傳》舊題劉向撰，論者疑爲魏晋人作。如此，則涓子故事最早究竟是出自嵇康《高士傳》，還是出自《列仙傳》，抑或是嵇康據《列仙傳》而撰，尚未可定論。

商容〔一〕

商容，不知何許人也，有疾。老子曰：『先生無遺教以告弟子？』商容曰：『將語子，過故鄉而下車，知之乎？』老子曰：『非謂不忘故耶？』容曰：『過喬木而趨，知之乎？』老子曰：『非謂其敬老耶？』容張口曰：『吾舌存乎？』曰：『存。』『吾齒存乎？』曰：『亡。』『知之乎？』老子曰：『非爲其剛亡而弱存乎？』容曰：『嘻！天下事盡矣。』

【校記】

〔一〕見《太平御覽》卷五百九引嵇康《高士傳》。《藝文類聚》卷三十四嵇康《高士傳》亦載商容事，但語甚簡略，其文云：『商容有疾，老子問之。容曰：「子過故鄉而下車，知之乎？」老子曰：「非謂不忘故耶？」』皇甫謐《高士傳》所載商容事，與此同。

老子〔一〕

良賈深藏，外形若虛。君子盛德，容貌若不足也。

【校記】

〔一〕此則見《史記索隱》卷十七《老子傳》，其『良賈深藏若虚，君子盛德容貌若愚』句下索隱引云：『嵇康《高士傳》亦載此語，文則小異，云：「良賈深藏，外形若虚；君子盛德，容貌若不足也。」』

關令尹喜〔一〕

關令尹喜，州大夫也，善内學、星辰、服食。老子西遊，喜先見氣，物色遮之，果得老子。老子爲著書，因與老子俱之流沙西，服巨勝實，莫知所終。

【校記】

〔一〕見《太平御覽》卷五百九引嵇康《高士傳》。按，尹喜與老子相會於函谷關，請老子著書五千言之事，《史記》與《列仙傳》都有記載。《太平御覽》卷九百八十九引《列仙傳》，文辭與此略同：『關令尹喜，與老子俱之流沙西，服巨勝實，莫知所終。』

亥唐〔一〕

亥唐，晋人也。高恪寡素，晋國憚之，雖蔬食菜羹，平公每爲之欣飽。公與亥唐坐，有間，亥唐出，叔向入。平公伸一足曰：『吾向時與亥子坐，腓痛足痹不敢伸。』叔向涬然作色不悦。公曰：『子欲貴乎？吾爵子；子欲富乎？吾禄子。夫亥先生乃無欲也，吾非正坐無以養之，子何不悦哉？』

【校記】

〔一〕見《太平御覽》卷五百九引嵇康《高士傳》。

項橐〔一〕

孔子問項橐曰：『居何在？』曰：『萬流屋是也。』注曰：『言與萬物同流匹也。』

【校記】

〔一〕見李善《文選》卷二十顔延之《皇太子釋奠會作》詩『萬流仰鏡』注引，其文云：『嵇康《高士傳》：孔子問項橐曰：「居何在？」曰：「萬流屋是也。」』

狂接輿〔一〕

狂接輿，楚人也，耕而食。楚王聞其賢，使使者持金百鎰聘之，曰：『願先生治江南。』接輿笑而不應，使者去。其妻從市來，曰：『門外車馬迹何深也？』接輿具告之。妻曰：『許之乎？』接輿曰：『貴富，人之所欲，子何惡之？』妻曰：『吾聞聖人樂道，不以貧易操，不以富改行。受人爵禄，何以待之？』接輿曰：『吾不許也。』妻曰：『誠然，不如去之。』夫負釜甑，妻戴紝器，變姓名，莫知所之。嘗見仲尼過而歌之曰：『鳳兮鳳兮！何德之衰！往者不可諫，來者猶可追。』後更姓名陸通，好養性，在蜀峨嵋山上，世世見之。

【校記】

〔一〕見《太平御覽》卷五百九引嵇康《高士傳》。其文後注云：『皇甫士安《高士傳》曰：陸通字接輿，楚昭王政亂，通佯狂不仕，故曰狂接輿也。』按，狂接輿，楚地人，故又稱楚狂接輿。《論語》、《莊子》、《史記》等皆有關於狂接輿的記載。嵇康《高士傳》載其事較詳，皇甫謐《高士傳》『陸通』條載其事更爲詳細。

榮啓期〔一〕

榮啓期者，不知何許人也。披裘帶索，鼓琴而歌。孔子曰：『先生何樂也？』對曰：『天生萬物，惟人爲貴，吾得爲人，一樂也；以男爲貴，吾得爲男，二樂也；人生有不免於繈褓，吾行年九十五矣，是三樂也。貧者士之常，死者民之終，居常以待終，何不樂也？』

【校記】

〔一〕見《太平御覽》卷五百九引嵇康《高士傳》。《藝文類聚》卷四十四引《列子》所載榮啓期故事，與此略同，可參見。

長沮桀溺〔一〕

長沮、桀溺者，不知何許人也，耦而耕。孔子過之，使子路問津焉。長沮曰：『夫執輿者是誰？』子路曰：『是孔子。』『是魯孔丘歟？』曰：『是也。』『是知津矣。』問於桀溺。桀溺曰：『子爲誰？』曰：『仲由。』『孔丘之徒歟？』對曰：『然。』『與其從避人之士，豈若從避世之士哉？』耰而不輟。子路以告孔子。孔子憮然曰：『鳥獸不可與同群，吾非斯人之徒歟！』

【校記】

〔一〕見《太平御覽》卷五百九引嵇康《高士傳》。本事見《論語·微子》，亦見《史記·孔子世家》。可參見。

荷蓧丈人〔一〕

荷蓧丈人，不知何許人也。子路從而後，問曰：『子見夫子乎？』丈人曰：『四體不勤，五穀不分，孰爲夫子？』植其杖而耘。子路行以告。子曰：『隱者也。』使子路反見之，至則行矣。

【校記】

〔一〕見《太平御覽》卷五百九引嵇康《高士傳》。本事見《論語·微子》。

太公任〔一〕

太公任者，陳人。孔子圍陳，七日不火食。太公往弔之曰：『子幾死乎？夫直木先伐，甘井先竭。子其飾智以矜愚，修身以明污，昭昭如揭日月而行，故汝不免於患也。孰能削迹捐勢，不爲功名者哉？無責於人，人亦無責焉。』孔子曰：『善。』辭其交遊，巡於大澤，入獸不亂群，而況人也。

【校記】

〔一〕見《太平御覽》卷五百九引嵇康《高士傳》。本事見《莊子・山木》。

漢陰丈人〔一〕

漢陰丈人者，楚人也。子貢適楚，見丈人爲圃，入井抱瓮而灌，用力甚多。子貢曰：『有機於此，後重前輕，曰「桔橰」，用力寡而見功多。』丈人作色曰：『聞之吾師，有機事者，必有機心。機心存於胸，則純白不備。』子貢愕然，慚不對。有間，丈人曰：『子奚爲？』曰：『孔丘之徒也。』丈人曰：『子非博學以疑聖知，獨弦歌以買聲名於天下者乎？方且亡汝神氣，墮汝形體，何暇治天下乎？子往矣！勿妨吾事。』

【校記】

〔一〕見《太平御覽》卷五百九引嵇康《高士傳》。本事見《莊子・天地》。

被裘公〔一〕

被裘公者，吴人也〔二〕。延陵季子出游，見道中遺金〔三〕，睹之謂公曰〔四〕：『取彼金。』公投鐮瞋目，拂手而言曰：『何子居之高而視之卑？吾被裘而負薪〔五〕，豈取遺金者哉？』季子大驚，既謝，而問其姓名。

公曰〔六〕：『吾子皮相之士，何足語姓名哉〔七〕！』

【校記】

〔一〕見《藝文類聚》卷三十六和《太平御覽》卷二十二引嵇康《高士傳》。

〔二〕《太平御覽》卷二十二引嵇康《高士傳》無『也』字。

〔三〕《太平御覽》卷二十二引『中』下有『有』字。

〔四〕睹之，《太平御覽》作『顧而』。

〔五〕吾，《太平御覽》作『五月』，當係形誤。

〔六〕公，《藝文類聚》無，據《太平御覽》補。

〔七〕何足語姓名哉，《太平御覽》作『而安足語姓名也』。

延陵季子〔一〕

延陵季子名札，吴王之子，最少而賢。使上國還，會闔閭使專諸刺殺王僚，致國於札。札不受，去之延陵，終身不入吴國。初適魯，聽樂論衆國之風。及過徐，徐君欲其劍，札心許之；及還，徐君已死，即解帶掛樹而去。

【校記】

〔一〕見《太平御覽》卷五百九引嵇康《高士傳》。本事見《新序》卷七『節士』，其文較《高士傳》爲詳。

原憲〔一〕

原憲味道，財寡義豐。棲遲蓽門，安賤固窮。弦歌自樂，體逸心沖。進應子貢，邈有清風。

【校記】

〔一〕見《初學記》卷十七『賢第二』引嵇康《原憲贊》。

范蠡〔一〕

范蠡者，徐人也。相越滅吴，去之齊，號鴟夷子，治産數千萬。去，之陶，爲朱公，復累巨萬。一日，蠡事周師太公，服飲桂水，去越入海，百餘年，乃見於陶。一旦棄資財，賣藥於蘭陵，世世見之。

【校記】

〔一〕見《太平御覽》卷五百九引嵇康《高士傳》。《列仙傳》卷上亦載范蠡事，故事與此稍異。

屠羊説〔一〕

屠羊説者，楚人，隱于屠肆。昭王失國，説往從王。王反國，將欲賞説。説曰：『大王失國，説失屠羊；大王反國，説亦屠羊。臣之爵禄復矣，又何賞之有？』王使司馬子棋延之以三珪之位。説曰：『願長反屠羊之肆耳。』遂不受。

【校記】

〔一〕見《太平御覽》卷五百九引嵇康《高士傳》。本事見《莊子·讓王》，文辭稍有出入。

市南宜僚〔一〕

市南宜僚，楚人也，姓熊。白公爲亂，使石乞告之，不從。承以劍，而僚弄丸不輟。魯侯問曰：『吾學先生之道，勤而行之，然不免於憂患。何也？』僚曰：『君今能刳形洗心，而遊無人之野，則無憂矣。』

【校記】

〔一〕見《太平御覽》卷五百九引嵇康《高士傳》。本事見《莊子·山木》，文辭略有出入。

周豐〔一〕

周豐，魯人也，潛居自貴。哀公執贄請見之，豐辭。使人問曰：『有虞氏未施信於民而民信，夏后氏未施敬於民而民敬，何施而得此於民也？』對曰：『墟墓之間，未施哀於民而民哀；宗廟社稷中，未施敬於民而民敬。殷人作誓而民始叛，周人作會而民始疑。苟無禮義忠信誠愨之心以莅之，雖固結之，民其不可解乎？』

【校記】

〔一〕見《太平御覽》卷五百十引嵇康《高士傳》。本事見《禮記·檀弓》，故事略異。

顔闔〔一〕

顔闔者，魯人也。魯君聞其賢，以幣聘焉。闔方服布衣，自飲牛。使者問曰：『此顔闔家耶？』曰：『然。』使者致幣。闔曰：『恐聽誤而遺使者羞。』使者反，復來求之，闔乃鑿坯而遁。

【校記】

〔一〕見《太平御覽》卷五百九引嵇康《高士傳》。本事見《莊子·讓王》，文辭稍有出入。

段干木〔一〕

段干木者，治清節，游西河，守道不仕。魏文侯就造其門，干木逾墻而避之。文侯以客禮出，過其廬則式。其僕問之，文侯曰：『干木不趣勢，隱處窮巷，聲馳千里，敢勿式乎？』文侯所以名過齊桓公者，能尊段干木、敬卜子夏、友田子方也。

【校記】

〔一〕見《藝文類聚》卷三十六引嵇康《高士傳》。皇甫謐《高士傳》亦載段干木故事，文辭稍詳。

莊周〔一〕

莊周少學老子，梁惠王時爲蒙縣漆園吏，以卑賤不肯仕。楚威王以百金聘周，周方釣於濮水之上，曰：『楚有龜，死三千歲矣，今巾笥而藏之於廟堂之上。此龜寧生而掉尾塗中耳。子往矣！吾方掉尾於塗中。』後，齊宣王又以千金之幣迎周爲相，周曰：『子不見郊祭之犧牛乎？衣以文綉，食以芻菽，及其牽入太廟，欲爲孤犢〔二〕，其可得乎？』遂終身不仕。

【校記】

〔一〕見《藝文類聚》卷三十六引嵇康《高士傳》。

〔二〕犢，《藝文類聚》卷三十六作『豚』。據皇甫謐《高士傳》改。按，前文稱『犧牛』，此當爲『孤犢』。

閭丘先生〔一〕

閭丘先生，齊人也。齊宣王獵於社山〔二〕，社山父老十三人相與勞王〔三〕。王賜父老衣服，父老皆謝，先生獨不拜。王曰：『少也？』復賜無徭役。先生復獨不拜。王曰：『父老幸勞之故，答以一賜。先生獨不拜，何也？』閭丘曰：『聞王之來，願得壽得富得貴于大王也。』王曰：『死生有命，非寡人也。倉廩備災，〔四〕無以富先生；大官無闕，無以貴先生。』閭丘曰：『非所敢望。願選良吏，平法度，臣得壽矣；賑乏以時，臣得富矣；令少敬長，臣得貴矣。』

【校記】

〔一〕見《太平御覽》卷五百九引嵇康《高士傳》。按，《藝文類聚》卷三十六引嵇康《高士傳》亦載此事，然文辭較爲簡略。本事見劉向《説苑》卷十一，其文辭稍詳。

〔二〕社，《太平御覽》作『杜』，兹據《説苑》和《藝文類聚》改。下同。

〔三〕勞，《太平御覽》作『助』，兹據《説苑》和《藝文類聚》改。

〔四〕災，《太平御覽》作『儲』，據《説苑》改。

顔歜〔一〕

顔歜者，齊人也。宣王見之。王曰：『歜前！』歜曰：『王前！』王不悦。歜曰：『夫歜前爲慕勢，王前爲趨士。』王作色曰：『士貴乎？』歜曰：『昔秦攻齊，令曰：敢近柳下惠壟樵者，罪死不赦。有能得齊王頭者，封萬户。由是觀之，生王之頭，不如死士之壟。』齊王曰：『願先生與寡人遊，食太牢，乘安車。』歜曰：『願得蔬食以當肉，安步以當輿，無罪以當貴，清淨以自娱。』遂辭而去。

【校記】

〔一〕見《太平御覽》卷五百十引嵇康《高士傳》。本事見《戰國策》卷十一『齊策四』。顔歜，《戰國策》作『顔斶』。

魯連〔一〕

魯連者〔二〕，齊人〔三〕。好奇偉倜儻，嘗遊趙。秦圍邯鄲〔四〕，連難新垣衍以秦爲帝〔五〕，秦軍爲卻。平原君欲封連，連三辭。平原君又置酒〔六〕，乃以千金爲連壽。連笑曰：『所貴於天下之士者，爲人排患釋難也；即有取之，是商賈之事耳。』及燕將守聊城，田單攻之不能下，連乃爲書射城中，遺燕將；燕將見書，泣三日，乃自殺，城降。田單欲爵連，連曰：『吾與於富貴而詘于人，寧貧賤輕世而肆意。』遂隱居海上，莫知所在〔七〕。

【校記】

〔一〕見《藝文類聚》三十六和《太平御覽》卷五百十二引嵇康《高士傳》。二者文辭多有出入。茲以《藝文類聚》爲本。本事見《史記》卷八十三《魯仲連鄒陽列傳》。

〔二〕者，《太平御覽》無。

〔三〕齊人，《太平御覽》無。

〔四〕『秦圍邯鄲』句，《藝文類聚》無，據《太平御覽》補。

〔五〕連，《藝文類聚》無，據《太平御覽》補。

〔六〕又置酒，《藝文類聚》無，據《太平御覽》補。

〔七〕『遂隱居海上，莫知所在』二句，《藝文類聚》無，據《太平御覽》補。

田生〔一〕

田生葺牀茅屋，不肯仕宦，惠帝親自往，不出屋。

【校記】

〔一〕見《藝文類聚》卷三十六。按，田生即田何，齊人，西漢初年易學家。本事見《史記》卷一百二十一《儒林列傳》。皇甫謐《高士傳》亦載有田何故事，述之較詳。

河上公〔一〕

河上公，不知何許人也。謂之丈人，隱德無言，無德而稱焉，安丘先生等從之，修其黄老業。

【校記】

〔一〕見《太平御覽》卷五百十。按，河上公，《史記》稱爲河上丈人，乃漢初丞相曹參的老師，精通《老子》，其《老子注》對後世廣有影響。

司馬季主〔一〕

司馬季主者，楚人也，卜於長安。漢文帝時，宋忠、賈誼爲大中大夫。誼曰：『吾聞聖人不居朝廷，必在巫醫。』試觀卜肆中，見季主閒坐，弟子侍而論陰陽之紀。二人曰：『觀先生之狀，聽先生之辭，世未嘗見也。尊官高位，賢者所處，何業之卑？何行之污？』季主笑曰：『觀大夫類有道術，何言之陋？夫相引以勢，相導以利，所謂賢者，乃可爲羞耳。夫内無飢寒之累，外無劫奪之憂，處上而有敬，居下而無害，君子道也。卜之爲業，所謂上德也。鳳凰不與，燕雀爲群；公等喁喁，何知長者？』二人忽忽不覺自失。後不知季主所在。

【校記】

〔一〕見《太平御覽》卷五百十。本事見《史記》卷一百二十七《日者列傳》。

司馬相如〔一〕

司馬相如者，蜀郡成都人，字長卿。初爲郎，事景帝。梁孝王來朝，從游説士鄒陽等。相如説之，因病免，游梁。後過臨邛，富人卓王孫女文君新寡，好音，相如以琴心挑之，文君奔之，俱歸成都。後居貧，至臨邛，買酒舍，文君當壚，相如著犢鼻褌，滌器市中。爲人口吃，善屬文。仕宦不慕高爵，嘗托疾不與公卿大事。終于家。其贊曰：

長卿慢世，越禮自放。犢鼻居市，不恥其狀。托疾避官〔二〕，蔑此卿相〔三〕。乃賦大人〔四〕，超然莫尚。

【校記】

〔一〕見《世説新語·品藻第九》『王子猷子敬兄弟』條劉孝標注引嵇康《高士傳》。本事見《史記·司馬相如列傳》。

〔二〕避官，李善《文選注》卷二十三謝惠連《秋懷詩》注引嵇康《高士傳》作『避患』。

〔三〕此，李善《文選注》卷二十三謝惠連《秋懷詩》注引嵇康《高士傳》作『比』。

〔四〕『乃賦大人』句，李善《文選注》卷二十三謝惠連《秋懷詩》注引嵇康《高士傳》作『乃至仕人』。

韓福〔一〕

韓福者，以行義修潔。漢昭帝時，以德行徵，病，不進。元鳳元年，詔賜帛五十匹，遣長吏時以存問，常以八月賜羊酒。不幸死者，賜複衾一，祠以中牢。自是至今，爲徵士之故事。福終身不仕，卒于家。

【校記】

〔一〕見《藝文類聚》卷三十六引嵇康《高士傳》。本事見《漢書》卷七十二《兩龔傳》。按，皇甫謐《高士傳》亦載韓福故事，文辭稍詳。

安丘生〔一〕

長陵安丘生病篤，弟子公沙都來省之，與安共至於庭樹下，聞李香開目，見雙赤李著枯枝，自墮掌中，安食之，所苦盡愈〔二〕。

【校記】

〔一〕見《太平御覽》卷九百六十八引嵇康《高士傳》。

〔二〕盡愈，《記纂淵海》卷九一二引作「除盡」。

安丘望之〔一〕

安丘望之，字仲都，京兆長陵人。少持《老子》經，恬靜不求進宦，號曰安丘丈人。成帝聞，欲見之。望之辭不肯見，爲巫醫於人間也。

【校記】

〔一〕見《後漢書》卷四十九《耿弇傳》章懷太子李賢注引嵇康《聖賢高士傳》。按，《太平御覽》卷六百六十六引晉葛洪《抱朴子》，則將安丘生與安丘望之的故事合而爲一，其文云：「安丘望之，字仲都，京兆長陵人也。修尚黃老。漢成帝從其道德，常宗師之，愈自損退。成帝請之，若值望之齋醮，則待事畢然後往。《老子》章句，有安丘之學。望之忽病篤，弟子公沙都侍于庭樹下。望之自知病有痓時，冬月，鼻聞李香，開目，則見雙赤李著枯枝。望之仰手承，李自墜掌中，因食李，所苦盡除，身輕目明，遂去，莫知何在也。」

班嗣〔一〕

班嗣，樓煩人也〔二〕。世在京師，家有賜書，内足於財。好老莊之道，不屑榮官，恒居山〔三〕。父黨揚子雲以下，莫不造門。桓君山從借《莊子》。嗣報曰：「若莊子者，絶聖棄智，修性保身，清虚澹泊，歸之自然。釣漁於一壑，則萬物不干其志；棲遲於一丘，則天下不易其樂〔四〕。今吾子貫仁義之羈絆，繫聲名之韁繅，伏孔氏之軌躅〔五〕，馳顔、閔之極藝，既繫率於世教矣〔六〕，何用大道爲自炫耀也〔七〕？昔有學步邯鄲者，失其故步〔八〕，匍匐而歸耳，恐似此類，故不進也〔九〕。』其行己持論如此，遂終於家。

【校記】

〔一〕見《藝文類聚》卷三十六引嵇康《高士傳》。《太平御覽》五百十亦載其事。本事見《漢書》卷一百《叙傳第七十》。

〔二〕『棲煩人也』句，《藝文類聚》無，據《太平御覽》補。

〔三〕『好老莊之道，不屑榮官，恒居山』三句，《藝文類聚》無，據《太平御覽》補。

〔四〕自『若莊子者』至『則天下不易其樂』九句，《藝文類聚》無，據《太平御覽》補。

〔五〕躅，《太平御覽》作『迹』。

〔六〕『既繫率於世教矣』句，《藝文類聚》無，據《太平御覽》補。

〔七〕用，《藝文類聚》無，據《太平御覽》補。

〔八〕『失其故步』句，《藝文類聚》無，據《太平御覽》補。

〔九〕『恐似此類，故不進也』二句，《藝文類聚》無，據《太平御覽》補。

蔣詡〔一〕

蔣詡字元卿，杜陵人，爲兖州刺史。王莽爲宰衡，詡奏事到灞上，稱病不進。歸杜陵，荆棘塞門，舍中三徑，終身不出。時人諺曰：『楚國二龔，不如杜陵蔣翁。』

【校記】

〔一〕見《太平御覽》卷五百十引嵇康《高士傳》。本事載《漢書》卷七十二《鮑宣傳》。東漢末年趙岐《三輔决録》亦載蔣詡故事。

求仲羊仲〔一〕

羊仲、求仲，不知何許人〔二〕，皆治車爲業，挫廉逃名。蔣元卿去兗州，還杜陵，荆棘塞門，舍中有二徑，不出。惟二人從之遊，時人謂之『二仲』。

【校記】

〔一〕見《海録碎事》卷九下『二仲』引嵇康《高士傳》。《説郛》卷五十七載『二仲』事，亦云出自嵇康《高士傳》。《實賓録》卷三亦載『二仲』事，但不言出處。

〔二〕『不知何許人』句，《海録碎事》引嵇康《高士傳》無，據《説郛》補。

尚長禽慶〔一〕

尚長字子平，禽慶字子夏，二人相善。慶隱避不仕王莽，長通《易》、《老子》，安貧樂道，好事者更饋遺，輒受之，自足還餘，如有不取也。舉措必於中和。司空王邑辟之連年，乃欲薦之於莽，固辭乃止。遂求退，讀《易》至損、益卦，喟然嘆曰：『吾知富貴不如貧賤，未知存何如亡爾。』爲子嫁娶畢，敕：『家事斷之，勿復相關，當如我死矣。』是後，肆意與同好遊五嶽名山，遂不知所在。

【校記】

〔一〕見《藝文類聚》卷三十六引嵇康《高士傳》。本事見《漢書》卷七十二《鮑宣傳》。按，尚長，《高士傳》和《後漢書》皆作『向長』。

逢貞李劭公〔一〕

逢貞字叔平，杜陵人。李劭公，上郡人。貞世二千石，王莽辟不至。嘗爲杜陵門下掾，終身不窺長安門。但閉户讀書，未嘗問政，不過農田之事。劭公，王莽時辟地河西。建武中，竇融欲薦之，面辭乃止。家累百金，優游自樂。

【校記】

〔一〕見《太平御覽》卷五百十引嵇康《高士傳》。按，逢貞，《太平御覽》卷六百十一引嵇康《高士傳》作『逢真』。

薛方〔一〕

薛方，齊人，養德不仕。王莽安車迎，方因謝曰：『堯舜在上，下有巢許。今明王方欲隆唐虞之德，亦猶小臣欲守箕山之志。』莽説其言，遂終於家。

【校記】

〔一〕見《太平御覽》卷五百十引嵇康《高士傳》。本事見《漢書》卷七十二《鮑宣傳》。

龔勝〔一〕

龔勝，楚人，王莽時遣使徵聘，義不事二姓，遂不食而死。有父老來弔，甚哀。既而曰：『嗟乎！熏以香自燒，膏以明自消。龔先生竟夭天年，非吾徒也！』趨而出，終莫知其誰也。

【校記】

〔一〕見《太平御覽》卷五百十引嵇康《高士傳》。本事見《漢書》卷七十二《兩龔傳》。

逢萌徐房李雲王尊〔一〕

逢萌、徐房〔二〕、李雲、王尊，同時相友，世號之『四子』。

【校記】

〔一〕見《太平御覽》卷四百九引嵇康《高士傳》。《後漢書》卷一百十三《逢萌傳》有『萌與同郡徐房、平原李子雲、王君公相友善，並曉陰陽，懷德穢行。房與子雲養徒各千人，君公遭亂獨不去，儈牛自隱』的記載。

〔二〕徐，《太平御覽》原作『條』，據《後漢書》卷一百十三《逢萌傳》改。按，此王尊非《漢書》卷七十六《王尊傳》之王尊。《漢書》所載王尊，字子贛，涿郡（治今河北省涿州市）人。此王尊字君公，平原（治今山東省平原縣西南）人，與逢萌等同爲東漢初年人。

王君公〔一〕

君公明《易》，爲郎，數言事不用，乃自污，與官婢通，免歸。詐狂儈牛，口無二價也。

【校記】

〔一〕見《後漢書》卷一百十三《逢萌傳》唐章懷太子注引嵇康《高士傳》。《册府元龜》卷八百九《總録部·隱逸》王君公條所引嵇康《高士傳》，與章懷太子注引嵇康《高士傳》同。

井丹〔一〕

井丹字大春，扶風郿人，博學高論，京師爲之語曰：『五經紛綸井大春，未嘗書刺謁一人。』北宮五王更請，莫能致。新陽侯陰就使人要之，不得已而行。侯設麥飯葱菜，以觀其意。丹推卻曰：『以君侯能供美膳，故來相過，何謂如此？』乃出盛饌，侯起，左右進輦。丹笑曰：『聞桀紂駕人車，此所謂人車者邪？』侯即去輦越騎。梁松貴震朝廷，請交丹，丹不肯見。後丹得時疾，松自將醫視之，病愈。久之，松失大男磊，丹一往弔之，時賓客滿廷，丹裘褐不完，入門，坐者皆竦望其顔色，丹四向長揖，前與松語。客主禮畢後，長揖徑坐，莫得與語，不肯爲吏。徑出，後遂隱遁。其贊曰：井丹高潔，不慕榮貴。抗節五王，不交非類。顯譏輦車，左右失氣。被褐長揖，義陵群萃。

【校記】

〔一〕見《世説新語·品藻第九》『王子猷子敬兄弟』條劉孝標注引嵇康《高士傳》。《太平御覽》卷四百十引嵇康《高士傳》亦載井丹事，但文辭較爲簡略。《後漢書·逸民傳》述井丹故事，係本嵇康《高士傳》。

鄭仲虞〔一〕

鄭仲虞，不知何許人也〔二〕，不仕。漢章帝自往，終不肯起，曰：『陛下何惜不爲上世君〔三〕，令臣得爲偃息之民？』天子以尚書禄終其身，世號『白衣尚書』。

【校記】

〔一〕見《藝文類聚》卷三十六引嵇康《高士傳》。《太平御覽》卷五百十引嵇康《高士傳》與此略同。

〔二〕『不知何許人也』句，《藝文類聚》無，據《太平御覽》補。

〔三〕上世君，《太平御覽》作『太上君』。

高鳳〔一〕

高鳳字文通，居鄉時，鄰里有爭財者，持兵而鬭。文通往解之，不已，乃脱巾叩頭，請曰：『仁義遜議，奈何棄之？』爭者投兵謝罪。

【校記】

〔一〕見《山堂肆考》卷一百二『人品』引嵇康《高士傳》。按，高鳳，東漢南陽葉（今河南葉縣）人，《後漢書》有傳。

春秋左氏傳音

嵇康《春秋左氏傳音》最早見載於《隋書·經籍志》，其『《春秋左氏傳音》三卷』下有注云：『魏中散大夫嵇康撰。梁有服虔、杜預音三卷，魏高貴鄉公《春秋左氏傳音》三卷，曹躭音，尚書左人郎荀訥等音四卷，亡。』據此可知，在唐初長孫無忌等撰著《隋書》時，嵇康《春秋左氏傳音》三卷尚存，而服虔、曹髦、杜預、曹躭、荀訥等人所著《春秋左氏傳音》已經亡佚。但嵇康所著《春秋左氏傳音》在唐代戰亂中也亡佚了，《舊唐書·經籍志》、《新唐書·藝文志》和《宋史·藝文志》皆無著録，即是明證。清朱彝尊《經義考》言及此書，稱『嵇氏康《春秋左氏傳音》，隋志三卷，佚』①。此書雖亡佚，但亦偶然可見文獻徵引。清人馬國翰《玉函山房輯佚書》輯録七則。兹據以轉録。其下劃綫者，乃嵇康《春秋左氏傳音》所注音之原文，括號内乃引用嵇康《春秋左氏傳音》的原始文獻出處。

【注釋】

①見《經義考》卷一百七十三。

桓公九年

以戰而北。如字，一音佩。嵇康音：胸背。（陸德明《經典釋文》卷十五）

文公十有四年

有星孛入于北斗。音佩。徐扶憒反。嵇康音：渤海字。（《經典釋文》卷十六）

彗也。嵇：似歲反，一曰雖遂反。

成公十有三年

相好戮力同心。相承，音六。嵇康：力幽反。吕静《字韻》與飂同。《字林》音遼。（《經典釋文》卷十七）

按：宋庠《國語補音》卷二『戮』下注云：音六，嵇康、吕静音留，《字林》音遼。

襄公九年

棄位而姣。户姣反。注同。徐又如字。服氏同。嵇叔夜音效。（《經典釋文》）卷十七）

昭公二十有一年

《史記·高祖本紀》：『旗幟皆赤。』司馬貞《索隱》云：『幟，或作識，或作志。嵇康音試，蕭該音熾。』

《經典釋文》云：『識，本字又作幟，申志反，又音昌志反，一音式。』①

按，考《左傳·昭公二十一年》，惟『揚徽』，杜預注：『徽，識也。』

【注釋】

①見《經典釋文》卷十九『昭公二十一年』。

二十有五年

有鸜鵒來巢。其具反。嵇康音權。本又作鴝，音劬。《公羊傳》作權，音懽。郭璞注《山海經》云：『鸜鵒，鴝鵒也。』（《經典釋文》卷十九）

北冥。本亦作溟，覓經反，北海也。嵇康云：『取其溟漠無涯也。』（《經典釋文・莊子音義・逍遙遊第一》）

雜言

『此書詎復須注？徒棄人作樂事耳！』『爾故復勝不？』

此爲嵇康對向秀語。向秀欲注《莊子》，以問好友嵇康、吕安，嵇康遂有上述回答。事見《世説新語・文學第四》『初注《莊子》者數十家』條劉孝標注引《秀别傳》，其文云：『秀與嵇康、吕安爲友，趣舍不同，嵇康傲世不羈，安放逸邁俗。秀雅好讀書，二子頗以此嗤之。後，秀將注《莊子》，先以告康、安。康、安咸曰：「此書詎復須注，徒棄人作樂事耳！」及成，以示二子。康曰：「爾故復勝不？」安乃驚曰：「莊周不死矣！」』《晋書》本傳亦載有嵇康對向秀語，但略有不同，作『此書詎復須注？正是妨人作樂耳！』且無『爾故復勝不』語。

『何所聞而來，何所見而去？』

此爲嵇康問鍾會語。嵇康寓居山陽時，曾與向秀鍛鐵與大樹下。鍾會欲識之，往見嵇康，嵇康卻視而不見。鍾會無趣，只好離去。此乃鍾會臨去時，嵇康問鍾會語。事見《世説新語・簡傲第二十四》：『鍾士季精有才理，先不識嵇康。鍾要於時賢俊之士，俱往尋康。康方大樹下鍛，向子期爲佐鼓排，康揚槌不輟，旁若無人，移時不交一言。鍾起去，康曰：「何所聞而來？何所見而去？」鍾曰：「聞所聞而來，見所見而去。」』

『先生竟無言乎？』

此爲嵇康問孫登語。見《世説新語·棲逸第十八》『嵇康遊於汲郡山中』條劉孝標注引《文士傳》，其文云：『嘉平中，汲縣民共入山中，見一人，所居懸巖百仞，叢林鬱茂，而神明甚察。自云孫姓，登名，字公和。康聞，乃從遊三年，問其所圖，終不答，然神謀所存良妙。康每荼然嘆息。將别，謂曰：「先生竟無言乎？」登乃曰：「子識火乎？生而有光而不用其光，果然在於用光；人生有才而不用其才，果然在於用才。故用光在乎得薪，所以保其曜；用才在乎識物，所以全其年。今子才多識寡，難乎免於今之世矣！子無多求。」』

『向以琴來不邪？』

此爲嵇康臨刑前對其兄語，見《世説新語·雅量第六》『嵇中散臨刑東市』條劉孝標注引《文士傳》，其文云：『臨死，而兄弟親族咸與共别。康顔色不變，問其兄曰：「向以琴來不邪？」兄曰：「以來。」康取調之，爲《太平引》。曲成，歎曰：「《太平引》於今絶也！」』據此可知，《廣陵散》在魏晋時期亦稱《太平引》。

『袁孝尼嘗請學此散，吾每靳固不與。《廣陵散》於今絶矣！』

此爲嵇康臨刑前語，見《世説新語·雅量第六》：『嵇中散臨刑東市，神氣不變，索琴彈之，奏《廣陵散》。曲終，曰：「袁孝尼嘗請學此散，吾靳固不與。《廣陵散》於今絶矣！」』《晋書》本傳所載嵇康語與此稍異，稱『昔袁孝尼嘗從吾學《廣陵散》，吾每靳固之。《廣陵散》於今絶矣！』

『卿瞳子白黑分明，有白起之風。恨量小狹。』

此爲嵇康評價趙至語，見《世説新語・言語第二》：『嵇中散語趙景真：「卿瞳子白黑分明，有白起之風。恨量小狹。」』《晋書》卷九十二《趙至傳》引嵇康語與此稍異：『頭小而鋭，童子白黑分明，有白起之風矣。』多了『頭小而鋭』四字，卻少了『恨量小狹』之語。《太平御覽》兩引此語，亦各有不同，一作『君頭小而鋭，有白起風，童子白黑分明』[1]，一作『卿頭小鋭，瞳子白黑分明，覘占停諦，有白起風』[2]。

【注釋】

①《太平御覽》卷三百六十四。

②《太平御覽》卷三百六十六。

山濤

山公啓事

《山公啓事》，又作《山濤啓事》，是山濤主持吏部（任吏部尚書和尚書僕射領吏部）時，甄拔人物，各爲題目而成的，所謂『濤再居選職十有餘年，每一官缺，輒啓擬數人，詔旨有所向，然後顯奏，隨帝意所欲爲』①。因是『各爲題目』，而且是寫給晋武帝的，所以山濤推薦人選的『啓事』，話語並不是很多，常常是三言兩語，指出被推薦人的優長、個性和適宜出任的官職。但日積月累，十多年下來，累積甚多，竟然成帙。《隋書·經籍志》總集類著録《山公啓事》三卷，《舊唐書》作《山濤啓事》三卷，歐陽修等《新唐書·藝文志》則著録《山濤啓事》十卷。從《山濤啓事》由三卷本演變爲十卷本的歷程來看，《隋書》和《舊唐書》著録的三卷本，很可能不是全本。而《新唐書》著録的十卷本，很可能是宋代史臣搜集各種文獻之後形成的較爲完備的本子。宋代以後，《山公啓事》全本已然不存。有關内容僅散見於《藝文類聚》、《北堂書鈔》、《通典》、《太平御覽》、《説郛》等文獻和《西晋文紀》等文章總集。今據有關文獻，輯得《山公啓事》六十三則。原文無題目，爲閲讀方便，兹據《山公啓事》，以其所舉薦的官員名字或所言事件爲題目。互見於《藝文類聚》、《北堂書鈔》、《通典》和《太平御覽》等文獻者，則粗爲校勘。順序略以《西晋文紀》爲序。一人有數條啓事者，在名字後加括號，説明所舉薦的職務。

【注釋】

①見《晋書》卷四十三《山濤傳》。

崔諒史曜陳淮〔一〕

侍中尚書僕射奉車都尉新沓伯濤言：臣近啓崔諒、史曜、陳淮可補吏部郎，詔書可爾。此三人皆衆論所稱，諒尤質正少華，可以敦教。雖大化未可倉卒，風尚所勸，爲益者多。臣以爲宜先用諒，謹隨事以聞〔二〕。

【校記】

〔一〕此則見《容齋隨筆·四筆》卷十和《玉海》卷一百十七，亦見《淳化閣帖》三。《絳帖平》卷三『晋太守山濤書』條，以爲此乃後人訛作。按，山濤任尚書僕射，領吏部，銓選官員，乃是其職責所在。《絳帖平》所言非是。

〔二〕《東原録》亦載此則，文辭稍有出入，其文云：『臣啓：崔諒、史曜、陳准可補吏部郎。三人皆衆論所稱，諒尤質直少華，可以敦教者。漢武朝以儒者文多質少，乃用萬石君。二子以抑其文華之士，雖曰文質彬彬然後君子，若崔諒者，誠愈通儒。』

杜默崔諒陳淮〔一〕

人才既自難知，中人已下，情訛又難測〔二〕。吏部郎以碎事日夜相接，非但當正己而已，乃當能正人〔三〕，不容穢雜也。議郎杜默〔四〕，德履亦佳，太子庶子崔諒、中郎陳淮，皆有意正人，其次不審有可用者不？

【校記】

〔一〕此則見《北堂書鈔》卷六十和《太平御覽》卷二百十六引《山公啓事》。《通典》二十三《職官五·吏部尚書》『郎中』條和《藝文類聚》卷四十引《山公啓事》此則，皆非全文。

〔二〕測，《藝文類聚》卷四十和《太平御覽》卷二百十六引皆無，據《西晋文紀》補。

〔三〕人，《太平御覽》卷二百十六引無，據《西晋文紀》補。

〔四〕默，《太平御覽》卷二百十六引作『點』，係形誤。

阮咸〔一〕

吏部郎主選舉，宜得能整風俗理人倫者〔二〕。史曜出處缺〔三〕，散騎侍郎阮咸真素寡欲〔四〕，深識清濁，萬物不能移也。若在官人之職，必妙絶於時。

【校記】

〔一〕此則見《世説新語·賞譽第八》『山公舉阮咸爲吏部郎』條劉孝標注引《山公啓事》，《北堂書鈔》卷六十『阮咸真素寡欲』條亦引此則。

〔二〕以上二句，《世説新語·賞譽第八》劉孝標注引和《北堂書鈔》皆無，據《西晋文紀》補。

〔三〕出，《世説新語·賞譽第八》劉孝標注引作『山』，當係形誤。

〔四〕真，《通志》卷一百二十三引作『貞』。

傅祗〔一〕

舊選尚書郎極清望，號稱大臣之副，州取尤者以應〔二〕。雍州久無郎，前尚書郎傅祗坐事免官，在職日淺，其州人才無先之者。請以補職，不審可復用否？

【校記】

〔一〕此則見《太平御覽》卷二百十五引《山公啓事》，但無前三句。《北堂書鈔》卷六十『大臣之副』條引《山公啓事》僅有前二句。

〔二〕此句各本無，據《西晉文紀》補。

鄧遐〔一〕

荊州宜都有郎王恒之以病出，義陽郡鄧遐有才義，論者以爲宰士之俊。而未滿之年，臣以爲宜先用之。

【校記】

〔一〕此則見《北堂書鈔》卷六十八『宰士之俊』條引《山公啓事》，但非全文。據《西晉文紀》補。

郭奕王濟荀愷庾純〔一〕

侍中彭權遷，當選代。案雍州刺史郭奕，高簡有雅量，在兵間少，不盡下情〔二〕，在朝廷〔三〕，足以肅正左右。右衛將軍王濟，才高美茂，後來之冠。此二人誠顧問之秀，聖意儻惜濟，主兵者驍騎將軍荀愷〔四〕，智器明敏，其典宿衛，終不減濟。博士祭酒庾純，強正有學義，亦堪此選。國學初建，王荀已亡。純能其事，宜當小留，粗立其制。不審宜爾，有當聖旨者否？

【校記】

〔一〕此則見《文獻通考》卷三十六引。

〔二〕此二句《文獻通考》無，據《西晋文紀》補。

〔三〕在，《西晋文紀》作『處』。

〔四〕主兵者，《西晋文紀》作『貴之』。

王濟〔一〕

右衛將軍王濟，誠亮有美才。（武帝詔：『濟領禁兵，不欲使轉也。』）

【校記】

〔一〕此則見《北堂書鈔》卷六十四『左右將軍』條引《山公啓事》。

郭奕王濟〔一〕

詔侍中缺，當復得人。誰可者？雍州刺史郭奕、右衛將軍王濟，皆忠亮有美才〔二〕，侍中之最高者也。

【校記】

〔一〕此則見《北堂書鈔》卷五十八『侍中』條和《太平御覽》卷二百十九引《山公啓事》。二者文辭稍異。茲據《太平御覽》轉録。

〔二〕《西晉文紀》『皆』后有『誠直』二字。

裴楷〔一〕

侍中、太常、河南尹並缺，皆顯職，宜必得其人。右軍裴楷，通理有才義，僉論宜以爲侍中〔二〕。

【校記】

〔一〕此則見《太平御覽》卷二百十九引《山公啓事》。

〔二〕才，《西晉文紀》卷八所録此則無『才』字。

彭權〔一〕

侍中彭權，儒素有學，宜太常選也。

【校記】

〔一〕此則見《北堂書鈔》卷五十三『儒素有學』條引《山公啓事》。

嵇紹〔一〕

康誥有言，父子罪不相及，嵇紹賢侔郤缺，宜加旌命。請爲祕書郎。

【校記】

〔一〕此則見《晉書》卷八十九《嵇紹傳》。

嵇紹〔一〕

紹平簡温敏，有文思，又曉音，當成濟也〔二〕。猶宜先作秘書郎。（武帝詔：紹如此，便可爲丞，不足復爲郎也。）

【校記】

〔一〕此則見《世説新語·政事第三》「嵇康被誅後」條劉孝標注引《山公啓事》。

〔二〕《三國志·魏志》卷二十一《王粲傳》裴松之注引《山公啓事》「濟」下有「者」字。

羊祜（宗正卿）〔一〕

羊祜忠篤寬厚〔二〕，然不長理劇。宗正卿缺，不審可轉作否？

【校記】

〔一〕此則見《太平御覽》卷二百三十引《山公啓事》。

〔二〕寬厚，《册府元龜》卷六百二十一引《山公啓事》作「厚寬」。

羊祜（太子少傅）〔一〕

太子保傅不可不高盡天下之選。羊祜秉德尚義，可出入周旋，令太子每覩儀刑。方任雖重，比此爲輕。又可朝會，與聞國議。

【校記】

〔一〕此則見《通典》卷三十「太子六傅」引《山公啓事》。

羊祜（太子少傅）〔一〕

保傅不可不高天下之選。羊祜秉德義，克己復禮。東宮少事，養德而已。

【校記】

〔一〕此則見李善注《文選》卷六十《齊竟陵文宣王行狀》「養德東朝」注引《山濤啓事》。《天中記》卷十二引《山濤啓事》與此同。

羊祜（太子少傅）〔一〕

臣昨啓少傅選事〔二〕，羊祜秉德尚義，克己復禮，又年尚少，可久于其事也。

【校記】

〔一〕此則見《北堂書鈔》卷六十五『太子少傅』條引《山濤啓事》。

〔二〕此句《北堂書鈔》無，據《西晉文紀》補。

羊祜（太子太傅）〔一〕

太子始傅之東宫，四海屬目。保傅之官，不可不高盡天下之選〔二〕。

【校記】

〔一〕此則見《北堂書鈔》卷六十五『太子太傅』條引《山公啓事》。

〔二〕按，《西晉文紀》卷八所録《山公啓事》，此下尚有『羊祜秉德尚義，可出入周旋，令太子每覩儀刑。方任雖重，比此爲輕。又可朝會，與聞國議』數句，内容與前重複，故删。

羊祜（尚書令）〔一〕

尚書令李胤遷，處缺，宜得其人。徵南大將軍羊祜，體儀玉立〔二〕，可以整肅朝廷，裁制時政〔三〕。

【校記】

〔一〕此則見《藝文類聚》卷四十八引《山濤啓事》。《古今事文類聚·新聚》卷四『儀體玉立』條引《山濤啓事》與此略同。

〔二〕『體儀玉立』句，《西晉文紀》作『體義正直』。

〔三〕『裁制時政』句，各本無。據《西晉文紀》補。

諸葛京〔一〕

郿令諸葛京，祖父亮。遇漢亂分隔，父子在蜀，雖不達天命，要爲盡心所事。京治郿自復有稱，臣以爲宜以補東宮舍人，以明事人之理，副梁益之論。

【校記】

〔一〕本則見《三國志·蜀志》卷五《諸葛亮傳》裴松之注引《諸葛氏譜》。

氾源〔一〕

臣近舉氾源爲太子舍人。源見稱，有德素，久沈滯。舉爲大臣，欲以慰後聞之士。

【校記】

〔一〕此則見《藝文類聚》卷四十九引《山濤啓事》。《職官分紀》卷二十八『舉爲大臣，以尉後聞之士』下引《山濤啓事》與此同。

周蔚〔一〕

中庶子賈模遷，缺。周蔚純粹篤誠，宜補。

【校記】

〔一〕此則見《北堂書鈔》卷六十六引《山濤啓事》。原文語甚簡略：『中庶子缺，稱周蔚云云。』《西晋文紀》所録《山公啓事》『中庶子賈模遷』條下附注作『中庶子賈模遷，缺。周蔚純粹篤誠，宜補』。據以轉録。

劉粹〔一〕

中庶子賈模遷，缺。以太尉長史劉粹爲之可也。

【校記】

〔一〕此則見《北堂書鈔》卷六十六『太子中庶子』引《山濤啓事》。

劉粹周蔚〔一〕

中庶子賈模遷，缺。東宫官屬，宜得高茂。求備一人則難，猶宜先德素。今選太尉長史劉粹、光禄長史周蔚，惟加所裁。

【校記】

〔一〕此則據《西晋文紀》卷八轉録。《北堂書鈔》卷六十六『太子中庶子』引《山濤啓事》有『中庶子缺，宜得高茂，求備一人則難』條，但不詳所薦何人；《太平御覽》卷二百四十五引《山濤啓事》有『東宫官屬，宜得高茂者。庶子賈模缺，宜補。劉粹、周蔚，惟加所裁』條。《西晋文紀》係據二者連綴而成。

劉儼石崇〔一〕

中庶子缺，宜得俊茂者。以濟陰太守劉儼、城陽太守石崇參選，不審可有合聖意者不〔二〕？

【校記】

〔一〕此則見《通典》卷三十『太子庶子』引《山公啓事》。《北堂書鈔》卷六十六『太子中庶子』條引《山濤啓事》，與此略同，其文云：『今中書庶子缺，宜得彦茂。劉儼、石崇，不審可合聖意不？』《太平御覽》卷二百四十五引《山公啓事》係據二者連綴而成。

〔二〕此句《通典》無，據《北堂書鈔》補。

司馬繇司馬越〔一〕

琅琊王子繇、隴西王世子越，誠宜早令奉侍皇太子，校德東宫，若兼庶子〔二〕。

【校記】

〔一〕此則見《北堂書鈔》卷六十六『太子舍人』引《山濤啓事》。

〔二〕『若兼庶子』句，虞世南《北堂書鈔》無，據《西晋文紀》補。

琅琊王第三子〔一〕

琅琊王第三子，皆爲國器。宜令四海英俊材德，傅於東宫。

【校記】

〔一〕此則見《古今事文類聚・遺集》卷四引《山公啓事》。

荀寓〔一〕

中庶子，東宫顯選。今有二缺。衆議咸以領兵太守荀寓爲之。

【校記】

〔一〕此則見《北堂書鈔》卷六十六『太子中庶子』引《山濤啓事》。

石崇焦勝〔一〕

太子左率缺。侍衛威重，宜得其才無疾患者。城陽太守石崇，忠篤有文武〔二〕；河東太守焦勝，清貞著信義〔三〕。皆其選也。

【校記】

〔一〕此則見《通典》卷三十「太子左右衛率」引《山公啓事》。《藝文類聚》卷六十五引《山濤啓事》僅有前面幾句，作「左衛率缺。侍衛威重，宜得其才無疾患者」。

〔二〕忠篤，《太平御覽》卷二百四十七引《山公啓事》作「重讜」。

〔三〕著，《太平御覽》卷二百四十七引《山公啓事》作「有」。

石崇孫尹〔一〕

太子左衛率缺。石崇、孫尹，忠篤有文武，皆其選也。

【校記】

〔一〕此則見《北堂書鈔》卷六十五「太子左右衛率」引《山濤啓事》。《西晉文紀》卷八所録《山公啓事》「太子左衛率」條下所附，與此稍異：「城陽太守石崇，北中郎軍司孫尹，忠篤有文武才，皆其選也。」

衛昱〔一〕

中郎衛昱，爲少府丞，甚有頓益，後坐賣偷石事免官。今太子門夫缺，不審可參選不？

【校記】

〔一〕此則見《通典》卷二十七『少府監』條引《山公啓事》。原文較爲簡略：『中郎衛昱，任爲少府丞，其後損益。』茲據《西晋文紀》卷八收録的《山公啓事》轉録。

夏侯湛〔一〕

太子舍人夏侯湛有盛才，而不長治民，有益臺閣，在東宮已久。今殿中郎缺，宜得才學。不審其可參此選不也？

【校記】

〔一〕此則見《北堂書鈔》卷六十『尚書諸曹郎』條引《山公啓事》。《太平御覽》卷二百十五引《山濤啓事》與此略同。

劉訥〔一〕

近啓，修武令劉訥補南陽王友。（詔曰：『友誠宜得有益者。然必以長吏治民，不易屢晃爲疑，令散人無依仰。』）又啓，今者，散職中誠自有人。然劉訥才志，内外非稱。臣以爲宜崇此者，是以啓及。不審固可用不？（詔曰：『可爾所啓。』）

【校記】

〔一〕此則見《太平御覽》卷二百四十八引《山公啓事》。訥，《西晉文紀》作『納』。

許奇〔一〕

温令許奇等並見能名，雖在職各日淺，宜顯報大郡，以勸天下。（詔曰：『案其資歷，悉自足爲郡守。各以在職日淺，則宜盡其政績，不宜速他轉也。』）

【校記】

〔一〕此則見《通典》卷三十三『縣令』條引《山公啓事》。

蘇愉〔一〕

蘇愉忠篤有智意。

【校記】

〔一〕此則見《三國志·魏志》卷十六《蘇則傳》裴松之注引《山濤啓事》。

楊肇〔一〕

楊肇有才能。

【校記】

〔一〕此則見《三國志·魏志》卷二十六《田豫傳》裴松之注引《山濤啓事》。

武韶〔一〕

武韶清白有誠。

【校記】

〔一〕此則見《三國志·魏志》卷二十七《胡質傳》裴松之注引《山濤啓事》。

刁攸〔一〕

鴻臚職主胡事，前後爲之者，率多不善了，今缺。當選御史中丞刁攸，舊人，不審可爾不？

【校記】

〔一〕此則見《太平御覽》卷二百三十二引《山濤啓事》。《藝文類聚》卷四十九引《山濤啓事》與此出入較大，其文云：『鴻臚職主故事，前後給之，率多不善。今當選御史丞刁攸，舊人，不審於宜爾不。』按，『故事』當爲『胡事』。

刁攸〔一〕

御史中丞刁攸，舊人，年衰，百寮未甚爲憚。坐治政事，改尚書可也〔二〕。

【校記】

〔一〕此則見《北堂書鈔》卷六十二『御史中丞』引《山公啓事》。

〔二〕改，《北堂書鈔》作『故』。據《西晉文紀》改。

春夏農月不遷改長吏郡守縣令〔一〕

晉制，春夏農月，不遷改長吏、郡守、縣令之屬，以其妨農事故也。

【校記】

〔一〕此則見《西晉文紀》卷八收録的《山公啓事》。題目據文意擬。

許允〔一〕

義議郎許允，宜參廣漢太守選。

【校記】

〔一〕此則爲《西晋文紀》卷八所録《山公啓事》『春夏不還改長吏、郡守、縣令』條附録。

請補散騎常侍〔一〕

散騎常侍缺，當取有素行者補之。

【校記】

〔一〕此則見《通典》卷二十一『侍中』條引《山公啓事》。《職官分紀》卷六『散騎常侍』條引《山公啓事》與此同。

郤詵（温令）〔一〕

臣欲以郤生爲温令。（詔：『可。』）

【校記】

〔一〕此則見《通典》卷二十三『吏部尚書』條引《山公啓事》。

郤詵（散騎常侍）〔一〕

訪聞詵喪母不時葬，遂於所居屋後假葬，有異同之議，請更選之。（詔曰：『君爲管人倫之職，此輩應爲清議，與不便當裁處之。』）

【校記】

〔一〕此則見《通典》卷二十三『吏部尚書』條引《山公啓事》。

郤詵（黄散）〔一〕

郤詵才志器局，當爲黄散〔二〕。

【校記】

〔一〕此則見《通典》卷二十一『侍中』條引《山公啓事》。《職官分紀》卷六『散騎常侍』和《海録碎事》卷九『當爲黄散』條引《山公啓事》，與《通典》同。

〔二〕《通志》卷五十二『散騎常侍』條引無『當』字。

和嶠〔一〕

黄門侍郎和嶠最有才，可爲吏部郎。（詔曰：『欲令在左右，更求其次。』）

【校記】

〔一〕此則見《通典》卷二十一『侍中』條引《山公啓事》。

荀惲〔一〕

黄門侍郎荀惲，清和理正，動可觀采，真侍衛之美者。

【校記】

〔一〕此則見《通典》卷二十一『侍中』條引《山公啓事》。荀惲，原作『荀彧』，據《太平御覽》卷二百四十七引《荀氏家傳》改。

孔顥〔一〕

孔顥有才能，果勁不撓，以爲御史中丞。

【校記】

〔一〕此則見《北堂書鈔》卷三十三『薦賢』引《山公啓事》。

周淩孔顥〔一〕

御史中丞周淩，果毅有才；孔顥有才能，果勁不撓。可御史中丞事。

【校記】

〔一〕周淩，《北堂書鈔》卷六十二引《山公啓事》作『周浚』；孔顥，《北堂書鈔》卷六十二引作『孔顯』。此則《記纂淵海》卷三十引《山公啓事》同。

王啓〔一〕

治書侍御史王啓，識朗明正，後來之俊也。

【校記】

〔一〕此則見《北堂書鈔》卷六十二『治書侍御史』條引《山公啓事》。

侍御史〔一〕

舊，侍御史頗用郡守。今散二千石有才能尚少者，可用不？（詔：『使八座詳之。』）

【校記】

〔一〕此則見《通典》卷二十四『侍御史』條引《山公啓事》。

孫綝〔一〕

中書通事令史孫綝限滿，久習内事，才宜殿中侍御史，須空補之，不審可否？（詔曰：『可。』）

【校記】

〔一〕此則見《北堂書鈔》卷六十二『侍御史』條引《山公啓事》。

樂廣劉琚王瓚王正劉澹諸葛□〔一〕

今尚書郎、御史、東宫洗馬舍人多缺。宰士中後進美者，太尉掾樂廣字彦輔，司徒掾劉琚字伯瑜，王瓚字正長，司空掾王正字士則，劉澹字初平，徵西將軍掾諸葛□，皆其選也。

【校記】

〔一〕此則見《西晉文紀》卷八所録《山公啓事》。

滿奮樂廣何勖劉琚官粹王正劉澹劉遐〔一〕

太尉掾滿奮、樂廣，司徒掾何勖、劉琚，司徒掾官粹、王正、劉澹，太尉掾劉遐，有才義，宰士之俊也。

【校記】

〔一〕此則見《西晉文紀》卷八所録《山公啓事》。

河南尹〔一〕

河南尹京輦重職，前代皆用名人。聖代已來，有李胤、杜預、王恂、雋不疑，復今減此者也。

【校記】

〔一〕此則見《西晉文紀》卷八收録《山公啓事》。

諸葛沖〔一〕

游擊將軍諸葛沖，精果有文武才，擬補兗州。（詔答：『沖領兵，未欲出之也。』）

【校記】

〔一〕此則見《北堂書鈔》卷六十四『左右將軍』條引《山公啓事》。《太平御覽》卷二百三十九引作《山濤啓事》。

衛瓘荀勖〔一〕

大將軍雖不整，正須筋力戎馬間，猶宜得健者。徵北大將軍瓘，貞正静一，中書監勖，達練事物。二者皆人彦，不審有可參舉者不？

【校記】

〔一〕此則見《文獻通考》卷三十六引《山公啓事》。

胡伯長〔一〕

太尉長史缺。案，大將軍掾泰山胡伯長才長方用。

【校記】

〔一〕此則見《北堂書鈔》卷六十八『長史』條引《山公啓事》。

張勃〔一〕

鎮西長史缺。案，尚書郎張勃軍間用長。

【校記】

〔一〕此則見《北堂書鈔》卷六十八『長史』條引《山公啓事》。

鄧殷〔一〕

太尉長史鄧殷，通識有文武才。

【校記】

〔一〕此則見《北堂書鈔》卷六十八『長史』條引《山公啓事》。

耿遷〔一〕

北中郎長史當更，前御史耿遷有器幹。

【校記】

〔一〕此則見《北堂書鈔》卷六十八『長史』條引《山公啓事》。

李鎮〔一〕

平南司馬缺。案，琅邪李鎮，綱紀郡事，練習兵馬，良才也。

【校記】

〔一〕此則見《北堂書鈔》卷六十八「司馬」條引《山公啓事》。

趙虞〔一〕

北中郎將司馬缺，當便選。尚書郎趙虞，誠篤有意略，軍間用長。

【校記】

〔一〕此則見《北堂書鈔》卷六十八「司馬」條引《山公啓事》。

依左遷法〔一〕

晋制，諸坐公事者，皆三年乃得叙用。其中多有好人，令逍遥無事。臣以爲略依左遷法，隨資才減之，亦足懲戒，而官不失其用。

【校記】

〔一〕此則見《通典》卷十九『職官』引《山公啓事》。

雜言

『忍飢寒。我後當作三公，但不知卿堪作夫人不耳？』

此爲山濤對妻子韓氏語。《世説新語·賢媛第十九》『山公與嵇阮一面』條劉孝標注引王隱《晋書》：『韓氏有才識。濤未仕時，戲之曰：「忍寒。我當作三公，不知卿堪爲夫人否耳？」』房玄齡等《晋書》取王隱《晋書》之説，而略有異：『初，濤布衣，家貧。謂妻韓氏曰：「忍飢寒。我後當作三公，但不知卿堪作夫人不耳？」』山濤四十歲始爲郡主簿。此稱『濤布衣』，則山濤尚未出仕，故此事發生在山濤四十歲之前。

『今爲何等時而眠邪？知太傅臥何意？』

『咄！石生，無事馬蹄間邪！』

此爲山濤爲河内從事時對石鑒語。《晋書》本傳載，山濤爲河内從事，與石鑒夜宿傳舍，『夜起蹴鑒曰：「今爲何等時而眠邪？知太傅臥何意？」鑒曰：「宰相三不朝，與尺一令歸第。卿何慮也！」濤曰：「咄！石生，無事馬蹄間邪。」投傳而去。未二年，果有曹爽之事，遂隱身不交世務。』司馬懿借曹爽奉齊王曹芳謁高平陵之機發動兵變，鏟除曹爽一黨，事在正始十年（二四九）正月，此前『未二年』，應在正始八年正月以後。故山濤與石鑒語應發生在正始八年正月以後。

『我當年可爲友者，惟此二生耳。』

『伊輩亦常以我度爲勝。』

此爲山濤對妻子韓氏語。山濤隱居家鄉時，與阮籍、嵇康爲金蘭之交。其妻不解，請觀之。《世說新語·賢媛第十九》載：『山公與嵇阮一面，契若金蘭。山妻韓氏，覺公與二人異於常交，問公。公曰：「我當年可以爲友者，惟此二生耳。」妻曰：「負羈之妻亦親觀狐、趙，意欲窺之，可乎？」他日，二人來，妻勸公止之宿，具酒肉，夜穿墉以視之，達旦忘反。公入，曰：「二人何如？」妻曰：「君才致殊不如，正當以識度相友耳。」公曰：「伊輩亦常以我度爲勝。」』

『嵇叔夜之爲人也，巖巖若孤松之獨立。其醉也，傀峨若玉山之將崩。』

此爲山濤評價嵇康語，見《世說新語·容止第十四》：『嵇康身長七尺八寸，風姿特秀。見者嘆曰：「蕭蕭肅肅，爽朗清舉。」或云：「肅肅如松下風，高而徐引。」山公曰：「嵇叔夜之爲人也，巖巖若孤松之獨立。其醉也，傀俄若玉山之將崩。」』嵇康身材偉岸，土木形骸，不加飾厲，而龍章鳳姿，天質自然，時人好評如潮。山濤的評價，着重稱贊嵇康獨立不群的人格精神，與當時那些僅僅注重儀表的評價人不相同。

『嵇康性行不堪職任。』

此爲山濤評價嵇康語，見載於宋葉廷珪《海録碎事》：『山濤語潁川太守山嶔曰：「嵇康性行不堪職任。」』山嶔乃山濤族父，曾任潁川太守。山濤與山嶔評價嵇康之語，曾經受到嵇康的肯定。嵇康《與山巨源絶交書》中説『足下昔稱吾於潁川，吾常謂之知言』。此處所言『足下昔稱吾于潁川』，指的就是山濤對山嶔評價嵇康之語。由此可知，山濤這種評價在舉薦嵇康爲吏部郎之前。

『廢長立少，違禮不祥。國之安危，恒必由之。』

此爲山濤對司馬昭語。兄長司馬師無子，司馬昭遂把次子司馬攸過繼給兄長。後來，司馬昭曾一時有過立司馬攸爲太子的想法，徵詢山濤的意見，山濤回答説：『廢長立少，違禮不祥。國之安危，恒必由之。』[①]司馬昭因此打消了立司馬攸爲太子的念頭，遂立長子司馬炎爲太子。司馬炎即位後，專門爲此向山濤表示感謝。

【注釋】

①《晋書》卷四十三《山濤傳》。

『不宜去州郡武備。』

此爲山濤與盧欽論用兵之語。平吴之後，晋武帝頒詔，罷除兵役，州郡悉去兵，以示天下晏然。晋武帝在宣武場講武，山濤乘步輦以從，因與盧欽論用兵之本，以爲不宜去州郡武備，其論甚精，『於時咸以濤不學孫、吴，而闇與之合。帝稱之曰：「天下名言也。」而不能用』[①]。

【注釋】

①《晉書》卷四十三《山濤傳》。

『垂没之人，豈可污官府乎？』

此爲山濤對朝廷使者語。山濤年紀高邁，請求告老還鄉。晉武帝拜山濤爲司徒，山濤上表固辭。晉武帝不許，遂令朝廷使者爲山濤臥加章綬。山濤甚爲感動地説：『垂没之人，豈可污官府乎？』①遂輿疾歸家。太康四年薨，時年七十九歲。

【注釋】

①《晉書》卷四十三《山濤傳》。

『佴湛』

見唐人林寶《元和姓纂》。是書『佴』姓下云：『如代反，晉《山公集》有佴湛。』①

【注釋】

①《元和姓纂》卷九。

向秀

莊子注

向秀《莊子注》，原爲二十卷。長孫無忌等撰寫《隋書》時已未見其書，唐以後向秀《莊子注》已不存。有關注文，僅見於張湛《列子注》、《世説新語》劉孝標注和唐陸德明《經典釋文》等典籍徵引。其中，出自張湛《列子注》者二十七則，出自《世説新語》者一則，見於《經典釋文》者八十二則，合計一百一十則。文字最長者，是張湛《列子注》所引『罪乎不震不止』句，爲現今可見向秀注文字最多者；『故生物者不化，化物者不生』句次之，《世説新語》劉孝標注所引僅一條，又次之。其餘注文，文字皆不多。茲依《莊子》原文先後之序，條列向秀《莊子注》佚文於後。下列畫綫者，爲向秀《莊子注》所注之字、詞、句。並在文後括號内注明出處，以方便檢索。

（一）夫大鵬之上九萬，尺鷃之起榆枋，小大雖差，各任其性。苟當其分，逍遥一也。然物之芸芸，同資有待，得其所待，然後逍遥耳。唯聖人與物冥，而循大變爲能，無待而常通，豈獨自通而已！又從有待者，不失其所待。不失則同于大通矣。（《世説新語·文學第四》劉孝標注引向秀、郭象《逍遥義》。）

（二）猶時女也：時女，虚静柔順，和而不喧，未嘗求人，而爲人所求也。（《經典釋文》卷二十六《莊子音義上・內篇逍遙遊第一》。以下四十一則除第二十七則之外，其餘皆出白《經典釋文》。爲方便起見，以下僅注明篇名。）

（三）能不龜手：拘坼也。（《內篇・逍遙遊第一》）

（四）有蓬之心：蓬者，短不暢曲士之謂。（《內篇・逍遙遊第一》）

（五）猨猵狙以爲雌：猵狙，以猿爲雌也。（《內篇・齊物第二》）

（六）河漢沍而不能寒：凍也。（《內篇・齊物第二》）

（七）吾聞諸夫子：瞿鵲之師。（《內篇・齊物第二》）

（八）孟浪之言：孟浪，音漫瀾，無所趣舍之謂。（《內篇・齊物第二》）。又宋姚寬《西溪叢語》卷下引《集韻》云：向秀云：『孟浪，無取捨之謂。』）

（九）是黃帝之所聽熒也：聽熒，疑惑也。（《內篇・齊物第二》）

（一〇）爲其脗合：音脣，云若兩脣之相合也。（《內篇・齊物第二》）

（一一）置其汩涽（一作滑涽）：汩涽未定之謂。（《內篇・齊物第二》）

（一二）罔兩問景曰：景，景之景也。（《內篇・齊物第二》）

（一三）殆已：疲困之謂。（《內篇・養生主第三》）

（一四）乃中經首之會：咸池樂章也。（《內篇・養生主第三》）

（一五）神遇：暗與理會謂之神遇。（《內篇・養生主第三》）

（一六）官知止：音智。專所司察而後動，謂之官智。（《內篇・養生主第三》）

（一七）而神欲行：從手放意，無心而得，謂之神欲。（《內篇・養生主第三》）

（一八）而況大軱乎：軱，戾，大骨也。（《内篇・養生主第三》）
（一九）惡乎介也：介，偏刖也。（《内篇・養生主第三》）
（二〇）不蘄畜乎樊中：向郭同崔，以爲園中也。（《内篇・養生主第三》）
（二一）其行獨：獨，與人異也。（《内篇・人間世第四》）
（二二）澤若蕉：蕉，草芥也。（《内篇・人間世第四》）
（二三）其易邪：易，輕易也。（《内篇・人間世第四》）
（二四）皡天不宜：皡天，自然也。（《内篇・人間世第四》）
（二五）伏戲、几蘧之所行終：古之帝王也。（《内篇・人間世第四》）
（二六）顔闔：魯之賢人，隱者。（《内篇・人間世第四》）
（二七）達其怒心：達其心，之所以怒而順之也。（張湛注《列子・黄帝第二》）
（二八）適有蚊虻僕緣：僕，僕然。蚊虻緣馬稠穊之貌。（《内篇・人間世第四》）
（二九）石匠覺而診其夢：診，占夢也。（《内篇・人間世第四》）
（三〇）隱將芘其所藾：藾，蔭也，可以蔭芘千乘也。（《内篇・人間世第四》）
（三一）會撮指天：指天，兩肩竦而上。（《内篇・人間世第四》）
（三二）踵見仲尼：踵，頻也。（《内篇・德充符第五》）
（三三）衆人之息以喉：喘悸之息，以喉爲節。言情欲奔競所致。（《内篇・大宗師第六》）
（三四）翛然而往：翛然，自然無心而自爾之謂。（《内篇・大宗師第六》）
（三五）其顙頯：向本作魌，云魌然，大樸貌。（《内篇・大宗師第六》）

（三六）邴邴乎其似喜乎：邴邴，喜貌。（《内篇·大宗師第六》）

（三七）崔乎其不得已乎：崔，動貌。（《内篇·大宗師第六》）

（三八）于謳聞之玄冥：玄冥，所以名無而非無也。（《内篇·大宗師第六》）

（三九）偉哉夫造物者：偉哉，美也。（《内篇·大宗師第六》）

（四〇）此古之所謂縣解也：縣解，無所係也。（《内篇·大宗師第六》）

（四一）以汝爲鼠肝乎：鼠肝，委棄土壤而已。（《内篇·大宗師第六》）

（四二）獻笑不及排：獻，善也。（《内篇·大宗師第六》）

（四三）四問而四不知：事在《齊物論》中。（《内篇·應帝王第七》）

（四四）鄭人見之，皆棄而走：不喜自聞死日也。（張湛注《列子》卷二《黄帝第二》，以下十九則出處同。爲方便起見，以下僅注明篇名。）

（四五）列子見之而心醉：心醉，迷惑其道也。（《黄帝第二》）

（四六）衆雌而無雄，而又奚卵焉：夫實由文顯，道以事彰。有道而無事，猶有雌無雄耳。今吾與汝雖深淺不同，然俱在實位，則無文相發矣，故未盡我道之實也。此言至人之唱，必有感而後和者也。（《黄帝第二》）

（四七）故使人得而相汝：元其一方，以必信于世，故可得而相也。（《黄帝第二》）

（四八）向吾示之以地文：地文，塊然若土也。（《黄帝第二》）

（四九）罪乎不震不止：萌然不動，亦不自止，與枯木同其不華，死灰均其寂魄。此至人無感之時也。夫至人，其動也天，其靜也地，其行也水流，其湛也淵嘿。淵嘿之與水流，天行之與地止，其于不爲，而自然一也。今季咸見其尸居而坐忘，即謂之將死；見其神動而天隨，便爲之有生。苟無心而應感，則與變升降，以世爲量，然後足爲物主，而順時無極耳。豈相者之所覺哉？（《黄帝第二》）

（五〇）是殆見吾杜德幾也：德幾不發，故曰杜也。（《黄帝第二》）

（五一）向吾示之以天壤：天壤之中，覆載之功見矣。比地之文，不猶外乎？（《黄帝第二》）

（五二）名實不入：任自然而覆載，則名利之飾，皆爲棄物。（《黄帝第二》）

（五三）是殆見吾善者幾也：有善于彼，彼乃見之。明季咸之所見者淺矣。（《黄帝第二》）

（五四）子之先生不齊：無往不平，混然一之。以管窺天者，莫見其崖，故以不齋也。（《黄帝第二》）

（五五）向吾示之以太沖莫勝：居太沖之極，皓然泊心，玄同萬方，莫見其迹。（《黄帝第二》）

（五六）未始出吾宗：雖進退同群，而常深根寧極也。（《黄帝第二》）

（五七）不知其誰何：泛然無所係。（《黄帝第二》）

（五八）三年不出：棄人事之近務也。（《黄帝第二》）

（五九）爲其妻爨：遺恥辱。（《黄帝第二》）

（六〇）於事無親：無適無莫也。（《黄帝第二》）

（六一）雕琢復樸，塊然獨以其形立：雕琢之文，復其真樸，則外事去矣。（《黄帝第二》）

（六二）份然而封戎：真不散也。（《黄帝第二》）

（六三）一以是終：遂得道也。（《黄帝第二》）

（六四）非乎：非乎，言是也。（《經典釋文》卷二十七《莊子音義中・外篇・駢拇第八》。以下十二則皆出自《經典釋文》卷二十七。爲方便起見，以下僅注明篇名。）

(六五)是已：猶是也。(《外篇・駢拇第八》)
(六六)而敝跬譽：跬，丘氏反，云近也。(《外篇・駢拇第八》)
(六七)聖人已死，則大盜不起：事業日新。新者爲生，故者爲死，故曰聖人已死也。乘天地之止，御日新之變，得實而損其名，歸真而忘其塗，則大盜息矣。(《外篇・胠篋第十》)
(六八)聖人不死，大盜不止：聖人不死，言守故而不日新，牽名而不造實也。大盜不止，不亦宜乎？(《外篇・胠篋第十》)
(六九)爲之斗斛以量之：自此以下，皆所以明苟非其人，雖法無益。(《外篇・胠篋第十》)
(七〇)而萬物炊累焉：如埃塵之自動也。(《外篇・在宥第十一》)
(七一)其動也縣天：希高慕遠，故曰縣天。(《外篇・在宥第十一》)
(七二)焉知曾史之不爲桀跖嚆矢也：嚆矢，矢之鳴者。(《外篇・在宥第十一》)
(七三)手撓顧指：顧指者，言指麾顧盼而治也。(《外篇・天地第十二》)
(七四)心與心職：彼我之心競爲先職矣。(《外篇・繕性第十六》)
(七五)倒置之民：以外易內，可謂倒置。(《外篇・繕性第十六》)
(七六)證曏今故：明也。(《外篇・秋水第十七》)
(七七)行乎萬物之上而不慄：天下樂推而不厭，非吾之自高，故不慄者也。(張湛注《列子》卷二《黄帝第二》。以下六則出處同。爲方便起見，以下僅注明篇名。)
(七八)物與物何以相遠：唯無心者獨遠耳。(《外篇・達生第十九》)
(七九)先是色而已：同是形色之物耳，未足以相先也，以相先者，唯自然也。(《外篇・達生第十

九》）

（八〇）彼得全于酒而猶若是：醉，故失其所知耳，非自然無心也。（《外篇・達生第十九》）

（八一）而況得全于天乎：得全于天者，自然無心，委順至理也。（《外篇・達生第十九》）

（八二）二而不墜，則失者錙銖：累二丸而不墜，是用手之停審也。故承蜩所失者，不過錙銖之間耳。（《外篇・達生第十九》）

（八三）善游者數能：其數自能也。言其道數，必能不懼舟也。（《外篇・達生第十九》）

（八四）嚙缺睡寐：畏其視聽以寐耳，受道速，故被衣喜也。（《經典釋文》卷二十七《莊子音義中・外篇・知北遊第二十二》）

（八五）知者去之：知，知也。（《經典釋文》卷二十八《莊子音義下・雜篇・庚桑第二十三》。以下二十四則皆出自《經典釋文》卷二十八。爲方便起見，以下僅注明篇名。）

（八六）擁腫之與居，鞅掌之爲使：二句樸累之謂。（《雜篇・庚桑第二十三》）

（八七）日計之而不足：無旦夕小利也。（《雜篇・庚桑第二十三》）

（八八）歲計之而有餘：順時而大穰也。（《雜篇・庚桑第二十三》）

（八九）則螻蟻能苦之：馬氏作最，又作窮。（《雜篇・庚桑第二十三》）

（九〇）且夫二子者：堯舜也。（《雜篇・庚桑第二十三》）

（九一）數米而炊：理于小利也。（《雜篇・庚桑第二十三》）

（九二）日中穴阫：音裴。阫，墻也，言無所畏忌。（《雜篇・庚桑第二十三》）

（九三）勉聞道：勉强也。（《雜篇・庚桑第二十三》）

（九四）達耳矣：僅達丁耳，未徹入于心也。（《雜篇·庚桑第二十三》）
（九五）越鷄不能伏鵠卵：越鷄，小鷄也。（《雜篇·庚桑第二十三》）
（九六）魯鷄，能矣：魯鷄，大鷄也。（《雜篇·庚桑第二十三》）
（九七）揭竿而求諸海：言以短小之物，欲測深大之域也。（《雜篇·庚桑第二十三》）
（九八）將内揵：揵，閉也。（《雜篇·庚桑第二十三》）
（九九）而况放道而行者乎：放，方往反，云依也。（《雜篇·庚桑第二十三》）
（一〇〇）能侗然乎：侗，敕動反，云直而無累之謂。（《雜篇·庚桑第二十三》）
（一〇一）至鄧之墟：邑名。（《雜篇·徐無鬼第二十四》）
（一〇二）舉之童土之地：童土，地無草木也。（《雜篇·徐無鬼第二十四》）
（一〇三）頡滑有實：頡滑，謂錯亂也。（《雜篇·徐無鬼第二十四》）
（一〇四）門尹登恒：門尹，官名；登恒，人名。（《雜篇·則陽第二十五》）
（一〇五）大儒臚傳：從上語下曰臚傳。（《雜篇·外物第二十六》）
（一〇六）謀稽乎誸：堅正也。（《雜篇·外物第二十六》）
（一〇七）搜搜：動貌。（《雜篇·寓言第二十七》）
（一〇八）以巨子爲聖人：墨家號其道理成者爲巨子，若儒家之碩儒。（《雜篇·天下第三十三》）
（一〇九）其風窢然：窢，逆風聲。（《雜篇·天下第三十三》）
（一一〇）故生物者不生，化物者不化：吾之生也，非吾之所生，則生自生耳。生生者，豈有物哉？故不生也。吾之化也，非物之所化，則化自化耳。化化者，豈有物哉？無物也故不化焉。若使生物者亦生，

化物者亦化，則與物俱化，亦奚異于物？明夫不生不化者，然後能爲生化之本也〔一〕。（見張湛注《列子》卷一《天瑞第一》）

【校記】

〔一〕按，今本《莊子》無『故生物者不生，化物者不化』二句。《四庫全書總目提要》卷一百四十六郭象《莊子注》云：『今本《莊子》皆無，則是併正文亦有所遺漏。蓋其亡已久，今已不可復考矣。』

莊子音

《經典釋文》引用了向秀《莊子注》和《莊子音》中的許多材料，但陸德明在使用這些材料時没有説明其出處，而是通常使用『向云』、『向音』、『向某某反』和『向本作某音某』等表述方式，這就爲我們區别這些材料究竟是出自《莊子注》還是《莊子音》帶來了很大麻煩。現只能根據其表述方式，進行粗略的劃分。把『向云』歸入《莊子注》，應該没有大的問題；『向音』和『向某某反』之後又有解釋文字者，亦歸入《莊子注》，置於《莊子注》佚文中；『向音』和『向某某反』，歸入《莊子音》，應該没什麽問題；至於『向本作某音某』，則歸入《莊子音》。根據這樣的區分，以下四十五條可視爲《莊子音》佚文。因所輯佚文大多出自《經典釋文·莊子音義》，故除卷次不同者作特别説明外，其餘僅出篇名。

（一）倚：偃彼反。（《經典釋文》卷二十六《莊子音義上·内篇·養生主第三》。以下僅注篇名。）

（二）踦：魚彼反。（《内篇·養生主第三》）

（三）砉：呼鵙反。（《内篇·養生主第三》）

（四）騞：他亦反。（《内篇·養生主第三》）

（五）窾：音空〔一〕。（《内篇·養生主第三》）

（六）拊：音撫。（《内篇·人間世第四》）

（七）呰：音紫。（《内篇·人間世第四》）

（八）諜：吐頰反。（《内篇·人間世第四》）

（九）樠：莫干反。（《内篇·人間世第四》）

（一〇）絜：户結反。（《内篇·人間世第四》）

（一一）撮：子活反。（《内篇·人間世第四》）

（一二）速：向本作數，所禄反。（《内篇·人間世第四》）

（一三）煌煌：向云：『馬氏音煌。』（《經典釋文》卷二十七《莊子音義中·外篇·駢拇第八》。以下僅注篇名。）

（一四）剔：向本作鬄，音郝。（《外篇·馬蹄第九》）

（一五）皁：向云：『馬氏音竦〔二〕。』（《外篇·馬蹄第九》）

（一六）橛：其月反。（《外篇·馬蹄第九》）

（一七）蹩：向本作殺。（《外篇·馬蹄第九》）

（一八）踶：音緹。（《外篇·馬蹄第九》）

（一九）澶：向本作但，音燀。（《外篇·馬蹄第九》）

（二〇）漫：武半反。向本作曼，音同。（《外篇·馬蹄第九》）
（二一）辟：音檗。（《外篇·馬蹄第九》）
（二二）鑠：音耀。（《外篇·胠篋第十》）
（二三）種：章勇反。（《外篇·胠篋第十》）
（二四）喬：欽消反。（《外篇·在宥第十一》）
（二五）鷙：豬立反。（《外篇·在宥第十一》）
（二六）見：向本作晛，音見。（《外篇·在宥第十一》）
（二七）瞿：向本作臞，求朱反。（《外篇·在宥第十一》）
（二八）僨：粉問反。（《外篇·在宥第十一》）
（二九）胈：父末反。（《莊子音義中·外篇·在宥第十一》）
（三〇）楊：音陽。（《外篇·在宥第十一》）
（三一）接：音燮。（《外篇·在宥第十一》）
（三二）槢：徒燮反。（《外篇·在宥第十一》）
（三三）枘：向本作内，音同。（《外篇·在宥第十一》）
（三四）壘：音壘。（《外篇·秋水第十七》）
（三五）狌：音姓，向同，又音生。（《外篇·秋水第十七》）
（三六）瞋：處辰反。（《外篇·秋水第十七》）
（三七）蹇：紀輦反。（《外篇·秋水第十七》）

（三八）偏：音篇。（《經典釋文》卷二十八《莊子音義下・雜篇・庚桑第二十三》。以下僅注篇名。）

（三九）畏：于鬼反。（《雜篇・庚桑第二十三》）

（四〇）壘：良裴反。（《雜篇・庚桑第二十三》）

（四一）杓：向云：『馬氏作魡，音的。』（《雜篇・庚桑第二十三》）

（四二）趎：音疇。（《雜篇・庚桑第二十三》）

（四三）獲：音霍。（《雜篇・庚桑第二十三》）

（四四）挩：音藝。（《雜篇・庚桑第二十三》）

（四五）覞：芳舌反。（《雜篇・徐無鬼第二十四》）

【校記】

〔一〕按，《集韻》卷一『一東』云：窾，空也。《莊子》『導大窾』，向秀讀。

周易義

向秀《周易義》，亦作《易義》。東晉秘書郎參著作張璠有《二十二家集解》十二卷，其序云『依向秀本』，且云向秀爲《易義》①。然而，向秀《周易義》久佚，其佚文可考者甚少。雖廣爲爬梳搜集，然所得甚爲有限。今僅從唐宋人的易學著作中輯得向秀《周易義》逸文四則。其中出自唐李鼎祚《周易集解》者三則，出自宋魏了翁《周易要義》者一則。此外，清人余蕭客《古經解鈎沉》載有一則。合計總爲五則。

【注釋】

①《經典釋文》卷一《敍録》之《注解傳述人》『張璠集解十二卷』下注。

乾。利見大人。

向秀《易義》：『聖人在位，謂之大人。』①

【注釋】

①見《古經解鈎沉》卷二上。

豫。六三，盱豫悔，遲有悔。

向秀曰：『睢盱，小人喜悦佞媚之貌也。』①

【注釋】

①見《周易集解》卷四。

大畜。象曰：天在山中，大畜。

向秀曰：『止莫若山，大莫若天。天在山中，大畜之象。天爲大器，山則極止。能止大器，故名大畜也。』①

【注釋】

①見《周易集解》卷六。

大過。棟橈本末弱也。

向秀曰：『棟橈則屋壞，主弱則國荒。所以橈，由於初上兩陰爻也。初爲善始，末是令終。始終皆弱，所以棟橈。』①

【注釋】

①見《周易集解》卷六。

益。利有攸往，利涉大川。

向秀云：『明王之道，志在惠下。故取下謂之損，與下謂之益。』①

【注釋】

①見《周易要義》卷四下。

雜言

『殊復勝不？』

此爲向秀對嵇康語。《晋書》本傳載：『始，秀欲注（《莊子》）。嵇康曰：「此書詎復須注？正是妨人作樂耳。」及成，示康，曰：「殊復勝不？」』

按，《世説新語·文學第四》『初注《莊子》者數十家』條劉孝標注引《向秀别傳》所載與此異。其文云：『後，向秀將注《莊子》，先以告康、安，康、安咸曰：「此書詎復須注：徒棄人作樂事耳。」及成，以示二子。康曰：「爾故復勝不？」安乃驚曰：「莊周不死矣！」』據此，『爾故復勝不』實乃嵇康語。《晉書》本傳將其歸於向秀名下，不知何據。

『可復爾耳！』

此乃向秀對冒其名者語。見載於《世説新語・言語第二》『嵇中散既被誅』條劉孝標注引《向秀別傳》。其文云：『（向秀）弱冠著《儒道論》，棄而不録，好事者或存之。或云是其族人所作，困于不行，乃告秀欲假其名。秀笑曰：「可復爾耳。」』《晉書》本傳或因其在流傳過程中已有二説，難定可否，故棄而不用。明末董斯張《廣博物志》則照録《向秀別傳》，故亦有向秀『可復爾耳』[1]之語。

【注釋】

①見《廣博物志》卷二十九。

『以爲巢、許狷介之士，未達堯心，豈足多慕！』

此爲向秀回答司馬昭之語。《晉書》卷四十九《向秀傳》載：『康既被誅，秀應本郡計入洛。文帝問曰：「聞有箕山之志，何以在此？」秀曰：「以爲巢、許狷介之士，未達堯心，豈足多慕！」帝甚悦。』按，向秀回答司馬昭的一段話，除本傳所載外，另有兩種説法。其一見於《世説新語・言語第二》：『嵇中散既被誅，向子期舉郡計入洛。文王引進，問曰：「聞君有箕山之志，何以在此？」對曰：「巢、許狷介之士，不足多慕。」王大諮嗟。』其二見此條下劉孝標注引《向秀別傳》：『後康被誅，秀遂失圖。乃應歲舉，到京師，詣大將軍司馬文王。文王問曰：「聞君有箕山之志，何能自屈？」秀曰：「常謂彼人不達堯意，本非所慕也。」一坐皆說。』一爲『巢、許狷介之士，不足多慕』，一爲『常謂彼人不達堯意，本非所慕也』，與《晋書》本傳所載皆不同。由此可以看出，《晋書》本傳則是糅合上述兩種説法而成。

劉伶

雜言

『死便掘地以埋！』

此爲劉伶對隨從語，見載於《世説新語·文學第四》『劉伶著《酒德頌》，意氣所寄』條劉孝標注引《名士傳》。其文云：『伶字伯倫，沛郡人，肆意放蕩，以宇宙爲狹。常乘鹿車，携一壺酒，使人荷鍤隨之，云：「死便掘地以埋！」土木形骸，遨遊一世。』

按：《晋書》本傳亦載此事，但其所引劉伶語更爲簡略：『（劉伶）常乘鹿車，携一壺酒，使人荷鍤而隨之，謂曰：「死便埋我。」』劉伶肆意放蕩，嗜酒成性，以爲自己某一天可能會因醉酒而死，故而對隨從的人有這樣的囑咐。

『卿可致酒五斗，吾當斷之。』

『天生劉伶，以酒爲名。一飲一石，五斗解酲。婦人之言，慎莫可聽！』

此爲劉伶向妻求酒時對其妻語，以及得酒之後的酒祝。語見《藝文類聚》卷七十二引《語林》，其文云：『劉伶字伯倫，飲酒一石至酲，復飲五斗。其妻責之。伶曰：「卿可致酒五斗，吾當斷之。」妻如其言。伶呪曰：「天生劉伶，以酒爲名。一飲一石，五斗解酲。婦人之言，慎莫可聽！」』

按：《藝文類聚》所引《語林》，乃東晋裴啓所撰。裴啓字榮期，河東（治今山西運城東）人。東晋處士。裴啓自幼聰潁，喜論古今人物，集漢魏兩晋士族人物言行爲《語林》，其中許多故事爲《世説新語》所採用。原書早已散佚，魯迅《古小説鈎沉》輯有一百七十九則。上述記載先對劉伶『飲酒一石至酲，復飲五斗』有所交待，然後才述其妻責之、劉伶請求其妻『致酒五斗』之事，而其酒祝中也有『一飲一石，五斗解酲』與之相呼應，前後的因果關係非常清楚。《語林》之後有關此事的記載，多不言劉伶請求『致酒五斗』，致使『五斗解酲』之説頗爲突兀。

又按：劉伶祝鬼神之語，明梅鼎祚《西晋文紀》卷八名之爲《酒祝》，作爲劉伶之文而列於《酒德頌》之後，成爲劉伶存世的第二篇文章。

『甚善。我不能自禁，惟當祝鬼神，自誓斷之耳。便可具酒肉。』

此亦爲劉伶對其妻語，當是前述劉伶對其妻語的另一種記載。語見《世説新語·任誕第二十三》『劉伶病酒渴甚』條：『劉伶病酒渴甚，從婦求酒。婦捐酒毁器，涕泣諫曰：「君飲太過，非攝生之道，必宜斷之。」伶曰：「甚善。我不能自禁，惟當祝鬼神，自誓斷之耳。便可具酒肉。」婦曰：「敬聞命。」供酒肉于神前，請伶祝誓。伶跪而祝曰：「天生劉伶，以酒爲名。一飲一斛，五斗解酲。婦人之言，慎不可聽！」便引酒進肉，隗然已醉。』

按：《世説新語》既云『劉伶病酒』，則劉伶當是因飲酒過量而成癮，並因此成爲一種病態，故而每當酒癮上來，必當飲酒以解之。若一時無酒，則痛不欲生，所以才有了劉伶『從婦求酒』，有了其妻『捐酒毀器』。劉伶對其妻的一番話，正是在這種狀態下説出來的。《世説新語》這段記載當是從裴啓《語林》脱胎而來並增廣之。在《世説新語》的記載中，增加了劉伶妻捐酒毀器、涕泣而諫和供酒肉于神前等細節，劉伶對其妻語也較《語林》豐富了許多。所以，《晋書》本傳述及此事，不取《語林》，而是基本上照録《世説新語》。但劉伶向妻求酒，無『卿可致酒五斗』一語，這樣就少了與其酒祝『五斗解酲』的相互呼應，自然也減弱了其合理性。

『鷄肋豈足以當尊拳？』

此爲劉伶對俗士語，見載於《世説新語·文學第四》『劉伶著《酒德頌》意氣所寄』條劉孝標注引《竹林七賢論》。其文云：『伶處天地間，悠悠蕩蕩，無所用心。常與俗士相忤，其人攘袂而起，欲必辱之。伶和其色，曰：「鷄肋豈足以當尊拳？」其人不覺廢然而返。』按：《晋書》本傳亦載此事，其文稍異：「（劉伶）嘗醉，與俗人相忤。其人攘袂奮拳而往。伶徐曰：「鷄肋不足以安尊拳。」』在《竹林七賢論》中，劉伶自比『鷄肋』，用『鷄肋豈足以當尊拳』一句詼諧的話語，化解了那人的憤怒，使之『不覺廢然而返』。《晋書》『鷄肋不足以安尊拳』之語雖然同樣不失詼諧，但因其是在醉酒狀態之下，故而不免給人酒後狂言之感。

『我以天地爲棟宇，屋室爲褌衣。諸君何爲入吾褌中？』

此爲劉伶對譏者語。語見《世説新語·任誕第二十三》『劉伶恒縱酒放達』條：『劉伶恒縱酒放達，或脱衣裸形在屋中。人見譏之。伶曰：「我以天地爲棟宇，屋室爲褌衣。諸君何爲入吾褌中？」』

按：《世説新語·任誕第二十三》『劉伶恒縱酒放達』條下劉孝標注引鄧粲《晋紀》亦載有此事，但劉伶説這番話的緣由，不是劉伶『脱衣裸形在屋中』，『人見譏之』，而是有客來訪，剛好遇見劉伶『裸袒』屋中。其文云：『客有詣伶，值其裸袒。伶笑曰：「吾以天地爲宅舍，以屋宇爲褌衣。諸君自不當入我褌中，又何惡乎？」其自任若是。』所謂『裸袒』，就是光着身子睡覺。因被客人發現『裸袒』，所以，劉伶有那麼一番曠達至極的話，以自我解嘲。其『又何惡乎』一語，透露了其自我解嘲的玄機。就其當時情形而論，鄧粲《晋紀》所記更合乎實情。而《世説新語》所載，在於突出劉伶的任誕不羈性格，故有『脱衣裸形在屋中』之語。而實際上，『脱衣裸形在屋中』與『裸袒』完全是兩回事兒。

阮咸

難答論

阮咸《難答論》，最早見載於《新唐書·藝文志》『易類』著録，作『阮長成、阮仲容《難答論》二卷』。鄭樵《通志》、王應麟《玉海》所載略同。是知其書宋代尚存，是阮咸與阮籍子阮渾合著，歸於易類。宋代以後，其書已不見著録，故而可以推知其在宋代以後已經亡佚。清朱彝尊《經義考》以其歸於易類，故作《周易難答論》，並云：『唐志二卷，佚。』①

【注釋】

①見《經義考》卷十一。

易義

阮咸《易義》最早見於東晉張璠《集解》著録。唐人陸德明《經典釋義·序録》於張璠《集解》十二卷下注云：『阮咸字仲容，陳留人，籍之兄子，晉散騎常侍，始平太守，爲《易義》。』北宋王欽若編纂的《册府元龜》摘引張璠《集解》之句，徑作『阮咸字仲容，爲散騎常侍，撰《易義》』①。王應麟《玉海》亦有阮咸爲《易義》的記載②。宋代以後，則不見阮咸有《易義》的記載。由此可知是書宋代以後已經亡佚。

【注釋】

①見《册府元龜》卷六百五。

②《玉海》卷三十六『藝文』之『晉張璠《集解》』條下有『阮咸爲《易義》』的記載。

古三墳注

《古三墳》又稱《三墳》、《古三墳書》，相傳乃上古之書。《左傳·昭公十一年》有楚王謂左史倚相『是良史也，子善視之，是能讀《三墳》、《五典》、《八索》、《九丘》』①之語，是則《三墳》古已有之。孔安國《尚書序》稱『伏羲、神農、黄帝之書，謂之《三墳》，言大道也』②。然而，此書失傳已久，北宋之前，未見徵引，亦未見著録。誠如四庫館臣所言：『《三墳》之名見於《左傳》，然周秦以來經傳子史，從無一引其説，不但漢代至唐咸不著録也。』此書出現於北宋，晁公武《讀書志》以爲張商英得於北陽民舍，陳振孫《書録解題》以爲毛漸得於唐州。其書分爲山墳、氣墳、形墳，以連山爲伏羲之易，以歸藏爲神農之易，乾坤爲黄帝之易。各衍爲六十四卦，而繫之以傳。此書雖有著名學者鄭樵等力主爲真，但質疑與否定者更多，馬端臨《文獻通考》徵引晁公武、陳振孫等人斥《古三墳》爲訛書的有關論述，力辯此書之訛③。四庫館臣亦謂『宋元以來，自鄭樵外無一人信之者。至明何鏜刻入《漢魏叢書》，又題爲宋阮咸注，訛中之訛，益都不足辨矣』④。鄭樵以精於考證著稱。其言《古三墳》爲真，有其一定的道理。《古三墳》之真訛，尚不足定論。

《古三墳》阮咸注，始見明何鏜輯《漢魏叢書》，題晋阮咸注，明新安程榮校。西晋杜預爲《春秋左氏傳》作注，已明確指出《三墳》、《五典》等皆是古書名。阮咸與杜預是同時代人，曾撰《易義》和《周易難答論》。若是時《古三墳》尚存，則阮咸爲之作注，亦是完全可能的。而所謂阮咸注，實際上是對卦名的傳，即是對卦名的解釋。兹以《漢魏叢書》本爲底本，參考明新都唐琳訂閲本，加以整理。阮咸注不另單列，而是隨文用小五號宋體字以示區别。

【注釋】

①見《左傳·昭公十二年》。

②見《尚書注疏》録孔安國《尚書序》。

③參見《文獻通考》卷一百七十七『經籍考四』。

④見四庫全書存目叢書《古三墳一卷内府藏本》提要。

山墳

天皇伏羲氏

連山易

爻卦大象

崇山君　君臣相　君民官　君物龍　君陰后　君陽師　君兵將　君象首

伏山臣　臣君侯　臣民士〔一〕　臣物龜　臣陰子　臣陽父　臣兵卒　臣象股

列山民　民君食　民臣力　民物貨　民陰妻　民陽夫　民兵器　民象體

兼山物　物君金　物臣木　物民土　物陰水　物陽火　物兵執　物象春

潛山陰　陰君土　陰臣野　陰民鬼　陰物獸　陰陽樂　陰兵妖　陰象冬

連山陽　陽君天　陽臣干　陽民神　陽物禽　陽陰禮　陽兵譴　陽象夏

藏山兵　兵君帥　兵臣佐　兵民軍　兵物材　兵陰謀　兵陽陣　兵象秋

迭山象　象君日　象臣月　象民星　象物雲　象陰夜　象陽晝　象兵氣

【校記】

〔一〕士，原作『土』。據明新都唐琳訂《古三墳》校改。

傳

崇山君 崇高其山，君之象也。君臣相 相位至貴，君之臣也。君民官 君臨百官，以爲民也。君物龍 龍善變化，能致雲雨，爲君物業。君陰后 君妻曰后，正婚姻也。君陽師君 師賢聖，以詢道也。君兵將 君不兵衆，專務將佐也。君象首 首統方來，君之象也。

伏山臣 潛伏其山，臣之象也。臣君侯 建侯軍民，分方治也。臣民士 士守常業，臣之民也。臣物龜 死不改豈，勸以義也。臣陰子 子爲臣陰，訓事父也。臣陽父 父爲臣陽，以訓子也。臣兵卒 臣以卒爲兵，假其力也。臣象股 臣象股肱，以佐身也。

列山民 山有行列，民之象也。民君食 民所尊崇，以食爲本務，故爲君矣。民臣力 民之使力，如君之使臣也。民物貨 四民之物，貨爲本也。民陰妻 民之有妻，以成家也。民陽夫 女以從夫，以有歸也。民兵器 生民之兵，以利用也。民象體 民爲邦本，如肌膚也。

兼山物 高下相兼，物之象也。物君金 金主利用，物之君也。物臣木 木爲金所克服，故爲臣矣。物民土 土生萬類，爲物民矣。物陰水 水性潤下，物之陰也。物陽火 火性炎土，物之陽也。物兵執 物之相克勝制，故爲兵也。物象春 春主發也，物之象也。

潛山陰 深潛其山，陰之象也。陰君土 地德廣大，爲陰君也。陰臣野 野分地理，故爲陰臣也。陰民鬼 人死曰鬼，陰之民也。陰物獸 獸行于地，陰之物也。陰陽樂 樂本聲音，爲陰之陽也。陰兵妖 陰告人主，厥罰妖異也。陰象冬 冬主閉藏，陰之象也。

連山陽 山之相連，如陽氣也。陽君天 天覆群物，陽之君也。陽臣干 十干相配，陽之臣也。陽民神 神變萬物，陽之民也。陽物禽 禽飛戾天，陽之物也。陽陰禮 禮主卑己，陽之陰也。陽兵譴 天垂譴象，陽之兵也。陽象夏 夏長萬物，陽之象也。

藏山兵 藏剛于地，兵之象也。兵君帥 帥以統衆，兵之君也。兵臣佐 佐以輔帥，兵之臣也。兵民軍 軍有行列，兵之民也。兵物材 山生五材，兵之物也。兵陰謀 謀善計，兵之陰也。兵陽陣 陣兵誓衆，兵之陽也。兵象秋 秋主發物，兵之象也。

迭山象 石疊其山，如天象也。象君日 日爲陽精，象之君也。象臣月 月爲陰精，象之臣也。象民星 星有行列，明象照也。象物雲 雲有異形，象萬物也。象陰夜 夜景幽暗，象之陰也。象陽晝 晝日明察，象之陽也。象兵氣 氣形妖異，象之兵也。

太古河圖代姓紀

清氣未升，濁氣未沉，遊神未靈，五色未分，中有其物，冥冥而性存，謂之混沌。混沌爲太始。太始者，元胎之萌也。

太始之數一，一爲太極。太極者，天地之父母也。一極易，天高明而清，地博厚而濁，謂之太易。太易者，天地之變也。

太易之數二，二爲兩儀。兩儀者，陰陽之形也，謂之太初。太初者，天地之交也。太初之數四，四盈易，四象變而成萬物，謂之太素。太素者，三才之始也。

太素之數三，三盈易，天地孕而生男女，謂之三才。三才者，天地之備也。遊神動而靈，故飛、走、潛、化、動、植、蟲、魚之類，必備于天地之間，謂之太古。太古者，生民之始也。

太古之人皆壽盈，易始三男三女，冬聚夏散，食鳥、獸、蟲、魚、草、木之實，而男女構精，以女生爲姓。始三頭，謂之合雄紀。生子三世。合雄氏没，子孫相傳，記其壽命，謂之叙命紀。通紀四姓，生子二世。男女衆多，群居連逋，從强而行，是謂連逋紀。生子一世，通紀五姓，是謂五姓紀。

天下群居，以類相親，男女衆多，分爲九頭，各有居方，故號居方氏。没，生子三十二世，强弱相迫，欲生吞害。中有神人，提挺而治，故號提挺氏。提挺氏生子三十五紀，通紀七十二姓，故號通姓氏。

有巢氏生，太古之先覺，識于天、地、草、木、蟲、魚、鳥、獸，俾人居巢穴，積鳥獸之肉，聚草木之實，天下九頭咸歸。有巢始君也，動止，群群相聚而尊事之。壽一太易，本通姓氏之後也。

燧人氏，有巢子也，生而神靈，教人炮食，鑽木取火，天下生靈尊事之。始有日中之市，交易其物，有傳教之臺，有結繩之政，壽一太易，本通姓氏之後也。

伏羲氏，燧人子也，因風而生，故風姓。末甲八太七成，三十二易草木，草生月，雨降日，河泛時，龍馬負圖，蓋分五色，文開五易，甲象崇山。天皇始畫八卦，皆連山，名《易》。君臣民物陰陽兵象，始明于世。圖出後二成三十二易草木，木枯月，命臣飛龍氏造六書。後草木一易，木王月，命臣潛龍氏作甲曆。伏犧牛，治金成器，教民炮食。易九頭爲九牧，因尊事爲禮儀，因龍出而紀官，因風來而作樂。命降龍氏何率萬民，命水龍氏平治水土，命火龍氏炮治器用，因居方而置城郭。天下之民號曰天皇、太昊、伏犧、有庖、升龍氏，本通姓氏之後也。

天皇伏羲氏皇策辭

昔在天皇，居於君位，諮於將，諮於相，諮於民，垂皇策辭。

皇曰：『惟我生無道，承父居方，三十二易草木，上升君位。我父燧皇歸世，未降河圖，生民結繩，而無不信。於末甲八太七成，三十二易草木，惟我老極。姓生人衆多，群群蟲聚，欲相吞害。惟天至仁，於草生月，天雨降河，龍馬負圖，神開我心，子其未生，我畫八卦，自上而下咸安。其居後二成，二十二易草木。』

皇曰：『命子襄居我飛龍之位，主我圖文，代我諮於四方上下，無或私。』

襄曰：『咸若諮衆之辭，君無念哉。後一易草木。』

皇曰：『命子英居我潛龍之位，主我陰陽甲曆，諮於四方上下，無或差。』

英曰：『依其法亦順，君無念哉！』

皇曰：『無爲後，二十二易草木。』

昊英氏進曆於君，曰：『曆起甲寅。』

皇曰：『甲日寅辰，乃鳩衆於傳教臺，告民示始甲寅。』

易二月，天王升傳教臺，乃集生民。後女媧子無分臣工，大小列之。右上相共工，下相阜桓。飛龍朱襄氏、潛龍昊英氏居君左右。栗陸氏居北，赫胥氏居南，昆連氏居西，葛天氏居東，陰康氏居下。九州之牧，各統其人群，居於外。

皇曰：『諮予上相共工，我惟老極無爲，子惟扶我正道，諮告於民，俾知甲曆，日月歲時自茲始，無或不記，子勿怠。』

共工曰：『工居君臣之位，無有勞，君其念哉！』

皇曰：『下相皇桓，我惟老極無爲，子惟扶我正道，撫愛下民，同力諮告於民，俾知甲曆，日月歲時自茲始，無或不記，子其勿怠。』

桓曰：『居君臣之位，無有勞，君其念哉！』

皇曰：『栗陸子居我水龍之位，主養草木，開道泉源，無或失時，子其勿怠。』

陸曰：『竭力於民，君其念哉！』

皇曰：『大庭主我屋室，視民之末居者喻之，借力同構其居，無或寒凍。』

庭曰：『順民之辭。』

皇曰：『陰康子居水土，俾民居處無或漂流，勤於道，達於下。』

康曰：『順君之辭。』

皇曰：『渾沌子居我降龍之位，惟主於民。』

皇曰：『昆連子主我刀斧，無俾野獸犧虎之類傷殘生命，無俾同類大力之徒區逐微弱，子其伏之。』

連曰：『專主兵事，君無念哉！』

皇曰：『四方之君，咸順我辭，則世無害惟愛於民，則位不危。』

皇曰：『子無懷安，惟安於民，民安子安，民危子危，子其念哉。』

氣墳

人皇神農氏

歸藏易

爻卦大象

天氣歸　歸藏定位　歸生魂　歸動乘舟　歸長兄　歸育造物〔一〕　歸止居域　歸殺降

地氣藏　藏歸交　藏生卯　藏動鼠　藏長姊　藏育化物　藏止重門　藏殺盜

木氣生　生歸孕　生藏害　生動勛陽　生長元胎　生育澤　生止性　生殺相克

風氣動　動歸乘軒　動藏受種　動生機　動長風　動育源　動止戒　動殺虐
火氣長　長歸從師　長藏從夫　長生志　長動麗　長育違道　長止平　長殺順性
水氣育　育歸流　育藏海　育生愛　育動漁　育長苗　育止養　育殺畜
山氣止　止歸約　止藏淵　止生貌　止動濟　止長植物　止育潤　止殺寬宥
金氣殺　殺歸尸　殺藏墓　殺生無忍　殺動干戈　殺長戰　殺育無傷　殺止亂〔二〕

【校記】

〔一〕育，原作『有』。據下文及明新都唐琳訂《古三墳》校改。

〔二〕亂，原作『動』。據下文校改。

傳

天氣歸　聖人以禮下賢智。歸藏定位　聖人以儀辨尊卑。歸生魂　聖人以明神變。歸動乘舟　聖人以造舟楫。歸長兄　聖人以辨兄弟。歸育造物　聖人以明天意。歸止居域　聖人以居生民。歸殺降　聖人以存歸類。

地氣藏　聖人以藏智于國。藏歸交　聖人以道接生靈。藏生卯　聖人以仁及飛鳥。藏動鼠　聖人以防佞幸。藏長姊　聖人以分男女。藏育化物　聖人以察地理。藏止重門　聖人以謹啓閉。藏殺盜　聖人以防民亂。

木氣生　聖人以行仁政。生歸孕　聖人以察生産。生藏害　聖人以異居室。生動勛陽　聖人以行慶錫。生長元胎　聖人以測大象。生育澤　聖人以待天時。生止性　聖人以隨民心，順民性。生殺相克　聖人以防民事。

風氣動　聖人以宣號令。動歸乘軒　聖人以造車輪。動藏受種　聖人以播百穀。動生機　聖人以通變化。動長風　聖人以達治道。動育源 聖人以灌溉民田。動止戒 聖人以慎起居，防禍亂。動殺虐 聖人以戒殺伐。

火氣長 聖人以明長幼。長歸從師 聖人以立學教民。長藏從夫 聖人以教婦道。長生志 聖人以量能受事。長動麗 聖人以置網罟。長育違道 聖人以防民逆。長止平 聖人以均有無，平阿黨。長殺順性 聖人以盡物性。

水氣育 聖人以教民育材。育歸流 聖人以通群議。育藏海 聖人以仁廣納萬慮。育生愛 聖人以恤窮民。育動漁 聖人以民漁網。育長苗 聖人以教農鋤□。育止養 聖人以教民孝。育殺畜 聖人以教養六畜。

山氣止 聖人以安萬國。止歸約 聖人以教民歸信。止藏淵 聖人以深治道。止生貌 聖人以形辨貴賤，色正賢否。止動濟 聖人以置民器，利民用。止長植物 聖人以名草藥，辨味性。止育潤 聖人以開河渠，澤潤草木。止殺寬宥 聖人以御凶亂。

金氣殺 聖人以順天殺物。殺歸尸 聖人以封丘之。殺藏墓 聖人以穴丘之。殺生無忍 聖人以遠庖廚。殺動干戈 聖人以定禍亂。殺長戰 聖人以陣卒伍。殺育無傷 聖人以用非常。殺止亂 聖人以刑伐格治。

人皇神農氏政典

政典曰：『惟天生民，惟君奉天，惟食喪祭衣服教化，一歸于政。』

皇曰：『我惟生無德，咸若古政。嗟爾四方之君，有官有業，乃子乃父，乃兄乃弟，無亂於政。昔二君始王，未有書契，結繩而治，交易而生，亦惟歸政。昔在天皇，肇修文教，始畫八卦，明君臣民物陰陽兵象，以代結繩之政。出言惟辭，制器惟象，動作惟變，卜筮惟占。天皇氏歸氣，我惟代政，惟若古道以立政。』

皇曰：『正天時，因地利，惟厚於民。民惟邦本，食惟民天。農不正，食不豐；民不正，業不專。惟民有數，惟食有節，惟農有教。林林生人，無亂政典。』

政典曰：『君正一道，二三凶。臣正一德，有常吉。時正惟四，亂時不植。氣正惟和，氣亂作癘。官正惟百，民正惟四，色正惟五，惟質惟良。病正四百四，藥正三百六十五。過數乃亂，而昏而毒。道正惟常，過政反僻。刑正平，過正反私。祿正滿，過正反侈。禮正度，過政反僭。樂正和，過政反流。治正簡，過政反亂。喪正哀，過政反游。干戈正亂，過政反危。市肆正貨，過政反邪。譏禁正非，過政火用。』

皇曰：『嗟爾有官有業，乃子乃父，乃兄乃弟，咸若我辭，一歸於正。』

皇曰：『君相信任惟正，相君輔位惟忠，相官統治惟公，官相代位惟勤，民官撫愛惟仁，官民事上惟業。父無不義，厥子惟孝。兄無不友，厥弟惟恭。夫不游，妻不淫，師不怠，教不失。刑者形也，形爾身。道者導也，導爾志。禮者制也，制爾情。樂者和也，和爾聲。政者正也，正其事。』

形墳

地皇軒轅氏

乾坤易

爻卦大象

乾形天　地天降氣　日天中道　月天夜明　山天曲上　川天曲下　雲天成陰　氣天習蒙

坤形地　天地圓丘　日地圜宮　月地斜曲　山地險徑　川地廣平　雲地高林　氣地下濕

陽形日　天日昭明　地日景隨　月日從朔　山日沉西　川日流光　雲日蔽霧　氣日昏蔀

陰形月　天月淫　地月伏輝　日月代明　山月升騰　川月東浮　雲月藏宮　氣月冥陰

土形山　天山岳　地山磐石　日山危峰　月山斜巔　川山島　雲山岫　氣山巖

水形川　天川漢　地川河　日川湖　月川曲池　山川澗　雲川溪　氣川泉

雨形雲　天雲祥　地雲黃霙　日雲赤曇　月雲素雯　山雲叠峰　川雲流霻　氣雲散彩

風形氣　天氣垂氤　地氣騰氳　日氣晝圍　月氣夜圓　山氣籠烟川氣浮光　雲氣流霞

傳

乾形天 聖人以仰觀天象。地天降氣 聖人以推中氣，正年歲。日天中道 聖人以分晝景。月天夜明 聖人以辨昏象。山天曲上 聖人以慎行求諫。川天曲下 聖人以察奸佞。雲天成陰 聖人以澤蔭庶物。氣天習蒙 聖人以至明燭幽。

坤形地 聖人以辨方隅。天地圓丘 聖人以祀上帝。日地圜宮 聖人以祭日。月地斜曲 聖人以正經界。山地險徑 聖人以通道路。川地廣平 聖人以設溝洫。雲地高林 聖人以教人取材。氣地下濕 聖人以教人漉網。

陽形日 聖人以繼照下。天日昭明 聖人以求賢代明。地日景隨 聖人以德教化民。月日從朔 聖人以推氣候。山日沉西 聖人以思賢繼治。川日流光 聖人以恩及蟲魚。雲日蔽霧 聖人以明察左右。氣日昏蔀 聖人以修國政。

陰形月 聖人以命相代政。天月淫 聖人以機審大臣。地月伏輝 聖人以訪求賢隱。日月代明 聖人以君臣代政。山月升騰 聖人以命相統治。川月東浮 聖人以恩及命婦。雲月藏宮 聖人以慎内政。氣月冥陰 聖人以慎群小。

土形山 聖人以正名岳鎮。天山岳 聖人以嚴恭崇祀。地山磐石 聖人以深固基業。日山危峰 聖人以慎孤高。月山斜巔 聖人以慎危覆。川山島 聖人以防濫僭。雲山岫 聖人以振財禄賢。氣山巖 聖人以深宮養性。

水形川聖人以設法無弊。天川漢聖人以辨時候。地川河聖人以紀地理。日川湖聖人以聚財養士。月川曲池聖人以教民漉網。山川澗聖人以通江海。雲川溪聖人以思求隱逸。氣川泉聖人以通溉民田。

雨形雲聖人以雲瑞紀官。天雲祥聖人以符應天命。地雲黃霙聖人以土德推曆。日雲赤曇聖人以防慎火災。月雲素雯聖人以占測治亂。山雲叠峰聖人以意決災異。川雲流霏聖人以防備水患。氣雲散彩聖人以決兵勝敗。

風形氣聖人以決亂。天氣垂氤聖人以辨時候。地氣騰氳聖人以辨妖孽。日氣晝圍聖人以決災變。月氣夜圓聖人以定方象。山氣籠烟聖人以取金玉。川氣浮光聖人以採珠寶。雲氣流霞聖人以辨怪異。

地皇軒轅氏政典

皇曰：『嗟爾！天師、輔相、五正、百官、士子、農夫、商人、工技，咸若我言。』

政典曰：『國無邪教，市無淫貨，地無荒土，官無濫士，邑無游民，山不童，澤不涸，其正道至矣。正道至，則官有常職，民有常業，父子不背恩，夫婦不背情，兄弟不去義，禽獸不失長，草木不失生。』

政典曰：『方圓角直，曲斜凹凸，必有形。遠近高下，長短疾緩，必有制。寒暑燥濕，風雨逆順，必有時。金木水火，土石羽毛，必有濟。布帛桑麻，筋角齒革，必有用。百工器用，必有制。聖人治天下，權以聚財，財以施智，智以畜賢，賢以輔道，道以統下，不以事上，上以施仁，仁以保位，位以制義，義以輔禮，禮以制情，情以敦信，信以一德，德以明行，行以崇教，教以歸政，政以崇化，化以順性，性以存命，命以保生，生以終壽。』

皇曰：『岐伯天師，爾司日月星辰，陰陽歷數。爾正爾考，無有差貸。先時者殺，不及時者殺，爾惟戒哉？』

皇曰：『後土中正，爾識山川草木，蟲魚鳥獸。爾掌爾察，無亂田制，以作田訟。爾惟念哉？』

皇曰：『龍東正，爾分爵禄賢智，爾諮爾行，無掩大賢以悕財，無庇惡德以私嘗。』

皇曰：『融南正，爾平禮服祭祀，爾正惟無亂國制以僭上，無廢祀事以簡恭。爾惟念哉？』

皇曰：『太封西正，爾分干戈刑法，爾掌爾平。』

皇曰：『太常北正，爾居田制民事，爾訓爾均。百工惟良，山川爾圖。爾惟勤恭哉？』

皇曰：『天師、輔相、五正、百官、士子、農夫、商人、工技，咸順我言，終身於休。』

附　何鏜《漢魏叢書·後序》

傳曰：《河圖》隱於周初，《三墳》亡於幽厲，《洛書》火於亡秦，治世之道不可復見。余自天復中隱於青城山之西，因風雨石裂，中有石匣，得古文三篇，皮斷簡脱，皆篆字，乃上古三皇之書也。

三峽流泉

《三峽流泉》爲古樂，流傳已久。其歸於阮咸名下，見於中唐時期成書的《中興間氣集》。是書所載李秀蘭故事，有阮咸爲《三峽流泉》的記載。[①]北宋末年的曹勛在其《松隱集》中言及《三峽流泉歌》時稱：『古詞。皆云：《琴集》云：　初，阮咸所作，今新而補之。』[②]郭茂倩《樂府詩集》襲其説，亦云：『《三峽流泉歌》，李季蘭。《琴集》曰：《三峽流泉》，晉阮咸所作也。』③曹勛和郭茂倩所説的《琴集》，應是《舊唐書·經籍志》和《新唐書·藝文志》著録的《琴集歷頭拍簿》的省稱。是書今已不存，只有部分文字散見於有關文獻。其稱《三峽流泉》乃阮咸所作，有何依據，已不得而知。兹從其説，歸於阮咸名下。今所流傳《三峽流泉》歌，乃唐代女詩人李秀蘭所作。

【注釋】

①見《太平御覽》卷二百七十三『李秀蘭』條引《中興間氣集》，其所載李秀蘭《三峽流泉歌》有『憶昔阮公爲此曲，能使仲容聽不足』之句。

②見《松隱集》卷二《三峽流泉歌》。

③見《樂府詩集》卷六十《三峽流泉歌》題下注。

雜言

『未能免俗，聊復爾耳。』

此爲阮咸對時人語，見載於《世説新語·任誕第二十三》，其文云：『阮仲容、步兵居道南，諸阮居道北；北阮皆富，南阮貧。七月七日，北阮盛曬衣，皆紗羅錦綺。仲容以竿掛大布犢鼻褌於中庭。人或怪之，答曰：「未能免俗，聊復爾耳！」』《竹林七賢論》與此略異：『阮咸字仲容，籍兄子也。諸阮俱世儒學，善居室，内足於財。唯籍一巷尚道業，好酒而貧。舊俗，七月七日法當曝衣，諸阮庭中爛然，莫非綈錦。咸時總角，乃豎長竿，摽大布犢鼻褌於庭中，云：「未能免俗，聊復爾耳。」』①《晉書》本傳述及此事，則以《世說新語》爲本：『咸與籍居道南，諸阮居道北，北阮富而南阮貧。七月七日，北阮盛曬衣服，皆錦綺粲目。咸以竿掛大布犢鼻於庭。人或怪之，答曰：「未能免俗，聊復爾耳！」』[2]

【注釋】

①見《太平御覽》卷三十一引《竹林七賢論》。

②見《晉書》卷四十九《阮咸傳》。

『人種不可失。』

此爲阮咸追鮮卑婢返家語，見載於《世說新語·任誕第二十三》，其文云：『阮仲容先幸姑家鮮卑婢。及居母喪，姑當遠移。初云當留婢，既發，定將去。仲容借客驢，著重服，自追之，累騎而返，曰：「人種不可失。」即遥集之母也。』

『我雖失三公，然得遥集。』

此爲阮咸自嘆語，見載於唐陸龜蒙《小名録》卷上：『阮咸字仲容，性任誕，不拘小節，私姑家之貉婢。姑徙居，初云留，後乃携去。咸時居喪，聞之，借客驢追之，連騎而返，獲議於時，廢棄者久之。及孚之生也，其姑取王延壽《魯靈光殿賦》語曰：「胡人遥集於上楹，乃字曰遥集。」仲容每嘆曰：「我雖失三公，然得遥集。」』[1] 陶宗儀《說郛》引陸龜蒙《小名録》，與此稍異：『阮咸字仲容，性任誕，不拘小節，私姑家之貉婢。姑徙居，初云留，後乃携去。咸時居喪，聞之，借客驢追之，連騎而返，獲議於世，廢棄者久之。及孚之生也，其姑取王延壽《魯靈光殿賦》語曰：「胡遥集於上楹，乃字曰遥集。」仲容每嘆曰：「我雖失三公，然得遥集。」』②

【注釋】

①《小名録・阮咸》。

②《説郛三種》卷七十七上《小名録・遥集》。

『客中月夜聞此聲，使人斷腸。』

語見明彭大翼《山堂肆考》『斷腸』條，其文云：『晋阮咸，字仲容，聞笛聲曰：「客中月夜聞此聲，使人斷腸。」杜詩：「吹笛秋山風月清，誰家巧作斷腸聲。」』①清陳元龍《格致鏡原》引《山堂肆考》，作『晋阮咸聞笛聲，曰：「客中月夜聞此聲，使人斷腸。」』②

【注釋】

①《山堂肆考》卷一百六十三《斷腸》。

②《格致鏡原》卷四十七《樂器類・笛》。

王戎

雜言

『樹在道邊而多子，此必苦李。』

此爲王戎兒時語。《世説新語·雅量第六》載其事發生在王戎七歲時：『王戎七歲，嘗與諸小兒遊，看道邊李樹多子折枝，諸兒競走取之，唯戎不動。人問之，答曰：「樹在道邊而多子，此必苦李。」取之信然。』劉孝標注引《名士傳》云：『戎由是幼有神童之稱也。』

按：《晋書》本傳取其事而載之，文字稍異：『（王戎）嘗與群兒戲於道側，見李樹多實，等輩競趣之，戎獨不往。或問其故，戎曰：「樹在道邊而多子，必苦李也。」取之信然。』《世説新語》把此事繫於王戎七歲時，本傳不言王戎説這番話時的年齡，顯然是對年僅七歲的王戎是否能够説出如此富有生活經驗的話語表示懷疑。

『勝公榮，故與酒；　不如公榮，不可不與酒；　惟公榮者可不與酒。』

此原爲阮籍對王戎語，見載於《世説新語·簡傲第二十四》：『王戎弱冠詣阮籍，時劉公榮在坐。阮謂王曰：「偶有二斗美酒，當與君共飲，彼公榮者無預焉。」二人交觴酬酢，公榮遂不得一杯，而言語談戲，三人無異。或有問之者，阮答曰：「勝公榮者，不得不與飲酒；不如公榮者，不可不與飲酒；惟公榮，可不與飲酒。」』劉孝標注引《晉陽秋》則以此爲王戎對阮籍語，其文云：『戎嘗詣籍共飲，而劉昶在坐不與焉，昶無恨色。既而，戎問籍曰：「彼爲誰也？」曰：「劉公榮也。」濬沖曰：「勝公榮，故與酒；不如公榮，不可不與酒；惟公榮者可不與酒。」』

按：《晉書》本傳據《世説新語》將這段話繫於阮籍名下，且小有出入：『戎嘗與阮籍飲。時兗州刺史劉昶字公榮在坐。籍以酒少，酌不及昶，昶無恨色。戎異之，他日問籍曰：「彼何如人也？」答曰：「勝公榮不可不與飲，若減公榮則不敢不共飲，惟公榮可不與飲。」』本傳稱阮籍因酒少而不與劉昶飲。而《晉陽秋》則言阮籍、王戎共飲，劉昶在座，而阮籍卻不與之酒。不言酒少而不與，更見阮籍任情自然之性格。

『卿輩意亦復易敗邪？』

此爲王戎對阮籍語。《世説新語·排調第二十五》云：『嵇、阮、山、劉在竹林酣飲，王戎後往。步兵曰：「俗物已復來敗人意！」王笑曰：「卿輩意亦復可敗邪？」』

按：此語亦見《晉書》本傳，但其所言王戎所從遊者，唯阮籍一人而已。其文云：『戎每與籍爲竹林之遊。戎嘗後至。籍曰：「俗物已復來敗人意！」戎笑曰：「卿輩意亦復易敗耳？」』結合竹林七賢遊於竹林的實際情況來看，竹林之遊參與者頗衆。本傳言『戎每與籍爲竹林之遊』，而不言他人，似乎給人竹林之遊唯阮籍、王戎二人的錯覺。從實情與情理兩方面來考慮，本傳不及《世説新語》清楚允當。

『道家有言，爲而不恃。非成功難，保之難也。』

此爲王戎回答鍾會語。《晉書》本傳載：『鍾會伐蜀，過與戎別，問：「計將安出？」戎曰：「道家有言，爲而不恃。非成功難，保之難也。」及會敗，議者以爲知言。』

按：王戎自幼因聰明曉悟而爲鍾會所知。《世説新語・賞譽第八》載：『王濬沖、裴叔則二人總角詣鍾士季，須臾去後，客問鍾曰：「向二童何如？」鍾曰：「裴楷清通，王戎簡要。後二十年，此二賢當爲吏部尚書。冀爾時天下無滯才。」』魏元帝景元四年（二六三），鍾會奉司馬昭之命伐蜀，向時任相國掾的王戎問計，王戎以上語作答。

『未見其比，當從古人中求之。』

此爲王戎評王衍語。王衍是王戎的從弟，有名於時。《晉書》本傳云：武帝聞其名，問戎曰：『夷甫當世誰比？』戎曰：『未見其比，當從古人中求之。』

按：《晉書・王衍傳》叙王戎評王衍事，於王衍十四歲之後，晉武帝泰始八年（二七二）之前。王衍卒於西晉永嘉五年（三一一），時年五十六歲。由此可知，王戎回答晉武帝之問時，王衍的年齡當在十五至十七歲之間，未及弱冠。《名賢氏族言行類編》則把王戎評王衍之語彙在一起，云：『戎謂衍神姿高徹，如瑤林瓊樹，自然是風塵表物，當世未見其比，當從古人中求之耳。』①

【注釋】

①見《名賢氏族言行類編》卷二十四。

『大事之後，宜深遠之。』

此爲王戎對東安公司馬繇之語。《晉書》本傳載：『駿誅之後，東安公繇專斷刑賞，威震外內。戎誡繇曰：「大事之後，宜深遠之。」繇不從，果得罪。』

按：東安公司馬繇是琅琊王司馬伷之子，諸葛誕的外孫。以誅楊駿有功，拜右衛將軍領，進封郡王，加侍中、兼典軍大將軍，遷尚書右僕射，加散騎常侍。就任尚書右僕射之後，『是日誅賞三百餘人，皆自繇出』①。王戎時任太子太傅，見司馬繇專斷刑賞，遂勸誡之。司馬光《資治通鑑》亦述及此事，言辭稍異，其文云：『東安公繇爲尚書左僕射，進封東安王，誅賞皆自繇出，威振内外。王戎謂繇曰：「大事之後，宜深遠權勢。」繇不從。』②

【注釋】

①見《晉書》卷三十八《宣五王·司馬繇傳》。

②見《資治通鑑》卷八十二。

『公首舉義衆，匡定大業。開闢已來，未始有也。然論功報賞，不及有勞，朝野失望，人懷貳志。今二王帶甲百萬，其鋒不可當。若以王就第，不失故爵。委權崇讓，此求安之計。』

此爲八王之亂中，王戎對齊王司馬冏之語。《晉書》本傳載：『惠帝反宫，以戎爲尚書令。既而，河間王顒遣使就説成都王穎，將誅齊王冏。檄書至，冏謂戎曰：「孫秀作逆，天子幽逼。孤糾合義兵，掃除元惡。臣子之節，信著神明。二王聽讒，造構大難，當賴忠謀，以和不協。卿其善爲我籌之。」戎曰：「公首舉義衆，匡定大業。開闢已來，未始有也。然論功報賞，不及有勞，朝野失望，人懷貳志。今二王帶甲百萬，其鋒不可當。若以王就第，不失故爵。委權崇讓，此求安之計。」』

王戎對司馬冏之語，《資治通鑑》亦録之，其文較爲簡略：『……冏大懼，會百官議之曰：「孤首唱義兵，臣子之節，信著神明。今二王信讒作難，將若之何？」尚書令王戎曰：「公勛業誠大，然賞不及勞，故人懷貳心。今二王兵盛，不可當也。若以王就第，委權崇讓，庶可求安。」』①

【注釋】

①《資治通鑑》卷八十四。

『聖人忘情，最下不及情。情之所鍾，正在我輩。』

此爲王戎喪子，山簡來弔，王戎對之語。見《世説新語·傷逝第八》：『王戎喪兒萬子。山簡往省之，王悲不自勝。簡曰：「孩抱中物，何至于此！」王曰：「聖人忘情，最下不及情。情之所鍾，正在我輩。」』

按，此條下劉孝標注引王隱《晋書》云：『戎子綏欲取裴遁女。綏既早亡，戎過傷痛，不許人求之，遂至老無敢取者。』又，《世説新語·賞譽第八》劉孝標注引《晋諸公贊》云：『王綏字萬子，辟太尉掾，不就。年十九卒。』據此可知，王綏字萬子，十九歲卒。王綏事迹見於《晋書》王戎本傳：『子萬有美名，少而大肥。戎令食糠，而肥愈甚。年十九卒。有庶子興，戎所不齒。以從弟陽平太守愔子爲嗣。』

按，《世説新語·傷逝第十七》『王戎喪兒萬子』條劉孝標注云：『一説是王夷甫喪子，山簡弔之。』此説亦爲後人採信，如宋人陳師道《後山集》云：『王夷甫言：「太上無情，其下不及情。情之所鍾，正在我輩。」民雖愚，至于父子夫婦，則知之矣。此未爲知人者。』俞文豹《吹劍録外集》亦取其説：『范文正公守饒，喜妓籍。一小鬟既去，以詩寄魏介曰：「慶朔堂前花自栽，便移官去未曾開。年年長有別離恨，已托春風幹當來。」介買送公。王衍曰：「情之所鍾，正在我輩。」以范公而不能免。」

『國寶初不來，汝數往，何也？』

此爲王戎問其子王綏語。語見《晉書》卷三十五《裴楷傳》，其文云：『（裴）瓚字國寶，中書郎，風神高邁，見者皆敬之。特爲王綏所重，每從其游。綏父戎謂之曰：「國寶初不來，汝數往，何也？」對曰：「國寶雖不知綏，綏自知國寶。」』

按：據《晉書》本傳，王戎之子萬子早卒。然據《册府元龜》所載，王綏與裴楷之子裴瓚多有交往。其文云：『王綏，司徒戎之子也。裴瓚字國寶，楷子也，特爲綏所重，每從其游。戎謂綏曰：「國寶初不來，汝數往，何也？」對曰：「國寶雖不知綏，綏自知國寶。」綏官至荆州刺史。』[1]王綏既然曾任荆州刺史，則其十九歲而亡，似可懷疑。《世説新語·品藻第九》有『以八裴方八王』的記載：『正始中，人士比論，以五荀方五陳：荀淑方陳寔，荀靖方陳諶，荀爽方陳紀，荀彧方陳群，荀顗方陳泰；又以八裴方八王：裴徽方王祥，裴楷方王夷甫，裴康方王綏，裴綽方王澄，裴瓚方王敦，裴遐方王導，裴頠方王戎，裴邈方王玄。』與王綏相比較的，是裴徽之子裴康，《晉諸公贊》説他『有弘量，歷太子左率』。既與裴康相提並論，則王綏在當時理應有所作爲，而且亦應有官職在身。《册府元龜》説王綏『官至荆州刺史』，雖不詳何據，實乃理之信然。在後人所謂的『琅邪八王』中，王綏亦赫然在列。宋馬永易云：『裴徽字文秀，第三子楷字叔則，楷弟綽字季舒，楷子瓚字國寶，楷孫欽子邈字景初，瓚子遐字叔道，徽第二子康字仲豫，楷孫本子頠字逸民，王祥字休徵，族子戎字濬沖，戎從弟衍字夷甫，衍弟澄字平子，戎子綏字萬子，衍子玄字眉子，覽孫導字茂弘，覽孫基子敦字處仲，謂之河東八裴、琅邪八王。』[2]王綏既名列『琅邪八王』，當有爲人所稱頌之事迹。存此俟考。

【注釋】

①《册府元龜》卷七百九十一『總録部・知賢』。

②《實賓録》卷三。

『吾昔與嵇叔夜、阮嗣宗酣暢於此，竹林之遊，亦預其末。自嵇、阮云亡，吾便爲時之所羈紲。今日視之雖近，邈若山河。』

此爲王戎過黄公酒壚、憶當年竹林之遊語。《晋書》本傳載：『（王戎）嘗經黄公酒壚下過，顧爲後車客曰：「吾昔與嵇叔夜、阮嗣宗酣暢於此。竹林之遊，亦預其末。自嵇、阮云亡，吾便爲時之所羈紲。今日視之雖近，邈若山河。」』

按：王戎是竹林七賢中年齡最小者，嵇康、阮籍等人爲竹林之遊，時間約略在正始八年至嘉平間。王戎『亦預其末』，參與了竹林之遊後期的活動，時間約略在嘉平末年。

『婦人卿婿，於禮爲不敬，後勿復爾。』

此爲王戎對妻語，見載於《世説新語・惑溺第三十五》，其文云：『王安豐婦常卿安豐。安豐曰：「婦人卿婿，於禮爲不敬，後勿復爾。」婦曰：「親卿愛卿，是以卿卿，我不卿卿，誰當卿卿？」遂恒聽之。』《太平廣記》所引侯白《啓顔録》與此略異：『晋王戎妻語戎爲卿。戎謂曰：「婦那得卿婿？於禮不順。」答曰：「我親卿愛卿，是以卿卿。我不卿卿，誰當卿卿？」戎笑，遂聽。』①

按：侯白《啓顔録》，《舊唐書·經籍志》著録爲十卷，後世不存，僅有輯本。其所載王戎對妻語，又見於宋龐元英《文昌襍録》，其文云：『晋王戎妻語戎爲卿。戎謂曰：「婦那卿壻？於禮不順。」答曰：「我親卿愛卿，是以卿卿。我不卿卿，誰當卿卿？」戎笑，遂聽。束皙亦曰：「婦皆卿夫，子呼父字。有一士人作詩，謂婦曰卿，非也。」』[2]然而，據《藝文類聚》所載，『卿卿我我』的故事則發生在王戎之父王渾與其妻鍾夫人身上：『王渾妻鍾夫人每嘗卿渾，渾曰：「詎可爾？」妻曰：「憐卿愛卿，是以卿卿。我不卿卿，誰當卿卿？」』[3]

【注釋】

①《太平廣記》卷二百四十五引《啓顔録》。

②《文昌雜録》卷三。

③《藝文類聚》卷三十二引《世説》。

『與嵇康居二十年，未嘗見其喜愠之色。』

此爲王戎回憶與嵇康交往之語。見載於《世説新語·德行第一》：『王戎云：「與嵇康居二十年，未嘗見其喜愠之色。」』

按：正始八年（二四七），王戎十五歲時與阮籍相識於尚書郎舍。假定也是在這一年，王戎與嵇康相識，後數二十年，則爲晋武帝泰始二年（二六六）。而嵇康被司馬昭殺害，則是在景元三年（二六二）。即使把王戎與嵇康相識的時間全部算進來，也只有十七年。王戎自稱『與嵇康居二十年』，當是取其約數。

『太保居在正始中，不在能言之流。及與之言，理中清遠，將無以德掩其言。』

此爲王戎評價王祥語。見載於《世説新語・德行第一》：『王戎云：「太保居在正始中，不在能言之流。及與之言，理中清遠，將無以德掩其言。」』

按：王祥乃王戎從祖。王祥去世後，前來弔唁的人，非朝廷之賢，便是親朋故舊，可謂門無雜弔之賓。王戎見而感慨，説出了上面一番話。《晉書・王祥傳》所載與此略異，其文云：『族孫戎嘆曰：「太保可謂清達矣！」又稱：「祥在正始，不在能言之流。及與之言，理致清達，將非以德掩其言乎？」』①司馬光《資治通鑑》所載與《晉書》略異：『族孫戎嘆曰：「太保當正始之世，不在能言之流。及閑與之言，理致清遠，豈非以德掩其言乎？」』②

【注釋】

①《晉書》卷三十三《王祥傳》。

②《資治通鑑》卷七十九。

『太保可謂清達矣！』

此亦爲王戎評價王祥語。語載《晉書・王祥傳》：『祥之薨，奔赴者非朝廷之賢，則親親故吏而已，門無雜弔之賓。族孫戎嘆曰：「太保可謂清達矣！」又稱：「祥在正始，不在能言之流。及與之言，理致清達，將非以德掩其言乎？」』①

【注釋】

①《晉書》卷三十三《王祥傳》。

『山巨源如璞玉渾金，人皆欽其寶，莫知名其器。』

此爲王戎評價山濤語，見載於《世説新語·賞譽第八》：『王戎目山巨源，如璞玉渾金，人皆欽其寶，莫知名其器。』《晉書》本傳則把王戎評山濤、王衍之語，與評價裴頠、荀勖和陳道寧等人的話迹綴在一起，其文云：『戎有人倫鑒識，常目山濤如璞玉渾金人，皆欽其寶，莫知名其器；王衍神姿高徹，如瑶林瓊樹，自然是風塵表物；謂裴頠拙於用長，荀勖工於用短，陳道寧諰諰如束長竿。』①

【注釋】

①《晉書》卷三十四《王戎傳》。

『太尉神姿高徹，如瑶林瓊樹，自然是風塵外物。』

此爲王戎評價王衍語。語出《世説新語·賞譽第八》：『王戎云：「太尉神姿高徹，如瑶林瓊樹，自然是風塵外物。」』

按：王衍與王戎是從兄弟。王戎有人倫鑒識，對當時的一些著名人物，如嵇康、山濤、王祥、王衍、裴頠、荀勖等，都有評價。王戎對這些人物的評價，常爲後人所徵引。此條中的『太尉』，後人徵引時，則多改稱王衍。如《初學記》云：『王戎曰：「王衍神姿高徹，如瑶林玉樹，自是風塵外物。」』①

【注釋】

①《初學記》卷十九。

『阮文業清倫有鑒識，漢元以來未有此人。』

此爲王戎評價阮武語，見載於《世説新語·賞譽第八》：『王戎目阮文業清倫有鑒識，漢元以來未有此人。』

按：阮文業，名武，陳留尉氏人。曾官清河太守。阮武與阮瑀是從兄弟，阮籍乃其從子。其爲人清倫有鑒識。劉孝標注引《陳留志》曰：『武，魏末河清太守。族子籍，年總角，未知名。武見而偉之，以爲勝己。知人多此類。』①

【注釋】

①《世説新語·賞譽第八》『王戎目阮文業』條劉孝標注引《陳留志》。

『君未見其父耳。』

此爲王戎評嵇紹語，見載於《世説新語·容止第十四》，其文云：有人語王戎曰：『嵇延祖卓卓如野鶴之在鷄群。』答曰：『君未見其父耳。』

按：嵇紹字延祖，嵇康之子。嵇康遇害前，對嵇紹曰：『山巨源在，汝不孤矣。』後得山濤舉薦，出任秘書丞。《晋書·忠義傳》載：『紹始入洛。或謂王戎曰：「昨於稠人中始見嵇紹，昂昂然如野鶴之在鷄群。」戎曰：「君復未見其父耳。」』①永嘉之亂中，嵇紹以身護衛晋惠帝，竟爲之死難。嵇康龍章鳳姿，天質自然，風姿特秀，爲時人所推重。山濤有言：『嵇叔夜之爲人也，巖巖若孤松之獨立。其醉也，傀俄若玉山之將崩。』②故王戎有此語。

【注釋】

①《晉書》卷八十九《忠義·嵇紹傳》。

②《世説新語·容止第十四》。

附　録

竹林七賢年譜簡編

竹林七賢是魏晋時期頗有影響力的文人群體。他們不僅是當時社會上最爲活躍的一群文士，而且有些人還是這一劇烈動蕩時期政壇上的明星人物。他們都在以不同於他人的生活方式和處世態度來表現自己，進而影響他人，影響社會，影響當時的世風與文化。但是，由於時間久遠，有關他們的歷史文獻資料卻是少之又少。《晋書》雖然爲竹林七賢立傳，但其材料大多來源於《三國志》和裴松之注以及《世説新語》和劉孝標注，在此之外的材料不是很多。依據現存有限的文獻資料，竹林七賢生卒年可考者，僅阮籍、嵇康、山濤和王戎四人而已，而向秀、阮咸和劉伶三人，僅能粗知大略，無法進行詳細地編年。所以，現今所能見到的一些竹林七賢年譜或阮籍、嵇康等個人年譜，大多是據《三國志》、《晋書》和《世説新語》等相關文獻編纂而成，相對而言都比較簡略。在一些關鍵性問題上，已有的年譜之間出入甚大，甚至相互矛盾。有的年譜在對竹林七賢的活動和創作進行編年時，僅作編年，而没有提供爲何如此編年的依據，經不起相關材料的考證，更無法進行深究，顯得甚爲武斷，因而不免讓人心生疑竇，不敢放心使用。基於這一情況，筆者認爲確有必要編纂一個儘可能詳細的竹林七賢年譜，附於本書之後，供竹林七賢研究者參考。

編纂竹林七賢年譜，應在詳細梳理、比勘竹林七賢傳記和有關材料的基礎上，考異求真，還原真相，勾勒竹林七賢的人生軌迹，展現竹林七賢富有傳奇色彩的人生，記録竹林七賢的文學創作情况。然而，由於有關竹林七賢的文獻資料十分有限，既很難對竹林七賢的人生活動進行細緻而不間斷的描述，也無法對竹林七賢的文學創作進行詳細地編年，而只能在有限材料的基礎上，對竹林七賢的生平與創作進行簡要編年。在一些關鍵性問題上，筆者依據掌握的文獻資料，通過『按語』的形式作了簡略的辨證，表明作者的看法和傾向，爲讀者提供參考。

考慮到竹林七賢和魏晋時期的正始名士及中朝名士都有交集，且東晋袁宏《名士傳》將三大名士群體相提並論，故而在編纂竹林七賢年譜時，把正始名士和中朝名士的主要事迹和文學活動，在相應的年份作簡要提示，以方便讀者對竹林七賢與正始名士、中朝名士的相關文學活動進行比較研究。

本年譜的編纂，參考了劉汝霖《漢晋學術編年》、陸侃如《中古文學繫年》、陳伯君《阮籍年表》、韓格平《竹林七賢年表》、張亞新《嵇康年譜稿》（未刊稿）等。在此，謹致謝意。

漢獻帝劉協建安十年乙酉（二〇五）

山濤一歲。

山濤生。《晋書》卷三十四《山濤傳》載，山濤『太康四年薨，時年七十九』。晋武帝太康四年爲公元二八三年，前推七十九年爲公元二〇五年。是年爲漢獻帝建安十年。山濤是竹林七賢中年齡最大的一個。

山濤，字巨源，河内懷縣（治今河南省武陟縣西南）人。祖父山本，爲郡孝廉；父山曜，曾任宛句令。山氏爲當地細族，故後來族人當着司馬懿的面稱贊山濤時，司馬懿説：『卿小族，那得此快人邪？』①

漢獻帝劉協建安十三年戊子（二〇八）

山濤四歲。

山濤喪父或在是年。《晋書》本傳云：『濤早孤，居貧。少有器量，介然不群，性好莊老，每隱身自晦。』虞預《晋書》云：『濤蚤孤而貧，少有器量，宿士猶不慢之。』②幼年喪父或父母雙亡者稱爲『孤』。山濤早年『居貧』，當與幼年喪父有關。

是年八月，建安七子之一的孔融被曹操殺害。《後漢書·獻帝紀》建安十三年載：『八月壬子，曹操殺太中大夫孔融，夷其族。』

漢獻帝劉協建安十五年庚寅（二一〇）

山濤六歲。阮籍一歲。

阮籍生。《晋書》卷四十九《阮籍傳》載，阮籍『景元四年冬卒，時年五十四』。魏元帝景元四年爲公元二六三年，前推五十四年爲漢獻帝建安十五年。以此推算，阮籍小山濤五歲。

阮籍，字嗣宗，陳留尉氏（今屬河南省）人。父阮瑀，字元瑜，曾任曹操司空軍謀祭酒、管記室，與孔融、陳琳、王粲、徐幹、應瑒、劉楨等並列『建安七子』，長于書記之文，有名于當世。《晋書·阮籍傳》云：『阮籍，字嗣宗，陳留尉氏人也。父瑀，魏丞相掾，知名于世。』曹丕《與吴質書》稱：『元瑜書記翩翩，致足樂也。』③

阮籍遠祖係出阮國。《魏散騎常侍步兵校尉東平太守碑文》云：『先生諱籍，字嗣宗，陳留尉氏人也。厥遠祖陶化于上世，而先生弘謨于後代。詩所載阮國，則是族之本也。』④

漢獻帝劉協建安十七年壬辰（二一二）

山濤八歲。阮籍三歲。

阮籍喪父，早孤。《三國志·魏志》卷二十一《王粲傳》云：「瑀以十七年卒。」是年阮籍僅三歲。曹丕與阮瑀有舊，作《寡婦賦》及《詩》以悲悼阮瑀，叙其妻子悲苦之情，並命王粲等同作。其《寡婦賦序》云：『陳留阮元瑜與余有舊，薄命早亡。每感存其遺孤，未嘗不愴然傷心，故作斯賦。』⑤

漢獻帝劉協建安二十二年丁酉（二一七）

山濤十三歲。阮籍八歲。

阮籍八歲能屬文。《太平御覽》卷六百二引《魏氏春秋》曰：「阮籍幼有奇才異質，八歲能屬文。」

是年，建安七子中的王粲、徐幹、陳琳、劉楨、應瑒等卒於流行瘟疫。《三國志·魏志》卷二十一《王粲傳》載：『二十二年春，道病卒，時年四十一。』是歲大疫，建安七子中的徐幹、陳琳、劉楨、應瑒皆卒。《三國志·魏志》卷二十一《王粲傳》載：『幹、琳、瑒、楨，二十二年卒。』⑥

漢獻帝劉協建安二十五年庚子、漢獻帝劉協延康元年、魏文帝曹丕黃初元年（二二〇）

山濤十六歲。阮籍十一歲。劉伶約一歲。

是年正月，曹操病死。曹丕即位爲魏王，任丞相。漢獻帝改元延康。十月，漢獻帝禪位於曹丕。曹丕三次上書辭讓後，於繁陽築壇受璽，即皇帝位，改國號爲魏，改元爲黃初。貶漢獻帝爲山陽公，遷居山陽。《三國志·魏志》卷二《魏文帝紀》載：『黃初元年十一月癸酉，以河内之山陽，邑萬户，奉漢帝爲山陽公，行漢正朔，以天子之禮郊祭，上書不稱臣。』是年十二月，曹丕遷都洛陽。

劉伶或生於是年。《晋書》本傳稱劉伶『竟以壽終』。所謂『壽終』，指因年老而自然死亡。《釋名》：『老死曰壽終。壽，久也；終，盡也。生已久遠，氣終盡也。』[7]若此，則劉伶去世時至少應該在六十歲以上，不然的話，不能説是『壽終』。中國古代，七十稱爲『古稀之年』，六十歲以上正常去世，即可稱爲『壽終』。晋武帝咸寧五年（二七九），劉伶曾出任建威將軍王戎的參軍。劉伶『壽終』當在咸寧五年之後。假定劉伶去世時已年過六十，則其生年不遲於黃初元年。故繫劉伶生年於此。

魏文帝曹丕黃初二年辛丑（二二一）

山濤十七歲。阮籍十二歲。劉伶約二歲。

是年，山濤受到侍中、尚書右僕射司馬懿的關注。《世説新語·政事第三》『山公以器重朝望』條引虞預《晋書》曰：『濤蚤孤而貧，少有器量，宿士猶不慢之。年十七，宗人謂宣帝曰：「濤當與景、文共綱紀天下者也。」帝戲曰：「卿小族，那得此快人邪？」』

山氏與司馬氏有姻親。山濤的從祖姑之女張春華，是司馬懿的妻子。《晉書》卷三十一《宣穆張皇后傳》云：『宣穆張皇后，諱春華，河内平皋人也。父汪，魏粟邑令。母河内山氏，司徒濤之從祖姑也。』因了這層關係，十七歲的山濤開始受到司馬懿的關注。

魏文帝曹丕黄初四年癸卯(二二三)

山濤十九歲。阮籍十四歲。劉伶約四歲。嵇康一歲。

阮籍『曠遠不羈，不拘禮俗』⑧，喜讀《詩》、《書》，學習擊劍，技藝堪稱『妙伎』。阮籍《咏懷詩》其五云：『平生少年時，輕薄好絃歌。』其十五云：『昔年十四五，志尚好《書》、《詩》。』其六十一云：『少年學擊劍，妙伎過曲城。揮劍臨沙漠，飲馬九野坰。』可見，阮籍少年時熱衷《詩》、《書》和擊劍。阮籍以『容貌瓌傑，志氣宏放』，受到族兄阮武(字文業)的稱贊。《晉書》本傳載：『籍容貌瓌傑，志氣宏放，傲然獨得，任性不羈，而喜怒不形於色。或閉户視書，累月不出；或登臨山水，經日忘歸。博覽群籍，尤好莊老。嗜酒能嘯，善彈琴，當其得意，忽忘形骸。時人多謂之癡。惟族兄文業每嘆服之，以爲勝己。由是咸共稱異。』《世説新語·賞譽第八》劉孝標注引《陳留志》云：『武，魏末河清太守。族子籍，年總角，未知名，武見而偉之，以爲勝己。知人多此類。』

嵇康生。《三國志·魏志》卷二十一《王粲傳》云：『譙郡嵇康，文辭壯麗，好言老莊，而尚奇任俠。至景元中，坐事誅。』裴松之注引《山濤行狀》稱『濤始以景元二年除吏部郎』，則山濤舉嵇康自代，當是景元二年(二六一)以後的事情。另據《晉書》卷四十九《嵇康傳》，嵇康因受呂安事牽累被殺，時年四十歲。當時，負責審理呂安和嵇康一案的是司隸校尉鍾會，而鍾會於景元三年(二六二)冬，由司隸校尉改任鎮西將軍，故知嵇康被殺當在景元三年。由此前推四十年，可知嵇康生於魏文帝黃初四年（二二三）。

康父昭，字子遠。曾任督軍糧治書侍御史。《三國志・魏志》卷二十一《王粲傳》裴松之注引《嵇氏譜》云：『康父昭，字子遠，督軍糧治書侍御史。』

康母孫氏。李善注《文選》卷二十三嵇康《幽憤詩》引《嵇氏譜》云：『康兄喜，字公穆，歷徐、揚州刺史，太僕，宗正卿。母孫氏。』《文選》卷二十四李善注引劉義慶《集林》云：『嵇熹，字公穆，舉秀才。』嵇喜乃西晋大臣。史載，晋武帝泰始十年（二七四），吴將孫遵、李承率衆寇江夏。時任太守嵇喜擊破之，立河橋於富平津。太康四年（二八三），吴故將莞恭帛奉舉兵反，攻害建鄴令，遂圍揚州。時任徐州刺史嵇喜討而平之。⑨

康兄某，早亡。嵇康《與山巨源絶交書》云：『吾新失母兄之歡，意常凄切。』康兄嵇喜於晋武帝太康四年尚在揚州刺史任，其卒年在嵇康之後。是則嵇康與山濤的絶交信中所言新亡之兄，當是另一人。

嵇康，字叔夜，譙郡銍縣（今安徽省濉溪縣西南）人。《晋書》卷四十九《嵇康傳》云：『其先姓奚，會稽上虞人，以避怨徙焉。銍有嵇山，家於其側，因而命氏。』嵇康姓氏之源，虞預《晋書》有二説：『康家本姓奚，會稽人。先自會稽遷於譙之銍縣，改爲嵇氏，取稽字之上，山以爲姓，蓋以志其本也。一曰銍有嵇山，家于其側，遂氏焉。』⑩

嵇康尚在繈褓中而父喪，成爲孤兒。其《幽憤詩》云：『嗟余薄祜，少遭不造。哀煢靡識，越在繈褓。』《晋書》本傳云：『康早孤。』

魏文帝曹丕黄初七年丙午（二二六）

山濤二十二歲。阮籍十七歲。劉伶約七歲。嵇康四歲。

五月丁巳，魏文帝曹丕病死於洛陽，時年四十歲。中軍大將軍曹真、鎮軍大將軍陳群、徵東大將軍曹休、撫軍大將軍司馬懿並受遺詔，輔佐太子曹叡。曹叡即皇帝位，是爲魏明帝。是年十二月，以太尉鍾繇爲太傅，徵東大將軍曹休爲大司馬，中軍大將軍曹真爲大將軍，司徒華歆爲太尉，司空王朗爲司徒，鎮軍大將軍陳群爲司空，撫軍大將軍司馬懿爲驃騎大將軍。

阮籍隨叔父至東郡，或在是年。《三國志・魏志》卷二十一《王粲傳》注引《魏氏春秋》云：『刺史王昶請與相見，終日不得與言。昶嘆賞之，自以不能測也。』《三國志・魏志》卷二十七《王昶傳》云：『文帝踐阼，（王昶）徙散騎侍郎，爲洛陽典農。……遷兖州刺史。明帝即位，加揚烈將軍，賜爵關内侯。』另據《三國志・魏志》卷二十《王淩傳》，曹丕即位，王淩『拜散騎常侍，出爲兖州刺史』。是知王昶接替王淩出任兖州刺史，在魏文帝末年、魏明帝初年。阮籍的叔父阮略時任東郡太守。阮籍隨叔父至東郡，當在王昶出任兖州刺史之後，故繫於此。

阮籍在東郡，遊亢父，撰《亢父賦》。

按，阮籍叔父阮略，《陳留志》以之爲齊國内史。李善注《文選》卷三十八《爲范始興作求立太宰碑表》引《陳留志》云：『阮略，字德規，爲齊國内史。爲政表賢黜惡，化風大行。卒于郡，齊人欲立碑。時官制嚴峻，自司徒魏舒以下，皆不得立。齊人思略不已，遂共冒禁樹碑，然後詣闕待罪，朝廷開之。』

又，陸侃如《中古文學繫年》繫阮籍見王昶事於魏明帝青龍二年（二三四）：『阮籍爲王昶所稱，作《東平賦》及《亢父賦》。』並云：『昶於黄初末以洛陽典農，遷兖州刺史，正始中轉徐州。昶在兖幾二十年，不知何時與昶相見。今假定在籍二十五歲左右。』⑪王昶請與阮籍相見，是在兖州刺史任上。而王昶爲兖州刺史，是魏文帝黄初末年、魏明帝太和初年之事。陸侃如繫之於青龍二年，則是明言『假定』。

魏明帝曹叡太和元年丁未（二二七）

山濤二十三歲。阮籍十八歲。劉伶約八歲。嵇康五歲。向秀約一歲。阮咸約一歲。

向秀或生於是年。向秀，字子期，河内懷縣（治今河南省武陟縣西南）人。生年無考。學界對向秀的生卒年有不同推測，有多種説法。《世説新語·言語第二》『嵇中散既被誅』條劉孝標注引《向秀别傳》有『少爲同郡山濤所知，又與譙國嵇康、東平吕安友善』之説，據此可知，向秀的年齡至少比山濤小二十歲。向秀與嵇康友善，曾一起鍛鐵，《晋書》本傳云：『康善鍛，秀爲之佐，相對欣然，傍若無人。』嵇康鍛鐵，向秀爲之佐，則向秀的年齡應與嵇康相若或略小。以山濤和嵇康的年齡作爲參照，姑且把向秀的生年定在魏明帝太和元年（二二七）。

阮咸約生於是年。阮咸，字仲容，阮籍之侄。父阮熙，曾官武都太守。晋武帝太康九年（二八八），阮咸因批評中書令荀勖所制律吕不合雅樂正聲，被貶出京城，出爲始平太守，後卒於任所，以壽終。是則阮咸去世時，年齡當在六十歲以上。自此年算起，至阮咸太康十年（二八九）以後阮咸『以壽終』，阮咸已是六十三歲。姑繫其生年於此。

魏明帝曹叡青龍二年甲寅（二三四）

山濤三十歲。阮籍二十五歲。劉伶約十五歲。嵇康十二歲。向秀約八歲。阮咸約八歲。王戎一歲。

三月，山陽公薨。《三國志·魏志》卷三《明帝紀》青龍二年載：『三月庚寅，山陽公薨。帝素服發哀，遣使持節典護喪事。己酉，大赦。夏四月，大疫，崇華殿災。丙寅，詔有司以太牢告祠文帝廟。追謚山陽公爲漢孝獻皇帝，葬以漢禮。』《後漢書》卷九《孝獻帝紀》載：『魏青龍二年三月庚寅，山陽公薨。自遜位至薨，十有四年，年五十四，謚孝獻皇帝。八月壬申，以漢天子禮儀，葬于禪陵。』

按，漢獻帝禪陵位於今河南省修武縣城北二十餘公里的方莊鎮古漢村南。禪陵北面十里許便是著名的百家巖。

嵇康幼有奇才，好音聲，寬簡有大量。《三國志·魏志》卷二十一裴松之注引嵇喜《嵇康傳》云：『家世儒學，少有俊才，曠邁不群，高亮任性，不修名譽，寬簡有大量，學不師授，博洽多聞。』李善注《文選》卷十八嵇康《琴賦》引臧榮緒《晉書》云：『（康）幼有奇才，博覽無所不見。』嵇康《琴賦序》云：『余少好音聲，長而翫之。』

王戎生。《晉書》卷四十三《王戎傳》云：『永興二年，（王戎）薨于郟縣，時年七十二。』孫盛《晉陽秋》載：『永興二年六月，王戎薨。』晋惠帝永興二年爲公元三〇五年。前推七十二年，爲魏明帝青龍二年，即公元二三四年。王戎是竹林七賢中年齡最小者，比山濤小二十九歲，比阮籍小二十四歲，比嵇康也小十一歲。

王戎，字濬沖，琅邪臨沂（今山東省臨沂市北）人。祖雄，曾任幽州刺史；父渾，曾任凉州刺史，封貞陵亭侯。《三國志·魏志》卷二十四《崔林傳》裴松之注引《王氏譜》云：『雄字符伯，太保祥之宗也。』又云：『雄後爲幽州刺史。子渾，凉州刺史；次乂，平北將軍。司徒安豐侯戎，渾之子；太尉武陵侯衍、荆州刺史澄，皆乂之子。』是知琅邪王氏自西晋王戎時已雄視朝野。

《晋書》本傳云：『戎幼而穎悟，神彩秀徹，視日不眩。裴楷見而目之曰：「戎眼爛爛如巖下電。」』《世説新語·容止第十四》『裴令公目王安豐』條劉孝標注云：『王戎形狀短小，而目甚清照，視日不眩。』

魏明帝曹叡景初元年丁巳（二三七）

山濤三十三歲。阮籍二十八歲。劉伶約十八歲。嵇康十五歲。向秀約十一歲。阮咸約十一歲。王戎四歲。

景初元年四月，改太和曆爲景初曆。《三國志·魏志》卷三《明帝紀》景初元年載：『春正月壬辰，山茌縣言黄龍見。於是有司奏，以爲魏得地統，宜以建丑之月爲正。三月，定曆改年爲孟夏四月。……改太和曆曰景初曆，其春夏秋冬、孟仲季月雖與正歲不同，至於郊祀、迎氣、礿祠、蒸嘗、巡狩、蒐田、分至啓閉、班宣時令、中氣早晚、敬授民事，皆以正歲斗建爲曆數之序。』裴松之注引《魏書》云：『帝據古典，甲子詔曰：夫太極運三辰五星於上，元氣轉三統五行於下。登降周旋，終則又始。故仲尼作《春秋》於三微之月，每月稱王，以明三正迭相爲首。今推三統之次，魏得地統，當以建丑之月爲正月。考之群藝，厥義章矣。其改青龍五年三月爲景初元年四月。』

魏明帝曹叡景初二年戊午（二三八）

山濤三十四歲。阮籍二十九歲。劉伶約十九歲。嵇康十六歲。向秀約十一歲。阮咸約十二歲。王戎五歲。

嵇康爲潯陽長。《北堂書鈔》卷一百『嘆賞二十一』引《嵇康集》云：『康著《遊山九吟》，魏明帝異其文詞，問左右曰：「斯人安在？吾欲擢之。」遂起家爲潯陽長。』

按，《藝文類聚》卷一九引《文士傳》有李康作《遊山九吟》的記載，其文云：『李康清廉有志節，不能和俗，爲鄉里豪右所共害，故宦塗不進，作《遊山九吟》。』宋葉廷珪《海録碎事》載有李康爲潯陽長事：『李康字簫遠，性介立，不能和俗。著《遊山九吟》，起家爲尋陽長。』⑫郝經《續後漢書》云：『李康字蕭遠，中山人也。性介立，有崖岸，不能和俗。著《遊山九吟》。曹叡異其文，起家爲尋陽長。』⑬除《北堂書鈔》外，其餘相關記載，多把著《遊山九吟》、爲尋陽長之事歸於東漢末年的李康。但《北堂書鈔》所引《嵇康集》實則有之，且有魏明帝『斯人安在？吾欲擢之』之語，言之鑿鑿，未便輕易否定。兹從劉汝霖《漢晉學術編年》繫之於此。

魏明帝曹叡景初三年己未(二三九)

山濤三十五歲。阮籍三十歲。劉伶約二十歲。嵇康十七歲。向秀約十三歲。阮咸約十三歲。王戎六歲。

正月,魏明帝曹叡立齊王曹芳爲太子,囑托曹爽和司馬懿輔佐年僅八歲的曹芳。丁亥,魏明帝崩,時年三十五歲。癸丑,葬高平陵。

二月,轉司馬懿爲太傅。曹爽獨攬朝中大權,先前遭到魏明帝抑黜的何晏、鄧颺等人得到重用。

王戎於宣武場觀戲。《世説新語·雅量第六》云:『魏明帝於宣武場上,斷虎爪牙,縱百姓觀之。王戎七歲,亦往看。虎承間攀欄而吼,其聲震地,觀者無不辟易顛仆。戎湛然不動,了無恐色。』《晉書》本傳載其事略異,其文云:『(王戎)年六七歲,於宣武場觀戲。猛獸在檻中虓吼震地,衆皆奔走,戎獨立不動,神色自若。魏明帝於閣上見而奇之。』

按,魏明帝景初元年大起宫室。《三國志·魏志》卷二十五《高堂隆傳》云:『帝愈增崇宫殿,雕飾觀閣,鑿太行之石英,采穀城之文石,起景陽山於芳林之園,建昭陽殿於太極之北,鑄作黄龍鳳凰奇偉之獸,飾金墉、陵雲臺,陵霄闕。』魏明帝卒於景初三年正月丁亥,其在宣武場觀戲,應在此之前。魏明帝觀戲,或是昭陽殿竣工之時,或是春節與民同樂之時。其時王戎僅有六歲。《世説新語·雅量篇》稱『王戎七歲』,是以虚歲言之。《晉書》本傳作王戎六七歲時事,是模糊的説法,實際上應是六歲。

向秀少爲山濤所知。《世説新語·言語第二》『嵇中散既被誅』條引《向秀别傳》云：『（向秀）少爲同郡山濤所知。』

魏齊王曹芳正始元年庚申（二四〇）

山濤三十六歲。阮籍三十一歲。劉伶約二十一歲。嵇康十八歲。向秀約十四歲。阮咸約十四歲。王戎七歲。

王戎幼有『神童』之稱。《世説新語·雅量第六》云：『王戎七歲，嘗與諸小兒遊，看道邊李樹多子折枝，諸兒競走取之，唯戎不動。人問之，答曰：「樹在道邊而多子，此必苦李。」取之信然。』劉孝標注引《名士傳》云：『戎由是幼有神童之稱也。』

魏齊王曹芳正始三年壬戌（二四二）

山濤三十八歲。阮籍三十三歲。劉伶約二十三歲。嵇康二十歲。向秀約十六歲。阮咸約十六歲。王戎九歲。

七月，蔣濟以領軍將軍爲太尉。

蔣濟欲辟阮籍爲太尉掾，阮籍辭之，有《辭蔣太尉辟命奏記》。《晋書》本傳云：『太尉蔣濟聞其有雋才而辟之。籍詣都亭奏記曰：「伏惟明公，以含一之德，據上台之位，英豪翹首，俊賢抗足。開府之日，人人自以爲掾屬……」』初，蔣濟恐阮籍不至，得記欣然，遣卒迎之，而阮籍已去。蔣濟大怒。鄉親共勸喻之，阮籍不得已而赴任。

按，《三國志·魏志》卷四《齊王芳紀》正始三年載：『三月，太尉滿寵薨。秋七月甲申，南安郡地震。乙酉，以領軍將軍蔣濟爲太尉。』是則蔣濟辟阮籍爲太尉掾，當在正始三年七月乙酉之後。

嵇康好老莊之學，志在守樸。《三國志·魏志》卷二十一《王粲傳》裴松之注引《嵇康傳》云：『（康）長而好老莊之業，恬静無欲。』嵇康《幽憤詩》亦云：『爰及冠帶，憑寵自放。抗心希古，任其所尚。托好老莊，賤物貴身。志在守樸，養素全真。』

鍾會稱贊『王戎簡要』。《世説新語·賞譽第八》云：『王濬沖、裴叔則二人，總角詣鍾士季，須臾去後，客問鍾曰：「向二童何如？」鍾曰：「裴楷清通，王戎簡要。後二十年，此二賢當爲吏部尚書。冀爾時天下無滯才。」』劉孝標注引《晋陽秋》云：『戎爲兒童，鍾會異之。』『總角』即童年。姑繫鍾會稱贊王戎事於此。

按，一個人成人之前，可分爲幼年、童年、少年三個階段。通常的劃分是：零至三歲爲幼年，四至十歲爲童年，十一歲至十六歲爲少年。『總角』指的是童年，則王戎見鍾會應在十歲之前。假定王戎見鍾會時九歲，應爲正始三年，而這一年鍾會僅十八歲。雖然鍾會是名公之子，但以十八歲的年齡，去評價王戎和裴楷，且言『後二十年，此二賢當爲吏部尚書』，顯然不太合適。結合《世説新語·賞譽第八》所載鍾會舉薦王戎、裴楷爲吏部郎，亦有『裴楷清通，王戎簡要』之語，則此事應發生在鍾會伐蜀之前，而非鍾會十八歲時。詳見魏元帝景元四年（二六三）。

魏齊王曹芳正始四年癸亥（二四三）

山濤三十九歲。阮籍三十四歲。劉伶約二十四歲。嵇康二十一歲。向秀約十七歲。阮咸約十七歲。王戎十歲。

阮籍因病辭太尉掾，回歸鄉里。《晉書》本傳云：『於是鄉親共喻之，乃就吏。後謝病歸。』阮籍因病辭蔣濟太尉掾的時間，史書没有記載。但從其被迫出任太尉掾一事來看，此時阮籍爲官的興趣不高。勉强應命，給足了蔣濟面子，之後遂找個理由辭職，應是情理中的事情。

嵇康龍章鳳姿，不自藻飾。《晉書》卷四十九《嵇康傳》云：『康早孤，有奇才，遠邁不群，身長七尺八寸，美詞氣，有風儀，而土木形骸，不自藻飾，人以爲龍章鳳姿。』清杭世駿《三國志補注》卷三云：『《康别傳》曰：「康長七尺八寸，偉容色，土木形骸，不加飾麗，而龍章鳳姿，天質自然，正爾在群形之中，便白知非常之器。」《世説》曰：「嵇康身長七尺八寸，風姿特秀，見者嘆曰：蕭蕭肅肅，爽朗清舉。或云：肅肅如松下風，高而徐引。」山公曰：「嵇叔夜之爲人也，巖巖若孤松之獨立；其醉也，傀俄若玉山之將崩。」』由此可知，嵇康乃一風姿特秀之偉男子。

嵇康著《養生論》，初入洛陽，京師謂之『神人』。李善注《文選》卷二十一《五君咏》引東晋孫綽《嵇中散傳》云：『嵇康作《養生論》，入洛，京師謂之「神人」。向子期難之，不得屈。』是知嵇康著《養生論》在入洛之前。

嵇康與向秀相識。向秀著《難嵇叔夜養生論》，嵇康作《答難養生論》以答之。據孫綽《嵇中散傳》記載，嵇康《養生論》當作於入洛之前。入洛之後，與向秀相識，故向秀得以難之，而嵇康亦作《答難養生論》以答之。

按，據《世説新語·言語第二》『嵇中散既被誅』條劉孝標注引《向秀别傳》，向秀弱冠著《儒道論》，棄而不録。是知向秀亦早秀。其與嵇康既已相識，見嵇康《養生論》，因觀點不同而難之。後又反復辯難。嵇康《答難養生論》或亦作於初入洛時。

嵇康與向秀鍛於洛邑。《世説新語·言語第二》『嵇中散既被誅』條劉孝標注引《向秀别傳》云：『（向秀）常與嵇康偶鍛於洛邑，與吕安灌園於山陽。不慮家之有無，外物不足怫其心。』嵇康娶曹操孫女、沛穆王曹林之女爲妻，當在是年。李善注《文選》卷十六江文通《恨賦》引王隱《晋書》云：『嵇康妻，魏武帝孫，穆王林女也。』⑭《三國志·魏志》卷二十《沛穆王林傳》裴松之注引《嵇氏譜》云：『嵇康妻，林子之女也。』

按，以嵇康之出身和家庭，與魏室聯姻，是不大可能的。但因嵇康人才出衆，且又長於文章，入洛之後，以其風神特秀，而被京師之人稱爲『神人』，故而引起曹氏家族的注意，這就爲嵇康娶曹操的孫女提供了可能。裴松之注引《嵇氏譜》説嵇康娶曹林之孫女，有誤，且與情理不合。詳筆者《嵇康研究中的幾個問題》。⑮

王弼注《老子》。

魏齊王曹芳正始五年甲子（二四四）

山濤四十歲。阮籍三十五歲。劉伶約二十五歲。嵇康二十二歲。向秀約十八歲。阮咸約十八歲。王戎十一歲。

山濤爲郡主簿、功曹、上計掾。《晉書》本傳云：『濤年四十，始爲郡主簿、功曹、上計掾。』

嵇康爲郎中。《世説新語・德行第一》『王戎云與嵇康居二十年』條劉孝標注引《文章叙録》云：『康以魏長樂亭主婿遷郎中，拜中散大夫。』嵇康任郎中，在其娶長樂亭主爲妻之後，姑繫於此。

嵇康《酒會詩》或作於是年。詩歌開篇便是『樂哉苑中遊，周覽無窮已』。『苑』原指皇家苑囿，此處當指曹魏王室某一園林。嵇康此時是魏室婿，自當有機會參加遊園賞景之類的活動。

嵇康《四言詩》十一首或作於是年。其第十一首：『龍驥翼翼，揚鑣踟躕。肅肅宵徵，造我友廬。光燈吐輝，華幔長舒。鸞觴酌醴，神鼎烹魚。』描繪的是華貴生活景象，應是嵇康新娶長樂亭主之後、遷居山陽之前的事情。

嵇康與吕巽相識或在是年。嵇康《與吕長悌絶交書》云：『昔與足下年時相比，以故數面相親，足下篤意，遂成大好，由是許足下以至交。雖出處殊途，而歡愛不衰也。及中間少知阿都，志力開悟，每喜足下家復有此弟。』吕巽之父吕昭，魏明帝太和中任鎮北將軍、冀州刺史。《三國志・魏志》卷十六《杜畿傳》裴松之注引《世語》曰：『昭字子展，東平人。長子巽，字長悌，爲相國掾，有寵於司馬文王；次子安，字仲悌，與嵇康善，與康俱被誅；次子粹，字季悌，河南尹。粹子預，字景虞，御史中丞。』嵇康先識吕巽，因呂巽而結識其弟呂安。

何晏著《道德論》。

魏齊王曹芳正始七年丙寅（二四六）

山濤四十二歲。阮籍三十七歲。劉伶約二十七歲。嵇康二十四歲。向秀約二十歲。阮咸約二十歲。王戎十三歲。

山濤爲河南從事。《晉書》本傳云：『舉孝廉，州辟部河南從事。』

阮籍爲尚書郎，不久即以病免。《晉書》本傳云：『（阮籍）復爲尚書郎，少時，又以病免。』

阮籍與王戎相識。是年，王戎之父王渾亦任尚書郎。阮籍與王戎得以在洛陽尚書郎舍相識。《世説新語·簡傲第二十四》劉孝標注引《晉陽秋》云：『戎年十五，隨父渾在郎舍，阮籍見而説焉。每適渾，俄頃輒（去），在戎室久之。乃謂渾：「濬沖清尚，非卿倫也。」』《晉書》卷四十三《王戎傳》所記此事，與《晉陽秋》略同，惟阮籍對王渾語有異：『濬沖清賞，非卿倫也。共卿言，不如共阿戎談。』

按，阮籍的年齡比王戎長二十四歲，《晉書·王戎傳》説『戎少籍二十歲』，係誤。詳見本年譜所引阮籍和王戎生年有關文獻。另，《晉陽秋》和《晉書》本傳雖然皆云王戎十五歲與阮籍相識於洛陽尚書郎舍，但其相識之年不應遲於正始七年，換句話説，阮籍爲尚書郎不應遲於正始七年。因爲正始八年，曹爽召阮籍爲參軍，阮籍以疾辭，屏於田里，不可能在尚書郎舍與王戎相見。詳見下年。

嵇康與阮籍、王戎等相識於洛陽。《世説新語・德行第一》載：『王戎云：「與嵇康居二十年，未嘗見其喜愠之色。」』嵇康死於魏元帝曹奂景元三年（二六二），王戎與嵇康的交往前後算起來不足二十年。王戎自稱『與嵇康居二十年』，是取其約數，實際情況應在十六七年之間。

按，《世説新語》此條下劉孝標注引《康别傳》云：『康性含垢藏瑕，愛惡不争於懷，喜怒不寄於顔。所知王濬沖在襄城，面數百，未嘗見其疾聲朱顔。此亦方中之美範，人倫之勝業也。』假定王戎十三歲時開始與嵇康相識並交往，至嵇康被殺，前後只有十六年。但自嵇康移居山陽之後，除竹林之遊外，嵇康與王戎相聚的機會不是很多。至於王戎在襄城（今屬河南），嵇康在山陽（治今河南修武），依當時的交通條件，二人能够『面數百』的可能性不是很大。

嵇康拜中散大夫，開始寓居山陽。其居地在山陽城北秋山，距百家巖不遠。其園宅有竹林，後人稱之爲『嵇公竹林』。《水經注》卷九『清水』云：『郭緣生《述徵記》所云：白鹿山東南二十五里，有嵇公故居，以居時有遺竹焉，蓋謂此也。』《太平寰宇記》卷五十三引《圖經》云：『巖有劉伶醒酒臺，孫登長嘯臺，阮氏竹林，嵇康淬劍池，並在寺之左右。山陽城北有秋山，即嵇康之園宅也。』另據《元和郡縣志》卷二十『修武縣』記載，天門山百家巖亦有嵇康居所：『天門山，今謂之百家巖，在縣西北三十七里。以巖下可容百家，因名。上有精舍，又有竈處所，即嵇康所居也。』

按，精舍原指佛教徒修行之處。東漢末至南北朝時期，人們亦把隱士的修行之處稱爲精舍。或以爲此精舍即嵇康的居所，是一種誤解。嵇康等人遊於百家巖，或因興之所至，或因來不及返回，而宿於百家巖佛寺。而其真正居處則應是山陽城北秋山的嵇公園宅，即後人所稱嵇公竹林。

向秀與嵇康偶鍛於洛邑，與吕安灌園於山陽。《世説新語·言語第二》『嵇中散既被誅』條劉孝標注引《向秀別傳》云：『（向秀）又與譙國嵇康、東平吕安友善，並有拔俗之韻。其進止無不同，而造事營生業亦不異常。與嵇康偶鍛於洛邑，與吕安灌園於山陽。』

按，向秀與嵇康偶鍛於洛邑，當在嵇康遷居山陽之前，而其與吕安灌園於山陽，應在嵇康遷居山陽之後。

向秀著《儒道論》。《世説新語·言語第二》『嵇中散既被誅』條劉孝標注引《向秀別傳》云：『弱冠著《儒道論》，棄而不録，好事者或存之。或云是其族人所作，困于不行，乃告秀欲假其名，秀笑曰：「可復爾耳！」』

魏齊王曹芳正始八年丁卯（二四七）

山濤四十三歲。阮籍三十八歲。劉伶約二十八歲。嵇康二十五歲。向秀約二十一歲。阮咸約二十一歲。王戎十四歲。

是年，曹爽等專擅朝政。司馬懿不滿曹爽專權，稱疾不與朝政，居家静待時機。《三國志·魏志》卷九《曹爽傳》云：『初，爽以宣王年德並高，恒父事之，不敢專行。及晏等進用，咸共推戴，說爽以權重，不宜委之於人。乃以晏、颺、謐爲尚書，晏典選舉，軌司隸校尉，勝河南尹，諸事希復由宣王。宣王遂稱疾避爽。』《晉書》卷一《宣帝紀》載：『曹爽用何晏、鄧颺、丁謐之謀，遷太后於永寧宮，專擅朝政，兄弟並典禁兵，多樹親黨，屢改制度。帝不能禁，于是與爽有隙。五月，帝稱疾不與政事。時人爲之謠曰：「何鄧丁，亂京城。」』

山濤辭河南從事，歸隱鄉里。《晉書》卷四十三《山濤傳》云：『與石鑒共宿。濤夜起，蹴鑒曰：「今爲何等時而眠邪？知太傅臥何意？」鑒曰：「宰相三不朝，與尺一令歸第。卿何慮也？」濤曰：「咄！石生，無事馬蹄間邪！」投傳而去。未二年，果有曹爽之事。遂隱身不交世務。』所謂『曹爽之事』，指司馬懿發動高平陵之變，奪取曹爽的兵權，一舉翦除曹爽及其黨羽事。此事發生在魏齊王曹芳正始十年（二四九）正月。此前『未二年』，應是正始八年。

阮籍辭曹爽參軍，歸隱田里。《晉書》本傳云：『及曹爽輔政，召爲參軍。籍因以疾辭，屏於田里。歲餘，而爽誅。時人服其遠識。』曹爽被殺，在正始十年正月。此前『歲餘』，應是正始八年。

阮籍《辭大將軍曹爽辟命奏記》作于是年。

按，阮籍於正始八年辭官歸里，則其與王戎相識，只能是在正始七年爲尚書郎時。阮籍與嵇康、王戎、向秀等人於正始八年前相識，爲正始八年以後諸賢遊於山陽嵇公竹林提供了必要條件。正始八年，阮籍、山濤相繼辭職歸隱，使得阮籍、山濤有可能在辭官後赴山陽，與嵇康等人同爲竹林之遊。

魏齊王曹芳正始九年戊辰（二四八）

山濤四十四歲。阮籍三十九歲。劉伶約二十九歲。嵇康二十六歲。向秀約二十二歲。阮咸約二十二歲。王戎十五歲。

嵇康、阮籍、山濤、向秀、阮咸等人爲竹林之遊，與阮侃、吕安等爲友。嵇康與吕安相識，在認識吕巽之後。嵇康《與吕長悌絶交書》云：『及中間少知阿都，志力開悟，每喜足下家復有此弟。』阿都乃吕安小名。嵇康與吕巽交往期間，認識了吕巽的弟弟吕安，遂成莫逆之交。

山濤妻韓氏夜觀阮籍、嵇康。《世説新語·賢媛第十九》云：『山公與嵇、阮一面，契若金蘭。山妻韓氏覺公與二人異於常交，問公。公曰：「我當年可以爲友者，惟此二生耳！」妻曰：「負羈之妻亦親觀狐、趙，意欲窺之，可乎？」他日，二人來，妻勸公止之宿，具酒肉。夜穿墉以視之，達旦忘反。公入曰：「二人何如？」妻曰：「君才致殊不如，正當以識度相友耳！」公曰：「伊輩亦常以我度爲勝。」』

嵇康長女生於是年。其《與山巨源絶交書》云：『吾新失母兄之歡，意常淒切。女年十三，男年八歲，未及成人。』景元元年（二六〇），山濤任吏部郎，舉嵇康自代。嵇康以爲山濤不能理解自己的真正想法，作《與山巨源絶交書》。是年嵇康三十八歲，其女十三歲，因此嵇康長女當生於嵇康二十五歲時。

按，《世説新語》既云『山公與嵇、阮一面，契若金蘭』，而山濤妻亦感覺山濤對待阮籍、嵇康的態度異於常人，則此事應發生在嵇康、阮籍與山濤相識不久，且應在山濤再次出仕之前，故繫於此。山濤與妻子韓氏關係甚洽，王隱《晋書》載山濤出仕之前事云：『韓氏有才識。濤未仕時，戲之曰：「忍寒，我當作三公，不知卿堪爲夫人否耳？」』⑯

王弼爲尚書郎。

魏齊王曹芳正始十年、嘉平元年己巳（二四九）

山濤四十五歲。阮籍四十歲。劉伶三十歲。嵇康二十七歲。向秀約二十三歲。阮咸約二十三歲。王戎十六歲。

正月，司馬懿乘曹爽奉齊王曹芳拜謁高平陵之機，假皇太后詔，舉兵發動政變，逮捕曹爽，遂誅之。曹爽餘黨何晏、丁謐、桓範等皆被誅，夷三族。詔以司馬懿爲相國，加九錫。司馬懿固辭不受。

四月，改元爲嘉平元年。

阮籍爲司馬懿從事中郎。《晉書》本傳云：『宣帝爲太傅，命籍爲從事中郎。』司馬懿爲太傅在景初三年（二三九）。但本傳叙其事在曹爽被誅之後，故阮籍爲司馬懿從事中郎當在是年。《三國志·魏志》卷二十一《王粲傳》裴松之注引《魏氏春秋》可證：『爽誅，太傅及大將軍乃以爲從事中郎。後朝論以其名高，欲顯崇之。籍以世多故，禄仕而已。』此處所説太傅及大將軍，當指司馬懿和司馬師。

是年秋，王弼病卒，時年二十四歲。

魏齊王曹芳嘉平三年辛未（二五一）

山濤四十七歲。阮籍四十二歲。劉伶約三十二歲。嵇康二十九歲。向秀約二十五歲。阮咸約二十五歲。王戎十八歲。

是年七月，司馬懿卒，其子司馬師爲撫軍大將軍、録尚書事。

阮籍爲司馬師從事中郎。司馬懿誅曹爽後，辟阮籍爲從事中郎。司馬懿去世後，撫軍大將軍司馬師辟阮籍爲從事中郎。《三國志·魏志》卷二十一《王粲傳》裴松之注引《魏氏春秋》説『爽誅，太傅及大將軍乃以爲從事中郎』，包括了司馬懿去世後，阮籍任司馬師從事中郎之事。

阮籍撰《鳩賦》。其序云：『嘉平中，得兩鳩子，常食以黍稷。後卒爲狗所殺，故爲作賦。』

阮籍雖在官籍，但『以世多故，禄仕而已』，北赴山陽，與嵇康、山濤等共爲竹林之遊。《説郛》卷五十七載：『魏步兵校尉陳留阮籍字嗣宗，中散大夫譙嵇康字叔夜，晋司徒河内山濤字巨源，建威參軍沛劉伶字伯倫，始平太守陳留阮咸字仲容，散騎常侍河内向秀字子期，司徒琅邪王戎字濬沖，右魏嘉平中，並居河内山陽，共爲竹林之遊，世號竹林七賢。見《晋書》、《魏書》，袁宏、戴逵爲《傳》，孫統又爲《贊》。』這段文字，出自傳爲陶淵明所作的《集聖賢群輔録》，不見載於現存《陶淵明集》，但《集聖賢群輔録》卻時見古代文獻徵引。其稱竹林七賢『嘉平中並居河内山陽』未必完全可信，但竹林七賢中的一些人嘉平年間在山陽同爲竹林之遊，卻大抵可信。

嵇康寓居山陽，與向秀在居處鍛鐵。《世説新語·簡傲第二十四》『鍾士季精有才理』條劉孝標注引《文士傳》，嵇康在山陽亦有鍛鐵處。其文云：『康性絶巧，能鍛鐵。家有盛柳樹，乃激水以圜之。夏天甚清涼，恒居其下傲戲，乃身自鍛。家雖貧，有人説鍛者，康不受直，惟親舊以鷄酒往，與共飲啖清言而已。』《晋書》卷四十九《嵇康傳》云：『(康)性絶巧而好鍛。宅中有一柳樹，甚茂，乃激水圜之，每夏月，居其下以鍛。』《晋書》卷四十九《向秀傳》亦云：『康善鍛，秀爲之佐，相對欣然，旁若無人。』《太平御覽》卷四百九引《向秀别傳》云：『（向秀）與譙國嵇康、東平呂安友善。其趍舍進止，無不畢同，造事營生，業亦不異。常與康偶鍛於洛邑，與呂安灌園於山陽，收其餘利，以供酒食之費。或率爾相携，觀原野，極游浪之勢。亦不計遠近，或經日乃歸，復修常業。』

嵇康在山陽居所鍛鐵時，鍾會曾前往拜訪，嵇康不爲之禮。《世説新語·簡傲第二十四》『鍾士季精有才理』條劉孝標注引《魏氏春秋》云：『鍾會爲大將軍兄弟所昵，聞康名而造焉。會名公子，以才能貴幸，乘肥衣輕，賓從如雲。康方箕踞而鍛，會至，不爲之禮。會深銜之。後因呂安事而遂譖康焉。』《晉書》卷四十九《嵇康傳》載之更詳：『初，康居貧，嘗與向秀共鍛於大樹之下，以自贍給。潁川鍾會，貴公子也，精練有才辯，故往造焉。康不爲之禮，而鍛不輟。良久，會去。康謂曰：「何所聞而來，何所見而去？」會曰：「聞所聞而來，見所見而去。」會以此憾之。』

按，《魏氏春秋》既云『鍾會爲大將軍兄弟所昵』，則鍾會前往山陽拜訪嵇康時，當在司馬師爲大將軍之後，故繫於此。

向秀居山陽，佐嵇康鍛鐵，共呂安灌園。

王戎參與竹林之遊。《世説新語·傷逝第十七》云：『王濬沖爲尚書令，著公服，乘軺車，經黄公酒壚下過，顧謂後車客：「吾昔與嵇叔夜、阮嗣宗共酣飲遊此壚。竹林之遊，亦預其末。自嵇生夭、阮公亡以來，便爲時所羈紲。今日視此雖近，邈若山河！」』

王戎與阮籍等爲竹林之遊，曾因來遲而遭阮籍調笑。《晉書》本傳云：『戎每與籍爲竹林之遊。戎嘗後至，籍曰：「俗物已復來敗人意。」戎笑曰：「卿輩意亦復易敗耳！」』

按，竹林七賢遊於山陽的時間，史料没有明確記載。《三國志·魏志》卷二十一《王粲傳》裴松之注引《魏氏春秋》云：『（嵇）康寓居河内之山陽縣，與之遊者，未嘗見其有喜愠之色。與陳留阮籍、河内山濤、河内向秀、籍兄子咸、琅邪王戎、沛人劉伶相與友善，遊于竹林，號爲七賢。』《水經注》卷九《清水》亦載：『又逕七賢祠東，左右篘篁列植，冬夏不變貞萋。魏步兵校尉陳留阮籍、中散大夫譙國嵇康、晉司徒河内山濤、司徒琅邪王戎、黄門郎河内向秀、建威參軍沛國劉伶、始平太守阮咸等，同居山陽，結自得之遊，時人號之爲竹林七賢。』竹林之遊，以嵇康寓居山陽爲起點，以山濤出仕爲竹林七賢共遊結束之標志。山濤於齊王曹芳嘉平四年再次出仕，而阮籍已於此前任司馬懿、司馬師從事中郎。竹林之遊少了阮籍和山濤這樣兩個核心人物，再次齊聚的可能性已經不大。故王戎所謂『竹林之遊，亦預其末』，至遲應在嘉平三年。

竹林七賢之稱，最早出現於西晉陰澹的《魏記》：『譙郡嵇康，與阮籍、阮咸、山濤、向秀、王戎、劉伶友善，號竹林七賢，皆豪尚虚無，輕蔑禮法，縱酒昏酣，遺落世事。』⑰其後，竹林七賢之稱遂每每見諸文獻。除上引孫盛《魏氏春秋》外，《太平御覽》卷五十七引《晉書》云：『嵇康以高契難期，每思郢質，所與神交者，唯阮籍、山濤，遂爲竹林之遊。務預其流者，向秀、劉伶、阮咸、王戎。』《世説新語·任誕第二十三》載：『陳留阮籍、譙國嵇康、河内山濤，三人年皆相比，康年少亞之。預此契者，沛國劉伶、陳留阮咸、河内向秀、琅邪王戎。七人常集於竹林之下，肆意酣暢，故世謂竹林七賢。』《晉書》卷四十九《嵇康傳》亦載：『蓋其胸懷所寄，以高契難期，每思郢質。所與神交者，惟陳留阮籍、河内山濤。豫其流者，河内向秀、沛國劉伶、籍兄子咸、琅邪王戎，遂爲竹林之遊，世所謂竹林七賢也。』是後，『豪尚虚無，輕蔑禮法，縱酒昏酣，遺落世事』遂成爲竹林七賢的表徵。

魏齊王曹芳嘉平四年壬申（二五二）

山濤四十八歲。阮籍四十三歲。劉伶三十三歲。嵇康三十歲。向秀約二十六歲。阮咸約二十六歲。王戎十九歲。

正月，司馬師遷大將軍，加侍中，持節都督中外諸軍，録尚書事，命百官『舉賢才，明少長，恤窮獨，理廢滯』。⑱

山濤見司馬師。司馬師命司隸舉秀才，除郎中。《晉書》本傳云：『與宣穆后有中表親，是以見景帝。帝曰：「呂望欲仕邪？」命司隸舉秀才、除郎中。』《晉書》卷三十一《宣穆張皇后傳》云：『宣穆張皇后，諱春華，河内平皐人也。父汪，魏粟邑令。母河内山氏，司徒濤之從祖姑也。后少有德行，智識過人。生景帝、文帝、平原王幹、南陽公主。』

按，阮籍是竹林七賢中最具聲望的人，山濤是最年長的人。山濤出仕之時，竹林七賢已有阮籍爲官。少了最具聲望的和最年長的，竹林之遊減色不少。此後，嵇康等人雖然仍有竹林之遊，但阮籍、山濤與嵇康等人齊聚的機會就很少了。所謂的竹林之遊已是有名無實。所以，山濤的出仕，可視爲七賢竹林之遊前期的終結。此後，嵇康、向秀、劉伶等人雖仍有竹林之遊，但僅是竹林七賢一部分人的聚會而已。參見筆者《竹林七賢若干問題考辨》⑲。

阮籍與王戎飲於洛陽。《世説新語·簡傲第二十四》載：『王戎弱冠詣阮籍，時劉公榮在坐。阮謂王曰：「偶有二斗美酒，當與君共飲，彼公榮者無預焉。」二人交觴酬酢，公榮遂不得一杯，而言語談戲，三人無異。或有問之者，阮答曰：「勝公榮者，不得不與飲酒；不如公榮者，不可不與飲酒；惟公榮，可不與飲酒。」』

按，阮籍與王戎飲酒事，文獻記載不一。《世説新語·簡傲第二十四》載：『王戎弱冠詣阮籍』條劉孝標注引《晋陽秋》云：『戎嘗詣籍共飲，而劉昶在坐，不與焉，昶無恨色。既而，戎問籍曰：「彼爲誰也？」曰：「劉公榮也。」濬沖曰：「勝公榮，故與酒，不如公榮，不可不與酒，惟公榮者，可不與酒。」』洪邁《容齋隨筆》卷十三『劉公榮』條，先録《世説新語》所載阮籍與王戎、劉昶共飲事，又録一事云：『公榮與人飲酒，雜穢非類。人或譏之，答曰：「勝公榮者，不可不與飲；不如公榮者，亦不可不與飲；是公榮輩者，又不可不與飲。」故終日共飲而醉。二者稍不同。公榮待客如是，費酒多矣，顧不蒙一杯於人乎？』

魏齊王曹芳嘉平五年癸酉(二五三)

山濤四十九歲。阮籍四十四歲。劉伶三十四歲。嵇康三十一歲。向秀約二十七歲。阮咸約二十七歲。王戎二十歲。

山濤幼子山簡生。《晋書》卷六《懷帝紀》永嘉六年載：『夏四月景寅，徵南將軍山簡卒。』檢《晋書》卷四十三《山簡傳》，山簡卒年六十歲。永嘉六年爲公元三一二年。前推六十年爲嘉平五年（二五三）。

嵇康子嵇紹生。嵇康《與山巨源絶交書》作於景元元年（二六〇），是年嵇康三十八歲，其子嵇紹八歲，故知嵇紹生於嘉平五年（二五三）。

鍾會撰《四本論》，甚欲使嵇康一見，遂於其户外遥擲之。《世説新語・文學第四》載：『鍾會撰《四本論》始畢，甚欲使嵇公一見，置懷中，既定，畏其難，懷不敢出，於户外遥擲，便回急走。』劉孝標注：『《魏志》曰：「會論才性同異，傳於世。」四本者，言才性同、才性異、才性合、才性離也。尚書傅嘏論同，中書令李豐論異，侍郎鍾會論合，屯騎校尉王廣論離。文多不載。』據《三國志・魏志》卷二十一《傅嘏傳》，傅嘏以嘉平四年（二五二）遷尚書，嘉平五年（二五三）作《諸葛恪揚聲欲向青徐議》及《四本論》。此時，鍾會爲中書侍郎。

魏齊王曹芳嘉平六年、高貴鄉公曹髦正元元年甲戌（二五四）

山濤五十歲。阮籍四十五歲。劉伶約三十五歲。嵇康三十一歲。向秀約二十八歲。阮咸約二十八歲。王戎二十一歲。

二月，大將軍司馬師殺中書令李豐、太常夏侯玄等，皆夷三族。

九月，司馬師廢曹芳爲齊王。

十月，立魏文帝曹丕孫、東海王曹霖之子、高貴鄉公曹髦爲帝。遣齊王曹芳歸藩。改元正元元年。

阮籍封關内侯，徙散騎常侍。《晉書》本傳云：『高貴鄉公即位，封關内侯，徙散騎常侍。』

阮籍酣飲爲常，以大醉拒司馬昭爲其子司馬炎求婚。《晉書》本傳云：『籍本有濟世志，屬魏晉之際，天下多故，名士少有全者，籍由是不與世事，遂酣飲爲常。文帝初欲爲武帝求婚於籍，籍醉六十日，不得言而止。』

阮籍以酣醉對鍾會問。《晉書》本傳云：『鍾會數以時事問之，欲因其可否，而致之罪，皆以酣醉獲免。』

阮籍贊張華有『王佐之才』。《晉書》卷三十六《張華傳》載，張華著《鷦鷯賦》，阮籍見之嘆曰：『王佐之才也！』張華『由是聲名始著』。

阮籍作《歸首陽山賦》。其序云：『正元元年秋，余尚爲中郎，在大將軍府，獨往南墻下，北首陽山，賦曰……』

阮咸於七月七日以竿掛大布犢鼻於庭。《晉書》本傳云：『咸與籍居道南，諸阮居道北，北阮富而南阮貧。七月七日，北阮盛曬衣服，皆錦綺粲目。咸以竿挂大布犢鼻於庭，人或怪之，答曰：「未能免俗，聊復爾耳。」』

魏高貴鄉公曹髦正元二年乙亥（二五五）

山濤五十一歲。阮籍四十六歲。劉伶約三十六歲。嵇康三十三歲。向秀約二十九歲。阮咸約二十九歲。王戎二十二歲。

是年正月，鎮東將軍毌丘儉、揚州刺史文欽起兵壽春，討伐司馬師。司馬師親自率軍徵伐，誅毌丘儉。文欽降吴。二月，司馬師班師途中，目疾發，病逝於許昌。以衛將軍司馬昭爲大將軍，加侍中，都督中外諸軍事，録尚書事。

山濤轉任驃騎將軍王昶從事中郎。《三國志・魏志》卷四《三少帝紀》載，正元二年夏四月甲戌，以徵南大將軍王昶爲驃騎將軍。山濤轉驃騎將軍從事中郎，當在是年四月以後。

阮籍爲東平相，作《東平賦》。《世説新語・任誕第二十三》「步兵校尉缺廚中有貯酒數百斛」條劉孝標注引《文士傳》云：『籍放誕有傲世情，不樂仕宦。晋文帝親愛籍，恒與談戲，任其所欲，不迫以職事。籍常從容曰：「平生曾遊東平，樂其土風，願得爲東平太守。」文帝説，從其意。籍便騎驢徑到郡，皆壞府舍諸壁障，使内外相望，然後教令清寧。十餘日，便復騎驢去。』《晋書》本傳云：『及文帝輔政，籍嘗從容言於帝曰：「籍平生曾遊東平，樂其風土。」帝大悦，即拜東平相。籍乘驢到郡，壞府舍屏障，使内外相望，法令清簡，旬日而還。』

阮籍爲大將軍司馬昭從事中郎。《晋書》本傳：『帝引爲大將軍從事中郎。』

阮籍參與編纂《魏書》。據《晋書・王沉傳》，正元中，阮籍曾與散騎常侍、侍中、典著作王沉等共撰《魏書》。是書『多爲時諱，未若陳壽之實録也』。⑳

阮籍奉司馬昭命，往宜陽山訪隱士孫登。孫登字公和，汲郡共（今河南省衛輝市）人，魏晋之際隱士。《晋書》卷九十四《隱逸・孫登傳》云：『（孫登）嘗住宜陽山，有作炭人見之，知非常人。與語，登亦不應。文帝聞之，使阮籍往觀。既見，與語，亦不應。』

阮籍入蘇門山訪孫登，歸後著《大人先生傳》。《世説新語・棲逸第十八》有載：『阮步兵嘯聞數百步。蘇門山中忽有真人，樵伐者咸共傳説。阮籍往觀，見其人擁膝巖側。籍登嶺就之，箕踞相對。籍商略終古，上陳黄、農玄寂之道，下考三代盛德之美，以問之，仡然不應。復叙有爲之教，棲神導氣之術以觀之，彼猶如前，凝矚不轉。籍因對之長嘯。良久，乃笑曰：「可更作。」籍復嘯，意盡，退還半嶺許，聞上唒然有聲，如數部鼓吹，林谷傳響。顧看，乃向人嘯也。』劉孝標注引《魏氏春秋》云：『阮籍常率意獨駕，不由徑路，車迹所窮，輒慟哭而反。嘗遊蘇門山，有隱者，莫知姓名，有竹實數斛，杵臼而已。籍聞而從之，談太古無爲之道，論五帝三王之義，蘇門先生翛然曾不眄之。籍乃嘐然長嘯，韻響寥亮。蘇門先生乃逌爾而笑。籍既降，先生喟然高嘯，有如鳳音。籍素知音，乃假蘇門先生之論，以寄所懷。其歌曰：「日没不周西，月出丹淵中。陽精晦不見，陰光代爲雄。亭亭在須臾，厭厭將復隆。富貴俯仰間，貧賤何必終。」』

按，《世説新語·棲逸第十八》『阮步兵嘯聞數百步』條劉孝標注引《竹林七賢論》云：『籍歸，遂著《大人先生論》，所言皆胸懷間本趣，大意謂先生與己不異也。觀其長嘯相和，亦近乎目擊道存矣。』

阮籍求爲步兵校尉，與劉伶酣飲於府舍。《三國志·魏志》卷二十一《王粲傳》注引《魏氏春秋》云：『聞步兵校尉缺，廚多美酒，營人善釀酒，求爲校尉。遂縱酒昏酣，遺落世事。』《世説新語·任誕第二十三》劉孝標注引《文士傳》云：『（阮籍）後聞步兵廚中有酒三百石，忻然求爲校尉。於是入府舍，與劉伶酣飲。』《晉書》本傳云：『籍聞步兵廚營人善釀，有貯酒三百斛，乃求爲步兵校尉，遺落世事，雖去佐職，恒游府内，朝宴必與焉。』

嵇康與吕安善，吕安常來拜訪，或訪之不遇。《世説新語·簡傲第二十四》載：『嵇康與吕安善，每一相思，千里命駕。康不在，喜出户延之，不入。題門上作「鳳」字而去。喜不覺，猶以爲欣，故作。鳳字，凡鳥也。』劉孝標注引干寶《晋紀》云：『安嘗從康，或遇其行。康兄喜拭席而待之，弗顧，獨坐車中。康母就設酒食，求康兒共語戲，良久則去。其輕貴如此！』《晋書》卷四十九《嵇康傳》云：『東平呂安服康高致，每一相思，輒千里命駕。康友而善之。』《太平御覽》卷四百九引《竹林七賢論》所載與此略異：『嵇康字叔夜，與東平呂安少相知友，每一相思，輒千里命駕。』

傳言嵇康欲助毌丘儉造反，且欲起兵應之。《三國志·魏志》卷二十一《王粲傳》裴松之注引《世語》云：『毌丘儉反，康有力，且欲起兵應之，以問山濤。濤曰：「不可。」儉亦已敗。』

按，裴松之注引《世語》，學者多有採信。陸侃如《中古文學繫年》正元二年云：『嵇康欲應毌丘儉反，避居河東，從孫登遊。』㉑並引《世語》爲證。韓格平《竹林七賢詩文全集譯注》附録一《竹林七賢年表》於『魏正元二年』下，有『嵇康三十三歲，欲起兵響應毌丘儉，被山濤勸阻』之説。有的學者亦採信這種觀點，認爲嵇康曾經欲起兵響應毌丘儉。此説係誤。《晋書》本傳云：『（鍾會）言於文帝曰：「嵇康卧龍也，不可起。公無憂天下，顧以康爲慮耳。」因譖康欲助毌丘儉，賴山濤不聽。』毌丘儉舉兵反叛，嵇康曾經欲起兵響應，是鍾會誣陷嵇康之辭，焉能作爲真實之事？嵇康寓居山陽多年，雖爲中散大夫，實是議論政事之散官，哪來的軍隊？怎麽響應毌丘儉？再者，嵇康如果真的有所舉動，司馬昭焉能輕易放過他？所謂嵇康避居河東，不可信也。

魏高貴鄉公曹髦正元三年、甘露元年丙子（二五六）

山濤五十二歲。阮籍四十七歲。劉伶約三十七歲。嵇康三十四歲。向秀約三十歲。阮咸約三十歲。王戎二十三歲。

五月，鄴及上谷並言甘露降。

夏六月丙午，改元爲甘露。

阮籍喪母，雖居喪不守禮法，卻哀毀骨立，殆至滅性。《晉書》本傳云：『性至孝。母終，正與人圍棋，對者求止，籍留與決賭。既而，飲酒二斗，舉聲一號，吐血數升。及將葬，食一蒸肫，飲二斗酒，然後臨訣，直言「窮矣」！舉聲一號，因又吐血數升，毀瘠骨立，殆致滅性。』

裴楷前來弔唁，阮籍醉而直視之。《晉書》本傳云：『裴楷往弔之。籍散髮箕踞，醉而直視。楷弔唁畢，便去。或問楷：「凡弔者，主哭，客乃爲禮。籍既不哭，君何爲哭？」楷曰：「阮籍既方外之士，故不崇禮典。我俗中之士，故以軌儀自居。」時人嘆爲兩得。』《太平御覽》卷五百六十一引《裴楷別傳》云：『裴楷少知名，而風情朗悟。初，陳留阮籍遭母喪，楷弱冠往弔，籍乃離喪位，神志晏然。至乃縱情嘯咏，傍若無人。楷不爲改容，行止自若，遂便率情獨哭。哭畢而退，威容舉動無異。』

嵇喜前來弔唁，阮籍以白眼對之；嵇康賫酒挾琴往弔，阮籍以青眼視之。《晉書》本傳云：『籍又能爲青白眼。見禮俗之士，以白眼對之。及嵇喜來弔，籍作白眼，喜不懌而退。喜弟康聞之，乃賫酒挾琴造焉。籍大悅，乃見青眼。』

司隸校尉何曾劾阮籍居喪不拘禮法。《晉書》卷三十三《何曾傳》載：『時步兵校尉阮籍負才放誕，居喪無禮。曾面質籍於文帝座曰：「卿縱情背禮，敗俗之人。今忠賢執政，綜核名實。若卿之曹，不可長也！」因言於帝曰：「公方以孝治天下，而聽阮籍以重哀飲酒食肉於公座，宜擯四裔，無令污染華夏！」帝曰：「此子羸病若此，君不能爲吾忍邪？」曾重引據，辭理甚切。帝雖不從，時人敬憚之。』

阮籍居喪不拘禮法，司馬昭愛其通偉，有意保護之。《世説新語・任誕第二十三》載：『阮籍遭母喪，在晉文王坐進酒肉。司隸何曾亦在坐，曰：「明公方以孝治天下，而阮籍以重喪顯於公坐，飲酒食肉。宜流之海外，以正風教。」文王曰：「嗣宗毁頓如此，君不能共憂之，何謂？且有疾而飲酒食肉，固喪禮也。」籍飲啖不輟，神色自若。』劉孝標注引《魏氏春秋》云：『籍性至孝，居喪雖不率常禮，而毁幾滅性，然爲文俗之士何曾等深所仇疾。大將軍司馬昭愛其通偉，而不加害也。』

阮籍於晉文帝座議子殺母事。《晉書》本傳云：『有司言有子殺母者。籍曰：「嘻！殺父乃可，至殺母乎？」坐者怪其失言。帝曰：「殺父，天下之極惡，而以爲可乎？」籍曰：「禽獸知母而不知父。殺父，禽獸之類也；殺母，禽獸之不若。」衆乃悦服。』

阮籍與嫂別，醉臥鄰家少婦側，哭兵家未嫁女。《晉書》本傳云：『籍嫂嘗歸寧，籍相見與別。或譏之，籍曰：「禮豈爲我設邪？」鄰家少婦有美色，當壚沽酒。籍嘗詣飲，醉便臥其側。籍既不自嫌，其夫察之，亦不疑也。兵家女有才色，未嫁而死。籍不識其父兄，徑往哭之，盡哀而還。其外坦蕩而内淳至，皆此類也。』

按，阮籍之母病逝的時間，史無明載。查《晉書》卷三十三《何曾傳》，司隸校尉何曾彈劾阮籍事，發生在司馬師、司馬昭廢齊王曹芳、立高貴鄉公之後，且何曾對司馬昭言有『公方以孝治天下』之語，可知此事當發生在司馬昭爲大將軍、録尚書事之初。另據《裴楷傳》，裴楷病卒於楚王司馬瑋『伏誅』之年，時年五十五歲；而楚王司馬瑋於永平元年（二九一）被殺。由此前推五十五年，則裴楷生於魏明帝青龍五年（二三七），其弱冠之年爲甘露元年。至於阮籍於晉文帝座議子殺母和阮籍醉臥鄰家少婦側、哭兵家未嫁女諸事，《晋書》本傳作爲逸聞，在阮籍喪母後述之。姑從本傳，繫於阮籍喪母之後。

嵇康返洛陽，參加沛穆王曹林葬禮。《三國志・魏志》卷四《三少帝紀》載：『甘露元年春正月辛丑，青龍見軹縣井中。乙巳，沛王林薨。』嵇康娶沛穆王曹林之女長樂亭主爲妻，乃曹林之婿。曹林去世，嵇康自當返洛陽參加葬禮。

嵇康《管蔡論》作於是年。《三國志・魏志》卷四《三少帝紀》載有曹髦夏四月與庾峻等在太學講論學術事。其文云：『峻對曰：「臣竊觀經傳，聖人行事不能無失。是以堯失之四凶，周公失之二叔，仲尼失之宰予。」帝曰：「堯之任鯀，九載無成，汨陳五行，民用昏墊；至於仲尼失之宰予，言行之間，輕重不同也；至於周公、管、蔡之事，亦《尚書》所載，皆博士所當通也。」峻對曰：「此皆先賢所疑，非臣寡見所能究論。」』

按，嵇康因參加沛穆王曹林的葬禮，而在洛陽滯留一段時間。以身份而論，嵇康與魏明帝同輩，是曹髦的姑丈。曹髦與庾峻等在太學講學，嵇康或有預焉。其《管蔡論》，當是針對當時周公、管、蔡之事的争議而發。嵇康與太學生的友好關係，或於此時開始建立。

嵇康返山陽，入汲郡山中採藥，遇孫登。《三國志・魏志》卷二十一《王粲傳》附《嵇康傳》裴松之注引《魏氏春秋》云：『初，康採藥於汲郡共北山中，見隱者孫登，康欲與之言，登默然不對。逾時，將去，康曰：「先生竟無言乎？」登乃曰：「子才多識寡，難乎免於今之世。」及遭呂安事，爲詩自責曰：「欲寡其過，謗議沸騰。性不傷物，頻致怨憎。昔慚柳下，今愧孫登。内負宿心，外赧良朋。」』又引《晋陽秋》云：『康見孫登，登對之長嘯，逾時不言。康辭還，曰：「先生竟無言乎？」登曰：「惜哉！」』又引《康集目録》曰：『登字公和，不知何許人，無家屬。於汲縣北山土窟中得之，夏則編草爲裳，冬則被髮自覆。好讀《易》鼓琴，見者皆親樂之。每所止，家輒給其衣服食飲，得無辭讓。』

嵇康從孫登遊。《世説新語・棲逸第十八》載：『康臨去，登曰：「君才則高矣，保身之道不足。」』《晋書》本傳云：『登沉默自守，無所言説。康臨去，登曰：「君性烈而才俊，其能免乎？」』《晋書》卷九十四《孫登傳》云：『嵇康又從之遊三年，問其所圖，終不答。康每嘆息。將别，謂曰：「先生竟無言乎？」登乃曰：「子識火乎？火生而有光，而不用其光，果在於用光；人生而有才，而不用其才，而果在於用才。故用光在乎得薪，所以保其耀；用才在乎識真，所以全其年。今子才多識寡，難乎免於今之世矣。子無求乎？」康不能用，果遭非命。』嵇康遇孫登處，有不同説法，一説爲蘇門山，一説爲宜陽山（見詳前正元二年），或説爲天門山。《元和郡縣志》曰：『蘇門山在縣西北十一里，孫登所隱，阮籍、嵇康所造之處。』㉒《太平寰宇記》卷五十六引《九州要紀》云：『天門山有三水，嵇康採藥逢孫登，彈一絃琴，即此山。』

嵇康《答二郭》三首或作於是年。『二郭』即郭遐周和郭遐叔，其一有云：『天下悠悠者，下京趨上京。二郭懷不群，超然來北徵。』當是二郭來山陽拜訪嵇康。其二表現出超然物外之想：『豈若翔區外，餐瓊漱朝霞。遺物棄鄙累，逍遥遊太和。結友集靈岳，彈琴登清歌。』而郭遐周贈詩三首，每首皆言離別之情，其一更有『我友不斯卒，改計適他方』之語。以此推之，當是欲從孫登遊之前，嵇康作《答二郭》，答謝二郭的贈詩。

《嵇康述志詩》二首或作於是年。從其一『轗軻丁悔吝，雅志不得施』『逝將離群侶，杖策追洪崖』，其二『願與知己遇，舒憤啓其微。巖穴多隱逸，輕舉求吾師。晨登箕山巔，日夕不知飢。玄居養營魄，千載長自綏』數句來看，嵇康具有濃厚的隱居求道、養生求仙思想，而與孫登的相遇，或許正是嵇康這種思想越發强烈的重要契機。

魏高貴鄉公曹髦甘露二年丁丑（二五七）

山濤五十三歲。阮籍四十八歲。劉伶約三十八歲。嵇康三十五歲。向秀約三十一歲。阮咸約三十一歲。王戎二十三歲。

五月，司馬昭爲相國，辭晋公。《三國志·魏志》卷四《高貴鄉公紀》載：『夏五月，命大將軍司馬文王爲相國，封晋公，食邑八郡，加之九錫。文王前後九讓乃止。』

山濤由驃騎將軍王昶從事中郎改任趙國相。《晋書》本傳載：『轉驃騎將軍王昶從事中郎。久之，拜趙國相。』據《三國志·魏志》卷二十七《高貴鄉公紀》，甘露三年秋八月，王昶以驃騎將軍陞任司空。山濤任趙國相，應在此前。

阮籍向司馬昭舉薦陳協。酈道元《水經注·穀水》引《語林》載：『陳協數進阮步兵酒。後晋文王欲修九龍堰，阮舉協，文王用之。掘地得古承水銅龍六枚，堰遂成。』據此，司馬昭用陳協爲都水使者，乃是阮籍舉薦。但此事僅見於《水經注》，其他文獻不見記載。

嵇康赴河東。《三國志·魏志》卷二十一《王粲傳》注引《魏氏春秋》云：『大將軍嘗欲辟康，康既有絶世之言，又從子不善，避之河東，或云避世。』

按，嵇康赴河東事，史無明載，僅《與山巨源絶交書》有『前年從河東還』一語。嵇康爲何赴河東，信中卻没有説明。從《魏氏春秋》的記載來看，所謂的『絶世之言』，似是指嵇康的《與山巨源絶交書》，因其中有『志氣所托，不可奪也』之語，且云『有必不堪者七，甚不可者二』。倘如此，則司馬昭欲徵辟嵇康應在《與山巨源絶交書》問世後，其時間與嵇康從孫登遊而避世顯然不合。所以，《魏氏春秋》所説『康既有絶世之言』，當另有所指。所謂『從子不善』，應是指其兄嵇喜之子難以相處。其時，嵇康寓居山陽，即便與嵇喜之子無法相處，似乎也不應該成爲避世的理由，哪裏有長輩因晚輩無理而避世的道理？所以，《魏氏春秋》所言嵇康『避世』的三條理由，唯『大將軍欲辟康』一語，可以作爲嵇康避世的理由。此時，司馬昭之心，路人皆知。嵇康雖無力匡扶魏室，但還不至於要做司馬氏的幫兇。萬般無奈，只好選擇避世，追隨隱士孫登，以此來躲避司馬昭的徵辟。

劉汝霖《漢晋學術編年》和陸侃如《中古文學繫年》，皆以爲嵇康是因欲響應毌丘儉造反之事，而避難河東，分别將嵇康隨孫登遊繫於正元三年和正元二年。學界採信此説者頗衆。考嵇康行年，其赴河東事，應發生在從孫登遊三年之間。《世説新語·棲逸第十八》『嵇康遊於汲郡山中』條劉孝標注引《文士傳》云：『嘉平中，汲縣民共入山中，見一人所居，懸巖百仞，叢林鬱茂，而神明甚察，自云孫姓登名，字公和。康聞，乃從遊三年。』嘉平中，嵇康與阮籍等諸賢爲竹林之遊，甚爲相得。故其從孫登遊，應是在七賢竹林之遊基本結束、阮籍訪孫登著《大人先生傳》之後。嵇康與孫登遊的三年中，應曾有過短暫的赴河東訪友經歷。但其赴河東，不存在避難之説。倘若是避難，即使是三年後回來，司馬昭豈能放過他？毌丘儉是反叛，嵇康欲響應叛臣，僅此一條，就足以治其重罪，還用得着鍾會絞盡腦汁去羅織罪名？倘若嵇康響應毌丘儉事可以坐實，焉有『大將軍欲辟康』之事？諸多疑竇表明，嵇康赴河東非爲避難，而應是從孫登遊期間短暫地赴河東訪友。

嵇康過邯鄲，遇隱士王烈。《晉書》本傳云：『康又遇王烈，共入山。烈嘗得石髓如飴，即自服半，餘半與康，皆凝而爲石。又于石室中見一卷素書，遽呼康往取，輒不復見。烈嘆曰：「叔夜志趣非常，而輒不遇，命也！」其神心所感，每遇幽逸如此。』李善注《文選》卷二十二《游沈道士館》引袁彦伯《竹林名士傳》載嵇康隨王烈游事：『王烈服食養性，嵇康甚敬信之，隨入山。烈嘗得石髓，柔滑如飴，即自服半，餘取以與康，皆凝而爲石。』《太平廣記》卷九引葛洪《神仙傳》載嵇康與王烈事甚詳：『王烈者，字長休，邯鄲人也。常服黄精及鉛，年三百三十八歲，猶有少容，登山歷險，行步如飛。少時本太學書生，學無不覽。常與人談論五經百家之言，無不該博。中散大夫譙國嵇叔夜甚敬愛之，數數就學，共入山游戲采藥。後烈獨之太行山中，忽聞山東崩地，殷殷如雷聲。烈不知何等，往視之，乃見山破石裂數百丈，兩畔皆是青石，石中有一穴，口徑闊尺許，中有青泥流出如髓。烈取泥試丸之，須臾成石，如投熱蠟之狀，隨手堅凝，氣如粳米飯，嚼之亦然。烈合數丸如桃大，用携少許歸，乃與叔夜曰：「吾得異物。」叔夜甚喜，取而視之，已成青石，擊之琤琤如銅聲。叔夜即與烈往視之，斷山已復如故。烈入河東抱犢山中，見一石室，室中有石架，架上有素書兩卷，烈取讀，莫識其文字，不敢取去，卻著架上。暗書得數十字形體，以示康。康盡識其字。烈喜，乃與康共往讀之。至其道徑，了了分明。比及，又失其石室所在。烈私語弟子曰：「叔夜未合得道故也。」』

嵇康《六言詩》十首和《遊仙詩》，完成於從孫登遊的三年間。其六言詩多贊美前代高賢隱士，而《遊仙詩》『授我自然道，曠若發童蒙。採藥鍾山隅，服食改姿容。蟬蛻棄穢累，結友家板桐。臨觴奏九韶，雅歌何邕邕。長與俗人別，誰能睹其踪』數句，或與遇孫登、王烈事有關。

嵇康《聖賢高士傳》亦當完成於此時。嵇康從孫登遊和與王烈遊的奇遇，使嵇康對隱士和聖賢高士有了更多的認識和更深刻的理解。時間的優裕，交遊的減少，心靈的寧靜，都爲嵇康撰寫《聖賢高士傳》提供了可能。《三國志·魏志》卷二十一《王粲傳》裴松之注引嵇喜《嵇氏譜》云：『（嵇康）撰録上古以來聖賢、隱逸、遁心、遺名者，集爲傳贊。自混沌至于管寧，凡百一十有九人。』

魏高貴鄉公曹髦甘露三年戊寅（二五八）

山濤五十四歲。阮籍四十九歲。劉伶約三十九歲。嵇康三十六歲。向秀約三十二歲。阮咸約三十二歲。王戎二十五歲。

山濤爲趙國相，欲舉嵇康自代。嵇康《與山巨源絶交書》云：『前年從河東還，顯宗、阿都説足下議以吾自代。事雖不行，知足下故不知之。』

按，嵇康與山濤絶交事，發生在被殺前二年，即景元元年（二六〇），此前之『前年』，乃高貴鄉公曹髦甘露三年（二五八）。山濤舉嵇康爲趙國相，或是因母親年紀高邁，而他卻遊宦在外，無法盡人子之孝。

嵇康從孫登遊三年後，返回山陽故居，與顯宗、吕安相見。其《與山巨源絶交書》云：『前年從河東還，顯宗、阿都説足下議以吾自代。』

按，嵇康《與山巨源絶交書》作於其被殺前二年，即三十八歲時。三十八歲時稱『前年』，則嵇康從孫登遊回山陽，應是三十六歲時。顯宗，公孫崇字。李善注《文選》卷四十三《與山巨源絶交書》引《晋氏八王故事注》云：『公孫崇，字顯宗，譙國人。爲尚書郎。』阿都，即吕安，字仲悌，東平人，吕巽之弟。因『志力閒華』而得嵇康賞識。

魏高貴鄉公曹髦甘露四年己卯（二五九）

山濤五十五歲。阮籍五十歲。劉伶約四十歲。嵇康三十七歲。向秀約三十三歲。阮咸約三十三歲。王戎二十六歲。

阮籍登廣武山，感慨『時無英雄，使竪子成名！』《晋書》本傳云：『嘗登廣武，觀楚漢戰處，嘆曰：「時無英雄，使竪子成名！」』

阮籍登武牢山，賦《豪杰詩》。《晋書》本傳云：『登武牢山，望京邑而嘆，於是賦《豪杰詩》。』

嵇康寫石經於太學。《世説新語·言語第二》『嵇中散語趙景真』條劉孝標注引嵇紹《趙至叙》云：『時先君在學，寫石經古文。』朱彝尊《經義考》卷二百八十八『魏三字詩經』條云：『按魏石經，本屬三字，惟《典論》一卷乃一字爾。世傳經爲邯鄲淳所書，而《晋書・衛恒傳》謂正始中立，三字石經轉失淳法，其非淳書明矣。《趙至傳》云：「年十四，詣洛陽，遊太學，遇嵇康於學寫石經，徘徊視之不能去。」嵇紹亦曰：「至入太學，睹先君在學寫石經古文。」然則正始石經，實康等所書也。』

嵇康評趙至有白起之風。《世説新語・言語第二》載：『嵇中散語趙景真：「卿瞳子白黑分明，有白起之風，恨量小狹。」趙云：「尺表能審璣衡之度，寸管能測往復之氣。何必在大？但問識如何耳。」』劉孝標注引嵇紹《趙至叙》云：『至字景真，代郡人。漢末，其祖流宕，客緱氏。令新之官，至年十二，與母共道傍看，母曰：「汝先世非微賤家也，汝後能如此不？」至曰：「可爾耳。」歸便求師誦書，蚤聞父耕叱牛聲，釋書而泣。師問之，答曰：「自傷不能致榮華，而使老父不免勤苦。」年十四，入太學觀。時先君在學，寫石經古文。事訖，去。遂隨車問先君姓名，先君曰：「年少何以問我？」至曰：「觀君風器非常，故問耳。」先君具告之。』

按，據《晋書》卷九十六《趙至傳》，趙至卒於太康中，時年三十七歲。假定趙至卒於太康四年（二八三）前後，則其生年應是齊王曹芳正始八年（二四七）前後。趙至十四歲，則是魏高貴鄉公曹髦甘露四年（二五九）前後。故嵇康寫石經於洛陽和評論趙至之事，皆應發生在甘露四年前後。

向秀《莊子注》或始撰於是年。

魏高貴鄉公曹髦甘露五年、魏元帝曹奂景元元年庚辰(二六〇)

山濤五十六歲。阮籍五十一歲。劉伶約四十一歲。嵇康三十八歲。向秀約三十四歲。阮咸約三十四歲。王戎二十七歲。

五月,曹髦欲誅司馬昭,事泄,反被殺害,時年二十歲。《三國志·魏志》卷四《三少帝紀》裴松之注引《漢晋春秋》云:『帝見威權日去,不勝其忿,乃召侍中王沈、尚書王經、散騎常侍王業,謂曰:「司馬昭之心,路人所知也。吾不能坐受廢辱,今日當與卿自出討之。」王經曰:「昔魯昭公不忍季氏,敗走失國,爲天下笑。今權在其門,爲日久矣,朝廷四方皆爲之致死,不顧逆順之理,非一日也。且宿衛空缺,兵甲寡弱,陛下何所資用?而一旦如此,無乃欲除疾而更深之邪?禍殆不測。宜見重詳。」帝乃出懷中版令投地,曰:「行之決矣!正使死,何所懼?况不必死邪!」於是入白太后。沈、業奔走告文王,文王爲之備。帝遂帥僮僕數百鼓譟而出。文王弟屯騎校尉伷入,遇帝於東止車門,左右呵之,伷衆奔走。中護軍賈充又逆帝戰於南闕下,帝自用劍。衆欲退,太子舍人成濟問充曰:「事急矣,當云何?」充曰:「畜養汝等,正謂今日。今日之事,無所問也。」濟即前刺帝,刃出於背。文王聞,大驚,自投於地曰:「天下其謂我何?」太傅孚奔往,枕帝股而哭,哀甚,曰:「殺陛下者,臣之罪也。」』

六月,司馬昭立燕王曹宇之子常道鄉公曹璜爲帝。太后詔曹璜更名爲奂。是爲魏元帝,改元景元。《三國志·魏志》卷四《三少帝紀》載:『陳留王諱奂,字景明,武帝孫,燕王宇子也。甘露三年,封安次縣常道鄉公。高貴鄉公卒,公卿議迎立公。六月甲寅,入於洛陽,見皇太后。是日即皇帝位於太極前殿,大赦,改年,賜民爵及穀帛各有差。』

山濤由趙國相遷尚書吏部郎。《晉書》本傳載司馬昭與山濤書云：『足下在事清明，雅操邁時。念多所乏，今致錢二十萬、穀二百斛。』

按，山濤爲尚書吏部郎，在由驃騎將軍從事中郎轉任趙國相之後。山濤任驃騎將軍從事中郎時間較久，故本傳有『久之，拜趙國相』之語。《三國志・魏志》卷二十一《王粲傳》裴松之注云：『案《濤行狀》，濤始以景元二年除吏部郎耳。』是則山濤任尚書吏部郎在景元二年。考《晉書・嵇紹傳》，嵇康遇難時，嵇紹十歲。而嵇康《與山巨源絶交書》中稱『女年十三，男年八歲』。由此可知，嵇康寫作《與山巨源絶交書》時三十八歲。時年爲甘露五年或景元元年。《濤行狀》稱山濤『始以景元二年除吏部郎耳』，有誤，實際上應是景元元年。山濤長期外任，而其母親年邁，這讓與山濤有中表親且主張以孝治天下的司馬昭於心不忍，於是，司馬昭就借誅殺曹髦一黨之機，再次在朝中安插自己的親信，把山濤召回京師，負責銓選官員之事。

山濤將去選曹，舉嵇康自代。《晉書》卷四十九《嵇康傳》云：『山濤將去選官，舉康自代。康乃與濤書告絶。』

按，據嵇康《與山巨源絶交書》，山濤舉嵇康自代，當有兩次。其文云：『足下昔稱吾於潁川，吾常謂之知言。然經怪此意，尚未熟悉於足下，何從便得之也？前年從河東還，顯宗、阿都說足下議以吾自代。事雖不行，知足下故不知之。足下傍通多可而少怪，吾直性狹中多所不堪，偶與足下相知耳。間聞足下遷，愓然不喜，恐足下羞庖人之獨割，引尸祝以自助，手薦鸞刀，漫之膻腥，故具爲足下陳其可否。』稽康所説『前年』，指其從河東返回山陽那一年，即甘露三年。當時，山濤爲趙國相。稽康所謂『議以吾自代』，是指山濤欲讓稽康代替他出任趙國相。而文中所説『間聞足下遷』，則是指山濤遷尚書吏部郎。以情理而論，稽康不可能在兩三年後，才忽然想起，對山濤那時舉薦他自代之事發牢騷，而是有了一次之後，山濤欲再薦之，又讓稽康得到了消息，於是有了寫信絶交之事。

稽康喪母、失兄。《與山巨源絶交書》云：『吾新失母兄之歡，意常凄切。女年十三，男年八歲，未及成人。况復多病，顧此悢悢，如何可言！今但願守陋巷，教養子孫，時與親舊叙闊，陳説平生，濁酒一杯，彈琴一曲，志願畢矣。』稽康被司馬昭殺害時四十歲，其子十歲。是知此文作於魏元帝景元元年（二六〇）。稽康寫作此文時，剛剛遭遇喪母失兄之痛。

稽康拒絶山濤的舉薦，作《與山巨源絶交書》，與山濤絶交。《三國志·魏志》卷二十一《王粲傳》裴松之注云：『山濤爲選官，欲舉康自代，康書告絶，事之明審者也。』《晋書》本傳云：『山濤將去選官，舉康自代。康乃與濤書告絶。』《文選》卷四十三《與山巨源絶交書》李善注引《魏氏春秋》云：『山濤爲選曹郎，舉康自代。康答書拒絶，因自説不堪流俗，而非薄湯武。大將軍聞而惡焉。』

稽康贊阮籍『口不論人過』。其《與山巨源絶交書》云：『阮嗣宗口不論人過，吾每師之，而未能及。至性過人，與物無傷，唯飲酒過差耳。至爲禮法之士所繩，疾之如仇，幸賴大將軍保持之耳。』

稽康《思親詩》一首作於其母兄去世不久。其詩有云：『嗟母兄兮永潛藏，想形容兮内摧傷。感陽春兮思慈親，欲一見兮路無因。望南山兮發哀嘆，感几杖兮涕汍瀾。念疇昔兮母兄在，心逸豫兮壽四海。

忽已逝兮不可追，心窮約兮但有悲。』

嵇康《與阮德如詩》一首作於是年。其詩開篇云：『含哀還舊廬，感切傷心肝。』是知嵇康此時尚在喪母之痛期間。故繫之於此。

按，阮德如即阮侃，衛尉卿阮共少子，陳留尉氏（今屬河南省）人。清杭世駿《三國志補注》引《陳留志》云：『侃字德如，有雋才，而飭以名理，風儀雅潤。與嵇康爲友。仕至河内太守。』

魏元帝曹奂景元二年辛巳（二六一）

山濤五十七歲。阮籍五十二歲。劉伶約四十二歲。嵇康三十九歲。向秀約三十五歲。阮咸約三十五歲。王戎二十八歲。

八月，復命大將軍司馬昭進晉公。《三國志·魏志》卷四《三少帝紀》載：『八月甲寅，復命大將軍進爵晉公，加位相國，備禮崇錫一如前詔。又固辭乃止。』

阮籍至慎，受到司馬昭的贊許。《三國志·魏志》卷十八《李通傳》注引李秉《家誡》云：昔侍坐於先帝，時有三長吏俱見，臨辭出，上曰：「爲官長，當清當慎當勤，修此三者，何患不治乎？」並受詔。既出，上顧謂吾等曰：「相誡敕正當爾不？」衆賢莫不贊善。上又問：「必不得已，於斯三者何？」或對曰：清固爲本。次復問，吾對曰：「清慎之道相須而成，必不得已，慎乃爲大。夫清者不必慎，慎者必自清。亦由仁者必有勇，勇者不必有仁。是以《易》稱括囊無咎，藉用白茅，皆慎之至也。」上曰：「卿言得之耳。可舉近世能慎者誰乎？」諸人各未知所對。吾乃舉故太尉荀景倩、尚書董仲連、僕射王公仲，並可謂爲慎。上曰：「此諸人者，温恭朝夕，執事有恪，亦各其慎也。然天下之至慎，其惟阮嗣宗乎？每與之言，言及玄遠，而未曾評論時事，臧否人物，真可謂至慎矣。」吾每思此言，亦足以爲明誡。凡人行事，年少立身，不可不慎。』荀景倩即荀顗，荀彧第六子。景元元年，尚書僕射領吏部陳泰卒，荀顗代之，史稱『顗承泰後，加之淑慎，綜核名實，風俗澄正』。荀顗有『淑慎』之譽，在任尚書僕射領吏部之後，故將司馬昭贊阮籍『至慎』繫之於此。

王戎喪父，辭父親故吏饋贈數百萬。《晋書》本傳云：『及渾卒於凉州，故吏賻贈數百萬，戎辭而不受，由是顯名。』

鍾會遷司隸校尉。《三國志·魏志》卷二十八《鍾會傳》：『詔曰：「會典綜軍事，參同計策，料敵制勝，有謀謨之勛，而推寵固讓，辭指款實，前後累重，志不可奪。夫成功不處，古人所重。其聽會所執，以成其美。」遷司隸校尉，雖在外司，時政損益，當世與奪，無不綜典。』

魏元帝曹奐景元三年壬午（二六二）

山濤五十八歲。阮籍五十三歲。劉伶約四十三歲。嵇康四十歲。向秀約三十六歲。阮咸約三十六歲。王戎二十九歲。

山濤遷大將軍從事中郎。詳本傳。

嵇康調解吕巽、吕安兄弟的矛盾，因吕巽失信，憤而與之絶交，作《與吕長悌絶交書》，其中有云：『都之含忍足下，實由吾言。今都獲罪，吾爲負之。吾之負都，由足下之負吾也！悵然失圖，復何言哉！若此，無心復與足下交矣。』

嵇康因受吕安案牽累下獄。《三國志·魏志》卷二十一《王粲傳》裴松之注引《魏氏春秋》載：『初，康與東平吕昭子巽及巽弟安親善，會巽淫安妻徐氏，而誣安不孝，囚之。安引康爲證，康義不負心，保明其事。安亦至烈，有濟世志力。鍾會勸大將軍因此除之，遂殺安及康。』《世説新語·雅量第六》『嵇中散臨刑東市』條劉孝標注引《晉陽秋》云：『初，康與東平吕安親善。安嫡兄遜淫安妻徐氏，安欲告遜，遣妻以諂於康，康喻而抑之。遜内不自安，陰告安撾母，表求徙邊。安當徙，訴自理，辭引康。』又引《文士傳》云：『吕安罹事，康詣獄以明之。鍾會庭論康曰：「今皇道開明，四海風靡，邊鄙無詭隨之民，街巷無異口之議，而康上不臣天子，下不事王侯，輕時傲世，不爲物用，無益於今，有敗於俗。昔太公誅華士，孔子戮少正卯，以其負才亂群惑衆也。今不誅康，無以清潔王道。」于是録康閉獄。』清儲大文《存研樓文集》卷十『核真』，綜合各家之説，辯吕安案甚詳：『吕巽字長悌，東平人，爲相國掾，有寵於司馬昭。康與巽及安親，巽淫安妻徐氏，安欲告巽，遣妻以諂康。康諭而抑之。巽内不自安，告安撾母，表求徙邊。安當徙，自理辭引康，康義不負心，保明其事，與巽書告絶。安亦至烈，有濟世志力。鍾會勸大將軍昭因此除之。此昭之所以訖易魏爲晉，而康之所以似夏侯泰初也。然而微繹書義，則安之烈志，又度越於康，此康所以每一相思，千里命駕，而世傳嵇吕陶陶永夕也。晉干寶《晉紀》：「太祖逐吕安遠郡，在路作書與康。」晉臧榮緒《晉書》：「安妻甚美，兄巽報之，内慙，誣安不孝，啓太祖徙安遠郡。即路，與康書。太祖見而惡之，收安付廷尉，與康俱死。」』

嵇康作《幽憤詩》、《家誡》。《三國志·魏志》卷二十一《王粲傳》裴松之注引《魏氏春秋》載：『（康）及遭吕安事，爲詩自責曰：「欲寡其過，謗議沸騰。性不傷物，頻致怨憎。昔慙柳下，今愧孫登。内負宿心，外赧良朋。」』《晉書》本傳云：『東平吕安服康高致，每一相思，輒千里命駕，康友而善之。後安爲兄所枉訴，以事繫獄，辭相證引，遂復收康。康性慎言行，一旦縲紲，乃作《幽憤詩》。』

嵇康將被殺，囑咐兒子嵇紹：『巨源在，汝不孤矣。』《晉書》卷四十三《山濤傳》：『康後坐事，臨誅，謂子紹曰：「巨源在，汝不孤矣。」』

嵇康將刑東市，三千太學生請以爲師，司馬昭不答應。《晉書》本傳云：『康將刑東市，太學生三千人請以爲師，弗許。』

嵇康臨刑，索琴彈《廣陵散》。《三國志·魏志》卷二十一《王粲傳》附《嵇康傳》裴松之注引《魏氏春秋》云：『康臨刑自若，援琴而鼓。既而嘆曰：「雅音於是絶矣！」時人莫不哀之。』又引《康別傳》云：『康臨終之，言曰：「袁孝尼嘗從吾學《廣陵散》，吾每固之不與，《廣陵散》於今絶矣。」』《世説新語·雅量第六》『嵇中散臨刑東市』條劉孝標注引《晉陽秋》云：『臨死，而兄弟親族咸與共別，康顔色不變，問其兄曰：「向以琴來不邪？」兄曰：「以來。」康取調之，爲《太平引》。曲成，嘆曰：「《太平引》於今絶也！」』《晉書》本傳云：『康顧視日影，索琴彈之，曰：「昔袁孝尼嘗從吾學《廣陵散》，吾每靳固之，《廣陵散》於今絶矣。」時年四十。海内之士，莫不痛之。』又云：『初，康嘗游乎洛西，暮宿華陽亭，引琴而彈。夜分，忽有客詣之，稱是古人，與康共談音律，辭致清辯。因索琴彈之，而爲《廣陵散》，聲調絶倫，遂以授康，仍誓不傳人，亦不言其姓字。』

按，關於《廣陵散》的來源，有許多傳説。《太平御覽》卷五百七十九引《靈異志》所載甚爲奇異：『嵇中散神情高邁，任心遊憩。嘗行，西南出，去洛數十里，有亭名華陽，投宿。夜了無人，獨在亭中。此亭由來殺人，宿皆多凶。至一更中，操琴先作諸弄，而聞空中稱善聲。中散撫琴而呼之曰：「君何以不來？」此人便去，云：「身是古人，幽没於此數千年矣。聞君彈琴，音曲清和，故來聽耳。而就終殘毁，不宜以接侍君子。」向夜髣髴漸見，以手持其頭，遂與中散共論音聲，其辭清辨，謂中散：「君試過琴。」於是，中散以琴授之，既彈，悉作衆曲，亦不出常，唯《廣陵散》絶倫。中散才從受之，半夕悉得。與中散誓：不得教他人，又不得言其姓也。』《太平御覽》卷六百四十四引《語林》云：『嵇中散夜彈琴，忽有一鬼著械來，嘆其手快，曰：「君一絃不調。」中散與琴調之，聲更清婉。問其名，不對，疑是蔡伯喈。伯喈將亡，亦被桎梏。』

嵇康遇害於洛陽東市（即馬市）。《水經注》卷十六『穀水』云：『水南即馬市。舊洛陽有三市，斯其一也，亦嵇叔夜爲司馬昭所害處也。』楊衒之《洛陽伽藍記》卷二『崇真寺』云：『出建春門外一里餘，至東石橋。南北而行，晋太康元年造橋。南有中朝時牛馬市，刑嵇康之所也。』

按，嵇康遇害的時間，史無明載。嵇康被殺時，鍾會爲司隸校尉。而據《三國志・魏志》卷二十八《鍾會傳》，鍾會於景元三年冬爲鎮西將軍㉓，是則嵇康之死必在景元三年冬鍾會出任鎮西將軍之前。而江淹《恨賦》有云：『及夫中散下獄，神氣激揚，濁醪夕引，素琴晨張。秋日蕭索，浮雲無光。鬱青霞之奇意，入修夜之不暘。』據江淹『秋日蕭索，浮雲無光』可知，嵇康被殺，當在景元三年深秋，鍾會任鎮西將軍之前。

嵇康既被殺，司馬昭有所醒悟而感到遺憾。《晋書》卷四十九《嵇康傳》有嵇康被殺後『帝尋悟而恨焉』的記載。

按，綜合有關文獻來看，嵇康被殺，係鍾會挾怨構陷。《三國志·魏志》卷二十八《鍾會傳》云：『嵇康等見誅，皆會謀也。』《三國志·魏志》卷二十一《王粲傳》裴松之注引《魏氏春秋》云：『鍾會爲大將軍所昵，聞康名而造之。會，名公子，以才能貴幸，乘肥衣輕，賓從如雲。康方箕踞而鍛，會至，不爲之禮。康問會曰：「何所聞而來，何所見而去？」會曰：「有所聞而來，有所見而去。」會深銜之……康與東平吕昭子巽及巽弟安親善。會巽淫安妻徐氏，而誣安不孝，囚之。安引康爲證。康義不負心，保明其事。安亦至烈，有濟世志力。鍾會勸大將軍因此除之，遂殺安及康。』《世説新語·雅量第六》劉孝標注引《文士傳》：『吕安罹事，康詣獄以明之。鍾會庭論康曰：「今皇道開明，四海風靡，邊鄙無詭隨之民，街巷無異口之議。而康上不臣天子，下不事王侯，輕時傲世，不爲物用，無益於今，有敗於俗。昔太公誅華士，孔子戮少正卯，以其負才亂群惑衆也。今不誅康，無以清潔王道。」於是録康閉獄。』

《晉書》卷四十九《嵇康傳》採信上述諸説，把鍾會當作謀害嵇康的幕後元凶：『鍾會貴公子也，精練有才辯，故往造焉。康不爲之禮，而鍛不輟。良久，會去，康謂曰：「何所聞而來，何所見而去？」會曰：「聞所聞而來，見所見而去。」會以此憾之。及是，言於文帝曰：「嵇康臥龍也，不可起。公無憂天下，顧以康爲慮耳。」因譖康「欲助毌丘儉，賴山濤不聽。昔齊戮華士，魯誅少正卯，誠以害時亂教，故聖賢去之。康、安等言論放蕩，非毁典謨，帝王者所不宜容，宜因釁除之，以淳風俗」。帝既昵聽信會，遂並害之。』

嵇康墓在臨渙縣嵇山東一里。《太平寰宇記》卷十七『臨渙縣』載有嵇康墓，其文云：『嵇康墓，在縣西北三十五里，嵇山東一里。』臨渙縣，即今安徽宿州市。

康女某，嵇康遇害時年僅十五歲。

康子嵇紹，嵇康遇害時年僅十歲。《世説新語・德行第一》『桓南郡既破殷荊州』條劉孝標注引王隱《晉書》云：『紹字延祖，譙國銍人。父康有奇才儁辯。紹十歲而孤，事母孝謹。累遷散騎常侍。惠帝敗於蕩陰，百官左右皆奔散，唯紹儼然端冕以身衛帝，兵交御輦，飛箭雨集，遂以見害也。』《晉書》卷八十九《忠義傳》載嵇紹事迹云：『嵇紹字延祖，魏中散大夫康之子也，十歲而孤，事母孝謹。以父得罪，靖居私門。』

嵇康有文集行世。《隋書》卷三十五《經籍志》著録魏中散大夫《嵇康集》十三卷，並注云：『梁十五卷，録一卷』。《舊唐書・經籍志》、《新唐書・藝文志》和《通志・藝文略》皆作十五卷。今存有明吳寬鈔校本《嵇康集》十卷、黄省曾校本《嵇中散集》十卷、汪士賢輯《嵇中散集》十卷、張溥輯《嵇康集》一卷以及清鈔本《嵇中散集》十卷等。此外，尚有《高士傳》三卷，宋以後散佚，今僅存部分佚文；《春秋左氏傳音》三卷，已佚，有清人馬國翰輯本；《周易言不盡意論》一篇，已佚。

魏元帝曹奂景元四年癸未（二六三）

山濤五十九歲。阮籍五十四歲。劉伶約四十四歲。向秀約三十七歲。阮咸約三十七歲。王戎三十歲。

二月，詔命大將軍司馬昭進位。《三國志・魏志》卷四《三少帝紀》載：『二月，復命大將軍進位，爵賜一如前詔。又固辭乃止。』

八月，鄧艾、鍾會等伐蜀。

十月，司馬昭進位爲晋公。《三國志·魏志》卷四《三少帝紀》載：『十月甲寅，復命大將軍進位，爵賜一如前詔。』《晋書》卷二《文帝紀》載：『命公卿將校皆詣府喻旨，帝以禮辭讓。司空鄭沖率群官勸進。』鄭樵《通志》卷十上載之甚詳：『冬十月，天子以諸將獻捷交至，乃重申相國晋公九錫之命，令公卿將校皆詣府喻旨，帝猶以禮辭讓。於是司空鄭沖率群官勸進，帝乃受之。』

阮籍作《爲鄭沖勸晋王箋》。《世説新語·文學第四》載：『魏朝封晋文王爲公，備禮九錫。文王固讓不受。公卿將校當詣府敦喻，司空鄭沖馳遣信，就阮籍求文。籍時在袁孝尼家宿，醉扶起，書札爲之，無所點定，乃寫付使，時人以爲神筆。』《晋書》本傳云：『會帝讓九錫，公卿將勸進，使籍爲其辭。籍沉醉忘作，臨詣府，使取之，見籍方據按醉眠。使者以告，籍便書，按使寫之，無所改竄。辭甚清壯，爲時所重。』

是年冬，阮籍卒，時年五十四歲。《晋書》本傳云：『景元四年冬卒，時年五十四。』阮籍墓在尉氏縣東四十五里。《太平寰宇記》卷一云：『阮籍墓，在縣東四十五里。籍，陳留尉氏人，即竹林七賢，有碑在。』清王士俊等《河南通志》卷四十九載：『晋阮籍墓，在尉氏縣城東南三十里。籍，步兵校尉。河南府新安縣亦有墓。』

尉氏有阮籍臺。《太平寰宇記》卷一云：『阮籍臺，在縣東南二十步。籍每追名賢，携酌長嘯登此也。』又作阮籍嘯臺，歷代多有吟咏。蘇軾《阮籍嘯臺》詩云：『阮生古狂達，遁世默無言。猶餘胸中氣，長嘯獨軒軒。高情遺萬物，不與世俗論。登臨偶自寫，激越蕩乾坤。醒爲嘯所發，飲爲醉所昏。誰能與之較，亂世足自存。』

阮籍子渾，字長成。《晉書》本傳云：『子渾，字長成，有父風。少慕通達，不飾小節。籍謂曰：「仲容已豫吾此流，汝不得復爾。」太康中，爲太子庶子。』與阮咸合著有《難答論》二卷。

阮籍有女某，年齡約略與晉武帝司馬炎相仿。司馬昭曾有意與阮籍結爲兒女親家，阮籍以大醉六十日不醒而辭之。《晉書》本傳云：「文帝初欲爲武帝求婚於籍，籍醉六十日，不得言而止。」

阮籍有文集行世。《隋書》卷三十五《經籍志》著録魏步兵校尉《阮籍集》十卷，並注云：「梁十三卷，録一卷。」《舊唐書·經籍志》、《新唐書·藝文志》和《通志·藝文略》皆著録《阮籍集》五卷。今存明薛應旂《阮嗣宗集》二卷、程榮輯《阮嗣宗集》二卷、汪士賢輯刻《阮嗣宗集》二卷、張溥輯《阮步兵集》一卷等。

向秀因本郡計入洛，對司馬昭問，任黄門侍郎。《世説新語·言語第二》『嵇中散既被誅』條引《向秀別傳》云：『康被誅，秀遂失圖，乃應歲舉到京師，詣大將軍司馬文王。文王問曰：「聞君有箕山之志，何能自屈？」秀曰：「常謂彼人不達堯意，本非所慕也。」一坐皆説。隨次轉至黄門侍郎、散騎常侍。』

按，一説向秀初入仕，爲驃騎府從事。宋馬永易《實賓録》云：『晉向秀與嵇康爲物外遊。康既被誅，秀應歲舉到京師。司馬文王問曰：「子嘗自云塵外之士，今安得來乎？」答曰：「臣爲巢許狂狷，不足慕故也。」乃授之驃騎府從事。』㉔其時，王昶爲驃騎將軍。如此，則向秀應是在王昶府供職。

向秀作《思舊賦》。《晉書》本傳云：『康既被誅，秀應本郡計入洛。文帝問曰：「聞有箕山之志，何以在此？」秀曰：「以爲巢許狷介之士，未達堯心，豈足多慕！」帝甚悦。秀乃自此役作《思舊賦》。』

王戎襲父爵，爲相國掾。《世説新語·德行第一》「王戎和嶠同時遭大喪」條劉孝標注引《晉諸公贊》云：「文皇帝輔政，鍾會薦之曰：『裴楷清通，王戎簡要。』即俱辟爲掾。」

王戎答鍾會問，議者以爲知言。《晉書》本傳載：「鍾會伐蜀，過與戎别，問計將安出。戎曰：『道家有言，爲而不恃，非成功難，保之難也。』及會敗，議者以爲知言。」

按，鎮西將軍鍾會奉命出駱谷伐蜀，在景元四年秋八月。王戎襲父爵，爲相國掾，當在是年八月鍾會伐蜀之前。

魏元帝曹奐景元五年甲申（二六四）

山濤六十歲。劉伶約四十五歲。向秀約三十八歲。阮咸約三十八歲。王戎三十一歲。

正月，鄧艾、鍾會以叛魏被誅。《三國志·魏志》卷二十八《鍾會傳》云：「（鍾會）獨統大衆，威震西土，自謂功名蓋世，不可復爲人下。加猛將鋭卒，皆在己手，遂謀反。欲使姜維等皆將蜀兵出斜谷，會自將大衆隨其後。既至長安，令騎士從陸道，步兵從水道，順流浮渭入河，以爲五日可到孟津，與騎會洛陽，一旦天下可定也。」不料，謀泄被誅，時年四十歲。

三月，司馬昭進位晋王，增封並前二十郡。阮籍向司馬昭舉薦豫州别駕盧播，作《與晋王薦盧播書》。司馬昭於景元五年三月始稱晋王。故知此文當作於是年三月之後。

五月，魏改元咸熙。追贈司馬懿爲晋宣王，司馬師爲晋景王。

八月，司馬炎爲副貳相國事，任撫軍大將軍。

山濤以大將軍從事中郎、行軍司馬鎮守鄴城。《晉書》卷二《文帝紀》載：「（正月）乙丑，帝奉天子西徵，次於長安。是時，魏諸王侯悉在鄴城，命從事中郎山濤行軍司事，鎮於鄴。」《晉書》卷四十三《山濤傳》云：「鍾會作亂於蜀，而文帝將西徵。時魏氏諸王公並在鄴，帝謂濤曰：『西偏吾自了之，後事深以委卿。』以本官行軍司馬，給親兵五百人，鎮鄴。」

山濤封新沓子，轉相國左長史，典統別營。《晉書》本傳云：「咸熙初，封新沓子，轉相國左長史，典統別營。」

向秀任散騎常侍。在朝不任職，容迹而已。

阮咸與姑姑家鮮卑婢私通。居母喪期間，姑姑帶婢女返，阮咸騎驢追之，累騎而返，因此而遭世人非議。《晉書》卷四十九《阮咸傳》云：「居母喪，縱情越禮。素幸姑之婢，姑當歸於夫家，初云留婢，既而自從去。時方有客，咸聞之，遽借客馬追婢。既及，與婢累騎而還，論者甚非之。」《世説新語·任誕第二十三》云：「阮仲容先幸姑家鮮卑婢，及居母喪，姑當遠移。初云當留婢，既發，定將去。仲容借客驢，著重服自追之，累騎而返，曰：『人種不可失！』即遥集之母也。」劉孝標注引《竹林七賢論》曰：「咸既追婢，於是世議紛然，自魏末沉淪閭巷，逮晉咸寧中始登王途。」

按，《竹林七賢論》所謂「魏末」，應指曹魏末年。此後一年，司馬炎稱帝，曹魏遂滅。故繫之於此。

魏元帝曹奂咸熙二年、晋武帝司馬炎泰始元年乙酉(二六五)

山濤六十一歲。劉伶約四十六歲。向秀約三十九歲。阮咸約三十九歲。王戎三十二歲。

五月,魏帝加殊禮,進晋王妃曰后,世子司馬炎被立爲晋王太子。

八月,司馬昭卒。司馬炎爲相國、晋王。

十一月,司馬炎頒令曰:『諸郡中正,以六條舉淹滯。一曰忠恪匪躬,二曰孝敬盡禮,三曰友于兄弟,四曰潔身勞謙,五曰信義可復,六曰學以爲己。』

十二月,魏元帝曹奂禪位司馬炎。晋王司馬炎即皇帝位,是爲晋武帝。改元泰始,國號晋。改景初曆爲太始曆,臘以酉,社以丑。貶魏元帝爲陳留王,魏氏諸王皆降爲侯。詳《晋書》卷三《武帝紀》。

山濤答司馬昭詢問立太子事,主張立司馬炎爲太子。《晋書》本傳云:『時帝以濤鄉閭宿望,命太子拜之。帝以齊王攸繼景帝后,素又重攸,嘗問裴秀曰:「大將軍開建未遂,吾但承奉後事耳,故立攸,將歸功於兄,何如?」秀以爲不可。又以問濤,濤對曰:「廢長立少,違禮不祥。國之安危,恒必由之。」太子位於是乃定。太子親拜謝濤。』

山濤以守大鴻臚,護送陳留王赴鄴城。《晋書》本傳云:『及武帝受禪,以濤守大鴻臚,護送陳留王詣鄴。』

阮咸子阮孚生。《晋書》卷四十九《阮孚傳》云:『孚字遥集,其母即胡婢也。孚之初生,其姑取王延壽《魯靈光殿賦》曰「胡人遥集於上楹」,而以字焉。』

按，《晉書》卷四十九《阮孚傳》云：『（阮孚）咸和初拜丹陽尹。時太后臨朝，政出舅族。孚謂所親曰：「今江東雖累世，而年數實淺，主幼時艱，運終百六。而庾亮年少，德信未孚。以吾觀之，將兆亂矣。」會廣州刺史劉顗卒，遂苦求出。王導等以孚疏放，非京尹才，乃除都督交廣寧三州軍事、鎮南將軍、領平越中郎將、廣州刺史、假節。未至鎮卒，年四十九。尋而蘇峻作逆，識者以爲知幾。』據《晉書》所載，阮孚卒於晉成帝咸和初，時年四十九歲。阮孚生於魏末，當無可疑。至咸和（三二六—三三五）初，阮孚已六十歲。本傳言其卒時四十九歲，當誤。

或說向秀卒於魏世。宋史繩祖《學齋佔畢》卷二『晉志之誤』條云：『予昔與婦弟羅君玉同讀《晉書》。君玉曰：「嵇康之誅於晉文帝執魏柄之時，疑不當傳於晉；向秀卒於魏世，其傳亦然。」又云：「君苗無姓，呂安無傳，與嵇康書者皆當考。」』

按，向秀卒於魏世說有誤。《晉書》卷四十五《任愷傳》述及晉武帝泰始七年任愷與賈充之間的黨爭時，把向秀歸入任愷一方。其時，向秀當健在。詳『晉武帝泰始七年辛卯（二七一）』。

王戎子王綏或生於是年。王綏字萬子，王戎長子。

按，《世說新語·傷逝第十七》載：『王戎喪兒萬子，山簡往省之。王悲不自勝。簡曰：「孩抱中物，何至於此？」王曰：「聖人忘情，最下不及情。情之所鍾，正在我輩。」簡服其言，更爲之慟。』山簡三十歲前不爲人知，《晉書》卷四十三《山簡傳》云：『簡字季倫，性温雅，有父風。年二十餘，濤不之知也。簡嘆曰：「吾年幾三十，而不爲家公所知。」後與譙國嵇紹、沛郡劉謨、弘農楊淮齊名。初爲太子舍人，累遷太子庶子、黄門郎。』是知山簡爲太子舍人、太子庶子、黄門郎，至早在三十歲。王綏死時十九歲，山簡往弔，此時的山簡應已年過三十。山簡生於高貴鄉公曹髦正元元年（二五四），至王綏死年已年過三十歲。故繫王綏生年於此。

晉武帝司馬炎泰始二年丙戌（二六六）

山濤六十二歲。劉伶約四十七歲。向秀約四十歲。阮咸約四十歲。王戎三十三歲。

山濤加奉車都尉，進爵新沓伯。《晉書》本傳云：『泰始初，加奉車都尉，進爵新沓伯。』

劉伶對策，盛言無爲之化，以無用罷。《晉書》本傳云：『泰始初對策，盛言無爲之化。時輩皆以高第得調，伶獨以無用罷。』

晉武帝司馬炎泰始四年戊子（二六八）

山濤六十四歲。劉伶約四十九歲。向秀約四十二歲。阮咸約四十二歲。王戎三十五歲。

山濤出爲冀州刺史，加寧遠將軍。《晉書》本傳云：『及羊祜執政，時人欲危裴秀，濤正色保持之，由是失權臣意，出爲冀州刺史，加寧遠將軍。』所謂『失權臣意』，是指山濤與羊祜不睦。山濤被貶出京師，原因在此。

山濤治冀州，頗有政聲。《晉書》本傳云：『冀州俗薄，無相推轂。濤甄拔隱屈，搜訪賢才，旌命三十餘人，皆顯名當時。人懷慕尚，風俗頗革。』

按，據《晋書·武帝紀》，羊祜於泰始四年二月以中軍將軍拜尚書左僕射。則山濤出爲冀州刺史，當在泰始四年二月羊祜執政之後。

王戎評王祥『理中清遠』。《世説新語·德行第一》載：『王戎曰：「太保居在正始中，不在能言之流。及與之言，理中清遠，將無以德掩其言。」』《晋書·武帝紀》泰始四年載：『夏四月戊戌，太保睢陵公王祥薨。』是則王戎評價王祥當是在其剛剛去世之時。

王戎長女或生於是年。詳見晋武帝太康八年。

晋武帝司馬炎泰始六年庚寅（二七〇）

山濤六十六歲。劉伶約五十一歲。向秀約四十四歲。阮咸約四十四歲。王戎三十七歲。

山濤轉北中郎將、鄴城守事。

據清人萬斯同《補歷代史表》卷十六《晋方鎮年表》，山濤於泰始六年由冀州刺史轉北中郎將、鄴城守事。

阮咸爲中護軍王業長史或在是年。

按，據《晋書》卷三《武帝紀》，泰始六年三月景戌，司空巨鹿公裴秀薨。癸巳，以中護軍王業爲尚書左僕射、高陽王司馬珪爲尚書右僕射。泰始九年，中護軍長史阮咸因得罪太常卿荀勖而出爲始平太守。是則泰始九年之前，阮咸爲中護軍王業長史。但不詳何年出任此職，姑繫於此。

晉武帝司馬炎泰始七年辛卯（二七一）

山濤六十七歲。劉伶約五十二歲。向秀約四十五歲。阮咸約四十五歲。王戎三十八歲。

山濤入爲侍中。泰始中爲侍中者，還有任愷、裴楷。任愷領太子少傅。

向秀爲散騎常侍，與任愷等友善，成爲任愷集團中的一員。《晉書》卷四十五《任愷傳》云：『詔充西鎮長安。充用荀勖計得留。充既爲帝所遇，欲專名勢。而庾純、張華、温顒、向秀、和嶠之徒，皆與愷善，楊珧、王恂、華廙等充所親敬。於是朋黨紛然。帝知之，詔充、愷宴於式乾殿，而謂充等曰：「朝廷宜一，大臣當和。」充、愷各拜謝而罷。既而，充、愷等以帝已知之而不責，結怨愈深，外相崇重，内甚不平。』

按，晉武帝泰始元年，任愷爲侍中，六年庚純爲中書令，七年張華爲中書令。泰始中，向秀既然能够成爲任愷集團中的一員，當有官職在身。查閱史料，向秀最後的職位是散騎常侍，這種身份使得他有機會與任愷等人相聚。任愷是晉武帝老臣，長期居侍中位，在晉武帝身邊服務，其周圍聚集了一批志趣相投者。由於任愷等人向晉武帝建言，賈充於泰始七年七月以車騎將軍都督秦、凉二州諸軍事。向秀作爲任愷集團中的一員，其爲散騎常侍，最遲不應遲於泰始七年七月。

晉武帝司馬炎泰始八年壬辰（二七二）

山濤六十八歲。劉伶約五十二歲。向秀約四十六歲。阮咸約四十六歲。王戎三十九歲。

山濤由侍中遷吏部尚書，以母老辭，除議郎。《晉書》本傳云：『入爲侍中，遷尚書。以母老辭職。詔曰：「君雖乃心在於色養，然職有上下，旦夕不廢醫藥，且當割情，以隆在公。」濤心求退，表疏數十上，久乃見聽，除議郎。帝以濤清儉無以供養，特給日契，加賜牀帳茵褥。禮秩崇重，時莫爲比。』

山濤以疾辭太常卿。朝廷不許。《晉書》本傳云：『後除太常卿，以疾不就。』

山濤爲吏部尚書。《北堂書鈔》卷六十引《晉起居注》云：『武帝太始八年詔曰：議郎山濤，志爲簡靜，淩虛篤素，立身行己，足以厲俗，其以濤爲吏部尚書。』

王戎由散騎常侍遷河東太守，或在是年。《晉書》本傳云：『歷吏部黃門郎、散騎常侍、河東太守。』

晉武帝司馬炎泰始九年癸巳（二七三）

山濤六十九歲。劉伶約五十四歲。向秀約四十七歲。阮咸約四十七歲。王戎四十歲。

阮咸因評價太常卿荀勖所制新律不合雅聲，而被貶爲始平太守。李善注《文選》卷二十一引《晉諸公贊》云：『中護軍長史阮咸唱議，荀勖所造樂聲高則悲，亡國之音哀以思。今聲不合雅，懼非德政中和之善，必古今長短之所致。後掘地得古銅尺，歲久欲腐壞。以此尺度於勖今尺，短四分。時人明咸爲解。』

阮咸因忤荀勖，由中護軍長史貶爲始平太守。《世說新語·術解第二十》與此稍異，稱阮咸被貶爲始平太守，其文云：『荀勖善解音聲，時論謂之暗解，遂調律呂，正雅樂，每至正會，殿庭作樂，自調宮商，無不諧韻。阮咸妙賞，時謂神解。每公會作樂，而心謂之不調，既無一言直。勖意忌之，遂出阮爲始平太守。後有一田父耕於野，得周時玉尺，便是天下正尺。荀試以校己所治鐘鼓金石絲竹，皆覺短一黍，於是伏阮神識。』

按，阮咸因忤太常卿荀勖而被貶爲始平太守事，《晋書》所載相互抵牾。《晋書》卷二十二《樂志上》云：『泰始九年，光禄大夫荀勖以杜夔所制律吕，校太樂總章鼓吹，八音與律吕乖錯，乃制古尺。作新律吕，以調聲韻。』同卷又載：『荀勖又作新律笛十二枚，以調律吕，正雅樂。正會殿庭作之，自謂宫商克諧。然論者猶謂勖暗解。時阮咸妙達八音，論者謂之神解。咸常心譏勖新律聲高，以爲高近哀思，不合中和。每公會樂作，勖意咸謂之不調，以爲異己，乃出咸爲始平相。後有田父耕於野，得周時玉尺。勖以校己所治鐘鼓金石絲竹，皆短校一米。於此伏咸之妙，復徵咸歸。』是則阮咸因忤荀勖而被貶爲始平相，後來荀勖發現阮咸是正確的，又把他召回京師任職。但《晋書·律曆志》與此所載不同：『荀勖造新鐘律，與古器諧韻，時人稱其精密。惟散騎侍郎陳留阮咸譏其聲高，聲高則悲，非興國之音，亡國之音。亡國之音哀以思，其人困。今聲不合雅，懼非德正至和之音，必古今尺有長短所致也。會咸病卒，武帝以勖律與周漢器合，故施用之。後始平掘地得古銅尺，歲久欲腐，不知所出何代，果長勖尺四分，時人服咸之妙，而莫能厝意焉。』前者不言阮咸官職，後者稱阮咸爲散騎侍郎；前者言『復徵咸歸』，後者言阮咸病卒。以史料論之，《晋諸公贊》和《世説新語》在《晋書》前，故從之。

晉武帝司馬炎泰始十年甲午（二七四）

山濤七十歲。劉伶約五十五歲。向秀約四十八歲。阮咸約四十八歲。王戎四十一歲。

山濤喪母。辭官歸里，居喪過禮。《晉書》本傳云：『會遭母喪，歸鄉里。濤年逾耳順，居喪過禮，負土成墳，手植松柏。』

山濤以母喪已病爲由，上表懇辭吏部尚書，未獲允准。《晉書》本傳云：『詔曰：「吾所共致化者，官人之職是也。方今風俗陵遲，人心進動，宜崇明好惡，鎮以退讓。山太常雖尚居諒暗，情在難奪。方今務殷，何得遂其志邪？其以濤爲吏部尚書。」』本傳又云：『濤辭以喪病，章表懇切。會元皇后崩，遂扶輿還洛。逼迫詔命，自力就職。前後選舉，周遍內外，而並得其才。』

按，武元楊皇后卒於是年七月。山濤扶輿還洛，是在爲母守孝期間。此次返洛，因詔命逼迫，只好留在京師就職，仍執掌吏部。

晉武帝司馬炎咸寧元年乙未（二七五）

山濤七十一歲。劉伶約五十六歲。向秀約四十九歲。阮咸約四十九歲。王戎四十二歲。

山濤轉太子少傅，加散騎常侍，除尚書右僕射，加侍中，領吏部。

山濤以老病爲辭，久不攝職，爲左丞白裒所奏。晉武帝有意保護山濤，令群臣不得有所問。《晉書》本傳云：『咸寧初，轉太子少傅，加散騎常侍，除尚書僕射，加侍中，領吏部。固辭以老疾，上表陳情，章表數十上，久不攝職。爲左丞白裒所奏。帝曰：「濤以病自聞，但不聽之耳。使濤坐執銓衡則可，何必上下邪？不得有所問。」』

山濤辭官未獲允准，乃起視事。

晉武帝司馬炎咸寧二年丙申（二七六）

山濤七十二歲。劉伶約五十七歲。向秀約五十歲。阮咸約五十歲。王戎四十三歲。

王戎遷荆州刺史。據萬斯同《補歷代史表》卷十六《晉方鎮年表》，王戎於晉武帝咸寧二年遷荆州刺史，故繫於此。

晉武帝司馬炎咸寧三年丁酉（二七七）

山濤七十三歲。劉伶約五十八歲。向秀約五十一歲。阮咸約五十一歲。王戎四十四歲。

或說阮咸轉任散騎侍郎。《世説新語·任誕第二十三》劉孝標注引《竹林七賢論》曰：『咸既追婢，於是世議紛然，自魏末沉淪閭巷，逮晉咸寧中始登王途。』晉武帝咸寧年號總計使用了六年。既云『咸寧中』，當在咸寧三年或四年。

按，《竹林七賢論》所載阮咸官職與《晉諸公贊》所載相互抵牾。《晉諸公贊》説阮咸是泰始九年在中護軍長史任上得罪了荀勖，被貶爲始平太守；《竹林七賢論》則説阮咸『咸寧中始登王途』，不僅時間難以吻合，而且没有言明阮咸所任官職。檢《晉書》本傳，阮咸第一任官職乃是任散騎侍郎，而其出任始平太守在此之後，其間還有山濤舉薦阮咸出任吏部郎事。這些史料相互抵牾，難以統一。姑且存疑。

晉武帝司馬炎咸寧四年戊戌（二七八）

山濤七十四歲。劉伶五十九歲。向秀約五十二歲。阮咸約五十二歲。王戎四十五歲。

三月，尚書左僕射盧欽卒，以山濤爲尚書左僕射，加侍中，領吏部。

山濤舉阮咸爲吏部郎，晉武帝不能用。山濤以爲阮咸『清真寡欲，萬物不能移』，故在吏部郎出缺時，向晉武帝舉薦阮咸。《世説新語·賞譽第八》『山公舉阮咸爲吏部郎』條劉孝標注引《山公啓事》云：『吏部郎史曜出，處缺，當選。濤薦咸曰：「真素寡欲，深識清濁，萬物不能移也。若在官人之職，必妙絶於時。」』但是，由於阮咸在喪母期間騎驢追姑家婢一事曾遭世人非議，晉武帝不同意把阮咸放在吏部郎這個關鍵位置上，所以没有採納山濤的建議。劉孝標注引《晉陽秋》云：『咸行已多違禮度，濤舉以爲吏部郎，世祖不許。』《晉紀》亦云：『山濤舉咸爲吏部郎，三上，武帝不能用也。』㉕

山濤不同意晉武帝用陸亮爲吏部郎，争之，不從，以疾辭，還家。《世説新語·政事第三》云：『山司徒前後選，殆周遍百官，舉無失才。凡所題目，皆如其言。唯用陸亮，是詔所用，與公意異，争之，不從。亮亦尋爲賄敗。』劉孝標注引《晉諸公贊》云：『亮字長興，河内野王人，太常陸乂兄也。性高明而率至，爲賈充所親。待山濤爲左僕射領選，濤行業既與充異，自以爲世祖所敬，選用之事，與充諮論。充每不得其所欲。好事者説充，宜授心腹人爲吏部尚書，參同選舉。若意不齊，事不得諧，何不召公與選，而實得敘所懷。充以爲然，乃啓亮公忠無私。濤以亮將與己異，又恐其協情不允，累啓亮可爲左丞相，非選官才。

世祖不許。濤乃辭疾，還家。亮在職果不能允，坐事免官。』

阮咸得山濤舉薦爲吏部郎，未能爲晋武帝所用。

按，《世説新語·賞譽第八》『山公舉阮咸爲吏部郎』條劉孝標注引《竹林七賢論》云：『山濤之舉阮咸，固知上不能用，蓋惜曠世之儁，莫識其意故耳。夫以咸之所犯，方外之意。稱其清真寡欲，則迹外之意自見耳。』若以此論，山濤明知舉薦阮咸爲吏部郎，不會得到晋武帝的同意，還是要舉薦，是惜阮咸之才耳。存此聊備一説。

王戎遷豫州刺史。《晋書》本傳云：『坐遣吏修園宅，應免官。詔以贖論，遷豫州刺史。』

按，王戎在荆州刺史任上，用所屬官吏修建自家的園宅，本應免官，但晋武帝特赦，詔以贖論。王戎由此改任豫州刺史。

晋武帝司馬炎咸寧五年己亥（二七九）

山濤七十五歲。劉伶約六十歲。向秀約五十三歲。阮咸約五十三歲。王戎四十六歲。

十一月，晋武帝發兵六路，大舉伐吴。《晋書·武帝紀》載：『十一月，大舉伐吴。遣鎮軍將軍琅邪王伷出塗中，安東將軍王渾出江西，建威將軍王戎出武昌，平南將軍胡奮出夏口，鎮南大將軍杜預出江陵，龍驤將軍王濬、廣武將軍唐彬率巴蜀之卒，浮江而下。東西凡二十餘萬。以太尉賈充爲大都督，行冠軍將軍楊濟爲副，總統衆軍。』

王戎加建威將軍，受詔伐吴。《晋書》本傳云：『加建威將軍，受詔伐吴。戎遣參軍羅尚、劉喬領前鋒，進攻武昌。吴將楊雍、孫述、江夏太守劉朗，各率衆詣戎降。』

劉伶爲建威參軍。《世説新語·任誕第二十三》注引《竹林七賢論》云：『籍與伶共飲步兵廚中，並醉而死，此好事者爲之言。籍景元中卒，而劉伶太始中猶在。』《晋書》本傳稱劉伶『竟以壽終』，則劉伶應是因年老而自然死亡。本傳又載劉伶爲建威參軍，當是王戎爲建威將軍時用劉伶爲參軍。故繫之於此。

劉伶後以壽終。卒年不詳。

劉伶有《酒德頌》《北邙客舍詩》等傳世。

宋人朱弁謂劉伶有文集三卷。宋人朱弁《風月堂詩話》卷上云：『東坡云「詩文豈在多，一頌了伯倫」。是伯倫他文字不見於世矣。予嘗閲唐史《藝文志》，劉伶有文集三卷，則伯倫非無他文章也，但《酒德頌》幸而傳耳。東坡之論，豈偶然得於落筆之時乎？抑別有所聞乎？』然而，檢《新唐書·藝文志》，並無劉伶有文集的記載，不知朱少章所説的唐史《藝文志》，究竟何指。

按，陸侃如《中古文學繫年》繫向秀爲散騎常侍繫此年，云：『向秀轉散騎常侍，尋卒。』此説有誤。詳晋武帝泰始七年按語。

晋武帝司馬炎太康元年庚子（二八〇）

山濤七十六歲。向秀約五十四歲。阮咸約五十四歲。王戎四十七歲。

三月，吴亡。大赦天下，改元爲太康。

山濤遷右僕射，加光禄大夫、侍中，掌選如故。《晉書》本傳云：『濤以老疾固辭。手詔曰：「君以道德爲世模表，况自先帝識君遠意，吾將倚君以穆風俗，何乃欲舍遠朝政，獨高其志邪？吾之至懷，故不足以喻乎？何來言至懇切也？且當以時自力，深副至望，君不降志，朕不安席。」濤又上表固讓，不許。』

山濤諫去州郡兵。《晉書》本傳云：『吴平之後，帝詔天下罷軍役，示海内大安，州郡悉去兵，大郡置武吏百人，小郡五十人。帝嘗講武于宣武場，濤時有疾，詔乘步輦從，因與盧欽論用兵之本，以爲不宜去州郡武備，其論甚精。于時咸以濤不學孫吴，而闇與之合。帝稱之曰：「天下名言也。」而不能用。及永寧之後，屢有變難，寇賊猋起，郡國皆以無備不能制，天下遂以大亂。如濤言焉。』

山濤與尚書令衛瓘等議封禪。《晉書》卷二十一《禮志下》載：『及武帝平吴，混一區宇，太康元年九月庚寅，尚書令衛瓘、尚書左僕射山濤、右僕射魏舒、尚書劉寔、司空張華等奏曰……宜宣大典，禮中岳，封泰山，禪梁父，發德號，明至尊，享天休，篤黎庶，勒千載之表，播流後之聲，俾百世之下，莫不興起。斯帝王之盛業，天人之至望也。』

王戎以平吴有功，進爵安豐縣侯，增邑六千户，賜絹六千匹。

王戎渡江撫慰東吴新附之人。《晉書》本傳云：『戎渡江綏慰新附，宣揚威惠。吴光禄勳石偉方直，不容皓朝，稱疾歸家。戎嘉其清節，表薦之。詔拜偉爲議郎，以二千石禄終其身。荆土悦服。』

晉武帝司馬炎太康二年辛丑（二八一）

山濤七十七歲。向秀約五十五歲。阮咸約五十五歲。王戎四十八歲。

山濤舉薦嵇康子嵇紹爲秘書丞。《世説新語·政事第三》載：『嵇康被誅後，山公舉康子紹爲秘書丞。紹諮公出處，公曰：「爲君思之久矣。天地四時，猶有消息，而况人乎？」』劉孝標注引《晋諸公贊》云：『康遇事後二十年，紹乃爲濤所拔。』又引王隱《晋書》云：『時以紹父康被法，選官不敢舉。年二十八，山濤啓用之，世祖發詔，以爲秘書丞。』又引《竹林七賢論》云：『紹懼不自容，將解褐，故諮之于濤。』

按，嵇康被殺時，嵇紹十歲。後二十年，即晋武帝太康二年，故嵇紹被山濤舉薦爲秘書丞時爲三十歲。王隱《晋書》説嵇紹二十八歲被舉爲秘書丞，是對嵇康《與山巨源絶交書》的寫作年代判斷有誤。《與山巨源絶交書》作於嵇康被殺前二年，這一年嵇紹八歲。後年餘，嵇康被殺。是則嵇康遇害時，嵇紹年僅十歲。

晋武帝司馬炎太康三年壬寅（二八二）

山濤七十八歲。向秀約五十六歲。阮咸約五十六歲。王戎四十九歲。

十一月，山濤拜司徒，固辭，上《乞骸骨表》。《晋書》本傳云：『拜司徒，濤復固讓。詔曰：「君年耆德茂，朝之碩老，是以授君台輔之位，而遠崇克讓。至于反覆，良用於邑，君當終始朝政，翼輔朕躬。」濤又表曰：「臣事天朝三十餘年，卒無毫釐以崇大化。陛下私臣無已，猥授三司。臣聞德薄位高，力少任重，上有折足之凶，下有廟門之咎。願陛下垂累世之恩，乞臣骸骨。」』

十二月，光禄大夫山濤爲司徒。汝南王司馬亮爲太尉，中書令衛瓘爲司空。王戎進位侍中。同爲侍中者，有和嶠、王濟等。

阮咸子阮瞻生。《晉書》卷四十九《阮瞻傳》云：『瞻字千里，性清虚寡欲，自得於懷。讀書不甚研求，而默識其要，遇理而辯，辭不足而旨有餘。善彈琴，人聞其能，多往求聽。不問貴賤長幼，皆爲彈之。神氣沖和，而不知向人所在。内兄潘岳每令鼓琴，終日達夜無忤色。由是，識者嘆其恬淡，不可榮辱矣。』

按，阮瞻永嘉中爲太子舍人，其時當在永嘉四年（三一〇）前後，後歲餘，卒於倉垣，時年三十歲。是則阮瞻當卒於永嘉五年（三一一）前後。以此前推三十年，阮瞻當生於太康三年前後，比其同父異母之兄阮孚小十八歲。韓格平《竹林七賢年表》定阮咸二子阮瞻、阮孚同生於咸寧五年，係誤。

晉武帝司馬炎太康四年癸卯（二八三）

山濤七十九歲。向秀約五十七歲。阮咸約五十七歲。王戎五十歲。

正月戊午，司徒山濤卒，時年七十九歲。詔賜東園秘器朝服一具，衣一襲，錢五十萬，布百匹，以供喪事，策贈司徒蜜印紫綬，侍中貂蟬，新沓伯蜜印青朱綬，祭以太牢，謚曰康。

按，萬斯同《補歷代史表》卷十四《晉將相大臣年表》定山濤卒於太康四年十一月，係誤。《晉書・武帝紀》記山濤卒年甚明：『四年春正月，甲申，以尚書右僕射魏舒爲尚書左僕射，下邳王晃爲尚書右僕射。戊午，司徒山濤薨。』

山濤有五子：該、淳、允、謨、簡。該字伯倫，嗣父爵，仕至并州刺史、太子左率，贈長水校尉。淳字子元，不仕。允字叔真，奉車都尉。並少尪病，形甚短小，而聰敏過人。武帝聞而欲見之，濤不敢辭，以問於允。允自以尪陋，不肯行。濤以爲勝己，乃表曰：『臣二子尪病，宜絶人事，不敢受詔。』謨字季長，明惠有才智，官至司空掾。簡字季倫，性温雅有父風，官至徵南將軍。

山濤原有集。《隋書·經籍志》著録晋少傅《山濤集》九卷，注云：『梁五卷，録一卷。又一本十卷，齊奉朝請裴津注。』《舊唐書·經籍志》、《新唐書·藝文志》皆作《山濤集》五卷。《隋書·經籍志》另著録山濤《山公啓事》三卷，今僅存佚文。

王戎因南郡太守劉肇賄賂案爲司隸所劾，由是損名。《晋書》本傳云：『南郡太守劉肇賂戎筒中細布五十端，爲司隸所糾。以知而未納，故得不坐。然議者尤之。帝謂朝臣曰：「戎之爲行，豈懷私苟得？正當不欲爲異耳。」帝雖以是言釋之，然爲清慎者所鄙，由是損名。』《世説新語·雅量第六》云：『王戎爲侍中，南郡太守劉肇遺筒中箋布五端。戎雖不受，厚報其書。』劉孝標注引《晋陽秋》云：『司隸校尉劉毅奏，南郡太守劉肇以布五十匹、雜物遺前豫州刺史王戎，請檻車徵付廷尉治罪，除名終身。戎以書未達，不坐。』《竹林七賢論》云：『戎報肇書，議者僉以爲譏。世祖患之，乃發口詔曰：「以戎之爲士，義豈懷私？」議者乃息。戎亦不謝。』

晋武帝司馬炎太康五年甲辰（二八四）

向秀約五十八歲。阮咸約五十八歲。王戎五十一歲。

王戎長子王綏病逝，時年十九歲。王戎悲不自勝。《晋書》卷四十三《王戎傳》云：『子萬有美名，少而大肥。戎令食糠，而肥愈甚，年十九卒。有庶子興，戎所不齒，以從弟陽平太守愔子爲嗣。』《世説新語·傷逝第十七》云：『王戎喪兒萬子，山簡往省之。王悲不自勝。簡曰：「孩抱中物，何至於此？」王曰：「聖人忘情，最下不及情。情之所鍾，正在我輩。」簡服其言，更爲之慟。』劉孝標注引王隱《晉書》云：『戎子綏，欲取裴遁女。綏既早亡，戎過傷痛，不許人求之，遂至老無敢取者。』

晉武帝司馬炎太康八年丁未（二八七）

向秀約六十一歲。阮咸約六十一歲。王戎五十四歲。

王戎長女嫁散騎常侍裴頠。《晉書》卷四十三《王戎傳》云：『裴頠，戎之婿也。』晉惠帝永康元年（三〇〇），趙王司馬倫篡政，廢賈后，誅殺張華等大臣。裴頠時任尚書左僕射、領侍中，亦被殺。《晉書》卷三十五《裴頠傳》載：『初，趙王倫諂事賈后，頠甚惡之，倫數求官，頠與張華復固執不許，由是深爲倫所怨。倫又潛懷篡逆，欲先除朝望，因廢賈后之際，遂誅之，時年三十四。』由永康元年前推三十四年爲晉武帝泰始三年（二六七），至晉武帝太康八年，裴頠二十一歲。故繫王戎長女出嫁於此年。

按，假定王戎嫁女時，女兒二十歲，則此女生於王戎三十五歲時。由此可知，王戎之女在王綏之後出生，小王綏三歲左右。《世説新語·任誕第二十三》云：『裴成公婦，王戎女。王戎晨往，裴許不通，徑前。裴從牀南下，女從北下，相對作賓主，了無異色。』劉孝標注引《裴氏家傳》云：『頠取戎長女。』《世説新語·儉嗇第二十九》云：『王戎女適裴頠，貸錢數萬。女歸，戎色不説。女遽還錢，乃釋然。』

晉武帝司馬炎太康九年戊申（二八八）

向秀約六十二歲。阮咸約六十二歲。王戎五十五歲。

向秀注《莊子》，未及完成而卒。河南（治今河南省洛陽市東）郭象得其遺稿，『遂竊以爲己注，乃自注《秋水》、《至樂》二篇，又易《馬蹄》一篇，其餘衆篇或點定文句而已』。㉖郭象不應徵召，長期賦閑居家，每以文論自娛。後出仕，任司徒掾、黄門郎，被東海王司馬越辟爲太傅主簿。永嘉末年，因病去世。檢萬斯同《補歷代年表》卷十四《晋將相大臣年表》，王戎於晋惠帝元康七年（二九七）任司徒，永興二年（三〇五）卒於任，在任長達九年之多。次年八月，東海王司馬越爲太傅。郭象爲司徒掾，當在元康七年以後；其爲太傅司馬越主簿，當在晋惠帝光熙元年（三〇六）之後。其後，晋室逐突，無以爲安，郭象亦不可能超然世外。據此可知，郭象賦閑居家，應在元康七年之前，其得向秀《莊子注》遺稿，竊以爲己注，亦當在此之前。

向秀有二子，長曰純，次曰悌。向秀去世時，二子尚不能立事，向秀所注《莊子》遂零落。河南郭象得其遺稿，自注《秋水》《至樂》二篇，遂竊以爲己注。

向秀原有集。《隋書・經籍志》《山濤集》注云：『梁有《向秀集》二卷，録一卷，亡。』《舊唐書・經籍志》、《新唐書・藝文志》和《通志・藝文略》皆著録《向秀集》二卷。除此之外，向秀尚有《莊子注》二十卷、《莊子音》三卷和《易義》等。

晉武帝司馬炎太康十年己酉(二八九)

阮咸約六十三歲。王戎五十六歲。

王戎遷光禄勛、吏部尚書。《晉書》本傳云:『遷光禄勛、吏部尚書。以母憂去職。性至孝,不拘禮制,飲酒食肉,或觀弈棋,而容貌毀悴,杖然後起。裴頠往弔之,謂人曰:「若使一慟能傷人,濬沖不免滅性之譏也。」時和嶠亦居父喪,以禮法自持,量米而食,哀毀不踰於戎。帝謂劉毅曰:「和嶠毁頓過禮,使人憂之。」毅曰:「嶠雖寢苫食粥,乃生孝耳。至於王戎,所謂死孝。陛下當先憂之。」戎先有吐疾,居喪,增甚。帝遣醫療之,並賜藥物,又斷賓客。』

據《世説新語·德行第一》『王戎和嶠同時遭大喪』條劉孝標注引《晉陽秋》,王戎喪母是在豫州刺史任上,其文云:『戎爲豫州刺史,遭母憂,性至孝,不拘禮制,飲酒食肉,或觀棋弈,而容貌毁悴,杖而後起。時汝南和嶠,亦名士也,以禮法自持,處大憂,量米而食,然憔悴哀毁不逮戎也。』是王戎喪母之年,當有二説。

按,考《晉書》卷四十五《和嶠傳》,僅載有和嶠喪母事,未言和嶠喪父事。其文云:『太康末爲尚書,以母憂去職。及惠帝即位,拜太子太傅,加散騎常侍、光禄大夫。太子朝西宫,嶠從入。賈后使帝問嶠曰:「卿昔謂我不了家事,今日定云何?」嶠曰:「臣昔事先帝,曾有斯言。言之不效,國之福也。臣敢逃其罪乎?」元康二年卒。』是則晉武帝太康末,王戎與和嶠同遭喪母之痛。此時,和嶠和王戎同在京師,故有晉武帝遣劉毅前往探視事。若王戎在豫州刺史任,劉毅前往探視,則甚爲不便。

阮咸病卒於始平太守任。《世説新語·術解第二十》「荀勖善解音聲」條劉孝標注引《晋諸公贊》云：「律成，散騎侍郎阮咸謂：「勖所造聲高，高則悲，夫亡國之音哀以思，其民困。今聲不合雅，懼非德政中和之音，必是古今尺有長短所致。然今鐘磬是魏時杜夔所造，不與勖律相應，音聲舒雅。而久不知夔所造，時人爲之，不足改易。」勖性自矜，乃因事左遷咸爲始平太守，而病卒。後得地中古銅尺，校度勖今尺，短四分，方明咸果解音，然無能正者。」

阮咸有二子，瞻、孚。《晋書》有傳。

阮咸與阮渾合著有《難答論》二卷。另，《宋史·藝文志》「別集類」著録《阮咸集》一卷。然《隋書·經籍志》、《舊唐書·經籍志》和《新唐書·藝文志》皆不見著録。

晋武帝司馬炎太熙元年、晋惠帝司馬衷永熙元年庚戌（二九〇）

王戎五十七歲。

四月晋武帝崩。太子司馬衷即位，是爲晋惠帝。改太熙元年爲永熙元年。

是年八月，王戎以吏部尚書爲太子太傅。《晋書》本傳云：「楊駿執政，拜太子太傅。」《晋書·惠帝紀》載：「以太尉楊駿爲太傅輔政。秋八月壬午，立廣陵王遹爲皇太子，以中書監何劭爲太子太師，吏部尚書王戎爲太子太傅，衛將軍楊濟爲太子太保。」

晉惠帝司馬衷元康元年辛亥（二九一）

王戎五十八歲。

三月，太傅楊駿等被誅。

王戎諫安東公司馬繇，得罪，轉中書令，加光禄大夫，給恩信五十人。見《晉書》本傳。

四月，王戎以太子太傅遷尚書左僕射，領吏部。《晉書》本傳云：『遷尚書左僕射，領吏部。戎始爲甲午制，凡選舉，皆先治百姓，然後授用。司隸傅咸奏戎曰：「《書》稱三載考績，三載黜陟幽明。今内外群官，居職未期，而戎奏還。既未定其優劣，且送故迎新，相望道路，巧詐由生，傷農害政。戎不仰依堯舜典謨，而驅動浮華，虧敗風俗，非徒無益，乃有大損。宜免戎官，以敦風俗。」戎與賈郭通親，竟得不坐。』

按，《晉書・惠帝紀》，四月癸亥，以太子太傅王戎爲尚書右僕射，與本傳所言不同。元康七年，王戎以尚書右僕射任司徒。故在出任司徒前，王戎是以尚書右僕射領吏部。

晉惠帝司馬衷元康四年甲寅（二九四）

王戎六十一歲。

王戎録用元城束晳兄束璆爲官。《晉書》卷五十一《束晳傳》云：『璆娶石鑒從女，棄之。鑒以爲憾，諷州郡公府不得辟，故晳等久不得調。』據《晉書・惠帝紀》，元康四年春正月丁酉朔，侍中、太尉、安昌公石鑒卒。石鑒乃朝廷重臣，長期高居顯要，故璆與束晳『久不得調』。石鑒死後，『王戎乃辟璆，華召晳爲掾」[27]。

晉惠帝司馬衷元康七年丁巳（二九七）

王戎六十四歲。

是年九月，王戎轉任司徒。[28]王戎辟阮瞻爲司徒掾。《晉書》卷四十九〈阮瞻傳〉云：『見司徒王戎。戎問曰：「聖人貴名教，老莊明自然，其旨同異？」瞻曰：「將無同！」戎諮嗟良久，即命辟之，時人謂之「三語掾」。』

按，《世説新語．文學第四》亦載此事，但辟阮瞻者爲王衍，其文云：『阮宣子有令聞，太尉王夷甫見而問曰：「老莊與聖教同異？」對曰：「將無同。」太尉善其言，辟之爲掾，世謂「三語掾」。衛玠嘲之曰：「一言可辟，何假于三？」宣子曰：「苟是天下人望，亦可無言而辟，復何假一？」遂相與爲友。』

晉惠帝司馬衷元康九年己未（二九九）

王戎六十六歲。

王戎在司徒任。

是年，王戎與王衍、張華、裴頠等至洛水戲。《世説新語．言語第二》載：「諸名士共至洛水戲，還。樂令問王夷甫曰：「今日戲樂乎？」王曰：「裴僕射善談名理，混混有雅致；張茂先論《史》《漢》，靡靡可聽。我與王安豐説延陵、子房，亦超超玄著。」』[29]

十二月，太子司馬遹被廢爲庶人。王戎身爲司徒，竟無一言匡諫。《晉書》本傳云：『以王政將圮，苟媚取容。屬滑懷太子之廢，竟無一言匡諫。』司空張華、尚書僕射裴頠則直言切諫。《晉書》卷三十六《張華傳》云：『帝會群臣於式乾殿，出太子手書，徧示群臣，莫敢有言者。惟華諫曰：「此國之大禍，自漢武以來，每廢黜正嫡，恒至喪亂。且國家有天下日淺，願陛下詳之。」尚書左僕射裴頠以爲宜先檢校傳書者，又請比校太子手書，不然恐有詐妄。』王戎位居司徒，在太子被廢一事上竟無一言匡諫，頗爲人詬病。

晉惠帝司馬衷永康元年庚申（三〇〇）

王戎六十七歲。

夏四月，梁王肜、趙王倫矯詔廢賈后爲庶人，司空張華、尚書僕射裴頠皆遇害，侍中賈謐及黨羽數十人皆伏誅。

王戎因是裴頠岳丈而免官。《晉書》本傳云：『裴頠，戎之婿也。頠誅，戎坐免官。』

王戎以侍中、中書令領吏部尚書。《北堂書鈔》卷六十引《晉起居注》云：『惠帝永康元年，詔曰：夫興治成務，要在官人，銓管之爲任，不可假人。授侍中、中書令、光禄大夫王戎，鑒識明遠，其以戎領吏部。』

晉惠帝司馬衷永寧元年辛酉（三〇一）

王戎六十八歲。

正月，趙王司馬倫篡帝位。平東將軍齊王司馬冏等起兵討伐。

四月，晉惠帝反正。

四月，王戎爲尚書令。《晉書》本傳云：『齊王冏起義。孫秀録戎於城内，趙王倫子欲取戎爲軍司博士。王繇曰：「濬沖譎詐多端，安肯爲少年用？」乃止。惠帝反宫，以戎爲尚書令。』

晉惠帝司馬衷太安元年壬戌（三〇二）

王戎六十九歲。

王戎在尚書令任，勸齊王司馬冏『委權崇讓』。《晉書》本傳云：『河間王顒遣使就説成都王穎，將誅齊王冏。檄書至，冏謂戎曰：「孫秀作逆，天子幽逼。孤糾合義兵，掃除元惡。臣子之節，信著神明。二王聽讒造構，大難當賴忠謀，以和不協。卿其善爲我籌之。」戎曰：「公首舉義衆，匡定大業。開闢已來，未始有也。然論功報賞，不及有勞，朝野失望，人懷貳志。今二王帶甲百萬，其鋒不可當。若以王就第，不失故爵；委權崇讓，此求安之計也。」冏謀臣葛旟怒曰：「漢魏以來，王公就第，寧有得保妻子乎？議者可斬！」于是百官震悚。戎詐藥發墮廁，得不及禍。』

王戎遷司徒。五月乙酉，侍中、太宰領司徒梁王肜卒，王戎遷司徒㉚。

王戎以晉室處於動亂之中，與時舒卷，但求自保。《晉書》本傳云：『戎以晉室方亂，慕蘧伯玉之爲人，與時舒卷，無蹇諤之節。自經典選，未嘗進寒素，退虚名，但與時浮沉，户調門選而已。尋拜司徒，雖位總鼎司，而委事寮寀。間乘小馬，從便門而出游，見者不知其三公也。故吏多至大官，道路相遇，輒避之。』

晉惠帝司馬衷永安元年甲子（三〇四）

王戎七十一歲。

王戎在司徒任。七月己亥，王戎與東海王越、高密王簡、平昌公模、吴王晏、豫章王熾、襄陽王範、右僕射荀藩等，奉晉惠帝北徵成都王司馬潁，至安陽，衆十餘萬。司馬潁遣部將石超距戰。己未，六軍敗績於蕩陰，流矢及乘輿，百官分散。侍中嵇紹爲保護晉惠帝而死。晉惠帝面頰被三流矢射中。倉皇出逃時，丢失了六璽。後來，晉惠帝不得已而赴鄴城，只有王戎與惟豫章王熾、僕射荀藩隨從前往。隨後，隨駕還洛陽。《晉書》本傳云：『從帝北伐，王師敗績於蕩陰。戎復詣鄴，隨帝還洛陽。』

王戎出奔郟縣。《晉書》本傳稱其『車駕之西遷也，戎出奔於郟，在危難之間，親接鋒刃，談笑自若，未嘗有懼容，時召親賓歡娱』。

十二月，晉惠帝返洛陽。王戎以司徒參録朝政。

嵇康子嵇紹死於蕩陰之役，是年四十五歲。

晉惠帝司馬衷永興二年乙丑（三〇五）

王戎七十二歲。

六月，王戎卒於郟縣，時年七十二歲，謚曰元。以其曾封安豐侯，世稱王安豐。

魏晉之世，琅琊王氏和太原裴氏皆屬望族。《晉書》卷三十五《裴楷傳》云：『裴王二族，盛於魏晉之世。時人以爲八裴方八王，徽比王祥，楷比王衍，康比王綏，綽比王澄，瓚比王敦，遐比王導，頠比王戎，邈比王玄云。』《世説新語・品藻第九》亦云：『正始中人士比論……以八裴方八王，裴徽方王祥，裴楷方王夷甫，裴康方王綏，裴綽方王澄，裴瓚方王敦，裴遐方王導，裴頠方王戎，裴邈方王玄。』

王戎子王綏早卒。庶子爲王戎所不齒。以從弟陽平太守愔子爲嗣。

按，王戎去世後，竹林七賢則全數凋零。自曹魏正始末年竹林七賢遊於山陽嵇公竹林，至晋惠帝永興二年王戎去世，前後歷時近六十年，竹林七賢在政治、思想、玄學、文學、藝術及爲人處世、飲酒服食等方面，留下了太多太多的東西。《竹林七賢年譜簡編》循着歷史發展綫索，鈎沉史籍，爬梳文獻，對竹林七賢的生平行實作了簡要的描述，力圖對竹林七賢的人生歷程作全面展示。但由於史料所限，許多問題已經無法搞清楚，更多的實情恐怕已是永遠無法解開的謎。而諸多謎底的破解，只有期待時俊後賢了。

【注釋】

①見《世説新語・政事第三》『山公以器重朝望』條劉孝標注引虞預《晋書》。

②見《世説新語・政事第三》『山公以器重朝望』條劉孝標注引虞預《晋書》。

③《三國志・魏志》卷二十一《王粲傳》。

④《文章辨體彙選》卷六百八十一『墓碑十七』引，文章作者題署『魏嵇康』，誤。此文《全三國文》卷五十三作嵇叔良《阮嗣宗碑》。

⑤見《藝文類聚》卷三十四曹丕《寡婦賦》。

⑥按，俞紹初《建安七子年譜》引《中論序》『年四十八，建安二十三年春二月，遭癘疾，大命隕穨』爲

證，以爲徐幹卒於建安二十三年。參見《建安七子集》附録四《建安七子年譜》。

⑦見《釋名》卷八《釋喪制》。

⑧見《三國志·魏志》卷二十一《王粲傳》裴松之注引《魏氏春秋》。

⑨見《晉書》卷三《武帝紀》。

⑩見《三國志·魏志》卷二十一《王粲傳》裴松之注引。

⑪見《中古文學繫年》（下），第五一一頁。

⑫見《海録碎事》卷十九『遊山九吟』。

⑬見《續後漢書》卷六十六。

⑭詳見李善注《文選》卷十六《恨賦》『及夫中散下獄，神氣激揚』句注。

⑮據《魏志·武文世王公傳》記載，沛穆王曹林建安十六年（二一一）封饒陽侯，二十二年（二一七）徙封譙，黄初二年（二二一）進爵爲公，次年進位爲譙王，魏明帝太和六年（二三二）改封沛王。曹林是曹操四十歲以後所生，其生年應在漢獻帝興平元年（一九四）之後。假定曹林最早生於漢獻帝興平元年，至建安十六年，曹林已滿十八歲，徙封譙郡時已是二十四歲。黄初三年（二二二），曹林進位爲譙王時爲二十九歲。設使其女長樂亭主生於此時，則與嵇康生年即黄初四年（二二三）正相仿。拙作《嵇康研究中的幾個問題》，載《中國古典文學與文獻學研究》第一輯，學苑出版社二〇〇二年十一月。

⑯見《世説新語·賢媛第十九》『山公與嵇阮一面』條劉孝標注引。

⑰見《古今事文類聚·別集》卷十五『禮樂部』。

⑱見《晋書》卷二《景帝紀》。

⑲原載《中州學刊》一九九九年第五期，人大複印資料《中國古代近代文學研究》二〇〇〇年第一期轉載。

⑳見《晋書》卷三十九《王沉傳》。

㉑見《中古文學繫年》(下)，五七七—五七八頁。

㉒見《元和郡縣志》卷二十『衛縣』。

㉓《三國志·魏志》卷二十八《鍾會傳》云：『文王以蜀大將姜維屢擾邊陲，料蜀國小民疲，資力單竭，欲大舉圖蜀。惟會亦以爲蜀可取，豫共籌度地形，考論事勢。景元三年冬，以會爲鎮西將軍，假節都督關中諸軍事。』

㉔見《實賓録》卷十二『塵外士』。

㉕見李善注《文選》卷二十一顔延之《五君咏》引。

㉖見《晋書》卷五十《郭象傳》。

㉗見《晋書》卷五十一《束皙傳》。

㉘據《補歷代史表》卷十四《晋將相大臣年表》。

㉙《中古文學繫年》繫此事於晋惠帝元康九年。是年八月，裴頠爲尚書左僕射，次年四月，張華、裴頠等被趙王司馬倫殺害。是則王戎等人洛水之戲，當在八月裴頠爲尚書左僕射之後。

㉚據《補歷代史表》卷十四《晋將相大臣年表》。

《晉書》竹林七賢傳

阮籍（兄子咸、咸子瞻、瞻弟孚、從子脩、族弟放、放弟裕）

阮籍字嗣宗，陳留尉氏人也。父瑀，魏丞相掾，知名於世。籍容貌瓌傑，志氣宏放，傲然獨得，任性不羈，而喜怒不形於色。或閉户視書，累月不出；或登臨山水，經日忘歸。博覽群籍，尤好莊老。嗜酒，能嘯，善彈琴。當其得意，忽忘形骸，時人多謂之癡。惟族兄文業每嘆服之，以爲勝己。由是咸共稱異。

籍嘗隨叔父至東郡，兗州刺史王昶請與相見，終日不開一言，自以不能測。太尉蔣濟聞其有雋才而辟之，籍詣都亭奏記曰：『伏惟明公，以含一之德，據上台之位，英豪翹首，俊賢抗足。開府之日，人人自以爲掾屬。辟書始下，而下走爲首。昔子夏在於西河之上，而文侯擁篲；鄒子處於黍谷之陰，而昭王陪乘。夫布衣韋帶之士，孤居特立，王公大人所以禮下之者，爲道存也。今籍無鄒卜之道，而有其陋，猥見采擇，無以稱當。方將耕於東皐之陽，輸黍稷之餘税，負薪疲病，足力不强。補吏之召，非所克堪。乞迴謬恩，以光清舉。』初，濟恐籍不至，得記欣然，遣卒迎之，而籍已去，濟大怒。於是鄉親共喻之，乃就吏。後謝病歸。復爲尚書郎，少時又以病免。及曹爽輔政，召爲參軍，籍因以疾辭，屏於田里。歲餘而爽誅，時人服其遠識。宣帝爲太傅，命籍爲從事中郎。及帝崩，復爲景帝大司馬從事中郎。高貴鄉公即位，封關内侯，徙散騎常侍。

籍本有濟世志，屬魏晉之際，天下多故，名士少有全者。籍由是不與世事，遂酣飲爲常。文帝初欲爲武帝求婚於籍，籍醉六十日，不得言而止。鍾會數以時事問之，欲因其可否而致之罪，皆以酣醉獲免。及文帝輔政，籍嘗從容言於帝曰：『籍平生曾遊東平，樂其風土。』帝大悦，即拜東平相。籍乘驢到郡，壞府舍屏障，使内外相望，法令清簡，旬日而還。帝引爲大將軍從事中郎。有司言有子殺母者。籍曰：『嘻！殺父乃可，至殺母乎？』坐者怪其失言。帝曰：『殺父，天下之極惡，而以爲可乎？』籍曰：『禽獸知母而不知父。殺父，禽獸之類也；殺母，禽獸之不若。』衆乃悦服。籍聞步兵廚營人善釀，有貯酒三百斛，乃求爲步兵校尉。遺落世事，雖去佐職，恒遊府内，朝宴必與焉。會帝讓九錫，公卿將勸進，使籍爲其辭。籍沉醉忘作，臨詣府，使取之，見籍方據案醉眠。使者以告，籍便書案，使寫之，無所改竄，辭甚清壯，爲時所重。籍雖不拘禮教，然發言玄遠，口不臧否人物。性至孝。母終，正與人圍棊，對者求止，籍留與決賭。既而，飲酒二斗，舉聲一號，吐血數升。及將葬，食一蒸肫，飲二斗酒，然後臨訣，直言窮矣，舉聲一號，因又吐血數升，毁瘠骨立，殆致滅性。裴楷往弔之，籍散髮箕踞，醉而直視。楷弔唁畢便去。或問楷：『凡弔者，主哭，客乃爲禮。籍既不哭，君何爲哭？』楷曰：『阮籍既方外之士，故不崇禮典。我俗中之士，故以軌儀自居。』時人歎爲兩得。籍又能爲青白眼，見禮俗之士，以白眼對之。及嵇喜來弔，籍作白眼，喜不懌而退。喜弟康聞之，乃齎酒挾琴造焉。籍大悦，乃見青眼。由是，禮法之士疾之若讎，而帝每保護之。籍嫂嘗歸寧，籍相見，與别。或譏之，籍曰：『禮豈爲我設邪？』鄰家少婦有美色，當壚沽酒。籍嘗詣飲，醉便卧其側。籍既不自嫌，其夫察之亦不疑也。兵家女有才色，未嫁而死。籍不識其父兄，徑往哭之，盡哀而還。其外坦蕩而内淳至，皆此類也。時率意獨駕，不由徑路，車迹所窮，輒慟哭而反。嘗登廣武，觀楚漢戰處，嘆曰：『時無英雄，使豎子成名！』登武牢山，望京邑而嘆，於是賦《豪傑詩》。景元四年冬卒，時年五十四。

籍能屬文，初不留思，作《詠懷詩》八十餘篇，爲世所重。著《達莊論》，敘無爲之貴，文多不録。籍嘗於蘇門山遇孫登，與商略終古及棲神道氣之術，登皆不應，籍因長嘯而退。至半嶺，聞有聲若鸞鳳之音，響乎巖谷，乃登之嘯也。遂歸，著《大人先生傳》，其略曰：『世之所謂君子，惟法是修，惟禮是克。手執圭璧，足履繩墨。行欲爲目前檢，言欲爲無窮則。少稱鄉黨，長聞鄰國。上欲圖三公，下不失九州牧。獨不見群虱之處褌中，逃乎深縫，匿乎壞絮，自以爲吉宅也。行不敢離縫際，動不敢出褌襠，自以爲得繩墨也。然炎丘火流，焦邑滅都，群虱處於褌中而不能出也。君子之處域内，何異夫虱之處褌中乎？』此亦籍之胸懷本趣也。子渾，字長成，有父風。少慕通達，不飾小節。籍謂曰：『仲容已豫吾此流，汝不得復爾。』太康中，爲太子庶子。

咸字仲容，父熙，武都太守。咸任達不拘，與叔父籍爲竹林之遊，當世禮法者譏其所爲。咸與籍居道南，諸阮居道北，北阮富而南阮貧。七月七日，北阮盛曬衣服，皆錦綺粲目。咸以竿挂大布犢鼻於庭，人或怪之，答曰：『不能免俗，聊復爾耳。』歷仕散騎侍郎。山濤舉咸典選，曰：『阮咸貞素寡欲，深識清濁，萬物不能移。若在官人之職，必絶於時。』武帝以咸耽酒浮虚，遂不用。太原郭奕，高爽有識量，知名於時，少所推先，見咸心醉，不覺歎焉。而居母喪，縱情越禮。素幸姑之婢，姑當歸於夫家，初云留婢，既而自從去。時方有客，咸聞之，遽借客馬追婢。既及，與婢累騎而還，論者甚非之。咸妙解音律，善彈琵琶。雖處世不交人事，惟共親知絃歌酣宴而已。與從子脩特相善，每以得意爲歡，諸阮皆飲酒，咸至，宗人間共集，不復用杯觴斟酌，以大盆盛酒，圓坐相向，大酌更飲。時有群豕來飲其酒，咸直接去其上，便共飲之。群從昆弟莫不以放達爲行，籍弗之許。荀勖每與咸論音律，自以爲遠不及也，疾之，出補始平太守，以壽終。二子瞻、孚。

瞻字千里，性清虛寡欲，自得於懷。讀書不甚研求，而默識其要。遇理而辯，辭不足而旨有餘。善彈琴，人聞其能，多往求聽，不問貴賤長幼，皆爲彈之。神氣沖和，而不知向人所在。内兄潘岳每令鼓琴，終日達夜無忤色。由是，識者歎其恬淡，不可榮辱矣。舉止灼然，見司徒王戎，戎問曰：『聖人貴名教，老莊明自然，其旨同異？』瞻曰：『將無同。』戎咨嗟良久，即命辟之，時人謂之『三語掾』。太尉王衍亦雅重之。瞻嘗群行，冒熱渴甚，逆旅有井，衆人競趨之，瞻獨逡巡在後，須飲者畢乃進。其夷退無競如此！東海王越鎮許昌，以瞻爲記室參軍。與王承、謝鯤、鄧攸俱在越府。越與瞻等書曰：『禮，年八歲出就外傅，明始可以加師訓之則；十年曰幼學，明可漸先王之教也。然學之所入淺，體之所安深。是以閑習禮容，不如式瞻儀度；諷誦遺言，不若親承音旨。小兒毗既無令淑之質，不聞道德之風。望諸君時以閑豫，周旋誨接。』永嘉中，爲太子舍人。瞻素執無鬼論，物莫能難，每自謂此理足可以辯正幽明。忽有一客通名詣瞻，寒温畢，聊談名理。客甚有才辯，瞻與之言，良久及鬼神之事，反覆甚苦。客遂屈，乃作色曰：『鬼神，古今聖賢所共傳，君何得獨言無？即僕便是鬼。』於是變爲異形，須臾消滅。瞻默然，意色大惡。後歲餘，病卒於倉垣，時年三十。

孚字遥集。其母，即胡婢也。孚之初生，其姑取王延壽《魯靈光殿賦》曰『胡人遥集於上楹』，而以字焉。初辟太傅府，遷騎兵屬。避亂渡江，元帝以爲安東參軍。蓬髮飲酒，不以王務嬰心。時帝既用申、韓以救世，而孚之徒未能棄也。雖然，不以事任處之。轉丞相從事中郎。終日酣縱，恒爲有司所按，帝每優容之。琅邪王裒爲車騎將軍，鎮廣陵，高選綱佐，以孚爲長史。帝謂曰：『卿既統軍府，郊壘多事，宜節飲也。』孚答曰：『陛下不以臣不才，委之以戎旅之重，臣僶俛從事，不敢有言者。竊以今王涖鎮，威風赫然，皇澤遐被，賊寇斂迹。氛祲既澄，日月自朗。臣亦何可爝火不息？正應端拱嘯詠，以樂當年耳。』遷黄門侍郎、散騎常侍。嘗以金貂換酒，復爲所司彈劾，帝宥之。轉太子中庶子、左衛率，領屯騎校尉。明帝即位，遷侍中，從平王敦，賜爵南安縣侯。轉吏部尚書，領東海王師，稱疾不拜詔，就家用之。尚書令郗鑒以爲非禮，帝曰：『就用之誠不快，不爾便廢才。』及帝疾大漸，温嶠入受顧命。過孚，要與同行，升車，乃告之曰：『主上遂大漸，江左危弱，實資群賢，共康世務。卿時望所歸，今欲屈卿同受顧托。』孚不答，固求下車，嶠不許。垂至臺門，告嶠内迫，求暫下，便徒步還家。初，祖約性好財，孚性好屐，同是累而未判其得失。有詣約，見正料財物，客至，屏當不盡，餘兩小簏，以著背後，傾身障之，意未能平。或有詣阮，正見自蠟屐，因自歎曰：『未知一生當著幾量屐！』神色甚閑暢，於是勝負始分。咸和初，拜丹陽尹。時太后臨朝，政出舅族。孚謂所親曰：『今江東雖累世，而年數實淺，主幼時艱，運終百六，而庾亮年少，德信未孚。以吾觀之，將兆亂矣。』會廣州刺史劉顗卒，遂苦求出。王導等以孚疎放，非京尹才，乃除都督交廣寧三州軍事、鎮南將軍，領平越中郎將、廣州刺史，假節。未至鎮，卒，年四十九。尋而蘇峻作逆，識者以爲知幾。無子，從孫廣嗣。

脩字宣子，好易老，善清言。嘗有論鬼神有無者，皆以人死者有鬼，脩獨以爲無，曰：『今見鬼者，云著生時衣服。若人死有鬼，衣服有鬼邪？』論者服焉。後遂伐社樹，或止之，脩曰：『若社而爲樹，伐樹則社移；樹而爲社，伐樹則社亡矣。』性簡任，不修人事，絶不喜見俗人，遇便舍去。意有所思，率爾褰裳，不避晨夕。至或無言，但欣然相對。常步行，以百錢掛杖頭，至酒店，便獨酣暢。雖當世富貴而不肯顧，家無儋石之儲，晏如也。與兄弟同志，常自得於林皐之間。王衍當時談宗，自以論《易》略盡，然有所未了，研之終莫悟。每云不知比没當見能通之者不？衍族子敦謂衍曰：『阮宣子可與言。』衍曰：『吾亦聞之，但未知其亹亹之處定何如耳？』及與脩談，言寡而旨暢，衍乃嘆服焉。梁國張偉，志趣不常，自隱於屠釣。

脩愛其才美，而知其不真。偉後爲黄門郎、陳留内史，果以世事受累。脩居貧，年四十餘未有室。王敦等歛錢爲婚，皆名士也，時慕之者求入錢而不得。脩所著述甚寡，嘗作《大鵬贊》曰：『蒼蒼大鵬，誕自北溟。假精靈鱗神化以生，如雲之翼，如山之形。海運水擊，扶摇上徵。翕然層舉，背負太清。志存天地，不屑唐廷。鸒鳩仰笑，尺鷃所輕。超世高逝，莫知其情。』王敦時爲鴻臚卿，謂脩曰：『卿常無食，鴻臚丞差有禄，能作不？』脩曰：『亦復可爾耳。』遂爲之，轉太傅行參軍、太子洗馬。避亂南行，至西陽期思縣，爲賊所害，時年四十二。

放字思度。祖略，齊郡太守，父顗，淮南内史。放少與孚並知名，中興，除太學博士、太子中舍人、庶子。時雖戎車屢駕，而放侍太子，常説老莊，不及軍國，明帝甚友愛之。轉黄門侍郎，遷吏部郎，在銓管之任，甚有稱績。時成帝幼沖，庾氏執政，放求爲交州，乃除監交州軍事、揚威將軍、交州刺史。行達寧浦，逢陶侃將高寶平、梁碩自交州還，放設饌請寶，伏兵殺之。寶衆擊放，敗走，保簡陽城，得免。到州，少時，暴發渴，見寶爲祟，遂卒。朝廷甚悼惜之，年四十四，追贈廷尉。放素知名，而性清約，不營産業，爲吏部郎，不免飢寒。王導、庾亮以其名士，常供給衣食。子晞之，南頓太守。

裕字思曠，宏達不及放，而以德業知名。弱冠辟太宰掾。大將軍王敦命爲主簿，甚被知遇。裕以敦有不臣之心，乃終日酣觴，以酒廢職。敦謂裕非當世實才，徒有虚譽而已，出爲溧陽令，復以公事免官。由是得違敦難，論者以此貴之。咸和初，除尚書郎。時事故之後，公私弛廢，裕遂去職還家，居會稽剡縣。司徒王導引爲從事中郎，固辭不就。朝廷將欲徵之，裕知不得已，乃求爲王舒撫軍長史。舒薨，除吏部郎，不就。即家拜臨海太守，少時去職。司空郗鑒請爲長史，詔徵祕書監，皆以疾辭。復除東陽太守，尋徵侍中，不就。還剡山，有肥遁之志。有以問王羲之，羲之曰：『此公近不驚寵辱，雖古之沉冥，何以過此！』又云裕骨氣不及逸少，簡秀不如真長，韶潤不如仲祖，思致不如殷浩，而兼有諸人之美。成帝崩，裕赴山陵，事畢便還。諸人相與追之。裕亦審時流必當逐己，而疾去，至方山不相及。劉惔歎曰：『我入東，正當泊安石渚下耳，不敢復近思曠傍。』裕雖不博學，論難甚精。嘗問謝萬云：『未見《四本論》，君試爲言之。』萬敘説既畢，裕以傳嘏爲長，於是搆辭數百言，精義入微，聞者皆嗟味之。裕嘗以人不須廣學，正應以禮讓爲先，故終日静默，無所修綜，而物自宗焉。在剡，曾有好車，借無不給。有人葬母，意欲借而不敢言。後裕聞之，乃歎曰：『吾有車而使人不敢借，何以車爲？』遂命焚之。在東山久之，復徵散騎常侍，領國子祭酒。俄而復以爲金紫光禄大夫，領琅邪王師，經年敦逼，並無所就。御史中丞周閔奏裕及謝安違詔累載，並應有罪，禁錮終身，詔書貰之。或問裕曰：『子屢辭徵聘，而宰二郡何邪？』裕曰：『雖屢辭王命，非敢爲高也。吾少無宦情，兼拙於人間，既不能躬耕自活，必有所資，故曲躬二郡，豈以騁能，私計故耳？』年六十二卒。三子：傭、寧、普。傭，早卒。寧，鄱陽太守。普，驃騎諮議參軍。傭子歆之，中領軍，寧子腆，祕書監，腆弟萬齡及歆之子彌之，元熙中並列顯位。

嵇康

嵇康字叔夜，譙國銍人也。其先姓奚，會稽上虞人，以避怨徙焉，銍有嵇山，家于其側，因而命氏。兄喜，有當世才，歷太僕、宗正。康早孤，有奇才，遠邁不群，身長七尺八寸，美詞氣，有風儀，而土木形骸，不自藻飾，人以爲龍章鳳姿，天質自然。恬静寡欲，含垢匿瑕，寬簡有大量。學不師受，博覽無不該通。長好老莊。與魏宗室婚，拜中散大夫。常修養性服食之事，彈琴詠詩，自足於懷。以爲神仙稟之自然，非積學所得。至於導養得理，則安期、彭祖之倫可及，乃著《養生論》。又以爲君子無私，其論曰：『夫稱君子者，心不措乎是非，而行不違乎道者也。何以言之？夫氣静神虚者，心不存於矜尚；體亮心達者，情不繫於所欲。矜尚不存乎心，故能越名教而任自然；情不繫於所欲，故能審貴賤而通物情。物情順通，故大道無違；越名任心，故是非無措也。是故，言君子則以無措爲主，以通物爲美；言小人則以匿情爲非，以違道爲闕。何者？匿情矜吝，小人之至惡；虚心無措，君子之篤行也。是以大道言「及吾無身，吾又何患」。無以生爲貴者，是賢於貴生也。由斯而言，夫至人之用心，固不存有措矣。故曰「君子行道，忘其爲身」，斯言是矣。君子之行賢也，不察於有度而後行也；任心無邪，不議於善而後正也；顯情無措，不論於是而後爲也。是故傲然忘賢，而賢與度會；忽然任心，而心與善遇；儻然無措，而事與是俱也。』其略如此。蓋其胸懷所寄，以高契難期，每思郢質。所與神交者，惟陳留阮籍、河内山濤，豫其流者，河内向秀、沛國劉伶、籍兄子咸、琅邪王戎，遂爲竹林之遊，世所謂竹林七賢也。戎自言與康居山陽二十年，未嘗見其喜愠之色。

康嘗採藥游山澤，會其得意，忽焉忘反。時有樵蘇者遇之，咸謂爲神。至汲郡山中見孫登，康遂從之遊。登沈默自守，無所言説。康臨去，登曰：『君性烈而才儁，其能免乎？』康又遇王烈，共入山。烈嘗得石髓如飴，即自服半，餘半與康，皆凝而爲石；又於石室中見一卷素書，遽呼康往取，輒不復見。烈歎曰：『叔夜志趣非常，而輒不遇，命也。』其神心所感，每遇幽逸如此。

山濤將去選官，舉康自代。康乃與濤書告絶，曰：『聞足下欲以吾自代，雖事不行，知足下故不知之也。恐足下羞庖人之獨割，引尸祝以自助。故爲足下陳其可否。老子、莊周，吾之師也，親居賤職；柳下惠、東方朔，達人也，安乎卑位。吾豈敢短之哉？又仲尼兼愛，不羞執鞭；子文無欲卿相，而三爲令尹。是乃君子思濟物之意也。所謂達能兼善而不渝，窮則自得而無悶。以此觀之，故知堯舜之居世，許由之巖棲；子房之佐漢，接輿之行歌。其揆一也。仰瞻數君，可謂能遂其志者也。故君子百行，殊塗同致。循性而動，各附所安。故有「處朝廷而不出，入山林而不反」之論。且延陵高子臧之風，長卿慕相如之節，意氣所先，亦不可奪也。吾每讀尚子平、臺孝威傳，慨然慕之，想其爲人。加少孤露，母兄驕恣，不涉經學，又讀老莊，重增其放，故使榮進之心日頹，任逸之情轉篤。阮嗣宗口不論人過，吾每師之，而未能及。至性過人，與物無傷，惟飲酒過差耳。至爲禮法之士所繩，疾之如仇讎，幸賴大將軍保持之耳。吾以不如嗣宗之資，而有慢弛之闕，又不識物情，闇於機宜；無萬石之慎，而有好盡之累，久與事接，疵釁日興。雖欲無患，其可得乎？又聞道士遺言，餌朮黄精，令人久壽，意甚信之。遊山澤，觀魚鳥，心甚樂之。一行作吏，此事便廢，安能舍其所樂，而從其所懼哉？夫人之相知，貴識其天性，因而濟之。禹不逼伯成子高，全其長也；仲尼不假蓋於子夏，護其短也。近諸葛孔明不迫元直以入蜀，華子魚不强幼安以卿相，此可謂能相終始，真相知者也。自卜已審，若道盡塗殫則已耳。足下無事寃之，令轉於溝壑也。吾新失母兄之歡，意常悽切。女年十三，男年八歲，未及成人。況復多疾，顧此悢悢，如何可言！今但欲守陋巷，教養子孫，時時與親舊敘離闊，陳説平生，濁酒一杯，彈琴一曲，志意畢矣。豈可見黄門而稱貞哉？若趣欲共登王塗，期於相致，時爲懽益，一旦迫之，必發狂疾。自非重讎，不至此也。既以解足下，並以爲别。』此書既行，知其不可羈屈也。性絶巧而好鍛，宅中有一柳樹甚茂，乃激水圜之，每夏月居其下以鍛。東平吕安，服康高致，每一相思，輒千里命駕，康友而善之。後安爲兄所枉訴，以事繫獄，辭相證引，遂復收康。康性慎言行，一旦縲紲，乃作《幽憤詩》曰：『嗟余薄祜，少遭不造。哀煢靡識，越在繈褓。母兄鞠育，有慈無威。恃愛肆好，不訓不師。爰及冠帶，憑寵自放，抗心希古，任其所尚。托好莊老，賤物貴身。志在守樸，養素全真。曰予不敏，好善闇人。子玉之敗，屢增惟塵。大人含弘，藏垢懷恥。人之多僻，政不由己。惟此褊心，顯明臧否。感悟思愆，恒若創痏。欲寡其過，謗議沸騰。性不傷物，頻致怨憎。昔慙柳惠，今愧孫登。內負宿心，外恧良朋。仰慕嚴鄭，樂道閑居。與世無營，神氣晏如。咨予不淑，嬰累多虞。匪降自天，寔由頑疎。理弊患結，卒致囹圄。對答鄙訊，縶此幽阻。實恥訟冤，時不我與。雖曰義直，神辱志沮。澡身滄浪，曷云能補。雍雍鳴鴈，厲翼北遊。順時而動，得意忘憂。嗟我憤歎，曾莫能疇。事與願違，遘兹淹留。窮達有命，亦又何求？古人有言，善莫近名。奉時恭默，咎悔不生。萬石周慎，安親保榮。世務紛紜，祇攪余情。安樂必誡，乃終利貞。煌煌靈芝，一年三秀。予獨何爲，有志不就。懲難思復，心焉內疚。庶勖將來，無馨無臭。採薇山阿，散髮巖岫。永嘯長吟，頤神養壽。』初，康居貧，嘗與向秀共鍛於大樹之下，以自贍給。潁川鍾會，貴公子也，精練有才辯，故往造焉。康不爲之禮，而鍛不輟。良久，會去。康謂曰：『何所聞而來？何所見而去？』會曰：『聞所聞而來，見所見而去。』會以此憾之。及是，言於文帝曰：『嵇康，臥龍也，不可起。公無憂天下，顧以康爲慮耳。』因譖『康欲助毌丘儉，賴山濤不聽。昔齊戮華士，魯誅少正卯，誠以害時亂教，故聖賢去之。康、安等言論放蕩，非毀典謨，帝王者所不宜容，宜因釁除之，以淳風俗』。帝既昵聽信會，遂并害之。康將刑東市，太學生三千人請以爲師，弗許。康顧視日影，索琴彈之，曰：『昔袁孝尼嘗從吾學《廣陵散》，吾每靳固之。《廣陵散》於今絶矣！』時年四十。海內之士，莫不痛之。帝尋悟而恨焉。初，康嘗遊乎洛西，暮宿華陽亭，引琴而彈。夜分，忽有客詣之，稱是古人，與康共談音律，辭致清辯，因索琴彈之，而爲《廣陵散》，聲調絶倫，遂以授康，仍誓不傳人，亦不言其姓字。康善談理，又能屬文。其高情遠趣，率然玄遠，撰上古以來高士爲之傳贊，欲友其人於千載也。又作《太師箴》，亦足以明帝王之道焉。復作《聲無哀樂論》，甚有條理。子紹，別有傳。

山濤(子簡、簡子遐)

山濤字巨源，河内懷人也。父曜，宛句令。濤早孤，居貧，少有器量，介然不群。性好莊老，每隱身自晦。與嵇康、吕安善，後遇阮籍，便爲竹林之遊，著忘言之契。康後坐事，臨誅謂子紹曰：『巨源在，汝不孤矣。』濤年四十，始爲郡主簿、功曹、上計掾，舉孝廉，州辟部河南從事。與石鑒共宿，濤夜起蹴鑒曰：『今爲何等時而眠邪？知太傅臥何意？』鑒曰：『宰相三不朝，與尺一令歸第。卿何慮也。』濤曰：『咄！石生無事馬蹄間邪！』投傳而去。未二年，果有曹爽之事，遂隱身不交世務。

與宣穆后有中表親，是以見景帝。帝曰：『吕望欲仕邪？』命司隸舉秀才，除郎中。轉驃騎將軍王昶從事中郎。久之，拜趙國相，遷尚書吏部郎。文帝與濤書曰：『足下在事清明，雅操邁時，念多所乏，今致錢二十萬，穀二百斛。』魏帝嘗賜景帝春服，帝以賜濤；又以母老，並賜藜杖一枚。晚與尚書和逌交，又與鍾會、裴秀並申款昵。以二人居勢争權，濤平心處中，各得其所，而俱無恨焉。遷大將軍從事中郎。鍾會作亂於蜀，而文帝將西徵。時魏氏諸王公並在鄴，帝謂濤曰：『西偏吾自了之，後事深以委卿。』以本官行軍司馬，給親兵五百人，鎮鄴。咸熙初，封新沓子。轉相國左長史，典統别營。時帝以濤鄉閭宿望，命太子拜之。帝以齊王攸繼景帝後，素又重攸，嘗問裴秀曰：『大將軍開建未遂，吾但承奉後事耳，故立攸，將歸功於兄，何如？』秀以爲不可。又以問濤，濤對曰：『廢長立少，違禮不祥。國之安危，恒必由之。』太子位於是乃定。太子親拜謝濤。及武帝受禪，以濤守大鴻臚，護送陳留王詣鄴。泰始初，加奉車都尉，進爵新沓伯。及羊祜執政，時人欲危裴秀，濤正色保持之，由是失權臣意，出爲冀州刺史，加寧遠將軍。冀州俗薄，無相推轂。濤甄拔隱屈，搜訪賢才，旌命三十餘人，皆顯名當時。人懷慕尚，風俗頗革。轉北中郎將，督鄴城守事。

入爲侍中，遷尚書，以母老辭職。詔曰：『君雖乃心在於色養，然職有上下，旦夕不廢醫藥，且當割情，以隆在公。』濤心求退，表疏數十上，久乃見聽，除議郎。帝以濤清儉，無以供養，特給日契，加賜牀帳茵褥。禮秩崇重，時莫爲比。後除太常卿，以疾不就。會遭母喪，歸鄉里。濤年踰耳順，居喪過禮，負土成墳，手植松柏。詔曰：『吾所共致化者，官人之職是也。方今風俗陵遲，人心進動，宜崇明好惡，鎮以退讓。山太常雖尚居諒闇，情在難奪，方今務殷，何得遂其志邪？』其以濤爲吏部尚書。濤辭以喪病，章表懇切。會元皇后崩，遂扶輿還洛，逼迫詔命，自力就職。前後選舉，周徧内外，而並得其才。咸寧初，轉太子少傅，加散騎常侍；除尚書僕射，加侍中，領吏部。固辭以老疾，上表陳情。章表數十上，久不攝職，爲左丞白褒所奏。帝曰：『濤以病自聞，但不聽之耳。使濤坐執銓衡則可，何必上下邪？不得有所問。』濤不自安，表謝曰：『古之王道，正直而已。陛下不可以一老臣爲加曲私，臣亦何心屢塵日月。乞如所表，以章典刑。』帝再手詔曰：『白褒奏君甚妄，所以不即推直，不喜凶赫耳。君之明度，豈當介意邪？便當攝職，令斷章表也。』濤志必欲退，因發從弟婦喪，輒還外舍。詔曰：『山僕射近日暫出，遂以微苦未還，豈吾側席之意？其遣丞掾奉詔喻旨，若體力故未平康者，便以輿車輿還寺舍。』濤辭不獲已，乃起視事。

濤再居選職十有餘年，每一官缺，輒啓擬數人，詔旨有所向，然後顯奏，隨帝意所欲爲先。故帝之所用，或非舉首，衆情不察，以濤輕重任意。或譖之於帝。故帝手詔戒濤曰：『夫用人惟才，不遺疎遠卑賤，天下便化矣。』而濤行之自若，一年之後，衆情乃寢。濤所奏甄拔人物，各爲題目，時稱《山公啓事》。濤中立於朝，晚值后黨專權，不欲任楊氏，多有諷諫。帝雖悟而不能改。後以年衰疾篤，上疏告退曰：『臣年垂八十，救命旦夕，若有毫末之益，豈遺力於聖時？迫於老耄，不復任事。今四海休息，天下思化，從而靜之，百姓自正，但當崇風尚教以敦之耳。陛下亦復何事？臣耳目聾瞑，不能自勵。君臣父子，其間無文。是以直陳愚情，乞聽所請。』乃免冠徒跣，上還印綬。詔曰：『天下事廣，加吴土初平，凡百草創，當共盡意化之。君不深識往心，而以小疾求退，豈所望於君邪？朕猶側席，未得垂拱，君亦何得高尚其事乎？當崇至公，勿復爲虚飾之煩。』濤苦表請退，詔又不許。尚書令衛瓘奏：『濤以微苦，久不視職，手詔頻煩，猶未順旨。參議以爲無專節之尚，違至公之義。若實沉篤，亦不宜居位，可免濤官。』中詔瓘曰：『濤以德素爲朝之望，而常深退讓，至於懇切，故比有詔，欲必奪其志，以匡輔不逮。主者既不思明詔旨，而反深加詆案，虧崇賢之風，以重吾不德，何以示遠近邪？』濤不得已，又起視事。太康初，遷右僕射，加光禄大夫、侍中，掌選如故。

濤以老疾固辭。手詔曰：『君以道德爲世模表，况自先帝識君遠意，吾將倚君以穆風俗，何乃欲舍遠朝政，獨高其志邪？吾之至懷，故不足以喻乎，何來言至懇切也？且當以時自力，深副至望。君不降志，朕不安席。』濤又上表固讓，不許。吴平之後，帝詔天下罷軍役，示海内大安，州郡悉去兵，大郡置武吏百人，小郡五十人。帝嘗講武於宣武場，濤時有疾，詔乘步輦從。因與盧欽論用兵之本，以爲不宜去州郡武備，其論甚精。于時咸以濤不學孫吴，而闇與之合。帝稱之曰：『天下名言也。』而不能用。及永寧之後，屢有變難，寇賊猋起，郡國皆以無備不能制，天下遂以大亂，如濤言焉。後拜司徒，濤復固讓。詔曰：『君年耆德茂，朝之碩老，是以授君台輔之位，而遠崇克讓，至於反覆，良用於邑，君當終始朝政，翼輔朕躬。』濤又表曰：『臣事天朝三十餘年，卒無毫釐以崇大化。陛下私臣無已，猥授三司。臣聞德薄位高，力少任重，上有折足之凶，下有廟門之咎。願陛下垂累世之恩，乞臣骸骨。』詔曰：『君翼贊朝政，保乂皇家，匡佐之勳，朕所倚賴。司徒之職，實掌邦教，故用敬授，以答群望，豈宜沖讓以自挹損邪？已勑斷章表，使者乃臥加章綬。』濤曰：『垂没之人，豈可污官府乎？』輿疾歸家。以太康四年薨，時年七十九。詔賜東園祕器、朝服一具、衣一襲、錢五十萬、布百匹，以供喪事。策贈司徒，蜜印紫綬，侍中貂蟬，新沓伯蜜印青朱綬，祭以太牢，謚曰康。將葬，賜錢四十萬、布百匹。左長史范晷等上言：『濤舊第屋十間，子孫不相容。』帝爲之立室。初，濤布衣家貧，謂妻韓氏曰：『忍飢寒，我後當作三公，但不知卿堪作夫人不耳？』及居榮貴，貞慎儉約，雖爵同千乘，而無嬪媵。禄賜俸秩，散之親故。初，陳郡袁毅嘗爲鬲令，貪濁而賂遺公卿，以求虚譽，亦遺濤絲百斤。濤不欲異於時，受而藏於閣上。後毅事露，檻車送廷尉，凡所受賂，皆見推檢。濤乃取絲付吏，積年塵埃，印封如初。濤飲酒至八斗方醉，帝欲試之，乃以酒八斗飲濤，而密益其酒。濤極本量而止。有五子：該、淳、允、謨、簡。

該字伯倫，嗣父爵，仕至并州刺史、太子左率，贈長水校尉。該子瑋，字彦祖，翊軍校尉；次子世回，吏部郎、散騎常侍。淳字子元，不仕。允字叔真，奉車都尉，並少尫病，形甚短小，而聰敏過人。武帝聞而欲見之，濤不敢辭，以問於允。允自以尫陋不肯行，濤以爲勝己，乃表曰：『臣二子尫病，宜絶人事，不敢受詔。』謨字季長，明惠有才智，官至司空掾。

簡字季倫，性温雅，有父風。年二十餘，濤不之知也。簡歎曰：『吾年幾三十，而不爲家公所知。』後與譙國嵇紹、沛郡劉謨、弘農楊淮齊名。初爲太子舍人，累遷太子庶子、黄門郎，出爲青州刺史，徵拜侍中，頃之轉尚書，歷鎮軍將軍、荆州刺史，領南蠻校尉，不行。復拜尚書。光熙初，轉吏部尚書。永嘉初，出爲雍州刺史、鎮西將軍，徵爲尚書左僕射，領吏部。簡欲令朝臣各舉所知，以廣得才之路，上疏曰：『臣以爲：自古興替，實在官人。苟得其才，則無物不理。《書》言「知人則哲，惟帝難之」。唐虞之盛，元愷登庸；周室之隆，濟濟多士。秦漢以來，風雅漸喪。至於後漢，女君臨朝，尊官大位，出於阿保，斯亂之始也。是以郭泰、許劭之倫，明清議於草野；陳蕃、李固之徒，守忠節於朝廷。然後君臣名節，古今遺典，可得而言。自初平之元，訖於建安之末，三十年中，萬姓流散，死亡略盡，斯亂之極也。世祖武皇帝應天順人，受禪於魏。泰始初，躬親萬幾，佐命之臣咸皆率職。時黄門侍郎王恂、庾純，始於太極東堂聽政，評尚書奏事，多論刑獄，不論選舉。臣以爲不先所難，而辨其所易。陛下初臨萬國，人思盡誠，每於聽政之日，命公卿大臣先議選舉，各言所見後進雋才、鄉邑尤異、才堪任用者，皆以名奏，主者隨缺先叙。是爵人於朝，與衆共之之義也。』朝廷從之。永嘉三年，出爲徵南將軍，都督荆、湘、交、廣四州諸軍事，假節，鎮襄陽。於時四方寇亂，天下分崩，王威不振，朝野危懼。簡優遊卒歲，唯酒是耽。諸習氏，荆土豪族，有佳園池。簡每出遊嬉，多之池上，置酒輒醉，名之曰高陽池。時有童兒歌曰：『山公出何許，往至高陽池。日夕倒載歸，酩酊無所知。時時能騎馬，倒著白接籬。舉鞭向葛彊，何如并州兒？』彊家在并州，簡愛將也。尋加督寧、益軍事。時劉聰入寇，京師危逼。簡遣督護王萬率師赴難，次於涅湯，爲宛城賊王如所破，遂嬰城自守。及洛陽陷没，簡又爲賊嚴嶷所逼，乃遷於夏口。招納流亡，江漢歸附。時華軼以江州作難，或勸簡討之。簡曰：『與彦夏舊友，爲之惆悵。簡豈利人之機，以爲功伐乎？』其篤厚如此。時樂府伶人避難，多奔沔漢，讌會之日，寮佐或勸奏之。簡曰：『社稷傾覆，不能匡救，有晋之罪人也，何作樂之有？』因流涕慷慨，坐者咸愧焉。年六十卒，追贈徵南大將軍、儀同三司。子遐。

遐字彦林，爲餘姚令。時江左初基，法禁寛弛，豪族多挾藏户口，以爲私附。遐繩以峻法，到縣八旬，出口萬餘。縣人虞喜以藏户當棄市，遐欲繩喜，諸豪彊莫不切齒於遐，言於執事，以喜有高節，不宜屈辱。又以遐輒造縣舍，遂陷其罪。遐與會稽内史何充牋：『乞留百日，窮翦逋逃，退而就罪，無恨也。』充申理，不能得。竟坐免官。後爲東陽太守，爲政嚴猛。康帝詔曰：『東陽頃來竟囚，每多入重。豈郡多罪人，將捶楚所求，莫能自固邪？』遐處之自若，郡境肅然。卒於官。

史臣曰：若夫居官以絜其務，欲以啓天下之方，事親以終其身，將以勸天下之俗，非山公之具美，其孰能與於此者哉？自東京喪亂，吏曹湮滅，西園有三公之錢，蒲陶有一州之任，貪饕方駕，寺署斯滿。時移三代，世歷九王。拜謝私庭，此焉成俗。若乃餘風稍殄，理或可言。委以銓綜，則群情自抑；通乎魚水，則專用生疑。將矯前失，歸諸後正。惠絶臣名，恩馳天口，世稱《山公啓事》者，豈斯之謂歟？若盧子家之前代，何足算也！

王戎

王戎字濬沖，琅邪臨沂人也。祖雄，幽州刺史。父渾，涼州刺史、貞陵亭侯。戎幼而穎悟，神彩秀徹，視日不眩。裴楷見而目之曰：『戎眼爛爛，如巖下電。』年六七歲，於宣武場觀戲，猛獸在檻中虓吼震地，衆皆奔走，戎獨立不動，神色自若。魏明帝於閣上見而奇之。又嘗與群兒戲於道側，見李樹多實，等輩競趣之，戎獨不往。或問其故，戎曰：『樹在道邊而多子，必苦李也。』取之信然。

阮籍與渾爲友。戎年十五，隨渾在郎舍。戎少籍二十歲，而籍與之交。籍每適渾，俄頃輒去，過視戎，良久然後出。謂渾曰：『濬沖清賞，非卿倫也。共卿言，不如共阿戎談。』及渾卒於涼州，故吏賻贈數百萬，戎辭而不受，由是顯名。爲人短小，任率不修威儀，善發談端，賞其要會。朝賢嘗上巳禊洛，或問王濟曰：『昨游有何言談？』濟曰：『張華善説《史》、《漢》，裴頠論前言往行，袞袞可聽，王戎談子房、季札之間，超然玄著。』其爲識鑒者所賞如此。

戎嘗與阮籍飲，時兗州刺史劉昶字公榮在坐。籍以酒少，酌不及昶，昶無恨色。戎異之，他日問籍曰：『彼何如人也？』答曰：『勝公榮，不可不與飲；若減公榮，則不敢不共飲。惟公榮，可不與飲。』戎每與籍爲竹林之遊，戎嘗後至，籍曰：『俗物已復來敗人意！』戎笑曰：『卿輩意亦復易敗耳？』鍾會伐蜀，過與戎別，問計將安出。戎曰：『道家有言，「爲而不恃」，非成功難，保之難也。』及會敗，議者以爲知言。

襲父爵，辟相國掾，歷吏部黄門郎、散騎常侍、河東太守、荆州刺史，坐遣吏修園宅，應免官，詔以贖論。遷豫州刺史，加建威將軍。受詔伐吴。戎遣參軍羅尚、劉喬領前鋒，進攻武昌。吴將楊雍、孫述，江夏太守劉朗，各率衆詣戎降。戎督大軍臨江，吴牙門將孟泰以蘄春、邾二縣降。吴平，進爵安豐縣侯，增邑六千户，賜絹六千匹。戎渡江，綏慰新附，宣揚威惠。吴光禄勳石偉方直，不容皓朝，稱疾歸家。戎嘉其清節，表薦之，詔拜偉爲議郎，以二千石禄終其身。荆土悦服。徵爲侍中。南郡太守劉肇賂戎筒中細布五十端，爲司隸所糾，以知而未納，故得不坐。然議者尤之。帝謂朝臣曰：『戎之爲行，豈懷私苟得？正當不欲爲異耳。』帝雖以是言釋之，然爲清慎者所鄙，由是損名。

戎在職雖無殊能，而庶績修理。後遷光禄勳、吏部尚書，以母憂去職。性至孝，不拘禮制，飲酒食肉，或觀奕棋，而容貌毁悴，杖然後起。裴頠往弔之，謂人曰：『若使一慟能傷人，濬沖不免滅性之譏也。』時和嶠亦居父喪，以禮法自持，量米而食，哀毁不踰於戎。帝謂劉毅曰：『和嶠毁頓過禮，使人憂之。』毅曰：『嶠雖寢苫食粥，乃生孝耳。至於王戎，所謂死孝，陛下當先憂之。』戎先有吐疾，居喪增甚。帝遣醫療之，並賜藥物，又斷賓客。楊駿執政，拜太子太傅。駿誅之後，東安公繇專斷刑賞，威震外内。戎誡繇曰：『大事之後，宜深遠之。』繇不從，果得罪。轉中書令，加光禄大夫，給恩信五十人。遷尚書左僕射，領吏部。

戎始爲甲午制，凡選舉皆先治百姓，然後授用。司隸傅咸奏戎，曰：『《書》稱「三載考績，三載黜陟幽明」。今内外群官，居職未期而戎奏還。既未定其優劣，且送故迎新，相望道路，巧詐由生，傷農害政。戎不仰依堯舜典謨，而驅動浮華，虧敗風俗，非徒無益，乃有大損。宜免戎官，以敦風俗。』戎與賈、郭通親，竟得不坐。尋轉司徒。以王政將圮，苟媚取容。屬愍懷太子之廢，竟無一言匡諫。裴頠，戎之壻也。頠誅，戎坐免官。

齊王冏起義，孫秀録戎於城内。趙王倫子欲取戎爲軍司，博士王繇曰：『濬沖譎詐多端，安肯爲少年用？』乃止。惠帝反宫，以戎爲尚書令。既而，河間王顒遣使就説成都王穎，將誅齊王冏。檄書至，冏謂戎曰：『孫秀作逆，天子幽逼。孤糾合義兵，掃除元惡，臣子之節，信著神明。二王聽讒，造構大難，當賴忠謀，以和不協。卿其善爲我籌之。』戎曰：『公首舉義衆，匡定大業。開闢已來，未始有也。然論功報賞，不及有勞，朝野失望，人懷貳志。今二王帶甲百萬，其鋒不可當。若以王就第，不失故爵。委權崇讓，此求安之計也。』冏謀臣葛旟怒曰：『漢魏以來，王公就第，寧有得保妻子乎？議者可斬！』於是百官震悚，戎詐藥發墮厠，得不及禍。

戎以晋室方亂，慕蘧伯玉之爲人，與時舒卷，無蹇諤之節。自經典選，未嘗進寒素，退虚名，但與時浮沈，户調門選而已。尋拜司徒，雖位總鼎司，而委事寮寀。間乘小馬，從便門而出遊，見者不知其三公也。故吏多至大官，道路相遇輒避之。性好興利，廣收八方園田水碓，周偏天下，積實聚錢，不知紀極。每自執牙籌，晝夜算計，恒若不足。而又儉嗇，不自奉養，天下人謂之膏肓之疾。女適裴頠，貸錢數萬，久而未還。女後歸寧，戎色不悦，女遽還直，然後乃懽。從子將婚，戎遺其一單衣，婚訖而更責取。家有好李，常出貨之，恐人得種，恒鑽其核。以此獲譏於世。其後從帝北伐，王師敗績於蕩陰，戎復詣鄴，隨帝還洛陽。

車駕之西遷也，戎出奔於郏。在危難之間，親接鋒刃，談笑自若，未嘗有懼容。時召親賓，歡娛永日。永興二年，薨於郏縣，時年七十二，謚曰元。

戎有人倫鑒識，常目山濤如璞玉渾金，人皆欽其寶，莫知名其器；王衍神姿高徹，如瑶林瓊樹，自然是風塵表物；謂裴頠拙於用長，荀勖工於用短，陳道寧謖謖如束長竿。族弟敦有高名，戎惡之。敦每候戎，輒托疾不見。敦後果爲逆亂。其鑒賞先見如此。嘗經黄公酒壚下過，顧爲後車客曰：『吾昔與嵇叔夜、阮嗣宗酣暢於此，竹林之遊亦預其末。自嵇、阮云亡，吾便爲時之所覊紲。今日視之雖近，邈若山河。』初，孫秀爲琅邪郡吏，求品於鄉議。戎從弟衍將不許，戎勸品之。及秀得志，朝士有宿怨者皆被誅，而戎、衍獲濟焉。子萬，有美名，少而大肥。戎令食糠而肥愈甚，年十九卒。有庶子興，戎所不齒。以從弟陽平太守愔子爲嗣。

向秀

向秀字子期，河内懷人也。清悟有遠識，少爲山濤所知，雅好老莊之學。莊周著内外數十篇，歷世方士雖有觀者，莫適論其旨統也，秀乃爲之隱解，發明奇趣，振起玄風，讀之者超然心悟，莫不自足一時也。惠帝之世，郭象又述而廣之，儒墨之跡見鄙，道家之言遂盛焉。始，秀欲注，嵇康曰：『此書詎復須注？正是妨人作樂耳。』及成，示康曰：『殊復勝不？』又與康論養生，辭難往復，蓋欲發康高致也。康善鍛，秀爲之佐，相對欣然，傍若無人。又共吕安灌園於山陽。康既被誅，秀應本郡計入洛，文帝問曰：『聞有箕山之志，何以在此？』秀曰：『以爲巢許狷介之士，未達堯心，豈足多慕！』帝甚悦。秀乃自此役作《思舊賦》云：『余與嵇康、吕安居止接近，其人並有不羈之才。嵇意遠而疏，吕心曠而放，其後並以事見法。嵇博綜伎藝，於絲竹特妙，臨當就命，顧視日影，索琴而彈之。逝將西邁，經其舊廬，於時日薄虞泉，寒冰淒然。鄰人有吹笛者，發聲寥亮。追想曩昔遊宴之好，感音而歎，故作賦曰：「將命適於遠京兮，遂旋反以北徂。濟黄河以汎舟兮，經山陽之舊居。瞻曠野之蕭條兮，息余駕乎城隅。踐二子之遺跡兮，歷窮巷之空廬。歎《黍離》之愍周兮，悲《麥秀》於殷墟。惟追昔以懷今兮，心徘徊以躊躇。棟宇在而弗毁兮，形神逝其焉如。昔李斯之受罪兮，歎黄犬而長吟。悼嵇生之永辭兮，顧日影而彈琴。托運遇於領會兮，寄餘命於寸陰。聽鳴笛之慷慨兮，妙聲絶而復尋。佇駕言其將邁兮，故援翰以寫心。」』後爲散騎侍郎，轉黄門侍郎、散騎常侍，在朝不任職，容跡而已。卒於位。二子純、悌。

劉伶

劉伶字伯倫，沛國人也。身長六尺，容貌甚陋。放情肆志，常以細宇宙齊萬物爲心。澹默少言，不妄交遊。與阮籍、嵇康相遇，欣然神解，攜手入林。初不以家産有無介意。常乘鹿車，攜一壺酒，使人荷鍤而隨之，謂曰：『死便埋我。』其遺形骸如此。嘗渴甚，求酒於其妻。妻捐酒毁器，涕泣諫曰：「君酒人過，非攝生之道，必宜斷之。」伶曰：『善。吾不能自禁，惟當祝鬼神自誓耳。便可具酒肉。』妻從之，伶跪祝曰：『天生劉伶，以酒爲名。一飲一斛，五斗解酲。婦兒之言，慎不可聽。』仍引酒御肉，隗然復醉。嘗醉與俗人相忤，其人攘袂奮拳而往。伶徐曰：『雞肋不足以安尊拳。』其人笑而止。伶雖陶兀昏放，而機應不差。未嘗厝意文翰，惟著《酒德頌》一篇，其辭曰：『有大人先生，以天地爲一朝，萬期爲須臾，日月爲扃牖，八荒爲庭衢。行無轍跡，居無室廬，幙天席地，縱意所如。止則操巵執觚，動則挈榼提壺，惟酒是務，焉知其餘。有貴介公子、搢紳處士，聞吾風聲，議其所以，乃奮袂攘襟，怒日切齒，陳説禮法，是非鋒起。

先生於是方捧甖承槽，銜杯漱醪，奮髯箕踞，枕麴藉糟，無思無慮，其樂陶陶。兀然而醉，怳爾而醒，静聽不聞雷霆之聲，熟視不睹泰山之形，不覺寒暑之切肌，利欲之感情。俯觀萬物，擾擾焉若江海之載浮萍。二豪侍側焉，如蜾蠃之與螟蛉。』嘗爲建威參軍。泰始初對策，盛言無爲之化。時輩皆以高第得調，伶獨以無用罷。竟以壽終。

《世説新語》及劉孝標注引竹林七賢資料

本資料輯自文淵閣四庫全書本《世説新語》。輯者僅是根據文獻資料的内容，對其作了簡單分類。總述竹林七賢的，作爲總論，置於卷首；其他則以袁宏《名士傳》排列的竹林七賢之序——阮籍、嵇康、山濤、向秀、劉伶、阮咸、王戎，並相關資料在《世説新語》中出現的先後順序，分門别類歸於各人名下。爲方便檢索和閲讀，在《世説新語》原文後注明出處，而把劉孝標注及其所引用的資料，附於《世説新語》原文之下。資料有出處者，前置書名，後列文字，屬於劉孝標注者，則以劉孝標注加方括號作爲提示。與《世説新語》原文無涉而僅見於劉孝標注引者，則在文後括號内説明出處。

總論

袁彦伯作《名士傳》成，見謝公。公笑曰：「我嘗與諸人道江北事，特作狡獪耳。彦伯遂以著書。」（《世説新語・文學第四》）

［劉孝標注］宏以夏侯太初、何平叔、王輔嗣爲正始名士，阮嗣宗、嵇叔夜、山巨源、向子期、劉伯倫、阮仲容、王濬沖爲竹林名士，裴叔則、樂彦輔、王夷甫、庾子嵩、王安期、阮千里、衛叔寶、謝幼輿爲中朝名士。

林下諸賢，各有俊才子。籍子渾，器量弘曠；康子紹，清遠雅正；濤子簡，疏通高素；咸子瞻，虚夷有遠志，瞻弟孚，爽朗多所遺；秀子純、悌，並令淑有清流；戎子萬子，有大成之風，苗而不秀；唯伶子無聞。凡此諸子，唯瞻爲冠，紹、簡亦見重當世。（《世説新語・賞譽第八》）

《世語》曰：『渾字長成，清虚寡欲，位至太子中庶子。』

虞預《晋書》曰：『簡字季倫，平雅有父風。與嵇紹、劉漠等齊名。遷尚書，出爲徵南將軍。』

《名士傳》曰：『瞻字千里，夷任而少嗜欲，不修名行，自得於懷。讀書不甚研求，而識其要。仕至太子舍人，年三十卒。』

《中興書》曰：『孚風韻疏誕，少有門風。初爲安東參軍，蓬髮飲酒，不以王務嬰心。』

《竹林七賢論》曰：『純字長悌，位至侍中；悌字叔遜，位至御史中丞。』

《晋諸公贊》曰：『洛陽敗，純、悌出奔，爲賊所害。』

《晋諸公贊》曰：『王綏字萬子，辟太尉掾，不就。年十九卒。』

《晋書》曰：『戎子萬，有美號而太肥。戎令食糠，而肥愈甚也。』

謝遏諸人共道竹林優劣，謝公云：『先輩初不臧貶七賢。』（《世説新語·品藻第九》）

《魏氏春秋》曰：『山濤通簡有德，秀、咸、戎、伶朗達有俊才。于時之談，以阮爲首，王戎次之。山、向之徒，皆其倫也。』

［劉孝標注］若如盛言，則非無臧貶。此言謬也。

陳留阮籍、譙國嵇康、河内山濤，三人年皆相比，康年少亞之。預此契者，沛國劉伶、陳留阮咸、河内向秀、琅邪王戎。七人常集于竹林之下，肆意酣暢，故世謂竹林七賢。（《世説新語·任誕第二十三》）

《晋陽秋》曰：『于時風譽扇于海内，至于今咏之。』

阮籍

晉文王稱：『阮嗣宗至慎，每與之言，言皆玄遠，未嘗臧否人物。』（《世説新語·德行第一》）

《魏氏春秋》曰：『阮籍字嗣宗，陳留尉氏人，阮瑀子也。宏達不羈，不拘禮俗。兗州刺史王昶請與相見，終日不得與言。昶愧嘆之，自以不能測也。口不論事，自然高邁。』

李康①《家誡》曰：『昔嘗侍坐于先帝，時有三長史俱見。臨辭出，上曰：「爲官長當清、當慎、當勤，修此三者，何患不治乎？」並受詔。上顧謂吾等曰：「必不得已而去，于斯三者何先？」或對曰：「清固爲本。」復問吾，吾對曰：「清慎之道，相須而成。必不得已，慎乃爲人。」上曰：「卿言得之矣。可舉近世能慎者，誰乎？」吾乃舉故太尉荀景倩、尚書董仲達、僕射王公仲。上曰：「此諸人者，温恭朝夕，執事有恪，亦各其慎也。然天下之至慎者，其唯阮嗣宗乎？每與之言，言及玄遠，而未嘗評論時事，臧否人物，可謂至慎乎？」』王平子、胡母彦國諸人，皆以任放爲達，或有裸體者。樂廣笑曰：『名教中自有樂地，何爲乃爾也？』（《世説新語·德行第一》）

王隱《晉書》曰：『魏末阮籍，嗜酒荒放，露頭散髮，裸袒箕踞。其後貴游子弟阮瞻、王澄、謝鯤、胡母輔之之徒，皆祖述于籍，謂得大道之本。故去巾幘，脱衣服，露醜惡，同禽獸。甚者名之爲通，次者名之爲達也。』

魏朝封晉文王爲公，備禮九錫。文王固讓不受。公卿將校當詣府敦喻，司空鄭沖馳遣信就阮籍求文。籍時在袁孝尼家，宿醉扶起，書札爲之，無所點定，乃寫付使，時人以爲神筆。（《世説新語·文學第四》）

顧愷之《晋文章記》曰：『阮籍勸進，落落有宏致，至轉説，徐而攝之也。』

［劉孝標注］一本注：阮籍《勸進文》略曰：『竊聞明公固讓，沖等眷眷，實懷愚心。以爲聖王作制，百代同風。褒德賞功，其來久矣。周公藉已成之業，據既安之勢，光宅曲阜，奄有龜蒙。明公宜奉聖旨，受兹介福也。』

《陳留志》曰：『武，魏末河清太守。族子籍，年總角，未知名。武見而偉之，以爲勝己。知人多此類。著書十八篇，謂之《阮子》。終于家。郭泰友人宋子俊稱泰：「自漢元以來，未有林宗之匹。」』（《世説新語·賞譽第八》劉孝標注引）

阮步兵嘯聞數百步。蘇門山中忽有真人，樵伐者咸共傳説。阮籍往觀，見其人擁膝巖側。籍登嶺就之，箕踞相對。籍商略終古，上陳黄、農玄寂之道，下考三代盛德之美，以問之，仡然不應。復叙有爲之教，棲神導氣之術以觀之，彼猶如前，凝矚不轉。籍因對之長嘯。良久，乃笑曰：『可更作。』籍復嘯，意盡，退還半嶺許，聞上㖃然有聲，如數部鼓吹，林谷傳響。顧看，乃向人嘯也。（《世説新語·棲逸第十八》）

《魏氏春秋》曰：『阮籍常率意獨駕，不由徑路，車迹所窮，輒慟哭而反。嘗游蘇門山，有隱者，莫知姓名，有竹實數斛，杵臼而已。籍聞而從之，談太古無爲之道，論五帝三王之義。蘇門先生翛然曾不眄之。籍乃嘐然長嘯，韻響寥亮。蘇門先生乃逌爾而笑。籍既降，先生喟然高嘯，有如鳳音。籍素知音，乃假蘇門先生之論，以寄所懷。其歌曰：「日没不周西，月出丹淵中。陽精晦不見，陰光代爲雄。亭亭在須臾，厭厭將復隆。富貴俯仰間，貧賤何必終。」』

《竹林七賢論》曰：『籍歸，遂著《大人先生論》，所言皆胸懷間本趣，大意謂先生與己不異也。觀其長嘯相和，亦近乎目擊道存矣。』

阮籍遭母喪，在晉文王坐進酒肉。司隸何曾亦在坐，曰：『明公方以孝治天下，而阮籍以重喪顯於公坐，飲酒食肉。宜流之海外，以正風教。』文王曰：『嗣宗毀頓如此，君不能共憂之，何謂？且有疾而飲酒食肉，固喪禮也。』籍飲啖不輟，神色自若。（《世説新語·任誕第二十三》）

干寶《晉紀》曰：『何曾嘗謂阮籍曰：「卿恣情任性，敗俗之人也。今忠賢執政，綜核名實。若卿之徒，何可長也？」復言之于太祖，籍飲啖不輟。故魏、晉之間，有被髮夷傲之事，背死忘生之人，反爲行禮者，籍爲之也。』

《魏氏春秋》曰：『籍性至孝，居喪雖不率常禮，而毀幾滅性。然爲文俗之士何曾等深所仇疾。大將軍司馬昭愛其通偉，而不加害也。』

步兵校尉缺，廚中有貯酒數百斛，阮籍乃求爲步兵校尉。（《世説新語·任誕第二十三》）

《文士傳》曰：『籍放誕有傲世情，不樂仕宦。晉文帝親愛籍，恒與談戲，任其所欲，不迫以職事。籍常從容曰：「平生曾游東平，樂其土風，願得爲東平太守。」文帝説，從其意。籍便騎驢徑到郡，皆壞府舍諸壁障，使内外相望，然後教令清寧。十餘日，便復騎驢去。後聞步兵廚中有酒三百石，忻然求爲校尉。于是入府舍，與劉伶酣飲。』

《竹林七賢論》又云：『籍與伶共飲步兵廚中，並醉而死。』

［劉孝標注］此好事者爲之言。籍景元中卒，而劉伶太始中猶在。

阮籍嫂嘗還家，籍見與别。或譏之，籍曰：『禮豈爲我輩設也！』（《世説新語·任誕第二十三》）

阮公鄰家婦有美色，當壚酤酒。阮與王安豐常從婦飲酒，阮醉便眠其婦側。夫始殊疑之，伺察，終無

他意。(《世説新語·任誕第二十三》)

王隱《晋書》曰:『籍鄰家處子有才色,未嫁而卒。籍與無親,生不相識,往哭盡哀而去。其達而無檢,皆此類也。』

阮步兵喪母,裴令公往弔之。阮方醉,散髮坐牀,箕踞不哭。裴至,下席于地哭,弔唁畢,便去。或問裴:「凡弔,主人哭,客乃爲禮。阮既不哭,君何爲哭?」裴曰:「阮方外之人,故不崇禮制。我輩俗中人,故以儀軌自居。」時人嘆爲兩得其中。(《世説新語·任誕第二十三》)

《名士傳》曰:『阮籍喪親,不率常禮。裴楷往弔之,遇籍方醉,散髮箕踞,旁若無人。楷哭泣盡哀而退,了無異色。其安同異如此。』

[劉孝標注]戴逵論之曰:『若裴公之制弔,欲冥外以護内,有達意也,有弘防也。』

阮渾長成,風氣韻度似父,亦欲作達。步兵曰:『仲容已預之,卿不得復爾。』(《世説新語·任誕第二十三》)

《竹林七賢論》曰:『籍之抑渾,蓋以渾未識己之所以爲達也。後,咸兄子簡,亦以曠達自居。父喪,行遇大雪寒凍,遂詣浚儀令。令爲他賓設黍臛,簡食之,以致清議,廢頓幾三十年。是時,竹林諸賢之風雖高,而禮教尚峻。迨元康中,遂至放蕩越禮。樂廣譏之曰:「名教中自有樂地,何至于此!」樂令之言有旨哉!謂彼非玄心,徒利其縱恣而已。』

王孝伯問王大:『阮籍何如司馬相如?』王大曰:『阮籍胸中壘塊,故須酒澆之。』(《世説新語·任誕第二十三》)

晋文王功德盛大,坐席嚴敬,擬于王者。惟阮籍在坐,箕踞嘯歌,酣放自若。(《世説新語·簡傲第二

十四》）

王戎弱冠詣阮籍，時劉公榮在坐。阮謂王曰：『偶有二斗美酒，當與君共飲，彼公榮者無預焉。』二人交觴酬酢，公榮遂不得一杯，而言語談戲，三人無異。或有問之者，阮答曰：『勝公榮者，不得不與飲酒；不如公榮者，不可不與飲酒；惟公榮，可不與飲酒。』（《世説新語・簡傲第二十四》）

《晋陽秋》曰：『戎年十五，隨父渾在郎舍，阮籍見而説焉。每適渾，俄頃輒（去），在戎室久之。乃謂渾：「濬沖清尚，非卿倫也。」戎嘗詣籍共飲，而劉昶在坐，不與焉。昶無恨色。既而戎問籍曰：「彼爲誰也？」曰：「劉公榮也。」濬沖曰：「勝公榮，故與酒；不如公榮，不可不與酒；惟公榮者，可不與酒。」』

《竹林七賢論》曰：『初，籍與戎父渾俱爲尚書郎，每造渾，坐未安，輒曰：「與卿語，不如與阿戎語。」就戎，必日夕而返。籍長戎二十歲，相得如時輩。劉公榮通士，忭尤好酒。籍與戎酬酢終日，而榮不蒙一杯，三人各自得也。戎爲物論所先，皆此類。』

嵇康

王戎云：『與嵇康居二十年，未嘗見其喜愠之色。』（《世説新語・德行第一》）

《康集叙》曰：『康字叔夜，譙國銍人。』

王隱《晋書》曰：『嵇本姓奚，其先避怨徙上虞，移譙國銍縣。以出自會稽，取國一支，音同，本奚焉。』

虞預《晋書》曰：『銍有嵇山，家于其側，因氏焉。』

《康別傳》曰：『康性含垢藏瑕，愛惡不爭於懷，喜怒不寄于顔。所知王濬沖在襄城，面數百，未嘗見其疾聲朱顔。此亦方中之美範，人倫之勝業也。』

《文章叙録》曰：『康以魏長樂亭主婿，遷郎中，拜中散大夫。』

桓南郡既破殷荆州，收殷將佐十許人，諮議羅企生亦在焉。桓素待企生厚，將有所戮，先遣人語云：『若謝我，當釋罪。』企生答曰：『爲殷荆州吏，今荆州奔亡，存亡未判，我何顔謝桓公？』既出市，桓又遣人問：『欲何言？』答曰：『昔晋文王殺嵇康，而嵇紹爲晋忠臣。從公乞一弟以養老母。』桓亦如言，宥之。桓先曾以一羔裘與企生母胡，胡時在豫章。企生問至，即日焚裘。（《世説新語·德行第一》）

王隱《晋書》曰：『紹字延祖，譙國銍人。父康，有奇才俊辯。紹十歲而孤，事母孝謹。累遷散騎常侍。惠帝敗于蕩陰，百官左右皆奔散，唯紹儼然端冕，以身衛帝。兵交御輦，飛箭雨集，遂以見害也。』

嵇中散語趙景真：『卿瞳子白黑分明，有白起之風。恨量小狹。』趙云：『尺表能審璣衡之度，寸管能測往復之氣。何必在大？但問識如何耳。』（《世説新語·言語第二》）

嵇紹《趙至叙》曰：『至字景真，代郡人。漢末，其祖流宕，客緱氏。令新之官，至年十二，與母共道旁看。母曰：「汝先世非微賤家也。汝後能如此不？」至曰：「可爾耳。」歸便求師誦書。蚤聞父耕叱牛聲，釋書而泣。師問之。答曰：「自傷不能致榮華，而使老父不免勤苦。」年十四，入太學觀。時先君在學寫石經古文，事訖去。遂隨車問先君姓名，先君曰：「年少何以問我？」至曰：「觀君風器非常，故問耳。」先君具告之。至年十五，陽病，數數狂走，五里三里，爲家追得。又灸身體十數處。年十六，遂亡命，徑至洛陽，求索先君不得。至鄴，沛國史仲和，是魏領軍史渙孫也。至便依之，遂名翼，字陽和。先君到鄴，至具道太學中事，便遂先君歸山陽經年。至長七尺三寸，潔白黑髮，赤唇明目，鬢鬚不多，閑詳安諦，體若不勝衣。先君嘗謂之曰：「卿頭小而鋭，瞳子白黑分明，視瞻停諦，有白起風。」至議論清辯，有縱横才，然亦不以自長也。孟元基辟爲遼東從事，在郡斷九獄，見稱清當。自痛棄親遠游，母亡不見，吐血發病，服未竟而亡。』

或問顧長康：『君《箏賦》何如嵇康《琴賦》？』顧曰：『不賞者作後出相遺，深識者亦以高奇見貴。』

（《世説新語・文學第四》）

嵇中散臨刑東市，神氣不變，索琴彈之，奏《廣陵散》。曲終曰：『袁孝尼嘗請學此散，吾靳固不與。《廣陵散》於今絶矣。』太學生三千人上書，請以爲師，不許。文王亦尋悔焉。（《世説新語・雅量第六》）

《晉陽秋》曰：『初，康與東平呂安親善。安嫡兄遜淫安妻徐氏，安欲告遜遣妻，以諮于康。康喻而抑之。遜内不自安，陰告安撾母，表求徙邊。安當徙，訴自理，辭引康。』

《文士傳》曰：『呂安罹事，康詣獄以明之。鍾會庭論康曰：「今皇道開明，四海風靡，邊鄙無詭隨之民，街巷無異口之議。而康上不臣天子，下不事王侯，輕時傲世，不爲物用，無益于今，有敗于俗。昔太公誅華士，孔子戮少正卯，以其負才亂群惑衆也。今不誅康，無以清潔王道。」于是録康閉獄。臨死，而兄弟親族咸與共别。康顔色不變，問其兄曰：「向以琴來不邪？」兄曰：「以來。」康取調之，爲《太平引》。曲成，嘆曰：「《太平引》於今絶也！」』

王隱《晉書》曰：『康之下獄，太學生數千人請之于時，豪俊皆隨康入獄，悉解喻，一時散遣。康竟與安同誅。』

王子猷、子敬兄弟共賞《高士傳》人及贊。子敬賞井丹高潔。子猷云：『未若長卿慢世。』（《世説新語・品藻第九》）

嵇康《高士傳》曰：『丹字大春，扶風郿人，博學高論。京師爲之語曰：「五經紛綸井大春，未嘗書刺謁一人。」北宮五王更請，莫能致。新陽侯陰就使人要之，不得已而行。侯設麥飯葱菜，以觀其意。丹推郤，曰：「以君侯能供美膳，故來相過，何謂如此？」乃出盛饌。侯起，左右進輦。丹笑曰：「聞桀紂駕人車，此所謂人車者邪？」侯即去輦越騎。梁松貴震朝廷，請交丹。丹不肯見。後丹得時疾，松自將醫視之。病愈。久之，松失大男磊，丹一往吊之，時賓客滿庭，丹衮褐不完。入門，坐者皆悚，望其顏色。丹四向長揖，前與松語，客主禮畢後，長揖徑坐，莫得與語。不肯爲吏，徑出。後遂隱遁。其贊曰：井丹高潔，不慕榮貴。抗節五王，不交非類。顯譏輦車，左右失氣。披褐長揖，義陵群萃。』

『司馬相如者，蜀郡成都人，字長卿。初爲郎，事景帝。梁孝王來朝，從游説士鄒陽等。相如説之，因病免，游梁。後過臨邛，富人卓王孫女文君新寡，好音。相如以琴心挑之，文君奔之，俱歸成都。後居貧，至臨邛買酒舍，文君當壚，相如著犢鼻褌，滌器市中。爲人口吃。善屬文。仕宦不慕高爵，常托疾不與公卿大事，終于家。其贊曰：長卿慢世，越禮自放。犢鼻居市，不恥其狀。托疾避官，蔑此卿相。乃賦大人，超然莫尚。』

嵇康身長七尺八寸，風姿特秀，見者嘆曰：『蕭蕭肅肅，爽朗清舉。』或云：『肅肅如松下風，高而徐引。』山公曰：『嵇叔夜之爲人也，巖巖若孤松之獨立；其醉也，傀俄若玉山之將崩。』（《世説新語・容止第十四》）

《康别傳》曰：『康長七尺八寸，偉容色，土木形骸，不加飾厲，而龍章鳳姿，天質自然，正爾在群形之中，便自知非常之器。』

嵇康游于汲郡山中，遇道士孫登，遂與之游。康臨去，登曰：『君才則高矣，保身之道不足。』（《世説新語・棲逸第十八》）

《康集序》曰：『孫登者，不知何許人，無家。于汲郡北山土窟住，夏則編草爲裳，冬則被髮自覆。好讀《易》，鼓一弦琴。見者皆親樂之。』
《魏氏春秋》曰：『登性無喜怒，或没諸水，出而觀之，登復大笑。時時出入人間，所經家設衣食者，一無所辭，去皆舍去。』
《文士傳》曰：『嘉平中，汲縣民共入山中，見一人所居，懸巖百仞，叢林鬱茂，而神明甚察。自云孫姓登名，字公和。康聞，乃從游三年，問其所圖，終不答，然神謀所存良妙。康每茶然嘆息。將别，謂曰：「先生竟無言乎？」登乃曰：「子識火乎？生而有光而不用其光，果然在于用光；人生有才而不用其才，果然在于用才。故用光在乎得薪，所以保其曜；用才在乎識物，所以全其年。今子才多識寡，難乎免于今之世矣！子無多求。」康不能用。及遭吕安事，在獄爲詩自責云：「昔慚下惠，今愧孫登。」』
王隱《晉書》曰：『孫登，即阮籍所見者也。嵇康執弟子禮而師焉。魏晋去就，易生嫌疑，貴賤並没，故登或默也。』
山公將去選曹，欲舉嵇康。康與書告絶。（《世説新語・棲逸第十八》）
《康别傳》曰：『山巨源爲吏部郎，遷散騎常侍，舉康。康辭之，並與山絶。豈不識山之不以一官遇己情耶？亦欲標不屈之節，以杜舉者之口耳？乃答濤書，自説不堪流俗，而非薄湯武。大將軍聞而惡之。』
鍾士季精有才理，先不識嵇康。鍾要于時賢俊之士，俱往尋康。康方大樹下鍛，向子期爲佐鼓排，康揚槌不輟，傍若無人，移時不交一言。鍾起去，康曰：『何所聞而來，何所見而去？』鍾曰：『聞所聞而來，見所見而去。』（《世説新語・簡傲第二十四》）
《文士傳》曰：『康性絶巧，能鍛鐵。家有盛柳樹，乃激水以圜之，夏天甚清涼，恒居其下傲戲，乃身自鍛。家雖貧，有人説鍛者，康不受直。惟親舊以鷄酒往，與共飲啖，清言而已。』

《魏氏春秋》曰：『鍾會爲大將軍兄弟所昵，聞康名而造焉。會名公子，以才能貴幸，乘肥衣輕，賓從如雲。康方箕踞而鍛，會至，不爲之禮。會深銜之，後因呂安事，而遂譖康焉。』

嵇康與呂安善，每一相思，千里命駕。安後來，值康不在，喜出户延之，不入，題門上作『鳳』字而去。喜不覺，猶以爲欣。故作『鳳』字，凡鳥也。（《世説新語·簡傲第二十四》）

《晋百官名》曰：『嵇喜字公穆，歷揚州刺史，康兄也。阮籍遭喪，往吊之。籍能爲青白眼，見凡俗之士，以白眼對之。及喜往，籍不哭，見其白眼。喜不懌而退。康聞之，乃賫酒挾琴而造之，遂相與善。』

干寶《晋紀》曰：『安嘗從康，或遇其行。康兄喜拭席而待之，弗顧，獨坐車中。康母就設酒食，求康兒共語戲，良久則去。其輕貴如此。』

山濤

山公以器重朝望，年踰七十，猶知管時任。貴勝年少，若和、裴、王之徒，並共宗咏，有《署閣柱》曰：『閣東有大牛，和嶠鞅，裴楷秋，王濟剔嬲不得休。』或云潘尼作之。（《世説新語·政事第三》）

虞預《晋書》曰：『山濤字巨源，河内懷人。祖本，郡孝廉；父曜，宛句令。濤蚤孤而貧，少有器量，宿士猶不慢之。年十七，宗人謂宣帝曰：「濤當與景文共綱紀天下者也。」帝戲曰：「卿小族，那得此快人邪？」好莊老，與嵇康善。爲河内從事，與石鑒共傳宿。濤夜起，蹋鑒曰：「今何等時而眠也？知太傅臥何意？」鑒曰：「宰相三日不朝，與尺一令歸第，君何慮焉？」濤曰：「咄！石生，無事馬蹄間也！」投傳而去。果有曹爽事，遂隱身不交世務。累遷吏部尚書、僕射、太子少傅、司徒。年七十九薨，謚康侯。』

王隱《晋書》曰：『初，濤領吏部，潘岳内非之，密爲作謡曰：「閣東有大牛，王濟鞅，裴楷秋，和嶠刺促不得休。」』

《竹林七賢論》曰：『濤之處選，非望路絶，故貽是言。』

山司徒前後選，殆周遍百官，舉無失才。凡所題目，皆如其言。唯用陸亮，是詔所用，與公意異。争之不從。亮亦尋爲賄敗。（《世説新語・政事第三》）

《晋諸公贊》曰：『亮字長興，河内野王人，太常陸乂兄也。忤高明而率至，爲賈充所親待。山濤爲左僕射領選，濤行業既與充異，自以爲世祖所敬，選用之事與充諮論，充每不得其所欲。好事者説充，宜授心腹人爲吏部尚書，參同選舉，若意不齊，事不得諧，何不召公與選，而實得叙所懷。充以爲然，乃啓亮公忠無私。濤以亮將與己異，又恐其協情不允，累啓亮可爲左丞相，非選官才。世祖不許。濤乃辭疾還家。亮在職，果不能允，坐事免官。

嵇康被誅後，山公舉康子紹爲秘書丞。紹諮公出處，公曰：「爲君思之久矣。天地四時猶有消息，而况人乎？」（《世説新語・政事第三》）

《山公啓事》曰：『詔選秘書丞，濤薦曰：「紹平簡温敏，有文思，又曉音，當成濟也。猶宜先作秘書郎。」詔曰：「紹如此，便可爲丞，不足復爲郎也。」』

《晋諸公贊》曰：『康遇事後二十年，紹乃爲濤所拔。』

王隱《晋書》曰：『時以紹父康被法，選官不敢舉。年二十八，山濤啓用之。世祖發詔，以爲秘書丞。』

山公大兒著短帢，車中倚。武帝欲見之，山公不敢辭。問兒，兒不肯行。時論乃云勝山公。（《世説新語・方正第五》）

《晋諸公贊》曰：『山該字伯倫，司徒濤長子也。雅有器識，仕至左衛將軍。』

晉武帝講武于宣武場，帝欲偃武修文，親自臨幸，悉召群臣。山公謂不宜爾，因與諸尚書言孫吴用兵本意，遂究論，舉坐無不諮嗟，皆曰：『山少傅乃天下名言。』後諸王驕汰，輕遘禍難，于是寇盜處處蟻合，郡國多以無備不能制服，遂漸熾盛。皆如公言。時人以謂山濤不學孫吴，而暗與之理會。王夷甫亦嘆云：『公暗與道合。』（世説新語·識鑒第七）

《竹林七賢論》曰：『咸寧中，吴既平，上將爲桃林華山之事，息役弭兵，示天下以大安。于是州郡悉去兵，大郡置武吏百人，小郡五十人。時京師猶講武，山濤因論孫吴用兵本意。濤爲人常簡默，蓋以爲國者不可以忘戰，故及之。』

《名士傳》曰：『濤居魏晋之間，無所標明。嘗與尚書盧欽言及用兵本意。武帝聞之，曰：「山少傅名言也。」』

《竹林七賢論》曰：『永寧之後，諸王構禍，狡虜欻起，皆如濤言。』

《名士傳》曰：『王夷甫推嘆：「濤暗暗爲與道合，其深不可測。」皆此類也。』

王夷甫父乂爲平北將軍，有公事使行人，論不得時。夷甫在京師，命駕見僕射羊祜、尚書山濤。夷甫時總角，姿才秀異，叙致既快，事加有理。濤甚奇之。既退，看之不輟，乃嘆曰：『生兒不當如王夷甫邪？』羊祜曰：『亂天下者，必此子也！』（《世説新語·識鑒第七》）

《漢晋春秋》曰：『初，羊祜以軍法欲斬王戎，夷甫又忿祜言其必敗，不相貴重。天下爲之語曰：「二王當朝，世人莫敢稱羊公之有德。」』

裴令公目夏侯泰初：『肅肅如入廊廟中，不修敬而人自敬。』一曰：『如入宗廟，琅琅但見禮樂器。見鍾士季，如觀武庫，但睹矛戟；見傅蘭碩，江廧靡所不有；見山巨源，如登山臨下，幽然深遠。』（《世説新

語・賞譽第八》）

王戎目山巨源：『如璞玉渾金，人皆欽其寶，莫知名其器。』（《世説新語・賞譽第八》）

顧愷之《畫贊》曰：『濤無所標明，淳深淵默，人莫見其際，而其器亦入道，故見者莫能稱謂，而服其偉量。』

武帝每見濟，輒以湛調之曰：『卿家痴叔死未？』濟常無以答。既而，得叔後，武帝又問如前。濟曰：『臣叔不痴，稱其實美。』帝曰：『誰比？』濟曰：『山濤以下，魏舒以上。』（《世説新語・賞譽第八》）

《晉陽秋》曰：『濟有人倫鑒識，其雅俗是非，少所優潤。見湛，嘆服其得宁。時人謂湛上方山濤不足，下比魏舒有餘。』

人問王夷甫：『山巨源義理何如，是誰輩？』王曰：『此人初不肯以談自居，然不讀老莊，時聞其咏，往往與其旨合。』（《世説新語・賞譽第八》）

顧愷之《畫贊》曰：『濤有而不恃，皆此類也。』

有人語王戎曰：『嵇延祖卓卓如野鶴之在鷄群。』答曰：『君未見其父耳。』（《世説新語・容止第十四》）

山公與嵇阮一面，契若金蘭。山妻韓氏覺公與二人異于常交，問公。公曰：『我當年可以爲友者，惟此二生耳。』妻曰：『負羈之妻亦親觀狐趙。意欲窺之，可乎？』他日，二人來，妻勸公止之宿。具酒肉，夜穿墉以視之，達旦忘反。公入曰：『二人何如？』妻曰：『君才致殊不如，止當以識度相友耳。』公曰：『伊輩亦常以我度爲勝。』（《世説新語・賢媛第十九》）

《晉陽秋》曰：『濤雅素恢達，度量玄遠，心存事外，而與時俯仰。嘗與阮籍、嵇康諸人著忘年之契。

至于群子屯蹇于世，濤獨保浩然之度。』

王隱《晉書》曰：『韓氏有才識，濤未仕時，戲之曰：「忍寒，我當作三公，不知卿堪爲夫人否耳？」』

向秀

嵇中散既被誅，向子期舉郡計入洛。文王引進，問曰：『聞君有箕山之志，何以在此？』對曰：『巢許狷介之士，不足多慕。』王大諮嗟。（《世説新語·言語第二》）

《向秀別傳》曰：『秀字子期，河内人。少爲同郡山濤所知，又與譙國嵇康、東平吕安友善，並有拔俗之韻，其進止無不同，而造事營生業亦不異。常與嵇康偶鍛于洛邑，與吕安灌園于山陽，不慮家之有無，外物不足怫其心。弱冠著《儒道論》，棄而不録。好事者或存之。或云是其族人所作，困于不行，乃告秀欲假其名。秀笑曰：「可復爾耳！」後康被誅，秀遂失圖，乃應歲舉到京師，詣大將軍司馬文王。文王問曰：「聞君有箕山之志，何能自屈？」秀曰：「常謂彼人不達堯意，本非所慕也。」一坐皆説。隨次轉至黄門侍郎、散騎常侍。』

初注《莊子》者數十家，莫能究其旨要。向秀于舊注外爲《解義》，妙析奇致，大暢玄風。唯《秋水》、《至樂》二篇未竟而秀卒。秀子幼，《義》遂零落，然猶有別本。郭象者，爲人薄行，有俊才。見秀《義》不傳于世，遂竊以爲己注，乃自注《秋水》、《至樂》二篇，又易《馬蹄》一篇，其餘衆篇或定點文句而已。後秀《義》別本出，故今有向郭二莊，其義一也。（《世説新語·文學第四》）

《秀別傳》曰：『秀與嵇康吕安爲友，趣舍不同。嵇康傲世不羈，安放逸邁俗，秀雅好讀書。二子頗以此嗤之。後秀將注《莊子》，先以告康、安。康、安咸曰：「此書詎復須注？徒棄人作樂事耳！」及成，以示二子。康曰：「爾故復勝不？」安乃驚曰：「莊周不死矣！」後注《周易》，大義可觀，而與漢世諸儒互有彼此，未若隱莊之絶倫也。』

《秀本傳》：『或言秀游托數賢，蕭屑卒歲，都無注述。唯好《莊子》，聊應崔撰所注，以備遺忘云。』

《竹林七賢論》云：『秀爲此《義》，讀之者無不超然，若已出塵埃，而窺絶冥，始了視聽之表，有神德玄哲，能遺天下，外萬物，雖復使動競之人，顧觀所徇，皆悵然自有振拔之情矣。』

《莊子・逍遥篇》，舊是難處。諸名賢所可鑽味，而不能拔理于郭向之外。支道林在白馬寺中，將馮太常共語，因及《逍遥》。支卓然標新理于二家之表，立異義于衆賢之外，皆是諸名賢尋味之所不得。後遂用支理。（《世説新語・文學第四》）

［劉孝標注］向子期、郭子玄《逍遥義》曰：『夫大鵬之上九萬尺，鷃之起榆枋，小大雖差，各任其性。苟當其分，逍遥一也。然物之芸芸，同資有待，得其所待，然後逍遥耳。唯聖人與物冥而循大變，爲能無待而常通，豈獨自通而已？又從有待者，不失其所待，不失則同于大通矣。』支氏《逍遥論》曰：『夫逍遥者，明至人之心也。莊生建言大道，而寄指鵬鷃，鵬以營生之路曠，故失適于體外；鷃以在近而笑遠，有矜伐于心内。至人乘天正而高興，游無窮于放浪。物物而不物于物，則遥然不我得；玄感不爲，不疾而速，則逍然靡不適。此所以爲逍遥也。若夫有欲當其所足，足于所足，快然有似天真，猶飢者一飽，渴者一盈，豈忘蒸嘗于糗糧，絶觴爵于醪醴哉？苟非至足，豈所以逍遥乎？』此向郭之注所未盡。

阮咸

山公舉阮咸爲吏部郎，目曰：『清真寡欲，萬物不能移也。』（《世説新語・賞譽第八》）

《名士傳》曰：『咸字仲容，陳留人，籍兄子也。任達不拘，當世皆怪其所爲。及與之處，少嗜欲哀樂，至到過絶于人，然後皆忘其向議。爲散騎侍郎，山濤舉爲吏部，武帝不用。太原郭奕見之心醉，不覺嘆服。解音，好酒以卒。』

《山濤啓事》曰：『吏部郎史曜出處缺，當選。濤薦咸曰：「真素寡欲，深識清濁，萬物不能移也。若在官人之職，必妙絶于時。」詔用陸亮。』

《晉陽秋》曰：『咸行已多違禮度，濤舉以爲吏部郎，世祖不許。』

《竹林七賢論》曰：『山濤之舉阮咸，固知上不能用，蓋惜曠世之俊，莫識其意故耳。夫以咸之所犯方外之意，稱其清真寡欲，則迹外之意自見耳。』

荀勖善解音聲，時論謂之闇解，遂調律吕，正雅樂。每至正會，殿庭作樂，自調宫商，無不諧韻。阮咸妙賞，時謂神解。每公會作樂，而心謂之不調，既無一言直。勖意忌之，遂出阮爲始平太守。後，有一田父耕于野，得周時玉尺，便是天下正尺。荀試以校己所治鐘鼓金石絲竹，皆覺短一黍，于是伏阮神識。（《世説新語·術解第二十》）

《晉諸公贊》曰：『律成，散騎侍郎阮咸謂勖所造聲高，高則悲。夫亡國之音哀以思，其民困。今聲不合雅，懼非德政中和之音，必是古今尺有長短所致。然今鐘磬是魏時杜夔所造，不與勖律相應，音聲舒雅而久，不知夔所造，時人爲之，不足改易。勖性自矜，乃因事左遷咸爲始平太守，而病卒。後，得地中古銅尺，校度勖今尺，短四分，方明咸果解音，然無能正者。』

阮仲容、步兵居道南，諸阮居道北。北阮皆富，南阮貧。七月七日，北阮盛曬衣，皆紗羅錦綺。仲容以竿掛大布犢鼻褌于中庭，人或怪之，答曰：『未能免俗，聊復爾耳。』（《世説新語·任誕第二十三》）

《竹林七賢論》曰：『諸阮前世皆儒學，善居室。惟咸一家尚道棄事，好酒而貧。舊俗，七月七日法當曬衣，諸阮庭中爛然錦綺。咸時總角，乃竪長竿掛犢鼻褌也。』

諸阮皆能飲酒。仲容至，宗人閑，共集，不復用常杯斟酌，以大瓮盛酒，圍坐，相向大酌。時有群猪來飲，直接去上，便共飲之。（《世説新語・任誕第二十三》）

阮仲容先幸姑家鮮卑婢。及居母喪，姑當遠移，初云當留婢，既發，定將去。仲容借客驢，著重服自追之，累騎而返，曰：『人種不可失！』即遥集之母也。（《世説新語・任誕第二十三》）

《竹林七賢論》曰：『咸既追婢，于是世議紛然，自魏末沉淪閭巷，逮晋咸寧中始登王途。』

《阮孚别傳》曰：『咸與姑書曰：「胡婢遂生胡兒。」姑答書曰：「《魯靈光殿賦》曰：胡人遥集於上楹。可字曰遥集也。」故孚字遥集。』

劉伶

劉伶著《酒德頌》，意氣所寄。（《世説新語・文學第四》）

《名士傳》曰：『伶字伯倫，沛鄰人②，肆意放蕩，以宇宙爲狹。常乘鹿車，携一壺酒，使人荷鍤隨之，云：「死便掘地以埋！」土木形骸，遨游一世。』

《竹林七賢論》曰：『伶處天地間，悠悠蕩蕩，無所用心。常與俗士相忤，其人攘袂而起，欲必辱之。伶和其色，曰：「鷄肋豈足以當尊拳！」其人不覺廢然而返。未嘗措意文章，終其世，凡著《酒德頌》一篇而已，其辭曰：「有大人先生者，以天地爲一朝，萬期爲須臾，日月爲扃牖，八荒爲庭衢。行無轍迹，居無室廬，幕天席地，縱意所如。行則操卮執瓢，動則挈榼提壺，唯酒是務，焉知其餘。有貴介公子、縉紳處士，聞吾風聲，議其所以，乃奮袂攘襟，怒目切齒，陳説禮法，是非鋒起。先生于是方捧罌承槽，銜杯漱醪，奮髯箕踞，枕麴藉糟，無思無慮，其樂陶陶，兀然而醉，恍爾而醒。静聽不聞雷霆之聲，熟視不見泰山之形。不覺寒暑之切肌，利欲之感情。俯觀萬物之擾擾，如江漢之載浮萍。二豪侍側，焉如蜾蠃之與螟蛉。」』

劉伶身長六尺，貌甚醜顇，而悠悠忽忽，土木形骸。（《世説新語·容止第十四》）

梁祚《魏國統》曰：『劉伶字伯倫，形貌醜陋，身長六尺，然肆意放蕩，悠焉獨暢，自得一時，常以宇宙爲狹。』

劉伶病酒渴甚，從婦求酒。婦捐酒毁器，涕泣諫曰：『君飲太過，非攝生之道，必宜斷之！』伶曰：『甚善！我不能自禁，惟當祝鬼神，自誓斷之耳。便可具酒肉。』婦曰：『敬聞命。』供酒肉于神前，請伶祝誓。伶跪而祝曰：『天生劉伶，以酒爲名，一飲一斛，五斗解醒。婦人之言，慎不可聽。』便引酒進肉，隗然已醉矣。（《世説新語·任誕第二十三》）

劉伶恒縱酒放達，或脱衣裸形在屋中。人見譏之。伶曰：『我以天地爲棟宇，屋室爲褌衣，諸君何爲入吾褌中？』（《世説新語·任誕第二十三》）

鄧粲《晉紀》曰：『客有詣伶，值其裸袒。伶笑曰：「吾以天地爲宅舍，以屋宇爲褌衣。諸君自不當入我褌中，又何惡乎？」其自任若是。』

王戎

王戎和嶠同時遭大喪，俱以孝稱。王鷄骨支牀，和哭泣備禮。武帝謂劉仲雄曰：『卿數省王、和，不聞和哀苦過禮，使人憂之。』仲雄曰：『和嶠雖備禮，神氣不損；王戎雖不備禮，而哀毁骨立。臣以和嶠生孝，王戎死孝。陛下不應憂嶠，而應憂戎。』（《世説新語・德行第一》）

《晋諸公贊》曰：『戎字濬沖，③琅邪人，太保祥宗族也。文皇帝輔政，鍾會薦之曰：「裴楷清通，王戎簡要。」即俱辟爲掾。晋踐阼，累遷荆州刺史，以平吴功封安豐侯。』

《晋陽秋》曰：『戎爲豫州刺史，遭母憂，性至孝，不拘禮制，飲酒食肉。或觀棋奕，而容貌毁悴，杖而後起。時汝南和嶠，亦名士也，以禮法自持。處大憂，量米而食，然憔悴哀毁，不逮戎也。』

《晋陽秋》曰：『世祖及穀談，以此貴戎也。』

王戎云：『太保居在正始中，不在能言之流。及與之言，理中清遠，將無以德掩其言。』（《世説新語・德行第一》）

王安豐遭艱，至性過人。裴令往吊之，曰：『若使一慟果能傷人，濬沖必不免滅性之譏。』（《世説新語・德行第一》）

王戎父渾，有令名，官至凉州刺史。渾薨，所歷九郡故吏，懷其德惠，相率致賻數百萬。戎悉不受。（《世説新語・德行第一》）

虞預《晋書》曰：『戎由是顯名。』

王戎七歲，嘗與諸小兒遊，看道邊李樹多子折枝，諸兒競走取之，唯戎不動。人問之，答曰：『樹在道邊而多子，此必苦李。』取之信然。（《世説新語・雅量第六》）

《名士傳》曰：『戎由是幼有神童之稱也。』

魏明帝于宣武場上斷虎爪牙，縱百姓觀之。王戎七歲，亦往看。虎承間攀欄而吼，其聲震地，觀者無

不辟易顛仆。戎湛然不動，了無恐色。（《世説新語・雅量第六》）

《竹林七賢論》曰：『明帝自閣上望見，使人問戎姓名而異之。』

王戎爲侍中，南郡太守劉肇遺筒中箋布五端。戎雖不受，厚報其書。（《世説新語・雅量第六》）

《晉陽秋》曰：『司隸校尉劉毅，奏南郡太守劉肇以布五十匹、雜物，遺前豫州刺史王戎，請檻車徵付，廷尉治罪，除名終身。戎以書未達，不坐。』

《竹林七賢論》曰：『戎報肇書，議者僉以爲譏。世祖患之，乃發口詔曰：「以戎之爲士義，豈懷私？」議者乃息，戎亦不謝。』

鍾士季目王安豐：『阿戎了瞭解人意。』謂裴公之談經日不竭。吏部郎闕，文帝問其人于鍾會，會曰：『裴楷清通，王戎簡要，皆其選也。』于是用裴。（《世説新語・賞譽第八》）

王隱《晉書》曰：『戎少清明曉悟。』

［劉孝標注］按諸書皆云，鍾會薦裴楷、王戎于晋文王，文王辟以爲掾，不聞爲吏部郎。

王濬沖、裴叔則二人，總角詣鍾士季，須臾去。後客問鍾曰：『向二童何如？』鍾曰：『裴楷清通，王戎簡要。後二十年，此二賢當爲吏部尚書。冀爾時天下無滯才。』（《世説新語・賞譽第八》）

《晉陽秋》曰：『戎爲兒童，鍾會異之。』

王戎目阮文業：『清倫有鑒識，漢元以來，未有此人。』（《世説新語・賞譽第八》）

武元夏目裴、王曰：『戎尚約，楷清通。』（《世説新語・賞譽第八》）

王戎云：『太尉神姿高徹，如瑶林瓊樹，自然是風塵外物。』（《世説新語・賞譽第八》）

裴令公目王安豐：『眼爛爛如巖下電。』（《世説新語・容止第十四》）

王戎形狀短小，而目甚清照，視日不眩。（《世說新語·容止第十四》）

王濬沖爲尚書令，著公服，乘軺車，經黄公酒壚下過，顧謂後車客：『吾昔與嵇叔夜、阮嗣宗共酣飲于此壚，竹林之游，亦預其末。自嵇生夭、阮公亡以來，便爲時所羈紲。今日視此雖近，邈若山河。』（《世說新語·傷逝第十七》）

《竹林七賢論》曰：『俗傳若此。潁川庾爰之嘗以問其伯文康，文康云：「中朝所不聞，江左忽有此論。蓋好事者爲之耳。」』

王戎喪兒萬子，山簡往省之。王悲不自勝。簡曰：『孩抱中物，何至于此？』王曰：『聖人忘情，最下不及情。情之所鍾，正在我輩。』簡服其言，更爲之慟。（《世說新語·傷逝第十七》）

王隱《晋書》曰：『戎子綏，欲取裴遁女。綏既早亡，戎過傷痛，不許人求之，遂至老無敢取者。』

裴成公婦，王戎女。王戎晨往，裴許不通，徑前。裴從牀南下，女從北下，相對作賓主，了無異色。（《世說新語·任誕第二十三》）

《裴氏家傳》曰：『頠取戎長女。』

嵇、阮、山、劉在竹林酣飲，王戎後往。步兵曰：『俗物已復來敗人意！』王笑曰：『卿輩意亦復可敗邪？』（《世說新語·排調第二十五》）

《魏氏春秋》曰：『時謂王戎未能超俗也。』

王戎儉吝，其從子婚，與一單衣，後更責之。（《世說新語·儉嗇第二十九》）

王隱《晋書》曰：『戎性至儉，不能自奉養，財不出外，天下人謂爲膏肓之疾。』

司徒王戎既貴且富，區宅僮牧膏田水碓之屬，洛下無比。契疏鞅掌，每與夫人燭下散籌筭計。（《世

說新語・儉嗇第二十九》）

《晉諸公贊》曰：『戎性簡要，不治儀望，自遇甚薄，而產業過豐。論者以爲，台輔之望不重。』

王隱《晉書》曰：『戎好治生，園田周遍天下。翁嫗二人，常以象牙籌，晝夜算計家資。』

《晉陽秋》曰：『戎多殖財賄，常若不足。或謂戎故以此自晦也。戴逵論之曰：「王戎晦默于危亂之際，獲免憂禍，既明且哲，于是在矣。」或曰：「大臣用心，豈其然乎？」逵曰：「運有險易，時有昏明。如子之言，則蘧瑗、季札之徒，皆負責矣。自古而觀，豈一王戎也哉？」』

王戎有好李，賣之恐人得其種，恒鑽其核。（《世說新語・儉嗇第二十九》）

王戎女適裴頠，貸錢數萬。女歸，戎色不說。女遽還錢，乃釋然。（《世說新語・儉嗇第二十九》）

王安豐婦常卿安豐。安豐曰：『婦人卿婿，于禮爲不敬，後勿復爾。』婦曰：『親卿愛卿，是以卿卿。我不卿卿，誰當卿卿？』遂恒聽之。（《世說新語・惑溺第三十五》）

【注釋】

①按，李康之『康』係形誤，當爲『秉』。李秉《家誡》，最早見載於陳壽《三國志・魏志》卷二十一《王粲傳》裴松之注引。

②沛鄴，當爲沛郡。『鄴』乃『郡』之形誤。

③『濟』乃『濬』字之形誤。

主要參考文獻

［清］阮元校刻《十三經注疏》，中華書局，一九八〇年影印本。
［唐］陸德明撰、黄焯校、黄延祖重輯《經典釋文》，中華書局，二〇〇六年。
［唐］李鼎祚《周易集解》，文淵閣四庫全書本。
［清］朱彝尊《經義考》，中華書局，一九九八年。
［漢］司馬遷《史記》，中華書局，一九五九年。
［漢］班固《漢書》，中華書局，一九六二年。
［南朝宋］范曄《後漢書》，中華書局，一九六五年。
［晋］陳壽《三國志》，中華書局，一九五九年。
［唐］房玄齡等《晋書》，中華書局，一九七四年。
［南朝梁］沈約《宋書》，中華書局，一九七四年。
［唐］李延壽《南史》，中華書局，一九七五年。
［唐］李延壽《北史》，中華書局，一九七四年。
［唐］魏徵、長孫無忌等《隋書》，中華書局，一九七四年。
［後晋］劉昫《舊唐書》，中華書局，一九七五年。
［宋］歐陽修等《新唐書》，中華書局，一九七五年。

[元]脱脱等《宋史》,中華書局,一九七七年。
[元]郝經《續後漢書》,文淵閣四庫全書本。
[清]杭世駿《三國志補注》,商務印書館,一九三七年。
[清]湯球輯、楊朝明校補《九家舊晋書輯本》,中州古籍出版社,一九九一年。
[唐]杜佑《通典》,文淵閣四庫全書本。
[宋]鄭樵《通志》,中華書局,一九八七年。
[宋]司馬光《資治通鑑》,中華書局,一九五六年。
[元]馬端臨《文獻通考》,中華書局,一九八六年。
[唐]李吉甫《元和郡縣志》,文淵閣四庫全書本。
[宋]樂史《太平寰宇記》,中華書局,二〇〇七年。
[宋]祝穆《方輿勝覽》,中華書局,二〇〇三年。
[清]王士俊等《河南通志》,文淵閣四庫全書本。
[清]岳濬等《山東通志》,文淵閣四庫全書本。
[清]馮繼照《修武縣志》,道光二十年刻本。
浙江書局匯刻本《二十二子》,上海古籍出版社,一九八六年縮印本。
[南朝梁]蕭統等纂輯《文選》,中華書局,一九七七年影印本。
[南朝陳]徐陵編《玉台新咏》,文淵閣四庫全書本。
[唐]虞世南等《北堂書鈔》,文淵閣四庫全書本。

〔唐〕歐陽詢《藝文類聚》，中華書局，一九六五年。
〔唐〕徐堅《初學記》，中華書局，二〇〇四年。
〔宋〕王欽若等《册府元龜》，中華書局，二〇一二年。
〔宋〕李昉等《文苑英華》，中華書局，二〇一一年。
〔宋〕李昉等《太平御覽》，中華書局，一九六〇年。
〔宋〕李昉等《太平廣記》，中華書局，一九六一年。
〔宋〕王應麟《玉海》，廣陵書社，二〇〇三年。
〔宋〕郭茂倩《樂府詩集》，中華書局，二〇〇七年。
〔宋〕祝穆《古今事文類聚》，文淵閣四庫全書本。
〔明〕劉履《風雅翼》，文淵閣四庫全書本。
〔明〕馮惟訥《古詩紀》，文淵閣四庫全書本。
〔明〕陸時雍《古詩鏡》，文淵閣四庫全書本。
〔明〕李攀龍《古今詩删》，文淵閣四庫全書本。
〔明〕梅鼎祚《西晋文紀》，文淵閣四庫全書本。
〔明〕馮琦、馮瑗《經濟類編》，文淵閣四庫全書本。
〔明〕王志堅《四六法海》，文淵閣四庫全書本。
〔明〕賀復征《文章辨體彙選》，文淵閣四庫全書本。
〔明〕曹學佺《石倉歷代詩選》，文淵閣四庫全書本。

[明]張溥輯《漢魏六朝百三家集》,文淵閣四庫全書本。
[清]陳元龍等《御定歷代賦匯》,文淵閣四庫全書本。
[清]陳祚明纂、李金松點校《采菽堂古詩選》,上海古籍出版社,二〇〇九年。
[清]王夫之評選、張國星點校《古詩評選》,河北大學出版社,二〇〇八年。
[清]沈德潛《古詩源》,文學古籍刊行社,一九五七年。
[清]吴淇撰、汪俊、黄進德點校《六朝選詩定論》,廣陵書社,二〇〇九年。
[清]嚴可均《全上古三代秦漢三國六朝文》,中華書局,一九五八年。
丁福保編《全漢三國晋南北朝詩》,中華書局,一九五九年。
逯欽立編《先秦漢魏晋南北朝詩》,中華書局,一九八三年。
[明]黄省曾輯刻《嵇中散集》,文淵閣四庫全書本。
魯迅校閲《嵇康集》,文學古籍刊行社,一九五六年。
戴明揚《嵇康集校注》,人民文學出版社,一九六二年。
[明]及朴本《阮嗣宗集》,續修四庫全書本。
黄節《阮步兵咏懷詩注》,人民文學出版社,一九八四年。
陳伯君《阮籍集校注》,中華書局,一九八七年。
郭光《阮籍集校注》,中州古籍出版社,一九九一年。
[南朝宋]劉義慶撰、[南朝梁]劉孝標注《世説新語》,文淵閣四庫全書本。
[北魏]酈道元撰、王國維校《水經注》,上海人民出版社,一九八四年。

〔唐〕高仲武編《中興間氣集》，文淵閣四庫全書本。
〔唐〕張彦遠《歷代名畫記》，文淵閣四庫全書本。
〔唐〕陸龜蒙《小名録》，叢書集成初編本。
〔宋〕邵雍《擊壤集》，文淵閣四庫全書本。
〔宋〕歐陽修《集古録》，文淵閣四庫全書本。
〔宋〕葉夢得《避暑録話》，文淵閣四庫全書本。
〔宋〕葉夢得《石林詩話》，文淵閣四庫全書本。
〔宋〕阮閲《詩話總龜》，人民文學出版社，一九八七年。
〔宋〕胡仔《苕溪漁隱叢話》，人民文學出版社，一九六二年。
〔宋〕朱弁《風月堂詩話》，文淵閣四庫全書本。
〔宋〕林駉《古今源流至論》，文淵閣四庫全書本。
〔元〕虞集《道園學古録》，四部叢刊初編本。
〔明〕楊慎《丹鉛餘録　譚苑醍醐》，上海古籍出版社，一九九二年。
〔明〕何良俊《語林》，文淵閣四庫全書本。
〔明〕焦竑《莊子翼》，文淵閣四庫全書本。
〔清〕顧炎武《日知録》，上海古籍出版社，一九八五年。
胡旭《先唐别集叙録》，中國社會科學出版社，二〇一一年。
〔宋〕王堯臣《崇文總目》，續修四庫全書本。

[宋]晁公武撰、孫猛校正《郡齋讀書志校正》，上海古籍出版社，一九九〇年。
[宋]尤袤《遂初堂書目》，文淵閣四庫全書本。
[宋]陳振孫《直齋書録解題》，上海古籍出版社，一九八七年。
[明]楊士奇《文淵閣書目》，續修四庫全書本。
[明]高儒《百川書志》，上海古籍出版社，二〇〇五年。
[明]陳第《世善堂藏書目録》，叢書集成初編本。
[明]焦竑《國史經籍志》，叢書集成初編本。
[清]侯康《補後漢書藝文志》，叢書集成初編本。
[清]姚振宗《後漢藝文志》，二十五史補編本，北京圖書館出版社，二〇〇五年。
[清]姚振宗《三國藝文志》，二十五史補編本，北京圖書館出版社，二〇〇五年。
[清]丁國鈞《補晋書藝文志》，叢書集成初編本。
[日]藤原佐世《日本國見在書目》，《古逸叢書》本。
穆克宏《魏晋南北朝文學史料學》，中華書局，一九九七年。
劉躍進《中古文學文獻學》，江蘇古籍出版社，一九九七年。
陸侃如《中古文學系年》，人民文學出版社，一九九八年。
徐公持《魏晋文學史》，人民文學出版社，一九九九年。
郭預衡主編《中國文學史長編·秦漢魏晋南北朝卷》，首都師範大學出版社，二〇〇〇年。
曹道衡、劉躍進《南北朝文學編年史》，人民文學出版社，二〇〇〇年。

劉師培《中國中古文學史講義》，上海古籍出版社，二〇〇二年。
曹道衡、沈玉成《中古文學史料叢考》，中華書局，二〇〇三年。
曹道衡、劉躍進《先秦兩漢文學史料學》，中華書局，二〇〇五年。
劉汝霖《漢晋學術編年》，華東師範大學出版社，二〇一〇年。

《竹林七賢集》輯校

作　　者：衛紹生
發 行 人：黃振庭
出 版 者：崧燁文化事業有限公司
發 行 者：崧燁文化事業有限公司
E-mail：sonbookservice@gmail.com
粉 絲 頁：https://www.facebook.com/sonbookss/
網　　址：https://sonbook.net/
地　　址：台北市中正區重慶南路一段61號8樓
8F., No.61, Sec. 1, Chongqing S. Rd., Zhongzheng Dist., Taipei City 100, Taiwan
電　　話：(02)2370-3310
傳　　真：(02)2388-1990
印　　刷：京峯數位服務有限公司
律師顧問：廣華律師事務所 張珮琦律師

定　　價：750元
發行日期：2024年10月第一版
◎本書以POD印製

國家圖書館出版品預行編目資料

《竹林七賢集》輯校 / 衛紹生 著. -- 第一版. -- 臺北市：崧燁文化事業有限公司, 2024.10
面；　公分
POD版
ISBN 978-626-394-981-2(平裝)
1.CST: 中國文學 2.CST: 魏晉南北朝
830.3　113015662

電子書購買

爽讀 APP

臉書